Jo Ann Martin

Tod unter Wacholdern

Vulkaneifelkrimi

W0270873

Jo Ann Martin

Tod unter Wacholdern

Vulkaneifelkrimi

ELV

Eifeler Literaturverlag 2025

Impressum

1. Auflage 2025
© Eifeler Literaturverlag
In der Verlagsgruppe Mainz

Alle Rechte vorbehalten
Printed in Germany

Eifeler Literaturverlag
Verlagsgruppe Mainz
Süsterfeldstraße 83
52072 Aachen
www.eifeler-literaturverlag.de

Gestaltung, Druck und Vertrieb:
Druck & Verlagshaus Mainz
Süsterfeldstraße 83
52072 Aachen
www.verlag-mainz.de

Abbildungsnachweis (Umschlag):
© heike114 / stock.adobe.com

ISBN-10: 3-96123-131-1
ISBN-13: 978-3-96123-131-7

Eine solche Geschichte kann nur der Fantasie entsprungen sein. Mit Ausnahme einiger real existierender Läden und Restaurants sind alle Handlungen, Personen und ihre Äußerungen frei erfunden. Ähnlichkeiten sind rein zufällig und unbeabsichtigt.

Für Elke

Prolog

Das Herz schlug ihr bis zum Hals. So hatte sie es sich nicht vorgestellt. Eben noch hatte sie fast so etwas wie Vorfreude erfüllt, wie ein Versprechen auf dauerhafte Ruhe, die sie in wenigen Minuten haben würde. Endlich Ruhe. Nur noch Ruhe.

Corinna blickte nach vorn, über den Brückenvorsprung hinaus. Düsseldorf lag im tristen Nieselregen. Eine S-Bahn kam auf sie zu und entzog sich ihren Blicken, als der letzte Waggon unter der Brücke wegtauchte. Hinter ihr verebbte das geschäftige Treiben der Stadt für einen Atemzug und setzte wieder ein, als sich eine Straßenbahn in Bewegung setzte und einen weiteren Schwung Düsseldorferinnen und Düsseldorfer, in ihre Handydisplays vertieft, zu ihren täglichen Aufgaben brachte.

An diesem Morgen war alles anders gewesen. Kein gehetztes Aufstehen, kein hastiges Duschen, keine Tasse Kaffee im Stehen, wie an jedem anderen Arbeitstag. Sie hatte im Bett gelegen und überlegt, was sie anziehen sollte. Einen Blazer wie immer, aber darunter einen Pullover und eine Hose, auf keinen Fall einen Rock. Erst einmal eine Zigarette. Das Radio war an diesem Morgen ausgeschaltet geblieben, sie wollte nicht durch Nebensächlichkeiten abgelenkt werden. Sie hatte sich den Ablauf genau überlegt, einen Cappuccino zubereitet und sich Zeit für heißen Milchschaum genommen. Auf diesen Luxus musste sie an normalen Bürotagen verzichten. Um 8:01 Uhr stellte sie sich vor, wie er im Büro tadelnd aufblicken würde, weil sie eine Minute zu spät kam, wie er ihr den nächsten Verweis ankündigen würde. Sie empfand Genugtuung, einen kleinen Triumph. Diesen Verweis würde er nicht mehr schreiben können. Und auch alles andere würde er ihr nicht mehr antun können.

Ohne schlechtes Gewissen hatte sie sich eine zweite Zigarette angezündet. Sie wollte schon lange mit dem Rauchen aufhören. An Lungenkrebs würde sie nicht sterben. Sie hatte ihre Tasse gespült, damit ihre Eltern bei ihrer Rückkehr kein schmutziges Geschirr vorfänden, hatte sich dezent geschminkt und die Haare geföhnt. Sie hatte ihr Bett gemacht, die schöne Bettwäsche befühlt, langsam, jede Bewegung auskostend. Ihr Blick war durch das Zimmer geschweift, hatte jedes Detail aufgesogen. Das Bild ihrer Eltern vom silbernen Hochzeitstag auf der Kommode. Trauer war wie ein kurzer, heftiger Stich über sie gekommen. Es würde ihnen wehtun, und sie konnte nicht einmal hoffen, dass sie es verstehen würden.

Das große Poster von Atti an der Wand. Diese unglaublichen, treuen Augen, die stolze Kopfhaltung und die wuselige Mähne. Die Tränen waren ihr in die Augen geschossen, und sie hatte schnell den Blick abgewandt. Am Abend zuvor hatte sie lange mit ihr gesprochen. Atti hatte aufmerksam mit einem gespitzten Ohr zugehört, und wie immer hatte sie das Gefühl gehabt, dass zumindest sie immer wusste, was in ihr vorging. Es war Atti wieder besser gegangen und sie hatte sich über die überraschend große Zuteilung an Leckerlies gefreut. Zuckerwürfel, Eukalyptusbonbons, Äpfel, sogar ein kleines Schlückchen Bier gab es. Dieses unglaubliche Pony liebte Altbier. Sie würde es gut haben.

Flüchtig befürchtete sie, dass der ICE eine seiner üblichen Verspätungen haben könnte. Fröstelnd zog sie die Schultern ein wenig hoch, zündete sich noch eine Zigarette an und stellte überrascht fest, dass ihre Hände zitterten. Seltsam, sie wollte das hier doch, warum zitterten ihre Hände?

Düsseldorf *– Aufgrund eines Personenschadens kam es am gestrigen Vormittag zu erheblichen Verspätungen im Bahnverkehr. Die Strecke der S7 war in Höhe* *der Zoobrücke für mehrere Stunden gesperrt. Betroffen waren viele Reisende zum Düsseldorfer Flughafen, aber auch am Hauptbahnhof kam es durch die Sperrung zu Verspätungen. Der Rheinbahn gelang es nach einigen Stunden, einen Schienenersatzverkehr in Betrieb zu nehmen.*

1. Kapitel

»Der Tod ist wahrscheinlich vor siebzehn Uhr gestern Abend eingetreten, eher früher. Die Totenstarre ist vollständig ausgebildet und könnte bei diesen niedrigen Außentemperaturen verzögert eingetreten sein. Länger als achtundvierzig Stunden dürfte er aber nicht tot sein. Das wäre eine erste ganz grobe Schätzung und gibt Ihnen einen Zeitrahmen von etwa Donnerstagmorgen bis Freitagnachmittag. Ein richtiger Rechtsmediziner würde jetzt sagen: ›Genaueres wird erst die Obduktion ergeben‹, dem kann ich mich nur anschließen.«

Die Notärztin lächelte Hauptkommissar Leopold Werner von der örtlichen Polizeiinspektion in Daun kurz an. Er hatte ihre Untersuchung konzentriert beobachtet. Sie sprach wieder in ihr Diktiergerät, um die Umgebungstemperatur zu vermerken. Klein, mit kindlich anmutender Figur und jugendlichem Kurzhaarschnitt, sah sie nicht aus, als könne sie schon in Besitz einer Approbation sein. Leopold Werner wusste, dass dieser Eindruck täuschte und die junge Frau überaus kompetent war. Bei einem früheren unerfreulichen Anlass hatte ihre gründliche Arbeit Zweifel an der natürlichen Todesursache einer alten Frau aufkommen lassen. Später bestätigte sich, dass sie von einem Erben ermordet worden war. Das hatte ihn beeindruckt.

Die Ärztin beugte sich wieder über den Toten, der auf der Bank vor ihr saß. Den Kopf nach vorne geneigt, die Hände im Schoß gefaltet. Die Handflächen waren nach oben gerichtet, die Fingernägel kurz geschnitten und mit schwarzen Rändern um das Nagelbett. Aus einem kleinen, kreisrunden Loch im unteren Bereich des Hinterkopfes war Blut in einem Rinnsal den Nacken hinuntergeflossen, hatte die feinen Härchen verklebt und schien bereits eingetrocknet zu sein. Der Blutstrom verschwand unter dem Kragen des karierten Arbeitshemdes aus dem

Blickfeld, um sich weiter unten, zwischen den Schulterblättern, als deutliche Spur auf dem Hemd abzuzeichnen. Die Ärztin schätzte das Alter des Toten auf etwa fünfzig bis sechzig Jahre und seine Größe auf etwa 1,75 Meter. Werner vermutete, dass sie richtig lag. Auffällig war das Heu. An allen sichtbaren Stellen haftete Heu am Toten, selbst im Gesicht, im lange nicht gestutzten Bart und auf dem kurz geschorenen Kopf. Beides, Bart und Kopfhaar, waren grau, aber jetzt, vom Tau der vergangenen Nacht durchtränkt, wirkten sie dunkel.

»Platzwunde am Hinterkopf rechts, circa sechs Zentimeter schräg oberhalb des rechten Ohres, etwa drei Zentimeter lang. Möglicherweise Schlag mit stumpfem Gegenstand vor dem Tod. Hämatome an der linken Kopfseite und ein Riss in der linken Ohrmuschel.«

Sie öffnete die Knöpfe beider Hemdsärmel, schob sie vorsichtig nach oben und diktierte wieder.

»Weitere Hämatome an beiden Oberarmen, leichte Abschürfungen an beiden Handgelenken.«

Schließlich schob sie die schmuddelige graue Arbeitshose an den Beinen ein Stück nach oben, bis über den Rand der dicken grünen Wollsocken. Sie ließ die Hosenbeine wieder heruntergleiten und schaltete das Diktiergerät aus, während sie sich aufrichtete und sich dem Polizisten zuwandte.

»Todesursache ist mit hoher Wahrscheinlichkeit der Einschuss im Bereich des Hinterkopfes. Da keine Austrittsöffnung erkennbar ist, dürfte das Projektil im Schädelknochen steckengeblieben sein, was nähere Aufschlüsse über die Art der Waffe geben wird. Ich gehe von einer kleinkalibrigen Waffe aus. Selbstverschulden scheidet mit an Sicherheit grenzender Wahrscheinlichkeit aus. Das Opfer hat vor seinem Tod weitere Verletzungen an Kopf und Armen erlitten. In diesen Bereichen sind deutlich Hämatome, also blaue Flecke, zu erkennen, die sich gut von den Totenflecken unterscheiden lassen.

Nach dem Tod bilden sich keine Hämatome mehr«, fügte sie erklärend hinzu, aber sein Blick verriet ihr, dass er nach so vielen Dienstjahren natürlich mit solch simplen Details vertraut war und keiner ausführlichen Erklärung bedurfte.

»Nun«, sagte sie leicht verunsichert, »die Abschürfungen im Bereich der Handgelenke könnten von einer Fesselung stammen. Im Rückenbereich, wo das Hemd eingerissen ist, scheint es noch weitere Verletzungen zu geben, aber um das zu untersuchen, müsste ich den Toten jetzt bewegen.«

Sie blickte Werner zögernd an und er schüttelte verneinend den Kopf.

»Das wird nicht mehr lange unsere Baustelle sein. Die Kollegen von der Kripo Wittlich sind schon auf dem Weg hierher und sollten alles unverändert vorfinden. Wir warten ab. Würden Sie mir bitte trotzdem Ihren Bericht zukommen lassen?«, fügte er nach kurzem Überlegen hinzu.

»Ja. Natürlich. Ich vermute, die Obduktion wird in Mainz durchgeführt. Ich hätte auch nichts dagegen, auf dem Laufenden gehalten zu werden.«

»Ja gerne«, bestätigte er diesmal.

»Ich bezweifle, dass er hier erschossen wurde.«

Leopold Werner nickte erneut und ließ seinen Blick nachdenklich in die Ferne schweifen. Von der Bank aus bot sich einer der schönsten Ausblicke auf die Vulkaneifel. Hoch oben auf dem Hönsel und mitten im Wacholdergebiet gelegen, reihten sich in der Ferne bewaldete Berge bis hin zur Nürburg auf. Es gab nur wenige Möglichkeiten, hierher zu gelangen oder eine Leiche zu der Bank zu transportieren. Von Niederehe aus führte ein relativ gerader Pfad durch das Wacholdergebiet zu dieser Bank und verlief weiter in Richtung Buchenwald. Letztlich gelangte man nach Loogh oder auch nach Stroheich. Etwas weiter unten, auf der rechten Hangseite, verlief ein Parallelweg. Beide waren als Wanderwege angelegte, aber durchaus mit geländegängigen Fahrzeugen befahrbare Wiesenwege. Seit Februar war es sehr trocken. So trocken, dass es die Landwirte mit Sorge erfüllte. Relevanter für die Ermittlungen war die Tatsache, dass aufgrund der Trockenheit kaum Spuren auf dem Boden zu sehen waren. Der kurze Schauer zu Beginn der Woche war offensichtlich vom Boden aufgesogen worden wie von einem ausgetrockneten Schwamm. Nun, die Spurensicherung würde sicher noch Brauchbares aus dem Staub filtern. Von Niederehe waren trotz der erhöhten Lage nur wenige Häuser zu sehen, und von Loogh aus war diese Stelle wegen des dazwischen liegenden Buchenwaldes, der sich zudem auf einer Kuppe befand, überhaupt nicht einsehbar. Dass einer der Bewohner der beiden Dörfer hier oben etwas beobachtet hatte, war also eher unwahrscheinlich. Bei Ermittlungen spielten aber auch Glück und Zufall eine nicht zu unterschätzende Rolle. Man würde sehen.

Ein morgendlicher Mountainbiker aus Stroheich hatte den Toten entdeckt. Er war auf dem oberen Weg durch den Buchenwald gekommen. Nach eigenen Angaben hatte er den Toten nicht berührt und sofort per Handy über Notruf die Polizei verständigt. Der Notruf ging um 6:36 Uhr ein. Er musste also direkt mit dem ersten Tageslicht in Stroheich losgestrampelt sein. Der etwa vierzigjährige Mann stand nun außerhalb der weiträumigen Absperrung und unterhielt sich mit einem Kollegen. Er schien durch den Fund nicht schwer traumatisiert zu sein und es schien ihn auch nicht zu stören, dass seine Mountainbike-Tour bis auf Weiteres unterbrochen war, weil man ihn gebeten hatte, bis zum Eintreffen der Kollegen aus Wittlich vor Ort zu bleiben. Ein gemütlicher und rustikaler Ureifeler, schätzte Werner, der mit dem Mountainbike die reichhaltige Hausmannskost und die Feierabendbierchen vom gestrigen Freitag bekämpfte.

»Da kommt die Kavallerie«, murmelte Werner jetzt. Aus Richtung Stroheich waren Motorengeräusche zu hören. Kurz darauf näherten sich mehrere Fahrzeuge auf dem weiter unten gelegenen asphaltierten Feldweg.

2. Kapitel

Ein Morgen wie aus dem Bilderbuch. Die Sonne schob sich gerade über den Hönsel, ihren Hausberg, Nachdenk-Berg, Austobe-Berg … Wofür auch immer er gerade herhalten musste. Die ersten Strahlen fielen auf die Ecke des Küchentisches und beleuchteten ungnädig eine bemerkenswerte Vermengung von benutztem Geschirr, Büchern, Eifelkrawallblättchen und Heimwerkerzubehör. Socken, hoffentlich noch unbenutzt.

Alexandra Cameron seufzte, beschloss, das Chaos zu ignorieren, und verstaute Isomatte und Schlafsack in einer Ecke der Wohnküche. Eine Wohnküche, die ihrem Namen alle Ehre machte, denn bisher war nur dieser Raum wirklich bewohnbar. Gelegentlich wurde hier sogar gekocht, oder was man so als Kochen bezeichnete. Fred, der selbsternannte Chefkoch ihrer kleinen Wochenend-WG, liebte die Fast-Food-Küche. Und Max, der als Dritter im Bunde beschlossen hatte, seine Freizeit mit der Renovierung eines alten Bauernhauses zu füllen, war es egal, was er aß, solange es nur genug Kalorien beinhaltete.

Für ihre Verhältnisse hatte Alex an diesem Morgen ziemlich lange geschlafen, im Kölner Freundeskreis war am Abend zuvor gefeiert worden, ein Freundeskreis, den sie direkt proportional zu ihren Loogher Aktivitäten immer mehr vernachlässigte. Loogh, vierundzwanzig Häuser, knapp hundert Einwohner, etwas über fünfzig

Wahlberechtigte und etwa dreihundert Kühe. Sie hatte immer noch nicht herausgefunden, was die anderen fünfzig Einwohner dieses kleinen Eifeldörfchens, die nicht zur Urne gingen, so trieben, denn es gab nur noch zwei Kinder im Ort. Vermutlich waren in dem Bestreben, die Hundert zu erreichen, alle Zweitwohnsitzer und somit Nichtwahlberechtigten mitgezählt worden. Als Running Gag im Dorf sollte bei Erreichen der Hundert ein Ikea-Markt gebaut werden.

Das Dorf, zurzeit noch frei von Möbelmärkten jeglicher Art, hatte einen einnehmenden Charakter. Zugegebenermaßen ließ sich Alex gerne darauf ein, wehrte sich selten, durch dörfliche Aufgaben verplant zu werden, und zog Probleme geradezu magisch an. Langeweile war also nicht die Hauptsorge, weder ihre, noch die ihrer Mitbewohner.

Sie war erst spät in der Nacht eingetroffen, hatte im eiskalten Haus noch eine Weile am Ofen gewerkelt und war am Morgen von irgendwelchen Geräuschen geweckt worden. Die Vögel waren es nicht gewesen. Die begrüßten den Frühling zwar mit einem Gezwitscher, das an Lärmbelästigung grenzte, aber etwas anderes hatte sie geweckt. Sie konnte sich nicht erinnern, was es gewesen war. Sie hauchte dem Ofen neues Leben ein, trank den letzten Rest Kaffee und beschloss, in den Garten zu gehen.

Sie war gerade im Begriff, dieses Vorhaben umzusetzen, als ein dunkelroter Twingo auf den Hof fuhr. Martinshörner ertönten vom Hönsel, als sie Fred kurz darauf die Haustür öffnete. Was war denn da oben los? Genau, das Geräusch hatte sie geweckt. Jetzt schienen noch mehr Einsatzfahrzeuge zu kommen. Alex hielt die Nase in die Luft und spähte nach oben. Rauch war weder zu riechen noch zu sehen. Sie zuckte mit den Schultern und schloss die Tür schnell wieder. Es blies noch immer mächtig kalt herein.

»Bist du aus dem Bett gefallen?«, neckte sie ihn.

»So ungefähr. Irgendwelche Teenies sind um fünf Uhr morgens laut grölend durch die Bronx gezogen. Muss eine feucht-fröhliche Nacht gewesen sein.«

Die Bronx war seine liebevolle Bezeichnung für den etwas heruntergekommenen Stadtteil Düsseldorfs, den er unter der Woche sein Zuhause nannte. Zweizimmerwohnung im vierten Stock, möbeltransportunfreundlich enger Flur und belebender Blick auf einen versifften Hinterhof. Zumindest hatte er einen Balkon. Die Nachbarn leider auch, denn der eine oder andere schien sich den schweißtreibenden Weg zu den Mülltonnen zu ersparen, wo es doch schwerkraftgetriebene Entsorgungsmethoden direkt vom Balkon hinunter gab.

Fred warf seinen Rucksack auf das Sofa in der Ecke und pellte sich aus seiner abgewetzten Lederjacke, die sich nicht mehr schließen ließ, weil er in den letzten Jahren ordentlich zugelegt hatte. Auch sie landete auf dem Sofa, gefolgt von dem ziemlich speckigen grauen Schal, ohne den er nirgendwo hinging. Dieser Schal musste ihn sogar zu seinen sogenannten Kamingesprächen begleiten. Gespräche, in denen er als Flüchtlingsbeauftragter Staatssekretärinnen Probleme erklärte, von deren Existenz diese bis dahin nicht einmal gewusst hatten.

Dem üblichen Ankunftsritual folgend, warf er einen Blick auf das Thermometer.

»Satte 15,2 Grad, haben wir den Sommer eingeläutet?«

Alex blickte ihn etwas zerstreut an und antwortete fast automatisch.

»Ich bin auch erst seit gestern Nacht hier und habe mich immerhin von sieben Grad hochgearbeitet.«

Im selben Moment ärgerte sie sich, dass sie sich überhaupt entschuldigt hatte. Schließlich kam sie meistens zuerst an, verbrachte Stunden in der Daunenjacke und schleppte Holz, bis halbwegs wohnliche Temperaturen erreicht waren.

Doch Fred legte sofort nach. »Hier riecht's nach Kaffee.« Er betrachtete das Chaos auf dem Küchentisch. »Der hart arbeitende Mann kommt nach Hause und das Frauchen hat den Kaffee gekocht und den Frühstückstisch liebevoll gedeckt. Löblich, sehr löblich.« Er sah sie an. »Wir arbeiten noch dran.«

»Und dann frühstücken wir mit den frischen Brötchen, die du bestimmt mitgebracht hast«, konterte sie, denn eine Brötchentüte hatte sie nicht entdecken können. Sie wollte das Wochenende nicht mit einer schlechten Stimmung beginnen lassen, sonst hätte sie hinzufügen können, dass das Geschirr noch vom letzten Wochenende stammte. Er hatte einer Freundin das Haus zeigen wollen, als sie und Max bereits wieder in Richtung Köln respektive Düsseldorf gefahren waren, und Mann hatte mit Frau wohl ausgiebig gezecht. Den pinkfarbenen BH, den sie an der Heizung hängend gefunden hatte, würde sie auch nicht erwähnen. Ihrer war es gewiss nicht. Vielleicht würde sie ihn später damit ärgern. Aber dass sie zwischen dem gestrigen Holzschleppen und dem Schlafengehen eine halbe Stunde lang das Badezimmer trockengelegt hatte, weil er vor lauter Testosteronüberschuss die ganze Woche über das Dachfenster offengelassen hatte, würde sie auf jeden Fall im Laufe des Wochenendes zur Sprache bringen. Zum Glück war es das Bad und zum Glück hatte es in der letzten Woche nur einen einzigen Schauer gegeben. In jedem anderen Raum hätte ein solcher Ausrutscher wahrscheinlich den gesamten Holzboden ruiniert.

»Da ist noch eine kleine Pfütze Kaffee in der Kanne, ich koche gleich neuen«, sagte sie stattdessen nur.

»Da machen wir doch gleich eine größere Portion. Schau mal, wer da auf den Hof gerauscht kommt!«

»Warum seid ihr nicht gleich zusammen gefahren, wenn ihr innerhalb von fünf Minuten hier aufkreuzt?«, fragte Alex erstaunt, während sie durch das

Küchenfenster beobachtete, wie Max – Einzimmerwohnung in Düsseldorf, innen wie außen deprimierend – seine knapp 1,90 Meter aus dem Auto schälte und mit großen Schritten zur Haustür ging. Er trug wie immer nur ein buntes Hemd und Jeans. Der Außentemperatursensor musste bei seiner Herstellung vergessen oder falsch programmiert worden sein, dachte Alex in Anspielung auf seinen Beruf als Informatiker.

Fred sah sie verschmitzt an. »Weil ich heute Abend noch eine Verabredung habe und deshalb nach Hause fahre. Max will bis morgen Mittag bleiben.«

Alex zog die Augenbrauen ein wenig hoch und warf ihm einen auffordernden Blick zu, aber es folgte keine weitere Erklärung. Der BH brannte ihr auf der Zunge, er könnte ihn ja gleich zurückgeben. Aber wahrscheinlich war es eine andere BH-Trägerin, diese Verabredung, ging ihr durch den Kopf, als die Haustür krachend ins Schloss fiel. Sekunden später wurde sie mühelos hochgehoben und so stark gedrückt oder eher gequetscht, dass ihr für einen Moment die Luft wegblieb.

»Die Nominierung für das Wort des Jahres ist …«

Max blickte erwartungsvoll in ihr Gesicht, das sich nun auf gleicher Höhe befand.

»Meine Gehirnzellen leiden gerade unter mangelnder Sauerstoffzufuhr«, keuchte sie und er setzte sie grinsend ab.

»Was ist mit dir? Hast du irgendeine Idee?«, wandte er sich an Fred.

»Guten Moooorgen«, kam es gedehnt zurück, »frag mich in etwa einer Stunde und nach mindestens zwei Tassen Kaffee noch einmal.«

»Bauernhofsanierung«, schlug Alex zaghaft vor.

»Det is langweilich«, berlinerte Max.

»Klär uns doch einfach auf und gut ist.« Fred holte seinen Lieblingsbecher aus dem Schrank, nahm den restlichen Kaffee und begann, die Maschine neu zu befüllen.

»Da höhere intellektuelle Leistungen offensichtlich nicht zu erwarten sind, muss ich euch wohl auf die Sprünge helfen … na, und der Oskar geht an …? Schattenfugenfräse!«

»Muss ich das kennen?«

»Solltest du. Unbedingt! Gehört zum Grundwortschatz jeder ernsthaften Hofsaniererin.«

»Und wozu ist dieses Schattenfugengedöns gut?«

»Sie erspart uns viel Arbeit und viel Geld, weil wir hoffentlich in drei Schlafzimmern kein neues Parkett verlegen müssen.«

»Na, das scheint ja eine richtige Wundermaschine zu sein«, lästerte Fred. »Verlegt die jetzt das Parkett?«

»Mensch, Max, was macht man mit dem Teil?« Geduld gehörte nicht zu Alex' hervorstechenden Eigenschaften.

»Die Schattenfugenfräse kommt als Aufsatz auf die Flex und man schneidet, schwuppdiwupp, eine Dehnungsfuge an der Wand entlang, wenn der Vorgänger sie vergessen hat.«

»Na, dann mach das mal, schwuppdiwupp«, sagte Fred. »Ich kümmere mich heute um die Elektrik in den Schlafzimmern.«

»Ich hatte eigentlich gedacht, dass wir uns mal gemeinsam dem Badezimmer widmen«, warf Alex ein. »Sanitär kann ich nicht und da brauche ich eure Hilfe.«

»Nichts da, du Sklaventreiberin, ich werde wenigstens ein Schlafzimmer fertigstellen«, beharrte Max. »Ich schlafe jetzt seit Monaten auf dem Küchenboden, neben einem chronischen Schnaufer und einer Lady mit seniler Bettflucht, die morgens um fünf über meine Beine stolpert. Ein alter Mann braucht seinen Schlaf.«

Er hatte Recht, befand Alex für sich. Seit einem halben Jahr verbrachten sie jede freie Minute miteinander und auf der Baustelle. Eine Art Exkursionskoller kündigte sich an, eine allgemeine Gereiztheit, der sich kaum jemand entziehen kann, der gezwungen ist, längere Zeit mit anderen Menschen auf engstem Raum zu verbringen. Sie spürte es bei sich und bei Fred. Nur Max schien seine Fröhlichkeit nie zu verlieren. Also lieber noch eine Weile eine rostige Badewanne und dafür eigene Zimmer.

Als Alex am späten Vormittag ins Dorf hinunterging, um die Lebensmittelvorräte der WG aufzufrischen, stand der knallgelbe Bäckerwagen vor der alten Schule. Alex deckte sich mit Brötchen und Brot ein und informierte die Fahrerin nach einem kurzen Plausch, dass sie sich den Weg den Berg hinauf sparen könne.

Mit Tüten bepackt, betrat sie wenige Minuten später den Hofladen. Sie hatte Glück, es war nicht viel los. Nur eine Kundin stand vor der Theke, eine schlanke, aber, wie es schien sehr muskulöse rothaarige Frau, die Alex um mindestens einen halben Kopf überragte. Ihr schulterlanges, leicht gewelltes Haar umrahmte ein Gesicht, das mit Sommersprossen übersät schien.

»Hallo, du musst Kristin sein! Ich bin Alex, oben von der Bitz, und wir sind wohl beide Neu-Loogherinnen.«

»Wir sind was?« Die etwa gleichaltrige Frau sah sie durch eine kleine, rahmenlose Brille erstaunt an. Um ihre grünen Augen zog sich eine Vielzahl von Lachfältchen zu einem Lächeln zusammen.

»Wir sind Neu-Loogherinnen, mit anderen Worten, wir sind zugezogen. Das bleiben wir jetzt so schätzungsweise zwanzig oder dreißig Jahre und irgendwann wird das ›Neu‹ wohl entfallen.«

Kristin lachte und streckte ihr die Hand hin. »Ich habe auch schon von dir gehört.«

»Lass mich mal raten von wem!«

»Von den Hilgers!«, riefen beide Frauen gleichzeitig und fingen an zu lachen.

An den fünf Hilgers kam man in diesem Dorf nicht vorbei. Ob Informationsquelle, Notfälle oder allgemeine Lebensberatung, ob Weihnachtsbaum, Gartenzaun oder

Brennholz, alles lief über die Hilgers. Der Familienpatriarch Jakob Hilgers machte zwar keinen Hehl daraus, dass er alle »Städter« für lebens- und überlebensunfähig hielt, bemühte sich aber nach Kräften, den Unwissenden auf ihrem schweren Weg zu helfen.

»Wenn wir schon so viel voneinander gehört haben, wird es Zeit, dass wir uns kennenlernen. Möchtest du einen Kaffee oder Tee?« Kristin sah Alex lächelnd an.

»Wann, jetzt gleich?«

»Ja. Wenn du Lust hast, warum nicht?«

Alex nickte noch immer zögerlich, aber Kristin hatte Recht, warum eigentlich nicht?

Nachdem auch sie mit Käse und, als Zugeständnis an die Gemütslage ihrer eher karnivor veranlagten Mitbewohner, mit Salami versorgt war, stiegen sie in Kristins weißen Kombi und fuhren ans andere Ende des Dorfes.

Kaum hatte Kristin den Motor abgestellt, tauchte wie aus dem Nichts ein hagerer, rotgesichtiger Mann mit Hakennase und fast schulterlangen grauen Haaren am Zaun zum Nachbarhaus auf. Der Kasper aus der Kiste baute sich direkt neben Kristins Auto auf, neben ihm ein Prachtexemplar von Schäferhund, der leise aber eindringlich knurrte. Es folgte ein offensichtlich gut eingespieltes Ritual. Das wortlose, grimmige Starren des altersmäßig zwischen fünfzig und Scheintod angesiedelten Nachbarn wurde von Kristin mit grußlosem Vorbeirauschen gekontert. Alex grüßte flüchtig und folgte Kristin leicht irritiert. Als sie zurückblickte, sah sie, dass sich eine korpulente Frau mit ungepflegten, grauen Haaren, die ihr strähnig bis auf die Schultern hingen, zu ihm gesellt hatte. Die beiden standen stumm am Zaun und schauten mit so betont finsteren Blicken zu ihnen hinüber, dass es schon fast etwas komisch anmutete. Das Knurren des Hundes wurde lauter und er bekam von seinem Besitzer einen Schlag auf die Schnauze. Sie merkte, wie sich ihre Nackenhaare aufstellten. Selbst der Wind schien an dieser Stelle kälter um die Ecke zu fegen, und sie zog fröstelnd die Schultern hoch. Vielleicht lag es ja auch an den eisigen Blicken, die auf sie gerichtet waren.

Später sollte sich Alex noch einige Male an diese erste Begegnung erinnern. Sie würde sich des Öfteren fragen, ob ihr Frühjahr, das Frühjahr aller Beteiligten genaugenommen, möglicherweise einen völlig anderen Verlauf genommen hätte, wenn sie an diesem Morgen nicht in den Hofladen gegangen wäre. Wenn Kristin beim anschließenden Kaffeetrinken nicht mit tonloser Stimme festgestellt hätte: »Ich wohne neben einem Psychopathen.« Ganz sicher sollte sie der Situation später nichts Komisches mehr abgewinnen können.

3. Kapitel

Der Morgen auf dem Hönsel hatte seinen vorhersehbaren Verlauf genommen. Die Kriminalisten aus Wittlich waren nebst Staatsanwalt und Technikern mit der ihnen eigenen Unauffälligkeit wie eine Rotte Wildschweine im Maisfeld über das Wacholderschutzgebiet hereingebrochen. Sie erklärten die Leiche zu ihrem unangefochtenen Eigentum und heuchelten nicht einmal Interesse an den Einschätzungen der vor Ort tätigen Beamten und der Notärztin. Die Ermittlungen wurden in Ermangelung eines am Wochenende diensthabenden Hauptkommissars von Kriminaloberkommissar Seckler geleitet. Dieser, in seinem früheren Leben vermutlich einmal athletische und jetzt einen überaus schlaffen und unfitten Eindruck vermittelnde Beamte, hatte die örtliche Polizei schnell auf die Plätze verwiesen, in anderen Worten auf die Sicherung der Absperrung. Unmittelbar nach seinem Eintreffen hatte er die Notärztin angeraunzt, er hoffe, sie habe nichts ruiniert. Er hatte sich von ihr und Hauptkommissar Werner kurz Bericht erstatten lassen und beiden das deutliche Gefühl vermittelt, nichts Wesentliches zur Aufklärung dieses offensichtlichen Mordes beitragen zu können.

Leo Werner warf der jungen Ärztin einen entschuldigenden Blick zu, als sie ihre Sachen zusammenpackte, aber sie schüttelte nur müde den Kopf und zuckte die Achseln. Er hatte erfahren, dass sie bereits Nachtdienst gehabt hatte. Sicher war sie auch ein wenig froh, vor der nächsten Nachtschicht noch ein paar Stunden schlafen zu können.

Noch vor Eintreffen der Wittlicher hatte Werner einige uniformierte Beamte, mit Fotos vom Gesicht des Toten auf ihren Smartphones bestückt, nach Niederehe geschickt, um sich dort einmal umzuhören. Die Aufnahmen hatten ein gewisses Maß an akrobatischen Fähigkeiten erfordert, da das Gesicht des Toten nach unten gerichtet war. Dank Selfie-erprobter Jungspunde und eines Mörders, der das Gesicht des Toten unversehrt gelassen hatte, war das Ergebnis vorzeigbar geworden. Somit dürften auch ältere Damen nicht in Ohnmacht fallen, was aber hier in der Eifel, insbesondere bei älteren Damen, ohnehin nicht zu erwarten war. Seckler hatte sich über diese eigenmächtige Initiative wenig erfreut gezeigt, aber der Erfolg schien Werner Recht zu geben. Gerade hatte er einen Anruf von einem seiner Kollegen erhalten. Sie hatten ihre Befragung etwa in der Mitte des Dorfes, gegenüber der alten Schmiede, begonnen und waren sofort fündig geworden. Eine rüstige Bewohnerin des Abteidorfes, gerade mit einem Besen bewaffnet in den samstäglichen Nahkampf mit dem Bürgersteig verwickelt, hatte den Toten ohne Zögern als einen gewissen Rudolf Krämer aus der Nohner Straße im selben Ort erkannt. Diese Aussage wurde von allen anderen Befragten bestätigt, was zwei mögliche Schlüsse zuließ. Entweder handelte es sich bei dem Ermordeten um eine sehr bekannte Person oder es kannte ohnehin jeder jeden im Ort. Werner tendierte zu Letzterem.

Nachdem er seinen unsympathischen Wittlicher Kollegen davon in Kenntnis gesetzt hatte, hielt er seine eigene Anwesenheit hier oben nicht mehr für erforderlich. Er wechselte noch ein paar Worte mit den Dauner Kollegen, die den Leichenfundort weiter absichern sollten, verabschiedete sich und machte sich auf den Rückweg zu seinem Geländewagen. Die Wittlicher hatten ihn erwartungsgemäß zugeparkt, aber nach einigen Flüchen und gekonnten Rangiermanövern gelang ihm die Weiterfahrt nach Niederehe. Es konnte nicht schaden, sich einen ersten Eindruck von der Wohnsituation des Verstorbenen zu verschaffen. Er warf einen Blick auf die Uhr am Armaturenbrett. Wenn er sich beeilte, würde er es noch schaffen, zu Hause etwas zu essen und das Fußballspiel nicht zu verpassen. Sein kleiner Enkel Toby spielte heute zum ersten Mal in einem richtigen Spiel mit. Seine Mannschaft, die Bambinis aus Stadtkyll, traf in einem Turnier auf die Bambinis aus Steffeln, Auel und eine dritte Mannschaft, von der er vergessen hatte, woher sie kam. Das fünfjährige, für sein Alter noch etwas kurz geratene Kerlchen, stand ausgerechnet im Tor und konnte allen Beistand gebrauchen.

Die Wittlicher würden sicher als nächstes das Haus des Toten in Augenschein nehmen, und der liebenswerte Seckler könnte vielleicht schon am frühen Abend das Feld geräumt haben, somit könnte er sich später, nach dem Fußballspiel, selbst ein wenig umsehen.

4. Kapitel

Auf dem Weg von Kristin zurück durchs Dorf beschloss Alex noch einen kleinen Abstecher zu den Hilgers zu machen, deren Haus ohnehin auf dem Weg lag. Dort gab es sicher Interessantes über diesen von Kristin als Psychopathen bezeichneten Nachbarn zu erfahren. Marie Hilgers hatte sie schon auf den Hof kommen sehen, öffnete mit einem warmen Lächeln die Tür und nahm Alex in den Arm, noch bevor sie klingeln konnte.

»Hallo Alex, komm rein. Ich weiß nicht, wo die Män bleiben? Sie sollten vier Meter Holz nach Niederehe bringen und gerade hat eine Frau aus Stroheich angerufen, weil sie ihr Holz noch nicht hat. Das sollte eigentlich auch noch am Vormittag geliefert werden.«

Ihr Mann Jakob und die drei erwachsenen Söhne waren also noch unterwegs. Marie plauderte ohne Unterlass und erzählte Alex von ihren vielfältigen Aktivitäten am Vormittag, während sie geschäftig zwischen Herd und Tisch der gemütlichen Wohnküche hin- und hereilte.

»Ah, da kommen sie ja.« Sie warf einen Blick aus dem Fenster, während sie Alex eine dampfende Tasse Kaffee und Milch hinstellte.

Im Flur wurde es lebhaft. Alle vier Hilgers-Männer redeten durcheinander, während sie ihre dicken Fließjacken an die Garderobe hängten und die groben Arbeitsschuhe an der Wand aufreihten.

Alex stand auf und wurde der Reihe nach von wahren Schränken von Männern kräftig in den Arm genommen, wobei Jakob brummelte: »Du lässt dich viel zu wenig sehen.«

»Tut mir leid, Jakob, ich weiß, aber wir müssen da oben wirklich ein bisschen vorankommen. Ich möchte ein eigenes Zimmer und ein funktionierendes Badezimmer.«

»Bei mir im Bett ist noch Platz«, bot Jakob wie immer an, während er ihr in die Rippen kniff, nur um festzustellen, dass da nichts drauf war. »Ziemliche Weicheier da oben, wenn du bei zwei Männern ein eigenes Bett brauchst.« Auch das war nichts Neues. Marie und Alex grinsten sich an und verdrehten die Augen.

»Du bleibst zum Essen«, stellte Jakob nun fest.

»Tut mir leid, Jakob, ich kann wirklich nicht. Die Männer oben warten auf mich, denn die haben auch noch nichts gegessen.« Dass es sich um Frühstück und nicht um Mittagessen handelte, erwähnte Alex vorsichtshalber nicht.

»Nichts da, du bleibst«, wurde ihr beschieden. Daniel, der jüngste der Hilgers-Söhne, stand bereits abwartend an der Eckbank, damit Alex durchrutschen konnte.

»Eurem Willi schadet es nicht, wenn mal eine Mahlzeit ausfällt«, fuhr Jakob fort.

»Jakob, er heißt Wilfried und allerhöchstens Fred, aber niemals Willi«, verteidigte Alex ihren Mitbewohner, aber Jakob ließ sich nicht beirren.

»Er sieht aus wie jemand, der Willi heißt.«

Es war zwecklos, weiter zu diskutieren, wenn Jakob sich einmal auf eine Meinung festgelegt hatte, und Alex hatte auch keine Lust auf einen Disput. Sie fühlte sich pudelwohl, wenn sie hier am Hilgerschen Esstisch saß, umgeben von den vier gutmütigen Haudegen und der kleinen, zierlichen Marie, die diese Männer gut im Griff hatte.

»Oben auf dem Hönsel liegt eine Leiche«, fuhr Jakob fort, während Marie den gigantischen Topf, aus dem es köstlich duftete, auf den Tisch wuchtete, gefolgt von einem überdimensionalen Fleischteller.

»Da liegt keine Leiche, da sitzt eine Leiche«, wurde Jakob von seinem ältesten Sohn Jürgen korrigiert.

Alex blickte irritiert von einem zum anderen.

»Da sitzt eine Leiche?«

»Auf der Bank, du weißt doch, wo die Schautafel für die Städter ist«, meldete sich Schorsch zu Wort. »Da sitzt der Krämer Rudolf aus Niederehe und scheint mausetot zu sein, sonst hätten die von der Polizei nicht das ganze Gebiet abgesperrt und würden an dem herumhantieren.«

»Der sitzt da, als würde er die Aussicht genießen, und dass er ein Genießer ist, wissen wir ja«, warf Daniel ein und alle Hilgers lachten.

»Moment, bitte nochmal für Anfänger. Da sitzt also ein Toter auf der Bank, wie soll das gehen? Und woher wisst ihr das, wenn alles abgesperrt ist? Und überhaupt, kann ich das noch mal von Anfang an haben?« Alex schaute fragend in die Runde.

»Alex …«, sagte Jürgen nachsichtig in dem Ton, in dem er Unwissende, und vor allem Alex immer über etwas aufklärte, das eigentlich selbstverständlich war, »ich weiß nicht, warum eine Leiche sitzen kann, aber das mit der Absperrung ist doch kein Problem. Wir haben in Niederehe Holz geliefert, da haben die Leute von den ganzen Polizeiwagen oben auf dem Hönsel erzählt. Wir sind einfach hinten herum zur Pornokanzel und hatten freie Sicht mit dem Fernglas. Und da saß der Rudolf, wie in der Kirche, die Hände im Schoß gefaltet und den Kopf andächtig nach vorne genickt.«

»Hat wohl zu lange auf die Alte vom Blattschke gewartet und ist festgefroren«, vermutete Daniel.

Alex zog wieder fragend die Augenbrauen hoch.

»Der hat …«, Schorsch kicherte, »beziehungsweise hatte, so wie es aussieht, eine Affäre mit der Blattschke.«

»Und wer ist diese Blattschke und woher wisst ihr das schon wieder?«, fragte Alex nach.

»Das sind die Zugezogenen in dem Neubau Richtung Niederehe. Und das wissen wir, weil unser Embryo …«, setzte Jakob an und deutete auf Daniel, als er vom Schrillen des Telefons unterbrochen wurde, das ihm von besagtem Embryo wortlos in die Hand gedrückt wurde.

»Hilgers«, meldete er sich mit seinem sonoren Bass, während alle am Tisch verstummten und am anderen Ende eine aufgeregte Frauenstimme so laut ertönte, dass sie das Gespräch fast wörtlich mitverfolgen konnten. Auf Platt wurde Jakob darüber informiert, dass der Krämer Rudolf aus Niederehe mit abgeschlagenem Kopf oben auf dem Hönsel liege und die Polizei alle umliegenden Waldstücke nach dem Täter absuche.

»Hm, hm«, murmelte Jakob ein paar Mal und unterbrach die Erzählung vorerst nicht.

Bei der Hermine wären sie zuerst gewesen, die Polizisten, mit einem Foto, und die hätte ihn natürlich sofort erkannt. Aber warum waren sie zuerst bei Hermine gewesen? Und jetzt würden sie trotzdem weiter von Haus zu Haus gehen und nach dem Rudolf fragen und ob jemand etwas bemerkt hat. Der Bericht endete mit der Prognose, dass es Loogh sicher auch noch erwischen würde, schließlich lag Loogh auch am Hönsel und die Polizei würde sicher bald auftauchen.

Jakob konnte die Identität des Opfers bestätigen, wenn es denn eines war, aber den abgetrennten Kopf musste er leider verneinen. Der war eben noch dran gewesen. Aber davon könnte sich ja jeder persönlich ein Bild machen, vom Hochsitz am dritten Querweg vom Forsthaus kommend. Polizei hatten sie auch keine im Wald gesehen, nur an der Absperrung. Am anderen Ende folgten weitere Schilderungen dessen, was man sich in Niederehe erzählte, und vermutlich setzte sich, als Jakob das Gespräch beendete, eine Völkerwanderung in Richtung Hochsitz in Bewegung.

»Die Linsensuppe wird kalt, jetzt wird gegessen«, sagte Marie energisch.

»Also, unser Embryo«, fuhr Jakob fort, ohne auf das Telefonat einzugehen, »hatte eine nicht ganz jugendfreie Vorstellung. Er saß oben auf der Pornokanzel …«

»Die seitdem Pornokanzel heißt«, schob Schorsch ein.

»… als die Alte vom Blattschke den Rudolf traf und die beiden sich direkt unter ihm auf dem Waldboden vergnügten.«

»Bei diesen Temperaturen?«, fragte Alex ungläubig.

»Alex!«, sagte Jürgen ein wenig ungeduldig über so viel Begriffsstutzigkeit. »Das war doch schon im letzten Herbst.«

»Aber die treffen sich immer noch«, konnte Daniel hinzufügen.

»Der Alte von ihr scheint nur ein paar Tage in der Woche zu arbeiten«, klärte Jakob sie auf. »Und immer, wenn er weg war, ist sie auf den Hönsel gegangen. Jetzt im Winter hat der Blattschke gar nicht mehr gearbeitet, aber sie geht immer noch regelmäßig mit dem Hund hoch auf den Berg.«

»Wahrscheinlich nur, um den Hund auszuführen«, grinste Schorsch anzüglich. »Und jetzt ist ihr Kerl sicher dahintergekommen.«

»Sag mal, Alex«, wechselte Jakob nun das Thema, »hättest du heute Nachmittag ein paar Stunden Zeit? Der Schorsch muss Gülle rausfahren und Jürgen hat sich mit Harald verabredet, um einen Hochsitz zu reparieren. Wir müssen aber noch Holz nach Stroheich fahren und noch einmal nach Niederehe, weil der alten Leni das Holz ausgegangen ist.«

»Ja klar«, bestätigte Alex ein wenig benommen von der Fülle an Informationen. »Ich muss nur wirklich erst hoch auf die Bitz. Sagen wir in einer Stunde? Ich komme direkt zum Holz, okay?«

»Nein, jetzt isst du erst einmal«, bestimmte Jakob, und Alex gab jeden Widerstand auf.

»Aber Jakob, noch einmal zurück zu diesem Blattschke. Meint ihr wirklich den, der neben Kristin wohnt?«

»Hm, hm«, brummelte Jakob mit vollem Mund und nickte dazu.

»Den habe ich zufällig gerade getroffen, weil ich von Kristin komme. Etwas schräger Vogel, oder?«

»Das ist dann mal die Untertreibung des Jahrhunderts«, antwortete Daniel an Jakobs Stelle.

5. Kapitel

Nach dem reichhaltigen Mittagessen schlenderte Alex nachdenklich den Berg hinauf und wurde an der Haustür von Fred empfangen.

»Ist ja klasse! Es ist nach Mittag und wir stehen kurz vor dem Hungertod! Der Bäckerwagen ist heute auch nicht gekommen. Du hast jetzt noch die Gelegenheit für ein paar letzte Worte, bevor wir dich einem langsamen, qualvollen Tod zuführen!«

»Oh je, sorry. Ich habe mich verquatscht. Ich hatte da eine, sagen wir, interessante Begegnung.«

»Aha.« Fred drehte sich um und rief hoch zu Max. »Sie hat ihren Traummann getroffen und lässt dafür zwei andere Traummänner verhungern. Ich finde, das spricht für ein verschärftes Verfahren!« Max war gerade auf dem mittleren Treppenabsatz angekommen und schüttelte grimmig die Schattenfugenfräse. Alex ging jedoch nicht auf die Blödelei ein.

»Einem Mann bin ich schon begegnet.« Sie schob sich an Fred vorbei und legte ihre Einkäufe auf den Tisch. »Ich würde nur sagen, der war eher ein Albtraummann, und oben auf dem Hönsel, genau da, wo wir immer spazieren gehen, ist ein Toter gefunden worden. Und ich habe schon gegessen«, gab sie zu und versuchte, zerknirscht auszusehen, »aber ich setze mich auf eine Tasse Kaffee zu euch.« Das dürfte die zehnte heute sein, dachte sie.

Kurz darauf erzählte sie den beiden beim verspäteten Frühstück von ihrem informativen Mittagessen bei den Hilgers. Freds Gesicht nahm immer mehr diesen für ihn typischen, spöttischen Ausdruck an.

»Ich fasse mal zusammen«, hob er am Ende des Berichts an. »Alles klar, oben auf dem Hönsel liegt oder sitzt oder was auch immer ein Mordopfer, ob kopflos oder nicht muss noch geklärt werden, aber zumindest ist der Mörder schon dingfest gemacht, nicht wahr, bei so einem eindeutigen Motiv?«

Alex hob abwehrend die Hände und runzelte die Stirn. »Ich geb hier nur wieder, was ich gehört habe.«

»Genau. Und jetzt geben wir dem Gehörten doch einmal eine alternative Interpretation. Der gute Mensch aus Niederehe ist oben auf dem Hönsel friedlich beim Anblick des Sonnenaufgangs an einem Herzinfarkt dahingeschieden. Vor seinem Ableben ist er auf seinen Spaziergängen öfter dieser Frau Blattschke begegnet, woraufhin ihm und ihr gleich ein Verhältnis unterstellt wurde. Könnte ja sein, oder? Würde aber natürlich jeder Dramatik entbehren.«

»Durchaus denkbar«, gab Alex zu, »aber erstens habe ich euch noch nichts von einer anderen Begegnung heute Morgen erzählt und zweitens frage ich mich, was die ganze Polizei auf dem Hönsel macht, wenn es ein Herzinfarkt war.«

»Es ist ein ungeklärter Todesfall, die müssen sich sowieso darum kümmern«, warf Max ein, der sich seinerseits bisher intensiv um die Brötchen gekümmert hatte. Er schien wirklich am Verhungern zu sein.

»Mag ja alles sein. Aber seltsamerweise bin ich ausgerechnet diesem Blattschke und seiner Frau heute Morgen schon begegnet.«

»Gibt es irgendjemandem im Dorf, den du heute noch nicht gesehen hast?«, unterbrach Fred sie.

Alex warf ihm einen langen Blick mit hochgezogenen Augenbrauen zu.

»Komm, schieß schon los und ignorier ihn einfach.« Max sah sie auffordernd an und spielte die Rolle des Streitschlichters, die ihm in der WG oft zufiel.

Ohne Fred eines weiteren Blickes zu würdigen berichtete Alex von Kristin und ihren Andeutungen und versuchte, Kristins Nachbarn zu beschreiben.

»Das Auffälligste an ihm waren seine Augen. Da war etwas in seinem Blick, ich kann es schwer beschreiben, irgendwie irre. Ich meine, er stierte, aber ohne zu fixieren, krank eben. Ich weiß nicht, wie ich es sagen soll, mir lief es auf jeden Fall kalt den Rücken herunter. Sie scheint jede Menge Anzeigen seinetwegen zu bekommen. Aber der Ausdruck, den sie verwendet hat, Psychopath, das war schon auch heftig!«

»Die führen einen Nachbarschaftskrieg«, stellte Max fest. »Da werden sich die Fronten verhärtet haben, weil es schon eine ganze Weile so geht.«

»Bei uns in Deutschland beschäftigt das die Gerichte bis an die Kapazitätsgrenzen«, stimmte Fred zu. »Ich würde an deiner Stelle aufpassen, dass du nicht in irgendwelche Grabenkämpfe gerätst.«

»Ich habe doch nichts mit dem zu tun«, wehrte Alex ab. »Die Kristin ist mir sympathisch, und ab und zu ein bisschen weiblicher Input in dieser Männerlandschaft wäre auch nicht schlecht.« Sie lächelte versöhnlicher.

»Mein Reden, mein Reden«, stöhnte Fred, »und wo bleibt mein weiblicher Input?«

Sie knuffte ihn.

»Soweit ich messerscharf schließen kann, ist der erst am letzten Wochenende hier aufgeschlagen. Oder trägst du neuerdings so etwas?«

Sie war aufgestanden und hielt mit spitzen Fingern den rosafarbenen BH hoch. Freds Grinsen wurde immer breiter, während er die Hand nach dem BH ausstreckte.

»Gib her. Der kommt in meine Andenkensammlung.«

Max stand auf, gähnte und reckte sich. »Öfter mal was Neues«, sagte er gelangweilt. »Tja, ich schieb mal wieder ab nach oben.«

»Gute Idee«, stimmte Alex ihm zu und begann, ein paar Sachen vom Frühstückstisch zu räumen.

»Ach ja, Max«, fiel ihr noch ein, bevor die Tür hinter ihm ins Schloss fiel, »ich habe versprochen, ein paar Stunden mit dem Holz auszuhelfen. Musst du in das Zimmer, in dem ich gerade arbeite?«

»Ne, das geht schon klar. Ich bin noch eine Weile hinten rechts beschäftigt.«

6. Kapitel

»Ich war´s nicht«, stieß Philip hervor und schaute seine Mutter in einer seltsamen Mischung grimmig und zärtlich zugleich an.

»Aber du bist dort gewesen, oder nicht?« Gabriele machte eine Pause und wartete vergeblich auf eine Antwort ihres Sohnes. »Die Polizei wird kommen, ich vermute, noch heute Nachmittag. Und sie werden genau wissen wollen, was du in den letzten Tagen gemacht hast.«

»Du glaubst mir immer noch nicht.« Er konnte den leichten Zweifel in ihren Augen lesen. »Ich sage es ein letztes Mal. Ich hätte den Mistkerl gern selbst umgebracht, aber jemand ist mir zuvorgekommen. Ich war es nicht!«

Seine Mutter rieb sich den schmerzenden Wangenknochen und schwieg.

»Du warst von Donnerstagmittag bis gestern Mittag weg«, mischte sich seine Schwester Katie ein. »Gestern Abend bist du wieder verschwunden und gerade erst zurückgekommen. Wo warst du die ganze Zeit?«

»Ich war auf dem Junggesellenabschied am Donnerstagabend, das wisst ihr doch.«

»Aber du bist doch erst gestern Mittag wiedergekommen«, beharrte seine Schwester.

»Ich komme mir vor wie in einem Verhör.«

»Sag mal, du bist doch sonst nicht so schwer von Begriff. Genau das wird passieren. Sie werden dich vernehmen und sie werden vielleicht herausfinden, dass du in Niederehe warst. Also, wo hast du die beiden Nächte verbracht? Wir wollen dir doch nur helfen.«

»Die Feier ging bis in die frühen Morgenstunden. Ich weiß nicht, vier oder fünf Uhr oder so. Wir haben am Feuer gesessen und danach in den Autos gepennt. Konnte ja keiner mehr fahren.«

»Und du warst die ganze Zeit mit den anderen zusammen?«, hakte seine Schwester nach.

»Ich war einmal abends ein gutes Stündchen weg.« Er wich ihrem Blick aus. Seine Mutter stand auf und begann mehr oder weniger mechanisch Teller und Kuchengabeln auf dem Tisch zu verteilen. Sie verließ kurz den Raum und kam mit einem großen Marmorkuchen zurück.

»Du warst auch nicht die ganze Zeit hier«, wandte sie sich an ihre Tochter.

»Ich war Freitag den ganzen Tag hier«, erwiderte Katie. »An den Abenden nicht, das stimmt.«

Sie schwiegen und starrten auf den Esstisch. Niemand griff nach dem Kuchen.

»Wollt ihr mir erzählen, was ihr gemacht habt?«, begann Gabriele leicht resigniert.

»Ich habe am Donnerstag zwischendurch noch ein Mädel besucht.« Philip stöhnte. »Komplizierte Geschichte. Ihr Mann war auch auf der Feier und sie haben ein kleines Kind. Freitag konnte ich bei ihr übernachten, weil ihr Mann sozusagen auf zwei Hochzeiten getanzt hat. Ein Arbeitskollege hat am Freitag geheiratet und es war geplant, dass er nach der Feier dort übernachtet. Die Hochzeit war in Köln.«

Seine Schwester lächelte. »Sie wird also kaum bezeugen, dass du bei ihr warst.«

»Sie darf da auf keinen Fall hineingezogen werden.«

»Tja, dann haben wir Gleichstand. Ich war am Donnerstag- und Freitagabend auch mit jemandem zusammen. Seine Frau ist psychisch sehr labil und macht gerade eine Reha.«

Sie sahen sich an und lächelten ein wenig gequält.

Gabriele lehnte sich in ihrem Stuhl zurück und betrachtete ihre Kinder. Sie waren erwachsen, sie hatten ihre Geheimnisse. Die Nachricht einer ehemaligen Nachbarin aus Niederehe, dass ihr Vater eines vermutlich gewaltsamen Todes gestorben war, hatte irgendwie keine Reaktion ausgelöst. Keine Trauer, keine Fassungslosigkeit, kein Schock. Nur diese unausgesprochene Frage, ob Philip etwas damit zu tun haben könnte, hatte im Raum gestanden. Gabriele zweifelte keinen Augenblick. Auch wenn er sich etwas großspurig gab, ihr Sohn wäre nicht in der Lage, einen Menschen zu töten. Sie horchte in sich hinein. Was fühlte sie angesichts des Todes ihres Ex-Mannes? Sicherlich ebenfalls keine Trauer und leicht beschämt musste sie zugeben, dass es sich eher wie eine Erleichterung anfühlte.

»Ich denke, wir müssen sagen, dass wir die ganze Zeit zusammen hier waren«, sagte sie schließlich. »Letztendlich kann es jeder von uns dreien gewesen sein, denn ich war allein hier.«

»Sie könnten sehr leicht herausfinden, dass Philip auf der Feier war, es gibt ja reichlich Zeugen.«

»Wir sollten das riskieren. Wir hatten zwei Kühe, die gekalbt haben. Dabei ist das auch mit deinem Gesicht passiert.« Philip wandte sich an seine Mutter. »Eine Kuh hat ausgetreten und dich im Gesicht getroffen, als du vor ihr gekniet hast. Ansonsten waren wir zwischen Donnerstag und Samstag nur einmal kurz in Gerolstein einkaufen, alle zusammen. Wenn sie etwas anderes herausfinden, müssen wir sehen, was wir damit machen. Ich muss mich jetzt jedenfalls fertig machen, die Trauung beginnt um drei.«

»Na, wenn du das mal pünktlich schaffst«, sagte seine Schwester skeptisch und zeigte aus dem Küchenfenster. Auf dem Hof hielt ein Streifenwagen.

»Ich flitz in die Dusche.« Philip sprang auf, noch bevor die Polizisten aus dem Wagen gestiegen waren.

»Und ich *werde* pünktlich zur Hochzeit kommen, glaub´s mir«, rief er seiner Schwester von der Tür aus zu.

Wie sich herausstellte, erschien er pünktlich zur Hochzeit und bekam die Polizisten überhaupt nicht zu Gesicht.

Die beiden Beamten, die entsendet worden waren, um die Angehörigen von Rudolf Krämer zu benachrichtigen, blieben nicht lange. Nachdem sie ihre Beileidsbekundungen losgeworden waren, erfuhren sie, dass die Familie bereits durch frühere Nachbarn vom Tod des Vaters und Ex-Ehemannes erfahren hatte. Die befürchteten Fragen nach dem jeweiligen Aufenthaltsort in der letzten Zeit blieben aus.

Die Frage, ob Rudolf Krämer Feinde gehabt habe, konnte nicht beantwortet werden, da die Familie schon lange keinen Kontakt mehr gehabt hatte. Selbst ob der Arbeitgeber des Toten noch derselbe war, konnten sie nicht mit Sicherheit bejahen. Er habe für eine Spedition gearbeitet, aber ob das noch der Fall sei, entziehe sich ihrer Kenntnis, resümierte einer der Beamten später in seinem Bericht.

7. Kapitel

Wenige Minuten nach den Hilgers erreichte Alex das Meterholz am Wirtz-Wäldchen, das sich vor dem letzten Winter noch als fast zwei Meter hohe, sauber geschichtete Wand entlang des Waldweges nach Stroheich erstreckt hatte. Daniel hatte die kümmerlichen Reste bereits von der Abdeckplane befreit und Kreissäge und Anhänger in Position gebracht. In diesem Moment begannen sich Zapfwelle und Sägeblatt zu drehen, begleitet von dem üblichen schrillen Kreischen. Eigentlich müsste sie ja

Kreischsäge heißen, dachte Alex, während sie Jakob, der auf dem Beifahrersitz des Geländewagens saß, zunickte und ihre Handschuhe überzog. Seit seiner Erkrankung im Winter konnte Jakob nicht mehr aktiv beim Sägen helfen. Nach mehr als vierzig Jahren im Wald war das ein schwerer Schlag, und er war häufig bedrückt deswegen, ließ es sich aber niemals nehmen, mit rauszufahren.

Daniel war inzwischen vom Traktor heruntergeklettert und Alex reichte ihm das erste Meterholzstück an.

»Was liegt heute an?«, fragte sie. »Müssen wir Sushi machen?«

»Erst mal nicht«, antwortete Daniel. »Vier Schüttmeter nach Stroheich, ganz normal auf fünfundzwanzig, aber später zwei Meter Sushi nach Niederehe.«

Er grinste und danach sprachen sie kaum noch ein Wort. Alex und Daniel waren ein eingespieltes Team. Sie reichte das Meterholz an, er schnitt es auf die gewünschte Länge von fünfundzwanzig Zentimetern und warf das ofenfertige Holz auf den Anhänger, der direkt neben ihm stand.

Etwa eine Stunde später war der Anhänger voll beladen, mit einem Netz abgedeckt und auf dem Waldweg nach Stroheich unterwegs. Links erstreckte sich durchgängig Wald, rechts wurde er immer wieder von Wiesen unterbrochen, die den Blick ins Tal und in die Ferne freigaben. Alex machte es sich auf der Rückbank bequem und genoss die kurze Pause.

»Drei Stück Rehwild.« Daniel deutete mit dem Arm nach rechts. Auch Alex hatte nach den Rehen Ausschau gehalten, die fast immer hier anzutreffen waren, und sie bereits hinten auf der Wiese am Waldrand äsen sehen. Die Rehe hoben kurz die Köpfe und blickten in ihre Richtung, bevor sie sich wieder dem ersten spärlichen Graswuchs widmeten. Wenige Minuten später bogen sie in Stroheich am Hinweisschild zur Baumschule van Pütten links ab, und Daniel musste den Anhänger in eine ziemlich enge Einfahrt zurücksetzen. Die übliche Routine des Abkippens nahm ihren Lauf, während Jakob ein paar Worte mit der Hausbesitzerin wechselte. Die Nachricht vom Vorfall auf dem Hönsel hatte sich natürlich auch schon in Stroheich herumgesprochen, zumal seit den frühen Morgenstunden Notarztwagen, Krankenwagen und Einsatzfahrzeuge der Polizei durch das Dorf gerauscht waren. Der Krankenwagen und der Notarztwagen waren – bereits auf dem Rückweg – zum zweiten Mal im Dorf gesichtet worden, ob mit oder ohne Ladung konnte natürlich niemand beurteilen.

»Der brauchte keinen Krankenwagen mehr«, sagte Jakob und steuerte seinen Kenntnisstand bei.

»Die alte Leni ist ein Phänomen«, erzählte Jakob auf der Rückfahrt nach Loogh. »Sie müsste jetzt auf die achtzig zugehen, macht ihr Holz meist noch selbst, hält Schafe und pflegt den riesigen Garten.«

»Lange geht das aber nicht mehr gut mit ihrem Trecker«, fügte Daniel hinzu und Alex erfuhr, dass die alte Leni gelegentlich mit recht forschem Fahrstil um die Kurven sauste und ebendiesen Trecker auch regelmäßig dazu nutzte, in Hillesheim ihre Einkäufe zu tätigen.

»Unten in Niederehe heißt sie Katzen-Leni«, sagte Jakob jetzt.

»Warum das?«, fragte Alex nach.

»Das wirst du gleich schon sehen«, gab sich Jakob geheimnisvoll.

»Aber, viel interessanter ist …«, Jakob drehte sich ein wenig umständlich auf dem Beifahrersitz, um Alex auf dem Rücksitz direkt anzusehen, »dass die Leni die direkte Nachbarin vom Krämer Rudolf ist.« Er grinste breit. Wenn Alex und Jakob etwas gemeinsam hatten, war es ihrer beider unersättliche Neugier.

In diesem Jahr war ihr das Holz ausgegangen, was eher ungewöhnlich war, und für ihren Küchenofen waren die normalen Buchenholzscheite zu groß und mussten daher noch zwei- oder dreimal mit der Axt zerkleinert werden. Viele alte Leute mit solchen Küchenherden wurden seit Jahren von den Hilgers mit Holz versorgt, und Alex hatte den Begriff Sushi-Holz geprägt, der inzwischen in den allgemeinen Sprachgebrauch übergegangen war. Der Rest des Holzes, der jetzt noch oben an Wirtz-Wäldchen lag, würde wohl komplett zu Sushi verarbeitet, erfuhr Alex. Jakob wollte diese Reste fortan für die alten Leute reservieren, die in ihren ebenfalls alten Häusern oft noch keine Zentralheizung hatten.

Für die zwei Meter Holz, die zu Leni gehen sollten, brauchten sie etwa doppelt so lange wie für die vorherige Fuhre nach Stroheich. Das Holz wurde sorgfältig mit einem Netz gesichert. Man weiß ja nie, hatte Daniel gemeint, wenn da überall Polizei herumschwirrt, könnte ein gelangweilter Polizist auf die Idee kommen, sich um die Ladungssicherung zu kümmern.

Auf dem Weg durch Niederehe entdeckten sie drei Streifenwagen. Einer parkte vor dem Nachbarhaus, ragte aber mit seiner Schnauze frech in Lenis Einfahrt und erschwerte das rückwärtige Einparken vor ihrer Scheune. Polizisten waren jedoch nirgends zu sehen.

Sie wurden erwartet, das Scheunentor stand offen und Leni zeigte ihnen, wo sie ausladen konnten. Sie ging um das Auto herum, um Jakob durch das geöffnete Beifahrerfenster zu begrüßen, und Jakob setzte ohne Zeitverzug zur Befragung an.

»Guten Tag, Leni. Das ist ja ein Ding mit deinem Nachbarn.«

»Tja«, antwortete Leni. Sie war offensichtlich nicht bereit, sich weiter mit ihrem Nachbarn zu beschäftigen und fragte, wie viel sie den Hilgers schulde.

Während Daniel den Kipper hochpumpte, betrachtete Alex bewundernd den Vorgarten.

»Wunderschön«, sagte sie, als Leni sich zu ihr gesellte. »Ich bin übrigens Alex.«

»Alex?« Leni runzelte ihr faltiges und vom Wetter gegerbtes Gesicht. »Ich hatte Sie eigentlich für eine Frau gehalten?«

Alex lachte. »Eigentlich Alexandra, aber so nennt mich kaum jemand.«

»Und Sie interessieren sich für meinen Garten?«

»Er ist wunderschön, Ihr Vorgarten«, wiederholte Alex und machte mit dem rechten Arm eine ausschweifende Bewegung, die den ganzen Vorgarten umfasste. »Der Steintrog, der große Lavastein mit den Schneeglöckchen, das Kopfsteinpflaster zur Haustür … Hier die Spitzen von Osterglocken, dort kommen die Tulpen heraus, Traubenhyazinthen? Es muss traumhaft sein, wenn das alles blüht. Perfekt.«

Die alte Leni lächelte und zu den drei Katzen, die schon vorher an diversen Stellen im Vorgarten und in der Scheune gesessen hatten, gesellte sich nun eine vierte, fuchsrote, und rieb sich an Lenis Beinen. Leni bückte sich, um ihr den Kopf zu kraulen. »Mohrchen, wo hast du heute Morgen wieder gesteckt?«

»Mohrchen?« Alex sah sie fragend an. »Für eine rote Katze?«

»Sie sind eine Frau und heißen Alex, und das ist ein roter Kater, der Mohrchen heißt.«

Alex lächelte breit. Da war irgendetwas zwischen ihnen beiden, irgendeine Übereinstimmung, die über die Liebe zum Garten hinausging.

»Ich muss dann mal«, sagte sie und deutete auf die Scheune, in der Daniel mit dem Aufsetzen des Holzes begonnen hatte.

»Haben Sie auch einen Garten?«, wurden ihre Worte von Leni ignoriert.

»Ja. Aber er ist verwildert.«

»Möchten Sie den Garten hinten sehen?«, fragte Leni nach.

Alex hob bedauernd die Schultern. »Ja. Sehr gerne. Aber heute geht es nicht. Kann ich ein anderes Mal wiederkommen?«

»Ich bin fast immer hier, es sei denn, Sie kommen ganz früh am Morgen oder kurz vor Einbruch der Dunkelheit. Dann muss ich meine Schafe füttern.«

»Jetzt muss ich wirklich in die Scheune«, sagte Alex mit schlechtem Gewissen.

»Da jü.«

Nach ein paar Schritten drehte sich Alex noch einmal um.

»Sonntags habe ich Zeit. Würde das gehen?«

Leni lächelte wieder. »Morgen Nachmittag? Ich hole Pflaumenkuchen aus der Truhe.«

Wenn es eine Bestechung gab, dann diese. Für Pflaumenkuchen hätte Alex so ziemlich jede andere Verabredung sausen lassen. Sie lachte.

»Selbstgebackener Pflaumenkuchen, genial. Soll ich um drei Uhr hier sein?«

»Jederzeit, ich habe nichts vor.«

»Na, *ich* habe jetzt etwas vor.« Alex lächelte zurück und nickte, bevor sie endgültig und mit schlechtem Gewissen in der Scheune verschwand. Daniel war fast fertig.

Auf dem Rückweg durchs Dorf bedeutete Jakob Daniel, kurz hinter der schönen Klosterkirche neben einer eifrig kehrenden Frau zu halten.

»Tach, Hermine«, grüßte er die Frau durch das offene Autofenster.

Das war sie also, die Hermine, die unerklärlicherweise als erste von der Polizei befragt worden war, dachte Alex. Na, irgendwo mussten sie ja anfangen. Wahrscheinlich hatte sie da schon gekehrt, denn der Boden sah wirklich sauber aus.

»Das ist ja ein Ding mit dem Rudolf«, fuhr Jakob fort, nachdem sie sich begrüßt hatten. Es bedurfte keiner weiteren Aufforderung, um die halbe Lebensgeschichte dieses Rudolfs zu erfahren.

»Ja, der arme Mann«, setzte Hermine zu ihren Erzählungen an. »Der hat´s ja schon im Leben nicht einfach gehabt und dann so was.«

Sie hatte nicht viel Kontakt zu ihm gehabt, weil er die Feste im Dorf vermieden hatte. Eigentlich hatte ihm niemand im Dorf nah gestanden, er galt nicht gerade als freundlich. Und zum Sammeln für karitative Zwecke ging schon lange keiner mehr zu ihm, da konnte er richtig böse werden. Aber man soll ja auch nicht schlecht über Tote reden und so ein Schicksal, das gönnte man doch keinem.

Alex war kurz davor, auf dem Rücksitz einzudösen.

»Hat er allein in dem Haus gewohnt?«, fragte Jakob.

»Jetzt ja«, antwortete Hermine. »Nach der Scheidung waren die Eltern noch im Haus. Die junge Frau ist weggelaufen, statt sich um die alten Schwiegereltern zu kümmern, weil sie einen anderen kennengelernt hat, dat stierige Fraumensch.« Hermine sparte nicht mit Verachtung und Schuldzuweisungen. »Hat damals behauptet, es wäre wegen der Schwiegermutter, dabei hätte sie nur ein Jahr warten müssen, da ham sie die alte Frieda unter die Erde gebracht. Und die armen Kinder. Man weiß, wie das ist mit Scheidungskindern. Deswegen ist der Sohn sicher so danebengeraten.«

Sie machte es gern spannend und Jakob tat ihr den Gefallen und fragte nach.

»Was ist denn mit dem Sohn?«

»Genaues hat man ja nie erfahren, aber er soll auf seinen Vater geschossen haben. Man stell sich das vor, der eigene Sohn. Und dass die ihr die Kinder nicht weggenommen haben! Man versteht das nicht. Kein Wunder, dass der Rudolf so ein komischer Kauz geworden ist. Eigentlich war er sicher ein Guter. Der hat sich ja noch lange um den Vater gekümmert, fünf Jahre müssen es gewesen sein. Musste nachher gefüttert werden und hat auch nicht mehr dichtgehalten, da unten meine ich.« Sie machte eine entsprechende Handbewegung.

»Und der Jung´, der hat als Kind auf seinen Vater geschossen?«, lenkte Jakob das Gespräch auf den interessanteren Teil zurück.

»Nein, er war wohl schon Jugendlicher. Das ist alles lange her, die beiden müssten jetzt schon Mitte zwanzig sein. Aber ist ja auch kein Wunder, dass das damals passiert ist, bei so einer Mutter. Die hat ja gleich nach der Scheidung wieder geheiratet. Da kann man mir doch sagen, was man will, mit dem hatte die doch bestimmt schon vorher was gehabt. Und Kinder, die so ganz ohne den Vater aufwachsen, ohne den richtigen Vater meine ich.« Sie ließ ein bedeutungsvolles »ich weiß nicht« folgen, um alles andere als dezent anzudeuten, dass sie sehr wohl eine klare Meinung dazu hatte.

Alex bekam im Halbschlaf mit, dass die Exfrau die Kinder wohl gegen den Vater aufgehetzt hatte, sonst hätten sie ihn ab und zu besucht, und dass der Rudolf eigentlich ein guter Mensch gewesen sein musste, denn er war jeden Sonntag zur Messe gegangen und hatte das Grab seiner Eltern immer in Ordnung gehalten.

»Papa, da hättest du auch gleich mich fragen können«, sagte Daniel auf dem Rückweg. »Der Philip, also der Sohn vom Krämer, der war mit mir in der Schule, zwei Klassen unter mir. Patenter Kerl.«

»Hm …«, brummelte Jakob nur.

»Und den Schorsch hättest du auch fragen können. Der hat den Philip noch am Donnerstag beim Junggesellenabschied gesehen.«

Daniel grinste und Jakob enthielt sich einer Antwort.

8. Kapitel

»Der kann einem ganz schön aufs Säckle gehen«, hörte Leopold Werner, als er an einem kreativ geparkten Streifenwagen und einem roten Mercedes älteren Baujahrs vorbei auf die offene Haustür zuging. Er schmunzelte. Kollege Seckler hatte offensichtlich schon den Rückweg nach Wittlich angetreten und ein Geschmäckle hinterlassen.

Am Nachmittag hatte es Werner gerade noch zum Fußballspiel seines Enkels geschafft. Das Kerlchen hatte insgesamt neun Leder in seinen Kasten gelassen, mitten im Spiel das Handtuch werfen wollen und war nach dem verlorenen Turnier zunächst untröstlich gewesen. Nachdem der Opa ihm klargemacht hatte, dass die gegnerischen Torwarte sechs Gegentore kassiert hatten und es zu Hause ein Eis aus der Tiefkühltruhe gab, war die Niederlage schnell vergessen gewesen. Der nunmehr versöhnte zukünftige Manuel Neuer war bei seinen Erzeugern abgeliefert worden und er selbst war nach Niederehe weitergefahren, in der Hoffnung, sich hier in Ruhe umschauen zu können. Das Glück schien ihm hold zu sein.

Das Gespräch verstummte, als er Rudolf Krämers Haus betrat, und es lag ihm auf der Zunge darauf hinzuweisen, dass hier jeder ungestört hereinspazieren konnte. Die Absperrung draußen hatte kein Hindernis dargestellt und vor der Tür hatte er keinen Beamten entdecken können. Er hielt sich zurück, schließlich war er auf das Wohlwollen der Kollegen von der kriminaltechnischen Abteilung aus Wittlich angewiesen. Im Gegensatz zu ihnen hatte er hier schließlich nichts zu suchen.

Er musste sich nicht ausweisen. Einer der Beamten erkannte ihn noch vom Vormittag, und es sprach nichts dagegen, sich im Haus des Mordopfers einen Eindruck zu verschaffen, denn ihre Arbeit war so gut wie getan.

Es werde nun offiziell wegen Mordes ermittelt, erfuhr er darüber hinaus. Die Haustür hatten sie verschlossen vorgefunden, der Schlüssel hatte an einem Bund neben Autoschlüsseln und anderen, noch nicht identifizierten Schlüsseln, von innen im Schloss gesteckt. Die Nebeneingangstür zum Garten war hingegen unverschlossen gewesen, mit ebenfalls innen steckendem Schlüssel. Bisher gab es keine Anzeichen für einen Einbruch und nichts deutete darauf hin, dass Rudolf Krämer hier im Haus erschossen oder auch nur verletzt worden war. Es waren weder Kampf- noch Blutspuren gefunden worden.

Werner bedankte sich für die Auskünfte, zog sich Handschuhe und Plastiküberzieher für die Schuhe an und ließ die Beamten vorerst ungestört ihre Arbeit beenden. Bei weiteren Fragen konnte er später noch mit ihnen reden.

Zunächst folgte er einem aufgeregten Monolog, der aus dem zum Garten hin gelegenen Wohnzimmer drang. Er hatte den Moderator richtig erkannt, im Fernseher lief die *Sportschau* im Ersten. Nein, den hätten sie nicht zu ihrer Unterhaltung eingeschaltet, berichtete ein im Wohnzimmer arbeitender Beamter unaufgefordert mit einem Augenzwinkern. Sie hätten alles so gelassen, wie sie es vorgefunden hätten, nur den Ton etwas leiser gestellt und die Jalousien hochgezogen. Alle Jalousien waren beim Eintreffen der Beamten ganz heruntergelassen gewesen. Bis auf das wenige Licht, das durch die blickdichte Glasscheibe der Eingangstür in den Flur drang, und das einer kleinen Stehlampe war das Haus stockdunkel.

Die Stehlampe brannte noch immer, links neben einem etwas zerschlissenen und ausgebleichten, ehemals vermutlich flaschengrünen Ohrensessel mit Samtbezug, der seinerseits schräg in der Fensterecke dem Fernseher zugewandt stand. Auf einem niedrigen Couchtisch, Eiche mit eingelassenen Kacheln, unter der Fensterbank und in bequemer Reichweite des Ohrensessels, lagen ein

Eifeler Wochenspiegel und eine Fernsehzeitung. Die Seite mit dem Programm vom Donnerstag war aufgeschlagen. Eine Fernbedienung und eine Lesebrille lagen darauf, daneben eine halb geleerte Flasche Bitburger Pils, in der Eifel liebevoll Stubbi genannt. Zwischen Sessel und Tisch sah er eine weitere, allerdings leere Bierflasche auf dem Teppichboden stehen. Hier hatte es sich jemand für einen Fernsehabend gemütlich gemacht. Der Fernseher stand in einer Eichenschrankwand. Sie nahm die ganze linke Seite ein. Werner schätzte, dass die Möbel aus den 1960er Jahren stammten Nur der große Flachbild-Fernseher war wohl als Zugeständnis an die nachlassende Sehkraft angeschafft worden. Ein einzelnes, gesticktes Bild mit einem Alpenmotiv zierte die gegenüberliegende Wand. Alles überaus solide und unauffällig, bis auf die Tatsache, dass der Besitzer dieses Museums sein Bier nicht mehr hatte austrinken können. Hier hatte der Tod einen Menschen plötzlich und unerwartet ereilt, und das allem Anschein nach in den Abendstunden.

Er wandte sich dem gegenüberliegenden Badezimmer zu, das mit einem kleinen Fenster zum Vorgarten ausgestattet war. Ein leichter Muffelgeruch entströmte der Waschmaschine, die offen neben dem Waschbecken stand und offensichtlich noch eine Ladung Wäsche enthielt.

»Die Maschine hat noch geblinkt, um das Ende des Waschprogramms anzuzeigen«, erklärte derselbe Beamte, der ihn über den Fernseher aufgeklärt hatte. »Wir haben sie nur ausgeschaltet und geöffnet.«

Der Geruch verriet, dass die Maschine ihre Arbeit schon vor einiger Zeit beendet hatte. Werner warf einen kurzen Blick hinein. Es sah nach Arbeitskleidung aus.

Die gesamte Sanitäreinrichtung hatte wohl auch schon ein halbes Jahrhundert auf dem Buckel, es fehlte eigentlich nur noch ein Plüschüberzug für den Toilettendeckel, um das Bild abzurunden. Ein ehemaliges

Senfglas hatte die Karriereleiter erklommen und enthielt nun als Zahnputzbecher eine einzelne Zahnbürste und Zahnpasta. Eine überschaubare Anzahl weiterer Hygieneartikel, vom Duschgel bis zum Schuppenshampoo, verteilte sich auf Badewannenrand und Fensterbank und zeugte von einem anspruchslosen Nutzer, der bevorzugt im Discounter kaufte. Auch der Spiegelschrank über dem Waschbecken zeigte keine Auffälligkeiten. Wenn er seine Medikamente nicht woanders aufbewahrte, war der Hausbesitzer für sein Alter recht gesund gewesen. Er schien die Pharmaindustrie nur durch den Kauf von Aspirin unterstützt zu haben und hatte gelegentlich ein Heftpflaster benötigt.

»Donnerwetter, was haben wir denn hier?«

Werner folgte dem lauten Ausruf eines der Ermittlungsbeamten und auch aus den anderen Räumen wandten sich mehrere plastikumhüllte Gestalten der rückwärtigen Küche zu. Der Ausrufer hockte vor dem geöffneten Backofen, kramte darin herum und hielt kurz darauf eine P30, in einer Asservatentüte verpackt, wie eine Trophäe in die Höhe. Die anderen scharten sich um ihn und begutachteten das auch bei der Polizei als Dienstwaffe beliebte Stück.

»Wenn dat ma nich die Tatwaffe is«, murmelte einer der Polizisten.

Leopold blickte sich in der nunmehr recht bevölkerten Küche um. Der an einer Leiste neben der Tür zum Garten hängende, ölverschmierte Blaumann hatte wohl die Arbeitskleidung früherer Generationen abgelöst, so wie der Stallgeruch einem schwach wahrnehmbaren Geruch nach Autowerkstatt gewichen war. Die Schirmmütze und eine dunkelgrüne, imprägnierte und gefütterte Jacke hatten Rudolf Krämer erstaunlicherweise nicht auf den Hönsel begleitet. Erstaunlich, wenn man davon ausging, dass er abends bei Minustemperaturen das Haus verlassen haben musste. Da dem Wohnzimmer eine

Terrassentür fehlte, war dies der einzige Zugang zum Garten. Der Eindruck, den Werner bislang im Haus gewonnen hatte, verstärkte sich. Auch hier war seit langem nichts verändert worden. Auf der alten Eckbank hatte vermutlich schon Rudolf Krämers Großvater auf seinen Eintopf gewartet, vor ihm der Tisch mit der Wachstuchdecke. Küchenutensilien lagerten in einem weiß gestrichenen Küchenschrank aus Furnierholz, Lebensmittel in einem alten Kühlschrank, der noch ungebremst Energie verbrauchen durfte. Der vierflammige Herd mit dem zum Waffenschrank zweckentfremdeten Backofen war vermutlich später angeschafft worden als das übrige Mobiliar. Von der danebenstehenden Küchenhexe, dem alten Herd mit Reling, über den in der Eifel fast jeder Haushalt verfügte, hatte der Hausherr sich aber wohl nicht trennen wollen.

Unter den Kollegen entbrannte eine Diskussion, nachdem sie sich nun davon überzeugt hatten, dass die Waffe geladen war und kein Schuss fehlte. Leopold Werner hörte sich die verschiedenen Thesen mit einem Ohr an, während er sich weiter umsah.

Der Müll war zumindest teilweise getrennt worden und ein Blick in den gelben Sack, der in einem Ständer neben der Spüle stand, deutete auf eine eher einseitige Ernährung mit Fertiggerichten aus der Tiefkühltruhe und aus der Dose hin. Die Obduktion würde vermutlich eine mexikanische Bohnensuppe als letzte Mahlzeit nachweisen. Diese Dose lag zuoberst neben einer Dose Katzenfutter. Wenn Werner nicht alles täuschte, handelte es sich um die Marke, die bis zum Bosnienkrieg als serbische Bohnensuppe verkauft worden war und dann auf wundersame Weise bei gleicher Rezeptur das Herkunftsland gewechselt hatte. Sollte Rudolf Krämer diese Multikulti-Suppe am Tag seines Todes zubereitet haben, war er offensichtlich noch dazu gekommen, das Geschirr abzuwaschen und in den Schrank zu stellen.

Vermutlich war es genauso gewesen. Krämer war äußerst ordentlich, ja möglicherweise sogar pedantisch gewesen. Nirgends lag etwas herum, nicht einmal Post aus den Tagen vor seinem Tod, ein Stift vielleicht, um sich schnell Notizen machen zu können ...... Und nirgendwo war etwas zu finden, was über die Person Rudolf Krämer hätte Auskunft geben können. Gerahmte Familienfotos zum Beispiel, von Reisen mitgebrachter Nippes und all das, was in den meisten Haushalten als heiß geliebter Staubfänger ausgestellt wurde. Das Bemerkenswerte an diesem Haus war, dass ihm nichts wirklich Bemerkenswertes anhaftete, dass es nichts mit seinem letzten Bewohner zu verbinden schien. Als wäre mindestens eine Generation übersprungen worden, ohne Spuren von Rudolf Krämer zu hinterlassen.

Als Werner die Küche verließ, stand die Ofentür noch offen und gab den Blick auf einen Römertopf mit Deckel frei, der als ungewöhnlicher Aufbewahrungsort für die Pistole gedient hatte. Keine drei Meter von der Hintertür entfernt. Er vermutete, dass die Untersuchung ergeben würde, dass es sich nicht um die Mordwaffe handelte, vielmehr schien es ihm, als hätte sich jemand auf das Ereignis vorbereitet, das ihn ereilen sollte. Wovor oder besser vor wem hatte Rudolf Krämer Angst gehabt?

Er warf noch einen kurzen Blick ins Obergeschoss und ins Schlafzimmer, unterzog die angrenzende Garage einer kurzen Inspektion und verabschiedete sich von den Technikern. Kärtchen wurden getauscht. Auf halbem Weg zur Haustür blieb er noch einmal stehen und grübelte über ein Paar braune Cord-Pantoffeln am Treppenabsatz. Nachdenklich verließ er schließlich das Haus.

9. Kapitel

Der Nachmittag war wie im Flug vergangen, wie immer. Max stand kurz vor der Fertigstellung der Schattenfugen des zweiten Zimmers und war vor Begeisterung kaum zu bremsen, während Alex in den zwei Stunden, die ihr nach dem Holzmachen noch geblieben waren, beim Abkratzen der Tapete Gelegenheit hatte, über das heute Erlebte und Erfahrene nachzudenken. Was war das für ein Mensch, dieser Rudolf aus Niederehe, angenommen, er hatte wirklich etwas mit Frau Blattschke gehabt. Ihr erschien diese Beziehung eher unwahrscheinlich, auch wenn sie Daniels Beobachtungen nicht anzweifelte, aber vielleicht waren sie überinterpretiert worden. Sie versuchte, sich diesen kurzen Moment an Kristins Zaun in Erinnerung zu rufen. Ungepflegtes Äußeres, unsympathischer, ja aggressiver oder zumindest ablehnender Gesichtsausdruck. Sie hatte die Frau aber noch nicht reden hören. Trotzdem eine ziemlich interessante Gesamtkonstellation: eine neue, ihr auf den ersten Blick sympathische Bekanntschaft, hat Ärger mit Nachbarn, die einen eher ungemütlichen Eindruck machten, von denen der Frau wiederum ein Verhältnis mit einem Mann nachgesagt wird, der eben noch mausetot auf dem Hönsel gelegen, oder, interessanterweise, gesessen hatte. Ihre Neugier war geweckt und die Quelle für weitere Informationen lag auf der Hand. Die Hilgers und Leni.

»Wir müssen ihm das Ding abnehmen«, raunte sie Fred zu, als sie ihm mit Abdeckplanen, Eimern und Spachteln bewaffnet im Flur begegnete. Max hatte sie kurzer Hand aus ihrem Zimmer vertrieben, weil er nun dort weiter fräsen müsse, wie er behauptete. »Langsam gehen uns die Fugen aus, was wird er als Nächstes zersägen?«

»Das werde ich wohl heute nicht mehr erfahren«, stellte Fred grinsend fest. »Ich muss nämlich jetzt los. Du bekommst ihn schon gebändigt, da bin ich zuversichtlich.«

Sie bekam ihn gebändigt. Mit der Methode, die immer funktionierte, verhinderte sie weitere kreative Ansätze für den Einsatz der Fräse.

»Was hältst du davon, wenn wir zwei Bleche Pizza zu den Hilgers bestellen?«, fragte sie, als Max eine kurze Pause in der Küche einlegte.

»Prima«, nickte Max und blickte an seiner schlaksigen Figur hinunter, »Kalorien sind durch nichts zu ersetzen, außer durch noch mehr Kalorien. Übrigens, es muss schon etwas Besonderes sein, dieses Date, meinst du nicht, wenn Klein-Fred sogar seine geliebte Sportschau sausen lässt?«

Alex stand an der offenen Kühlschranktür und zuckte mit den Schultern. »Du kennst ihn doch. Wie wäre es mit einem großen Glas Orangensaft?«

Max nickte. »Klingt gut.«

Stimmte es eigentlich, dass Max ihn kannte, ging ihr durch den Kopf. Sie war immer das Bindeglied zwischen den beiden Männern gewesen und sie hatten sich erst in der Wohngemeinschaft näher kennengelernt.

»Er ist auf der Suche, Max, so eine ewige Suche. Wie soll ich dir das erklären, was ich selbst nie ganz verstanden habe. Er hat mich immer an Hannes Wader erinnert, das Lied, weißt du, *heute hier, morgen dort*. Er sucht. Eine Frau, bei der er wirklich bleiben will, einen Ort, an dem er wirklich bleiben will, einen Job, bei dem er wirklich bleiben will … Und wenn er fündig wird, und sobald es ernst wird, hat er scheinbar nur noch Fluchtgedanken. Er macht sich sofort wieder auf die Suche, zieht sich innerlich aus der Beziehung zurück und die Beziehung zerbricht. Danach ist er depressiv, weil sie zerbrochen ist, und aus der Depression kommt er erst richtig heraus, wenn er wieder jemanden gefunden hat. Ein ewiger Kreislauf.« Sie seufzte.

Max war mittlerweile neben sie getreten, nahm zwei Gläser aus dem Schrank und die Orangensaftflasche aus dem Kühlschrank. Er schloss sanft die Kühlschranktür, die sie noch immer mit einer Hand offenhielt.

»Er hat schlicht Angst vor Verantwortung«, stellte er fest.

»Ja, da hast du wohl recht«, erwiderte Alex nachdenklich. »Das haben wir ja auch bei dem Haus hier gesehen. Als es ernst wurde, wollte er sich gerne an der Wohngemeinschaft beteiligen, aber beim Kauf hat er einen Rückzieher gemacht.«

»Du hast es mir nie richtig erklärt«, sagte Max. »Ich meine, für mich war es total okay, nur ……«, er machte ein paar Anführungszeichen in der Luft, »mit dir zusammen zu kaufen, aber er wollte es am Anfang auch und war ganz begeistert.«

»Er hat gesagt, sein Vater hat ihm davon abgeraten. Wenn einer von uns pleitegeht, würden wir ihn mit hineinziehen, von wegen ›gemeinsamer Besitz‹ und so. Ich habe das nicht so ganz verstanden.« Sie seufzte wieder. »War auch total egal, was sein Vater ihm da gesagt hat. Er hat es als Strohhalm genommen und konnte mitmachen, ohne sich festzulegen, weil er eben nicht mit im Grundbuch steht. Und für mich kam das Ganze nicht überraschend, ich war eher völlig geplättet, als er sich zuerst an dem Kauf beteiligen wollte.«

»Und dafür und auch für seine Frauengeschichten hat er dein vollstes Verständnis.« Das kam als Feststellung und war nicht mit irgendeinem Fragezeichen behaftet.

»Ich glaube, das hängt mit seiner Kindheit zusammen. Sie sind ständig umgezogen, ständig eine neue Schule und so weiter. Und er macht das Muster einfach weiter, es ist in seinem Kopf und er kann nicht anders.«

»Das ist das Phänomenale an euch Frauen«, antwortete Max. »Irgendein simpler Umstand und immer ein riesiges psychologisches Brimborium dahinter.«

»Was meinst du denn mit dem schlichten Umstand?« Alex runzelte die Stirn.

Max ließ sich nicht aus der Ruhe bringen. »Wie ich schon sagte, er ist nicht bereit, irgendeine Verantwortung zu übernehmen, und bisher ist er damit auch ganz gut durchs Leben gekommen, nicht zuletzt, weil du sie ihm abgenommen hast.«

Alex schwieg einen Moment. »Du hast seine Downs noch nicht wirklich erlebt.«

»Na ja, einen kleinen Einblick habe ich im letzten Winter schon bekommen«, antwortete Max. »Das mag für ihn sehr schlimm sein und ist sicher nicht schön, aber vor allem habe ich gemerkt, dass du dann an nichts anderes mehr denkst.«

»Ja«, gab Alex zu, »das stimmt wohl. »Irgendwie war das schon immer so, quasi seit der Realschule.«

Wieder schwieg sie eine Weile. »Kann es sein, dass du ihn nicht wirklich magst?«

»Doch, ich mag ihn. Er ist witzig. Durch dieses Zusammenleben an den Wochenenden lernt man nur sehr viel mehr über Menschen, als wenn man sie nur ab und zu sieht. Na ja … und er ist ein guter Freund von dir, also muss er ok sein.«

»Wow«, erwiderte Alex. »Das ist gerade ein ziemliches Kompliment, oder?«

Max lächelte. »Du kannst es absolut als Kompliment auffassen und es ist auch genau so gemeint.« Er trank sein großes Glas Orangensaft in einem Zug aus und grinste breit. »Aber dass wir heute etwas essen wollten, das hast du vergessen, oder?«

Alex lachte. »Der Kandidat bekommt hundert Punkte. Ich rufe sofort Marie an.«

Marie stimmte Alex' Vorschlag begeistert zu und da Alex die Geschmäcker der zu erwartenden Pizzaesser gut kannte, gab sie die Bestellung auf.

10. Kapitel

Die Pizzableche von der »Tomate« aus Niederehe trafen fast zeitgleich mit Alex und Max bei den Hilgers ein. Jakob schäkerte mit der jungen Fahrerin und fragte nach Rudolf Krämer, aber sie wusste auch nicht mehr als bereits bekannt war. Marie und Alex hatten die um den großen Esstisch versammelten Männer schnell mit ihren jeweiligen Lieblingssorten versorgt, und natürlich drehten sich die Gespräche zunächst weiter um den toten Rudolf vom Hönsel, aber da gab es bedauerlich wenig Neues zu berichten. In Niederehe waren zwar tatsächlich Polizisten weiter von Haus zu Haus gegangen, sie hatten sich aber hinsichtlich der Todesursache bedeckt gehalten, und ob irgendjemand einen wertvollen Beitrag hatte leisten können, war auch noch nicht bekannt. Der Informationsdienst schwächelte.

»Wo ist eigentlich der Schorsch?«, wechselte Alex das Thema.

»Wo soll der denn sein?«, antwortete Jakob mit missbilligendem Gesichtsausdruck. »Es ist Samstagabend, der ist als Dorfbesamer unterwegs.«

Max, der noch nicht oft bei den Hilgers gegessen hatte, schaute verständnislos in die Runde, während alle anderen außer Jakob grinsten.

»Der ist auf irgendeinem Fest und baggert Mädels aus anderen Dörfern an«, übersetzte Alex für ihn. »Ganz der Papa«, fügte sie hinzu und zwinkerte Jakob zu. Jakob musste lachen.

»Sag mal, dieser Blattschke, der da letztes Jahr neu gebaut hat, habt ihr mit dem schon mal zu tun gehabt?«

Damit hatte Alex bei Marie in ein Wespennest gestochen.

»Der hat im letzten Herbst hier angerufen und wollte Holz haben«, regte sie sich auf. »Er hat nach dem Preis gefragt und drei Meter bestellt, die gleich am nächsten

Tag geliefert werden sollten. Ich habe ihm gesagt, dass das nicht geht, weil für den Tag schon zu viele Bestellungen vorlagen. Die Män«, sie nickte in Richtung Jürgen und Daniel, »können ja auch nicht mehr als arbeiten. Da ist er am Telefon richtig unverschämt geworden. Am nächsten Tag haben es die Jungs doch geschafft hinzufahren, und du glaubst nicht, was der als Erstes gesagt hat. Das sind Preise wie im Puff, hat er geschimpft, und er hatte vorher nach dem Preis gefragt.«

Jürgen nickte mit der Gelassenheit dessen, der mit solchen Zeitgenossen umzugehen weiß, und Daniel erzählte weiter.

»Das war auch das Letzte, was er gesagt hat, weil Jürgen direkt auf seinem Hof gewendet hat und ihm aus dem Fenster zugerufen hat, er soll beim nächsten Puffbesuch gleich Holz mitbringen. Und weg waren wir.«

Jürgens Grübchen wurden immer tiefer, aber er schwieg und widmete sich intensiv seiner Pizza mit Meeresfrüchten. Daniel hingegen kam immer mehr in Schwung.

»Ja, und irgendwann im Winter meinte er, er müsste uns den Weg versperren. Hat sich mit seinem Hund mitten auf die Straße gestellt, so dass wir anhalten mussten, und gebrüllt, wir dürften da in der Mittagszeit nicht lang fahren. Voll plemplem.«

Er tippte sich an die Stirn und Alex freute sich schon auf die Pointe. »Jürgen hat das Fenster runtergekurbelt und gesagt, er hätte jetzt zwei Möglichkeiten. Entweder er geht weg, damit wir weiterfahren können oder wir fahren sowieso weiter. Er ist weggegangen.«

Max prustete los, verschluckte sich an seiner Pizza und musste von Alex mit ein paar kräftigen Schlägen auf den Rücken gerettet werden, während sie fasziniert beobachtete, wie Jürgens Grübchen noch tiefer wurden und Daniel schon ordentlich stolz auf seinen großen Bruder war.

»Und da war noch die Geschichte mit der Feuerwehr«, erinnerte Marie.

»Wir wissen aber nicht, ob er das war«, brummte Jakob, aber sein Gesicht ließ keine Zweifel über seine Vermutungen, was auch immer hinter dieser Geschichte mit der Feuerwehr stecken mochte. Es bedurfte keiner weiteren Aufforderung, um das herauszufinden, und während Jürgen aufstand, um eine weitere Runde Stubbies aus der »kleinen Küche« nebenan zu holen, setzte Daniel schon an.

»Letzten Monat haben wir oben auf der Lay einen Haufen Äste verbrannt. Plötzlich kam die Feuerwehr aus Niederehe und wollte löschen. Wer sie gerufen hatte, wussten sie nicht oder wollten es nicht sagen. Jedenfalls haben wir mit den Männern gemütlich Stubbis getrunken und dann rief die Feuerwehr aus Hillesheim an und wollte auch ausrücken. Ging nicht, wir hatten nur noch einen Kasten Bier.«

Alex hatte inzwischen Bauchschmerzen vor Lachen. »Und was ist mit den Kosten?«, stieß sie hervor. »So was kostet doch, so ein Feuerwehreinsatz.«

»Och wat«, wiegelte Jakob ab, »die lassen das als Übung laufen.« Er schwieg einen Moment und langte nach einem weiteren Stück Pizza. »Wo sind wir denn hier?«, brummte er weiter. »Sollen wir zukünftig für jedes kleine Feuerchen einen Antrag stellen? Die Äste kamen auch noch von der Gemeindearbeit.«

Alex liebte diese Abende voller Anekdoten, und sie liebte die gesunde Portion Anarchismus. So leicht waren die Eifeler zum Glück nicht zu zähmen.

Die Stimmung wurde immer ausgelassener und irgendwie musste sie das Gespräch auf den Rudolf aus Niederehe zurücklenken. Das stellte sich kurz darauf als unnötig heraus, als Harald, der hiesige und in Niederehe wohnhafte Jagdpächter, eintrat, mit einem Stubbi und Pizza versorgt wurde und automatisch wieder zum Thema des Tages gewechselt wurde. Ebenso automatisch, wie auf Knopfdruck, wurde auf Platt umgeschaltet. Mit dem Eifeler Platt hatte Alex noch nie große Probleme gehabt. Vielleicht lag es daran, dass sie quasi dreisprachig aufgewachsen war, mit einem schottischen Vater, einer deutschen Mutter und einem Großvater, der zu Hause Münsterländer Platt sprach. Sie warf einen Blick zu Max, der als Berliner kein Wort verstand, aber er hatte sich bequem auf der Bank zurückgelehnt und träumte vor sich hin.

Die Polizei sei auch bei ihm gewesen, wusste Harald zu berichten. Zumindest hatte er erfahren, dass von Fremdverschulden an Rudolfs Tod die Rede war, auch wenn er selbst keine Beobachtungen zu den laufenden Ermittlungen hatte beisteuern können.

»Was war er denn für ein Mensch, der Krämer Rudolf?«, fragte Alex nach. Nach den Erzählungen des Nachmittags, die kaum ein Klischee ausgelassen hatten, eine zweite Meinung einzuholen, war nie eine schlechte Idee.

Harald schwieg.

»Ein Ekelpaket«, stellte Daniel sachlich fest.

»Er soll seine Frau geschlagen haben«, warf Marie ein.

»Das hat er bestimmt«, bestätigte Jakob, »kein Mensch kann so oft gegen einen Schrank rennen, wie sie mit einem blauen Auge durch die Gegend gelaufen ist.«

Als die Tür sich wenig später wieder öffnete und zwei weitere Jäger eintraten und mit Getränken und Pizza versorgt wurden, widmete man sich fortan Jagdangelegenheiten. Alex und Max verabschiedeten sich trotz heftiger Proteste kurz darauf.

11. Kapitel

Nachdenklich blickte Leopold Werner auf den Fundort des toten Rudolf Krämer. Eine ganze Weile stand er nun schon hier und ließ den Ort auf sich wirken, ungestört von dem massiven Polizeiaufgebot, das am Tag zuvor das Wacholdergebiet bevölkert hatte. Er kramte in seiner Jackentasche, zog eine kleine Pfeife hervor, begann sie langsam zu füllen und drückte den Tabak fest an. Was war hier geschehen? Wie war der Tote hierhergekommen? Was hatte das Haus des Toten ihm gestern sagen wollen? Was für ein Mensch war Rudolf Krämer gewesen?

Es war nicht so, dass ihn diese Fragen an einem freien Sonntag wirklich beschäftigen sollten. Genau genommen waren Denkansätze seinerseits bei der Kripo Wittlich wohl auch eher unerwünscht, aber Rudolf Krämer hatte hier in seinem Revier gelebt, war hier gestorben. Er kannte die Menschen in den umliegenden Dörfern und die örtlichen Gegebenheiten besser als die Kollegen aus dem fernen Wittlich. Darüber hinaus ließ er sich schlicht nicht gerne das Zepter vollständig aus der Hand nehmen.

Gestern hatte er noch einen kurzen Blick in das zur Straßenseite gelegene Schlafzimmer des Toten geworfen. Auch hier bestätigte sich, dass das Haus nur von einer Person bewohnt worden war. Rudolf Krämers Schlaf, auf der linken Seite des altmodischen Ehebetts, war von einem großen Holzkreuz an der Wand und einer noch sehr viel größeren Marienstatue in der Ecke bewacht worden. Unzureichend, wie sich herausstellte, aber er war ja vermutlich auch nicht im Schlaf ermordet worden. Die andere Seite des Bettes war nur mit einem Laken bedeckt. Seine persönlichen Papiere sowie Brieftasche und Portemonnaie lagen in einer Schublade des Frisiertisches. Auf diese hatte es der Täter also nicht abgesehen gehabt.

Das Esszimmer vorne rechts und die beiden Mansardenzimmer im Obergeschoss waren wohl kaum benutzt worden. In den oben gelegenen Schlafzimmern hatte sich im Gegensatz zum Rest des Hauses eine beträchtliche Staubschicht angesammelt.

Bis zum Vorliegen der Laborergebnisse war nicht klar, ob die beiden Bierflaschen im Wohnzimmer auf einen Besucher hinwiesen oder ob Krämer selbst bei der zweiten Flasche Bier angekommen war. Aber warum hatte er die leere Flasche nicht mitgenommen, als er eine neue holte, wo doch alles andere auf einen pedantischen Ordnungsfetischisten hindeutete? Das sprach für einen Besucher.

Hatte er dem Täter selbst die Tür geöffnet und wenn ja, warum hätte der durch die Hintertür kommen sollen? Es schien ihm unwahrscheinlich, dass er die Haustür hinter einem Gast abgeschlossen hatte. Einen Durchgang von der Straßenseite zum Garten gab es nicht, weil sich rechts und links direkt Nachbarhäuser beziehungsweise Scheunen anschlossen. Die große hintere Garagentür und das Garagentor waren verschlossen gewesen. Der langgestreckte Garten grenzte zwar an eine andere Straße und war durch ein großes Doppeltor und eine langgestreckte Auffahrt potentiell sogar von hinten befahrbar, aber der Weg war weit, mindestens hundert Meter, schätzte Werner. Dennoch musste der Täter diesen Weg genommen haben, wenn er nicht über die Nachbarzäune geklettert war. Und Krämer hatte diesem Täter die Tür geöffnet. Oder hatte er die Tür vielleicht ohnehin nie abgeschlossen und der Täter war eingedrungen? Äußerst unwahrscheinlich für jemanden, der eine Waffe in Greifweite zur Tür aufbewahrte. Eher war er am Donnerstagabend, denn dieser Todeszeitpunkt kristallisierte sich immer deutlicher heraus, aus unerfindlichen Gründen in den Garten gegangen, nachdem er es sich bereits gemütlich gemacht hatte. Vielleicht um jemanden hinaus zu begleiten? Im Haus hatte nichts auf einen Kampf oder gar einen Schuss hingedeutet, und Rudolf Krämer hatte neben der tödlichen Schussverletzung auch noch andere Blessuren aufgewiesen.

Er sollte auf jeden Fall noch einmal mit den unmittelbaren Nachbarn sprechen, auch wenn die Kollegen aus Wittlich dies vermutlich schon getan hatten. Ein Schuss und Kampfhandlungen konnten kaum unbemerkt geblieben sein, auch wenn das Haus nicht im Dorfzentrum lag. Gestern hatte er nach der Hausbegehung noch einige frustrierte Kollegen in Niederehe getroffen. Die Befragung im Dorf hatte wenig ergeben. Der Tote war seit Donnerstagmittag nicht mehr gesehen worden, und ermittlungsrelevante Beobachtungen vor oder nach diesem Zeitpunkt waren nicht berichtet worden. Man sprach nicht gerne schlecht über einen Toten, aber gleich mehrere der befragenden Polizisten hatten den Eindruck gewonnen, dass Krämer nicht sonderlich beliebt gewesen war.

Und dann waren da noch die braunen Cord-Pantoffeln, die ordentlich nebeneinander an der Garderobe im Flur standen. Würde es sich ein Mann wie Rudolf Krämer in Arbeitshose und Arbeitsschuhen vor dem Fernseher bequem machen? Wohl kaum. Das wiederum sprach dafür, dass er das Haus freiwillig verlassen hatte, und zwar durch die Hintertür. Er konnte nicht vorgehabt haben, weit zu gehen, denn er war nur mit einem Hemd bekleidet gewesen und hatte Geld, Papiere und einen laufenden Fernseher im Haus zurückgelassen. Auf der unbenutzten Bettseite lagen eine saubere Jeans und eine ausgebeulte Jogginghose. Wenn er das Haus freiwillig verlassen hatte, dann hatte er etwas vorgehabt, das nicht lange dauern konnte und bei dem er befürchtete, sich schmutzig zu machen. Was könnte das gewesen sein?

In seinem Kopf entstand ein Katalog von Fragen, die es zu klären galt:

Warum war er bei dieser Kälte nur mit einem Oberhemd bekleidet und ohne Papiere und Geld aus dem

Haus gegangen? Wahrscheinlich wollte er nicht weiter als in seinen eigenen Garten, aber was wollte er dort?

Wo also wurde Rudolf Krämer erschossen? Nicht im Haus, nicht in der Garage. Im Garten? Unbemerkt von den Nachbarn?

War die Waffe im Ofen die Tatwaffe? Wenn nicht, konnte er nicht mit einer Gefahr gerechnet haben, sonst hätte er sie mit in den Garten genommen.

Wenn er am Donnerstagabend gestorben und erst am Samstagmorgen auf dem Hönsel entdeckt worden war, wo hatte sich die Leiche in der Zwischenzeit befunden? Diese Frage war wohl noch am einfachsten zu beantworten, vermutlich an einem Ort, an dem Heu gelagert wurde. In einer Scheune? In einem Stall? Draußen unter Folie? Auch ein beladener Trekkeranhänger wäre möglich.

Wie war der Tote auf den Hönsel gekommen?

Warum war er hier so offensichtlich, geradezu provokativ, zur Schau gestellt worden?

Warum hatte der Tote die Hände wie zum Gebet gefaltet? Deutete das auf einen religiösen Hintergrund, vielleicht sogar auf ein religiöses Motiv hin?

Er grübelte. Da war noch etwas. Etwas, das ihn schon gestern gestört hatte, aber er wusste nicht, was es war, und konnte den Gedanken jetzt auch nicht weiterspinnen, denn Alexandra Cameron kam mit einem großen Mann aus dem Buchenwald auf ihn zu.

12. Kapitel

Nach einer meist recht straffen Sechs-Tage-Woche gönnten sich Alex und Max fast jeden Sonntag den Luxus einer mehr oder weniger langen Wanderung durch das Naturschutzgebiet. Und gerade an diesem Sonntag hatte Alex es sich nicht nehmen lassen, den Ort des Geschehens auf »ihrem« Hönsel selbst in Augenschein zu nehmen.

Alex und Hauptkommissar Werner waren sich im Laufe der Jahre immer wieder begegnet, meist auf Waldwegen. Alex erinnerte sich noch gut an die erste Begegnung, als er sie angehalten hatte, um zu sehen, ob sie die Erlaubnis hatte, die Waldwege zu befahren. Er hatte sich für ihre Arbeit interessiert, sie hatten sich auf Anhieb sympathisch gefunden und seitdem das eine oder andere Gespräch geführt.

Um der Höflichkeit wenigstens ansatzweise Genüge zu tun, machte Alex die beiden Herren miteinander bekannt und schoss in der ihr eigenen Art mehr oder weniger direkt auf das Ziel, wo doch schon ein Spezialist vor Ort war.

Leopold Werner hob abwehrend die Hände. »Ich kann Ihnen gar nichts sagen, und das ist auch gar nicht mein Fall, den haben die Kollegen aus Wittlich übernommen.«

»Und weil es gar nicht Ihr Fall ist, stehen Sie jetzt genau an der Stelle, wo gestern der Tote gefunden wurde!« Alex sah ihn herausfordernd an und deutete mit der Hand auf die Bank.

»Sie sind ja, wie immer, gut informiert. Sind Sie jetzt unter die Privatdetektive gegangen? Ich dachte, Sie arbeiten mit Füchsen?«

Alex lachte. »*Mit* Füchsen, das hört sich gut an. Im Moment arbeite ich leider nur *über* Füchse. Nein, Sie wissen doch, wie das auf den Dörfern ist, da erzählt man sich viel, und natürlich haben wir von dem Toten hier oben gehört.« Wir, dachte Max, ich habe renoviert und weiß das alles nur von ihr.

Leopold Werner sah sie eine Weile nachdenklich an. »Vielleicht würde es mich interessieren, was man sich im Dorf so erzählt.«

Alex zog die Augenbrauen hoch und sah ihm lange in die Augen. »Ein Tauschgeschäft?«, fragte sie nur.

Langsam kam Max aus dem Staunen nicht heraus. Sie redete hier mit einem Polizisten. Auch dieser Polizist schwieg einen Moment und grinste. »Info gegen Info?«

»Zum Beispiel«, antwortete Alex.

»Ich kann Ihnen sagen, was morgen sowieso in der Zeitung steht. Aber verraten Sie mir, warum Sie das so interessiert?«

Max antwortete an ihrer Stelle. »Sie ist einfach nur ganz schrecklich neugierig.«

Werner schaute wieder fragend in Alex' Richtung und sie verzog das Gesicht und lächelte ergeben. »Ertappt, stimmt.«

»Sie sollten Ihre hübsche Nase nicht zu tief in solche Sachen stecken, das kann durchaus auch gefährlich sein.«

»Das ist mir klar. Tatsächlich habe ich meine Nase nirgends reingesteckt, das Ganze ist ohne mein Zutun an mich herangetragen worden. Mir ist auch klar, dass es hier um Mord geht und somit ein Mörder frei herumläuft.«

Max sah sie erstaunt an, war das ein Bluff?

»Das ist eine Information, die frühestens morgen in der Zeitung steht«, sagte Werner. »Wie kommen Sie darauf?«

»Sie haben eben gesagt, dass die Wittlicher Kollegen übernommen haben. Die kommen doch nicht wegen eines Eierdiebstahls hier hoch«, gab sie freimütig zu.

»Ich gebe auf. Also, was wollen Sie wissen?«

»Es war also Mord?«

Er nickte. »Der Mann ist erschossen worden.«

»Und die Leiche saß mit gefalteten Händen aufrecht auf der Bank?«

Wieder nickte resigniert. » Ich frage Sie jetzt nicht, woher Sie das alles wissen.«

»Das würde ich Ihnen auch nicht sagen. Gut, Sie haben mir zwar noch nichts gesagt, was ich nicht schon wüsste, aber Sie sind dran.«

Max blickte von einem zum anderen. Was war das hier, ein Tennismatch, eine Pokerrunde? Zu seinem Erstaunen wandte sich Werner ihm zu.

»Junger Mann, wir haben fünf Grad Außentemperatur. Können Sie mir sagen, warum Sie keine Jacke tragen?«

»Stimmt«, sagte Alex, »der Tote saß hier auch nur im Hemd.«

Max sah Werner fragend an. Wollten sie jetzt eine Antwort oder nur miteinander diskutieren?

»Also, verraten Sie es mir?«, fragte Werner erneut.

»Das ist kein großes Geheimnis. Ich friere einfach sehr selten.«

»Max, stimmt das wirklich?«, fragte Alex. »Ich habe mich schon immer gefragt, ob das nicht eher etwas mit asketischer Lebensweise oder Abhärtung oder so zu tun hat.«

»Vielleicht bin ich abgehärtet, mag sein, aber ich fühle keine Kälte. Und, äh, von wegen ›junger Mann‹, ich werde dieses Jahr vierzig.«

»Ich auch demnächst«, murmelte Alex.

»Sag ich doch, junger Mann«, erwiderte Werner. »Alles eine Frage der Perspektive.«

»Der Tote hatte auch nur ein Hemd an, nicht wahr?«, setzte Alex nun wieder an. »Und es war noch ziemlich kalt in den frühen Morgenstunden. Und jetzt überlegen Sie, ob er auch so ein Typ wie Max gewesen sein könnte?«

»Ja«, gab Werner zu, »das wäre zumindest eine Erklärung, wenn auch eine eher unwahrscheinliche. Bisher bin ich davon ausgegangen, dass es in der Nähe seines Hauses passiert sein muss.« Er machte eine kurze Pause. »Die Hintertür war unverschlossen und im Haus sah alles so aus, als hätte der Besitzer es nur kurz verlassen«, fuhr er fort, »aber das behalten Sie jetzt für sich. Ich glaube nicht, dass das morgen in der Zeitung steht.«

Alex nickte.

»Wenn ich Sie richtig verstehe, gehen Sie davon aus, dass es nicht *im* Haus passiert ist. Also muss er das Haus mehr oder weniger freiwillig verlassen haben?«

»Nichts deutet auf einen Einbruch hin. Keine Kampfspuren. Ja, ich gehe davon aus, dass er das Haus selbst verlassen hat.«

»Er könnte aber doch auch gezwungen worden sein, das Haus zu verlassen. Vielleicht hat er die Hintertür nie abgeschlossen und wenn ihn jemand mit der Pistole aufgefordert hätte, würde das nicht nach Kampfspuren aussehen, oder?« fragte Alex.

»Das ist eine Möglichkeit.«

»Wenn das eine Möglichkeit ist, muss das Ganze im Dunkeln passiert sein, denn sonst hätte man den Täter gesehen. Ich meine, selbst für den unwahrscheinlichen Fall, dass er nicht gesehen worden wäre, würde er es kaum am helllichten Tag riskieren.«

Ihr Gesicht nahm einen sehr konzentrierten Ausdruck an, während ihre Augen über das vertraute Wacholdergebiet schweiften, Augenbrauen und Stirn gerunzelt.

»Dann müsste er schon Donnerstagnacht ermordet worden sein.«

Jetzt fiel Leopold Werner gepflegt die Kinnlade herunter. »Wie kommen Sie denn da drauf?«

»Rigor mortis«, antwortete Alex. »Die ganzen Sirenen waren gestern Morgen um sieben Uhr zu hören. Also war er schon vorher tot. Er saß aufrecht, also wahrscheinlich Totenstarre. Rechnen wir also von sieben Uhr zurück. Nein, machen wir es anders. Wie hat er hier gesessen?«

Sie machte Anstalten, sich auf die Bank zu setzen, und Max griff nach ihrem Arm.

»Alex! Das ist doch nicht dein Ernst?«

»Warum denn nicht? Die Bank ist sauber, bis auf ein bisschen Heu. Spätestens in ein paar Stunden kommen hier ahnungslose Touristen vorbei und setzen sich drauf. Darf ich?«, sie warf einen fragenden Blick in Werners Richtung.

»Nur zu«, sagte er.

»Apropos Heu. Wo kommt denn das ganze Heu hier auf dem Boden her?«

»Das wissen wir nicht, aber es ist auf jeden Fall eine interessante Frage.«

Sie setzte sich etwa in die Mitte der Bank und zog ihre Handschuhe aus. »Ich vermute mal, er hatte keine Handschuhe an. Wurde mir jedenfalls nicht zugetragen.«

Leopold Werner nickte erneut und schaute fasziniert zu, wie sie die Hände im Schoß faltete und den Kopf hängen ließ.

»So kann es nicht gewesen sein«, sinnierte sie. »Wenn ich den Kopf ganz nach unten fallen lasse, verlagert sich der Schwerpunkt nach vorne und ich kippe von der Bank.«

Sie richtete sich wieder auf, setzte sich fast nach ganz hinten an die Rückenlehne der Bank und wiederholte die Prozedur.

»So könnte es gewesen sein, und so muss er auch ziemlich lange, mindestens vierzehn bis achtzehn Stunden, irgendwie fixiert gesessen haben.«

»Warum das?«, fragte Max.

»Weil«, sie machte sich plötzlich völlig schlaff und sackte zur Seite, »genau das direkt nach dem Tod passiert. Um aufrecht zu bleiben«, sie setzte sich wieder gerade hin und faltete die Hände, »muss er fixiert gewesen sein.«

Sie dozierte weiter. »Die Leichenstarre setzt nach zwei bis drei Stunden ein. Da ist sie aber noch nicht voll ausgeprägt, und wenn ich so eine Leiche in den ersten, sagen wir mal, sechs bis neun Stunden bewege, kann die

Totenstarre gebrochen werden und setzt erneut ein. Voll ausgeprägt ist sie, wie gesagt, nach vierzehn bis achtzehn Stunden. Da ich nicht davon ausgehe, dass der Täter die Leiche stundenlang hier oben auf dem Hönsel festgehalten hat, bis sie genau in der Lage erstarrt war, in der er sie haben wollte, müsste er sie eigentlich schon in dieser Haltung transportiert haben. Das kann er vermutlich nicht am Freitagnachmittag gemacht haben, denn da war es noch hell.«

»Bemerkenswert«, murmelte Leopold Werner, während Alex schon weiterdachte.

»Der Täter musste also eine sitzende Leiche transportieren, das dürfte ein kleines logistisches Problem gewesen sein und erfordert auf jeden Fall ein großes Auto.«

»Du setzt aber die ganze Zeit voraus, dass der Täter die Leiche genau in dieser Haltung haben wollte. Was, wenn es nur Zufall war? Was, wenn er ihn sitzend erschossen hat, nachdem er ihn vorher gefesselt hatte, und dann hatte er irgendein Entsorgungsproblem und als er das gelöst hatte, war der Körper starr?«

»Ja«, gab Alex zu, »das ist durchaus möglich. Aber das würde immer noch bedeuten, dass er nicht am Freitagabend gestorben ist.«

»Ich glaube, ich erlöse Sie jetzt einmal von Ihrem Rätselraten«, sagte Werner. »Wir gehen davon aus, dass es Donnerstag in den Abendstunden war. Alles in seinem Haus deutet darauf hin, und die Obduktion wird es wahrscheinlich bestätigen. Würden Sie mir den Gefallen tun und noch einmal die Hände falten?«

Er ging zu Alex und nahm ihre Hände. »So hatte er sie nicht, die Ellenbogen waren kaum gebeugt und sie lagen gefaltet mit den Handflächen fast nach oben, wie schlaff auf dem Schoß. Und die Beine, die waren auch anders. Die Füße standen fast fest auf dem Boden und er hatte sie mindestens so weit auseinander«, er zeigte mit beiden Händen etwa einen halben Meter.

So?« Alex verrückte ihre Füße.

»Ja, so dürfte es in etwa gewesen sein.«

»Ein Stuhl«, rief Max. »So sitzt doch kein normaler Mensch. Er war an einen Stuhl gefesselt, und zwar hier«, er umfasste recht unsanft ihre Fußknöchel, »und ungefähr hier«, er deutete einen Bogen um ihre Brust, »und irgendwo im Bereich der Oberarme.«

»Hm, hm, Max, das geht nicht. Schau mal«, rief Alex. »Wenn ich die Arme hier oben fixiere, kann ich meine Hände kaum noch falten.«

»Ja, du hast recht«, gab Max zu. »Es war ein Stuhl mit Armlehnen und die Arme waren weiter unten fixiert. Vielleicht hat er die Hände gefaltet, weil er wusste, dass er sterben würde. Ein Gebet?«

»Die Hände, irgendwas stimmt hier immer noch nicht«, sagte Leopold Werner, »aber ich komme einfach nicht darauf, was es ist.«

Er schaute auf die Uhr. »Zeit zu gehen, sonst habe ich gar nichts mehr vom Sonntag. Aber sehr interessant. Sagen Sie, Alex, die Handynummer, die Sie mir mal gegeben haben, ist die noch aktuell?«

Alex nickte. »Wir haben heute auch nicht viel Zeit und müssen jetzt zurück.«

Max blickte sie erstaunt an, sagte aber nichts.

»Na dann, schönen Sonntag noch.«

»Ihnen auch und grüßen Sie Ihre Frau von mir.«

13. Kapitel

»So, wir haben also keine Zeit und müssen jetzt denselben Weg durch den Buchenwald wieder zurück?«, fragte Max kurze Zeit später, als sie ihre Wanderung in die Richtung fortsetzten, aus der sie gekommen waren.

»Ja«, murmelte Alex, während sie die ganze Zeit angestrengt auf den Boden blickte. Jetzt kramte sie in ihrem Rucksack und zog triumphierend einen kleinen Gefrierbeutel heraus, nachdem sie sich vergewissert hatte, dass sie nicht mehr im Blickfeld von Leopold Werner waren.

»Der dürfte gehen.« Sie bückte sich und klaubte einige Handvoll von dem Heu zusammen, das auch hier im Buchenwald noch in einer deutlich erkennbaren Spur etwa in der Mitte des Waldweges lag.

»Der ist mit nem Trecker transportiert worden«, konstatierte sie nun an Max gewandt. »Frontlader oder so. Und nach dem Abladen der Leiche ist der Trecker hier hochgefahren. Lass uns diese Spur mal verfolgen.«

Max zuckte mit den Schultern. Warum nicht, hier war es doch überall schön.

»Kommissar Werners Frau kennst du auch?«

»Hauptkommissar. Ja, ich habe sie mal in Hillesheim in der Bücherei kennengelernt«, antwortete Alex etwas zerstreut. »Ich hätte ihn noch fragen sollen, ob er einen Ofen hat.«

»Wer, der Polizist?«

»Nein, der Tote. Vielleicht ist er ja einfach nur in den Garten gegangen, um Holz zu holen. Dazu zieht man nicht unbedingt einen Mantel an. Wir sollten uns diesen Garten einmal näher ansehen.«

»Aber nicht mehr heute«, sagte Max bestimmt. »Ich mache mich gleich auf den Weg zurück nach Düsseldorf.«

»Ach, das habe ich ganz vergessen dir zu sagen. Ich bin heute Nachmittag zum Pflaumenkuchen eingeladen und die nette alte Dame wohnt direkt neben dem, äh, wie sagt man, sie kann ja nicht direkt neben dem Toten wohnen. Also der Tote, als er noch lebte, hat er direkt neben ihr gewohnt.«

Max sah sie amüsiert an.

»Ich glaube, ich bin ein bisschen müde«, gab Alex zu. »Ich habe auch die ganze Zeit überlegt, ob ich Herrn

Werner von dem Gerücht erzählen soll, dass Frau Blattschke ein Verhältnis mit dem Toten gehabt haben soll. Aber das ist ja schließlich Klatsch, also habe ich es gelassen.«

Bis hierher waren sie einer immer dünner werdenden Heuspur durch den Wald gefolgt und hatten eine Wiese erreicht, wo sich die Spur endgültig auflöste.

»Tja«, Alex schaute sich um, »das war's wohl. Hier muss er auf die Wiese gefahren sein, und bei dem bisschen Heu, das noch runtergefallen ist, haben wir keine Chance, die Spur weiterzuverfolgen.«

»Schau dir das hier mal an, Max, das sieht wirklich seltsam aus,« sagte Alex etwa eine halbe Stunde später, als sie sich auf dem Rückweg oberhalb von Loogh befanden. Sie reichte ihm ihr Fernglas und zeigte auf die Dorfstraße.

»Was soll ich da sehen?«, fragte Max, das Fernglas noch vor den Augen. »Im Dorf ist nichts los, ein Mann und eine Frau gehen mit einem Schäferhund spazieren. Sonst kann ich nichts entdecken.«

»Klar, du kennst die beiden ja nicht. Die Frau ist Kristin, von der ich gestern erzählt habe, und der Mann neben ihr mit dem Hund ist Blattschke, ihr Nachbar. Schau mal genau hin.«

»Mach ich ja«, maulte Max. »Die gehen im Gleichschritt, jetzt werden sie schneller, jetzt geht sie einen Schritt nach rechts, er geht auch einen Schritt nach rechts, immer direkt neben ihr.«

»Ja, und das ist das Merkwürdige! Ich glaube nicht, dass sie freiwillig neben ihm geht, sondern dass der neben ihr herläuft.«

»Vielleicht siehst du Gespenster. Es könnte doch sein, dass sie reden. Das ist immer das Beste bei einem Nachbarschaftsstreit.«

»Glaube ich nicht, du hättest den gestern mal erleben sollen.« Sie zuckte die Achseln. »Ich kann sie ja am

Donnerstagabend fragen. Wir haben uns zu einem Weinabend verabredet.«

»Schade, dann werde ich sie nicht kennenlernen. Fred und ich kommen erst am Karfreitag. Und jetzt sollten wir uns ein bisschen sputen, dahinten ziehen dunkle Wolken auf.«

14. Kapitel

»Sie erinnern mich an meine schottischen Tanten«, sagte Alex und ließ die gemütliche, mit Weichholzmöbeln eingerichtete Bauernküche auf sich wirken. Schrank und Anrichte waren erkennbar professionell aufgearbeitet worden. Auf der Ablage des zweiteiligen Bauernschranks konkurrierten Trockenblumen in kleinen Vasen, Kräuter, Mehl, Zucker, Reis und vieles mehr in beschrifteten rechteckigen und runden Vorratsgläsern unterschiedlicher Größe, Keksdosen und eine alte Küchenwaage um jeden Zentimeter. Durch die verglasten Türen des Aufsatzes war zu erkennen, dass der Innenraum vollständig mit Geschirr ausgefüllt war.

Um den großen, einladend gedeckten Eichentisch gruppierten sich fünf Holzstühle mit blau gemusterten Kissenauflagen. Drei dieser Stühle waren von je einer Katze belegt. Zwei weitere Katzen saßen auf der tiefen Holzfensterbank und schauten in den Garten. Vor Alex standen auf der handbestickten Tischdecke Kuchenteller mit pastellfarbenem Wildblumenmuster und dazu passende große Henkeltassen. Ein Keramik-Stövchen desselben Herstellers wartete auf die Kaffeekanne, und der Pflaumenkuchen mit Hefeboden sah zum Anbeißen aus. Hier müsste sie nichts, aber auch gar nichts ändern. Eine Küche zum Wohlfühlen.

Alex hatte sich zunächst von Leni ausführlich den Garten zeigen lassen und einen Blick in den nur durch einen niedrigen Jägerzaun abgetrennten Nachbargarten des verstorbenen Rudolf Krämer werfen können. Krämer hatte wie seine Nachbarn ein mindestens 1000 Quadratmeter großes Grundstück hinter dem Haus. Sein Garten war pflegeleicht angelegt, mit einer großen Rasenfläche, einigen Ziersträuchern, alten Obstbäumen im hinteren Teil und keinerlei Blumen- oder Gemüsebeeten. Alles in allem unspektakulär und wenn Krämer keinen Rasentruck gehabt hatte, dürfte er im Sommer einen guten Teil seiner Zeit mit Rasenmähen verbracht haben. Privatsphäre schien für ihn keine große Rolle gespielt zu haben. Durch die Lücken in Lenis noch weitgehend unbelaubtem Strauchbestand war praktisch der gesamte Garten einsehbar, ebenso wie eine an Haus und Garage angrenzende gepflasterte Fläche, die vermutlich als Terrasse diente. Lenis Garten bot auch einen freien Blick auf die Nebeneingangstür. Durch diese Tür, so Leo Werner, musste Krämer das Haus am Donnerstagabend freiwillig oder unfreiwillig verlassen haben. Alle angrenzenden Häuser hatten im Obergeschoss Fenster zur Gartenseite. Bei der Breite der Grundstücke mit den dazwischen liegenden Scheunen oder Garagen war von diesen Fenstern aus vielleicht nicht der gesamte Garten Krämers einsehbar, sicher aber die hintere Hälfte. So oder so, die Gefahr, entdeckt zu werden, musste enorm gewesen sein, wenn Krämer gezwungen worden war, das Haus auf diesem Weg zu verlassen, oder wenn er entgegen der derzeitigen Annahme tot durch die Länge des Gartens zum hinteren Tor transportiert worden war.

Leni stand nun mit dem Rücken zu ihr, nahm den Kessel von der Küchenhexe und goss das kochende Wasser in den Kaffeefilter.

»Ihre Tanten dürften deutlich jünger sein als ich.«

Alex drehte den vor ihr stehenden Teller um und las die Aufschrift auf der Rückseite, während sie über eine diplomatische Antwort nachdachte.

»Es sind drei. Auntie Annie, die Älteste, ist jetzt 78, Auntie Patty ist dieses Jahr 76 geworden und Auntie Sophie ist 74. Ich hab's ja gewusst! Das ist englisches Porzellan. Crown Clarence, made in England«, las sie laut vor.

»Stimmt«, sagte Leni, schenkte Kaffee ein und stellte die Kanne auf das Stövchen. »Mein Vater hat meiner Mutter dieses Geschirr geschenkt. Ich weiß nicht mehr, was der Anlass war, aber es ist lange her.«

Sie deutete auf das Milchkännchen und die Zuckerdose. »Bedienen Sie sich. Ich bin übrigens genauso alt wie Ihre Tante Annie. Und wie kommt man zu so alten Tanten und noch dazu in Schottland?«

Alex lachte. »Mein Vater war Schotte. Er war das Küken der Familie und fünf Jahre jünger als Auntie Sophie. Ein Küken mit vielen Erziehungsberechtigten, wie er immer sagte, und er hatte es sicher nicht immer leicht mit drei großen, lebhaften und, ich würde sagen, sehr eigenwilligen Schwestern.«

»War?« Leni sah sie fragend an.

»Ja, meine Eltern sind beide verstorben.«

»Das tut mir leid.«

»Es ist lange her.«

»Und warum erinnere ich Sie an Ihre Tanten?«

»Nun«, Alex sah Leni lange an. Hochgewachsen, sehr schlank, braungebrannte Arme mit vielen Altersflecken, die unter der geblümten Kittelschürze hervorlugten, dunkle, faltige Hände, denen man ansah, dass sie zupacken konnten, widerspenstiges weißes Drahthaar, das seitlich und hinten unter dem zur Kittelschürze passenden Kopftuch hervorlugte, und die Augen. Sehr helle, graue Augen, die sie wach und aufmerksam musterten.

»Sie sind so aktiv, so fit, tja, ich weiß nicht, drahtig, das ist nicht negativ gemeint.«

»Und so sind Ihre Tanten?«

»Allerdings! Auntie Annie hilft immer noch auf dem Hof, den ihre Tochter und ihr Schwiegersohn übernommen haben. Auntie Patty spielt fast jeden Tag Golf und tanzt. Country-Dance. Letztes Jahr war sie sogar zu einer Vorführung auf Malta. Und Auntie Sophie kümmert sich um alte Menschen, fährt Essen auf Rädern aus, arbeitet in einem Wohltätigkeitsladen, macht alles Mögliche für andere und hat einen großen Gemüsegarten.«

»Ich habe auch überlegt, ob ich dem Golfclub in Berndorf beitreten soll.« Leni sah sie verschmitzt an, die Hände auf das Geländer der Küchenhexe gestützt.

»Und das hätte auch eine Antwort meiner Tanten sein können.«

»Jetzt müssen Sie aber zugreifen«, sagte Leni und deutete auf den großen Kuchenteller.

»Macht es Ihnen keine Angst, dass Ihr Nachbar direkt nebenan ermordet wurde, so ganz allein hier im Haus?«, fragte Alex, nachdem sie sich einige Minuten lang andächtig den Pflaumenkuchen einverleibt hatte.

»Hm, hm.« Die alte Frau schwieg einen Moment. »Nein, ich wüsste nicht, warum ich Angst haben sollte. Wer auch immer Rudolf getötet hat, wird seine Gründe gehabt haben, und ich wüsste nicht, warum ich ihm dieselben Gründe liefern sollte.«

Kunstvoll arrangierte Alex einen kleinen Klecks Sahne auf dem nächsten Bissen des leckeren Pflaumenkuchens. Eine seltsame Aussage, jemand hatte Gründe, einen anderen zu töten. Kein Bedauern und vor allem keine wirkliche Überraschung, als ob es früher oder später hätte passieren müssen.

»Sie sagen das so, als hätte es gute Gründe gegeben, Herrn Krämer umzubringen. War er kein angenehmer Mensch?«

»Nein, er war kein angenehmer Mensch.« Was für eine melodische und zugleich ruhige Stimme, ging es Alex durch den Kopf. Passend zur Umgebung.

»Haben Sie lange neben ihm gewohnt?«

»Warum interessieren Sie sich für ihn?«

Wieder gab sich Alex eine Denkpause »Ich interessiere mich für Menschen. Irgendetwas hat diesen Menschen anders gemacht. Vielleicht hat ihn jemand so sehr gehasst, dass er sterben musste. Oder vielleicht war es gar kein Hass?« Sie sinnierte weiter. »Vielleicht war es Angst, vielleicht wusste er etwas, das einem anderen Menschen gefährlich werden könnte, oder vielleicht war er selbst eine Gefahr für einen anderen Menschen und jemand fühlte sich bedroht.«

»Ich habe sozusagen schon immer neben ihm gewohnt, seit es ihn gibt«, sagt Leni jetzt. »Er ist im Haus nebenan geboren, und dies ist mein Elternhaus.«

Mit zwei Tortenhebern schaufelte sie Alex ein weiteres Stück Pflaumenkuchen auf den Teller, so groß wie Pizzastücke in der Kölner Innenstadt. Ihren eigenen Kuchen hatte sie noch nicht angerührt.

»Er war schon als Kind anders … unangenehm. Kleine Jungs schlagen gerne über die Stränge, das meine ich nicht. Er hat gerne gequält. Er quälte gerne Tiere, er quälte gerne seine Mitschüler oder die Nachbarskinder und später quälte er seine Frau. Ich glaube, er hat sogar den alten Mann gequält, seinen Vater, als der im Alter von ihm abhängig wurde.« Sie nahm sich jetzt doch einen kleinen Bissen von dem Pflaumenkuchen.

»Sie interessieren sich für Menschen. Was sagt Ihnen das? Warum ist jemand schon als Kind kein netter, lieber Mensch?«

»Wie war die Mutter?«, fragte Alex und dachte gleichzeitig, typisches Schubladendenken, wenn etwas mit dem Kind nicht stimmt, muss es an der Mutter liegen.

»Ja, wie war die Mutter«, wiederholte Leni. »Unangenehm.« Sie lachte leise und melodisch. »Uns scheint heute kein anderes Wort einzufallen. Ja, sie war unangenehm, und je älter sie wurde, desto verbitterter und unangenehmer wurde sie, ich würde sagen, unerträglich.«

Sie stand auf und legte noch ein paar Holzstücke in der Küchenhexe nach.

»Die Frieda, also die Mutter von Rudolf, kam als junge Braut hierher ins Dorf. Sie hatte es nicht leicht mit den Schwangerschaften, hatte in den ersten Jahren eine Reihe von Fehl- und Totgeburten, bis Rudolf zur Welt kam. Danach hat sie keine Kinder mehr bekommen und sie hat sich regelrecht an Rudolf geklammert und sich immer schützend vor ihn gestellt, egal was er ausgefressen hat. Sie gehörte zu den Menschen, die schon mit vierzig alt und verbittert aussehen. Sie wissen sicher, was ich meine.«

Alex nickte.

»Später wurde sie, glaube ich, von Eifersucht zerfressen. Rudolf hatte ein wirklich nettes Mädel kennengelernt. Nach der Hochzeit zog die junge Frau ins Nachbarhaus, wie es damals üblich war. Rudolf hatte keine Geschwister, da war es klar, dass er zu Hause bleiben würde.«

Sie sprach sehr langsam, während ihre Gedanken in die Vergangenheit zurückkehrten.

»Es hat nicht lange gehalten. Gabriele hat ihn verlassen und die beiden Kinder mitgenommen. Bis dahin hat sie, glaube ich, die Hölle auf Erden erlebt mit dieser Schwiegermutter. Manchmal ist sie hierhergekommen, wir haben ein bisschen im Garten gesessen oder hier am Küchentisch. Aber das war selten möglich, weil die Frieda kaum das Haus verlassen hat und mit drakonischer Strenge Schwiegertochter und Kinder überwachte. Sie, also die Gabriele, hat sich nie beschwert. Aber es war auch ohne Worte nicht schwer zu erraten, was sie drüben mitmachte. Das Gekeife der Schwiegermutter war hier gut zu hören, die Kinder lachten selten und waren schüchtern, und manchmal hörte man die junge Frau abends laut weinen und um Gnade flehen. Rudolf schien sie zu schlagen. Jedenfalls hatte sie regelmäßig irgendwelche häuslichen Unfälle«. Das sagte sie jetzt ironisch und Alex blickte erstaunt auf. Ironie hatte sie bisher nicht wahrgenommen, nur ruhige, sachliche Feststellungen.

»Eines Tages standen die Eltern vor der Tür. Liebe, gutmütige Leute. Mit ihrem alten Mercedes. Sie verfrachteten Gabriele und die Kinder unter dem Geschrei von Rudolfs Mutter in den Wagen. Gabrieles Mutter schleppte Koffer, der Vater wehrte die Angriffe der Schwiegermutter ab. Dann waren sie weg und kamen nie mehr zurück.«

»Und Rudolf und der Schwiegervater?«, fragte Alex.

»Die waren beide tagsüber nicht im Haus, es war ein Wochentag«, antwortete Leni. »Seinen Vater hörte man ohnehin so gut wie nie. Er beschäftigte sich im Garten oder war im Wald, nachdem er nicht mehr arbeitete, und schien für das Gezeter seiner Frau taub zu sein. Aber der Rudolf, oh je. Der kam abends nach Hause, tobte und fuhr mit seinem Auto weg. Ich vermute, er wollte sie zurückholen, aber ich weiß nicht, was passiert ist. Jedenfalls ist er ohne Frau und Kinder zurückgekommen und seitdem hat man sie hier im Dorf nicht mehr gesehen.«

Nach einer kurzen Pause korrigierte sie sich. »Nein, das stimmt nicht ganz. Es kam noch eine Phase nach ein paar Wochen, als die Kinder ein paar Mal den Samstag und Sonntag hier verbracht haben. Aber kurze Zeit später wurde Rudolfs Mutter bettlägerig und von da an kamen die Kinder nicht mehr hierher. Frieda blieb krank, aber man hörte sie noch eine Weile schreien oder Kommandos rufen. Irgendwann wurde es stiller. Der Vater schlich wie ein Schatten um das Haus, wenn er überhaupt gesehen wurde, und eines Tages stand der Welling vor der Tür.«

»Welling?« Alex sah sie fragend an.

»Der Bestatter.«

Alex überlegte kurz, ob sie fragen sollte, was der alten Frau gefehlt hatte, entschied aber, dass es sie nicht wirklich interessierte. Sie nicht und Leni wahrscheinlich auch nicht.

»Wissen Sie, was aus der Familie geworden ist, der Frau und den Kindern?«

»Aber sicher«, in Lenis Augen trat ein warmer Glanz. »Sie haben sich prächtig entwickelt, die beiden. Die Gabriele hat wieder geheiratet und diesmal mehr Glück gehabt. Einen zuverlässigen Mann, der sich liebevoll um die Kinder gekümmert hat, obwohl es nicht seine waren. Sie hat ihn leider verloren, als der Bub vierzehn war, das Mädchen sogar erst zwölf. Aber der Rudolf, der hat seine Exfrau nie in Ruhe gelassen.«

»Was hat er gemacht?« fragte Alex.

»Oje. Die Anfangsphase habe ich nicht so genau mitbekommen, er ist wohl ständig bei ihren Eltern aufgetaucht, als sie dort eingezogen ist, und hat Szenen gemacht. Er wollte nicht in die Scheidung einwilligen, hat ihr wohl auch vor Gericht unterstellt, schon lange ein Verhältnis zu haben. Hat die Kinder ein paar Mal vom Kindergarten abgeholt und keiner wusste, wo er mit ihnen hin ist, hier in Niederehe waren sie jedenfalls nicht. Ist bei Elternabenden aufgetaucht, erst im Kindergarten, später auch in der Schule und hat dort seine Frau vor allen Leuten beschimpft. Sie hatte es wirklich nicht leicht. Nachdem sie wieder geheiratet hat und auf den Hof gezogen ist, hat er dort ein paar Mal Krawall geschlagen. Ihr Mann hat ihm schlicht Hausverbot erteilt. Das hat zwar geholfen, aber er ist trotzdem immer wieder mit ein paar Kumpels dort aufgetaucht, hat Maschinen beschädigt und so weiter. Richtig schlimm wurde es wieder, als ihr Mann starb.« Sie lächelte verschmitzt. »Da war der Bub zwar erst vierzehn, aber schon fast so groß wie sein Vater und hat sich nicht einschüchtern lassen.«

»Der Junge hat sich mit vierzehn gegen seinen Vater gestellt?«, fragte Alex.

»Und wie! Und dabei hat der Rudolf einige Blessuren davongetragen. Aber ich fürchte ......«, Leni drehte sich auf ihrem Stuhl um und warf einen Blick auf die schöne alte URGOS-Kaminuhr, die oben auf dem Bauernschrank einen zentralen Platz einnahm. »Ich fürchte, wir müssen ein andermal weiterreden. Ich muss noch meine Schafe füttern, bevor es dunkel wird.«

Alex sah sie schuldbewusst an. »Es tut mir leid. Die Zeit ist wie im Flug vergangen, ich wollte Sie nicht zu lange aufhalten.«

»Sie haben mich in keiner Weise zu lange aufgehalten, Kindchen. Es war ein schöner Nachmittag. Wenn Sie möchten, können Sie gerne mitkommen.«

Alex zuckte bedauernd die Achseln. »Würde ich schrecklich gerne, aber ich möchte heute noch einiges schaffen.«

Sie überlegte einen Moment, denn die Versuchung war groß. Die inzwischen tiefer stehende Nachmittagssonne verlieh den Weichholzmöbeln eine sanfte Helligkeit und Wärme. Leise knisternde Geräusche kamen aus dem Küchenherd, der ebenfalls eine sanfte Wärme ausstrahlte, keine unangenehme Hitze. Alles schien im Gleichgewicht und in sich zu ruhen, wie die alte Frau auf dem Stuhl ihr gegenüber. Ein Ort, an den man zurückkehren möchte, an dem die Hektik des Alltags keinen Platz hat.

»Wie wäre es mit einem Nachmittag in der Woche, im Moment habe ich noch Semesterferien? Würden Sie mich mit zu den Schafen nehmen? Ich könnte auch helfen.«

Leni lachte. »Ich brauche keine Hilfe, danke. Kommen Sie diese Woche, wann immer Sie wollen, und jetzt sehen Sie zu, dass Sie nach Hause kommen.«

15. Kapitel

Kristin fuhr am frühen Abend auf ihren Hof und beobachtete aus den Augenwinkeln das Nachbargrundstück. Wo lauerte er diesmal? Am Fenster, hinter der Garage, hinter einer der Koniferen? Das abendliche Ritual begann, und das musste man ihm lassen, er hatte Ausdauer, etwas im Leben, das Bestand hatte. Er kam hinter der Garage hervor und stürmte auf den Zaun zu, als sie ausstieg.

»Pass auf deine Katzen auf, du alte Schlampe! Die waren schon wieder auf meinem Grundstück!«, schrie er sie an.

Sie beachtete ihn nicht, zwang sich, stur geradeaus zu schauen.

»Das wirst du noch bereuen! Die werde ich mir krallen! Arno hier freut sich auch schon!« Der Schäferhund stand drohend am Zaun.

»Mein Mann hat recht!«, kreischte seine Frau im Hintergrund. »Die kacken hier alles voll!«

Heute mit Verstärkung, dachte Kristin.

»Du alte ……«, den Rest hörte sie nicht mehr, als die Tür hinter ihr ins Schloss fiel.

Sie legte ihre Tasche auf den Schreibtisch, ging hinaus auf die Terrasse, um sich den Staub von der Reithose zu klopfen, und schloss danach die Jalousien auf der rechten Seite, die dem Nachbarhaus zugewandt war. Zum Abendessen brauchte sie ihn nicht auch noch. Erst kürzlich hatte er ein neues Dachfenster einbauen lassen, das einen direkten Blick in ihren Wohn- und Essbereich und das Badezimmer ermöglichte. Dort stand er nun regelmäßig, manchmal auch seine Frau, wie in einem Kasperletheater, mit leicht verdrehtem Kopf, weil sie beim Einbau die Höhe wohl zu knapp bemessen hatten. Es musste ungemein spannend sein, sie beim Essen zu beobachten. Sie hoffte, dass er sich wenigstens den Hals verrenken würde.

Sie ging in die Küche und kramte gleichgültig im Kühlschrank. Sie hatte überhaupt keinen Hunger, aber sie wusste, dass sie mehr auf ihre Ernährung achten sollte. Im letzten halben Jahr hatte sie über fünf Kilo abgenommen. Wenn es ihr gut ging, konnte sie darüber lächeln. Vielleicht sollte sie es als neue Diät vermarkten: die Blattschke-Rapid-Diät »Psychopath als Nachbar, Kilos kein Problem mehr«. Aber es ging ihr nur noch selten gut genug, um ihrer Situation etwas Komisches abzugewinnen. Das ständige unter Beobachtung stehen, die Beschimpfungen, die ständige Mehrbelastung, auf Anzeigen und Beschwerden reagieren zu müssen, raubten ihr die Energie. Im Kühlschrank entdeckte sie neben dem Knoblauch-Paprika-Käse eine Dose Eifeler Schmalzfleisch. Das liebte sie heiß und innig. Vielleicht würde der Appetit beim Essen kommen.

Kurze Zeit später kaute sie lustlos auf ihrem Brot und überflog noch einmal die Ladung vor den Schiedsmann für diese Woche. Der Brief war ganz oben in einem Ordner abgeheftet, der zur Hälfte mit anderer Korrespondenz gefüllt war, die nur ihren Nachbarn betraf. Sie seufzte und schlug für einen Moment die Hände vors Gesicht. Sie seufzte erneut, erhob sich schwerfällig und ging zur Terrassentür hinaus, um noch einmal einen Blick auf den Weidezaun zu werfen.

Nebenan schien alles ruhig zu sein, er hatte ja seine Abendvorstellung auch schon hinter sich. Sie stellte sich so hin, dass sie die Zaunpfähle in einer Reihe sehen konnte. Am hinteren Ende des Grundstücks war die Grenze mit einem farbigen Pfahl markiert. Das ergab eine gerade Linie. Sie hatten, wie in der Eifel üblich, einen Fußbreit Abstand zur Nachbargrenze gelassen und sie hatte keinen Schimmer, was daran jetzt wieder auszusetzen war.

»Guck dir das gut an, du alte Wichse. Nächste Woche kommen die Pölle wieder weg«, raunte er ihr hämisch direkt ins Ohr.

Sie konnte nicht verhindern, dass sie zusammenzuckte. Er musste sich ganz leise angeschlichen haben, sie hatte keinen Laut gehört. Sie drehte sich auf dem Absatz um und ging mit langsamen, gesetzten Schritten zu ihrer Hintertür zurück. Er brüllte ihr noch etwas hinterher, aber sie zwang sich, nicht zuzuhören, und verschloss die Tür sorgfältig. Nachdem sie alle Lichter in der unteren Etage gelöscht hatte, ging sie nach oben, warf sich auf ihr Bett und drückte ihre etwas erschrockene schwarz-weiße Katze Cara fest an sich.

»Cara, was sollen wir nur machen? Das Dorf ist so schön und alles passt. Aber dieser Terror?«

Cara rieb ihren Kopf an Kristins Handgelenk, befreite sich dann aus der Umarmung, reckte sich und begann zu miauen. Kristin raffte sich wieder auf.

»Du hast recht. Auf dem Bett liegen löst das Problem nicht. Wir beide besorgen dir jetzt eine Dose Thunfisch. Vielleicht taucht Mazzoni auch noch auf. Ich mache es uns schön warm und wir setzen uns mit einem Buch an den Ofen.«

16. Kapitel

Leopold Werner schloss die Tür seines Dienstzimmers und ließ sich mit einem Seufzer auf den Bürostuhl fallen. Heute Morgen hatten ihm die Kollegen aus Wittlich die ersten Ermittlungsergebnisse zum Fall Rudolf Krämer geschickt. Er hatte sie ausgedruckt, aber bislang noch nicht einmal die Zeit gefunden, auch nur einen Blick darauf zu werfen. In einer knappen halben Stunde wurde er wieder im Besprechungsraum erwartet, um sich mit den Tankstellenüberfällen zu befassen, die sich in letzter Zeit in der Region häuften. Vor allem eine Tankstelle in Gerolstein und eine in Walsdorf hatte es gleich mehrfach erwischt, und bislang gab es auch nicht den Hauch einer Spur zu den gewieften Tätern. Trotzdem juckte es ihn in den Fingern, sich weiter mit dem Mordfall zu beschäftigen.

Er nahm die Ausdrucke und begann darin zu blättern. Der Bericht des Gerichtsmediziners lag bereits vor. Nach dem vorläufigen Obduktionsergebnis und wie zu erwarten war, hatte der Schuss, der vom Nacken aus schräg in den Kopf eingedrungen war, den Tod herbeigeführt. Werner überflog flüchtig die Details zum genauen Schussverlauf und seine verheerende Wirkung. Es folgte eine Überraschung, denn auch am rechten Bein war eine alte, vernarbte Schusswunde gefunden worden. Ein glatter Durchschuss von vorne, der das Schienbein gestreift hatte und hinten aus der Wade wieder ausgetreten war. Interessanterweise war er also nicht zum ersten Mal angeschossen worden, auch wenn der Vorfall, der zu dieser Wunde geführt hatte, schon viele Jahre zurückliegen musste. In den Akten müsste sich doch dazu etwas finden lassen, oder der Hausarzt könnte Auskunft geben, überlegte Werner, wenn Krämer nicht zu den Menschen gehörte, die ständig den Arzt wechselten. Wahrscheinlich beschäftigten sich die Kollegen in Wittlich bereits damit und er könnte später telefonisch nachfragen.

Der Gerichtsmediziner vertrat die Auffassung, dass sich der Leichnam zum Zeitpunkt des Todes und zumindest bis zum Eintritt der Totenstarre wahrscheinlich in einer sitzenden Position befunden habe und in dieser Position zum Fundort transportiert worden sein müsse. Auch diese Einschätzung überraschte nicht, wie sollte es sich anders zugetragen haben. Kleinere Schürfwunden an den Handgelenken waren vor dem Tod entstanden. An den Socken und am Hemd des Toten waren Klebstoffreste und kleinere Lacksplitter isoliert worden. Die Laboranalyse des Klebers bestätigte den Verdacht der Notärztin. Der Mann war vor seinem Tod an Handgelenken, Armen, Beinen und um den Brustkorb mit einem sogenannten Panzerband gefesselt gewesen. Das Labor arbeitete noch an den Lacksplittern und erhoffte sich Hinweise, worauf oder woran der Mann gefesselt gewesen war. Es war ein Stuhl und der hatte Armlehnen, dachte Werner, und wenn sie die Güte gehabt hätten, die Farbe der Lackspritzer zu notieren, wüssten wir jetzt genauer, nach welchem Stuhl wir suchen müssen. Jedenfalls legte die Fesselung der Handgelenke nahe, dass die Hände Post mortem vom Täter gefaltet worden waren. Sehr seltsam.

Der Gerichtsmediziner führte die Kopfverletzung auf einen stumpfen Gegenstand zurück und bestätigte den ersten Eindruck der Notärztin, es könne sich um einen Schlag mittlerer Stärke gehandelt haben, der nicht zum Tode, aber möglicherweise zur Bewusstlosigkeit geführt habe. Die Hämatome an Kopf und Schultern deuteten jedoch eher auf einen Sturz, als auf einen gezielten Schlag hin.

Aus dem Riss in der linken Ohrmuschel waren Verunreinigungen isoliert worden, mit denen sich das Labor ebenfalls noch beschäftigte. Eine weitere etwa zwanzig Zentimeter lange Abschürfung im Rückenbereich konnte noch nicht eindeutig zugeordnet werden. Sie war ihm nach dem Tod durch das Hemd hindurch mit einem leicht spitzen Gegenstand zugefügt worden. Ein Messer, selbst ein stumpfes, schied nach Ansicht des Gerichtsmediziners aus. Im Schulterbereich fanden sich zudem auf beiden Seiten Kratzwunden, die bereits verschorften. Sie mussten einige Tage vor seinem Tod entstanden sein und wiesen eindeutig auf Fingernägel hin. Außerdem wurden Hämatome am Bauch, an der Innenseite der Oberschenkel und an den Hoden festgestellt, die nicht mit dem Tatzeitpunkt übereinstimmten.

Zusammenfassend kam der Gerichtsmediziner zu dem Ergebnis, dass das Opfer vermutlich einen etwa horizontalen Schlag auf die rechte Kopfseite erhalten habe, auf die linke Körperseite gefallen sei und sich den Riss in der Ohrmuschel sowie die Hämatome auf der linken Seite zugezogen habe. Er sei in vermutlich gefesselter, sitzender Haltung aus kurzer Entfernung von hinten erschossen worden.

Bereits ein bis zwei Tage zuvor war er körperlich misshandelt worden, indem er von hinten mit zwei Händen kräftig an den Schultern gepackt und zudem in die Nierengegend und in den Genitalbereich getreten bzw. geschlagen worden war.

Klingt wie eine Hinrichtung, dachte Werner. Wer machte so etwas, auf einen wehrlosen Mann von hinten zu schießen? Ein Profikiller? Großer Hass? Warum wurde er überhaupt erst gefesselt und nicht gleich erschossen? Der Täter hatte sich offensichtlich ziemlich viel Mühe mit der Fesselung gegeben, und ein Toter konnte nicht gut weglaufen. Warum also? Kurz zuvor war er in eine Schlägerei verwickelt oder zusammengeschlagen worden. War das eine Warnung? Hatte er deshalb eine Pistole in Reichweite der Tür gehabt? Die Fesselung schien darauf hinzudeuten, dass der Täter Rudolf Krämers Tod nicht von vornherein geplant hatte oder vor seinem Tod noch etwas von ihm wissen wollte. Das war zumindest die halbwegs positive Auslegung. Innerlich wehrte sich Werner gegen die Alternative, dass da draußen ein sadistischer Psychopath sein Unwesen trieb, der sein Opfer zu Tode quälte. Er wandte sich wieder dem Bericht zu.

Der Gesundheitszustand des Mannes entsprach weitgehend seinem Alter. Er war Nichtraucher, die Leberwerte deuteten nicht auf übermäßigen Alkoholkonsum hin, er war deutlich übergewichtig, litt unter Bluthochdruck und seine Gefäße wiesen eine fortgeschrittene Verkalkung auf. Insgesamt hätten ihm diese lebensstilbedingten Befunde früher oder später Probleme bereitet, aber vermutlich hätte er noch viele Jahre leben können. Die

Blutalkoholkonzentration entsprach einem Wert, der mit einer bis eineinhalb Flaschen Bier erklärt werden konnte.

Werner sah auf die Uhr und blätterte weiter, die Zeit wurde knapp. Ein ballistischer Bericht lag noch nicht vor. Das Projektil war sichergestellt und eingeschickt worden und der Schusswaffenerkennungsdienst des Bundeskriminalamtes beschäftigte sich noch mit der möglichen Tatwaffe. Wie es aussah, sollte er keine Zeit mehr haben, sich in Ruhe mit dem Bericht zu beschäftigen. Es klopfte.

Polizeihauptmeisterin Katja Simmons wirkte etwas verlegen, als sie das Büro betrat. Klein, durchtrainiert, mit kurzen, drahtig abstehenden Haaren, meist gut gelaunt und von Natur aus neugierig, ging Katja den Dingen gerne auf den Grund, und genau das machte sie zu einer ausgezeichneten Polizistin. Zur Abwechslung war sie ohne ihren Kumpel Sven Paulsen unterwegs.

»Stör ich, Chef?«

»Ich würde lügen, wenn ich das Gegenteil behaupten würde«, sagte Werner und lächelte sie an. »Aber du störst in der Regel nicht ohne Grund. Was liegt an?«

»Ich habe ein wenig über den Toten im Naturschutzgebiet in unserem System recherchiert.« Sie zögerte und Werner wedelte ungeduldig mit der rechten Hand.

»Es hat da einen Vorfall gegeben. Liegt schon ein bisschen zurück, 2014. Er wurde damals von seinem Sohn Philip angeschossen.«

»Aha«, sagte Werner und beugte sich gespannt vor.

»Der Junge kam damals früher als sonst von der Schule nach Hause, weil er sich nicht gut fühlte. Dort sah er das Auto seines Vaters im Hof stehen. Die Eltern waren seit über zehn Jahren geschieden«, erzählt sie. »Er nahm das Jagdgewehr seines verstorbenen Stiefvaters und schoss ohne große Vorwarnung auf seinen Vater, den er in der Scheune erwischte, als er seine Mutter verprügelte. Nach übereinstimmender Aussage von Mutter,

Sohn und Tochter Katharina war dies seit dem Tod des Stiefvaters mehrfach vorgekommen und in einem Fall mit einer Vergewaltigung der Mutter einhergegangen. Gabriele Jacoby, vormals Krämer, hatte diese Vorfälle nie zur Anzeige gebracht, natürlich bis zu diesem einen Mal, als der Sohn schoss. Philip Krämer, also der Sohn, war damals vierzehn Jahre alt und wurde nach Jugendstrafrecht zu einer Bewährungsstrafe verurteilt. Der Richter wertete dies als eine Art erweiterte Notwehr und glaubte der Version von Mutter und Sohn. Auch Rudolf Krämer wurde wegen Körperverletzung zu einer Bewährungsstrafe verurteilt. Gabriele Jacoby kam mit einer Geldstrafe wegen Verstoßes gegen das Waffengesetz davon. Sie hatte die Jagdwaffen ihres verstorbenen Mannes nicht entsorgt und nicht ausreichend gesichert.«

»Ah, da schau her«, murmelte Werner und schob ein Blatt in Katjas Richtung. »Damit hätten wir schon mal ein Obduktionsergebnis erklärt, die alte Schussverletzung.«

Katja warf einen Blick darauf und sie grinsten sich an. »Beschäftigt dich also auch«, sagte sie. »Hab ich mir doch irgendwie gedacht.«

»Ja, sicher«, nickte er. »Zum einen haben wir es hier nicht oft mit Mord und Totschlag zu tun, zum anderen gibt dieser Fall einige Rätsel auf. Ist ja schon bizarr, ein sitzender Toter, der irgendwie im Heu zwischengelagert wurde.«

»Weißt du, ob sich die Wittlicher mit der Familie des Toten beschäftigt haben?«

»Sie haben sie noch am Samstag benachrichtigt. Mehr steht aber nicht in dem Bericht, außer dass die Nachricht mehr oder weniger reaktionslos hingenommen worden wäre. Trauer ist in diesem Fall wohl auch nicht zu erwarten, nach dem, was Rudolf Krämer seiner Exfrau angetan hat.«

Seufzend blickte Werner auf die Uhr und mit Bedauern auf die weiteren Berichte. Sie würden warten müssen, bis sich irgendwann im Laufe des Tages wieder eine Lücke auftat, denn das war nicht sein Fall.

»Wie dem auch sei, wir müssen los«, sagte er. »Ich leite dir gleich weiter, was ich bislang aus Wittlich bekommen habe.«

17. Kapitel

Seit vielen Minuten standen sie nun schon da, ohne dass eine von ihnen ein Wort gesprochen hatte. Den Hönsel im Rücken, die Sonne im Gesicht, und außer dem gelegentlichen Blöken der Schafe und einem Traktor in der Ferne war kein Laut zu hören. Ein überraschend laues Windchen trug ihnen den Duft von Frühling zu. So konnte es in der Eifel gehen, dachte Alex. Noch am Sonntag war sie dick eingepackt mit Max gewandert und nun stand sie nur in T-Shirt und Jeans neben Leni an ihrer Schafwiese. Die jungen Lämmer spielten und machten drollige Sprünge. Immer wieder kniete sich eines auf die Vorderbeine und saugte eine Weile, während die Mütter ungerührt weitergrasten. Ihnen stand eine sehr große Wiese zur Verfügung, eingezäunt mit starken Eichenpfählen und Schafdraht. An zwei Seiten befand sich jeweils ein breiter Waldstreifen innerhalb der Umzäunung. Um den Tieren Schutz vor der Sonne zu geben, hatte Leni erklärt, oder auch bei Sturm gingen sie gerne in den Wald, der ihr gehöre. Meistens fuhr sie zweimal am Tag zu ihren Schafen, früh morgens beim ersten Tageslicht und noch einmal am Abend. Während der Lammzeit und auch jetzt noch besuchte sie ihre Schafe mehrmals am Tag.

»Haben Sie Kinder?«, fragte Alex unvermittelt.

»Nein, leider nicht.« Leni zuckte bedauernd die Schultern, »aber ich habe mein Leben lang mit Kindern zu tun gehabt. Ich war Lehrerin. In Hillesheim«, fügte sie hinzu.

»Dann müssen Sie viele Erwachsene aus der Gegend noch aus der Schulzeit kennen.«

»Oh ja«, bestätigte Leni. »Die Hilgers-Jungs zum Beispiel, den Jürgen und den Schorsch habe ich irgendwann mal unterrichtet. Ich bin in Pension gegangen, bevor Daniel in die Schule gekommen ist. Und Jakob habe ich auch noch erlebt. Er war zwar schon an der Schule, als ich als junge Lehrerin dorthin kam, aber von dem habe ich noch genug mitbekommen.« Sie lächelte und hüllte sich in geheimnisvolles Schweigen.

Alex beschloss, dass sie später unbedingt einmal nachbohren musste, und sei es nur, um Jakob ein bisschen zu ärgern. Sie konnte sich gut vorstellen, dass er äußerst verhaltenskreativ gewesen war.

»Sie haben gar nicht weiter nach dem Rudolf gefragt«, sagte Leni. »Ich dachte, Sie interessieren sich für Menschen.«

Alex lächelte. »Vielleicht schaut der weitaus interessantere Mensch gerade mit mir auf kleine Lämmer. Aber da Sie es ansprechen …« Alex drehte sich um und blickte zum Hönsel hinauf, »wenn Sie morgens immer so früh bei den Schafen sind, haben Sie am Samstagmorgen gar nichts mitbekommen? Er muss schon da oben gesessen haben, als Sie hier waren.«

»Doch, doch. Ich habe Sirenen gehört und bin länger geblieben als sonst. Bin ja auch ein bisschen neugierig.«

»Na ja, wenn Sie schon quasi anbieten meine Neugier zu stillen, hätte ich doch ein paar Fragen zu Rudolf Krämer.« Sie schaute Leni an und schloss aus ihrem Nicken, dass sie loslegen konnte.

»Was hat er beruflich gemacht? Wissen Sie das?«

»Er war Lastwagenfahrer. Ich glaube, das hat er immer noch gemacht. Zumindest war er oft für mehrere Tage weg.«

»Es gibt da ein Gerücht bei uns im Dorf«, sagte Alex zögerlich. »Ihm wird eine Affäre mit einer Frau aus Loogh nachgesagt.«

Leni lächelte. »Ob die beiden eine Affäre gehabt haben, weiß ich natürlich nicht, aber er hat sich öfter mit der Frau getroffen. Ich denke, ich weiß, wen Sie meinen.«

»Etwas größer als ich, ziemlich füllig, möglicherweise häufig in Begleitung eines Schäferhundes?«

Leni nickte, wandte sich zu ihrem Traktor um und holte eine große Papiertüte mit Brot heraus.

»Wir können den Schafen noch etwas Brot geben, die Nachbarn haben wieder gesammelt und dann sind wir hier fertig«, sagte sie. Die Fragestunde war eindeutig vorbei.

18. Kapitel

Während der Dienstzeit hatte sich kein Freiraum mehr gefunden, um sich mit dem Krämer-Mord zu beschäftigen. Werner hatte die Akten mit nach Hause genommen und führte sie sich nach einem gemütlichen Abendessen mit seiner Frau und in Begleitung eines Whiskys in seinem heimischen Arbeitszimmer zu Gemüte.

Bei den Verunreinigungen an den Nägeln des Toten handelte es sich um Schmierstoffe, wie sie in Autowerkstätten verwendet werden. »Ein Bastler eben«, murmelte Werner vor sich hin, »auch das wussten wir bereits nach Besichtigung der Garage.«

Neben den Fingerabdrücken von Rudolf Krämer waren auf den Bierflaschen weitere, bislang nicht identifizierte Fingerabdrücke gefunden worden. Ein Abgleich mit den Datenbanken hatte keinen Treffer ergeben. Krämer könnte also Besuch gehabt haben oder es handelte sich einfach um einen Abdruck aus dem Getränkehandel. Auch diese Spur verfolgte man weiter und erhoffte sich von einer DNA-Analyse der Speichelreste an der Bierflasche weitere Aufschlüsse. Werner hielt einen möglichen Besucher für wahrscheinlicher. Auf der Römertopf-Waffe hingegen fanden sich wenig überraschend nur die Fingerabdrücke des Opfers, das zudem keinen Waffenschein besaß oder jemals besessen hatte.

Die Kleidung des Mannes wies keine Auffälligkeiten auf, abgesehen von dem Heu, mit dem sie behaftet war. Die Hosentaschen und eine Hemdtasche waren bis auf etwas Heustaub leer.

In der näheren Umgebung des Fundortes hatten sich nur wenige Fuß- oder Reifenspuren gefunden, die nicht den am Samstagmorgen am Fundort anwesenden Personen zugeordnet werden konnten. Unter anderem konnten gute Abdrücke von drei verschiedenen unbekannten Fahrzeugen gesichert werden; aller Wahrscheinlichkeit nach von zwei verschiedenen Geländewagen und einem kleineren Traktor. Das engt den Täterkreis ungemein ein, dachte Werner, wo doch hier in der Eifel nur etwa jeder zweite Haushalt über einen Geländewagen oder einen Traktor verfügt.

Kommunikationstechnisch hatte sich der Haushalt Krämer nicht auf dem neuesten Stand befunden. Es gab weder einen Computer noch einen Internetanschluss. Auch einen Anrufbeantworter oder ein Handy hatten die Kriminaltechniker nicht entdecken können. Aber immerhin war das Telefon auf einem technischen Stand, der es ermöglichte, die Nummern der letzten Anrufe, sowohl der ausgehenden als auch der eingehenden, automatisch zu speichern. Bedauerlicherweise hatte der Verstorbene sein Telefon nie auf das aktuelle Datum und die aktuelle Uhrzeit programmiert, so dass eine zeitliche Zuordnung zunächst nicht möglich war. Die Kollegen hatten nach einem entsprechenden Antrag die erforderlichen

Informationen von seinem Anbieter erhalten und eine Liste mit den Telefonnummern inklusive Anmerkungen beigefügt. Diese legte Leopold Werner nach kurzer Durchsicht zunächst beiseite.

Die Befragung der Nachbarn hatte keine wesentlichen Hinweise ergeben. Krämer war zuletzt am Donnerstagmittag gesehen worden. Besucher waren am Donnerstag nicht beobachtet worden, aber keiner der Nachbarn wollte sich so richtig festlegen, da ein Fest stattgefunden hatte und viele unbekannte Autos in der Straße geparkt waren.

Zwei Dinge gingen aus den bisherigen Berichten klar hervor. Das Haus des Toten kam als Tatort nicht in Frage und niemand – und das schloss die Ex-Frau, den eigenen Sohn und den Arbeitgeber mit ein – reagierte mit großem Bedauern auf den Tod von Herrn Krämer. Mit Bestürzung schon, vor allem die Nachbarn über einen Mord in ihrem Dorf, aber eben nicht mit Bedauern.

Werner lehnte sich in seinem bequemen Sessel zurück und nippte an seinem Whisky, ein ganz besonderer Speyside-Whisky, der ihn direkt an den Urlaub im vergangenen Herbst erinnerte. Stell dir vor, du stirbst und niemand vermisst dich, dachte er. Was für ein Leben hatte Krämer geführt, um so wenig, zumindest so wenig positive Spuren im Leben anderer zu hinterlassen? Die Eltern waren tot, Geschwister gab es keine, Exfrau und Sohn hatten wohl nichts von ihm wissen wollen. Von der Tochter war noch nichts bekannt. Töchter hatten ja häufig ein enges Verhältnis zum Vater. Mit ihr würde er gerne sprechen, aber das dürfte in nächster Zeit kaum möglich sein, ohne den Wittlichern auf die Füße zu treten. Krämer war wenige Tage vor seinem Tod in irgendeiner Form in eine Schlägerei verwickelt gewesen. Nach der Vorgeschichte mit der Schussverletzung lag es nahe, beim Sohn nachzuhorchen. Vermutlich würden die Wittlicher genau dort ansetzen. Also quasi eine No-go-Zone für ihn. Welche sozialen Kontakte hatte Krämer sonst noch? Er fischte jetzt doch nach der Telefonliste, um sie genauer zu studieren.

Rudolf Krämer hatte nicht viel telefoniert, und die meisten Telefonnummern auf der Liste waren bereits mit einer Bemerkung versehen und von den Kollegen zugeordnet worden. Als LKW-Fahrer bei einer Spedition hatte er keine regelmäßige 5-Tage-Woche. Im Durchschnitt war er drei Tage pro Woche unterwegs, und die Termine waren mit dem Arbeitgeber selbst oder unter derselben Nummer mit einer Sekretärin vereinbart worden. Darüber hinaus hatte er von Zeit zu Zeit mit einem Arbeitskollegen telefoniert, der angegeben hatte, gelegentlich Fahrten zu tauschen oder sich zu gemeinsamen Fahrten oder auf ein Bier zu verabreden. Der letzte Anruf des Kollegen erfolgte am Donnerstagabend um 22.00 Uhr und wurde von ihm mit einem Fahrtentausch in der kommenden Woche erklärt. Für einen ebenfalls gehäuft vorkommenden Anrufer gab es bislang noch keine schlüssige Erklärung. Ein Herr Blattschke, wohnhaft in Loogh, hatte bei der telefonischen Überprüfung angegeben, keinen Rudolf Krämer zu kennen und sich auch nicht vorstellen zu können, dass er seiner Frau bekannt sei. Dies konnte jedoch noch nicht geklärt werden, da die Dame zum Zeitpunkt der Nachfrage nicht zu Hause war.

Werner lehnte sich erneut zurück, nippte wieder ein wenig an seinem Whisky und spielte versonnen mit dem Visitenkärtchen eines der Wittlicher Kollegen. Er verspürte keine große Lust sich mit dem unsympathischen Ermittlungsleiter in Verbindung zu setzen, aber der Spurensicherungsmann, der wäre eine Möglichkeit. Einige Rückfragen hätte er noch, und in der Zwischenzeit gab es sicher schon neue Erkenntnisse. Andererseits sprach auch nichts dagegen, selbst noch einmal mit den Nachbarn oder dem Arbeitgeber des Toten zu sprechen, überlegte er.

Von hinten legten sich zwei Hände auf seine Schultern und massierten ihn sanft.

»Willst du nicht bald Feierabend machen?«

»Auf gar keinen Fall. Dann würde diese Massage sofort aufhören«, murmelte er genüsslich.

»Darüber ließe sich verhandeln«, antwortete seine Frau und übte etwas mehr Druck auf seine Nackenwirbel aus.

»Himmlisch«, seufzte er und zog ihre Hände zu sich heran. »Sag mal, Mia, wie faltest du die Hände? Wie zum Gebet, meine ich.«

Sie lachte. »Gibt es da mehr als eine Methode?«

»Ich weiß es nicht, zeig's mir mal.«

Sie faltete die Hände vor seiner Brust und er tat das Gleiche mit seinen.

»Genau so, siehst du, der linke Daumen über dem rechten Daumen, der linke Zeigefinger entsprechend unter dem rechten Daumen. Schau mal, hier sieht das anders aus.«

Er zeigte auf ein Foto, das die gefalteten Hände des Toten zeigte, wobei der rechte Daumen über dem linken Daumen lag.

»Sieht seltsam aus, oder? Meinst du, es könnte sein, dass Linkshänder ihre Hände anders falten?«

»Hm«, Mia versuchte ihre Hände so zu falten, wie es auf dem Foto zu sehen war. »Fühlt sich auch komisch an, ich könnte das so nicht. Aber zu deiner Frage, ich habe keine Ahnung, dazu müssten wir wohl eine Reihe gläubiger Linkshänder interviewen. War dein Toter denn Linkshänder?«

»Ich habe keine Ahnung, aber das ließe sich leicht herausfinden. Jedenfalls sieht es für mich so aus, als ob man ihm die Hände gefaltet hat und er es nicht selbst gemacht hat. Und das wiederum wäre sowohl in Bezug auf den Täter als auch für den Tathergang durchaus interessant. So wie es im Moment aussieht, könnte er auch um sein Leben gebettelt haben oder sich in einem letzten Gebet auf den Tod vorbereitet haben, wenn er sie denn selbst gefaltet hätte.«

Wieder massierte sie ihm die Schultern. »Erst erschießt der Täter ihn, wie du mir erzählt hast, ziemlich kaltblütig in gefesselter Position, und danach faltet er seine Hände? Das passt irgendwie nicht zusammen.«

»Diese nach meinem Empfinden falsch gefalteten Hände, passen so oder so nicht ins Bild. Sehr seltsam das Ganze.«

Er nahm ihre Hände, hob ihren linken Arm über seinen Kopf und zog sie auf seinen Schoß.

»So, oder so. Das Tolle ist, darüber müssen sich die Wittlicher den Kopf zerbrechen. Wir beide gehen jetzt mal ins Bett.«

»Wer's glaubt, wird selig«, grinste sie. »Spätestens morgen findest du heraus, ob er Linkshänder war, und spätestens übermorgen machst du in Hillesheim eine Umfrage über das Faltverhalten der sonntäglichen Kirchgänger.«

»So, so, meinst du?«, grinste er zurück. »Muss schwer sein, es jeden Tag mit einem Bullen auszuhalten.«

»Ja, ein schweres Schicksal«, gab sie zurück, und erhob sich von seinem Schoß. An der Tür drehte sie sich noch einmal um und fügte hinzu. »Aber so richtig gebeutelt hat mich mein Schicksal, seit ich mit einem Opa ins Bett muss.«

Der als Wurfgeschoss eingesetzte Hausschuh knallte gegen die Tür, die sie vorsichtshalber zugezogen hatte. Sie öffnete sie wieder einen Spalt weit und steckte vorsichtig den Kopf hindurch. »Ein klarer Fall von häuslicher Gewalt, würde ich sagen.«

»Da kommen sofort noch ganz andere Delikte hinzu«, rief er, sprintete zur Tür und jagte ihr im Flur nach.

»Wurde auch Zeit, Opa«, lachte sie und warf sich aufs Bett.

19. Kapitel

Sein Klingeln bei der Nachbarin zur Linken veranlasste ein paar Katzen, sich um seine Beine zu versammeln, aber die Haustür blieb geschlossen.

»Die Leni wird nicht da sein.« Ein älterer Herr mit einem ergrauten Dackel blieb auf dem Gehweg stehen. Der Dackel zog an der Leine und wurde von den Katzen argwöhnisch beäugt.

»Ich habe sie gerade mit dem Trecker hochfahren sehen. Sie ist bestimmt bei ihren Schafen.«

Der Mann wies mit der einen Hand in die Richtung, aus der er gekommen war und die Katzen beschlossen auf Nummer sicher zu gehen und verschwanden durch eine in die Haustür eingelassene Katzenklappe ins Haus. Leopold Werner bedankte sich und der etwas widerspenstige Dackel wurde von seinem Herrchen überzeugt, den Spaziergang fortzusetzen.

»Die Leni also«, murmelte Werner und warf noch einen Blick auf das Klingelschild. »Und Frau Conradi hat einen Trecker, Schafe und Katzen.« Vielleicht hätte er den alten Herrn gleich nach Rudolf Krämer fragen sollen. Er überlegte kurz, ihm zu folgen, zuckte aber mit den Schultern und wandte sich den Nachbarn rechts von Rudolf Krämers Haus zu.

Gestern war er aufgrund der anstehenden Aufgaben, für die er eigentlich zuständig war, nicht mehr dazu gekommen, sich mit dem Fall Krämer zu beschäftigen, aber die Wittlicher waren rührig gewesen. Erstaunlicherweise hatte der ballistische Bericht heute Morgen vorgelegen und wartete mit einer weiteren Überraschung auf. Das sichergestellte Projektil war vom Typ 6,35 mm Browning und stammte aus einer Pistole, die während des Krieges bei Stabsoffizieren sehr beliebt war, einer Haenel-Schmeisser M1 1920; ein Sammlerstück also. Damit war ein Profikiller so gut wie ausgeschlossen und auch die Römertopf P30 kam als Tatwaffe nicht in Frage. Erwartungsgemäß hatten sich die Kollegen auch noch einmal mit der Familie von Rudolf Krämer beschäftigt. Die Frau und die beiden Kinder hatten angegeben, von Donnerstag bis Samstag immer zusammen gewesen zu sein, weil zwei Kühe gekalbt hätten. Die Tochter sei tagsüber zur Arbeit gegangen, aber direkt nach Hause zurückgekehrt. Der Sohn führte den Hof und bis auf einen gemeinsamen Einkauf hatten sie den auch nicht verlassen. Die Frau hatte ein blaues Auge gehabt, angeblich von einer ausschlagenden Kuh. Die Familie gab jedenfalls Rätsel auf. Mit zwei erwachsenen Kindern gingen sie noch alle zusammen einkaufen? Die Frau hatte ausgerechnet jetzt ein blaues Auge, wo auch Krämer Spuren einer Schlägerei aufwies? So richtig wollte ihm das alles nicht in den Kopf.

Bei den Nachbarn zur Rechten hatte er mehr Glück. Sie waren nicht nur zu Hause, sondern – nach anfänglichem Erstaunen, weil ja seine Kollegen schon da gewesen waren – im Rahmen ihrer Möglichkeiten durchaus auskunftsfreudig. Sie hatten wenig Kontakt zu Rudolf Krämer gehabt. Man sah sich gelegentlich auf der Straße oder über den Gartenzaun, grüßte sich, wechselte ein paar Worte, aber man hatte keinen privaten Umgang miteinander, feierte keine gemeinsamen Feste. Der Verstorbene sei nicht sehr gesellig gewesen und habe nur selten Besuch gehabt. Sie konnten sich nur an zwei Besucher erinnern, die sie öfter gesehen hatten. Beide kamen nicht aus dem Dorf und waren nicht bekannt. Mit dem männlichen Besucher schien Krämer gelegentlich ein Bier getrunken zu haben. Zumindest im Sommer hatte man das draußen beobachten können. Es handelte sich aber nicht um exzessives Trinken und die Besuche waren meist kurz. Er fuhr ein recht auffälliges schwarzes Peugeot Cabrio mit Dauner Kennzeichen. Die Frau war bei ihren Besuchen ohne Fahrzeug gekommen, woraus geschlossen wurde, dass sie nicht allzu weit entfernt wohnen konnte. Seit Herr Krämer seinen Mercedes am Mittwochabend vor der Garage geparkt hatte, war er von den Nachbarn nicht mehr gesehen worden, was nicht ungewöhnlich war, da er nicht jeden Tag zu arbeiten schien und man sich im Winter draußen nicht so oft über den Weg lief. Beide waren sich ziemlich sicher, dass der Wagen den ganzen Donnerstag vor der Tür gestanden hatte, aber schwören konnten sie es nicht. Man würde ja auch nicht die ganze Zeit darauf achten, er könnte also durchaus auch noch einmal weg gewesen sein.

Das eher förmliche »Herr Krämer« ließ Werner aufhorchen und auf Nachfrage erfuhr er, dass die Nachbarn erst seit knapp fünfzehn Jahren im Dorf wohnten und man nie zum vertraulichen »Du« übergegangen sei, da es kaum Berührungspunkte gegeben habe. Auf die Frage nach der Ex-Frau von Rudolf Krämer reagierten die Nachbarn wiederum erstaunt. Sie wussten nichts von einer Exfrau und hatten ihn für einen »ewigen« Junggesellen gehalten. Vielleicht sei die Frau, die sie gelegentlich gesehen hätten, die Ex-Frau gewesen, was auch erklären würde, warum sie wie selbstverständlich durch den hinteren Garten gekommen und durch die Hintertür ins Haus gegangen sei. Mit Ausnahme dieser letzten Beobachtung konnte die Aussage im Wesentlichen als durchaus auskunftswillig, aber unwissend zusammengefasst werden. Vielleicht hätte er doch dem Dackelbesitzer hinterherlaufen sollen.

Nach einem weiteren unbeantworteten Klingeln bei der anderen Nachbarin, von der er inzwischen wusste, dass sie Leni hieß, stand Werner etwas unschlüssig auf dem Bürgersteig. Auch mit den Nachbarn in der Parallelstraße, aus deren Haus man auf das Gartentor von Rudolf Krämer blicken konnte, hatten die Kollegen bereits ohne großen Erfolg gesprochen. Er öffnete die Beifahrertür seines Geländewagens und blätterte in den

Akten auf dem Beifahrersitz, bis er die entsprechende Stelle gefunden hatte. Auch das Ehepaar Mastiaux hatte an jenem Abend ferngesehen und nichts Ungewöhnliches bemerkt. Nun war er schon einmal in Niederehe, einen weiteren Versuch war es wert. Er haderte noch einen Moment mit sich, denn das Haus war auch zu Fuß gut zu erreichen und er brauchte dringend Bewegung. Doch der innere Schweinehund siegte und etwa zwei Minuten später parkte er hinter einem sportlich tiefergelegten weißen Golf mit schwarzem Streifen und schwarzem Spoiler. Die freundliche, dauergewellte Frau mittleren Alters, die auf sein Klingeln die Haustür öffnete, wollte so gar nicht zu dem Golf passen. Sie wischte seine Entschuldigung für die erneute Störung beiseite und meinte, er käme gerade recht, sie und ihr Mann seien in der Küche beim Kaffeetrinken und wären gerne behilflich.

Werner musste sich ein Grinsen verkneifen, als er den für drei Personen gedeckten Tisch in der Küche sah. Kaffeetrinken hatte in der Eifel häufig eine ganz eigene Bedeutung. Neben einem dicken Schinken, einer Pfanne mit Rührei, einem Topf mit Suppe und einem großen Laib Bauernbrot wartete ein verdächtig nach Schwarzwälder Kirschtorte aussehender Kuchen auf das »Kaffeetrinken«. Der am Tisch sitzende Mann begrüßte ihn ebenfalls freundlich, während er seine Zeitung sorgfältig faltete und zusammen mit der Lesebrille auf die Anrichte legte. Er deutete auf einen Stuhl, während seine Frau in Sekundenschnelle ein weiteres Gedeck aufgelegt hatte. So viel zu seinen Gewichtsproblemen, sein Schweinehund hatte heute freie Bahn.

»Unser Max kommt auch gleich runter«, erklärt die Frau und schenkte Kaffee ein. »Er ist gleich mit dem Duschen fertig.«

»Er kommt gerade von der Arbeit«, erläuterte ihr Mann. Max Mastiaux, dachte Werner, da hatten die Eltern den Sohn aber mit einem veritablen Zungenbrecher ausgestattet. In diesem Moment öffnete sich die Küchentür und ein junger Mann mit noch nassen, zerzausten Haaren stürmte in den Raum und ließ sich mit einem »Ich habe einen Bärenhunger« auf den freien Stuhl fallen. Erst jetzt bemerkte er den uniformierten Polizisten, der vorher durch seinen seitlichen Sitzplatz von der Tür verdeckt war.

»Ups, habe ich was angestellt?«, fragte er, klang aber nicht wirklich verunsichert.

»Es geht um Donnerstag, letzte Woche«, begann Werner.

»Ja …?« Jetzt war doch eine deutlich verunsicherte und abwartende Stimmung zu spüren.

»Wenn es wegen der Feier ist …«, begann Max.

Werner schüttelte den Kopf. »Der Junggesellenabschied.« Er grinste. »Davon habe ich schon gehört, aber deswegen bin ich nicht hier. Ihr Freund hat am Samstag geheiratet?«

»Jaaaa?«

Werner hatte den jungen Mann jetzt lange genug auf die Folter gespannt und erläuterte den Grund seines Besuches.

»Und Sie waren auf der Hochzeit Ihres Freundes und sind deshalb von meinen Kollegen, die sich nach Rudolf Krämer erkundigt haben, nicht angetroffen worden«, schloss er seine Einleitung.

»Und der ist wirklich ermordet worden?«, fragte Max nun sichtlich erleichtert.

Werner nickte.

»Gibt's ja nich!«

»Mir geht es um letzten Donnerstag. Ich weiß, dass Sie beim Junggesellenabschied waren. Kann es sein, dass Ihnen trotzdem etwas aufgefallen ist?«

»Jetzt greifen Sie aber zu«, wurde er von Frau Mastiaux aufgefordert. Eine große Scheibe Bauernbrot hatte sich bereits heimlich auf seinen Teller geschlichen und

Frau Mastiaux bearbeitete gerade mit einem beeindruckenden Messer den Schinken und reichte ihm einige Scheiben auf der Messerscheide.

»Im Garten vom Krämer war an dem Abend der Bär los.«

Werner hätte sich fast an seinem Kaffee verschluckt.

»Können Sie das genauer erklären?«, fragte er, nachdem er sich ein paar Mal geräuspert hatte.

»Sie können mich duzen, so alt bin ich noch nicht. Also …, ich war an dem Abend für den Nachschub zuständig«, erklärte der junge Mann, »und ich war noch zweimal hier in der Garage, um Bier zu holen. Das erste Mal muss so gegen 21.00 Uhr gewesen sein.«

Da war denen also um 21.00 Uhr schon das Bier ausgegangen, so, so, dachte Leopold Werner amüsiert.

»Als ich hier ankam, sah ich gerade eine Frau durch das Gartentor vom Krämer verschwinden.«

»Hast du sie auch wieder herauskommen sehen?«, erkundigte sich Werner.

»Nein, die anderen warteten auf das Bier.«

»Würdest du sie wiedererkennen? Könnte es die Exfrau von Herrn Krämer gewesen sein?«

»Nein, auf gar keinem Fall«, mischte sich die Mutter entschieden ein. »Die Gabriele, die ist wohl seit 20 Jahren nicht mehr hier gewesen und die würde da auch nicht freiwillig reingehen.«

Werner sah Max auffordernd an.

»Also die Gabriele kenne ich nicht«, begann Max. »Ich weiß auch nicht, ob ich die Frau wiedererkennen würde, ich habe sie nur kurz gesehen. Sie war ziemlich kräftig, würde ich sagen.«

»Das ist bestimmt die Frau aus Loogh«, stellte Frau Mastiaux fest.

»Aus Loogh also«, wiederholte Werner.

»Ja, die kommt bestimmt schon ein halbes Jahr hierher, ein- oder zweimal die Woche. Sie schaut sich immer um und sieht so geduckt aus, als würde sie heimlich etwas tun. Dann verschwindet sie immer ganz schnell in den Garten. Als ich Käse aus dem Hofladen geholt habe, hat sie in Loogh im Garten gearbeitet. Also ich vermute, dass das ihr Haus ist.«

»Können Sie mir sagen, welches Haus es ist?«

»Ja. Natürlich. Wenn man von Niederehe den Berg hochfährt, gleich das zweite Haus auf der linken Seite. Der Neubau, neben dem Hof von der Pferdefrau.«

»Danke«, sagte Werner, »das ist sehr hilfreich. Jetzt zu dir, Max. Du hast gesagt, da war der Bär los. Was ist dir sonst noch aufgefallen?«

»Als ich wieder Bier geholt habe …«

»Wann war das?« Werner hatte jetzt angefangen sich Notizen zu machen.

»So gegen elf, glaube ich. Da haben sich zwei Typen im Garten gestritten. Da hinten.« Er deutete aus dem Küchenfenster. »Der Krämer hat dort das Gartenhäuschen und sie müssen irgendwo in der Nähe bei den Büschen gewesen sein. Ich habe sie nicht gesehen.«

»Und es waren zwei Männer, die da gestritten haben, keine Frau?«, fragte Werner nach.

»Nein, da war sicher keine Frau, jedenfalls keine Frauenstimme. Bei der einen Stimme bin ich mir auch ziemlich sicher, dass es der Krämer selbst war, den anderen kannte ich nicht.«

Werner notierte fleißig. Der war ja Gold wert der Junge.

»Und dann war da noch so´n komischer Typ«, sagte Max zwischen zwei großen Bissen von seinem Schinkenbrot. »Den hab' ich gesehen, als ich das erste Mal Bier verladen habe. Also so kurz nach neun. Er lungerte auf der anderen Straßenseite, also hier auf unserer Seite«, er deutete wieder mit dem Finger, »etwa zwanzig Meter Richtung Dorf. Stand einfach da und schaute auf das Gartentor vom Krämer, deshalb ist er mir aufgefallen.«

»Kannst du ihn vielleicht beschreiben?« Werner fragte ganz vorsichtig, etwas ungläubig über so viel Glück.

»Ja, der stand in der Nähe einer Straßenlaterne. Er war in etwa so groß wie Sie.«

»Also etwa 1,80 Meter«, notierte Werner.

»Aber hager.«

»Muss abnehmen«, notierte Werner.

»Der hatte so eine dicke schwarze Jacke an, so bis über die Knie und die Hände in den Taschen. Würde aber trotzdem sagen, der war ziemlich dünn.«

»Haare, Bart, Alter, kannst du was dazu sagen?« Werner blickte kurz von seinen Notizen auf.

»Ja, ich glaub schon. Der ist mir halt aufgefallen, weil er einfach so dastand. Ich hab ehrlich gesagt gedacht, das könnte auch ein Bulle sein, ups sorry, Polizist meine ich, und war ein bisschen nervös.«

»So, so«, murmelte Werner und ging nicht weiter darauf ein, dass der junge Mann offensichtlich alkoholisiert Auto gefahren war.

»Alter, hm, schwer zu schätzen, jünger als Sie, würde ich sagen, vielleicht um die 50, könnte aber auch irgendwo zwischen 45 und 60 gewesen sein. Graue Haare, länger, so bis hier«, er deutete auf seine Schulter. »In der Stirn sehr hoch, mit Geheimratsecken und hinten leicht gewellt und strähnig. Sah nicht gerade vertrauenerweckend aus. Glattrasiert. Kein Bart. Trug Jeans. An seine Schuhe kann ich mich nicht erinnern. Hatte keinen Hut auf oder Mütze oder so.« Max ratterte nun in einem Tempo, dem Werner mit seinen Notizen kaum folgen konnte.

»Ich habe die Kumpels gewarnt, nicht mit dem Auto dort lang zu fahren«, fuhr Max leicht schuldbewusst in seiner Erzählung fort.

»Und bei der zweiten Tour um elf Uhr habe ich den Handwagen genommen. Der Typ unter der Laterne war verschwunden, dafür haben sich jetzt welche im Garten gestritten. Könnte natürlich derselbe gewesen sein«, überlegte er laut.

20. Kapitel

»Schön, dass du gleich gekommen bist«, sagte Kristin herzlich, als sie Holger die Tür öffnete.

»Dir geht es nicht wirklich gut, hm?«

Er hielt sie auf Armeslänge von sich weg und sah ihr ins Gesicht.

»Da kommen die Rippen raus, wenn man dich drückt«, sagte er in leicht vorwurfsvollem Ton. »Du hast ganz schön abgenommen, nicht wahr? Und du siehst auch ziemlich blass aus!«

»Ach, es geht schon«, wehrte sie ab. »Ich mache gerade die Blattschke-Rapid-Diät. Nach dem Schiedsmann-Termin von gestern müssten ihm aber langsam die Ideen ausgehen, wie er mich noch ärgern kann.«

»Wie ist es gelaufen?«

»Das erzähle ich dir gleich, okay? Ich hab gerade den Handwerkern draußen einen Kaffee versprochen. Du willst doch sicher auch einen?«

»Klar!« Er nickte und ging zum Fenster, um zu sehen, wie die Umbauarbeiten am Carport vorankamen, während Kristin in der Küche ein Tablett vorbereitete und Kaffee in große Becher füllte. Sie trug das Tablett durch die Gartentür nach draußen und Holger sah, wie sie mit den Handwerkern scherzte und alle Blattschke, der auf seiner Zaunseite neben dem Carport stand, völlig ignorierten.

Kurz darauf kam sie ins Haus zurück, noch lachend über einen Witz, den sie ihr erzählt haben mussten.

»Die kommen gut voran«, sagte sie und stellte sich neben ihn ans Fenster.

»Das Ganze sollte nächste Woche fertig sein. Morgen arbeiten sie nicht, es ist ja Karfreitag. Die Leute von der Dachdeckerfirma haben echt gute Nerven. Das ist auch der Grund, warum ich heute am Zaun weitermachen will. Wir sind nicht allein. Er hat ja schon ein paar Mal gedroht, er würde dich krallen. Was auch immer er damit gemeint hat.«

»Och, mach dir da mal keine Sorgen«, sagte Holger beruhigend. »Mit dem mickrigen Kerlchen wären wir auch noch alleine fertig geworden.«

»Wenn du meine Woche gehabt hättest, würdest du das vielleicht anders sehen. Komm, lass uns Kaffee trinken.«

Sie holte Kaffee für sich und Holger aus der Küche und fing schon an zu erzählen, während sie noch unterwegs war.

»Anfang der Woche haben sie mit dem Umbau des Carports begonnen. Dafür mussten sie ein Stück des Fundaments herausreißen. Er war ständig im Garten. Meistens stand er neben den Zimmerleuten, so wie jetzt, und hat sie beschimpft, und ich hatte die ganze Woche Theater. Entweder habe ich es hier direkt erlebt oder bekam Anrufe auf dem Handy. Wenn ich abends nach Hause kam, hatte er Bauschutt vom Abriss hier in den Garten geworfen. Der ganze Garten lag fast jeden Tag voller Bauschutt, richtig große Trümmer. Etliche Sträucher sind umgeknickt und er hat auf den Pferdeanhänger gezielt, rund um den Anhänger herum lag immer besonders viel.« Sie grinste jetzt ein bisschen. »Werfen kann er allerdings wohl nicht so gut, dem Anhänger ist nichts passiert.«

»Das heißt, er hat dein Grundstück betreten, um an den Bauschutt zu kommen?«

»Nicht unbedingt«, antwortete Kristin. »Der Bauschutt lag bis zum Zaun und er brauchte sich nur drüber zu beugen.«

Sie nahm einen Schluck Kaffee und deutete auf einen Teller mit Gebäck.

»Zwischendurch kam ein Landvermesser. Ich wollte sichergehen, dass wir wirklich ganz auf meiner Seite sind«, fügte sie hinzu. »Da hat er sich mit dem gestritten. Und gestern noch der Termin beim Schiedsmann wegen des Weidezauns.«

»Aber der muss doch ganz gut gelaufen sein, wenn du jetzt weiterbauen kannst, oder?«

»Ja, schon«, sagte sie zögerlich. »Es ist einfach so anstrengend, weißt du? Er wollte mir die Pferdehaltung ganz verbieten lassen, damit ist er aber nicht durchgekommen. Die beiden Blattschkes sind sogar vor dem Schiedsmann völlig ausfallend geworden, haben mich als Lügnerin bezeichnet, haben mir mit dem Tierschutzverein, dem Veterinäramt und was weiß ich noch alles gedroht. Ich habe am Anfang versucht zu sagen, es wäre doch eine gute Gelegenheit, sich einmal auszusprechen und man könnte sich doch auch einigen, wenn sie etwas an mir stört. Ich weiß ja nicht einmal, was es ist. Das wurde sofort abgeblockt, von den Blattschkes natürlich, nicht vom Schiedsmann«, fügte sie hinzu.

»Es ginge hier nur um den Weidezaun, wurde mir gesagt. Als ich nach mehreren abfälligen Bemerkungen von ihrer Seite fragte, warum es denn um meinen Weidezaun ginge, wenn er seinen Schafzaun direkt an der Grenze habe, kam es zu tumultartigen Szenen. Ich wurde belehrt, dass auch das nicht zum Thema gehöre. Das Ende vom Lied ist, dass wir die Elektrolitze einen halben Meter von seiner Grundstücksgrenze entfernt anbringen müssen, das haben wir vertraglich vereinbart.«

Sie deutete auf eine Kiste neben dem Kachelofen. »Ich habe heute Morgen alles besorgt, Abstandhalter, Litze usw., wir können also gleich loslegen.«

»Ich finde, du regst dich viel zu sehr auf.« Holger strich ihr sanft über den Arm. »Lass den Typen doch erzählen was er will, mach dein Ding und lass ihn links liegen. Machst du ja schon, weiß ich«, fügte er begütigend hinzu, als er sah, wie ihr Gesicht einen verschlossenen Ausdruck annahm.

Sie nahm ihre Kaffeetasse in beide Hände, stützte die Ellbogen auf den Tisch und sah an ihm vorbei aus dem Fenster.

»Da ist noch etwas, was ich dich fragen möchte«, sagte sie nach einer Weile in bestimmtem Ton und blickte in sein Gesicht. »Kann es sein, dass Thorsten sich hier in der Eifel herumtreibt?«

»Ich dachte, wir hätten uns darauf geeinigt, dass du kein Wort mehr über ihn verlieren möchtest«, wich er aus.

»Das will ich auch nicht wirklich. Das Thema ist für mich völlig abgeschlossen. Aber ich will auch nicht, dass er mir nachspioniert. Letzte Woche ist mir beim Ausreiten ein Motorrad entgegengekommen. Sein Rudi. Definitiv! Das Motorrad würde ich immer und überall erkennen, schließlich stand es oft genug in meinem Wohnzimmer. Die Jacke, die er anhatte, kannte ich nicht, aber es war sein Helm, da bin ich mir auch sicher.«

»Er hat Rudi letzte Woche zum ersten Mal in diesem Frühjahr ausgefahren, das stimmt«, gab Holger zu. »Ich weiß aber nicht, wo er hinwollte. Hat er dich denn nicht angesprochen?«

»Nein, hat er nicht. Würde ich ihm auch nicht empfehlen!«

»Es geht ihm in letzter Zeit nicht so gut.«

»Da mach dir mal keine Sorgen. Wahrscheinlich ist ihm eine seiner Tussis davongelaufen und es dauert höchstens eine Woche, bis sie eine Nachfolgerin hat.«

»Du bist sehr verbittert. Sie bedeuten ihm doch nichts. Ich glaube, er kann sich ändern und er würde sicher viel dafür geben, wenn du ihm noch eine Chance gibst.«

»Wie sagte ein Professor von mir so schön, glauben tun wir in der Kirche, hier wissen wir. Ich weiß, dass er sich nicht ändern kann, ich habe es schließlich oft genug mit ihm versucht.«

Er zuckte mit den Schultern und stand auf. »Lass uns loslegen.«

»Wie ist das heute Abend, bleibst du zum Essen? Das wäre schön. Ich wusste nur letzte Woche noch nicht, dass wir heute weiter am Zaun bauen, und müsste kurz eine Verabredung absagen. Ist aber kein Problem.«

»Geht leider nicht, ich treffe mich mit …, oh Shit!«

»Schon ok, grüß ihn bloß nicht von mir.«

Sie schnappte sich die Kiste, öffnete die Tür zum Garten und ging mit großen Schritten auf den Weidezaun zu. Er holte sie ein und hielt sie am Arm zurück.

»Ich mache die rechte Seite, bei Blattschke, dann hast du mal eine Terror-Pause! Geh nach hinten auf die Wiese, ja?« Mit hochgezogenen Augenbrauen sah er sie fragend an.

»Ok.« Sie lächelte. »Ist nett von dir.«

Wenige Minuten später kniete Holger vor dem ersten Pfosten auf dem Boden, um die richtige Höhe für die Abstandhalter auszumessen. Im Garten nebenan erklang Gekreische. »Diiiietmar!«, zog Frau Blattschke den Namen ihres Mannes in die Länge, und kurz darauf stürmte der so Alarmierte wild brüllend auf ihn zu.

»Hör sofort auf, du Arschloch. Die Pölle kommen sowieso wieder weg. Du hast hier nichts zu suchen!«

Holger blickte nicht einmal von seiner Arbeit auf, legte den Zollstock zurück in die Kiste und nahm einen Akkubohrer, Schrauben und den ersten Abstandhalter heraus.

Kristin hatte die kleine Szene vom anderen Ende der Wiese aus beobachtet. Sie ließ die Rolle mit dem Elektrodraht aus der Hand fallen und rannte los. Bis zu Holger waren es noch knapp zweihundert Meter und sie hörte lautes Gebrüll, ohne genau zu verstehen, was gesagt wurde.

»Hör sofort auf damit, du Wichser!«, schrie Blattschke wieder.

Sein Gesicht hatte sich völlig verzerrt und war noch roter angelaufen, als es ohnehin schon war. Er kam Holger so nahe, dass sein schnapsgetränkter, fauliger Mundgeruch ihn einen Schritt zurückweichen ließ. Aber er fasste sich sofort wieder, ging in die Hocke und begann ein kleines Loch im Holz vorzubohren. Hinter Blattschke keifte seine Frau.

»Hetz den Hund auf ihn, Dietmar! Lass dir das doch nicht gefallen!«

»Halt die Klappe!«, herrschte Blattschke sie an und griff blitzschnell zu. Holger war überrascht, denn er hatte nicht mit einem richtigen Angriff gerechnet. Einen Moment lang kämpften beide wie Kinder im Sandkasten um den Akkubohrer, den Blattschke an sich zu reißen versuchte. In seiner gebückten Stellung war Holger im Nachteil. Blattschke entriss ihm das Werkzeug und stieß ihn gleichzeitig mit der anderen Hand kräftig gegen die Schulter, so dass Holger das Gleichgewicht verlor und im Gras landete. Der Akkubohrer, den Blattschke nach ihm warf, verfehlte seinen Kopf nur knapp. Er rappelte sich hoch und nahm den Akkubohrer erneut zur Hand. Kristin hatte ihn fast erreicht und fauchte im Laufen. »Lassen Sie sofort meinen Freund in Ruhe!«

Holger sah Blattschke ruhig an. »Schauen Sie im Schiedsmannvertrag nach. Wir werden jetzt hier Abstandhalter anbringen.« Er betonte jedes Wort.

»Du wirst gar nichts machen!«, grölte Blattschke. »Du hast hier gar nichts zu melden!«

Im Hintergrund zeterte Frau Blattschke, die Handwerker kamen vom Carport gerannt und nahmen neben Holger Aufstellung.

»Was soll das, Herr Blattschke?« Auch Kristin hatte inzwischen den Zaun erreicht.

»Du alte Schlampe, halt's Maul!«

»Beruhigen Sie sich doch!«, versuchte der kleinere der beiden Handwerker zu schlichten.

»Du hältst dich auch raus, du nachgemachter Mensch«, brüllte Blattschke ihn an und wandte sich wieder an Holger. »Du Weichei, du wehrst dich ja nicht mal. Komm her, wenn du was von mir willst!«

»Ich will nichts von Ihnen, ich möchte hier meine Arbeit machen.« Holger war nicht aus der Ruhe zu bringen.

Wieder versuchte Kristin einzugreifen. »Lassen Sie ihn in Ruhe, Herr Blattschke.« Doch Blattschke tobte ungebremst weiter.

»Hau ab, du Schlampe! Ihr Weicheier kommt her, ihr Wichser, ihr verdammten Feiglinge, ihr traut euch nicht. Arschlöcher …!« Sein Vokabular verfolgte Kristin, während sie rannte, bis sie das Haus erreichte und die Polizei rief.

Als sie wieder zurück in den Garten eilte, war die Situation unverändert. Blattschke tobte weiter, völlig außer Kontrolle, seine Frau versuchte ihn nun mit ängstlichem Gesichtsausdruck vom Zaun wegzuziehen und wurde grob von ihm weggestoßen. Die drei Männer auf ihrer Seite des Zaunes standen nun stumm da, und Kristin bemerkte, dass einer der Arbeiter eine Hand auf den Arm des anderen gelegt hatte. Auch dessen Gesicht war inzwischen hochrot angelaufen. Die Situation drohte zu eskalieren. Blattschke versuchte weiterhin, die Männer durch Beschimpfungen und wildes Rudern mit den Armen zu einer Schlägerei zu provozieren. Diese wichen einen Schritt vom Zaun zurück, hielten aber stumm ihre Position.

Blattschke zog sich erst vom Zaun zurück, als er den Polizeiwagen vorfahren hörte.

21. Kapitel

Leo Werner beschloss nach dem reichhaltigen »Kaffeetrinken« in Niederehe, die ominöse Frau in Loogh nicht mehr aufzusuchen. Er musste zunächst in Erfahrung bringen, um wen es sich da handelte. Aber es konnte nicht schaden, einen Blick auf das Haus zu werfen, nachdem er ohnehin eine genaue Ortsbeschreibung erhalten hatte. Umso überraschter war er, als er nach den zwei Kilometern den Berg hinauf einen Streifenwagen auf dem Grasstreifen vor genau dem Haus stehen sah, auf das die Beschreibung passte. Nicht die Kollegen aus Wittlich, sondern »seine« Leute aus Daun. Niemand war zu sehen, nur im Nachbargarten schien sich eine ganze Gruppe von Menschen versammelt zu haben. Langsam fuhr er am Haus vorbei, parkte ein Stück weiter vor der Hofkäserei und griff zum Funkgerät. Ein erstaunter Kollege in Daun, der ihn außer Dienst wähnte, berichtete in kurzen Worten von einem Nachbarschaftsstreit und gab ihm Namen und Adressen der Beteiligten durch.

»Ach ne«, sagte er laut in den Wagen hinein, nachdem das Gespräch beendet war, und griff nach den Akten auf dem Beifahrersitz. Er hatte sich richtig erinnert. Der Name des Teilnehmers, der fast täglich bei Rudolf Krämer angerufen und auf Nachfrage erklärt hatte, er kenne keinen Rudolf Krämer, lautete Blattschke. Er rief erneut in Daun an und bat um die Telefonnummer der Blattschkes, bei denen sich die Kollegen gerade aufhielten. Bingo, identisch.

Nach einem etwas gewagten Wendemanöver unter den wachsamen Augen zweier Bisons, die oberhalb des Parkplatzes am Zaun standen, parkte er kurz darauf hinter dem Streifenwagen, nur um festzustellen, dass er keine Ahnung hatte, wie er diese Festung erobern sollte. Die Leute schienen weder Namensschild noch Türklingel zu haben. Auf sein Rufen hin rührte sich nichts, und das zweiflügelige Metalltor war abgeschlossen. Seinen nächsten Schritt bereute er, sobald er das Grundstück durch das unverschlossene kleine Törchen betreten hatte. Ein großer Schäferhund, der nicht aussah, als sei er zum Scherzen aufgelegt, rannte laut bellend auf ihn zu und kam sprungbereit geduckt, mit dumpfem Knurren kurz vor ihm zum Stehen. Der Ruf einer Frau, die nun aus der Haustür trat, schien ihn nicht im Geringsten zu beeindrucken. Erst ein Gebrüll, das aus dem Inneren des Hauses ertönte, veranlasste den Hund den Schwanz einzukneifen und den Rückzug anzutreten.

Werner lockerte den Griff um seine Dienstwaffe, schloss das Holster und begegnete den erstaunten Blicken seiner Kollegen, die nun hinter dem Hausherrn aus der Tür traten. Nachdem dieser, vermutlich Herr Blattschke, sich vergewissert hatte, dass nur ein weiterer Polizist in sein Reich eingedrungen war, wandte er sich wieder seinen Kollegen zu und überschüttete sie mit dem, was wohl die Fortsetzung einer Schimpftirade war, die schon vorher ihren Anfang genommen hatte. Die beiden nickten gelegentlich ergeben, und einer machte zumindest den Eindruck, Notizen aufzunehmen. Werner näherte sich dieser, immer noch in der Haustür stehenden Gruppe und der Umstand, dass Herr Blattschke sich als Alleinunterhalter betätigte, gab ihm ausreichend Gelegenheit, alle Beteiligten einer genauen Prüfung zu unterziehen. Wie hatte der junge Mann gesagt? Graue Haare, schulterlang im Nacken, in der Stirn sehr hoch zurückgewichen, mit Geheimratsecken und hinten leicht gewellt und strähnig. Hagerer Typ, etwa 1,80 Meter groß. Passte alles. Über die Frau wusste er nicht viel. Kräftig, hatte der junge Mann gesagt, und wenn es dieselbe Frau war, war er höflich gewesen. Sie wirkte ungepflegt und angeschlagen und starrte mit verweinten Augen auf den Boden.

Die Kollegen unternahmen zaghafte Versuche, diesen Beschwerdekanon, der sich offensichtlich auf die

Nachbarin bezog, zum Abschluss zu bringen, aber Herr Blattschke ließ sich nicht aufhalten.

»Woher kennen Sie Herrn Krämer?«, fragte Werner in einer Atempause, die auch Herr Blattschke zu brauchen schien.

Blattschke erstarrte in seinen Bewegungen, genau so wie sie gewesen waren, die Hände in der Luft, der Mund offen, die Augen weit aufgerissen. Faszinierend, dachte Leopold Werner und beobachtete, wie die Statue erst nach einigen Sekunden die Arme sinken ließ und wieder zum Leben erwachte.

»Was hat ein Herr Krämer hiermit zu tun?«, blaffte er.

»Würden Sie mir bitte einfach meine Frage beantworten?«

»Ich kenne keinen Herrn Krämer, aber vielleicht möchten Sie sich ja mit meiner Frau unterhalten.« Der Hohn in diesem Satz war nicht zu überhören.

»Frau Blattschke, woher kennen Sie Herrn Krämer?«

»Wir sind uns gelegentlich bei Spaziergängen im Wald begegnet«, flüsterte die Frau kaum hörbar und blickte weiter zu Boden.

Leopold Werner schwieg und schüttelte auf die fragenden Blicke seiner Kollegen hin unmerklich den Kopf.

Herr Blattschke ertrug das Schweigen nicht.

»Du hast auch manchmal mit ihm telefoniert«, sagte er sehr laut zu seiner Frau. »Das ist ja schließlich nicht verboten.«

Strategiewechsel, dachte Werner. Er weiß, dass wir wissen, dass telefoniert wurde. Also lieber zugeben, was nicht verboten ist. Was mag denn dann Verbotenes stattgefunden haben?

»Worum ging es bei den Telefonaten mit Herrn Krämer?«

Herr Blattsche lief wieder zur Höchstform auf. »Das sind Privatgespräche, das geht Sie nichts an, ich werde mich beschweren, ich werde sofort eine Dienstaufsichtsbeschwerde schreiben …«

Leopold Werner hielt seinen Blick auf Frau Blattschke gerichtet, zog ruhig seinen Terminkalender aus der Tasche und begann darin zu blättern.

»Würde es Ihnen am Dienstag passen, so um 11 Uhr auf der Dienststelle? Ich denke, wir können dort ungestörter sprechen.«

Frau Blattschke schaute immer noch zu Boden.

»Das werden wir uns nicht gefallen lassen. Ich werde sofort unseren Anwalt verständigen.« Dieser Mensch konnte offensichtlich nur schreien, dachte Werner.

»Brauchen Sie denn einen Anwalt, Frau Blattschke?«

»Er wollte sich auch einen Hund anschaffen und hat mich um Rat gefragt«, sagte sie wieder leise und ohne aufzublicken.

Werner ging nicht weiter auf den interessanten Umstand ein, dass von diesem Anschluss aus in einigen Wochen fast täglich dorthin angerufen worden war und sagte schlicht, »Danke, Frau Blattschke.«

Er wandte sich mit einem Lächeln an seine Kollegen. »Ich denke, wir wären soweit, oder?«

Schon im Gehen begriffen, drehte er sich noch einmal um.

»Wo waren Sie denn letzten Donnerstagabend, Herr Blattschke?« Viele Stunden *Colombo* machten sich doch irgendwann einmal bezahlt, dachte er.

»Ich weiß nicht, was Sie das angeht.«

»Ich erwarte Sie auch am Dienstag um 11 Uhr, Herr Blattschke. Das ist eine Vorladung. Gerne mit Anwalt«, fügte er hinzu.

22. Kapitel

Als Kristin an diesem Gründonnerstagabend an der Haustür klingelte, hatte Alex es gerade geschafft, mit ein paar Kerzen ein wenig Gemütlichkeit in die Wohnküche zu zaubern. Sie war bis eben noch im Garten gewesen.

»Hallo. Mein Beitrag zum Weinabend.« Kristin drückte ihr eine Flasche Rotwein in die Hand. Sie wirkte blass und fahrig.

»Hallo und willkommen im Chaos.« Alex lächelte, ging voraus in die Wohnküche und wies auf zwei blaue Korbsessel vor dem knisternden Kaminofen.

»Hier sieht es doch schon recht nett aus. Die alte Küchenbank gefällt mir und der große Tisch.« Dieser Versuch von Smalltalk stand im krassen Gegensatz zu dem völligen Desinteresse in ihrer müden Stimme.

»Hier spielt sich momentan unser ganzes Leben ab. Abends kommen die Isomatten und Schlafsäcke raus und dann wird hier auch geschlafen. Oben reißen wir gerade alles raus, neue Dachfenster sind schon drin, der Rest ist in Arbeit. Dort bekommt jeder ein eigenes Zimmer. Das Bad ist noch eine Katastrophe.«

Alex lachte und versuchte ihre Unsicherheit zu überspielen. »Ich glaube, den hier köpfen wir.« Sie schwenkte die Rotweinflasche.

Kristin nickte, hängte ihre Jacke mangels Garderobe über einen der Küchenstühle und ließ sich mit einem Seufzer in einen der Sessel sinken.

»Ich weiß nicht, ob ich das so könnte«, sagte sie, nachdem Alex ihr ein Glas Rotwein gereicht hatte und sich ebenfalls vor den Ofen setzte. »Ihr hockt hier doch ziemlich eng aufeinander, überall Baustelle.«

»Wir sind nur an den Wochenenden hier und in meinem Fall in der Vorlesungsfreien Zeit«, antwortete Alex.

»Kennt ihr euch schon lange?«

Ihre Frage klang wie ein Automatismus. Jemand, der höflich Smalltalk macht, aber in Gedanken weit weg ist und vielleicht noch weiter weg sein möchte.

»Ja, ich kenne beide schon ewig.«

Eine Pause entstand, während die beiden Frauen an ihren Weingläsern nippten und in die Flammen blickten. Zwei etwa gleichaltrige Frauen, dennoch erinnerte Alex die Situation an eine ihrer Studentinnen, die vor wenigen Wochen in aufgelöstem Zustand die verspätete Abgabe einer Seminararbeit mit Liebeskummer entschuldigt hatte.

»Du machst den Eindruck, als wenn deine Woche nicht leicht gewesen wäre.«

»Ich weiß wirklich nicht, ob ich darüber reden will«, wich Kristin aus. Sie drehte ihr Weinglas in der Hand, fuhr mit einem Finger über den Rand.

»Ich habe mittlerweile immer Angst, dass die Leute mich für neurotisch oder paranoid halten, wenn ich von meinen Nachbarn erzähle. Und es glaubt mir auch ohnehin keiner«, fügte sie resigniert hinzu.

Alex schwieg, sah sie aber auffordernd an.

»Ich hätte auf den Mieter hören sollen, der in dem Haus wohnte, bevor es verkauft wurde«, begann Kristin tatsächlich nach einer Weile. »Der hatte mir schon erzählt, dass der Nachbar schwierig ist, dass es viele Beschwerden gebe. Aber dass seine Freundin sich nicht mehr mit dem Kleinkind in den Garten traute, wenn sie alleine war, hat er mir erst später erzählt, als ich das Haus schon gekauft hatte und noch einmal nachgefragt habe. Ich war einfach so verliebt in das Haus. Die große Wiese dahinter, die Lage … Es war genauso, wie ich es mir vorgestellt hatte.«

Wieder entstand eine Pause, während Kristin offensichtlich über ihre Entscheidung, das Haus zu kaufen, nachdachte.

»Ich bin Anfang November eingezogen. Der Umzug war in einem halben Tag erledigt, soviel Möbel habe ich nicht und meine Mutter kam noch am selben Tag, um mir in der ersten Woche beim Putzen und Einrichten zu helfen. Wir hatten viel Spaß in dieser ersten Woche. Meine Mutter ist ein wahres Putzgenie und war völlig begeistert von dem Haus. Wir hatten uns überlegt für Samstag die Nachbarn einzuladen, um mich vorzustellen.«

Wieder zögerte sie.

»Er war von Anfang an auffällig. Wie soll ich das beschreiben?«

Sie schaute Alex jetzt direkt an, während sie vorher eher zu ihrem Weinglas gesprochen hatte.

»Er saß am Küchentisch, so schräg auf dem Stuhl, mit dem Gesicht zur Tür, und schaute weder meine Mutter noch mich direkt an, wenn er sprach. Er schien immer an uns vorbeizusehen. Ich erzählte von mir und meinen Plänen mit den Pferden und die beiden berichteten hauptsächlich von gewonnenen Gerichtsprozessen in der Vergangenheit. Sie hätten sehr kleinliche Nachbarn gehabt, da hätte man sich manchmal um Zentimeter gestritten. Wir haben uns gegenseitig versichert, dass uns an einer guten Nachbarschaft gelegen ist. Sie planten sich später vielleicht auch ein paar Schafe oder andere ›vierbeinige Rasenmäher‹ anzuschaffen. Frau Blattschke hat nach dem Kaffee dem Whisky recht gut zugesprochen, den ich zum Glück noch gefunden habe.«

Sie stöhnte.

»Wir hatten die zum Kaffee eingeladen, aber sie sind nachher noch stundenlang sitzen geblieben und da musste ich irgendwas auftischen. Ihr Mann würde nur Bier trinken, hat sie gesagt, aber sie fände so ein kleines Schnäpschen gemütlich im Winter, bei so einem Wetter. Nach dem Schnaps wurde sie etwas lockerer und zeigte sich fast schon begeistert, als ich von einer Vogelschutzhecke erzählte, die ich im hinteren Teil des

Gartens anlegen wollte. Meistens hat Frau Blattschke geredet. Sie erzählte, wie sehr ihr Mann Tiere liebe und gab eine Geschichte von einer Katze zum Besten, für die ihr Mann die Feuerwehr gerufen hatte, weil sie in einem Abflussrohr feststeckte. Am Ende haben wir uns tatsächlich darauf geeinigt, gemeinsam diese Vogelschutzhecke an der Grundstücksgrenze zu pflanzen.«

Sie hielt inne. »Oh Mann, ich glaube, ich muss das ein bisschen abkürzen, sonst sitzen wir morgen früh noch hier.«

»Lass dir Zeit«, beruhigte Alex sie, »der Abend hat gerade erst begonnen.«

Wieder drehte Kristin ihr Weinglas in den Händen und schien immer mehr in Erinnerungen zu versinken.

»Tja, und dann ging das Theater sofort los. In der darauffolgenden Woche bekam ich ein Einschreiben von ihnen, in dem ich aufgefordert wurde, den Carport und die Mauer vorne an der Grundstücksgrenze zu entfernen. Na prima. Ich habe mit dem Vorbesitzer gesprochen. Als er den Carport gebaut hat, gab es keine Grenzsteine. Jetzt hat man das Grundstück neu vermessen und festgestellt, dass der Carport und das Fundament 12,5 cm auf das Nachbargrundstück ragen. Ich war natürlich ziemlich geplättet und Lenzens Helmut – das ist der Vorbesitzer – hat angeboten, dort anzurufen und mit denen zu reden und vielleicht eine andere Lösung zu finden. Nun, Ende der Geschichte war, sie haben ihm gesagt, da wäre eine komische Frau nebenan eingezogen, da könne es keine andere Lösung geben, Carport und Mauer müssten weg. Kurz und schlecht, es gab Gänge zum Bauamt, die waren schon informiert und es täte ihnen leid, aber die Blattschkes hätten Recht, beides müsse entfernt oder rückgebaut werden.«

Alex bemerkte, dass Kristins Hände leicht zu zittern begannen.

»Meine Schwester war auch neugierig auf das Haus und ist am nächsten Wochenende mit ihrem Mann und den

Kindern für einen Tag runtergekommen. Runter aus Gelsenkirchen meine ich«, erklärte sie. »Als sie wieder fuhren, rief Frau Blattschke an. Die Kinder meiner Schwester hätten ihr eine lange Nase gemacht, während wir spazieren waren. Ich habe erwidert, dass ich mir das gar nicht vorstellen kann, habe mich aber brav für das Verhalten der Kinder entschuldigt. Aber sie ließ nicht nach, das wäre ein ungeheuerliches Verhalten der Kinder und so weiter. Die ganze Zeit über brüllte ihr Mann im Hintergrund und letztlich habe ich ihr gesagt, dass ich nicht mehr machen könne, als mich zu entschuldigen und habe das Gespräch beendet, weil wir nicht weiterkamen.«

Sie blicke Alex wieder direkt an.

»Du musst dir meine Gefühle vorstellen. Ich war gerade mal zwei Wochen in dem Haus und hatte es mir anscheinend schon mit den Nachbarn verdorben. Danach ging es quasi mit sämtlichen Besuchern so weiter. Immer war irgendwas los, immer war er allgegenwärtig, sobald jemand draußen war und brüllte mit verzehrtem Gesicht. Nein, warte, zuerst habe ich sie noch einmal besucht.«

Alex sah sie mitfühlend an und war ziemlich sprachlos.

»Ich dachte, es wäre besser, noch einmal mit ihnen zu sprechen, als ewig Streit zu haben, und schlug es telefonisch vor. Sie waren gnädig«, sagte sie ironisch, »ich sollte rüberkommen. Dort das gleiche auffällige Verhalten. Er saß schräg am Tisch, sah mich nicht an. Ich habe mich noch einmal für das Verhalten der Kinder entschuldigt, und dann kam der Klopper. Das Verhalten der Kinder sei nicht zu entschuldigen, das sei Selbstjustiz. Ich war völlig platt und fragte, was er damit meine. Er erklärte mir, dass das Verhalten der Kinder so wäre, als hätte er jemanden aus meiner Familie umgebracht und ich würde hingehen und deswegen seine Frau umbringen. Ich war völlig fassungslos über diesen Vergleich, bin es immer noch«, fügte sie hinzu. »Und bin sofort gegangen.«

Alex lief ein Schauer über den Rücken. Da war es wieder, das gleiche unheimliche Gefühl wie bei der ersten Begegnung mit diesen gruseligen Nachbarn.

»Das ist ein echt kranker Vergleich«, sagte sie leise.

Kristin nickte. »Ich denke, der *ist* krank.« Sie nahm einen Schluck Wein.

»Dann fingen die Drohungen an«, fuhr sie leiser fort. »Einem Freund von mir drohte er, ihn würde er sich noch krallen. Sie sind allgegenwärtig, wenn er nicht im Garten ist, hält sie Wache. Sie schreit dann »Diiiietmar, die Schlampe ist im Garten«. Sie zieht das ie, wenn sie ihn ruft«, ahmte sie Frau Blattschke nach.

»Mittlerweile macht er es nicht mehr indirekt, sondern betitelt mich direkt mit Schlampe und subtilen Drohungen, wie »Du willst doch nicht, dass deinen Katzen was passiert« oder so. Ich habe mir angewöhnt, sie zu ignorieren, zu mir kommt sowieso kaum noch jemand«, sagt sie jetzt bitter.

»Aber das war's leider noch nicht. Dann gingen die Anzeigen los. Ich bekam Anzeigen wegen Diebstahls von Bäumen aus dem Gemeindewald, wegen Verunreinigung der Straße, wegen unangemeldetem Lagerfeuer, wegen Mäusen auf seinem Grundstück … Die waren zum Teil so absurd. Anzeigen wegen ruhestörenden Lärms, wegen fehlender Feuerwehrzufahrt, was weiß ich. Ich kann die Wände damit tapezieren.«

»Und die Ämter machen das alles mit?«, fragte Alex ungläubig. »Die müssen doch irgendwann mal was merken?«

»Das Unglaubliche ist, dass die Behörden diesen Anzeigen immer brav nachgehen. Keine dieser Anzeigen hat sich als gerechtfertigt herausgestellt, aber er hält die verschiedenen Ämter auf Trab. Das kostet mich immer Zeit, weil ich mich für Dinge rechtfertigen muss, die ich gar nicht gemacht habe. Und jetzt wird es wirklich böse. Vor ein paar Wochen kam überraschend eine

Freundin mit ihren Kindern zu Besuch. Sie spielten draußen und hackten mit einer kleinen Axt Holz. Zuerst ist Blattschke zum Zaun gekommen, hat geschrien, dass er uns beim Jugendamt anzeigen wird, dass es unverantwortlich ist, Kindern eine Axt zu geben und dass meiner Freundin die Kinder weggenommen werden. Dann hat er Fotos von den Kindern gemacht und ist tatsächlich mit einer Astschere bewaffnet über den Zaun geklettert, hat sich drohend vor die Kleinen gestellt und schließlich angefangen, meine Bäume zu schneiden, die auf sein Grundstück ragen würden. Ich habe ihn des Grundstückes verwiesen und er ist auch gegangen und hat von seiner Seite etwas auf den Carport geworfen und versucht, die Regenrinne abzureißen. Er war völlig außer sich und *die* Freundin war wohl das letzte Mal hier«, fügte sie traurig hinzu.

Alex hatte gebannt zugehört und sprang nun erschrocken auf. Das Feuer war fast vollständig heruntergebrannt.

»Das ist ja eine unglaubliche Geschichte«, sagte sie, während sie den Ofenhandschuh anzog und ein dickes Buchenholzscheit nachlegte. »Bald hätten wir hier in der Kälte gesessen, entschuldige, erzähl weiter.«

»Das ist so ziemlich der Stand der Dinge, außer dass ich gestern zum Schiedsmann zitiert wurde, weil mein Nachbar Einspruch gegen den Weidezaun eingelegt hat, und heute schon wieder was passiert ist.«

Tausend Fragen gingen Alex durch den Kopf, während Kristin müde vom gestrigen Termin und den heutigen Vorfällen berichtete.

»Oh Mann, da machst du ja eine Schnitte mit. Kann man da keine Gegenanzeige stellen, wegen Verleumdung, wenn es doch Falschanzeigen sind? Das ist doch Amtsmissbrauch oder so. Und die Geschichte, als er in deinen Garten kam. Ich habe nicht viel Ahnung von dem juristischen Kram, aber ist das nicht Hausfriedensbruch? Und die Frage ist auch, warum macht der das?«

»Die gleiche Frage mit dem Ämtermissbrauch habe ich auch gestellt, als mich das letzte Mal eine Dame von der Kreisverwaltung wegen eines angeblichen Verstoßes gegen die Abfallbeseitigungsverordnung anrief. So heißt das, wenn man Müll in den Wald kippt«, fügte sie hinzu. »Die waren nämlich schon aus Daun da gewesen und hatten sich das angeschaut, als ich nicht zuhause war. Das heißt, wenn man alles zusammenzählt, kommen mindestens zwei Stunden Arbeitszeit im Amt zusammen, für so eine Anzeige. Ich habe ihr das vorgerechnet, und sie sagte, sie seien verpflichtet, allen Anzeigen nachzugehen, auch wenn sie, wie in diesem Fall, den Verdacht hätten, dass nichts dran sei. Ich habe sehr provokativ zurückgefragt. Also, wenn ich jetzt hier durchs Dorf gehe und wirklich jeden wegen irgendwas anzeige, müssen Sie dann allen Anzeigen nachgehen? Ja, müssen sie, aber irgendwann würden sie mich kennen und es nicht mehr so genau nehmen.«

Alex war ziemlich fassungslos. »Das verstehe ich immer noch nicht. Wenn sie der Sache nachgehen und sich die Anzeige als unbegründet herausstellt, sollte doch derjenige, der die Anzeige erstattet hat, wenigstens eine Strafe bekommen oder die Kosten tragen, die durch die vergeudete Arbeitszeit entstanden sind. Ich meine, wenn du grundlos die Feuerwehr rufst, wirst du doch auch für den Einsatz zur Kasse gebeten.«

Kristin lächelte matt. »Hab ich auch mal gedacht aber ist, ehrlich gesagt, auch nicht mein Hauptproblem.«

Sie zitterte weiterhin und Alex sah, dass ihr die Tränen herunterliefen.

»Ich weiß einfach nicht, wie lange ich das noch durchhalte und was ich tun soll. Ich habe meine ganzen Ersparnisse in dieses Haus gesteckt, habe meinen Job gekündigt und baue mir gerade etwas Neues auf. Ich kann jetzt nicht mittendrin aufhören und das Haus verkaufen. Wo soll ich mit meinen Pferden hin, wie soll ich mein Geld verdienen …?«

Alex fühlte sich hilflos. Am liebsten hätte sie Kristin in den Arm genommen, aber lange kannten sie sich noch nicht und sie wusste nicht recht …

»Das hört sich wie Terror pur an«, sagte sie leise.

»Da fällt mir noch was ein. Letzten Sonntag ging der Blattschke neben dir die Dorfstraße entlang. Ich habe das vom Berg aus beobachtet und fand es merkwürdig.«

»Es war mehr als merkwürdig, es ist völlig daneben. Er lauerte mir auf, als ich mich bei den Hilgers bedanken wollte. Sie hatten die Zaunpfähle aufgestellt. Er lief einfach neben mir her, ohne ein Wort zu sagen.«

»Ich bin sprachlos«, sagte Alex. Beide schwiegen eine Weile und schauten in die Flammen.

»Sorry, wenn ich das Thema wechsle. Letzten Samstag wurde ein Toter auf dem Hönsel gefunden. Er wurde ermordet, hast du das mitbekommen?«

»Ich habe diese Woche noch mit kaum jemandem gesprochen«, antwortete Kristin.

»Und die Hilgers haben am Sonntag nichts erzählt?«, fragte Alex ein wenig ungläubig.

»Ich war nicht mehr bei ihnen. Der Blattschke neben mir, das hat mir gereicht und ich bin zurück gegangen. Ich muss daran denken, dass ich am Wochenende noch mal dort vorbeischaue.«

»Also Gerüchten zufolge hatte deine Nachbarin etwas mit dem Ermordeten am Laufen.«

Jetzt musste Kristin tatsächlich lachen. »Unvorstellbar. Entschuldige, aber du hast sie doch gesehen.«

»Die Gerüchte waren recht detailliert«, erwiderte Alex. »Und der Ermordete soll auch nicht gerade ein Menschenfreund gewesen sein.«

»Das wäre echt witzig«, sagte Kristin überraschenderweise. »Obwohl, wenn ich es mir recht überlege, behandelt er seine Frau manchmal ziemlich grob.«

Wenn an den Gerüchten etwas dran ist, dürfte Herr Blattschke es weniger witzig gefunden haben, ging es

Alex durch den Kopf. Kristins Reaktion irritierte sie ein wenig. Es wurde nicht gerade jeden Tag jemand in unmittelbarer Nähe ermordet. Vielleicht war sie einfach so sehr in ihrem eigenen Film gefangen, dass sie gar nichts anderes mehr spürte.

23. Kapitel

Einem ruhigen Karfreitag folgte ein arbeitsreicher Samstag. Max und Fred waren früh aufgetaucht und wurden gleich beim Frühstück von Alex mit Kristins Geschichte und den diversen Gerüchten empfangen. Die beiden Männer zeigten sich wenig beeindruckt.

»Du weißt doch, wie das ist, in einem Konflikt, vor allem bei Nachbarschaftsgeschichten. Du hörst immer nur die eine Seite«, sagte Max.

»Das ist doch keine normale Nachbarschaftsgeschichte, das ist doch Terror«, wandte Alex ein.

Max zuckte nur mit den Schultern.

»Sie sollte sich auf jeden Fall einen Anwalt nehmen«, schlug Fred vor, »schon wegen der Anzeigen.«

»Habt ihr was dagegen, wenn ich sie für heute Abend zum Essen einlade, dann lernt ihr sie auch kennen, sie ist wirklich nett.«

»Nette Frauen kennen zu lernen, die nicht bei der Bundespolizei, beim Innenministerium oder bei der Ausländerbehörde arbeiten, finde ich immer klasse. Ich leg jetzt jedenfalls im Badezimmer los«, schloss Fred das Thema vorerst ab. Max zuckte erneut nur mit den Schultern.

»Ach übrigens Max, dieses Heu, das ich letzte Woche eingesammelt habe, das ist Bioheu.«

Fred verstand nur Bahnhof und wurde über das Heu am Fundort der Leiche auf dem Hönsel aufgeklärt.

»Und woher weißt du das mit dem Bioheu?«, erkundigte sich Max.

»Ich habe es einer befreundeten Botanikerin geschickt, weil ich diese Woche nicht in Köln war. In dem Heu waren über 50 verschiedene Kräuter, das findest du in konventionellem Heu nicht, da ist hauptsächlich Gras drin und sonst nichts.«

Max zog die Stirn kraus und sah sie abwartend an, aber Fred kam ihm zuvor.

»Und was genau sagt uns das?«

»Die Leiche kam irgendwie, bevor sie auf den Hönsel verbracht wurde, mit Heu in Berührung, und zwar reichlich Heu. Da es sich um Bioheu handelt, engt das den Kreis doch erheblich ein.«

»Na, dann schlage ich doch vor, du gehst jetzt auf die Suche nach Biohöfen und hast in Null-Komma-Nix den Mörder«, zog Fred sie spöttisch auf und erhob sich endgültig vom Tisch.

Seufzend und mit sehnsüchtigen Blicken in den sonnigen Garten begab sich auch Alex nach dem Telefonat mit Kristin nach oben, um weitere Wände von alten Tapeten zu befreien. Das Gespräch vom Donnerstagabend ging ihr den ganzen Tag nicht aus dem Kopf. Auch an Rudolf Krämer musste sie immer wieder denken. Wahrscheinlich hätte sie noch mehr Informationen aus Leni herausbekommen können. Sie beschloss, Leni bei Gelegenheit wieder zu besuchen. Aber das war nicht schlimm und sie freute sich darauf. Das Zusammensein mit der alten Dame war wie ein ruhender Pol in ihrem nicht immer ruhigen Leben.

Als Alex sich zum Abschluss noch hinreichend bei ihrer bevorzugten Abendbeschäftigung »Treppe renovieren« ausgetobt hatte, kamen ihr aus der Küche Aromata entgegen, die ganz nach Freds Fast-Food Küche rochen.

»Hm, ich liebe den Geruch von Basilikum,« sagte sie mit Blick auf einen großen Teller Tomate-Mozzarella. Zumindest etwas Frisches gibt es, dachte sie.

»Was gibt's denn Gutes?« Sie hob den Deckel vom Topf.

»Finger weg!«

»Ist ja schon gut. Apropos nette Frauen kennenlernen … Wie lief es denn letzte Woche mit deinem Date?«, fragte sie süffisant.

»Was soll ich sagen? Da ist nichts Aufregendes passiert. Wir waren im Kino, der Film war scheiße und danach habe ich sie zur S-Bahn gebracht«, antwortete Fred.

»Das war's?« Alex schaute ihn ungläubig an.

»Na ja, sie stand da am Bahnhof, wir wussten nicht was wir uns erzählen sollten, und zum Schluss hat sie gefragt, ›das war dann wohl ein Date?‹«

»Und was hast du da gesagt?«

»Ja, das war es wohl.«

»Das glaub ich jetzt nicht!«

»Ich bin halt schüchtern.«

»Quatsch, sie hat dir schon im ersten Durchgang nicht gefallen. Gott bewahre uns vor solchen Männern. Also zurück zu der BH-Trägerin, ja?« Alex grinste.

»Ich geh jetzt zum Klo. Ich muss mir doch hier keine Publikumsbeschimpfungen anhören, und du rührst in der Zwischenzeit sorgfältig um, klar! Und danach kannst du auch noch Max hierher bewegen, dein Besuch taucht sicher gleich auf.«

Alex' Grinsen wurde breiter. »Bingo, ich habe also einen Treffer gelandet.«

Es folgte ein gemütlicher Abend mit einer deutlich entspannteren Kristin, die in der Zwischenzeit glücklicherweise keinen Feindkontakt gehabt hatte. Um den Abend nicht zu ruinieren, wurde das Thema Nachbar nur kurz angeschnitten. Kristin hatte auch schon mit dem Gedanken gespielt, einen Anwalt einzuschalten und Fred, der beruflich mehr mit Anwälten zu tun hatte, als ihm manchmal lieb war, wurde noch am selben Abend fündig. Ein Freund versprach, am nächsten Wochenende in die Eifel zu kommen. Dieser Rechtsanwalt namens Arion wollte Fred angeblich sowieso schon länger besuchen. Max überraschte seine Mitbewohner dadurch, dass er durchaus weiter über Kristins Probleme nachgedacht hatte.

»Mich würde interessieren, wie das mit seinen früheren Nachbarn gelaufen ist. Er ist ja auch gerade erst hergezogen. Ich weiß nicht, ob es viel bringt, aber hast du eine Ahnung, woher der kommt?«

»Ja, die haben beim ersten Treffen was erzählt. Mal überlegen, irgendwo am Niederrhein, Millendorf oder so. Aber ich weiß nicht, in welcher Straße, und ich kann ja schlecht eine ganze Stadt durchsuchen.«

»Hm, hm, das stimmt wohl«, sagte er nachdenklich.

»Wir sehen uns nächstes Wochenende, wenn der Rechtsverdreher hier ist«, verabschiedet sich Alex später an der Tür von Kristin.

»Okay und vielen Dank für den schönen Abend. Eine nette Truppe hast du da.«

»Ja.« Alex nickte lachend. »Eine krasse Herde ist das!«

Alex winkte ihr noch nach und schloss die Tür. Sie sah die dunkel gekleidete Gestalt nicht mehr, die sich aus dem Schatten der seitlichen Hauswand löste und fast lautlos die Einfahrt hinunter zur Straße ging.

24. Kapitel

Die Nacht war sternenklar und still, nur irgendwo unten im Dorf brüllte eine Kuh. Es wehte kein Lüftchen. So wie es aussah, würde es wieder Frost geben.

Kristin hörte das Kratzen auf dem Asphalt, als sie die erste Straßenlaterne erreichte. Ihr Herz begann schneller zu schlagen. Ein Hund, das konnte nur ein Hund sein. Sie zwang sich zur Ruhe, konzentrierte sich. Da waren auch andere Trittgeräusche. Sie stand kurz vor einer Panikattacke. Hinter ihr lief jemand. Er konnte nicht weiter als zehn Meter entfernt sein. Sie steckte bewusst langsam die Hände in ihre Jackentasche, bewegte sie unauffällig hin und her und suchte irgendetwas zu ihrer Verteidigung. Aber sie fühlte nur den Zettel mit der Telefonnummer, die Alex ihr am Donnerstagabend gegeben hatte. In der linken Tasche fand sie ihren Schlüsselbund mit dem Metallanhänger. Sie umklammerte den Bund. Den würde sie ihm ins Gesicht schlagen. Die Schritte hinter ihr kamen näher.

Sie beschleunigte ein wenig, versuchte sich krampfhaft zu konzentrieren. Keine Angst haben! Nur keine Angst zeigen! Links war eine offene Wiese, rechts ein Graben und dahinter ein Hang mit dichtem Gebüsch. Weg vom Graben, dachte sie und bewegte sich von der Straßenmitte zum linken Straßenrand. Die Schritte hinter ihr wurden schneller. Konzentrier dich! Konzentrier dich, dachte sie fieberhaft. Ihr war nach Schreien und Rennen, aber was dann? Es könnte der Altbürgermeister mit seinem Hund sein, der einen nächtlichen Spaziergang machte. Sie wusste instinktiv, dass es nicht der Altbürgermeister war, aber sie würde sich schrecklich lächerlich machen und sie wollte ihm ihre Angst nicht zeigen. Etwa hundert Meter bis zum Dorf. Davor rechts die alte Schule, und kurz davor ein Feldweg; dichte Tannen im Schulgarten versperren den Blick vom Dorf auf den Feldweg, also keine gute Idee. Links unten ein Ferienhaus und der ehemalige Dorfladen. Nirgendwo konnte sie Licht entdecken, viele dunkle Ecken. Sie verlängerte ihre Schritte wieder, als sie aus dem Licht der Straßenlaterne in die Dunkelheit trat. Laufen, sie wollte nur noch laufen. Ihre Hand umklammerte immer noch den Schlüsselbund. Er konnte jetzt nur noch etwa zwei Meter hinter ihr sein. Sie hörte ihn keuchen, aber er kam nicht näher.

»Das wirst du bereuen. Du alte Wichse …! Die Polizei auf mich hetzen, du alte Schlampe … Ich weiß immer wo du bist, ich weiß alles über dich … Denk dran, jede Minute!«, kam es stoßweise keuchend, leise von hinten.

Ohne jegliche Überlegung, geradezu reflexartig blieb sie abrupt stehen, und er hätte sie fast über den Haufen gerannt. Bevor er stoppen konnte, stieß er gegen ihren Rücken, im selben Moment drehte sie sich leicht und ihr rechter Ellbogen schnellte mit aller Kraft, die sie aufbringen konnte nach hinten, in seinen Bauch. Er riss seine Hand hoch, noch bevor sich ihr Ellbogen in seinen Magen bohrte. Riss ihr, während er vornüber klappte, die Mütze vom Kopf, als sie mit einer erneuten schnellen Drehung losrannte. Weg vom Hund, der nun wütend zu bellen begann. Und sie rannte und rannte, als müsse sie um ihr Leben laufen, den ganzen Weg nach Hause. Als sie unten an der Scheune um die Ecke bog, drehte sie den Kopf leicht nach hinten und sah in der Dunkelheit schemenhaft, dass er sich wieder aufgerichtet hatte, die linke Hand schützend vor seinem Bauch, die rechte an der Hundeleine ziehend. Er gab dem Hund einen Tritt, so dass dieser nach rechts flog, laut aufjaulte und ihn beinahe mit sich gerissen hätte. Sie rannte die Dorfstraße entlang und schloss atemlos und mit zitternden Händen die Haustür auf, um sie gleich darauf von innen doppelt zu verriegeln. Sie lief weiter zur Hintertür und vergewisserte sich, dass auch diese verschlossen war und knipste überall im Erdgeschoss das Licht an. Dann sank sie vor dem Kachelofen auf den Boden, legte die Arme vor den Bauch, klammerte sich mit den Händen an ihren Seiten fest und zitterte.

Cara, ihre schwarz-weiße Katze, reckte sich auf dem Sofa und strich hinter ihrem Rücken entlang. Sie hob sie auf, vergrub ihr Gesicht in dem weichen Fell. Wortlos. Cara maunzte leise, wehrte sich gegen den festen Griff. Kristin setzte sie ab und sie verschwand in der Küche. Es war spät in der Nacht, aber sie musste mit jemandem reden. Sie holte den Zettel aus der Jackentasche, zog sich das Telefon vom Tisch herüber, ohne ihren Platz vor dem Kachelofen zu verlassen und begann mit zittrigen Händen, Alex' Nummer zu wählen. Sie benötigte drei Anläufe. Immer wieder zeigte das Display eine Fehlermeldung. Endlich lauschte sie auf das Klingelzeichen.

»Alexandra Cameron«, kam es aus dem Hörer.

»Alex, tut mir leid.« Jetzt begann sie zu schluchzen. »Ich hoffe … Ich hoffe, ihr seid noch nicht im Bett. Ich dachte nur …«

»Kristin was ist passiert, soll ich zu dir kommen?«

»Nein …« Sie weinte jetzt heftig. »Ich … Blattschke hat mich verfolgt, als ich von euch weggegangen bin … Ich musste einfach mit jemandem reden.«

»Kristin, leg jetzt auf, ich bin in zwei Minuten bei dir.«

»Das ist nicht nötig, wirklich nicht.«

»Doch. Ich werde dreimal klingeln.« Alex legte auf.

Es dauerte tatsächlich kaum mehr als zwei Minuten, bis sie draußen ein Auto vorfahren hörte und kurz darauf Alex dreimal klingelte und gleichzeitig rief. »Kristin, wir sind's.«

Alex nahm die schluchzende Kristin in den Arm, während Fred noch eine Weile den Nachbarn beobachtete, der gerade sorgfältig sein Gartentürchen schloss und zu ihnen hinüberblickte. Eine Weile standen die beiden Frauen im Zimmer. Kristin zitterte noch immer wie Espenlaub, sie weinte an Alex' Schulter und Alex streichelte ihr beruhigend über den Rücken. Als sie sich etwas beruhigt hatte, führte Alex sie behutsam zu einem Sessel und wartete, bis sie erzählen konnte. Nach ein paar Minuten ging Fred wieder zum Fenster und schaute zum Nachbarhaus. Tatsächlich, dort stand er mit schiefem Hals im Dachfenster und starrte weiter auf Kristins Haus. Fred setzte sich schweigend auf das Sofa und streichelte gedankenverloren die Katze, die sich zusammengerollt hatte.

25. Kapitel

Am Sonntagmorgen im hellen Tageslicht sah alles so harmlos aus. Alex war wie immer früh aufgestanden und hatte sich aus dem Haus geschlichen, während die anderen noch schliefen. Sie brauchte nicht lange, um fündig zu werden. Der Boden war gestern noch leicht feucht gewesen, jetzt hatte sich in den frühen Morgenstunden Frost darübergelegt. Aber die Spuren waren deutlich zu erkennen. Die der Hundekrallen am deutlichsten, aber auch menschliche Fußabdrücke. Schuhe, die kaum Profil hatten. Sie schleppte Fred und Max noch vor dem Frühstück nach draußen.

»Hier ist nicht viel, weil noch überall Unkraut steht, aber hier, wo der Maulwurf gegraben hat, ist es deutlich zu sehen. Ein Teil eines Fußabdrucks, hier und hier«, sie zeigte auf den Boden, »das sind eindeutig Hundespuren, von einem großen Hund. Die Spuren sehen frisch aus und die Stelle passt zu Kristins Beschreibung. Wo sollte er sonst gelauert haben? Er muss hier direkt unter unserem Fenster gestanden haben.«

»Ich rufe Arion an«, sagte Fred. »Mal sehen, was er dazu sagt.«

»Und ich gehe ein bisschen spazieren, vielleicht finde ich die Mütze. Blattschke wird sie kaum mit nach Hause genommen haben«, erklärte Max.

Kurz darauf hörte Alex, wie Fred versuchte, dem Anwalt zu erklären, was passiert war. Nach dem zu urteilen, was Fred antwortete, war der Anwalt nicht sonderlich beeindruckt und wies außerdem auf die Tatsache hin, dass Ostersonntag sei.

»Gib ihn mir mal«, Alex stupste Fred ungeduldig an.

»Herr Lehmann, was soll das heißen, es ist doch nichts passiert?«

»Guten Morgen erst einmal. Frau Dr. Cameron, wenn ich nicht irre?«, ertönte eine leicht spöttisch klingende Stimme aus dem Hörer.

»Korrekt. Unter unserem Fenster haben wir Spuren gefunden. Sie passen zu Kristins Erzählungen und … Moment … Jetzt kommt Max gerade rein und wedelt mit einer Mütze. Moment mal.«

»Wo hast du die gefunden?«, flüsterte sie Max zu.

»Sie war weit auf Schröders Wiese geschleudert. Schau mal«, er wies auf die Innenseite der Mütze. Einige rotblonde Haare befanden sich darin.

»Okay«, flüsterte sie zurück.

»Also, die Mütze ist auch hier. Sie lag ungefähr an der Stelle, die Kristin beschrieben hat, und ausgerissene Haare finden sich auch darin.«

»Frau Cameron, könnten Sie mal bitte einen Moment die Luft anhalten?«

Alex verstummte sprachlos.

»Der gute Mann ist abends mit seinem Hund spazieren gegangen. Dass er den gleichen Weg gewählt hat wie ihre Bekannte, ist ja nicht verboten. Wenn ich Fred richtig verstanden habe, hat sie keine Zeugen. Und wenn sie welche hätte, könnten sie nur beschreiben, dass ihre Bekannte den Mann angegriffen hat! Was, bitte schön, soll ich damit machen?«

»Aber er belästigt sie doch ständig!«

»Das werden wir uns in Ruhe ansehen, wenn ich nächste Woche zu Ihnen komme. Und jetzt würde ich mich sehr gerne zunächst einmal meinem Sonntagsfrühstück widmen.« Im Hintergrund kicherte eine Frau.

»Na dann tschüss«, knurrte Alex und bedauerte wieder einmal, dass man schnurlose Telefone nicht einfach auf die Gabel knallen konnte.

»So ein Blödmann! Und der soll ein guter Anwalt sein?«, bellte sie.

»Nach allem, was ich gehört habe, ist er das«, antwortete Fred ruhig.

»Alex«, er legte ihr beide Hände auf die Schultern und drehte sie zu sich herum. »Erde an Alex, hey. Es gibt wirklich nichts, was er im Moment tun kann. Ich weiß, dass du sauer bist, aber lass uns das nächste Wochenende abwarten. Vielleicht hat er eine Idee, wenn er alle Unterlagen gesehen hat.«

»Ich bin *so* wütend!«

»Ja, ich weiß.« Fred lächelte. »Renn ein bisschen in den Wald, und reagier dich ab, oder warte, sollen wir nach Uedelhoven fahren? Kristin wollte doch heute Morgen zu den Pferden, sollen wir ihr ein wenig zusehen?«

»Ja«, sagte Alex versöhnlicher. »Das klingt gut. Kommst du mit Max?«

Der nickte.

»Und wisst ihr was, danach lade ich euch alle zu Currywurst und Pommes in Hillesheim ein«, sagte Fred nun. »Vielleicht können wir Kristin ja auch überreden, mitzukommen.«

Sie lächelte, noch immer ein bisschen grimmig, aber immerhin, sie lächelte. Auf die Idee konnte nur Fred kommen, Ostersonntag mit Currywurst und Pommes.

26. Kapitel

Alex wachte früh auf, wie immer. Ihre innere Uhr interessierte weder der Ostermontag, noch die Dunkelheit draußen und das Wort »ausschlafen« existierte in ihrem Vokabular nur im Leben anderer. Die beiden anderen hier im Raum würden lange ausschlafen, so viel war klar. Auf den rechten Ellbogen gestützt, richtete sie sich leicht zur Seite auf und fischte nach ihrem wehrlosen Handy. Das einzige, das sie ungestraft aus dem Sleep Modus reißen konnte. In der Wohnküche fühlt es sich noch immer warm an, obwohl der Ofen ausgegangen war. Fred hat es sich auf dem Sofa bequem gemacht, wo er spät in der Nacht, nach dem Besuch bei Kristin, vor dem Fernseher eingeschlafen war. Zum Glück stellte sich das Gerät irgendwann von selbst aus. Sie hörte sein leises Schnarchen. Das Licht der Straßenlaterne fiel auf Max, der seine Isomatte in der hintersten Ecke vor der Schiebetür zum Anbau ausgerollt hatte. Er hatte sich freigestrampelt wie ein Baby und lag, nur mit Boxershorts bekleidet, auf dem Bauch.

Der Blick auf das beleuchtete Display zeigte ihr die bittere, aber nicht überraschende Wahrheit. Kurz vor 5 Uhr, also noch mindestens vier Stunden totzuschlagen. Wenn sie sich doch wenigstens einen Kaffee machen könnte. Diese Wohnsituation musste sich ändern, und zwar schleunigst. Max hatte recht, die Schlafzimmer waren eindeutig wichtiger als ein schickes Bad.

Mit einem Seufzer ließ sie sich wieder zurücksinken und versuchte, sich auf die vor ihre liegende Woche zu konzentrieren. Auf ihrem Schreibtisch in Köln wartete ein Stapel Klausuren darauf, korrigiert zu werden. Eine unsägliche Lehrstuhlsitzung zu Budgetfragen musste irgendwie, möglichst schlafend, überstanden werden und ihr Kölner Apartment verlangte dringend nach pflegerischen Maßnahmen.

Es funktionierte nicht. Wie von einem magischen Sog wurden ihre Gedanken zu den Ereignissen der letzten Tage zurückgezogen.

Blattschke hatte Kristin aufgelauert und sie verfolgt. Nach allem, was sie wusste, hatte seine Frau ein wie auch immer geartetes Verhältnis mit dem ermordeten Rudolf Krämer. Merkte ein Mann so etwas nicht? Wie lange war das so gegangen? Mindestens ein halbes Jahr, wenn die Informationen stimmten. Angenommen, er hätte seiner Frau etwas angemerkt, dann konnte man nach seinem Verhalten Kristin gegenüber davon ausgehen, dass er auch seiner Frau gefolgt wäre, um sich Klarheit zu verschaffen. Andererseits könnte er so auf Kristin fixiert gewesen sein, dass er nicht mitbekommen hatte, was in seinem eigenen Haus vor sich ging. Auch das wäre denkbar. So kam sie nicht weiter.

Betrachten wir das Ganze aus der Sicht von Frau Blattschke, überlegte sie weiter. Sollte Frau Blattschke tatsächlich eine sexuelle Beziehung zu Rudolf Krämer gehabt haben, wo hatten sich die beiden getroffen? Im Winter bei Wind und Wetter vermutlich in seinem Haus in Niederehe. Vielleicht hatte Leni noch mehr beobachten können. Vielleicht hatte sie sogar Herrn Blattschke gesehen. Schade, dass sie keine Fotos von den beiden hatte, das würde das Leben erleichtern.

Was mit Kristin passiert war, konnte man eindeutig als Stalking bezeichnen. Bei Rudolf Krämer war es Mord. Machen Stalker so etwas, morden sie auch? Sie vermutete, dass man es zumindest nicht ausschließen konnte.

Es kristallisierte sich gerade glasklar heraus, wo sie ihren morgendlichen Kaffee bekommen würde. Sie schälte sich aus ihrem Schlafsack, schlich aus der Küche und über die knarrende Holztreppe ins Badezimmer. Wenige Minuten später stand sie dick eingemummelt vor der Haustür und fluchte leise vor sich hin. Sie hatte ihr Handy in der Küche vergessen. Mist. Sie zog ihre

Wanderschuhe wieder aus und schlich hinein. Trotz des offenen Seitenfensters schlug ihr die abgestandene Luft wie eine Wand entgegen. Max und Fred hatten nichts von ihren morgendlichen Aktivitäten mitbekommen und würden jetzt hoffentlich auch nicht durch die quietschende Haustür geweckt werden.

Draußen lief ein Marder gemächlich die Straße hinunter ins Dorf. Sie hatte schon oft beobachtet, dass Marder sich nicht gerne nasse Füße holen und geteerte oder gepflasterte Wege bevorzugen. Er ließ sich nicht stören und setzte seinen Weg fort, während sie die entgegengesetzte Richtung einschlug. Über dem Hönsel hingen dunkle Wolken und es nieselte leicht. Der Regen musste aber gerade erst eingesetzt haben, denn die Straße war noch so gut wie trocken. Mit schnellen Schritten passierte sie den Holzstapel der Hilgers und nahm am zweiten Querweg links die Route über den Henneberg, auf dem sie im Winter viele Stunden beim Holzspalten verbracht hatte. Auf der Wiese am Waldrand ästen mehrere Rehe mit Kitzen. Die Rehe hoben die Köpfe, als sie sich näherte, und zogen sich mit einigen Sprüngen in den Wald zurück. Zügigen Schrittes erreichte sie zehn Minuten später Lenis Wiese und sah schon von weitem den Traktor. Leni war also schon bei ihren Schafen. Der Traktor stand verlassen am Wegesrand, nur Leni war nicht zu entdecken.

Während Alex sich noch suchend umsah, ertönte aus dem Wald ein »Sie schickt der Himmel, Alex«.

Sie lief die Wiese entlang und entdeckte Leni, die sich mit etwas am Boden beschäftigte. Das Etwas entpuppte sich als ein Lamm, das sich im Draht verfangen hatte. Es hatte ganze Arbeit geleistet und sich völlig verheddert.

»Könnten Sie den kleinen Kerl mal halten?«, fragte Leni, als sie sie erreicht hatte. Das Lamm strampelte, als ginge es um sein Leben, und die dünnen Drähte zogen sich immer enger um seine zarten Fesseln.

Die beiden Frauen arbeiteten eine Weile konzentriert, bis das zum Glück unverletzte Lamm mit schnellen Sprüngen zu seiner Mutter zurückkehren konnte und der Zaun, den Leni hatte aufschneiden müssen, wieder repariert war.

»Das Frühstück haben wir uns auf jeden Fall verdient«, stöhnte Leni, als sie sich endlich wieder aufrichten konnte. »Noch mal gut gegangen.«

»Ehrlich gesagt hatte ich gehofft, bei Ihnen einen Kaffee zu bekommen«, gab Alex zu und schilderte ihr auf dem Rückweg zum Traktor ihre Wohnsituation und die damit verbundenen Schwierigkeiten für chronische Frühaufsteher.

»Moment, ich mach das«, rief Alex ein paar Minuten später, sprang vom unbequemen Notsitz des Traktors und öffnete für Leni das zweiflügelige Scheunentor.

»Hinten in der Scheune ist ein Waschbecken«, rief Leni über das Knattern des Traktors hinweg und lenkte ihn gekonnt auf seinen angestammten Parkplatz rechts in der Scheune.

»Darf ich?«, fragte Alex, als die beiden Frauen kurz darauf ihre Schuhe und Jacken ausgezogen hatten und die warme Küche betraten. Sie deutete auf die Kaffeekanne und das Geschirr im Schrank. Sie schnüffelte, trotz intensiver Handwäsche haftete ihr der Schafsgeruch noch ziemlich stark an.

»Nur zu, wunderbar. Ich kümmere mich um den Ofen und Sie decken schon einmal den Tisch. Frisches Brot finden Sie im Brotkasten, ich habe es gestern Abend gebacken.«

Ich bin kulinarisch ziemlich einfach gestrickt, dachte Alex, als sie wenig später selbstgemachte Erdbeer-Rhabarber-Marmelade auf das duftende Brot strich. Perfekt, mehr braucht es nicht.

»Sie sind heute sehr schweigsam und sehen ein bisschen bekümmert aus«, riss Leni sie aus ihren Gedanken.

»Ich war früh wach und habe viel nachgedacht«, gab Alex zu. »Das ist meistens keine gute Idee. Ich mache mir große Sorgen.«

Sie erzählte Leni von Kristin und ihrem stalkenden Nachbarn, von dem Verdacht, dass dessen Frau ein Verhältnis mit Lenis Nachbarn gehabt haben könnte und der daraus resultierenden Befürchtung, dass es einen Zusammenhang zwischen dem Tod von Rudolf Krämer und diesem Blattschke geben könnte.

»Ja, ich mache mir Sorgen«, schloss sie ihren Bericht. »Ich mache mir Sorgen um Kristin, aber auch um Sie. Sie sind die ganze Zeit allein da oben, was, wenn der Mörder vermutet, dass Sie etwas gesehen haben? Was, wenn es Kristins Nachbar war? Wenn er einmal getötet hat, wird er vermutlich beim zweiten Mal eine wesentlich geringere Hemmschwelle haben.«

Leni hatte aufmerksam zugehört, ohne sie zu unterbrechen. Jetzt schnitt sie zwei weitere Scheiben vom Bauernbrot ab, bevor sie antwortete.

»Die Geschichte Ihrer Bekannten hört sich ziemlich übel an, aber ich bin sicher, dass dieser Blattschke, von dem Sie sprechen, den Rudolf nicht umgebracht hat.« Sie machte eine Pause und diesmal war es an Alex in Ruhe abzuwarten. Es würde noch mehr kommen, da war sie sich sicher.

»Sehen Sie«, sie deutete auf ihr großes Küchenfenster. »Wenn ich nicht ohnehin draußen bin, halte ich mich meistens hier in der Küche auf, und so kann ich auch Rudolfs Garten in seiner ganzen Länge sehen. Die Frau, die Sie beschreiben, und ich glaube, es muss dieselbe Frau sein, kommt seit einiger Zeit mehrmals in der Woche durch dieses Gartentor. Der arme Hund musste bei jedem Wetter draußen bleiben und war dort an dem Pfosten der Wäscheleine angebunden. Draußen sind mir die beiden aufgefallen, weil ich die Frau wiedererkannt habe, als sie auf dem Weg hierher war, und dem Mann bin ich ein paar Mal kurz danach begegnet. Sie haben also wahrscheinlich Recht und er hat seine Frau kontrolliert. Ich habe mir auch schon so etwas gedacht, denn als Paar sind mir die beiden auch schon in Hillesheim beim Einkaufen begegnet und da habe ich ihn mir genauer angesehen. Sicher ein seltsamer Vogel, aber keiner, der jemanden umbringt.« Diese Aussage wurde mit ziemlicher Überzeugung vorgebracht, trotzdem hatte Alex ihre Zweifel.

»Er hätte in jedem Fall ein gutes Motiv, wenn Herr Krämer dabei war, ihm die Frau auszuspannen.«

»Tja«, Leni zuckte mit den Schultern. »Ich kann nur auf gute Menschenkenntnisse und knapp achtzig Jahre Lebenserfahrung verweisen.«

Alex kaute nachdenklich an ihrem Brot. Trotz Lenis Überzeugung würde sie mit Leo Werner reden. Es schien sich immer mehr zu bestätigen, dass es eine Verbindung zwischen den Blattschkes und Rudolf Krämer gab.

»Wer war es dann?«, fragte sie schließlich. »Was ist mit seinem Sohn? Sie sagten, es hätte schon einmal einen Vorfall gegeben.«

»Für den Philip leg ich meine Hand ins Feuer«, sagte Leni energisch. »Als der Mann von Gabriele damals starb, wurde Rudolf wieder zudringlich und der Junge hat ihm, als er immer wieder auf dem Hof auftauchte und seine Mutter belästigte, mit dem Jagdgewehr seines Stiefvaters ins Bein geschossen. Harte Maßnahme, aber sie hat gewirkt. Seitdem war Ruhe. Und der Junge schießt wie ein Schützenkönig. Sein Stiefvater hat es ihm beigebracht. Also hat er ihn nicht ernsthaft verletzt. Den kann man auch von der Liste streichen.«

Na ja, dachte Alex, bei einem Beinschuss von einer nicht-ernsthaften Verletzung zu sprechen, war vielleicht etwas gewagt.

Ihr Handy, das neben dem Teller lag, gab den charakteristischen Pfeifton von sich, der den Eingang einer

Nachricht ankündigte. Sie warf einen kurzen Blick darauf und legte es zurück.

»Mein Rudel fragt sich, wo ich mich herumtreibe.«

»Wollen Sie nicht antworten?«

»Das hat Zeit und muss nicht sein, wenn ich gerade im Gespräch bin. Der Junge, es hört sich so an, als wenn Sie ihn ganz gut kennen?«

Leni lachte. »Und ob ich ihn kenne. Auch Philip und seine Schwester Katie waren gegen Ende meiner Schullaufbahn meine Schüler, und ich habe Gabriele und die Kinder oft auf dem Hof besucht. Philip war immer absolut geradlinig und wenn auch vielleicht nicht immer in der Schule, so war er doch auf dem Hof unglaublich fleißig. Beide, also Philip und Katie, haben der Mutter geholfen, den Hof zu bewirtschaften, nachdem der Stiefvater gestorben war. Ich bin oft dort und ich kann Ihnen sagen, das ist ein Vorzeigehof. Alle drei haben sehr schwere Zeiten hinter sich, vor allem als Gabriele nach dem Schuss auf Rudolf das Sorgerecht verlieren sollte und der Junge später während seiner landwirtschaftlichen Ausbildung teilweise ausfiel. Sie behielt das Sorgerecht und Philip wurde zu einer Jugendstrafe verurteilt. Aber er ist ein Guter, glauben Sie mir oder überzeugen Sie sich selbst, wenn Sie wollen. Ich fahre heute Nachmittag zum Kaffee hin.«

»Das ist ja mal wieder ein bestechender Vorschlag, danke.« Alex lächelte. »Einen Bauernhof zu besuchen ist auf jeden Fall deutlich attraktiver, als meine Wohnung zu putzen. Aber das wäre wohl unpassend, denke ich. Es ist ein Trauerhaushalt. Auch wenn die Situation schwierig ist, die Kinder haben ihren Vater verloren, und ich bin fremd.«

Alex nippte an ihrer Kaffeetasse und blickte nachdenklich aus dem Küchenfenster.

»Die naheliegenden Täter gehen uns gerade aus. Hatte Rudolf noch andere häufige Kontakte?«

»Selten. Er war nicht sehr gesellig. An Sommerabenden war öfter so eine Art Saufkumpan mit ihm im Garten. Ich habe die beiden auch das eine oder andere Mal zusammen wegfahren sehen. Aber über ihn kann ich nichts sagen. Ich fürchte, wir werden das Rätsel heute nicht lösen.«

Alex lehnte sich satt in ihrem Stuhl zurück und schaute wieder aus dem Küchenfenster. Draußen nieselte es immer noch und die Atmosphäre in der warmen Küche lud zum Verweilen ein. Zum Verweilen und vor allem zum Drücken vor Aufgaben, die heute noch vor ihr lagen. Sie gab sich einen Ruck.

»Ich denke, ich muss los. In Köln wartet ein Stapel Klausuren, die korrigiert werden müssen. Die habe ich nicht mitgebracht, weil ich auf der Baustelle sowieso nie dazu komme.«

»Ein andermal«, sagte Leni. »Und übrigens, wenn die Herren länger schlafen, können Sie gerne morgens hier einen Kaffee trinken.«

»Ein ganz gefährliches Angebot.« Alex lachte und stand auf. »Das Problem habe ich fast jedes Wochenende.«

27. Kapitel

Alex entschied sich auf dem kürzesten Weg nach Loogh zurückzukehren und nahm draußen zunächst das Handy heraus. Von Fred erfuhr sie, dass es nicht nur fast Mittag war, sondern sich beide bereits auf dem Rückweg zu ihren jeweiligen Hauptdomizilen befanden.

»Schade, da seh ich euch nicht mehr.«

»Bobbelsche, an uns liegt das gerade nicht«, kam es aus dem Hörer zurück.

»Na dann, hab eine gute Woche. Bis nächstes Wochenende.«

Als nächstes suchte sie die Nummer von Leopold Werner aus ihrem Kontakteverzeichnis heraus. Der Anruf wurde nach einmaligem Klingeln angenommen und da er ohnehin gerade in der Nähe war, nämlich wieder auf dem Hönsel, vereinbarten sie sich auf dem Schotterweg nach Loogh zu treffen. Etwa fünf Minuten später kam ihr Werners Geländewagen entgegen und sie wurde aufgefordert einzusteigen.

»Frohe Ostern, fast gehabt zu haben«, begrüßte er sie. »Wenn mich nicht alles irrt, haben Sie Ostern mit der Informationsbeschaffung verbracht.«

»Ebenfalls. Frohe Ostern meine ich.« Dann berichtete sie in kurzen Worten von den Zusammenhängen, die sich zwischen Rudolf Krämer und den Blattschkes auftaten. Bei der Erwähnung von Leni hob er kurz die Augenbrauen. Die Einschätzung einer dritten Person, dass der Sohn als Täter nicht in Frage komme, obwohl er bereits einmal auf seinen Vater geschossen hatte, hielt er für gewagt. Bei der Erwähnung, dass er Leni jetzt zu Hause und heute Nachmittag bei der Familie von Rudolf Krämer antreffen würde, musste er schmunzeln.

»Haben Sie schon einmal über einen Jobwechsel nachgedacht? Und haben Sie zufällig noch in Erfahrung gebracht, ob der alten Dame am Donnerstagabend etwas aufgefallen ist?«

»Nein, in beiden Fällen«, antwortete Alex. »Ich bin mit meinem derzeitigen Job sehr zufrieden und ich habe nicht nach Donnerstagabend gefragt, weil ich nicht wusste, ob die Polizei die Info, dass der Mord bereits am Donnerstag geschehen ist, herausgegeben hat.«

»Gute Überlegung. Wir haben das tatsächlich noch unter Verschluss gehalten. Aber da die Kollegen aus Wittlich gezielt nach Donnerstag gefragt haben, dürfte es sich so langsam herumgesprochen haben.«

»Ich hätte da noch was zu den Blattschkes, aber das hat mit dem Fall nichts zu tun. Wollen Sie es trotzdem hören?«

Auf sein Nicken hin erzählte sie in Stichworten von Kristins Problemen bis hin zu den Nachstellungen durch Blattschke.

»Das hilft mir auf jeden Fall, mir ein Bild von der Person zu machen«, bestätigte Werner. »Auch wenn ich Ihrer Bekannten im Moment nicht weiterhelfen kann. Als Tipp sollte sie am besten ein Tagebuch führen und möglichst Zeugen für Vorfälle wie diese Verfolgung haben.«

»Ich werde es ausrichten«, sagte Alex und wandte sich zur Wagentür.

»Ach, und da fällt mir noch etwas anderes ein. Sie wissen nicht zufällig auch noch, ob Rudolf Krämer Linkshänder war?«

»Nein, das weiß ich nicht«, sagte Alex. »Wie kommen Sie darauf?«

»Falten Sie mal die Hände, wie zum Gebet«, forderte Werner sie auf.

»Genau, linker Daumen oben. Jetzt probieren Sie es mal mit dem rechten Daumen oben.«

Alex kam der Aufforderung nach. »Fühlt sich komisch an.«

»Stimmt, bei mir auch, und ich nehme an, Sie sind Rechtshänderin?«

Alex nickte.

»Der Tote hatte die Hände mit dem rechten Daumen nach oben gefaltet. Jetzt habe ich zwei Möglichkeiten. Alle Rechtshänder, die ich gefragt habe, haben den linken Daumen oben. Vielleicht machen Linkshänder das anders, ich weiß es nicht. Oder der Tote hat die Hände nicht selbst gefaltet und der Täter hat es falsch herum gemacht. In diesem Fall würde sich natürlich die Anschlussfrage stellen, warum der Täter das überhaupt gemacht haben soll.«

»Interessant«, murmelte Alex. »Aber dazu fällt mir im Moment nichts ein.«

»Soll ich Sie irgendwo absetzen?«, bot Werner an.

Alex lachte. »Mit Polizeieskorte ins Dorf. Danke, nein. Nehmen Sie es nicht persönlich, aber mit Ihnen gesehen zu werden, sorgt mindestens eine Woche lang für wilde Spekulationen darüber, was ich angestellt habe.«

Werner lachte zurück. »Ich denke, da haben Sie Recht. Danke jedenfalls für die Informationen und halten Sie mich bitte auf dem Laufenden, wenn Sie etwas Neues hören. Es scheint Ihnen ja sozusagen zuzufliegen.«

»Mach ich.«

»Von 11.21 Uhr bis 12.03 Uhr im Polizeiwagen«, wurde sie kurz darauf von Harald, dem hiesigen Jagdpächter, bei den Hilgers empfangen. »Da ging´s aber um mehr, als um falsches Parken, korrekt?«

»Ich bin beeindruckt. Wie habt ihr denn das schon wieder herausgefunden?«, fragte Alex zurück, ohne auf seine Frage einzugehen.

»Ziemlich einfach. Du hast mich sozusagen festgesetzt. Das allseits bekannte Zivilfahrzeug vom Werner stand nämlich etwa drei Meter von der Einmündung eines Waldweges entfernt und auf diesem Waldweg stand ich etwas höher mit Material für den Hochsitz, den wir dort bauen. Da der TÜV meines Anhängers schon seit geraumer Zeit abgelaufen ist, hielt ich es für ratsam dort zu bleiben. Du hast mich also circa vierzig Minuten meines Ostermontags gekostet und jetzt bin ich gespannt auf die Erklärung.«

»Ich kann doch nichts dafür, wenn du deinen Anhänger nicht zum TÜV bringst«, empörte sich Alex, während alle um den Tisch versammelten Hilgers das Wortgefecht grinsend verfolgten.

»Die Erklärung!«, mahnte der Jagdpächter.

Alex warf ihm einen Kussmund zu und lächelte geheimnisvoll.

»Jetzt wird gegessen!«, beendete Jakob die Reiberei.

»Ich bin pappsatt«, erwiderte Alex. »Leni hatte frisch gebackenes Brot und selbstgemachte Marmelade zum Frühstück.«

»Ich muss auch los, meine Frau wartet seit ...«

»Schon klar, 40 Minuten«, beendete Alex Haralds Satz.

»Ihr setzt euch jetzt beide hin und seid friedlich«, bestimmte Jakob.

Auf der Bank wurde zusammengerückt, da sich neben der üblichen Hilgers-Besetzung auch Christian eingefunden hatte. Ein junger Mann aus Zilsdorf, der ebenfalls oft und gerne im Wald aushalf.

»Unser Christian hat übrigens gelegentlich mit dem Rudolf Krämer zusammengearbeitet.«

»Ich habe ihn manchmal gesehen, mehr war da nicht«, wurde Jakobs Aussage von Christian eingeschränkt.

»Ich dachte, du bist Landwirt?«, fragte Alex, deren Interesse natürlich sofort geweckt war.

»Ja, bin ich auch. Aber ich fahre manchmal für eine Spedition in Waldkönigen und da hat der Krämer auch gearbeitet.«

Beim Mittagessen erfuhr sie, dass Krämer bei seinen Kollegen nicht besonders beliebt war. Genau genommen war er auch nicht sonderlich unbeliebt. Er hatte sich aus allem rausgehalten, war meist wortkarg und schien nur zu einem Kollegen eine private Beziehung zu haben. Das sei aber eine merkwürdige Beziehung gewesen, erklärte Christian. »Eigentlich hatte man den Eindruck, dass sie sich nicht besonders mochten, aber sie trafen sich trotzdem privat.«

Das könnte der Saufkumpan sein, den Leni erwähnt hat, dachte Alex. Auf jeden Fall interessant. Um die anderen nicht länger auf die Folter zu spannen, erzählte sie, was sie von Leni über die Blattschkes erfahren und an Werner weitergegeben hatte. Somit herrschte Informationsgleichstand und der häusliche Frieden war gerettet.

»Sag mal, Christian, hast du den Krämer mal was schreiben sehen und weißt du zufällig, ob er Linkshänder war?«

»Ja, er war Linkshänder, stimmt«, bestätigte Christian erstaunt.

»Ist das wichtig?«, fragte Jürgen.

»Ich weiß es nicht, aber Werner hat mich danach gefragt«, antwortete Alex und rang mit sich, ob sie die These mit den gefalteten Händen weitergeben sollte. Sie entschied sich dagegen, aber es konnte nicht schaden, eine zweite Meinung über Krämers Sohn Philip einzuholen.

»Ihr wart doch auf der gleichen Schule wie Philip, der Sohn vom Krämer?«, wandte sie sich an die Jungs.

Daniel nickte. »Er war in meiner Parallelklasse, aber wir hatten Sport und Englisch zusammen.«

Daniel und Alex sahen sich lange an.

»Der war´s nicht«, sagte Daniel schließlich. »Vergiss ihn! Mit dem kannst du Pferde stehlen und der schießt dir einen Fliegenschiss von der Satellitenschüssel, aber der bringt niemanden um.«

»Er hat schon einmal auf seinen Vater geschossen«, wandte Alex ein.

»Genau, und das war ein verdammt guter Schuss, denn außer einer kleinen Fleischwunde ist nichts passiert«, mischte sich Jakob ein. »Und danach hatte Gabriele Ruhe. Manche lernen es nur auf die ganz harte Tour.«

Nach einem köstlichen Mittagessen gelang es Alex, den Nachtisch abzuwehren. Der passte beim besten Willen nicht mehr rein. Sie half Marie noch beim Abräumen und machte sich auf den kurzen Fußmarsch zurück zum Haus und dachte nach … und focht einen Kampf mit ihrem inneren Schweinehund und ihrer Neugier aus.

Der innere Schweinehund und die Neugier gewannen. Das Putzen konnte sie noch um eine Woche verschieben und die Klausuren …? Sie würde sie unter der Woche korrigieren. Es würden halt lange Arbeitstage in Köln werden. Als das geklärt war, teilte sie einem verdutzten Leopold Werner noch kurz mit, dass Rudolf Krämer Linkshänder gewesen sei, telefonierte mit Leni, zog sich um, packte das Auto und schloss mit einem Seufzer die Haustür hinter sich.

28. Kapitel

»Ein schöner Bulli«, kommentierte Leni auf dem Weg nach Gönnersdorf. Eine überaus schick gekleidete und zurechtgemachte Leni. Da sie heute nicht mit dem Trekker fahren müsse, habe sie sich ein paar schöne Sachen aus dem Schrank geholt, kommentierte Leni Alex' Kompliment.

»Tja«, erwiderte Alex, »umweltfreundlich ist das nicht gerade, als Einzelperson mit einem so großen VW-Bus zu fahren. Aber früher habe ich ihn dazu benutzt, in der Eifel zu übernachten und jetzt brauchen wir ihn für den Materialtransport. Wenn möglich, lasse ich ihn hier in der Eifel stehen, wenn mich einer der Männer mitnehmen kann, aber wir fahren oft zu unterschiedlichen Zeiten.«

Die restliche, etwa halbstündige Autofahrt verging in Schweigen, bis sie auf den idyllisch gelegenen und sehr gepflegten Hof einbogen. Mutterkuhhaltung, Ziegen und Hühner auf dem Misthaufen, umgeben von Wiesen in Hanglage und eine fantastische Fernsicht, konstatierte Alex für sich. Eine hübsche Frau, etwa Mitte vierzig, schätzte Alex und zwei junge Erwachsene traten aus der Haustür in die Sonne, während Alex noch überlegte, wo sie den Bus abstellen sollte. Noch hübscher wäre diese Frau ohne das ausgeprägte blaugrüne Veilchen an ihrem rechten Auge gewesen.

Sobald sie die Wagentür öffnete, kam ein fuchsfarbener Mischlingshund auf sie zugestürmt, schnüffelte kurz, wandte sich ab und fiel auf der anderen Seite des Busses vor Freude regelrecht über Leni her. Es gelang ihr gerade noch das Kuchenblech zurück auf den Sitz zu stellen.

»Jodie!«, erscholl ein scharfer Ruf des jungen Mannes.

Jodie war wenig beeindruckt, jaulte in den höchsten Tönen, tanzte um Leni herum und warf sich immer wieder vor ihr auf den Boden. Leni gehörte offensichtlich zum Rudel und die Wiedersehensfreude war maßlos. Sie lachte, bückte sich, um die Hündin zu kraulen und fischte schließlich ein Leckerli aus ihrer Jackentasche. Langsam beruhigte sich die Hündin, Leni wurde von allen dreien fest umarmt und Alex vorgestellt und ebenfalls herzlich begrüßt. Leni hatte den zusätzlichen Besuch offensichtlich nicht angekündigt und es schien kein Problem zu sein. Auf eine Beileidsbekundung verzichtete Leni, dementsprechend hielt auch Alex sich zurück.

Mit einem gewissen Bedauern folgte sie der Truppe ins Innere des Hauses, sie hätte sich lieber noch ein wenig draußen in der Sonne umgesehen. Dieses Bedauern erwies sich als völlig unnötig. Der Kaffeetisch war in einem sonnendurchfluteten Wintergarten auf der Rückseite des Hauses gedeckt, mit offenen Türen und Blick auf weitere Wiesen, auf denen sie nun auch Limousin-Rinder entdeckte. Rasch wurde ein weiteres Gedeck aufgelegt und Leni parkte ihr Kuchenblech in die Mitte des Tisches. Diesmal hatte sie einen gedeckten Apfelkuchen gebacken. Ich futtere mich gerade durch drei Dörfer, überlegte Alex. Wo soll das alles noch hin?

Interessanterweise kam der Tod des Ex-Mannes und Vaters während des gesamten Kaffeetrinkens nicht zur

Sprache. Neuigkeiten wurden ausgetauscht. Wie viele Lämmer hatte Leni schon? Wie lief es mit den gerade erst neu angeschafften Ziegen? Wie gefiel Alex das Leben in der Eifel …? Bizarr? Seltsam? Alex fiel es schwer, das richtige Wort zu finden. Trauer war nicht zu spüren, dennoch war die Stimmung eigenartig gedrückt. Katie und Philip hielten sich weitestgehend zurück und Philip horchte erst auf, als er erfuhr, dass Alex Biologin war. Ihr Betrieb stelle gerade auf Bio um, mischte er sich schließlich mit einem gewissen Stolz in der Stimme in das Gespräch ein. Ob sie sich dafür interessiere.

»Aber so was von!«, sagte Alex.

»Soll ich Sie ein bisschen herumführen?«

»Das wäre super«, antwortete Alex erleichtert. Jodie sprang auf und begleitete die beiden freudig springend nach draußen.

Während der Hofführung taute Philip zunehmend auf. Alles war in tadellosem Zustand, die Traktoren und anderen landwirtschaftlichen Gerätschaften standen blitzblank im Geräteschuppen, nirgends Schmuddelecken, die Ställe mit sauberem Stroh ausgelegt. Als Alex entzückt die beiden Eselfohlen entdeckte, war das Eis endgültig gebrochen.

»Oh mein Gott sind die süß, die passen noch in meinen Bus.«

»Gerne sofort mitnehmen«, lachte Philip. »Aber da wird Katie ein Veto einlegen. Die tragen nicht wirklich zum Broterwerb bei und sind Katies Hobby.«

Auf einer Eichenbank, mit Blick auf die Esel, erzählte Philip von seinen Träumen. Während seiner landwirtschaftlichen Ausbildung habe der ökologische Landbau kaum eine Rolle gespielt. Er musste also ganz neue Herangehensweisen erlernen und hatte noch viel vor.

»Im Moment liefern wir unser Rindfleisch hauptsächlich an Restaurants. Die Konsumenten legen immer mehr Wert auf den Herkunftsnachweis und der Trend zu Bio nimmt ja zum Glück zu. Mittelfristig wollen wir Ziegenkäse produzieren«, führte er weiter aus. »Und langfristig ist ein Neubau mit Ferienwohnungen und Streichelzoo geplant, mit Photovoltaikanlage, Geothermie und so einiges mehr.«

»Toll, was ihr da macht«, antwortet Alex im Brustton der Überzeugung. Ich bin übrigens Alex und wir können das Sie gerne weglassen.«

»Philip.« Er grinste. »Aber das weißt du ja schon.«

Während seiner Ausführungen hatte Alex intensiv sein Gesicht studiert. Ein offenes, ehrliches Gesicht, eine warmherzige Ausstrahlung. Der hatte seinen Vater sicherlich nicht umgebracht. Es würde alles noch ziemlich lange dauern, erzählte er weiter. Ohne Katies Einkommen würden sie es noch nicht schaffen und für seine Träume müssten sie ziemlich viel investieren, wollten sich aber nicht hoch verschulden. Er war erstaunlich ehrlich und was ihm offensichtlich nicht bewusst war, aber Alex durch den Kopf ging, war eine zu erwartende Erbschaft. Zumindest das Haus neben Leni würde vermutlich an die Kinder von Rudolf Krämer gehen. Die Immobilienpreise waren in den letzten Jahren enorm gestiegen, ein Verkauf sollte helfen, einige Träume zu verwirklichen.

Nachdem sie zum Haus zurückgekehrt waren, drängte Leni bald zum Aufbruch. Sie musste im Abend noch zu ihren Schafen.

Auf dem Rückweg saß Leni gedankenverloren neben ihr. Nicht unbedingt positive Gedanken, vermutete Alex nach einem Blick in ihr besorgtes Gesicht.

»Alles in Ordnung?«, fragte sie nach einigen Minuten des Schweigens.

»Ja, alles in Ordnung«, versicherte Leni. »Es war ein schöner Nachmittag.«

Weitere Minuten des Schweigens verstrichen.

»Vielleicht ist doch nicht alles in Ordnung. Ich fürchte, die drei haben ein Problem.«

Alex erwiderte nichts. Ein erneuter Seitenblick erschütterte sie. Der alten Leni liefen Tränen über die Wangen.

»Möchten Sie darüber reden oder ist das zu privat?«

Erneut schwieg Leni zunächst.

»Ich kann Ihnen vertrauen? Oder?«

Alex haderte mit sich. »Wenn Sie Kenntnisse haben, dass es doch Philipp war, der für den Tod seines Vaters verantwortlich ist, kann ich das kaum für mich behalten«, gab sie schließlich zu. Sie warf einen Seitenblick auf Leni, die vehement den Kopf schüttelte.

»Nein, darum geht es nicht. Dieses Veilchen von der Gabriele …, das hat ihr der Rudolf verpasst. Wenige Tage vor seinem Tod hat er ihr im Stall aufgelauert, als Philip auf den Feldern war. Ich fürchte, da ist noch mehr passiert, aber darüber wollte sie nicht reden. Ein Motiv für den Mord liegt für die Polizei also auf der Hand. Nun, alle drei haben kein Alibi für den Donnerstag, an dem der Rudolf ermordet wurde, und für die beiden Tage danach auch nicht. Der Philip war sogar in Niederehe beim Junggesellenabschied.«

Motiv und Gelegenheit, dachte Alex. Und Erbschaft. Der Donnerstag schien sich auch herumgesprochen zu haben.

»Philip war es nicht«, platzte Leni überrascht heraus und schwieg wieder.

Alex' Gehirn geriet in Turbulenzen. Leni wusste mehr, als sie zugab. Sie hätte sagen können, Philip würde so etwas nie tun, sie kannten ihn doch, oder was weiß ich, dachte sie. Aber Philip war es nicht?

29. Kapitel

»Der Chef will dich sofort sprechen«, erfuhr Leopold Werner, als er am frühen Dienstagmorgen die Polizeiinspektion in Daun betrat. Er legte Jacke und Tasche in seinem Dienstzimmer ab und klopfte etwa eine Minute später nur zwei Türen weiter.

»Grüß dich, Leo. Gegen dich liegt eine Dienstaufsichtsbeschwerde vor.« Sein Chef redete nie lange um den heißen Brei herum.

»Morgen Manfred. Lass mich raten, von wem?«

»Von einem Ehepaar Blattschke«, antwortete Hauptkommissar Manfred Burggraf. »Du scheinst nicht überrascht zu sein?«

»Ich erwarte die Herrschaften um elf Uhr in meinem Büro«, erwiderte Leopold Werner.

»In welcher Angelegenheit?«

»Ich habe ein paar Fragen zum Mordfall Krämer.«

Sein Vorgesetzter blickte erstaunt auf und Werner überlegte kurz, inwieweit er ihn unterrichten sollte. Es war noch zu früh, er hatte noch nichts.

»Wir haben mit dem Mordfall Krämer nichts zu tun«, antwortete sein Chef erwartungsgemäß.

»Ich weiß.«

»Ich weiß auch nicht, ob es im Hinblick auf unser Verhältnis zu den Kollegen in Wittlich geschickt ist, sie in dieser Sache vorzuladen.«

»Richtig. Das habe ich auch nicht wirklich getan. Es liegen Anzeigen von vier Personen gegen Herrn Blattschke wegen Beleidigung vor.«

»So, so, Beleidigung.« Sein Chef grinste.

»Richtig, Beleidigung.« Werner grinste zurück.

»Danke, dass Sie beide kommen konnten«, sagte Leopold Werner um 11.15 Uhr.

Das Ehepaar Blattschke erhob sich aus den eher unbequemen Hartschalensesseln, die den Besuchern für Wartezeiten in der Polizeiinspektion zur Verfügung standen.

»Herr Blattschke, wenn Sie mir bitte hierher folgen würden.« Er wies auf sein offenes Dienstzimmer. »Und Frau Blattschke, wenn Sie so freundlich wären, meinen Kollegen zu folgen.« Drei weitere Polizisten waren auf den Flur getreten und Herr Blattschke, der gerade protestieren wollte, überlegte es sich anders, als einer der Polizisten einen Schritt auf ihn zu machte.

»Nehmen Sie bitte Platz.« Werner deutete einladend auf einen Stuhl vor seinem großen Schreibtisch. Normalerweise führte er Vernehmungen lieber an dem kleinen runden Besprechungstisch in der Ecke durch, aber in diesem Fall hielt er die Autorität, die ihm seine Präsenz hinter dem Schreibtisch verlieh, für angemessener. Ein Kollege setzte sich auf den zweiten Stuhl neben Herrn Blattschke.

»Herr Blattschke, guten Morgen erst einmal«, sagte Werner aufgeräumt, erhielt aber keine Antwort von dem verdutzten Blattschke.

»Machen wir doch dort weiter, wo wir letzten Donnerstag nicht weitergekommen sind. Erlauben Sie«, er beugte sich umständlich vor, um ein Aufnahmegerät einzuschalten.

»Herr Blattschke, können Sie mir bitte sagen, was Sie am Donnerstagabend, dem 6. April, gemacht haben?«

»Ich habe mit meiner Frau einen Tatort im WDR gesehen«, kam es wie aus der Pistole geschossen zurück. »Meine Frau wird das bestätigen.«

»Zweifellos«, antwortete Werner. Mal schauen, ob er seine Hausaufgaben gemacht und sich zumindest über den Film informiert hat, dachte er.

»Ich fand die Szene, in der der Zuhälter die russische Prostituierte ersticht, ziemlich konstruiert, finden Sie nicht?«

»Wollen wir uns hier über einen Fernsehkrimi unterhalten?« So leicht ließ sich Blattschke nicht ins Bockshorn jagen.

»Im Moment schon, denn Sie wollen ihn ja gesehen haben.«

»Da muss ich schon auf dem Sofa eingeschlafen sein. Ich kann mich an die Szene nicht erinnern.

Werner schwieg einen Moment.

»Herr Blattschke, neigen Sie zum Schlafwandeln?«

»Was soll denn diese Frage jetzt?«

»Herr Blattschke, können wir uns bitte darauf einigen, dass Sie einfach meine Fragen beantworten!«

»Nein, ich bin noch nie schlafgewandelt.«

»Dann waren Sie also hellwach, als Sie gegen 21 Uhr an jenem Donnerstag in der Straße …«, Werner blickte angestrengt auf die vor ihm liegende Akte, »… im Auel in Niederehe gesehen wurden.«

Der Punkt ging an ihn. Werner beobachtete interessiert das verunsicherte Mienenspiel.

»Ich weiß nicht, wo diese Straße sein soll.«

»Es wäre aber möglich, dass Sie an jenem Abend in Niederehe waren?«

»Vielleicht habe ich mich mit dem Abend geirrt.«

»Könnten Sie das ein wenig konkretisieren? Was haben Sie an jenem Abend in Niederehe gemacht?«

Blattschke schwieg und Werner hob nun deutlich den Ton an.

»Herr Blattschke, können wir jetzt mit den Spielchen aufhören? Sie werden hier als Zeuge in einer wichtigen Sache vernommen und ich möchte wissen, was Sie an dem Abend in Niederehe gemacht und beobachtet haben.«

Die Veränderung war kaum zu übersehen. Erleichterung spiegelte sich auf dem Gesicht von Blattschke, gefolgt von dem Bewusstsein, wie wichtig er war. Er warf sich in die Brust.

»Ich stehe Ihnen gerne als Zeuge zur Verfügung. Die Lärmbelästigung durch die Jugendlichen war unbeschreiblich und ich bin mir sicher, dass …«

»Können wir erst einmal Folgendes festhalten – Sie waren also am Abend des 6. April in Niederehe?«, schnitt ihm Werner das Wort ab.

Herr Blattschke nickte.

»In Worten bitte«, Werner deutete auf das Aufnahmegerät.

»Ja.«

»Und Sie standen in der Straße zum Auel in der Nähe des Gartens von Herrn Rudolf Krämer.«

»Ja.«

»Und was haben Sie dort gemacht?«

»Ich habe beobachtet. Das wollte ich Ihnen gerade sagen. Die Jugendlichen sind noch mit dem Auto gefahren.«

»Danke, Herr Blattschke. Zu den wichtigen Dingen kommen wir gleich.« Werner griff zum Telefon und bat einen Kollegen in den Raum.

»Würdest du bitte hier übernehmen, Sven und zusammen mit dem Kollegen Sesterheim die Aussage von Herrn Blattschke aufnehmen?«, sagte er im Aufstehen zu Sven Paulsen, der nur Sekunden später den Raum betrat. »Gegen Herrn Blattschke liegen vier Anzeigen wegen Beleidigung vor.«

Er deutete auf die Akte auf dem Schreibtisch und verließ den Raum.

»Frau Blattschke, nochmals guten Morgen«, sagte er wenige Sekunden später. »Sie haben sich doch sicher schon ausreichend mit den Kollegen über die vier Beleidigungsklagen gegen Ihren Mann unterhalten?«

Frau Blattschke nickte und die Kollegen bestätigten, dass die vier Beleidigungsanzeigen zu Genüge erörtert worden waren. Bildete er sich das ein oder sahen die Kollegen ziemlich entnervt aus.

»Was ich Sie noch fragen wollte: Was haben Sie am Abend des 6. April, das war Donnerstag vorletzte Woche, in Niederehe auf dem Grundstück von Herrn Krämer gemacht?«

»Ich habe an dem Abend den Tatort im Fernsehen gesehen.«

Werner winkte müde ab. »Das hatten wir gerade alles schon mit Ihrem Mann. Ihr Mann konnte sich dann doch erinnern, an dem Abend in Niederehe gewesen zu sein.«

Frau Blattschke sackte in sich zusammen.

30. Kapitel

Nach einer weiteren frustrierenden Besprechung am Nachmittag zu den unsäglichen Tankstellenüberfällen blätterte Leopold Werner im Gang zu seinem Dienstzimmer in der entsprechenden Akte und wäre fast mit seinem Chef kollidiert.

»Ach Leo, schön, dass ich dich treffe. Lust auf einen Kaffee?«

»Ja gerne, ich hole uns einen«, versicherte Werner schnell. Lust auf Kaffee hatte er fast immer, aber nicht auf diese trübe Brühe, die vermutlich seit den frühen Morgenstunden in der Kanne seines Chefs vor sich hindümpelte.

»Bis gleich«, Manfred Burggraf grinste. Werner entledigte sich der Akte auf seinem Besprechungstisch, verließ sein Zimmer umgehend wieder und ging in die Richtung zurück, aus der er gekommen war. Er betrat das Dienstzimmer zweier jüngerer Kollegen, stellte zwei Tassen unter die einzige vernünftige Espressomaschine des Hauses und blickte sich suchend um.

»Leo, eine Frage hätte ich da noch«, Kollege Sesterheim, der eben noch bei der Aussage von Herrn Blattschke gewesen war und nun berichtschreibend die Tastatur malträtierte, blickte in seine Richtung.

»Jaaa?«, sagte Werner.

»Der Tatort vorletzte Woche ... da gab es keine Szene, in der ein Zuhälter eine Prostituierte erstochen hat.«

»So, gab es nicht?«

»Nein, der Tatort handelte von einem Kindsmord in gutbürgerlichem Milieu.«

»Hm«, sagte Werner, »dann ist es wohl so. Habt ihr hier irgendwo Zucker für den Chef?«

»Was machen die Tankstellenraube?«, fragte sein Chef wenig später, als sie sich in zwei bequemen Sesseln gegenübersaßen und Kaffee tranken.

»Leider bislang noch überhaupt kein Durchbruch«, antwortete Werner mit einem Seufzer.

»Das war auch nicht der eigentliche Grund, warum ich dich sprechen wollte.«

»Hatte ich auch nicht erwartet.«

»Du hast heute Morgen, deine Person eingeschlossen, vier Einsatzkräfte für eine Beleidigungsanzeige blockiert.«

»Es waren vier Beleidigungsanzeigen«, korrigierte Werner, was Manfred Burggraf ignorierte.

»Du kennst unsere prekäre Personalsituation. So eine Anzeige wird von der Staatsanwaltschaft ohnehin sofort vom Tisch gewischt. Was hast du denn nun wirklich herausbekommen?«

»Die Blattschkes waren beide an dem Abend, an dem nach unseren bisherigen Erkenntnissen Rudolf Krämer erschossen wurde, bei Krämer. Und zwar getrennt voneinander. Sie gab zu Protokoll, dass sie schon seit längerer Zeit ein Verhältnis mit dem Toten gehabt habe. Ihr Mann sei immer misstrauischer geworden. Unter dem

Vorwand, nach Niederehe zum Turnen zu gehen, sei sie gegen 21.00 Uhr bei Krämer gewesen, um mit ihm die Situation zu besprechen. Den beiden schien es ernst zu sein. Sie wusste übrigens nicht, dass ihr Mann auch in Niederehe war, und die zweite Bierflasche in Krämers Wohnzimmer wurde von ihr halb geleert.«

»Die Bierflasche, die die Wittlicher gerade einer DNA-Analyse unterziehen?«

»Korrekt.« Sein Chef hatte die Akte Krämer also durchaus gelesen.

»Wir sollten die Wittlicher informieren.«

»Ziemlicher Kotzbrocken, der Ermittlungsleiter.«

»Überlass ihn mir«, antwortete sein Chef. »Kollateralfund in einem laufenden Ermittlungsverfahren«, murmelte er.

Werner schmunzelte: »Hört sich gut an.«

»Was hältst du von den Blattschkes?«

»Schwer zu sagen. Sie scheint ehrlich betroffen und er ist wirklich schwer einzuschätzen. Ein hochgradig cholerischer Aufschneidertyp.«

Werner schwenkte seinen Kaffee ein wenig und grübelte weiter. »Lästig wie eine Schmeißfliege würde ich sagen und, weil so cholerisch, wahrscheinlich auch unberechenbar. Aber ob der den Mumm hätte, jemanden zu erschießen, die Leiche noch einen ganzen Tag irgendwo zu horten und dann derart plakativ am Fundort auszustellen? Ich bezweifle das.«

Er schwenkte weiter seine Kaffeetasse herum.

»Ein junger Mann aus der Nachbarschaft hörte zwei Männer im Garten streiten. Einer davon war Krämer, den hat er an der Stimme erkannt, der zweite könnte Blattschke gewesen sein. Der Vorfall ereignete sich aber viel später am Abend, gegen 23.00 Uhr. Frau Blattschke behauptet, sie sei gegen 22.30 Uhr nach Hause gekommen und habe ihren Mann beim Fernsehen angetroffen.«

»Ziemlich unwahrscheinlich, dass er vor ihr gegangen ist, wenn er ihr nachspioniert hat, oder?«

»Richtig, aber er könnte auch einen anderen Weg nach Hause genommen haben, oder mit dem Auto gekommen und dementsprechend früher zu Hause gewesen sein. Ihre Aussage, dass sie gegen 22.00 Uhr das Haus von Rudolf Krämer verlassen hat, ist jedenfalls glaubwürdig, denn ich habe sie gefragt, ob Krämer an diesem Abend telefoniert hat. Sie bejahte dies, wusste aber nicht, mit wem er sprach. Es sei ein unfreundliches Telefonat gewesen. Er hätte seinem Gesprächspartner gesagt, er solle ihn in Ruhe lassen. Das spielte sich ab, als sie gerade sein Haus verlassen wollte. Aus den Telefonaufzeichnungen wissen wir, dass ihn ein Arbeitskollege gegen 22.00 Uhr angerufen hat.«

»Es wäre trotzdem nicht ausgeschlossen, dass ihr Mann später noch einmal zurückgekehrt ist.«

»Das sehe ich auch so. Außerdem wundert es mich, dass die beiden mit ihrem ursprünglichen Alibi, den Tatort zu Hause gesehen zu haben, so gut auf den Donnerstag vorbereitet waren. Es wurde ja nicht veröffentlicht, dass Krämer am Donnerstag ermordet wurde.«

»Willst du an dem Fall dranbleiben?«

»Es ist nicht unser Fall.« Werner grinste.

»Wo willst du ansetzen?«

»Ich denke, wir überlassen die Blattschkes den Wittlichern. Die werden ihre helle Freude an den beiden haben. Mit dem Arbeitgeber, dem Arbeitskollegen, der abends noch angerufen hat und mit der Exfrau vom Krämer würde ich gerne mal reden. Aber erst mal schauen wir, was die Wittlicher mit den Blattschkes machen. Wir müssen doch Ressourcen schonen, nicht wahr?«

»Da jü«, erteilte ihm sein Chef die Absolution.

31. Kapitel

Nach einer kurzen aber intensiven Arbeitswoche in Köln, hatte Alex am Samstagmittag endlich die letzten Tapetenreste von den Wänden gekratzt. Sie verleibte sich auf die Schnelle eine Schüssel Müsli ein und stürmte danach nach draußen, um endlich im Vorgarten Frühjahrsblüher zu pflanzen. Auch wenn es noch nicht so richtig nach Frühling aussah, war die Blütenpracht bei ihrem gestrigen Besuch beim Gärtner in Stroheich zu verlockend gewesen. Eigentlich hatte sie nur einen Anhänger Rindenmulch holen wollen, war aber mit einer Ladefläche voller Blumen und Sträucher zurückgekehrt und hatte sich vorgenommen, vor dem nächsten Besuch in Stroheich, genau abgezähltes Geld mitzunehmen, um gar nicht erst in Versuchung zu geraten.

Sie überlegte gerade, ob sie die bereits gepflanzte Weigelie von beiden Seiten mit einer Kolkwitzie einfassen, oder sich die zweite Kolkwitzie für einen anderen Platz aufheben sollte, als ein silbergraues, tiefliegendes BMW-Cabriolet der Sorte »Wenig waldwegtauglich« auf den Hof fuhr.

Klar, das muss der Anwalt sein, dachte Alex, wahrscheinlich mit Navigationssystem, damit er nicht verlorengeht, während er mit dem tollen Schnickschnack seines Autos herumspielt.

Der Fahrer des Wagens führte zunächst noch ein Gespräch auf seinem Handy, ohne auszusteigen.

Sicher, wichtige Leute müssen immer und überall telefonieren. Ups, ich muss unbedingt an meinen Vorurteilen arbeiten, nahm sie sich vor, nur um kurz darauf festzustellen, dass das wirklich schwierig werden würde.

Zuerst schoben sich schwarze, hochglänzende Schuhe aus der Puppenfalle, gefolgt von einer schwarzen Hose, die sicher nicht von der Stange stammte, einem modischen schwarzen Rollkragenpullover und einem dazu passenden, natürlich schwarzen Jackett.

Ach du Schande, dachte Alex, ob der noch so wie aus dem Ei gepellt aussieht, wenn er unsere Baustelle wieder verlässt? Sie schätzte ihn auf Mitte vierzig. Der graue Vollbart, das volle, graue, relativ kurz geschnittene Haar und der eher wettergegerbte als sonnenstudiogebräunte Teint wollten nicht so recht zu seinem sonstigen Erscheinungsbild passen. Eine direkte Art hatte er auch, wie sie feststellen durfte, nachdem er ein Reisetäschchen mit dem Schriftzug einer Edelmarke vom Rücksitz bugsiert hatte und auf sie zukam.

»Hallo!« Er musterte sie unverhohlen neugierig. »So sieht also die Lady aus, die Fred davon abhält, sich am Wochenende mit seinen Freunden zu verabreden. Nett unterhalten haben wir uns ja schon.«

»Ich glaube nicht, dass Fred sich von irgendjemandem aufhalten lässt«, antwortete sie spitz und ärgerte sich im selben Moment. Warum ging sie gleich in Verteidigungshaltung?

»Aber Sie können ihn ja gleich selbst fragen. Hier geht's rein, ich glaube, er ist oben.«

Normalerweise forderte sie immer, sehr zum Verdruss ihrer Mitbewohner, alle Besucher auf die Schuhe auszuziehen, um wenigstens den unteren Teil des Hauses sauber zu halten. In diesem Fall verzichtete sie darauf. Seine Schühchen sahen nicht so aus, als wenn sie jemals mit Schmutz in Kontakt getreten wären, und die Wahrscheinlichkeit, dass er Dreck *heraus*tragen würde, war eindeutig höher.

Fred musste das Auto gehört haben. Er kam die Treppe herunter.

»Hallo Arion! Mann, haben wir uns lange nicht gesehen. Toll, dass du zu uns rauskommst. Wie ich sehe, hast du Alex bereits kennengelernt.«

Fred wischte sich die Hände an der Hose ab und überlegte offensichtlich einen Moment, ob er seinen Freund umarmen sollte. Er blickte an sich herunter, Baustaub bis in die letzten Falten seiner Arbeitshose, und verzichtete auf die Geste.

»Die Frau Doktor war so freundlich, mir den Weg ins Haus zu weisen«, sagte der Anwalt mit leichtem Spott in der Stimme.

Alex zog die Augenbrauen hoch.

Fred blickte irritiert von einem zum anderen. »Wie ich sehe, habt ihr euch schon gut angefreundet und jetzt duzt ihr euch.«

Alex beschloss, schnellstens den Rückzug anzutreten und diesen geschniegelten Schönling Fred zu überlassen. »Ich geh mal wieder raus«, sagte sie. »Meine Sträucher gehen sonst kaputt.«

»Mooooment«, hielt Fred sie zurück. »So geht das nicht. Du weißt am besten, worum es geht, und du solltest dabei sein.«

Ich will aber nicht, dachte sie, laut sagte sie: »Ruf Kristin an, damit sie rüberkommt. Ich stoße nachher zu euch. In der Zwischenzeit kannst du, ... ähm ... Arion, ja ein bisschen herumführen.«

Und aufpassen, dass er sich seinen Sonntagsanzug nicht besudelt, dachte sie, stieg in ihre Gummistiefel und war schon aus der Haustür verschwunden, bevor Fred weitere Einwände erheben konnte. Was soll's, dachte sie draußen, er war ja nicht ihr Anwalt und sie würde auch hoffentlich nie einen benötigen. Zumindest nicht diesen.

Trotzdem stieß sie die Grabgabel wenige Minuten später mit Vehemenz in den steinigen Boden. Die zweite Kolkwitzie würde neben die Weigelie kommen, keine weiteren Diskussionen. Sie buddelte, bis sie den Spaten erschöpft sinken ließ und einmal mehr über die großen Steine fluchte, die ein einfaches Graben vereitelten. Als sie wenige Minuten später mit einem Komposteimer aus dem hinteren Garten zurückkehrte, bog Kristin mit einem Aktenordner bewaffnet um die Ecke. Zu Fuß. Daran erkennt man die Zugezogenen, dachte Alex und musste lächeln. Niemals wäre ein Eifler zu Fuß vom anderen Ende des Dorfes bis hierher gekommen, wo es doch so vielfältige motorisierte Möglichkeiten gab.

»Hallo«, begrüßte sie sie herzlich. »Dein Anwalt ist schon drinnen, ich komm gleich nach, muss nur noch schnell diesen Strauch hier pflanzen und mit Kompost versorgen.« Das würde ihr etwas mehr Zeit im Garten verschaffen, sollten die sich erst einmal ohne sie kennenlernen. Oh je, oh je, der Typ war genau die Sorte Autofahrer, die sie mit ihrem alten Bus auf der Autobahn bedrängte und immer bis auf wenige Zentimeter auffuhr. Der Typ, für den sie sich schon immer ein Schild ins Auto hängen wollte: »Soll ich den Kofferraum öffnen, dann kommen Sie noch näher ran.«

Als sie etwa eine Stunde später, sie hatte sich reichlich Zeit gelassen, in die Küche kam, war die Diskussion in vollem Gange.

»Man geht nie zu seinem Fürsten, wenn man nicht gerufen wird«, belehrte der Advokat Kristin gerade. Was war das? Erstsemester Jura oder Kalendersprüche für jeden Tag?

»Worum geht es?«, fragte sie an Kristin gewandt, während sie sich einen Stuhl zurechtrückte.

»Ich hatte nach dem Schiedsmanntermin beim Veterinäramt angerufen, um die schon einmal auf eine Anzeige vorzubereiten und mit ihnen zu reden. Blattschke hat nämlich beim Schiedsmann angekündigt, dass er sich um die Tierschutzbelange als nächstes kümmern wird, und das noch, bevor die Pferde überhaupt hier sind. Es wird nämlich wohl auch Probleme mit dem Pferdestall geben.« Sie seufzte.

»Die waren ziemlich unfreundlich und haben mir gesagt, man müsse erst die äußeren Gegebenheiten schaffen, bevor man sich Tiere ins Haus holt. Ich habe gefragt, ob der Tierschutz nicht Vorrang hat und, dass meine

Pferde einen Stall brauchen. Die haben glatt geantwortet, natürlich bin ich verpflichtet, meine Tiere ordnungsgemäß unterzubringen, aber das muss nicht auf meinem Grundstück sein.«

Sie nickte in Richtung des Anwalts. »Wenn ich Arion richtig verstanden habe, hätte ich mir den Anruf sparen können, wir sollten abwarten, was von denen kommt.«

»Bobbelsche, wenn du dich nicht so lange im Garten herumgetrieben hättest, müssten wir das alles nicht noch einmal durchgehen.« Fred grinste sie an.

»Schon gut«, nahm Arion den Faden wieder auf, »nach meiner Einschätzung ist das ein normaler Nachbarschaftsquerulant und den müssen wir eben ruhigstellen.«

»Das kann man doch nicht als normal bezeichnen«, regte sich Alex auf. »Da kommt doch fast täglich was bei ihr vor, und was ist mit Hausfriedensbruch, was mit den Nachstellungen?«

Der Anwalt sah sie kurz an und ignorierte ihren Einwand.

»Fassen wir zusammen. Blattschke schreibt eine Menge Anzeigen, dafür werde ich Akteneinsicht beantragen. Er war einmal bei dir im Garten. Wir können nachträglich Anzeige erstatten, aber ich weiß nicht, ob das viel bringt. Du hast Ärger mit deinem Land … Dazu fällt mir spontan ein, kennst du nicht einen Bauern, der das pachten würde und du stellst deine Pferde dann darauf? Die haben es immer leichter?«

»Ich verpachte doch nicht mein eigenes Land!«, empörte sich nun Kristin. »Es kann doch nicht angehen, dass ich meine eigenen Pferde nicht auf meinem eigenen Grundstück halten darf!«

»Das war nur ein Vorschlag. Über den Carport und die Mauer haben wir bereits gesprochen. Ich denke, wir sind soweit durch.« Arion klappte den Ordner zu.

»Viel scheinen wir nicht machen zu können?« Kristin klang etwas enttäuscht, sie hatte sich wohl mehr erhofft.

»Ich muss mir erst einmal die Akten ansehen und mir ein genaues Bild machen. Wir werden schon etwas finden«, beruhigte Arion sie.

Klingt vielversprechend, dachte Alex und verzog das Gesicht.

»Und du antwortest jetzt zukünftig auf alle Anzeigen oder wie läuft das?«, fragte Kristin. »Es werden sicher weitere kommen.«

»Nun, die Anzeigen und Beschwerden entbehren ja in der Regel jeglicher Grundlage und wir werden in solchen Fällen gar nicht antworten.«

»Wie, gar nicht?«, fragte Kristin ungläubig. »Bin ich nicht dazu verpflichtet?«

»Absolut nicht. Wenn die Verbandsgemeinde gegen dich vorgehen will, sollen die weiter gehen. Du antwortest gar nicht. Insbesondere nicht auf Strafanzeigen. Da kann dir höchstens ein Strick draus gedreht werden, und du bist ja nicht verpflichtet, dich selbst anzuklagen.«

»Das heißt, sie hätte sich die ganze Arbeit, jedes Mal brav zu antworten, komplett sparen können?«, fragte nun auch Alex nach.

»Korrekt!«

»Na, das ist wenigstens mal ein guter Hinweis für die Zukunft«, musste Alex zugeben.

»Nicht wahr, wenn wir Anwälte schon ansonsten untauglich sind, ist das doch immerhin etwas«, neckte Arion sie.

Alex wurde zu ihrem Ärger rot und wandte sich ab.

»Habt ihr darüber gesprochen, dass er ihr letzte Woche gefolgt ist und die Woche davor neben ihr hergelaufen ist?«, wandte sie sich scharf an Fred.

»Haben wir, aber da warst du ja noch schwer beschäftigt«, kam Arion ihm zuvor. »Sie braucht Zeugen, auch für die Beleidigungen, dann können wir versuchen, eine Unterlassung zu erwirken.«

»Max und ich haben gesehen, wie er neben ihr herlief. Da hättest du schon mal zwei Zeugen.«

Kristin erhob sich von ihrem Stuhl und nahm ihre Jacke von der Lehne.

»Ich muss noch die Pferde füttern, es ist schon halb sechs«, sagte sie etwas lahm.

»Warte, ich habe da noch was von Max«, sagte Fred und kramte in seinem Terminkalender.

»Ist er dieses Wochenende nicht hier?«

»Nein, der ist in Berlin bei seinen Eltern. Aber … er hat mal ein bisschen recherchiert. Oder sich beim Einwohnermeldeamt eingehackt, so genau hat er es nicht erklärt.«

»So genau möchte ich das auch nicht wissen, wenn ihr illegale Methoden anwendet«, warf Arion scharf ein.

»Unser kleines PC-Wunder hat die frühere Adresse von den Blattschkes und Namen und Adressen der ehemaligen Nachbarn herausgefunden, das ist doch was, oder? Er meinte letztes Wochenende, dass es vielleicht eine gute Idee wäre, mit den ehemaligen Nachbarn zu sprechen«, fügte er erklärend für Arion hinzu, ohne dessen Einwand weiter zu beachten.

Er reichte Kristin den Zettel. »Übrigens, heute Abend gibt es Wildschweinbraten, vielleicht hast du ja noch Lust wiederzukommen, wenn du fertig bist. Ich muss jetzt jedenfalls mit dem Kochen anfangen. Und ihr beiden«, er wandte sich an Alex und Arion, »geht mir aus den Füßen, ich brauche Platz.«

»Die Frau Doktor könnte mir doch ihren Garten zeigen.«

»Der ist gerade unpässlich.« Sie musterte ihn von oben bis unten. »Ich glaube auch nicht, dass wir *dazu* passende Gummistiefel haben, draußen ist es noch stellenweise matschig.«

»Das könnt ihr vor der Tür weiterdiskutieren, ich brauche jetzt meine Sportschau, meine Töpfe und meine

Ruhe.« Fred schob sie ungerührt, aus der Küche, während Alex sich überlegte, wen von den beiden sie zuerst umbringen sollte.

»Moment«, sie stürmte zurück in die Küche und schloss die Tür hinter sich.

»Sag mal, schläft der etwa hier?«

»Secher, secher«, kam es von Fred, der im Backofen nach einer geeigneten Auflaufform für sein Schweinchen suchte.

»Auf einer Isomatte?«, fragte sie ungläubig zurück.

»Ich habe ihm vorher gesagt worauf er sich einstellen muss, und ich kann dir versichern, er ist ebenso gespannt darauf, hier in der gemütlichen Rotte zu schlafen, wie du.«

»Weißt du was. Das kannst du knicken. Er ist dein Freund und ich bin nicht für seine Bespaßung zuständig. Und einen anderen Schlafplatz werde ich vermutlich auch finden.«

Fred schaute sie verdutzt an und räusperte sich.

»Ja, du hast recht. Aber vielleicht gibst du ihm mal eine Chance. Ich weiß, du stehst nicht auf Rechtsanwälte, aber er ist wirklich nicht übel. Er hat sich in einigen kniffligen Fällen sehr engagiert und auch schon die eine oder andere Nacht mit mir Notfallstrategien entwickelt, wenn die Abschiebung von Menschen bevorstand, die in ihrem Heimatland definitiv nichts Gutes zu erwarten hatten.«

Alex Ärger sank in sich zusammen. Sie hob zwar zweifelnd ihre Augenbrauen, wandte sich aber ab und trollte sich in den Garten.

Arion stand an der Hausecke und begutachtete eine Clematis, die im winterlichen Zustand einen traurigen Anblick bot. Er beachtete ihre offensichtlich schlechte Laune nicht weiter und deutete auf ein Mauseloch.

»Ich würde Kaiserkronen daneben pflanzen, Wühlmäuse mögen die nicht.«

Alex stöhnte innerlich. Wie machten Rechtsanwälte das, überlegten sie. Aha, heute treffe ich eine Biologin, da brauche ich einen schlauen Spruch aus dem Biogartenbuch.

»Ich schätze, mein Problem werden eher schleimige Schnecken sein«, erwiderte sie kurz angebunden, und ging mit schnellen Schritten voran.

»Hier gibt's nicht wirklich viel zu sehen. Als wir das Haus übernommen haben, stand das Unkraut etwa einen Meter hoch. Die alte Dame, die vor uns hier wohnte, war schon seit Jahren krank. Ich entferne also das Unkraut, finde keine verwertbare Pflanze und das war's auch schon.«

»Hier würde ich einen Steingarten anlegen.« Er wies auf einen kleinen Hang. »Akelei, Tardatulpen, Moossteinbrech, so was in der Richtung.«

Sie war sprachlos, während er versonnen auf den Hang blickte.

»Ich würde hiesige Steine nehmen. Ihr habt doch hier Kalksteine, nicht wahr?«

Er erwartete offenbar keine Antwort.

»Es wäre natürlich schön, dort in der Mitte einen einheimischen Wacholder zu pflanzen, die Säulenform, aber die sind so schwer beim Gärtner zu bekommen, meistens sind es chinesische Zuchtformen.«

Sie blickte ihm jetzt offen ins Gesicht. »Hast du von Fred erfahren, dass ich Biologin bin und dann ein Gartenbuch gefressen?«

Er sah ruhig auf sie hinunter und wirkte zum ersten Mal nicht spöttisch.

»Ich habe zu Hause einen großen Garten, einen Naturgarten«, fügte er hinzu. »Ich abonniere seit Jahren eine Biogartenzeitschrift und da bekommt man den einen oder anderen Tipp.«

Sie würde sich Fred vorknöpfen. War das die neue Masche nach *Ich zeig dir meine Briefmarkensammlung,* kam jetzt *Ich zeig dir meinen Biogarten*? Man muss seine Vorurteile pflegen, waren das nicht immer Freds Worte?

Sie wandte sich ab und rief ihm über die Schulter zu: »Da hinten ist nichts mehr zu sehen, eine Streuobstwiese, dahinter die Weide, der alte Gemüsegarten, im Moment alles zu überwuchert. Ich muss jetzt Treppe renovieren.« Mit energischen Schritten stiefelte sie auf die Haustür zu. Sollte der Typ doch Fred bei seiner Sportschau stören.

32. Kapitel

Das Essen war ganz passabel gewesen, Wildschweinbraten von den Hilgers mit Knödeln aus der Packung, Rotkohl aus dem Glas und Soße aus der Tüte. Dazu der Rotwein, den der Herr Rechtsanwalt spendiert hatte. Es hätte auch recht gemütlich sein können, wären da nicht die Errungenschaften der modernen Kommunikationstechnik. Als Fred alle zu Tisch bat, telefonierte Arion gerade mit seiner Tochter. Dem, was ungewollt zu entnehmen war, hatte der pubertierende Teenager keine Zeit für den besorgten Papa, denn sie steckte mitten in einem wichtigen Gameboy-Spiel. Alex hatte nicht gedacht, dass Teenager sich noch für solche Dinge interessierten, aber man lernte ja immer dazu. Arion hatte enttäuscht gewirkt. Während des Essens hatte seine Freundin zweimal angerufen, ohne dass er den Raum verlassen hatte. Wenn Alex fair gewesen wäre, hätte sie zugeben müssen, dass das auch kaum möglich war. Er saß auf der Küchenbank, eingeklemmt zwischen Fred und Kristin. Heute hatte sie allerdings nicht vor, fair zu sein und auf seine Entschuldigung mit vollem Mund gemurmelt. »Muss ein altes Modell sein, dein Teil. Meins hat einen Ausknopf.«

Immerhin hatten die Telefonate Alex die Gelegenheit gegeben, mit Kristin im Flüsterton zu klären, ob sie heute bei ihr übernachten könne. Das ging klar. Danach hatten sie es sich vor dem Ofen gemütlich gemacht. Während Fred und Arion sich über problematische Asylfälle austauschten, hatte Kristin ihr von einem besonders schwierigen Pferd erzählt, das sie gerade im Beritt hatte und das die unangenehme Eigenschaft besaß, zu steigen und samt Reiter nach hinten zu fallen. Den dritten Anruf der Freundin am späten Abend nahmen die Frauen zum Anlass, aufzubrechen. Diesmal schien Arion definitiv genervt zu sein, hielt das Gespräch kurz und Alex hörte ihn noch sagen »Wir gehen jetzt alle ins Bett …, jeder in seins«, als er das Gespräch beendete.

Täuschte sie sich, oder blickte der sie anzüglich an? Sie schenkte ihm ihr strahlendstes Lächeln, knuffte Fred in den Arm, schnappte sich Isomatte und Schlafsack aus der Ecke und entschwand mit Kristin durch die Küchentür.

Leise und leicht beschwipst gingen sie durch das schlafende Dorf zu Kristins Haus. Unterwegs begrüßte sie Benno freudig, der Hund des Altbürgermeisters unternahm seinen spätabendlichen Spaziergang. Von Wirtz-Wäldchen rief eine Eule, und leichter Nebel war aufgezogen. Klassisches Edgar-Wallace-Setting, dachte Alex. Hell erleuchtet wie ein Weihnachtsbaum stand das Haus von Kristins Nachbarn in der von ihnen zum Garten deklarierten Sahel-Zone. Leise kichernd stieß Alex Kristin an, als sie vorbeigingen. Der Wein hatte seine Wirkung nicht verfehlt.

»Wir könnten ja heute Nacht noch ein bisschen auf Tour gehen«, schlug sie vor. »Ich glaube, ich habe noch ein paar wunderbare Sachen im Haus, mit denen wir den Garten hier ein bisschen auf Vordermann bringen können.«

Kristin schaute sie verständnislos an. Sie hatte ihrem Nachbarn wohl bislang noch nichts Komisches abgewinnen können.

»Ja, schau mal«, Alex deutete auf ein Beet direkt an der Straße. »Hier vorne sind doch vor Kurzem Samen gesät worden. Aus denen wird sowieso nichts, da könnte man zum Beispiel eine Handvoll Cannabissamen untermischen. Die haben doch keine Ahnung von Pflanzen, bis die merken, was da wächst, hast du längst besorgt die Polizei gerufen. Wobei, wir bräuchten dann schon viel Cannabis, ein bisschen ist ja jetzt erlaubt.«

»Oder hier der Rasen.« Alex stand jetzt direkt am Zaun des Vorgartens. »Da fallen mir spontan Rübensamen ein. Die sind super«, rief sie jetzt gar nicht mehr leise begeistert.

»Ein paar Kilo vom Landhandel auf alle kahlen Stellen gesät und schwupps«, flüsterte sie jetzt wieder verschwörerisch, »der sieht erst mal gar nichts und bis er was sieht, ist unten im Boden der Bär los.«

Kristin sah sich besorgt um und versuchte, Alex weiter zu ziehen.

»Ein Rübenacker wäre klasse«, begeisterte sich Alex weiter von ihrer Idee. »Die wird er nie wieder los.«

Jetzt kam Alex richtig auf Touren. »Und das Haus«, schwärmte sie, »da hätte ich auch gleich ein paar Ideen. Eine Freundin von mir hat Hausschwamm, da könnte man sich ja mal ein bisschen ausleihen. Aber das ist echt fies«, musste sie zugeben, »dann muss er abreißen.«

Kristin griff jetzt nach ihrem Arm und flüsterte: »Die können uns doch hören, psst, komm weiter!«

Aber Alex war nicht zu stoppen.

»Und die Jalousien, weißt du, ich hab das mal gelesen und würde es gerne ausprobieren. Wenn er sie abends herunterlässt und du unten die Stopper abschraubst, das soll ganz einfach sein, zieht er sie morgens hoch und sie verschwinden im Nirwana. Meistens sind die unter Putz, da muss man innen alles wieder aufmachen. Das geht natürlich nur im Erdgeschoss«, überlegte sie.

Plötzlich ging eine Lampe im Vorgarten an, die Haustür öffnete sich und Alex konnte gerade noch zurückspringen, als sich der große Schäferhund mit wütendem Gebell gegen den Zaun warf. Ihm folgte im Laufschritt Herr Blattschke mit wilden Körperbewegungen und ebenso wildem Gebrüll.

»Das ist Ruhestörung! Was macht ihr auf meinem Grundstück! Ich rufe die Polizei! Und das zu nächtlicher Zeit. Verschwindet hier, ihr Schlampen!«

Hund und Herrchen wiesen eine verblüffende Ähnlichkeit auf.

Alex schaute einmal nach links, dann nach rechts und erwiderte seelenruhig: »Hm, die einzigen, die ich hier zu nächtlicher Stunde lärmen sehe, sind Sie und Ihr Hund.«

»Proleten, nur Proleten hier! Hab ich schon gehört, dass hier noch mehr Proleten ins Dorf gezogen sind!«

Heute war Proletentag. Alex ließ sich nun bereitwillig von Kristin wegziehen. Sein wütender Ausbruch verfolgte sie, bis Kristins Tür hinter ihnen ins Schloss fiel.

»Puh.« Kristin ließ sich erschöpft an der Wand ihres Wohnzimmers in die Hocke sinken und legte den Kopf auf die Knie.

»Also, das fand ich jetzt nicht so schlimm«, sagte Alex ungerührt. »Wo soll ich mich denn ausbreiten?«

»Ist ganz egal«, Kristin wies willenlos um sich. »Hier unten auf dem Sofa, oben steht noch ein Gästebett.«

»Hey, sorry, ich hätte mich vielleicht ein bisschen zurückhalten sollen, hm?« Alex ging zu Kristin hinüber, doch die rappelte sich schon wieder auf.

»Ich geh jetzt schlafen, ich muss morgen früh raus, die Pferde wollen auch am Sonntag ihr Futter.«

33. Kapitel

Alex erwachte am nächsten Morgen mit einem dröhnenden Kopfschmerz und dem Gefühl, sich grenzenlos daneben benommen zu haben. »Oh Gott«, sie kroch tief in ihren Schlafsack und zog ihn über ihrem Kopf zusammen, was sollte Kristin nur von ihr denken. Schlecht wurde es ihr jetzt auch. Sie musste sehen, dass sie nach Hause kam. Sie pellte sich aus dem Schlafsack, stieg ohne Umweg übers Badezimmer in die Sachen vom Vortag, die in einem unordentlichen Haufen auf dem Boden lagen, und tapste auf unsicheren Füßen in die Küche. Dort fand sie einen Zettel. »Sorry, wollte dich nicht wecken, bin schon bei den Pferden, Gruß Kristin.«

Eine neue Welle der Übelkeit überkam sie, und sie musste furchtbar aussehen. So würde sie nicht durchs Dorf gehen. Sie zog die Haustür hinter sich zu und wählte den Weg nach hinten, über die Wiesen. Als sie durch Kristins Garten ging, stand Blattschke direkt am Zaun und röhrte irgendetwas herüber. Sie ignorierte ihn, der hatte ihr gerade noch gefehlt. Mit zunehmend schnelleren Schritten ging sie zum Wald hinauf. Der Würgereiz wurde immer schlimmer und ihre Füße waren inzwischen klatschnass, es musste in der Nacht geregnet haben. Die letzten Meter zum Haus rannte sie fast, steckte hastig den Schlüssel ins Schloss. Mist, das klemmte, wie immer. Sie ließ Schafsack und Isomatte fallen, wo sie hinfielen, und schaffte es schließlich, mit beiden Händen die Tür zu öffnen. Im Vorbeiflug registrierte sie noch mit einem Blick, dass in der Küche alles dunkel war, zum Glück, stürzte die Treppe hinauf und hing kurz darauf mit dem Kopf über der Kloschüssel. Keine Sekunde zu früh, aber ein paar Minuten zu spät. Warum hatte sie das nicht im Wald erledigt?

Ungefähr in der Mitte der dritten Welle hörte sie, wie sich die Badezimmertür leise öffnete und wieder schloss.

Der Wasserhahn lief einen Moment lang, jemand strich ihr behutsam die langen Haare zurück und drückte ihr einen kalten Waschlappen in den Nacken. Sie hätte ja gerne protestiert, war aber zu beschäftigt. Fred, dachte sie. Der war auch so ziemlich der einzige Mensch, der sie in dieser unwürdigen Position sehen durfte. Im selben Moment fiel ihr ein, dass es gar nicht Fred sein konnte. Der wäre laut polternd hereingekommen und hätte fröhlich gefragt: »Na, spielen wir sterbender Schwan?« Großer Gott, dann konnte es nur … Oh nein, bitte nicht, wie peinlich. Als sich der Würgereiz für einen kurzen Augenblick ausgetobt hatte und sie sich erschöpft zurücksinken ließ, blickte sie in besorgte dunkelbraune Augen, ohne Brille, die grauen Haare jungenhaft vom Schlaf verwuschelt. Tränen schossen ihr in die Augen. Dieses Wochenende würde sie aus ihrem Kalender streichen. Wie sagte man so schön, sie wünschte, der Boden würde sich unter ihr auftun und sie würde verschwinden. Bei diesem Haus war das gar nicht so unwahrscheinlich, aber es passierte leider nicht. Da ging es auch schon wieder los. Das musste doch jetzt langsam nachlassen, es konnte doch gar nichts mehr drin sein. Sie schüttelte abwehrend den Oberkörper und die Hand, die inzwischen auf ihrer rechten Schulter lag, wurde zurückgezogen. Sie hörte noch, wie sich die Tür leise hinter ihm schloss.

Als sie etwa eine halbe Stunde später, nach einer langen Dusche und ebenso langem Zähneputzen – der ekelhafte Geschmack ging einfach nicht weg – ziemlich blass um die Nase in die Küche kam, enttäuschte Fred sie nicht.

»Na, ich hab gehört, wir spielen sterbender Schwan?«

Sie warf ihm einen bitterbösen Blick zu und begann in der Küchenschublade nach Pfefferminztee zu kramen.

»Hey, war nicht so gemeint. Leg dich aufs Sofa, ich mache dir einen Tee.«

Er kam auf sie zu und legte ihr einen Arm um die Schulter. Sie wehrte sich nicht, als er sie zum Sofa führte, und als sie auf den Küchentisch blickte, sah sie die Reste des Gelages. Vier Flaschen Rotwein. Arion hatte die ganze Zeit über nichts gesagt, das war auch gut so. Sie schlief bereits wieder, als ein Kamillentee neben sie gestellt wurde.

Am späten Mittag wachte sie auf, weil die Küchentür geöffnet wurde, und ärgerte sich über sich selbst. Sie hatte einen halben schönen Tag in der Eifel verschlafen, und morgen ging es wieder zur Arbeit.

»Wie ist das werte Befinden, Frau Doktor?«

Sie schloss die Augen wieder. Wenn der noch einmal Frau Doktor sagte, dann … Was würde Jakob Hilgers dazu sagen? Sie musste lächeln. Er würde mit tiefer Stimme brummen: Die Entsorgung ist doch ganz einfach. Da hol ich den großen Trecker, fahr eine tiefe Spur, Anwalt rein, zugeschoben, ein paarmal drübergefahren. Anwalt platt wie eine Briefmarke. In der nächsten Woche steht in der Zeitung ›Plötzlich und unerwartet‹.

»Sie muss immer noch krank sein, sie lächelt mich an«, hörte sie Arion zu Fred sagen.

»Ich mach uns mal eine Suppe. Wir kriegen sie schon wieder hin.«

Alex stellte sich Freds Tütchensuppe vor … eher nicht. Langsam rappelte sie sich auf. Sie würde sich den Tatsachen, in Form eines Rechtsanwalts, der sie beim Kotzen beobachtet hatte, stellen müssen. Erfreulicher Gedanke. Zum Glück kam kein Wein mehr hoch, aber leider die Erinnerung zurück. Kristin, ob die noch mit ihr reden würde?

»Nee, nee, ist der Schönheitsschlaf schon vorbei?« Fred grinste sie an.

Sie brauchte jetzt einen Kaffee und mindestens einen Liter Wasser. Die Übelkeit schien sich gelegt zu haben, das Laufen klappte schon ganz gut.

»Möchte sonst noch jemand einen Kaffee?«

»Kaffee hört sich gut an«, erwiderte Fred, während er in seinem Topf rührte. »Wir müssen was besprechen. Während du nämlich mit intensiven Reha-Maßnahmen beschäftigt warst, haben wir hier hart gearbeitet.«

»Ich dachte, ihr wärt spazieren gegangen?« Sie lenkte ihre Augen vielsagend zu Arion hinüber, der bisher schweigend vor dem Ofen gestanden und sich aufgewärmt hatte, jetzt aber schnell den Raum verließ. Seine Designerklamotten hatten sich wohl als nicht sehr geländegängig erwiesen. Auf der Rückseite seiner Hose zog sich über die gesamte Länge ein hellbrauner Schlammstreifen, auffällig konzentriert auf einer Pobacke und am unteren Hosenaufschlag. Der Schlamm war angetrocknet und begann abzublättern.

»Der Boden war noch zu nass und Arions Schuhe zu glatt. Er ist oben im Wald ausgerutscht, du weißt wo ich meine, auf dem abschüssigen Waldweg ins Wacholderschutzgebiet.«

»So, so«, murmelte sie nur. Deshalb hatte er also jetzt seine Schuhe ausgezogen, die waren wohl nicht mehr ganz gesellschaftsfähig.

»Vorher haben wir uns Kristins Akten angesehen und da ist uns etwas aufgefallen und jetzt kommst du ins Spiel.«

»Ach ja?«

»Wir versuchen jetzt ein Süppchen zu essen, versuchen, wach zu werden, versuchen, nett zu sein«, sagte er in mütterlichem Ton und drückte Alex einen Teller in die Hand.

Versuchen, blöde Juristen zu vergessen, fuhr Alex in Gedanken fort.

»Wir sind alle Vorfälle bei ihr noch einmal durchgegangen und dachten erst, das ist so ein Korinthenkacker. Er achtet auf Zentimeter, hat die Gesetzbücher gefressen und hält es für seine Aufgabe, für Recht und Ordnung zu sorgen. Außerdem scheint er Kinder nicht ausstehen zu können, bei vielen Vorfällen waren Kinder beteiligt. So etwas gibt es.«

»Hm.«

»Dass er die Kinder in Kristins Garten bedroht hat, dass er Bäume abgesägt hat, und dass er versucht hat, den Carport zu beschädigen, passt alles nicht so ganz ins Bild. Da hat er selbst gegen das Gesetz verstoßen. Der Vorfall beim Zaunbau war im glimpflichsten Fall eine Beleidigung und das vor Zeugen.«

»Die Paragraphen, die er in seinen Anzeigen zitiert, sind korrekt«, fuhr Arion fort, der Freds letzten Satz gehört hatte und sich nun mit einer frischen schwarzen Hose zu ihnen setzte.

»Er kennt also das Gesetz in- und auswendig und überschreitet es selbst. Hausfriedensbruch, versuchte Sachbeschädigung am Carport, erfolgte Sachbeschädigung an den Bäumen und aus der Bedrohung der Kinder könnte man auch noch was machen.«

»Ja, dann mach doch was draus!«, erwiderte Alex unwirsch.

»Ich werde mir was überlegen«, sagte er ruhig, »aber das war nicht das, was ich meinte. Obwohl er von Kristin verlangt, sich in seinem Sinne an die Gesetze und Vorschriften zu halten, überschreitet er selbst das Gesetz. Zusammen mit dem Verhalten, wie Kristin es beschreibt, das verzerrte Gesicht, die unruhigen Augen, deutet das für mich auf einen gewissen Kontrollverlust hin, also auf eine pathologische Komponente.«

»Und was machen wir? Jetzt auch noch einen Psychiater hinzuzuziehen, halte ich für übertrieben.«

»Er könnte aus irgendeinem Grund auf Kristin oder überhaupt auf Frauen fixiert sein«, mischte sich Fred ein. »Wir wissen auch nicht viel über seine Frau, was macht er mit ihr? Schlägt er sie hinter verschlossenen Türen, und nach außen hin muss sie ihn unterstützen, um den häuslichen Frieden zu wahren? Zusammen mit diesem möglicherweise krankhaften Verhalten könnte es auch zu weiteren Ausschreitungen gegenüber Kristin kommen, und daher sollten wir uns wirklich einmal die alten Nachbarn vornehmen.«

Das finde ich gut«, stimmte Alex zu, »macht das mal. Ich bin froh, dass ihr es endlich ernster nehmt, ich habe nämlich letzte Nacht auch wieder eine Kostprobe bekommen.«

»Wieso, was war letzte Nacht?«, fragte Arion deutlich interessiert.

»Nun, hm … Wir haben uns letzte Nacht vor seiner Haustür noch ein bisschen unterhalten … auf der Straße, und er hat mir das Du angeboten«, druckste sie herum.

»Unterhalten?«, fragte Fred und sah sie scharf an.

»Ich war schon ein bisschen provokativ, Kristin aber nicht«, erwiderte sie defensiv und erzählte vom Heimweg am gestrigen Abend.

»Er ist in seinem Garten geblieben«, schloss sie ihre Berichterstattung, »aber ihr hättet sein Gesicht sehen sollen. Man hat das Gefühl, einer tollwütigen Bestie gegenüber zu stehen, die einen jeden Moment anfallen wird. Und er hat uns eben wie selbstverständlich mit ›*ihr Schlampen*‹ bezeichnet.«

»Bobbelsche, ich will dir jetzt keinen Vortrag über unnötige Provokationen halten, aber genau dieses Verhalten beunruhigt uns und ist der Grund, warum *du* heute mit Arion zu den Nachbarn fährst.«

»Ich, warum ich? Ich …«, begann sie zu protestieren.

»Ein Mann und eine Frau zusammen sind taktisch günstiger, als wenn zwei Männer dort auftauchen. Nein«, er legte ihr die Hand auf den Mund, »du bist jetzt ein braves Mädchen und lässt mich ausreden. Arion ist es gewohnt, Leute zu befragen, und er hat es auf dem Rückweg auch nicht weit, sein Haus liegt fast am Niederrhein. Er setzt dich danach am Bahnhof ab, damit du nach Köln zurückkommst. Einen Nachbarn habe ich auch schon angerufen. Ihr könnt kommen.«

»Ist ja klasse. Werde ich vielleicht auch mal gefragt, bevor ihr alles in die Wege leitet?«

»Nein«, sagte Fred.

Alex sah ihn grimmig an und schwieg eine Weile.

»Eine Sache wissen wir schon über seine Frau«, sagte sie dann. »Wir können davon ausgehen, dass sie ein Verhältnis mit Rudolf Krämer hatte. Und wir können auch davon ausgehen, dass ihr Mann wusste oder zumindest ahnte, dass es bei ihren Besuchen bei Rudolf Krämer um mehr ging, als nur ums Kaffeetrinken. Wahrscheinlich fand er das alles andere als lustig. Es könnte also tatsächlich sein, dass er generell eine Hasskappe auf Frauen hat. Noch besorgniserregender finde ich es allerdings, dass eben dieser Rudolf Krämer mausetot ist.«

»Wer ist Rudolf Krämer?« Arion sah sie fragend an.

»Das wird Fred dir erklären.«

34. Kapitel

Die Fahrt an den Niederrhein verlief mit den zu erwartenden Problemen. Nachdem es bereits auf der A1 Richtung Köln bei Nettersheim und später bei Bliesheim und Erftstadt durch den sonntäglichen Rückreiseverkehr und eine längere Baustelle zu erheblichen Verzögerungen gekommen war, gerieten sie kurz hinter Köln-West in den Dauerstau, der nur in seiner Länge tageszeitliche Schwankungen aufweist. Auch die A57 ab Köln-Nord wurde an verschiedenen Stellen einer ganzheitlichen Behandlung unterzogen. Die einhergehenden Geschwindigkeitsbegrenzungen im Baustellenbereich waren offensichtlich weder mit Arions Charakter noch mit dem seines Autos vereinbar. Jeweils am Ende einer Baustelle röhrte der Wagen los und die Lichthupe wurde hemmungslos eingesetzt, um Autos von der linken Spur zu scheuchen, die dort nach Arions Meinung offensichtlich nichts zu suchen hatten. Ein überaus defensiver und rücksichtsvoller Fahrer, dachte Alex sarkastisch und schloss die Augen, um das Elend nicht zu sehen.

»Ich wollte heute Morgen nicht taktlos sein. Ich wusste nicht, dass du im Bad warst«, versuchte Arion ein Gespräch in Gang zu bringen.

»Taktlos ist, es jetzt anzusprechen«, erwiderte Alex, ohne die Augen zu öffnen. Erst einmal war Ruhe.

Hinter Neuss konnte Arion seine sicher um die 300 Pferdchen unter der Haube die Zügel schießen lassen. Er erklärte ihr, dass sein Wagen einen Tempomat habe, der auf 180 km/h eingestellt sei, so dass er konstant mit dieser Geschwindigkeit fahren könne. 100 hätten es auch getan, dachte Alex. Klimaschutz gehörte offensichtlich nicht zu seinen vorrangigen Interessen. Sie musste an einen Spruch aus dem Film *Mrs. Doubtfire* denken und lächelte. Wie war das noch, irgendetwas mit Männern mit großen Autos und kleinen Genitalien. Da sich der arme Wagen ob der Baustellen noch nicht richtig hatte austoben können, ging es auf den Landstraßen mit stark erhöhter Geschwindigkeit weiter, bis sie das Ortseingangsschild von Millendorf erreichten. Ein kleines Dorf mit einem überproportionierten Neubaugebiet. Hier sollten die Blattschkes früher gewohnt haben. Auch ohne die genaue Adresse hätte Alex Blattschkes Haus sofort erkannt. Diesen Versuch einer Friedhofsbepflanzung sollte er sich patentieren lassen, dachte sie. Die neuen Bewohner, wenn es welche gab, hatten das noch nicht korrigiert.

Sie würden überhaupt nicht stören, sagte der hochgewachsene, gutmütig wirkende Mann um die vierzig, der ihnen die Tür öffnete und erklärte, er sei allein, weil seine Frau mit den Kindern in die Nachmittagsvorstellung des Kinos gegangen sei. An die Blattschkes konnte er sich mehr als gut erinnern. Es waren zwölf Jahre Schreckensherrschaft und sie waren ja erst vor einem Jahr weggezogen.

In den ersten Jahren sei es relativ ruhig gewesen. Es habe zwar den Behördenweg gegeben, Streit wegen Sträuchern an Blattschkes Garage, wo mündlich vereinbart worden sei, dass sie stehen bleiben könnten, später habe Blattschke sie trotzdem weghaben wollen und andere Schikanen bei den Behörden. Damals seien beide Blattschkes noch berufstätig gewesen. Vor etwa zehn Jahren hätten beide aufgehört zu arbeiten bzw. er behauptete, er hätte Homeoffice und sie wolle ihre alte Mutter pflegen.

»Aber ich habe die Mutter gar nicht mehr kennen gelernt«, sagte er. »Sie ist eingezogen und eine Woche später stand der Leichenwagen vor der Tür.«

»Wissen Sie, was die beiden beruflich machten?«, fragte Arion.

»Er hat gesagt, er arbeitet bei der Ausländerbehörde in Düsseldorf.«

Alex nickte. »Ich glaube, so etwas erzählt man sich auch bei uns im Dorf.«

»Sie war wohl Krankenschwester oder Altenpflegerin, so genau kann ich Ihnen das nicht sagen.«

»Und Sie sagen, später habe sich das Verhältnis geändert?«, forderte Arion ihn auf, weiter zu erzählen.

»Ich würde nicht behaupten, dass wir jemals so etwas wie ein nachbarschaftliches Verhältnis hatten, aber nachdem die beiden nicht mehr arbeiteten, hat er als Erstes die komplette Hecke kappen lassen. Dadurch hatten wir keinen Sichtschutz mehr zwischen den Grundstücken. Die Hecke war leider komplett auf seiner Seite.«

Er ging mit ihnen zur Terrassentür und zeigte nach links in den Garten, wo auf dem Nachbargrundstück hinter einem Maschendrahtzaun ein paar kümmerliche Heckensträucher ihr Dasein fristeten, einen halben Meter über dem Boden. Sie hatten sich noch nicht erholt.

»Vorher hatten wir noch so etwas wie Privatsphäre«, fuhr er fort. »Was dann kam, ist eigentlich unbeschreiblich. Er hielt die Hecke kurz, stand den ganzen Tag am Zaun und schaute rüber. Sobald sich in unserem Garten etwas bewegte, fing er an zu brüllen. Auch wenn wir nicht im Garten waren, fühlten wir uns ständig beobachtet, denn er konnte direkt in unser Wohnzimmer sehen. Deshalb haben wir uns dicke Vorhänge gekauft, die wir gar nicht mögen.«

»Entschuldigen Sie eine Zwischenfrage«, sagte Alex. »Haben Sie nicht versucht, auf Ihrer Seite eine Hecke zu pflanzen? Da scheint irgendwie gar nichts zu wachsen auf Ihrer Gartenseite.«

»Wir haben mehrmals versucht, dort Heckensträucher zu pflanzen. Haben viel Geld für schon hohe Sträucher ausgegeben. Aber auf der Seite wächst nichts, alles ist immer nach kurzer Zeit eingegangen. Wir vermuten, dass sie vergiftet wurden, konnten es aber nie nachweisen.«

»Und ein Sichtschutzzaun …«, murmelte Alex zögerlich, die Antwort ahnend.

»Steht komplett noch immer in der Garage. Hier sind nur Zäune bis zu einem Meter Höhe erlaubt. Wir hatten uns nicht erkundigt und mussten ihn nach einer Anzeige von ihm wieder entfernen.«

»Sie sagten, er schrie herüber. Könnten Sie das ein wenig näher erläutern?«, übernahm Arion wieder die Gesprächsführung.

»Er beschimpfte uns als Proleten, asoziales Pack. Meine Frau als Schlampe«, fügte er leiser hinzu. »Mehrmals sogar als Drecksau. Meine Frau hatte wesentlich mehr unter ihm zu leiden als ich, weil sie den ganzen Tag zu Hause war. Es war Terror, anders kann man das nicht beschreiben. Und ich glaube, es war auch etwas Sadistisches dabei.«

Er erzählte ihnen von einem Gewächshaus, das er für seine Frau bauen wollte. Nach den vergeblichen Versuchen, Hecken zu pflanzen, wollten sie die den Blattschkes zugewandte Seite des Gewächshauses innen mit Strohmatten auskleiden und hatten sich an alle Vorschriften gehalten, Abstände etc. Blattschke schmiss an dem Abend, als sie mit dem Bau begannen, den Grill an, rief herüber, das würde ja schön werden, ob sie Würstchen wollten. Am nächsten Tag bekamen sie auf seine Beschwerde hin einen offiziellen Baustopp. Am Gewächshaus war nichts auszusetzen, trotzdem dauerte es einen Monat, bis sie weiterbauen konnten. Wenigstens in diesem Bereich gab es jetzt ein wenig Sichtschutz und Privatsphäre.

Hinter ihnen öffnete sich die Haustür und ein Junge und ein Mädchen, beide etwa zwölf bis dreizehn Jahre alt, stürmten fröhlich kichernd herein.

»Papa, das hättest du sehen sollen, wie die gepupst und gerülpst haben.«

Sie begannen, die Geräusche nachzuahmen. Ihnen folgte eine blonde Frau mit verhärmtem Aussehen. Wahrscheinlich war sie deutlich jünger als ihr Mann, aber ihr Haaransatz war schon grau und um Mund und Augen hatten sich tiefe Falten eingegraben. Blaue Augen, die Alex zum Nachdenken brachten. In ihnen spiegelte sich eine seltsame Mischung aus Trauer und Bitterkeit. Mit einem entschuldigenden Lächeln kam sie auf sie zu.

»Wir haben den Film ›Wilde Kerle‹ gesehen, und das war die Szene, die sie am meisten beeindruckt hat. Dettmer«, sie streckte ihnen die Hand entgegen. »Sie sind die neuen Nachbarn der Blattschkes?«

Sie sah Alex mitleidig an.

»Nein«, Arion zückte eine Visitenkarte hervor. »Ich bin Rechtsanwalt und vertrete die junge Frau, die jetzt neben Herrn und Frau Blattschke wohnt. Frau Cameron hier, begleitet mich.«

Jetzt bin ich bei einer Begleitagentur gelandet, dachte Alex, das wird ja immer besser.

»Ihr Mann hat uns schon einiges erzählt«, fuhr Arion fort. »Die Nachbarschaft scheint schwierig gewesen zu sein.«

»Schwierig …« Sie dehnte das Wort, als würde sie es von allen Seiten kosten. Ihre Stirn legte sich in Falten und sie drehte sich abrupt um.

»Geht schon mal auf eure Zimmer und macht euch bettfertig«, rief sie den beiden Kindern sehr bestimmt, aber freundlich zu. »Ihr könnt wieder runterkommen, wenn ich mit dem Abendessen fertig bin.«

Ohne Widerspruch trollten sich die beiden nach oben.

»Schwierig sagen Sie.« Sie sah Arion aggressiv an. »Was sich hier abgespielt hat, ist unbeschreiblich.«

Dasselbe Wort, das ihr Mann benutzt hatte – unbeschreiblich.

»Frau Dettmer …« Alex sah sie freundlich lächelnd, sehr eindringlich an und sprach leise. »Frau Dettmer, wir befürchten, dass einer Freundin von uns das Gleiche passieren könnte, was sich hier abgespielt hat und es würde uns helfen, wenn Sie uns das genau beschreiben könnten.«

»Haben Sie Kinder?«

Alex schüttelte verneinend den Kopf.

»Dann werden Sie es nicht verstehen können. Wir hatten nie ein normales Familienleben!«, sagte sie scharf.

»Verstehen Sie, all das, was in anderen Familien ganz normal ist, fröhliche Kinder im Planschbecken, Kinder, die im Garten Fußball spielen, Kinder, die überhaupt mit anderen Kindern im Garten herumtollen. Unsere Kinder durften draußen nie lachen. Ich musste sie dazu erziehen, immer im Flüsterton zu sprechen. Ich konnte nie mit meinen Freundinnen auf der Terrasse sitzen und quatschen. Wenn wir beide draußen Kaffee trinken wollten«, sie sah ihren Mann an, »haben wir uns bemüht, die Kaffeetassen leise abzustellen, damit er nicht merkt, dass wir im Garten sind!«

Sie wurde immer erregter und ihr Mann legte ihr wie schützend den Arm um die Schulter.

»Meine Kinder waren noch im Kindergartenalter, als sie sich anhören mussten, wie ihre Mutter als Schlampe, Drecksau, alte Hure und mit ähnlichen Schimpfwörtern bezeichnet wurde.« Sie sah Alex fast entschuldigend an. »Ich konnte nicht immer verhindern, dass sie dabei waren.«

Sie machte eine kurze Pause. »Und die Angst«, fuhr sie nun leiser fort.

»›Du Schlampe, du willst doch nicht, dass dem Kleinen hier etwas passiert‹, hat er zu mir gesagt, als die Kinder noch klein waren. Er ist meinem Sohn gefolgt, sobald er alt genug war, alleine draußen auf der Straße zu spielen. Ich konnte ihn nie allein lassen, verstehen Sie?« Sie sah Alex fast flehend an. »Aber die Kinder wurden größer, sie wollten alleine mit ihren Fahrrädern zu Freunden oder zum Verein fahren. Das konnten wir nicht zulassen. Er ist ihnen auf die Feldwege gefolgt, wir haben fast alles mit dem Auto erledigen müssen. Wenn die Kinder draußen waren, war ich immer mit einem Ohr dort, war immer unruhig. Er hat meine Kinder auch hier im Garten fotografiert. Können Sie verstehen, wie ich mich dabei gefühlt habe? Nein, das kann man nicht verstehen. Dieses Schwein hat Bilder von meinen Kindern! Es ist, als würden sie beschmutzt, wenn ich mir vorstelle, wie er diese Bilder anschaut, anfasst!«

»Haben Sie nie daran gedacht, umzuziehen?«, fragte Alex vorsichtig.

Herr und Frau Dettmer tauschten einen Blick aus, und sie schüttelte den Kopf. Ein Umzug war offensichtlich im Gespräch gewesen.

»Wir hatten gerade neu gebaut, meine Frau war nach der Geburt der Kinder nicht mehr berufstätig. Das war nicht so einfach, auch finanziell, meine ich«, fügte Herr Dettmer etwas lahm hinzu, ohne seine Frau anzusehen.

»Sollen wir uns setzen?«, fragte Arion und deutete freundlich lächelnd auf eine Sitzgruppe. Sie standen immer noch an der Terrassentür.

»Natürlich, Entschuldigung«, murmelte der Mann. »Kann ich Ihnen etwas anbieten?«

Beide schüttelten den Kopf.

»Mich …«, »Ich …«, begannen Alex und Arion gleichzeitig.

»Du zuerst«, sagte Alex.

»Mich würde interessieren, wie er sich mit den anderen Nachbarn verstanden hat, wissen Sie etwas darüber?«

Er hatte hier eine richtig gut funktionierende Nachbarschaft zerschossen, führte Herr Dettmer aus. Alle hatten etwa zur gleichen Zeit gebaut, viel zusammen gemacht und sich gut verstanden. Die Blattschkes seien erst später dazugekommen. Die Dettmers seien die ersten Opfer gewesen, später habe er das Gleiche mit den Nachbarn rechts und danach mit denen gegenüber gemacht. Der gleiche Behörden-Terror, die gleichen Drohungen. Er habe nicht davor zurückgeschreckt, auch ältere Menschen und Kinder zu bedrohen.

»Wurde er denn nie angezeigt?«, fragte Arion verwundert.

Frau Dettmer ergriff erneut das Wort. »Jeder hatte Angst, das nächste Opfer zu werden. Verstehen Sie? Als das Theater bei uns los ging, als wir anfingen, darüber zu reden, hat sich etwas verändert. Nach und nach schienen die Leute auf der Straße mich zunehmend zu meiden. Das waren einmal unsere Freunde«, fügte sie bitter hinzu. »Als er kurz darauf das Gleiche mit der Familie Rothe von links tat, wurde es noch schlimmer. Nachbarn, die noch keine Probleme mit ihm hatten, grüßten ihn bewusst freundlich auf der Straße und sie schauten weg, sie schauten einfach weg, wenn er auf offener Straße jemanden bedrohte«, sagte sie, als wäre sie immer noch ungläubig. »Keiner war bereit, als Zeuge auszusagen und es hat ihnen trotzdem nicht geholfen. Einen nach dem anderen hat es erwischt, und die ersten wollten auch nicht mehr helfen. Uns hat damals auch keiner geholfen«, kam es jetzt fast trotzig.

Sie machte eine kurze Pause, atmete tief durch und fuhr leiser fort.

»Er ist weg, aber ich habe immer noch Angst. Wenn ich auf der Straße einen dunkelblauen Mercedes Kombi mit DB für Dietmar Blattschke sehe, bekomme ich Panikattacken. Wenn ich aus der Haustür gehe, schaue ich immer geradeaus, nur nicht nach rechts, wo er mit erhobener Faust am Küchenfenster steht.«

Betroffenes Schweigen folgte diesen Worten. Ihr Mann legte ihr wieder schützend einen Arm um die Schultern.«

»Sie haben uns mit Ihren Schilderungen sehr geholfen«, sagte Arion schließlich. »Darf ich trotzdem noch einmal nachfragen? Sie haben immer wieder von Drohungen gesprochen. Können Sie sich an den Wortlaut erinnern?«

»Wie es bei uns war, hat meine Frau ja erzählt«, sagte Herr Dettmer. »Von anderen habe ich gehört, dass er gesagt hat: ›*Dich kralle ich mir, du Stück Scheiße*‹, oder so was. Einem alten Mann hat er bei Begegnungen auf der Straße mehrmals gesagt: ›*Dich hätte ich schon längst ins Jenseits befördert, aber das lohnt sich ja nicht mehr.*‹ Er hat auch gedroht, Holzstapel anzuzünden oder Hunde zu vergiften. Meistens war es subtil, wie meine Frau erzählt hat, wie: ›*Ihr wollt doch nicht, dass euer Hund etwas frisst, was er nicht verträgt* oder *passt besser auf euren*

Holzstapel auf, der kann sich leicht entzünden, nicht wahr und der lehnt direkt an der Hauswand.‹«

»Aber er hat nie wirklich jemanden tätlich angegriffen?«, fragte Arion zurück.

»Nicht, dass ich wüsste, seine Spezialität war wohl eher Psychoterror.«

»Die Kinder.« Frau Dettmer schien sich mühsam aus der Vergangenheit zu reißen. »Ich muss Abendessen machen, sie müssen morgen früh in die Schule.«

»Darf ich nur noch eine kurze Frage stellen?« Alex sah die Frau entschuldigend an und fuhr auf ihr Nicken hin fort.

»Wir haben immer von Herrn Blattschke gesprochen. Mir ist nicht klar, welche Rolle seine Frau spielt. Ist sie auch Opfer?«

»Oh, nein!«, erwiderte Frau Dettmer mit Nachdruck und wurde wieder richtig lebhaft. »Da haben sich zwei gesucht und gefunden. Wenn er einmal nicht im Garten war, stand sie am Zaun und brüllte ebenfalls. Sie rief ihn auch immer, wenn sie uns im Garten entdeckt hatte. Ich möchte es so ausdrücken, sie ist einfach abgrundtief böse; bei ihm kommt noch etwas anderes hinzu. Bei ihm wirkt es wie ein Anfall, ich glaube, er hat sie nicht alle!« Sie tippte sich mehrmals mit dem Zeigefinger an die Stirn.

»Sie müssten das einfach selbst erlebt haben, um es zu verstehen. Man hat das Gefühl, der Hund von Baskerville steht mit gefletschten Zähnen völlig außer sich vor einem.«

»Sie waren uns wirklich eine große Hilfe«, sagte Arion noch einmal beim Aufstehen. »Danke, dass Sie sich die Zeit genommen haben.«

»Passen Sie auf sich auf«, sagte Alex an der Haustür leise zu der Frau. »Sie haben so viel durchgemacht, ich weiß gar nicht, was ich sagen soll. Ich kann mir vorstellen, dass Sie das alles am liebsten vergessen würden. Danke, dass Sie uns trotzdem davon erzählt haben.«

»Oh Mann«, sagte Alex und ließ sich in die weichen Ledersitze von Arions BMW sinken. »Beam me up Scottie, we have a problem.«

Erschöpft schlug sie die Hände vors Gesicht. »Die arme Frau, niemand kann ihr die Jahre zurückgeben.«

Arion schwieg einen Moment und machte keine Anstalten, den Motor zu starten.

»Kristin hat keine Kinder. Ich glaube so etwas ist nicht zu befürchten«, sagte er schließlich.

»Dann ist es ja gut«, erwiderte Alex zynisch.

»Ich nehme das ernst.« Er blickte ihr fest in die Augen. »Ich bin nur vielleicht einiges mehr an üblen Geschichten gewöhnt.«

»Hast du Hunger?«, fragte er nach einer kurzen Pause. »Wir könnten noch irgendwo essen gehen.«

»Danke, heute nicht mehr. Hat nichts mit dir zu tun«, fügte sie entschuldigend hinzu. »Ich bin nur völlig erschöpft und ich … bin ziemlich erschüttert, dass ein einzelner Mensch so etwas anrichten kann. Ich möchte nur noch …« Was war jetzt ihr einziger Wunsch? Die Eifel, aber das ging nicht.

»Kannst du mich an einem Bahnhof absetzen, ich möchte jetzt schnell zu meiner Wohnung.«

»Ja, sicher.«

»Wir könnten uns diese Woche zum Essen verabreden und alles noch einmal besprechen. Dann müsstest du nicht extra wieder in die Eifel kommen.«

»Was es zu verhindern gilt«, sagte er jetzt grinsend.

»Nein, so …«, setzte sie an. Er unterbrach sie.

»Ist in Ordnung. Wann und wo wünschen Frau Doktor zu speisen?«

»Mittwochabend, Colombo Restaurant in Meerbusch«, sagte sie ohne zu zögern.

»In Ordnung, da hab ich Zeit.«

35. Kapitel

Leopold Werner beschäftigte sich an diesem Montagmorgen zunächst mit den Meldungen des vergangenen Wochenendes und er stellte zufrieden fest, dass weder die Tankstellenräuber noch die eher minderbegabten Einbrecher im Raum Üxheim aktiv gewesen waren. Während er am dienst- und enkelfreien Wochenende mit seiner Frau im Lampertstal gewandert war, hatte niemand außergewöhnliche kriminelle Energie an den Tag gelegt, die es nun aufwendig nachzubearbeiten galt. Nach kurzem Überfliegen legte er die Berichte beiseite und widmete sich der Lektüre zum Mordfall Krämer, um festzustellen, dass es auch hier kaum etwas Neues gab. Er lehnte sich in seinem Stuhl zurück, um den aktuellen Erkenntnisstand zu überdenken und hätte sich am liebsten eine Pfeife angezündet, aber in den Diensträumen war das Rauchen natürlich schon lange untersagt. Nach kurzem Klopfen steckte Manfred Burggraf den Kopf durch die Tür.

»Morgen Leo, störe ich?«

»Keineswegs. Morgen, Manfred.«

»Was gibt's Neues?«

»In punkto Tankstellen und Einbrüche nichts und im Mordfall Krämer so gut wie nichts. Die platschigen Einbrecher haben wir sicher bald. Sie vergessen fast grundsätzlich irgendetwas am Tatort, vermutlich hinterlassen sie demnächst ein Visitenkärtchen oder einen Perso. Bei den Tankstellenräubern leider nur die Nachricht, dass sie sich ein arbeitsfreies Wochenende gegönnt haben. Und die Wittlicher stecken fest. Sie mussten die Blattschkes laufen lassen, weil kein hinreichender Tatverdacht bestand. Die Blattschkes waren sogar so zuvorkommend, ihnen anzubieten, ihr Auto zu untersuchen. Klinisch sauber. Jetzt ermitteln sie in eine ganz andere Richtung. Als Lkw-Fahrer könnte Krämer ja auch andere, nicht legale Dinge transportiert haben. Kein schlechter Gedanke«, musste Werner zugeben.

»Hm, da ist was dran. Auch die Art, wie er erschossen wurde, sieht eher nach einer Hinrichtung aus. Organisiertes Verbrechen? Mal sehen, ob die da was finden. Ich habe jedenfalls etwas ganz anderes.«

»Aha«, Werner lehnte sich abwartend zurück. Der Gesichtsausdruck seines Chefs verriet, dass er Spaß an der Information hatte, die nun folgen sollte.

»Mein Golfpartner am Wochenende war der Direktor der Kreissparkasse und der hat mir gesteckt, dass Krämer in seinem Bankschließfach ein Testament verwahrt und die Bank gehalten ist, im Falle seines Ablebens – du wirst es nicht glauben – deine liebe Frau Blattschke zu benachrichtigen.«

»Ach ne. Und das ist denen jetzt erst eingefallen. Der Krämer ist immerhin seit mehr als zwei Wochen tot. Morgen ist übrigens die Beerdigung.«

»Nicht nur die Mühlen der Verwaltung mahlen langsam. Ist ihnen wohl durchgegangen, was für uns günstig ist. Denn heute wird es ihnen noch einmal durchgehen«, sein Chef schmunzelte, »und ich werde die Wittlicher gleich informieren, damit sie sich einen richterlichen Beschluss besorgen können.«

»Das rückt Madam Blattschke durchaus in den Kreis der Tatverdächtigen. Bisher haben wir uns nur auf ihren Mann konzentriert«, sagte Werner nachdenklich.

Sein Chef nickte. »Willst du in dem Fall irgendetwas unternehmen?«

»Ja. Ich denke, ich werde morgen zur Beerdigung gehen. Das gibt mir die Gelegenheit, auch Frau und Kinder in Augenschein zu nehmen, sie werden ja vermutlich dort sein. Mal schaun, wer sonst so auftaucht. Ich möchte mit diesem Kollegen von Krämer sprechen und habe mir gedacht, ich spiele dem Max aus Niederehe einmal ein Stück aus dem Vernehmungsprotokoll von

Blattschke vor. Vielleicht erkennt er an der Stimme den, der am Mordabend mit Krämer gestritten hat.«

So, so. Frau Blattschke vermutlich Erbin und definitiv Vertrauensperson, wenn sie Zugang zu dem Schließfach haben sollte. Es musste wirklich was Ernstes gewesen sein, sinnierte Werner, als sich die Tür hinter seinem Chef geschlossen hatte. Sie hatte verweint gewirkt, als er sie das erste Mal gesehen hatte, und auch während der Vernehmung hatte sie geweint und fast im Flüsterton gesprochen. Konnte sich jemand so verstellen? Im Prinzip ja, sagte ihm seine langjährige Erfahrung. Aber in diesem Fall glaubte er nicht daran. Eher rückte ihr Mann wieder verstärkt in den Fokus. Hatte er geahnt, dass es mehr als eine flüchtige Affäre war, und kurzen Prozess gemacht?

Aber es war eben kein kurzer Prozess gewesen. Warum die Fesselung, der aufwendige Transport und die Zurschaustellung der Leiche? Um seine Frau zu verhöhnen? Hätte er dafür den Aufwand und vor allem die große Gefahr der Entdeckung auf sich genommen? Und hätte er das überhaupt ohne das Wissen seiner Frau tun können? Es führte also doch wieder zurück zu Frau Blattschke. Sie war auf jeden Fall die Schwachstelle. Aber zunächst sollte er einige andere Punkte abarbeiten. Er griff zum Hörer und hatte Pech. Die freundliche und durchaus auskunftsfreudige Sekretärin der Spedition in Waldkönigen konnte ihm mitteilen, dass besagter Kollege von Rudolf Krämer seit etwa einer halben Stunde auf dem Weg nach Spanien sei und nicht vor Freitagabend zurückerwartet werde. Wenig überraschend hatte er auch in Niederehe kein Glück. Max war bei der Arbeit, erfuhr er von seiner Mutter. Nun gab es keinen wirklichen Grund mehr, sich weiter vor den anstehenden Verwaltungsaufgaben zu drücken, und Werner nahm die erste Akte von einem beachtlichen Stapel auf seinem Schreibtisch.

Eine Stunde später erhielt er einen überraschenden Anruf. Ein Kollege aus Wittlich fragte im Namen von Ekelpaket Seckler, so drückte er es natürlich nicht aus, an, ob es möglich sei, den Inhalt des Bankschließfaches von Rudolf Krämer in Hillesheim zu sichten und zu beschlagnahmen. Ein entsprechender richterlicher Beschluss sei per Fax unterwegs.

»Das machen wir doch gerne«, antwortete er. »Ich melde mich, sobald wir etwas haben.«

Er legte den Hörer auf und rieb sich vergnügt die Hände. Die Wittlicher brauchten Fußsoldaten. Er legte die Akte beiseite, die er gerade bearbeitet hatte, konnte seiner Frau die erfreuliche Mitteilung machen, dass er zum Mittagessen zu Hause sein würde, und griff nach seiner Jacke. Im Nebenzimmer war das Fax tatsächlich schon eingetroffen. Er informierte noch kurz die Kollegen über seine Abwesenheit und machte sich auf den Weg in die schöne Marktstadt, die auch sein Heimatort war.

36. Kapitel

»Mia, ich brauche mal deinen Rat«, sagte Leo Werner später zwischen zwei Bissen des leckeren Mittagessens, das seine Frau auf die Schnelle aus den Resten des Vortags gezaubert hatte.

»Unbezahlte Polizeiarbeit seit über 30 Jahren«, neckte Mia ihn. »Sollten wir vielleicht zunächst über das Honorar reden?«

»Das klären wir heute Abend«, versprach er grinsend, doch seine Miene wurde sofort wieder ernst. »Dieser Fall Krämer gibt immer mehr Rätsel auf.«

Er berichtete ihr in kurzen Zügen von seinen morgendlichen Entdeckungen im Bankschließfach.

»Jetzt sag mir mal, warum macht eine Frau so etwas? Frau Blattschke und Rudolf Krämer hatten offensichtlich vor, sich nach Südfrankreich abzusetzen, wo er ein Haus besaß. Warum – und das verstehe ich einfach nicht – lebt sie noch mit ihrem Mann zusammen, wenn es den beiden so ernst war? Und warum trifft Krämer solche Vorkehrungen für seinen Tod? Er war doch erst zweiundfünfzig Jahre alt?«

»Angst, fällt mir da spontan ein«, erwiderte Mia. »Sie hatte Angst vor ihrem Mann. Um Krämer oder auch um sich selbst. Und Krämer? Er könnte diese Angst ernst genommen haben. So ernst, dass er Vorkehrungen für seinen Tod getroffen hat, um sie abgesichert zu wissen.«

»Ja, in die Richtung habe ich auch gedacht. Auch wegen Südfrankreich. Sie hätte ja schlicht zu ihm nach Niederehe ziehen können.«

»Ja, aber da wären die beiden doch ziemlich nah im Einzugsbereich ihres Mannes geblieben. Alternativ, ich kenne ja die beiden Blattschkes gar nicht, aber alternativ könnten die beiden Blattschkes unter einer Decke gesteckt haben und hatten vor, den Krämer auszunehmen. Wie kommt eigentlich ein LKW-Fahrer zu einem Haus in Südfrankreich und zu dieser Menge Bargeld, die du im Bankschließfach gefunden hast?«

»Genau das habe ich mich auch gefragt und ich habe keine Ahnung. Zumal er wohl nicht einmal Vollzeit gearbeitet hat und bis vor kurzem wahrscheinlich noch für seine Kinder aufkommen musste.«

»Und überhaupt Bargeld, Leo? Würde man es nicht eher langfristig verzinst anlegen, wenn man derart vermögend ist?«

»Würden sicher die meisten, richtig. Es sei denn, das Geld ist nicht sauber oder jemand plant einen schnellen Abgang, wie es hier der Fall war.«

»Dann müsste er es vor kurzem von einem Konto abgehoben haben, das könnt ihr doch sicher nachvollziehen, oder?«

»Ja, das kann man«, bestätigte er. »Das haben die Wittlicher auch schon gemacht. Es gab keine Auffälligkeiten. Keine Kontoeingänge, die nicht zu seinem Job als Fernfahrer gepasst hätten, keine Ausgaben, die über seine Verhältnisse gegangen wären.«

»Er muss ein zweites Konto haben. Irgendwie musste er ja die laufenden Kosten für das Haus in Südfrankreich bestreiten.«

Mia stand auf und räumte die Teller weg.

»Du bist ja so klug.«

»Hast du noch Zeit für einen Kaffee?«

»Hm?«, murmelte er geistesabwesend.

»Leo, möchtest du noch einen Kaffee?«

»Ja, gerne«, antwortete er jetzt, bückte sich nach seiner Aktentasche und zog sich Einweghandschuhe über. Ein weiterer Griff in die Tasche förderte einen langen DIN A4 Umschlag der Bank zu Tage, dem er zunächst einige Dokumente entnahm und den Rest auf dem nun leeren Esstisch auskippte. Ein Testament – unversiegelt, ein Brief an Frau Blattschke, ein verschnörkelter Schlüssel, ein Stapel Bargeld in großen Scheinen, genau 100.000 Euro – von der Bank gebündelt und von ihm quittiert, und ein Gegenstand, den er nicht zuordnen konnte.

»Weißt du was das ist?«, fragte er, als Mia einen großen Becher Kaffee der Sorte Mia-Spezial vor ihn stellte. »Vorsicht, nichts anfassen, die Spurensicherung will sich das vielleicht ansehen.«

»Leo, das ist eine SD-Karte.«

»Und Mia, bitte, was ist eine SD-Karte?«

»Ich weiß wirklich nicht, wie du als Bulle mit so wenig einfachsten technischen Kenntnissen überleben kannst.«

»Dafür hat man seine Leute. Aber klärst du mich jetzt auf?«

»Das ist im Prinzip ein Datenträger. Den kannst du im PC benutzen oder unsere Kamera hat zum Beispiel auch so einen. Sprich, du speicherst darauf Bilder, Musik, Dokumente und was auch immer.«

»Aha. Und dieses Ding ist so wertvoll, dass es im Bankschließfach liegt, und zudem fällt mir gerade ein, dass es im Haus vom Krämer keinen PC gab und mir spontan auch sonst nichts Hightechmäßiges einfällt.«

»Vielleicht verrät uns der Inhalt, warum die Karte so wertvoll ist«, erwiderte Mia, die ihr Notebook neben ihm aufgeklappt hatte. »Darf ich es doch mal anfassen, wenn ich auch Handschuhe anziehe?«

Leo nickte und kurze Zeit später konnte sie ihm schon sagen, dass sich auf der SD-Karte nur eine einzige Datei befand – ein Video. Ein paar Mausklicks später war das Video hochgeladen. Gespannt blickten beide auf Mias Bildschirm, ohne im ersten Moment wirklich zu verstehen, was sie da sahen. Ein Mann stand mit einem Schlauch neben einem Lastwagen und füllte einen von mehreren großen Kanistern, die in einer Reihe nebeneinander standen. Dem Datum am unteren Bildschirmrand nach zu urteilen, war die Aufnahme im Oktober letzten Jahres entstanden.

»Da klaut einer Sprit«, stellte Leo fest. »Das ist doch kein großes Ding. Interessanterweise von der Spedition, für die Krämer arbeitete.« Er deutete auf die Beschriftung des Lastwagens. »Und wahrscheinlich auch auf deren Parkplatz, dahinter scheint noch ein LKW der gleichen Spedition zu stehen. Kannst du das auf deinen Computer kopieren?«

»Sicher.«

»Ich brauche gleich noch ein paar Kopien von diesen Dokumenten hier.«

»Ja, können wir auch machen. Schau dir das noch mal an. Der Mann, der den Sprit abfüllt, scheint gar nicht zu merken, dass er gefilmt wird. Aber es muss trotzdem aus nächster Nähe aufgenommen worden sein, denke ich. Und hier sind so seltsame Spritzer am oberen Bildrand, als wäre das Objektiv schmutzig gewesen. Seltsam, nicht wahr? Warum hat er das Filmen nicht gemerkt?«

»Guter Einwand, und ich habe keine Erklärung für dich.«

Zurück in Daun führt ihn sein Weg zunächst zu den jungen Kollegen im Nebenzimmer. Er legte den Umschlag auf einen der Schreibtische.

»Einmal kopieren, die Dokumente per Scan vorab nach Wittlich, die ganzen Originale und das Geld per Kurier hinterher. Mit Handschuhen bitte, vielleicht will sich die Spurensicherung noch damit beschäftigen.«

»Wird gemacht.«

»Ist der Chef da?«

»Der musste zu einem Gerichtstermin nach Trier und ist noch nicht zurück.«

»Hm, schade.«

37. Kapitel

Für einen Mann, der nach Aussagen seiner Nachbarn kaum Kontakt zum Dorf hatte, war es ein erstaunlich großes Begräbnis. Die überwiegend älteren Trauergäste waren vermutlich Nachbarn aus dem Dorf, die einem Mitbürger die letzte Ehre erwiesen. Vorne am Grab stand eine attraktive Brünette, flankiert von einer jungen Frau und einem jungen Mann, die beide ihre Familienähnlichkeit mit der Mutter nicht verleugnen konnten. Eine hübsche Familie mit ernsten, aber nicht gramgebeugten Gesichtern. Frau Blattschke konnte Werner nicht in der Menge entdecken, aber das Ehepaar Mastiaux und die Nachbarn zur Rechten von Rudolf Krämer waren gekommen. Die Nachbarin zur Linken hatte er ja noch nicht kennengelernt, aber er nahm an, dass sie sich ebenfalls eingefunden hatte. Er hielt sich im Hintergrund und verließ den Friedhof, als die Trauergemeinde sich anschickte zu Schröders Landgasthof hinüberzugehen. Dann wandte er sich nach links in Richtung Ortsausgang, in der vagen Hoffnung, Max Mastiaux zu Hause anzutreffen. Seine Mutter hatte ihm am Vortag erzählt, dass er sich den Dienstag frei genommen hätte, weil er früh morgens einen anstrengenden Zahnarzttermin hätte. Ein gutes Zeichen, das Auto stand vor der Tür und auf sein Klingeln hin wurde die Tür innerhalb weniger Sekunden geöffnet. Max war offensichtlich auf dem Weg nach draußen. Seine linke Gesichtshälfte sah geschwollen aus.

»Hallo Max. Hast du kurz Zeit für mich?«

»Klar, kommen Sie herein«, nuschelte Max. »Ich wollte gerade zu einem Freund, aber das kann warten.«

»Geht es wirklich?« Werner fasste sich unwillkürlich ans linke Kinn.

Max versuchte sich im Lächeln, was aber eher zu einer schiefen Grimasse verrutschte. »Zwei Weisheitszähne futsch. Nicht weiter wild.«

»Wir können das gleich hier im Flur erledigen. Kannst du dir bitte diese Bandaufnahme anhören und mir sagen, ob du darauf eine Stimme erkennst?«

Max nickte und hörte aufmerksam zu. »Nur ihre Stimme. Die Frau, die manchmal den Krämer besucht hat«, sagte er schließlich mit Überzeugung. »Den anderen kenne ich nicht.«

»Sicher? Kannst du ganz sicher ausschließen, dass es sich um den Mann handelt, der sich an dem Abend, an dem ihr euren Junggesellenabschied gefeiert habt, mit Rudolf Krämer gestritten hat?«

»Ganz sicher. Der hat so eine Art zu sprechen, bei der ein sch wie ein ch ausgesprochen wird, also zum Beispiel Fich statt Fisch. Und da sich dabei bei mir immer die Zehennägel hochkrempeln, ist es mir aufgefallen. Der Typ auf der Aufnahme macht das nicht.« Max hatte sehr langsam und bemüht deutlich gesprochen.

»Max, du hast mir mal wieder sehr geholfen und bist ein wirklich guter Beobachter.«

Max grinste. »Gerne. Wir verrechnen es mit irgendeinem Knöllchen, ok?«

Werner grinste zurück. »Noch eine Frage Max. Du und deine Freunde, ihr habt doch sicher viel darüber gesprochen was passiert ist. Ist einem der anderen etwas aufgefallen?«

»Nein, nichts«, kam es hastig zurück. »Sorry, ich muss jetzt wirklich los.«

Werner bedankte sich noch einmal und ging etwas verwirrt zu seinem Auto zurück. Blattschke hatte sich an diesem Abend nicht mit Krämer gestritten. Vielleicht war er später noch einmal zurückgekommen, aber auf jeden Fall hatte es an diesem Abend einen bisher unbekannten Besucher gegeben, der sprachlich auffällig war. Er sah den Garten vor sich und überlegte. Die Leni mit den Katzen und den Schafen war bestimmt auch beim Beerdigungskaffee, aber ein Versuch konnte nicht schaden.

In ihrer Kittelschürze war sie wohl nicht zur Beerdigung gegangen, was ihn verwunderte und er überlegte, wie er sie diskret darauf ansprechen sollte.

»Ich habe Sie schon bei Schröder Markus vermutet«, begann er das Gespräch.

Die rüstige alte Dame ging nicht auf seine Bemerkung ein und lief energischen Schrittes in die Küche. »Setzen Sie sich doch!«

Er sah sich um und beschloss, stehen zu bleiben. Alle Plätze waren mit Katzen belegt.

»Ich will nicht lange stören«, begann er wieder.

»Sie können mich auch nicht lange stören, denn ich muss gleich zu meinen Schafen«, antwortete sie und lehnte sich mit dem Rücken an die Reling der Küchenhexe. »Sie wollen sicher wissen, ob ich im Zusammenhang mit Rudolf Krämer etwas beobachtet habe. Ich kann Ihnen gar nicht mehr genau sagen, wann ich den Rudolf das letzte Mal gesehen habe. Am Donnerstag vor zwei Wochen …«

Werner sah sie erstaunt an.

»Das ist doch der Tag, für den Sie sich interessieren, sagen die Nachbarn?«

Er nickte.

»Nun, an dem Tag haben die Jungmän richtig groß gefeiert, wie das so sein sollte vor einer Hochzeit. Es war ziemlich laut, viele Autos fuhren die Straße rauf und runter und ich habe mir früh einen Schlaftee gemacht und bin mit Ohropax ins Bett gegangen.«

»Hm, schade. Oder vielleicht auch gut für Sie.«

Nachdenklich blickte er von seinem Stehplatz im Türrahmen auf die zusammengerollten Katzen.

»Sagen Sie, Ihr Nachbar, hatte der auch Katzen?«

»Der Rudolf, nein, ganz sicher nicht.«

»Er mochte Ihre Katzen nicht?«, schlussfolgerte er.

»Soweit ich weiß, mochte er überhaupt keine Tiere.«

»Und der Hund der Dame, die ihn häufiger besucht hat?«

»Der musste immer angebunden draußen bleiben.«

Werner bemühte sich, seinen Frust nicht allzu deutlich werden zu lassen.

»Wir haben von einem anderen Besucher gehört, der gelegentlich hier gewesen sein soll. Können Sie mir etwas über ihn sagen?«

Leni zuckte die Achseln. »Nichts Konkretes. Rudolf bekam nicht oft Besuch, daher denke ich, ich weiß, wen Sie meinen. Ein Mann im mittleren Alter, nicht hier aus dem Dorf, aber mit Dauner Kennzeichen. Schwarzes Cabriolet.«

»Wissen Sie, worum es bei den Besuchen ging? Die Nachbarn haben gesagt, dass die Männer auch manchmal im Garten gesessen haben.«

Leni richtete sich ein wenig auf. »Ich belausche und denunziere meine Nachbarn nicht. Die Zeiten hatten wir und die sind zum Glück vorbei«, sagte sie bestimmt und es klang ziemlich abschließend.

Werner setzte seine Mütze wieder auf.

»Wenn Ihnen noch irgendetwas einfallen sollte …«

»… melde ich mich. Wie war doch gleich Ihr Name?«

»Werner, Hauptkommissar Werner, Polizei Daun.« Er begann in der Innentasche seiner Jacke zu kramen. »Ich kann Ihnen auch ein Kärtchen geben.«

»Nicht nötig.« Sie war an ihm vorbeigegangen und hielt ihm nun die Haustür auf. »Ich habe ein Telefonbuch und die Polizei in Daun finde ich auch ohne Kärtchen.«

Durchaus wissend, aber in keiner Weise auskunftsfreudig, fasste er auf dem Weg zurück zum Auto den kurzen Besuch für sich zusammen. Zeit für eine kleine Lagebesprechung mit seinem Chef.

38. Kapitel

Zurück in Daun vergewisserte er sich zunächst, dass immer noch kein Bericht aus Wittlich vorlag. Zu dumm. Im Moment konnte er weder mit Frau Blattschke noch mit der Spedition sprechen, ohne den Wittlichern in die Quere zu kommen. Er besorgte sich zwei Becher Kaffee aus dem Büro der jungen Kollegen und klopfte an die Tür von Manfred Burggraf.

»Möchtest du den neuesten Stand zum Fall Krämer, Manfred?«

»Komm rein, ich hatte heute Morgen die Wittlicher am Telefon und habe auch was Neues.«

»Oh, ok, dann weißt du schon vom Inhalt des Schließfaches?«

»Nein. Von dem Schließfach weiß ich nichts. Das war die Ballistik und es geht um die P30. Aber erzähl mir erst mal, was es mit dem Schließfach auf sich hat.«

Werner informierte seinen Chef über den Inhalt des Schließfaches, einschließlich eines Testaments, das Frau Blattschke ein Haus in Südfrankreich und 100.000 Euro in bar vermachte.

»Das Haus in Niederehe hat er seinen Kindern hinterlassen unter der Bedingung, das übrige Testament zugunsten von Frau Blattschke nicht anzufechten. Er hatte wohl ohnehin vor, in Kürze mit Frau Blattschke nach Südfrankreich zu gehen. Das geht aus einem Brief hervor, der sich ebenfalls im Bankschließfach befand. Woher mag er so viel Geld gehabt haben?«

»Das ist wohl mein Stichwort«, antwortete Manfred Burggraf. »Irgendein pfiffiges Kerlchen von der Ballistik hat beim Profilabgleich mit der P30 einen Treffer gelandet.«

»Aha«, Werner zog erstaunt die Augenbrauen hoch.

»Du erinnerst dich an den Banküberfall vor dreizehn Jahren? Die Kreissparkasse in Daun. Der Fall wurde nie aufgeklärt und der Täter ist mit 800.000 Euro seiner Wege gezogen. Damals schoss er beim Verlassen der Bank auf einen nächtlichen Passanten, der etwas zu neugierig war. Das Projektil konnte aus seinem Beckenknochen entfernt werden und stammt mit Sicherheit aus dieser P30.«

»Aha«, sagte Werner erneut. »Das macht Krämer zwar nicht gleich zum Bankräuber, er könnte sich die Waffe auch später auf dem Schwarzmarkt besorgt haben, aber für einen Anfangsverdacht reicht es allemal und es würde natürlich auch das Häuschen in Südfrankreich und das Bargeld erklären.«

»Ich habe mir die Akte gerade noch einmal angesehen. Der Passant bestand damals darauf, nur einen Bankräuber gesehen zu haben. Seiner Aussage wurde jedoch kein großes Gewicht beigemessen, da er fast zwei Promille intus hatte, als er ins Krankenhaus eingeliefert wurde. Es gibt ein schlecht erkennbares Video von einem maskierten Täter. Du kannst es dir ja mal anschauen.« Burggraf reichte ihm einen Speicherstick und die Akte. »Krämer hatte übrigens keinen Waffenschein und die Herkunft der P30 konnte bislang nicht geklärt werden.«

»Hm, Hm«, murmelt Werner. »Da stimmt was nicht in Niederehe und ich kann im Moment überhaupt nichts machen.« Frustriert lehnte er sich im Besprechungsstuhl zurück.

»Der Max, von dem ich dir erzählt habe, dieses schlaue Köpfchen mit der wunderbaren Beobachtungsgabe, der weiß noch was, womit er nicht herausrücken möchte.«

»Wie kommst du darauf?«

»Beobachtung und Bauchgefühl. Der ist ein grundehrlicher Typ, der Max. Der schaut dir direkt in die Augen und berichtet kurz und präzise, wenn er etwas berichten möchte. Wie das so ist mit grundehrlichen Typen, sie können schlecht lügen. Als ich das erste Mal mit ihm gesprochen habe, ist er meinem Blick ausgewichen, weil er dachte, es ginge um Alkohol am Steuer an dem Donnerstagabend. Heute ist er mir wieder ausgewichen, als ich ihn gefragt habe, ob einer seiner Freunde etwas beobachtet hat.«

»Haben die Wittlicher die Junggesellen befragt?«

»Einige schon, aber ohne großen Erfolg. Ich glaube, den einen oder anderen werde ich noch ansprechen, denn der Max wird nichts sagen, da bin ich mir sicher. Und die Nachbarin links vom Krämer ist auch nicht sehr gesprächig.«

Er trank den letzten Schluck Kaffee und richtete sich auf.

»Überlassen wir das den Wittlichern. Die heißeste Spur ist die Spedition, und da müssten sie dran sein. Um die kleinen Ungereimtheiten kann ich mich kümmern. Wie Katzenfutter zum Beispiel.«

Burggraf sah ihn fragend an.

»In Krämers gelbem Sack lag eine leere Dose Katzenfutter. Er hat keine Katzen und laut seiner Nachbarin mag er sie auch nicht.«

»Manchmal wird Katzenfutter auch für Igel verwendet.«

»Er scheint mir nicht der Typ, der sich liebevoll um Wildtiere kümmerte und die Nachbarin ist der Meinung, dass er Tiere allgemein nicht mochte.«

»Gift?«

Werner nickte. »Das glaube ich auch.«

39. Kapitel

»Es ist jetzt gleich hier vorne rechts, bei dem sitzenden Elefanten. Du kannst da auf der linken Seite vor dem Schaufenster parken«, sagte Alex, nachdem Arion sie am Mittwochabend pünktlich zur vereinbarten Zeit vom Bahnhof in Meerbusch-Osterath abgeholt hatte.

»Ist das erlaubt?«, fragte er, während er sich bemühte, seinen schicken Wagen an einem großen Felsbrocken vorbei zu manövrieren, der offensichtlich genau das verhindern sollte.

»Keine Ahnung, ich habe hier noch nie ein Knöllchen bekommen. Ist es ein Problem?«

»Na dann«, murmelte er leicht resigniert, da er mangels Ortskenntnissen keine Alternative anzubieten hatte.

»Fred kommt übrigens später auch noch hinzu«, sagte sie beim Aussteigen. »Es dauert bei ihm heute länger, weil etwas dazwischengekommen ist, und wir sollen mit dem Essen nicht auf ihn warten.«

Sie betraten das Restaurant durch einen kleinen Innenhof, vorbei an einer Fotowand mit mehr oder weniger prominenten Persönlichkeiten, die hier schon einmal in köstlichen sri-lankischen Spezialitäten geschwelgt hatten. Ein exotischer Duft strömte ihnen in einer Welle entgegen, als sie die Tür öffneten. Ein mittelgroßer, schlanker Mann mit grauem Haar, grauem Bart und tiefdunklen, blitzenden Augen trat hinter dem Tresen hervor, umarmte Alex mit einem breiten Lachen und küsste sie auf beide Wangen.

»Long time no see, Alex«, sagte er, offensichtlich ein Insiderwitz.

»Ich komme jetzt wieder öfter«, versprach Alex. »Unsere Exkursionen nach Grietherbusch gehen bald los, und da werden wir mit den Studenten sicher ein paar Mal zum Abschluss bei dir vorbeischauen. Ich habe einen Freund mitgebracht, Daya, darf ich vorstellen, Arion Lehmann und das ist Dhanapala Nanayakkara.«

»Ayubowan. Ich kann euch nur den Tisch da vorne anbieten«, sagte Daya jetzt bedauernd und deutete auf den Tisch, der für Mitarbeiter und Familie reserviert war. Unser Cricketclub hat sein Jahrestreffen.« Er lachte wieder und deutete auf eine Reihe von Pokalen auf dem Tresen. »Ich hoffe, sie sind in diesem Jahr genauso erfolgreich, wie in den anderen. Sie haben den gesamten hinteren Raum belegt.«

»Da haben wir ja Glück gehabt, dass du überhaupt noch Platz für uns hast.«

»Cricket, was ist das?«, mischte sich Arion ein.

»Das muss Daya dir erklären, wenn er viel, viel Zeit hat«, antwortete Alex. »Die Chancen, dass ein Deutscher die Spielregeln versteht, stehen eins zu hundert.«

Aber wir haben hier heute ein Heimspiel, so viel ist klar, dachte sie vergnügt.

»Ihr nehmt das Buffet?«, fragte Daya.

Alex nickte. »Ja danke, wir kommen zurecht, Daya.« Der Restaurantbesitzer freute sich offensichtlich über unkomplizierte Gäste.

»Was kann ich euch zu trinken bringen?«

Sie sah Arion kurz an. »Erst einmal eine große Flasche Mineralwasser, bitte.«

»So, so, wir nehmen das Buffet und trinken Wasser. Gut, wenn man informiert wird«, murmelte Arion, als Daya sich entfernte.

Sie führte Arion zum Buffet, das auf einem antiken sri-lankischen Wagen in der Mitte des Raumes aufgebaut war und wies um sich.

»Hier ist alles authentisch. Daya lässt seine Köche aus Sri Lanka kommen. Dabei hat er übrigens immer reichlich Ärger mit den Ausländerbehörden.«

»Hm, hm, die Spezialitätenkochverordnung«, murmelte Arion.

»Die gesamte Einrichtung stammt aus Sri Lanka und auch die Früchte lässt er zum Teil einfliegen. Obst in dieser Qualität kann er hier nicht bekommen.« Sie zeigte auf das Dessertbuffet an der Wand, das reichlich mit Früchten bestückt war, und drückte ihm einen Teller in die Hand. Während sie um das Buffet herumgingen, erklärte sie ihm die einzelnen Gerichte und legte ihm einige besonders ans Herz. Arion schaufelte erstaunlich brav die empfohlenen Speisen auf seinen Teller.

»Warum bist du eigentlich so wild entschlossen, mich nicht zu mögen?«, fragte er und blickte ihr direkt in die Augen, als sie an ihrem Tisch Platz genommen hatten.

Da war sie wieder, seine direkte, provozierende Art. Ihr fielen viele Antworten ein, wie: Juristen wissen immer alles besser, sie behandeln andere von oben herab, sie liefen vom ersten Semester an gestylt herum und versuchten, die Proteste und Demonstrationen der

Studentenvereinigung zu boykottieren. Und da war noch Hendrik, in den sie sich zu Beginn des Studiums dummerweise verliebt hatte. Jurist, natürlich, und an den wollte sie sicher nicht erinnert werden.

Statt einer Antwort nickte sie in Richtung seines Tellers. »Du darfst es mit den Fingern essen, es schmeckt dann besser.«

Er lehnte das gut gemeinte Angebot ab, zuckte die Schultern und begann, kräftig zuzulangen, während sie ihm hin und wieder einen verstohlenen Blick zuwarf.

»Das ist gar nicht so scharf, wie ich dachte«, murmelte er zwischen zwei Bissen, und sie musste sich ein Grinsen verkneifen.

Kurz darauf war es soweit. Er rang nach Luft, wurde puterrot und die Tränen liefen ihm in Strömen. Er nahm seine Brille ab und keuchte zwischen zwei Hustenanfällen. »Ich brauch was zu trinken …, Bier …, einen halben Liter Bier am besten.«

Dayas hübsche Tochter eilte besorgt zu ihnen.

»Alles in Ordnung, Alex?«

»Kein Problem Agnes, danke. Er ist nur das scharfe Essen nicht so gewohnt.«

»Bier«, keuchte Arion.

»Er bekommt kein Bier«, bestimmte Alex. Sie und Agnes tauschten grinsend wissende Blicke. »Er hat den Joghurt vergessen, ich hol ihm welchen.«

»Bleib sitzen, das mach ich doch.« Agnes legte ihr eine Hand auf die Schulter, um sie am Aufstehen zu hindern.

»Danke, Agnes, bringst du mir auch welchen?«

Der Anfall dauerte vorhersehbare zehn Minuten, in denen Alex ihm zwischen den Hustenanfällen löffelweise Naturjoghurt einflößte. So bekommt man freche Anwälte in Nullkommanix still, dachte Alex, aber er tat ihr doch leid. Hatte sie es ein wenig übertrieben?

Nachdem er halbwegs wiederhergestellt war und sich nur noch ab und zu die Tränen wegwischen musste, warf er einen Blick auf ihren Teller. Sie hatte ihren Devil Turkey noch nicht angerührt, nur das Potato Curry war fast aufgegessen.

»Das hast du mit Absicht gemacht!«, stellte er fest.

Jetzt schaute sie ihm fest in die Augen, und einen Augenblick später lachten beide schallend los. Die Gäste an den Nebentischen hatten schon während des Hustenanfalls zu ihnen herübergeschaut, die Blicke, die jetzt folgten, variierten von verständnislos bis genervt.

»Devil Turkey muss man mit Joghurt essen«, lachte Alex. »Man merkt in den ersten Minuten nichts und denkt das ist doch gar nicht scharf. Dann geht's los, das ist eben der Teufel, Spätzündung sozusagen.«

»Warum durfte ich nicht mal was trinken?«, maulte Arion.

»Da war ich gnädig mit dir. Es macht alles schlimmer, wenn man etwas trinkt. Ich hätte dich also noch viiiiel mehr leiden lassen können.«

»Du bist eben eine nette Person«, murmelte er.

»Nicht wahr?« Sie strahlte ihn an.

»Na, ihr scheint euch ja auf einmal prächtig zu verstehen.«

Alex und Arion hatten Fred gar nicht hereinkommen sehen.

»Sie hat gerade versucht, mich umzubringen!«

»Ja, ja, das macht sie manchmal.« Fred stieß einen gespielten Seufzer aus und schüttelte besorgt den Kopf. »Mein Reden seit 95, nur die Harten kommen in den Garten und die ganz Harten kommen bei Alex in den Steingarten.«

Er legte sein Handy auf den Tisch und hängte sein Jackett über die Stuhllehne. »Ich muss jetzt erst mal aufs Klo und dann muss ich euch was erzählen. Das war vielleicht ein Tag.«

»Soll ich dir schon was bestellen?«

»Oh ja.« Er nickte vehement. »Ein Bier, ein großes Bier. Du fährst nämlich heute Abend.« Leider hatte er die Mineralwasserflasche auf dem Tisch sofort registriert.

Sie lächelte. »Gut zu wissen.«

Nachdem Fred um die Ecke verschwunden war und Alex das gewünschte Bier bestellt hatte, nickte Arion in Richtung Handy.

»Der darf?«

»Der darf«, bestätigte Alex.

»Falsch, der muss.« Fred hatte den letzten Satz mitbekommen. »Da kommt sicher noch ein Anruf im Laufe des Abends.«

»Na, dann erzähl mal.«

»Das war so unglaublich heute, das glaubt mir eh keiner. Nun denn. Heute Morgen war Sammelabschiebung nach Westafrika, alle kommen zunächst nach Accra in Ghana und werden von dort aus verteilt«, erklärte er an Arion gewandt.

»Man stelle sich das also vor, Abschiebung nach Afrika, welche Hautfarbe haben die Flüchtlinge? Richtig, der Kandidat bekommt hundert Punkte. Die sind in der Regel schwarz, meistens so zwischen zwanzig bis dreißig Schwarzafrikaner. Heute war einer weiß. Der Vollpfosten hatte sich einen gefälschten liberianischen Pass besorgt, behauptete aber, Palästinenser zu sein. Afrikaner war er sicher nicht. Die Ausländerbehörde ist natürlich auch nicht blöd und hat sich gesagt, wenn der einen liberianischen Pass hat, schieben wir ihn nach Liberia ab. Der hat sich vehement geweigert abgeschoben zu werden und ich hab meinen blauen Jungs von der Bundespolizei gesagt, den kriegen sie sowieso wieder, das kann doch nicht ihr Ernst sein. Aber, ihr wisst ja, wie das ist, er hatte einen gültigen Pass, jedenfalls haben sie beschlossen ihn als gültig zu betrachten. Er ist also ab in die Maschine nach Accra, die wundersamerweise auch mal nur sechs Stunden zu spät war. Ich habe ihm meine

Telefonnummer gegeben und versucht, was in Accra zu organisieren, damit jemand am Flughafen beobachtet, wie es mit ihm weitergeht.«

Er nahm einen großen Schluck Bier.

»Gerade habe ich eine Nachricht aus Accra bekommen. Die Ghanaer wollen ihn natürlich nicht, die Deutschen wollen ihn nicht zurück, also haben sie ihn nach Liberia weitergeschoben und ich musste dort etwas organisieren. Mal sehen, was als Nächstes passiert.«

»Wieso, um Himmels Willen, hat der sich einen liberianischen Pass besorgt?«, fragte Alex ungläubig.

»Der Gute wollte heiraten, dafür braucht man einen Pass und Palästinenser haben keinen, die gibt's ja offiziell nicht. Ohne Pass kann man denn auch nicht abgeschoben werden und als er einen hatte, haben die Ausländerbehörden zugeschlagen. Dumm gelaufen.«

Arion nickte zustimmend.

»Den hast du Morgen zurück und der Steuerzahler darf einmal mehr eine völlig sinnlose Afrika-Rundtour bezahlen«, stellte Alex fest.

»Ich denke auch«, nickte Fred zustimmend.

»Aber wir wollten doch über etwas ganz anderes reden. Ich hol mir was zu essen und dann können wir loslegen.«

»Warum hast du Max nicht mitgebracht?«, fragte Alex, als er mit einem randvollen Teller zurückkam.

»Bobbelsche, wenn du dich ab und zu um deine Mitbewohner kümmern würdest, wüsstest du, dass er sich zwei Urlaubstage genommen hat. Da er das letzte Wochenende wegen seines Berlin-Trips verpasst hat, ist er schon seit gestern in der Eifel, mit dem löblichen Vorsatz, ein Schlafzimmer fertigzustellen.«

»Ups«, sagte Alex schuldbewusst, sie hatte sich diese Woche wirklich noch nicht bei Max gemeldet.

»Alex hat mir schon in epischer Breite von eurem Ausflug am Sonntag erzählt«, wandte sich Fred an Arion.

»Ich glaube nicht, dass mir ein Detail entgangen ist.« Er zwinkerte Alex zu.

»Ich habe die ganze Woche daran denken müssen«, sagte sie, »und mir sind noch viele Fragen eingefallen, die wir hätten stellen sollen.«

»Als da wären?«, fragte Fred zurück.

»Warum ist der da weggezogen, wenn er die ganze Nachbarschaft so gut im Griff hatte? Haben die auch dort nie Besuch gehabt, wie Kristin sagt, oder hatten sie Freunde? Warum arbeiten die beiden seit zehn Jahren nicht mehr? Ich schätze sie auf Anfang fünfzig, das hieße ja, sie haben mit etwa vierzig Jahren aufgehört zu arbeiten. Ist doch ein bisschen früh. Und wenn sie nicht arbeiten, wie können sie dann so ein Haus finanzieren? Ich meine, die Grundstückspreise in der Eifel sind zwar niedriger, aber der Hausbau dürfte auch nicht billiger als woanders gewesen sein, und die haben da einen ganz schönen Kasten hingestellt.«

»Vielleicht haben sie geerbt«, schlug Fred vor. »Wäre ja möglich.«

»Genau, und da fällt mir ein, was Herr Dettmer so im Nebensatz erwähnt hat. Die Mutter oder Schwiegermutter ist eingezogen und hat die Behandlung wohl nur eine Woche lang überlebt. Das ist schon ein bisschen merkwürdig.«

»Kann es sein, dass du zu viele Krimis liest?«, mischte sich Arion jetzt ein. »Ich denke, wir sollten die Sache aus einem anderen Blickwinkel betrachten. Was hat uns dieser Besuch gebracht? Im Grunde genommen, es mag seltsam klingen, eine gute Nachricht. Er ist in zwölf Jahren nie wirklich gewalttätig geworden. Er übt sich ein bisschen in Psychoterror, aber er scheint mir harmlos zu sein.«

Alex blickte ihn ungläubig an. Ein bisschen Psychoterror, das musste sie geträumt haben.

»Moment«, sagte er schnell, als Alex ihm ins Wort fallen wollte. »Lass uns einfach versuchen, strukturiert vorzugehen. Er terrorisiert seine Nachbarn und Kinder scheint er nicht zu mögen, das hat Kristin auch schon festgestellt. Aber, und das ist Fakt, er hat sich nie an jemandem vergriffen, er ist in keiner Weise straffällig geworden. Die Nachbarn gehen davon aus, dass er psychisch gestört ist, haben dafür aber keinerlei Beweise, nur Vermutungen und Beschreibungen, wie sich sein Gesicht verzerrt. Es tut mir leid, das so sagen zu müssen, aber damit können wir nichts machen.«

Alex war kurz davor zu platzen. »Was ist mit Psychoterror? Ist das nichts?«, fuhr sie ihn an. »Du hast das doch selbst gehört, die Drohungen, die Angst um die Kinder! Er hat die Familie kaputt gemacht und die ganze Nachbarschaft!«

»Halllllo«, trennte Fred die Streithähne, »kann ich auch mal was sagen?«

»Schieß los!« sie funkelte Arion weiter böse an.

»Auch auf die Gefahr hin, gleich von dir gemeuchelt zu werden«, sagte Fred zu Alex gewandt, »ich finde ihr habt beide Recht. Rein rechtlich hat uns der Besuch zwar nicht weitergebracht, aber wir haben Informationen bekommen, mit denen wir weiterarbeiten können und ich fürchte«, er seufzte und sah Arion an, »das werden wir wohl auch müssen. Wenn Alex sich einmal etwas in den Kopf gesetzt hat, ist sie kaum davon abzubringen.«

»Kann man Totenscheine einsehen?«, fragte Alex Arion ziemlich unterkühlt. »Es muss doch einen Totenschein gegeben haben, als die Mutter gestorben ist.«

»Schwierig. Was soll der beweisen?«

»Frau Blattschke war Krankenschwester oder Altenpflegerin. Ach ja, das ist mir auch noch aufgefallen, die haben zwölf Jahre neben denen gewohnt und wissen es nicht genau, kommt mir auch komisch vor. Jedenfalls in dem Beruf müsste sie das können, jemanden um die Ecke bringen, meine ich, ohne dass es auffällt.«

»Sag ich doch, du liest zu viele Krimis.«

Fred verdrehte die Augen. Unklug die Antwort, ganz und gar unklug. Er wartete, genau, es kam nichts mehr zurück, dann wurde sie am gefährlichsten und schnelles Eingreifen unabdingbar.

»Ich glaube, wir sollten die Spur mit der Ausländerbehörde weiterverfolgen, und da sitze ich sozusagen an der Quelle. Ich habe ständig mit denen zu tun und man kennt ja auch den einen oder anderen netten Feind.«

Schweigen.

»Da ich mir gedacht habe, dass wir auf jeden Fall weiter ermitteln, denn das scheinen wir ja hier zu tun, habe ich eine Kollegin im Ausländeramt angerufen.«

»Du hast schon mit jemandem gesprochen?«, fragte Alex erstaunt.

»Na klar«, kam es grinsend zurück. »Ich habe zwar nicht viel herausbekommen, aber der Name Blattschke sagte ihr etwas. Sie sagte, er sei ein sehr schwieriger Kollege gewesen, aber sie selbst habe nicht viel mit ihm zu tun gehabt und könne mir daher keine Details nennen. Er muss vor etwa zehn Jahren aus dem aktiven Dienst ausgeschieden sein. Sie vermutet, dass ihn der Tod einer Mitarbeiterin psychisch zu stark mitgenommen hat. Zuerst sei er oft krank gewesen, und später gar nicht mehr zum Dienst erschienen. Mehr wusste sie nicht, aber«, Fred blickte triumphierend in die Runde, »sie konnte mir eine Reihe von anderen Kollegen nennen, die ihn noch erlebt haben müssten, und eine davon kenne ich ganz gut.«

»Hast du mit der etwa auch schon gesprochen?«, fragte Alex.

»Nein, ich hatte noch keine Zeit, ab und zu muss ich ja zwischendurch noch Menschenleben retten, nicht wahr? Ich glaube, ich würde sie auch ganz gerne persönlich treffen.«

»So, so«, grinste Alex. »Der Fred lässt sich mit dem Feind ein.«

»Das mache ich natürlich nur für dich«, sagte er. »Na ja, vielleicht auch ein bisschen für mich, ich will ja am Wochenende meine Ruhe haben.«

»Wer ist es denn?«, mischte sich Arion ein, der bislang schweigend zugehört hatte.

»Anita Schröder, sagt dir das was?«

»Ja. Ich bin ihr schon mal begegnet, hatte aber noch nicht viel mit ihr zu tun. Attraktive Brünette, mit langen Beinen. Hab ich das richtig in Erinnerung?«

Alex schloss die Augen, jetzt auch noch Männergespräche. Sie hatte gedacht, der hätte eine Freundin und überhaupt, was machte denn das Handy heute Abend?

»Gut, ich werde versuchen, so etwas wie eine SCHUFA Auskunft zu bekommen, dann wissen wir mehr darüber, ob und wie hoch die Blattschkes verschuldet sind, damit auch den Krimilesern genüge getan wird.«

»Geht denn das so einfach?«, fragte Alex und überhörte bewusst seine Provokation.

»Das geht natürlich nicht einfach, aber es geht«, sagte Arion und lächelte sie an.

Sie wurde aus diesem Menschen einfach nicht schlau.

»Ich ruf noch einmal die Nachbarn an«, sagte sie. »Das ist Teamwork.«

»Wenn das hier mein Team ist, werde ich wohl gerade zum Einzelkämpfer«, schloss Fred, schaute abwechselnd zu den beiden und versuchte, einen verzweifelten Gesichtsausdruck aufzusetzen. Er schob seinen Teller ein Stück von sich, rülpste laut und vernehmlich und leckte genüsslich einen Finger nach dem anderen ab. Agnes, die in diesem Moment an ihrem Tisch vorbeiging, sah etwas irritiert aus. Sie deutete auf seine Serviette. »Soll ich Ihnen Zitronenwasser bringen?«

»Nein, danke, das geht schon, aber ein Bier hätte ich gerne noch.«

»Kannst du nicht wenigstens in der Öffentlichkeit … Hier kennt mich jeder«, zischte Alex im Flüsterton, sobald Agnes gegangen war und kam sich im selben Moment auch noch gnadenlos spießig vor.

»Alles rein biologisch«, antwortete Fred ungerührt, während Arion sich angelegentlich im Restaurant umschaute und so tat, als hätte er das alles gar nicht mitbekommen.

»Jetzt sollten wir uns dem sri-lankischen Obstsalat mit Palmenblütensirup widmen und nach dem Bier aufbrechen, sonst wird es Mitternacht, bis wir in Loogh sind«, verkündete Fred fröhlich und machte sich auf den Weg zum Buffet.

Es war in der Tat kurz nach Mitternacht, als sie in Loogh ankamen. Im Haus war alles dunkel. So wie sich das Haus anfühlte, würden sie den Kühlschrank demnächst nur noch zum Aufwärmen benötigen. Der Ofen brannte nicht und Max schlief wohl schon, allerdings nicht in der Wohnküche. Da würde ich auch nicht schlafen, wenn ich die Wahl hätte, dachte Alex, mit Blick auf das Chaos, das sich praktisch auf jeder freien Ablagefläche ausbreitete.

40. Kapitel

Am nächsten Morgen kroch Alex zu ungewohnt später Stunde, es war schon fast sieben Uhr, aus ihrem Schlafsack. Im Haus war noch alles ruhig, wie immer um diese Zeit. Vorsichtig stieg sie über Fred, der quer in der Küche lag, und schlich auf leisen Sohlen, barfuß und nur mit einem T-Shirt und einer kurzen Sporthose bekleidet, zur Schiebetür, um im Anbau ihre Arbeitssachen anzuziehen und vor allem ihre Thermojacke zu suchen. Natürlich herrschten immer noch Kühlschranktemperaturen, denn weder sie noch Fred hatten sich gestern Abend die Mühe gemacht, den Ofen anzufeuern.

Als sie die Tür öffnete, blieb sie einen Moment lang entgeistert stehen. Im Anbau fehlte die Decke bis auf ein paar Reste, auf die Max, denn wer sollte es sonst gewesen sein, wohl keine Lust mehr gehabt hatte. Sie konnte direkt bis zu den Dachschindeln hinaufsehen. Da war nichts mehr und es war bitterkalt, denn durch die fehlende Decke fehlte natürlich auch jegliche Isolierung. Alles, was oben abhandengekommen war, schien sich auf dem Boden aufzutürmen.

Ungläubig betrachtete sie das Bild der Verwüstung vor sich. Die ganze Waschküche war ein Chaos aus Bauschutt, Putzresten, altem Holz, Kabeln … Auf und in diesem Bauschutt lagen hier eine Bohrmaschine, dort eine Säge, an anderer Stelle wieder schwere Hammer, Meißel und absurderweise immer wieder Grapefruitschalen. Praktisch das gesamte Werkzeug, über das der Haushalt verfügte, lag hier in Schutt und Staub. Auf diesem Müll, auf den Fensterbänken, vor den Fenstern, die die Farbe von Milchglas angenommen hatten, auf dem schmutzigen Arbeitstisch, überall Grapefruits und auf dem mindestens handbreit hoch zugeschütteten Fußboden Zigarettenkippen und noch mehr Grapefruitschalen.

Nachdem sie eine Handvoll Putzstückchen aus ihren Arbeitsschuhen gekippt hatte, stieg sie barfuß hinein und bahnte sich vorsichtig den Weg über die Schuttberge zum Schweinestall. Hier lag der gleiche Dreck, und der Durchgang zur Scheune war mit sperrigen Abbruchteilen versperrt. Sie hielt kurz inne. Wollte sie die Gartentür wirklich öffnen oder war es nicht besser, sich ein wenig Schmerz für später aufzuheben? Zähne zusammenbeißen und durch! Die Zähne zusammenzubeißen war ohnehin keine schlechte Idee mit dem dünnen T-Shirt und den nackten Beinen.

Die Tür widersetzte sich zunächst vehement jedem Versuch, sie zu öffnen, vor ihr Schutt, hinter ihr Schutt. Sie musste sich kräftig dagegen stemmen um das, was auch immer sich dahinter befand, zur Seite zu schieben. Keuchend stand sie kurz darauf reglos im Schneeregen und blickte auf eine Müllhalde. Auf der gesamten, mühevoll von ihr gejäteten Fläche, auf der in diesem Jahr der Rasen entstehen sollte, türmten sich ebenfalls Berge von Bauschutt, auf die der Himmel gerade einen weißen Mantel des Schweigens senkte.

Nein, warum in den Garten? Um dieses Haus herum gab es so viele gepflasterte Flächen, über die sie sich ohnehin ständig ärgerte, aber für diesen Zweck wären sie nun einmal gut gewesen. Zumindest hätte man den Schutt hinterher wegkehren können. Sie würde das Erdreich abtragen müssen. Und warum überhaupt die Decke, davon war nie die Rede gewesen? Mit viel Optimismus hatten sie vielleicht schon ein fertiges Schlafzimmer und dann das?

»Ich würde sagen, das nennt man Kunst am Bau«, stellte Fred fest, der unbemerkt hinter sie getreten war. »Stillleben – Grapefruit an Baumaschine, Grapefruit an Bauschutt …«

Sie schwieg.

»Wenn du nicht bald reinkommst, gibt es noch Grapefruit an dekorativ eingefrorener Leiche auf Bauschutt«, versuchte er zu scherzen.

»Warum hat er das getan?«, fragte sie.

»So wie es aussieht hatte er Bewegungsmangel, Vitaminmangel und Nikotinmangel. Aber um die Beweggründe näher zu erforschen, schlage ich einen Besuch in seinem neuen Zimmer vor. Zeit, ihn aus den Federn zu holen!«

Sie folgte ihm zurück ins Haus.

Fred polterte voran in Max' Zimmer und gab ihm einen unsanften Schubs.

»Was ist denn hier passiert?«, schrie er so laut, dass auch die übrige Bausubstanz in Gefahr geriet. Neben der Matratze lag eine umgestürzte Whiskyflasche.

Max schreckte hoch, sah sich irritiert um und ließ sich stöhnend zurückfallen.

»Hier ist eine Menge passiert und ich wünschte, ich könnte noch ein bisschen schlafen und müsste mich nicht daran erinnern«, sagte er und schloss die Augen wieder.

»Schlafen ist für den Rest des Tages vom Menü gestrichen«, donnerte Fred wieder und schüttelte ihn.

»Brüll mich nicht so an und hör mir einen Moment lang zu.« Er richtete sich halb auf und lehnte sich müde an die Wand. »Setzt euch!«

»Ich hätte noch einen Teil weggeräumt«, sagte er schleppend, »aber hinterher war mir alles egal.«

»Hinterher – was?«, verlangte Fred und deutete auf die Whiskyflasche.

»Nein, die kam auch erst hinterher. Vorher kam Kristin.«

Er machte eine Pause.

»Sie war völlig außer sich und es dauerte eine Weile, bis ich aus ihr herausbekam, was passiert war. Sie weinte, sie schrie, sie zitterte.«

Er machte wieder eine Pause. Fred und Alex ließen sich simultan auf die Matratze sinken.

»Sie wollte morgens das Haus verlassen und wäre vor der Haustür fast über ihre Katze gestolpert.« Er schüttelte sich. »Da vorne liegen Fotos, ich glaube nicht, dass ich das beschreiben will.«

Fred erhob sich langsam und griff nach einem Stapel Fotodrucke, die halb verdeckt von Max' Kleidung auf dem Boden lagen. Sie zeigten alle dasselbe aus verschiedenen Blickwinkeln. Eine getigerte Katze lag auf allen Vieren ausgestreckt auf einer Fußmatte, wie ein ausgestopfter Tiger. Sie wurde von hinten nach vorne von einem

Grillspieß durchbohrt. Der hölzerne Stiel war teilweise von ihrem Schwanz verdeckt, aber es war nicht schwer zu erraten, wo er hineingesteckt worden war. Die Spitze ragte noch etwa zwanzig Zentimeter aus der geöffneten Schnauze, aus deren Winkeln geronnene Blutrinnsale auf die Fußmatte gelaufen waren. Leere, blutverkrustete Augenhöhlen starrten bei der Nahaufnahme in die Kamera. Kurz hinter ihren ausgestreckten oder eher ausgerichteten Vorderbeinen steckte ein Küchenmesser bis zum Griff in ihrer Seite, gerade, von oben nach unten.

»Oh Gott!« Alex wandte den Kopf ab. Sie war einiges gewohnt, hatte schon viele Tiere seziert, aber das … Sie zog ein Stück von Max' Schlafsack zu sich heran und zog die Beine an sich. Es schüttelte sie.

»Wer macht so etwas?«, fragte Fred. Er starrte immer noch mit großen Augen auf die Bilder, die vor ihm lagen, und wurde nach und nach blass um die Nase. »Die leeren Augenhöhlen, ich glaube, das ist das Schlimmste«, stöhnte er schließlich.

»Ja, das finde ich auch«, stimmte Max zu, der keinen Blick mehr auf die Bilder geworfen hatte.

»Sie hat die Katze zurückgelassen und ist den ganzen Weg hierher gerannt. Ich bin mit ihr und der Kamera zurück zum Haus gegangen, habe die Bilder gemacht, wir sind zur Polizei gefahren und haben Anzeige erstattet. Wegen Sachbeschädigung«, stieß er aus, »und Tierquälerei«, fügte er hinzu, »gegen Unbekannt. Wir hatten ihre andere Katze, die schwarz-weiße, die ganze Zeit im Auto, sie wollte sie nicht allein lassen. Sie ist sich sicher, dass es Blattschke war, aber die Polizisten haben versucht, ihr zu erklären, dass sie keine Beweise dafür hat. Sie waren sehr nett, sehr vorsichtig und auch ziemlich betroffen. Aber wisst ihr was, das ist nur Sachbeschädigung.«

Er machte wieder eine Pause.

»Wir sind nachher zurück zu ihrem Haus gefahren und haben die Katze im Garten begraben. Ich musste diesen Spieß herausziehen und das Messer auch. Die muss ich nachher noch zur Polizei bringen.« Es schüttelte ihn.

»Wisst ihr, wie das war? Sie war ganz steif, ich konnte den Spieß kaum herausziehen und hätte sie fast zerfetzt.« Er stöhnte.

»Nun denn, danach gab es kein Halten mehr für sie, sie hat ihre andere Katze mit Futter versorgt, im Auto, hat das mit ihren Pferden geregelt und ich habe sie mit der kleinen Katze, sie ist wohl die Tochter von dem toten Tiger, zu ihrer Schwester nach Gelsenkirchen gefahren. Sie wollte sie in Sicherheit bringen und ist auch übers Wochenende bei ihrer Schwester geblieben. Ich wollte sie nicht alleine fahren lassen. Sie hat immer wieder geweint und den ganzen Tag gezittert. Sie wäre nie heil dort angekommen.«

Alle schwiegen eine Weile betroffen. Fred hatte die Bilder weit von sich geschoben.

»Sie ist wahrscheinlich nicht an dem Messer gestorben. Mit dem wurde sie an der Fußmatte angeheftet, sondern sie ist verhungert. Kristin hat erzählt, dass sie vor einigen Tagen verschwunden ist. Sie hat sie überall gesucht und im Dorf nachgefragt, aber niemand hatte sie gesehen. Die Katze da«, er zeigt auf die Fotos, »ist völlig abgemagert, die Rippen hängen raus. Kristin sagt, sie war immer schlank, aber das muss eine verhungerte Katze sein«, schloss er müde seinen Bericht.

Der Rest des Tages verlief ungewohnt ruhig. Fred und Alex schaufelten fast verbissen Bauschutt aus dem Garten auf den Anhänger. Sie hatten sich von den Hilgers einen zweiten Anhänger geliehen, und die hatten versprochen, das Material am nächsten Tag zur Deponie nach Brück zu fahren. Die Hilgers waren ebenfalls schwer schockiert gewesen, als sie von Alex vom Tod der Katze erfuhren und die Bilder sahen.

Die ganze Zeit über wehte Schneeregen, manchmal Schnee, manchmal auch nur Regen – der Himmel konnte sich nicht entscheiden – mit einem scharfen Wind über ihre Köpfe und trug nicht dazu bei, die Stimmung zu heben. Ab und zu gingen sie hinein, legten neues Holz nach und wärmten sich kurz die steif gefrorenen Hände. Bei jeder dieser Pausen im Haus lösten sich dicke Schlammklumpen von ihren Arbeitsschuhen und vermischten sich mit dem Schutt im Anbau, aber das spielte auch keine Rolle mehr. Sie sprachen kaum. Irgendwann im Laufe des Tages erfuhr Fred, dass sein palästinensischer Möchtegern-Liberianer nun in einem liberianischen Gefängnis saß. Die Liberianer hatten ihn an der Grenze nicht zurückgewiesen, sondern verhaftet. Da konnte man im Moment nichts machen. Neben den Hilgers war das auch der einzige Außenkontakt, den die beiden an diesem Tag hatten: ein Anruf aus Liberia.

41. Kapitel

Als Leopold Werner in die Inspektion kam, begegnete ihm auf dem Flur ein Mann, den er erst vor kurzem in Begleitung von Alex Cameron kennengelernt hatte. Max hieß er, glaubte Werner sich zu erinnern. Dieser Max kam gerade aus einem der Dienstzimmer, sah ziemlich mitgenommen aus und schien seine Umgebung, einschließlich Leopold Werner, gar nicht richtig wahrzunehmen. Werner blickte ihm kurz nach, bevor er das Zimmer betrat, das Max gerade verlassen hatte.

»Was hat er angestellt?«, fragte er statt einer Begrüßung die Kollegen und deutete auf die Tür.

»Der hat gar nichts angestellt. Du musst dir das hier mal ansehen«, erwiderte der Kollege. Auf dem

Schreibtisch lagen Fotoausdrucke, ein Grillspieß und ein Messer, und der junge Kollege erläuterte, was es damit auf sich hatte. Werner verzog angewidert das Gesicht.

»Wer macht denn so was? Ein Eifler jedenfalls nicht. Sieht eher satanisch aus?«

»Die Besitzerin der Katze ist überzeugt, dass ihr Nachbar, ein gewisser Blattschke, der Täter ist. Aber dafür fehlen jegliche Beweise und die Sache wird sicher im Sande verlaufen.«

Werner war wie erstarrt stehen geblieben. Schon wieder der Blattschke.

»Gebt mir mal den Bericht dazu«, sagte er recht barsch. »Und das Zeug hier geht sofort in die Spurensicherung. War jemand vor Ort, um sich das anzuschauen?«

»Nein«, musste der Kollege zugeben. »Chef, das ist Sachbeschädigung. Mehr kann man da nicht machen und den Täter werden wir sicher nicht finden.«

»Nein, ganz sicher nicht«, erwiderte Werner bissig, »denn wir haben es gar nicht erst versucht.«

Die beiden Kollegen warfen sich vielsagende Blicke zu. Was für eine Laus war dem Alten über die Leber gelaufen?

»Was lag sonst so an? Besondere Vorkommnisse?«, fragte Werner nun.

»Unsere Tankstellenräuber haben leider wieder zugeschlagen. In den frühen Morgenstunden«, antwortete der Kollege und fügte schnell hinzu. »Um 3.58 Uhr ging die Alarmanlage los. Bis der Besitzer aus dem Haus hinter der Tankstelle vor Ort war, nach seiner Aussage, höchstens ein paar Minuten später, waren die Einbrecher schon wieder weg. Das übliche Muster. Wir haben natürlich sofort eine Streife hingeschickt.«

»Wo war das?«

»Wieder Walsdorf. Es war nicht viel zu holen, die sind ja gebrannte Kinder, aber der Sachschaden ist natürlich wieder hoch.«

»Videoaufnahmen? Zeugen?«

»Keine Zeugen und zwei zerstörte Videokameras. Ich wette, wer auch immer das ist, der tankt da dreimal die Woche und kennt sich aus.«

Schneeregen und anschließender Frost in der Nacht hatten zu einer erhöhten Zahl von Verkehrsunfällen geführt. Bis auf kleinere Blessuren bei einigen Unfallbeteiligten habe es sich aber in allen Fällen um Blechschäden gehandelt, wurde er von seinen Kollegen weiter informiert.

»Ach ja, Chef. Diese SD-Karte, die du mir gestern gegeben hast. Ich habe mir da so meine Gedanken zu gemacht.«

»Verrätst du mir die auch?« Oh Mann, mit dem war heute wirklich nicht gut Kirschen essen. Der andere, Werners Rücken zugewandte Kollege, verdrehte die Augen.

»Ich gehe davon aus, dass es sich um eine Dash-Cam handelt, mit der dieses Video aufgenommen wurde. Wenn man sich das Video genau ansieht, scheint es durch eine Windschutzscheibe gefilmt worden zu sein.«

Werner forderte ihn wortlos zum Weiterreden auf.

»Ich vermute, dass diese Dash-Cam, die eigentlich dazu gedacht ist, Unfälle während der Fahrt aufzuzeichnen, an der Windschutzscheibe eines Fahrzeugs befestigt war. Ich vermute außerdem, dass derjenige, der dieses Video aufgenommen hat, genau wusste, was er filmen wollte, sonst wäre die Kamera nicht eingeschaltet gewesen. Das Fahrzeug, an dem die Kamera befestigt war, war wahrscheinlich ein Lastwagen. Das lässt sich aus dem Winkel leicht erkennen, aus dem gefilmt wurde. Auf jeden Fall war es kein normaler PKW.«

»Mit anderen Worten, es war keine Person vor Ort erforderlich, um den Film aufzuzeichnen, korrekt?«

»Richtig, die Kamera zeichnet selbstständig 24 Stunden lang auf und überspielt sich selbst. Sie wird an die Autobatterie angeschlossen, also über den Zigarettenanzünder, und kann so quasi endlos weiter aufzeichnen.«

»Innerhalb dieser 24 Stunden muss also überprüft werden, was sie gefilmt hat, sonst ist die Aufnahme weg?«

Der Kollege nickte.

»Wunderbar, dann fahrt ihr beide doch gleich auf dem Weg nach Loogh über Waldkönigen und schaut nach, ob in einem der LKW der Spedition Kemper noch eine Dash-Cam hängt. Und schaut euch in Loogh gründlich um.«

Die beiden Kollegen nickten ergeben.

»Übrigens, gute Arbeit, das mit der Dash-Cam meine ich.«

»Uff, hat der Alte heute schlechte Laune!« Der Dash-Cam-Held sackte auf seinem Stuhl zusammen, nachdem Werner die Tür hinter sich geschlossen hatte.

»Stimmt, verdammt schlechte Laune.« Die Tür ging gerade wieder auf. »Außerdem hat der Alte gerade umdisponiert und fährt selbst nach Loogh. Ihr zwei übernehmt Waldkönigen.«

»Scheiße!«, ertönte es hinter Leopold Werner, nachdem er die Tür zum zweiten Mal geschlossen hatte. Hatten die Kollegen immer noch nicht gemerkt, dass die Diensträume nicht abhörsicher waren? Seine Laune hatte sich jedenfalls gerade schlagartig gebessert. Da ergab sich doch eine gute Gelegenheit, die Blattschkes erneut heimzusuchen. Als mögliche Zeugen im Fall der Katzenschändung.

42. Kapitel

Wieder einmal stand Leopold Werner vor diesem Grundstück, das weder einen Namen am Briefkasten noch eine Türklingel aufwies. Spuren im Schnee zeigten an, dass die Besitzer bereits mit dem Hund draußen gewesen, aber offensichtlich auch zurückgekehrt waren. Laut zu rufen war ihm einfach zu blöd, daher zückte er sein Handy, rief die Blattschkes an und forderte sie auf, ihn hereinzulassen. Er hatte eine verhuschte Frau Blattschke am Apparat, die seiner Aufforderung auch sofort nachkam und nur mit einem übergroßen T-Shirt, Jogginghose und Hausschuhen bekleidet durch den Schnee zum Gartentor stapfte und ihn hereinbat.

Im Flur des völlig überheizten Hauses stand ein Wischeimer mit trüber Brühe. Der Boden glänzte nass. Sie entschuldigte sich leise, sie würde putzen, und führte ihn über den nassen Fliesenboden ins Wohnzimmer, wo ein sichtlich gut gelaunter Herr Blattschke am Esstisch residierte. Der Tisch war bedeckt mit Fotoausdrucken und Landkarten, einer geöffneten Flasche Bier, einer Flasche Obstbrand und einem Whiskyglas mit einer etwa dreistöckigen Zuteilung.

»Was führt Sie zu uns, Herr, wie war doch gleich Ihr Name?«, eröffnete Blattschke geradezu fröhlich das Gespräch.

»Hauptkommissar Werner«, antwortete Werner und sah sich interessiert um.

»Gibt es etwas zu feiern?«

Blattschke grinste. Es sah satanisch aus.

»Nun, wir müssen ja kein Geheimnis daraus machen … Wir haben geerbt«, verkündete er und stierte an Werner vorbei.

Seine Frau bat Werner leise, Platz zu nehmen, nahm einen großen, aber leeren Schuhkarton von einem anderen Stuhl und setzte sich in einigem Abstand zu ihrem Mann, den Blick fest auf den Boden gerichtet. Ein sehr sauberer, weiß gefliester Boden in einem sehr sauber wirkenden Esszimmer. Die Umgebung stand in absurdem Kontrast zu dem eher verwahrlosten Anblick der Eheleute. Ihr T-Shirt war fleckig, ihr Gesicht verschwitzt. Einige Haare hatten sich strähnig aus einem kurzen Zopf gelöst. Auch die fettigen Haare ihres Mannes und der Geruch im Haus, eine Mischung aus Körperausdünstungen, Alkohol, und nassem Hund, deuteten darauf hin, dass Körperpflege bei den Blattschkes nicht an erster Stelle stand.

»Herzlichen Glückwunsch«, sagte Werner und wunderte sich. Konnte die Testamentseröffnung schon stattgefunden haben? Unwahrscheinlich. Herr Blattschke hatte die Papiere bei seiner Frau gefunden, in diesem Schuhkarton, vermutete er.

»Wir werden dieses Dreckskaff bald hinter uns lassen, mitsamt seinen Treckern, die die Straße verdrecken, den blökenden Rindviechern und debilen Einwohnern«, grölte Blattschke.

Mindestens 1,5 Promille, konstatierte Werner für sich. Offensichtlich machte ihn das gesprächig.

»Wo soll es denn hingehen?«, gab er sich interessiert.

»Provence. Villa mit Pool und allem Drum und Dran.« Stolz deutete Blattschke auf die Fotoausdrucke und nahm einen großen Schluck Obstler. Seine Frau schien im Stuhl kleiner zu werden. Aus der Ferne hörte Werner ein gedämpftes Winseln. Es schien aus dem Keller zu kommen.

»Am Haus Ihrer Nachbarin hat es einen Vorfall gegeben. Eine Katze ist zu Tode gekommen«, begann Werner.

Blattschkes Gesicht nahm einen wachsamen Ausdruck an. »Hat die Schlampe etwa behauptet, ich hätte etwas damit zu tun? Die lügt doch, wenn sie den Mund aufmacht!«

»Frau Apis hat nichts dergleichen behauptet. Aber es könnte doch sein, dass Sie etwas gesehen haben?«

»Ich habe Wichtigeres zu tun, als die Schlampe von nebenan zu beobachten.«

Jedes Mal, wenn er das Wort Schlampe aussprach, klang es wie Peitschenhiebe, die Frau Blattschke zusammenzucken ließen.

»Frau Blattschke, vielleicht ist Ihnen ja etwas aufgefallen. Es ist eine getigerte Katze und sie war schon seit einigen Tagen verschwunden.«

Frau Blattschke blickte kurz nervös auf, als ihr Mann dazwischenfuhr.

»Meine Frau weiß gar nichts und ich denke, Sie gehen jetzt!« Er begann leicht zu lallen und die Situation drohte zu eskalieren. Werner schwieg und sah ihn an.

»Sie gehen jetzt! Wir sind zu keiner Aussage verpflichtet und ohne Hausdurchsuchungsbefluss haben Sie kein Recht hier zu sein!«

Das mit dem Beschluss kam ihm nicht mehr über die Lippen. Sein Gesicht färbte sich dunkelrot.

Werner wog seine Möglichkeiten ab. Wenn er noch ein bisschen provozierte, würde zumindest ein tätlicher Angriff auf einen Polizisten dabei herauskommen. Dumm nur, dass er allein gekommen war.

»Ich begleite Sie zur Tür«, sagte Frau Blattschke und erhob sich.

»Gar nichts machst du! Du bleibst da sitzen!«, grölte er und erhob sich leicht schwankend, während sie wie ein Sack auf den Stuhl zurückplumpste.

»Raus jetzt hier!«, schrie Blattschke. »Raus! Ich kenne meine Rechte. Das gibt eine Beschwerde. Raus! Schikane ist das! Terror harmloser Bürger!«

Werner war inzwischen an der Tür angelangt und blickte noch einmal zurück. Blattschke hatte sich nicht vom Esstisch wegbewegt, und seine Frau starrte wieder regungslos zu Boden. Für einen Moment fragte er sich, ob sie in Gefahr war. Aber solange sie ihn nicht um Hilfe bat, war er machtlos.

»Frau Blattschke, brauchen Sie Hilfe?«, fragte er.

»Gehen Sie«, sagte sie fast flehentlich.

Werner zuckte bedauernd die Schultern und trat den Rückzug an.

43. Kapitel

Nachdem Max am Morgen den Grillspieß und das Messer zur Polizei nach Daun gebracht hatte, verließ er sein »fertiges« Zimmer kaum. Das Zimmer sollte zwar noch neu verputzt werden, aber die Wände waren sauber und eine Vielzahl von Kabeln zeugte von der Technik, die hier Einzug halten würde. Der Computer war installiert und eine Matratze gab es auch, er war eben anspruchslos. Das schnurlose Telefon hatte er mit auf sein Zimmer genommen, und jedes Mal, wenn Alex die Treppe hochging, um ins Bad zu gehen, hörte sie ihn leise sprechen.

Erst am Abend kamen alle zum Essen wieder zusammen. Alex hatte einen Kartoffelgratin mit vegetarischen Beilagen gekocht. Die warme Mahlzeit, der auf stattliche 27 Grad aufgeheizte Ofen und eine gute Flasche Wein halfen, zumindest bei Max und Alex, die Stimmung etwas zu heben. Freds Stimmung war kaum noch zu retten. Seit dem frühen Abend lag er auf dem Sofa und stöhnte über seinen Rücken. Die fehlende Fleischbeilage empfand er geradezu als persönlichen Affront und seine Entscheidung, sich vor dem ersten Maifeiertag am kommenden Montag ein paar Tage frei zu nehmen, bereute er zutiefst. An seinem Büroschreibtisch hätte er sich deutlich besser erholen können.

Er habe im Internet recherchiert, berichtete Max, als es ihnen gelungen war, auch Fred an den Tisch zu lotsen. Ähnliche Gräueltaten an Tieren hätte es schon gegeben, erst kürzlich auch hier in der Eifel, in der Gegend von Prüm, an Pferden. Am Vormittag hatte er Kristin bei ihrer Schwester angerufen. Das Gespräch war nur kurz gewesen, sie fühlte sich ganz gut. Schwester und Familie kümmerten sich rührend um sie, die kleine Katze hatte sich damit abgefunden, dass sie das Haus vorerst nicht verlassen durfte und war auf einem Sessel eingeschlafen. Eine alte Schulfreundin war ihm auch in den Sinn gekommen. Lisa hatte später Medizin studiert und sich auf Psychiatrie spezialisiert. Der Kontakt war in den letzten Jahren sporadisch, aber immer herzlich gewesen. Er hatte Glück, sie war Zuhause und hatte sich angehört, was er ihr von Kristins Problemen erzählte.

»Lisa hat mich gebeten, ihr alle vorhandenen Akten zu kopieren und Kristin zu bitten, einen möglichst ausführlichen Rückblick zu schreiben. Zuerst habe ich mich gar nicht getraut, Kristin noch einmal anzurufen, aber als ich mich doch dazu durchgerungen habe, war sie richtig scharf auf die Aufgabe und hat versprochen, sich sofort an den PC ihrer Schwester zu setzen. Sie meinte, das Sitzen und Grübeln würde ihr nicht so wirklich guttun. Alex, Lisa meinte übrigens auch, dass es hilfreich wäre, wenn du deine Recherchen bei den Nachbarn zu Papier bringen könntest, geht das?«

Das war eine lange Rede für Max.

»Ja, klar.« Alex nickte.

»Schick mir das bitte per Mail und ich leite es an Lisa weiter. Sie meint, nun haltet euch fest, dass sie vielleicht direkt am Samstag herkommen kann, konnte es aber noch nicht versprechen und möchte zunächst alles haben, was wir beibringen können, um sich ein erstes Bild zu machen.«

»Tja, dann war mein Witz mit dem Psychiater wohl doch nicht so weit von der Realität entfernt«, seufzte Alex. »Was macht Kristin eigentlich so sicher, dass er es war?«

»Sie sagt, als sie am Morgen die Katze auf der Matte liegen sah, hätte sie unwillkürlich sofort zum Nachbarhaus gesehen. Er stand am Fenster und schaute rüber, wie immer, aber sein Gesichtsausdruck war anders. Sie wusste nicht, wie sie ihn beschreiben sollte, so etwas wie hämische Zufriedenheit oder Schadenfreude, sonst sah er immer so aus, als würde er das Leben mit jeder Faser seines Herzens hassen. Sie hatte diesen Ausdruck relativer Zufriedenheit auch schon die ganze Woche über bemerkt und der hatte sich jetzt noch verstärkt. Gestern hat sie ihn sogar lachen gehört, und sie kann sich nicht erinnern, das jemals zuvor vernommen zu haben. Ich habe allerdings von beiden nichts gesehen, als ich an ihrem Haus war, und ich denke, wir müssen das mit Vorsicht genießen, auch wenn ich noch so schockiert bin. Sie ›will‹ natürlich, dass er der Täter ist, und könnte leicht etwas hineininterpretieren.«

»Habt ihr sonst nichts gesehen? Das klingt jetzt kriminalistisch, aber gab es Fußspuren oder Besonderheiten an dem Grillspieß? Sucht die Polizei nach Fingerabdrücken?«, fragte Alex.

»Ich glaube, sie suchen nach Fingerabdrücken. Aber der Spieß war nichts Besonderes, der gehört zum Zubehör eines jeden Gartengrills. Am Dienstagabend hatte es wieder angefangen zu schneien und es gab überhaupt keine Fußabdrücke, außer unseren. Wer immer das war, muss die Katze vor dem Schneefall dort hingelegt haben.«

»Und ihr habt die Katze schon begraben … Ich hätte sie mir gerne noch einmal genauer angesehen, schade«, sagte Alex nachdenklich.

»Ich kann mich ja morgen früh mit der anderen Kollegin von der Ausländerbehörde in Verbindung setzen«, Fred streckte wieder die Schultern und bewegte den Rücken. »Vielleicht habe ich Glück und erwische sie, und sie hat noch ein paar brauchbare Informationen für uns.«

Alex verkniff sich eine Bemerkung über seinen lustlosen, leidenden Ton. Immerhin hatte er geholfen und den Schutt nicht verursacht.

»Max, ich schreib meine Sachen morgen früh direkt um fünf. Um acht Uhr fahre ich unseren Anhänger zur Kippe. Die Hilgers kommen mit und nehmen den anderen. Dann sind wir das Zeug erst einmal los und haben die Anhänger wieder frei.«

»Ja, klar, kein Problem.«

»Na super«, maulte Fred. »Und dabei soll ich weiterschlafen?«

»Geht jetzt einfach mal gerade nicht anders. Mensch, ich nehme das ganze Jahr Rücksicht auf deinen Dornröschenschlaf!«

»Ist ja schon ok«, lenkte Fred ein. »Hm, Max, da wäre noch was anderes. Die Decke im Anbau …?«

»Das sollte eine Überraschung sein.«

»Die ist dir auch gelungen. Aber«, Fred machte eine Pause, »klär mich doch mal über diese Grapefruits auf. Haben die einen tieferen Sinn, der sich mir im Moment nicht erschließt?«

»Nein.« Max lächelte zum ersten Mal an diesem Tag. »Meine Eltern haben mir letztes Wochenende in Berlin eine ganze Kiste geschenkt, und die mussten weg.«

»Ja …, und da hast du sie auf dem Bauschutt verteilt, jetzt ist mir natürlich alles klar«, murmelte Fred.

44. Kapitel

Sie war wirklich sehr attraktiv, das fand auch Fred, als die etwa 40-jährige brünette ehemalige Kollegin von Blattschke das Anadolu betrat. Für das warme Düsseldorfer Wetter nur mit einer beigen Bluse und einer braunen Hose mit ziemlich weitem Schlag bekleidet, einen braunen Blazer über die Schulter geworfen, kam sie freundlich lächelnd auf ihn zu. Er hatte es tatsächlich geschafft, noch am selben Tag einen Termin mit ihr zu vereinbaren, als er am frühen Freitagmorgen angerufen hatte. Es war zwar ziemlich lästig, mitten an einem langen Wochenende zurück nach Düsseldorf zu fahren, aber irgendwie hatte jeder das Gefühl, dass die Zeit drängte, und er war auch nicht wirklich traurig, dieser Bauschutt-Orgie zu entkommen. Wie immer war er etwas zu früh zum Termin erschienen und hatte sich schon in den hinteren Teil des türkischen Schnellrestaurants gesetzt. Das war auch gut so. Viele andere Düsseldorfer hatten in ihrer Mittagspause offensichtlich Lust auf etwas Deftiges, und die Nähe zum Bahnhof hatte auch einige Reisende hierher verschlagen. Die Tische waren schnell besetzt und im Gang des schlauchartigen hinteren Teils standen Koffer und Reisetaschen unter den wachsamen Augen ihrer Besitzer eng an die Stühle gepresst.

Fred bedankte sich artig, dass sie sich so kurzfristig zu einem Treffen bereit erklärt hatte. Nach einem ersten konspirativen Meinungsaustausch über einige Änderungen in der Asylgesetzgebung, kamen sie schnell auf den Grund ihres Treffens zu sprechen. Die Fred bereits vorliegenden Informationen stimmten, Blattschke war nach dem Tod einer Mitarbeiterin dauerhaft der Dienststelle ferngeblieben. Die verstorbene Mitarbeiterin war Referendarin bei Blattschke gewesen, er war also ihr direkter Vorgesetzter. Sie hatte sich vor etwa zehn Jahren das Leben genommen.

»Anfänglich kursierten Gerüchte im Amt, dass Blattschke möglicherweise der Grund für den Suizid war, zumal er berühmt-berüchtigt war. Er wurde immer wieder ausfällig, beschimpfte und beleidigte Asylwerber massiv. Alle Kollegen gingen ihm nach Möglichkeit aus dem Weg. Da konnte man schnell anecken«, führte sie aus.

»Grundsätzlich ging er davon aus, dass sich alle Asylbewerber nur am deutschen Staat bereichern wollten und es keine berechtigten Asylfälle gäbe. Diese Meinung teilte er allen mit, ob sie es hören wollten oder nicht.«

»Gab es denn keine Beschwerden über sein Verhalten?«, fragte Fred zurück.

»Doch, hat es, soweit ich gehört habe, aber nur ganz selten. Sie wissen ja, wie das bei unserer Klientel ist. Viele sprechen wenig oder gar kein Deutsch und wüssten gar nicht, wie sie sich beschweren sollten. Sie wollen möglichst nur kurz bei uns rein und wieder raus, Hauptsache die Aufenthaltsgenehmigung wird verlängert. Und sie haben meistens Angst. Bei den Beschwerden, die es wohl gegeben hat, vermute ich, dass der eine oder andere einen besonders fitten Anwalt hatte, der sich wirklich kümmerte und der Sache nachgegangen ist. Aber im Allgemeinen müssen die Menschen ja fürchten, und das durchaus zu Recht, dass sie auch nach einer Beschwerde den gleichen Sachbearbeiter behalten und wollen es sich nicht mit dem- oder derjenigen verderben.«

Sie war wirklich sehr offen.

»Ihm hat es jedenfalls nicht geschadet, man könnte fast sagen, ganz im Gegenteil. Trotz dieser verbalen Attacken seinerseits, und ich kann Ihnen sagen, die waren heftig, ich habe das auch einige Male miterlebt, war er in den oberen Etagen des Amtes relativ beliebt, weil seine Erfolgsquote phänomenal war.« Sie lächelte leicht ironisch.

»So schnell konnte kaum ein Asylbewerber einen Folgeantrag einreichen. Wurde der erste abgelehnt, versuchte Blattschke mit allen Mitteln, die Abschiebung durchzusetzen. Im Amt wurde gemunkelt, dass er auch in seiner Freizeit ermittelte, weil er oft Asylbewerber in Wohnungen festnehmen ließ, in denen sie nicht gemeldet waren, und wir haben uns über sein Wissen gewundert. Ich glaube, diese perverse Idee mit den Flugzeugsitzen ist auch auf seinem Mist gewachsen.«

»Was war das mit den Flugzeugsitzen?«, fragte Fred irritiert.

»Das kennen Sie sicher nicht mehr. Das war im alten Gebäude, inzwischen sind wir umgezogen. Irgendjemand hatte die Idee, alte Flugzeugsitze als Wartesitze zu installieren. Ich kann nicht wirklich behaupten, dass er daran beteiligt war, aber ich ging einmal den Gang entlang, als er einigen Wartenden vor seiner Tür mit hämischem Grinsen erklärte, dass es noch eine Weile dauern würde, aber sie sollten es sich gemütlich machen und hätten jetzt die Gelegenheit, sich an die Sitze zu gewöhnen, mit denen sie demnächst abtransportiert würden.«

Freds Gesicht hatte einen grimmigen Ausdruck angenommen, aber er unterbrach sie nicht.

»Seine Chefs hielten die Hand über Blattschke und er wurde regelmäßig befördert, denn politisch waren seine Ergebnisse erwünscht und unsere hohen Herren konnten sich mit vielen erfolgreich und endgültig abgeschlossenen Fällen brüsten.«

Sie machte eine kurze Pause und dachte nach.

»Das ging so, bis diese junge Frau starb. Corinna Wohlgemuth, so hieß sie, war, wie gesagt, Referendarin bei Blattschke. Eine nette, aber eher zurückhaltende junge Frau. Als sie bei uns anfing, machte sie einen recht aufgeweckten Eindruck, aber irgendwie veränderte sie sich, wirkte immer nervöser. Einmal, als sie mich wohl nicht kommen hörte, erschrak sie so sehr vor der Kaffeemaschine im Flur, dass sie die Tasse fallen ließ. Später sah sie auch schlecht aus, krank, hatte abgenommen. Sie hatte viele Probleme mit Blattschke. Es gelang ihm immer wieder, ihr Fehler in ihren Akten nachzuweisen. Ich glaube, sie hat ein paar Mal versucht, mit Kollegen über ihn zu sprechen, über seine Arbeitsweise oder über Vorfälle in seinem Büro, aber alle waren sehr zurückhaltend, denn keiner wollte sich mit Blattschke anlegen. Ich auch nicht, ehrlich gesagt«, sagt sie entschuldigend.

»Hinterher ist man immer schlauer und wir hätten uns mehr um die junge Frau kümmern sollen, denn sie schien ernsthafte Probleme zu haben. Nach dem Selbstmord …«

»Entschuldigen Sie, wenn ich Sie kurz unterbreche«, sagte Fred, »aber wissen Sie, was genau passiert ist?«

»Sie ist von einer Brücke, ich glaube es war die Zoobrücke, vor einen Zug gesprungen. Das müsste die Strecke der Sieben vom Bahnhof zum Flughafen gewesen sein.«

Fred nickte, die kannte er gut und benutzte sie regelmäßig.

»Nach ihrem Tod kursierten im Amt Gerüchte über eine Verbindung zu Blattschke, wohl auch, weil eine Freundin der jungen Frau im Amt war und unglaubliche Geschichten erzählt haben soll. Aber ich weiß nichts Genaues darüber, das war nur Hörensagen. Jedenfalls war Blattschke kurze Zeit später zunächst krankgeschrieben und ist schließlich gar nicht mehr zum Dienst erschienen.«

Sie blickte Fred ein wenig skeptisch an. »Jetzt hänge ich mich wirklich weit aus dem Fenster. Sie werden mich nicht zitieren?«

Fred schüttelte verneinend den Kopf.

»Er soll seitdem im Homeoffice sein, heißt es, aber über seine Arbeit wird der Deckmantel des Schweigens gebreitet. Es wird vermutet, dass ein Skandal vermieden werden sollte.«

»Aha«, murmelte Fred nachdenklich. »Sie haben eben eine Freundin erwähnt, aber ich nehme an, Sie haben sie nicht persönlich kennengelernt und wissen nicht zufällig ihren Namen?«

»Nein, tut mir leid«, sie sah ihn bedauernd an, »da kann ich Ihnen leider nicht weiterhelfen. Aber, Moment mal … ich glaube, Frau Wohlgemuth hat damals noch bei ihren Eltern in Ratingen gewohnt, das hat sie mir mal erzählt. Ich könnte mal schauen, ob ich die alte Adresse herausfinden kann. Würde das helfen?«

»Ja, das würde mir enorm weiterhelfen«, sagte Fred dankbar. »Vielleicht habe ich Glück und sie wohnen noch dort. Scheint ja eine etwas mysteriöse Geschichte zu sein.«

»Ich sehe mal nach und rufe Sie später an, okay?«

»Das wäre wirklich klasse«, wiederholte Fred und ein wenig Verwunderung über so viel Entgegenkommen musste sich in seinem Gesicht widergespiegelt haben. Sie sah ihn ernst an.

»Der Suizid hat uns im Amt natürlich schockiert, aber wie das so ist, wir kannten die junge Frau noch nicht lange und relativ bald ist Gras über die Sache gewachsen und sie wurde vergessen. Aber ich hatte damals ein schlechtes Gewissen. Wir hätten uns mehr kümmern müssen, gerade weil sie neu war und gerade, weil sie Blattschke als Chef hatte. Ich glaube, ich habe das Gefühl, ich muss es wieder gut machen. Trotzdem«, sie lächelte ein wenig unsicher, »bitte zitieren Sie mich nicht.«

»Nein«, versicherte Fred, »das werde ich bestimmt nicht tun.«

»Und jetzt hat wieder eine junge Frau Ärger mit ihm?«

Fred zögerte.

»Bislang wissen wir nur, dass er ein verdammt unbequemer Nachbar ist, der schon viele Leute terrorisiert hat, und es hat eine Bekannte von uns erwischt. Es hat auch einen sehr heftigen Vorfall gegeben, aber ein Zusammenhang zu ihm ist im Moment nicht nachweisbar. Es wäre also besser, wenn dieses Gespräch hier unter uns bliebe.«

Er sah, wie sie kurz zögerte, und hob fragend die Augenbrauen.

»Ich habe einer Kollegin erzählt, dass sich jemand nach Blattschke erkundigt hat. Mehr habe ich nicht gesagt«, fügte sie schnell hinzu. »Nur, dass es komisch ist, dass sich nach all den Jahren jemand nach Blattschke erkundigt. Ich habe auch nicht gesagt, wer.«

Fred verfluchte in Gedanken seine Unachtsamkeit. Nun, sie hatte nicht viele Informationen, es sollte nichts passieren, aber er wusste ja, wie viel Klatsch und Tratsch es in den Ämtern gab. Er gab ihr noch seine Handynummer und versicherte ihr, wie sehr sie ihm geholfen hatte.

Kurz darauf trat er wieder hinaus in die Sonne und fragte sich einmal mehr, warum er an den Wochenenden immer freiwillig in den Winter zurückkehrte. In Düsseldorf hatte der Frühling voll Einzug gehalten.

45. Kapitel

»Manfred, es kommt Bewegung in den Fall Krämer. Hast du Zeit?«

»Für einen Fall, der nicht unser Fall ist, sollte man sich unbedingt immer Zeit nehmen.« Manfred Burggraf wies auf die Sessel in seiner Besucherecke und nahm zur Kenntnis, dass der Kaffee wieder einmal mitgebracht worden war.

»So ganz stimmt das nicht mehr. Der Banküberfall fällt ja in unser Resort und daher ist es völlig legitim, dass wir unsere Arbeit machen.«

»Schieß los.«

»Die Wittlicher waren schon bei der Spedition, bei der Krämer gearbeitet hat. Der Mann auf dem Video, du erinnerst dich auf dieser SD-Karte, ist ein Mitarbeiter, und zwar derjenige, der als Saufkumpan von Krämer bekannt war und noch in der Mordnacht um 22.00 Uhr angerufen hat. Dieser Mensch, er heißt Konrad Altenkemper, ist auch derselbe, der sich derzeit noch auf einer Tour nach Spanien befindet und erst heute Abend zurückerwartet wird. Das Empfangskommando bilden die Wittlicher.«

»Der wird ja immer interessanter«, bestätigte Manfred Burggraf.

»Ja, und den hätte ich wirklich gerne selbst vernommen«, erwiderte Werner mit Bedauern. »Aber schau'n wir mal, was die Wittlicher aus ihm herausbekommen.«

Burggraf nickte. »Zu viele Kollateralfunde könnten das Arbeitsverhältnis trüben.«

»Die Wittlicher haben sich sämtliche Touren von Krämer im letzten Jahr ausdrucken lassen«, fuhr Werner in seinem Bericht fort. »Oft war dieser Kollege auf den langen Touren nach Spanien und Frankreich dabei. Sie werten das derzeit aus, wohl immer noch vor der Vermutung, dass illegale Ware transportiert wurde.«

Burggraf nippte an seinem Kaffee und musste wieder einmal insgeheim zugeben, dass er besser schmeckte als sein eigener.

»Nach einem überaus grausigen Vorfall im Nachbarhaus, habe ich gestern noch einmal die Blattschkes aufgesucht. Die Katze der Nachbarin wurde getötet, mit einem Spieß durchbohrt und mit einem Messer an die Fußmatte der Besitzerin geheftet. Die Nachbarin vermutet übrigens, dass Herr Blattschke dafür verantwortlich ist. Das wird sich aber kaum beweisen lassen, es sei denn, es meldet sich ein Zeuge, der ihn tatsächlich gesehen hat. Jedenfalls war das ein guter Grund«, Werner grinste,

»um die Blattschkes noch einmal heimzusuchen, denn die könnten ja Zeugen des Vorfalls sein. Er war betrunken, zunächst in Feierlaune und später äußerst aggressiv. Sie wirkte eingeschüchtert und brachte kein Wort heraus. Er weiß von der Erbschaft seiner Frau, hat davon gesprochen, dass sie beide gerbt haben und bald nach Südfrankreich ziehen werden. Zum Kotzen, der Kerl, ich sag's dir.«

»Hm«, murmelte Burggraf. »Woher weiß er von der Erbschaft?«

Werner zuckte mit den Schultern. »Ich habe gerade mit dem Notar gesprochen. Das Testament wurde noch nicht verlesen. Das heißt, Blattschke kann es eigentlich nur von seiner Frau wissen, und das wiederum bedeutet, dass sie nicht nur ihren Mann verlassen wollte, um mit Krämer in dieses Haus in Südfrankreich zu ziehen, sondern auch wusste, dass sie im Falle seines Todes die Begünstigte sein würde.«

»Also haben beide Blattschkes ein starkes Motiv für den Mord an Krämer und waren zudem in der fraglichen Nacht beide vor Ort.«

»Ja, obwohl ich Frau Blattschke nicht einschätzen kann. Gestern habe ich mir wirklich Sorgen um ihr Wohlergehen in Gegenwart ihres aggressiven Mannes gemacht. Er wirkt auf mich absolut unberechenbar.«

»Wenn wir wüssten wo der Mord stattgefunden hat und wo die Leiche bis zu ihrem Verbringen auf den Hönsel aufbewahrt wurde, wären wir sicher ein gutes Stück weiter und da scheinen die Wittlicher noch genauso im Dunkeln zu tappen.«

Diesmal nickte Werner zustimmend.

»Dann der Banküberfall und Krämer. Der behandelnde Arzt des Verletzten vertrat damals die Meinung, dass der Schuss von einem Linkshänder abgegeben wurde. Ich habe die Bilder zu der Verletzung noch einmal an einen Gerichtsmediziner geschickt mit der Bitte um neutrale

Beurteilung, und auch der ist der Meinung, dass der Schuss mit hoher Wahrscheinlichkeit von einem Linkshänder abgegeben wurde.«

Manfred Burggraf ahnte schon die Pointe. »Und unser Toter war Linkshänder!«

»Genau! Also habe ich erst einmal mit den Kollegen in Frankreich gesprochen, beziehungsweise mit unserer neuen Praktikantin, die hervorragend Französisch spricht. Die junge Kollegin hat jedenfalls herausgefunden, dass die Villa in Bormes de Mimosas in der Provence seit zwölf Jahren in Krämers Besitz ist. Es muss ein recht stattliches Anwesen sein, das er damals für ca. 500.000 Euro erworben hat. Schau dir mal die Bilder an, die die französischen Kollegen geschickt haben.«

»Hm, sieht ausgesprochen nett aus«, murmelte Manfred Burggraf, während er durch die gescannten Bilder des niedrigen, aber offensichtlich geräumigen französischen Landhauses im typisch provenzalischen Stil mit hellem terrakottafarbenem Putz und braunen Fensterläden blätterte. »Mit Swimmingpool und allem Drum und Dran. Ein sehr gepflegter Garten.« Er deutete mit dem Finger auf eine Bougainvillea, die unter den Sprossenfenstern des Hauses an der Wand emporrankte, und auf die offensichtlich in Form geschnittenen Oleanderbüsche, die die Terrasse einrahmten.

»Wer hat sich denn um das Anwesen gekümmert?«

»Er hatte eine Verwalterin, mit der unsere Praktikantin heute auch schon lange gesprochen hat. Den Garten hat Krämer wohl meistens selbst gepflegt. Er hat seine Touren in den Süden häufig mit einem Aufenthalt dort verbunden, oft zusammen mit einem Kollegen und einer jungen Frau.«

»Sehr, sehr nett. Von unserem Polizistengehalt könnten wir uns das jedenfalls nicht leisten. Somit stellt sich also die Frage, wie Krämer diese 500.000 Euro gestemmt hat.«

»Das ist richtig. Wir haben eine entsprechende Anfrage an das Finanzamt gestellt und sie haben versprochen, uns nächste Woche eine Antwort zukommen zu lassen.«

»Ihr seid ja schon ziemlich weit gekommen.«

»Ist nicht wirklich mein Verdienst. Aber diese Polizeimeisteranwärterin, Anja Schüttler, sollten wir im Auge behalten. Ich hätte sie gerne nach ihrer Ausbildung bei uns. Sie arbeitet sehr selbständig und hat wohl mit Hilfe der französischen Kollegen schon herausgefunden, welcher Makler damals den Kauf vermittelt hat. Sie hat diesen Makler noch nicht erreichen können, aber sie ist dran, hat sie mir versichert.«

»Beeindruckend.«

»Unser Budget wird es wohl nicht zulassen, dass sie mit einem Kollegen hinfährt? Manche Fragen lassen sich wahrscheinlich besser vor Ort klären.«

»Vergiss es«, brummte Manfred Burggraf.

46. Kapitel

»Hast du heute noch etwas von Kristin gehört, Max?« Alex, die konzentriert und ohne jegliche Rückfragen Freds Bericht über die mittägliche Verabredung mit Blattschkes Kollegin gelauscht hatte, blickte auf, als Max die Küche betrat. Sie hatte nach der morgendlichen Bauschuttentsorgung den Rest des Tages bei den Hilgers im Holz geholfen und es hatte unendlich gutgetan, den Kopf wieder frei zu bekommen. Tatsächlich hatten sie viel herumgealbert und sich im Laufe des Tages verschiedene, recht lustige Methoden der nachhaltigen Blattschke-Entsorgung einfallen lassen.

»Ja, ich habe heute Nachmittag mit ihr telefoniert. Sie ist leider schon wieder hier und hat es in Gelsenkirchen nicht ausgehalten. Sie kommt morgen hierher. Wenn Lisa eintrifft, sagen wir ihr Bescheid.« Max klang alles andere als glücklich und ahnte Alex' Frage schon, bevor sie sie stellen konnte. »Nein. Sie will heute Abend allein sein.«

»Wie geht's ihr?«

»Das kann ich dir ehrlich gesagt nicht sagen. Sie erzählt mir, dass es ihr gut geht, aber wenn man genau hinhört, kann das nicht so ganz stimmen.«

»Ist ja nicht verwunderlich!«

»Sie erscheint mir sehr nervös und sagt auch, dass sie nachts schlecht schläft. Sie hat wiederholt diese Woche, bevor ihre Katze ermordet wurde, nachts Geräusche gehört. Das hatte sie mir vorher noch gar nicht erzählt. Sie sagt, es klang wie ein Kratzen und manchmal, als ob etwas gegen die Fensterläden schlägt. Aber wenn sie vom Fenster aus nachgesehen hat, war nichts zu sehen. An einem Morgen ist sie von oben heruntergekommen und hat die Hintertür unverschlossen vorgefunden. Also, sie stand nicht weit offen, aber sie war absolut sicher, dass sie sie am Abend vorher abgesperrt hatte.«

»Das hört sich aber ziemlich seltsam an«, sagte Alex und erschauderte. »Weißt du, ich bekomme ja nicht schnell Angst, aber ich glaube, in so einer Situation würde ich mir eine Überwachungskamera zulegen.«

»Ja, daran habe ich auch schon gedacht, aber es kann natürlich auch sein, dass nach den ganzen Ereignissen der letzten Wochen die Nerven mit ihr durchgehen. Es wäre besser gewesen, wenn sie noch ein bisschen weggeblieben wäre.«

»Das sehe ich auch so, aber ich kann mir nicht vorstellen, dass sie sich das alles nur eingebildet hat.« Alex schaute ihn skeptisch an. »Jedenfalls schadet so eine Kamera nicht, oder was meint ihr?«

»Nein, aber sie kostet! Ich werde mich mal ein wenig umhören. Tja … Anfang der Woche hatte sie auch noch

›nette‹ Post im Briefkasten. Das ist echt kaum noch zum Aushalten.«

»So?« Zwei Augenpaare blickten ihn fragend an.

»Sie hat jetzt vom Bauamt endgültig das Aus für ihren geplanten Pferdestallbau bekommen. Blattschke hat wohl im Amt komplett Terror gemacht und die haben ihr erklärt, dass er Recht hat. Ihre Wiese liegt im Außenbereich und da dürfen nur privilegierte Landwirte bauen.«

»Was in aller Welt ist ein privilegierter Landwirt und was ist ein Außenbereich?«, fragte Alex erstaunt.

»Da bin ich aber froh, dass ich nicht der Einzige mit Bildungslücken bin. Das habe ich nämlich auch gefragt. So wie ich das verstanden habe, ist ein privilegierter Landwirt ein klar definierter Begriff. Das sind Bauern, die mehr oder weniger ausschließlich von der Landwirtschaft leben, also im Gegensatz zum Nebenerwerbslandwirt und ganz sicher zum Hobbytierhalter. Außenbereiche sind Land- und Forstwirtschaftliche Flächen, die eben ausschließlich für diesen Zweck vorgesehen sind, im Gegensatz zum Innenbereich. Ich glaube, Innenbereich ist so in etwa gleichbedeutend mit Bauland.«

Alex überlegte einen Moment.

»Das kapier ich nicht. Hier stehen überall Weidehütten auf den Wiesen herum und es gibt ziemlich viele Pferdehalter. Pferdehalter in der Eifel sind meistens keine Bauern, denn die mögen oft keine Pferde. Wie machen die anderen Pferdehalter das also?«

»Du bist ein wirklich kluges Köpfchen«, lobte Max. »Das hat Kristin auch im Amt nachgefragt. Weißt du, was die gesagt haben …?«, er raufte sich den spärlichen Bewuchs auf seinem Kopf, »die haben keinen Nachbarn wie Blattschke. Wo kein Kläger, da kein Richter. Man würde bei den Behörden die Augen zudrücken.«

»Das heißt also, man muss teures Bauland kaufen, um als Nichtlandwirt Pferde halten zu können?«, fragte Alex ungläubig.

»Nein. Kluger Gedanke, aber falsch. Eine Frau in Hillesheim hat den gleichen Ärger, weil sie ihre Pferde auf Bauland hält. Das darf man nämlich auch nicht. Auf Bauland darfst du genau genommen nicht einmal Hühner halten. Die Antwort ist ganz einfach«, jetzt wurde er sehr zynisch, »als normaler Pferdehalter, also ohne Privilegierungsquatsch, darf man laut Gesetz seinen Pferden keinen Schutz bieten.«

»Das kann ich nicht glauben«, sagte Alex vehement. »Wo bleibt da der Tierschutz?«

»Da sind wir wieder bei dem Thema, das Kristin mit dem Veterinäramt abklären wollte. Klar, als Halterin ist sie für artgerechte Tierhaltung verantwortlich, aber das muss sich nicht auf ihrem eigenen Land abspielen.«

»Unglaublich«, murmelte Alex, das würde sie recherchieren, oder, klar, wozu hatte Kristin den Arion, der müsste es doch wissen.

»Was macht sie denn jetzt? Ich meine, in ihrem Fall geht es doch um ihre Existenz.«

»Wahrscheinlich wird sie versuchen, den Status des privilegierten Landwirtes zu bekommen, weil sie mit dem Beritt ihren Lebensunterhalt verdient. Aber das dauert, und sie braucht jetzt Schutz für ihre Pferde. Deshalb wird eine mobile Weidehütte gebaut. Ich habe ein bisschen geholfen und im Internet recherchiert. Ein Tischler aus Niedersachsen baut ihr eine, bzw. er hat diese selbstgebauten Dinger auf Lager, die sind zumindest aus Lärchenholz und sehen schön aus. Der Stall wird morgen geliefert.«

Alex sah Max anerkennend an. Er setzte sich ganz schön ein, genau genommen machte er fast nichts anderes mehr.

»Nun denn«, stöhnte Max und wandte sich Fred zu, der bisher schweigend der Unterhaltung beigewohnt hatte. »Wie ist es denn bei dir gelaufen?«

Während Fred noch einmal kurz über das Treffen am Vormittag berichtete, warf Alex immer wieder verstohlene Blicke in Max' Richtung. Max, der Fels in der

Brandung, durch nichts zu erschüttern, immun gegen Gefühlsschwankungen, sah definitiv angefressen aus. Manchmal war sie regelrecht neidisch auf die Leichtigkeit, mit der er das Leben nahm. Schließlich war sie es gewesen, die ihre heimwerkelnden Freunde in diese Lage gebracht hatte. Aber sie konnten doch nicht einfach wegsehen. Trotzdem fühlte sie sich schuldig und dankbar zugleich. Max war ihr so wichtig geworden, er war aus ihrem Leben nicht mehr wegzudenken und sie waren sich durch das Zusammenleben an den Wochenenden so viel näher gekommen. Spontan streckte sie sich und streichelte Max zärtlich über den Arm. Sie tauschten einen langen Blick aus, bevor Alex sich wieder Fred zuwandte.

»Dein Gespräch mit der Kollegin von Blattschke war ja sehr erfolgreich, hm? Da musstest du aber deinen ganzen Charme aufbieten, um so viel aus ihr herauszubekommen.«

»Nein, ehrlich gesagt nicht, obwohl sie ein durchaus interessantes Einsatzgebiet für meinen Charme wäre«, grinste Fred, der den stummen Austausch gar nicht mitbekommen hatte. »Kristins liebenswerter Nachbar scheint ein Oberarschloch zu sein, und die Geschichte mit dem Suizid hört sich reichlich seltsam an. Sie hat mich später noch angerufen und mir die Adresse der Eltern gegeben. Ich habe schon im Internet nachgesehen, sie scheinen noch dort zu wohnen. Kommt einer von euch nächste Woche mit?«

»Ja, gerne«, stimmte Alex zu. »Ich hätte da auch noch etwas, aber es hilft uns nicht viel weiter. Ich habe heute Nachmittag noch einmal mit den ehemaligen Nachbarn telefoniert und ein paar offene Fragen geklärt. Warum die Blattschkes weggezogen sind, ist auch ihnen ein Rätsel, vor allem woher das Geld kommt. Sie vermuten, dass der Wegzug damit zu tun haben könnte, dass Blattschke von der dortigen Gemeinde nur noch kostenpflichtige

Auskünfte bekommen hat. Die hatten wohl die Faxen dicke und Blattschke konnte seine Nachbarn nicht mehr mit Anzeigen terrorisieren. Tatsächlich haben beide mit etwa 40 Jahren aufgehört zu arbeiten. Niemand weiß, wovon sie leben und warum sie nicht mehr arbeiten, außer der Mutter, die gepflegt werden sollte, aber das hatte sich ja kurzfristig erledigt. Besuch scheinen sie in den zehn Jahren nicht bekommen zu haben. Ist jedenfalls nie beobachtet worden. Der Nachbar hat mich übrigens gefragt, ob Frau Blattschke immer noch so ungepflegt aussieht. Auch das scheint nicht neu zu sein.«

47. Kapitel

Sie schreckte hoch, versteifte sich kurz und überlegte, welches Geräusch sie geweckt haben mochte. Langsam entspannte sie sich, seufzte und warf einen Blick auf den Radiowecker. Kurz vor zwei Uhr nachts. Seit Wochen ging das schon so. Früher hatte sie immer gut geschlafen. Durch die viele Bewegung und die frische Luft jeden Tag schlief sie nachts meist wie ein Murmeltier. Seit einigen Wochen wachte sie zwischen zwei und vier Uhr morgens auf und lag danach stundenlang grübelnd wach, ärgerte sich, weil ihr der Schlaf am nächsten Tag fehlen und sie sich nicht so fit fühlen würde. Sie versuchte, ihre Gedanken in positive Bahnen zu lenken, was zunehmend schwerer fiel. Unwillkürlich hob sie mit den Füßen die Bettdecke an, um sich umzudrehen. Normalerweise musste dazu immer eine der Katzen auf ihren Beinen zur Seite geschoben werden. Aber jetzt gab es keinen Widerstand mehr, beide waren weg. Das Grübeln fing schon wieder an. Sie versuchte das Bild des toten Tigers zu verdrängen, was ihr auch gelang, musste aber stattdessen darüber nachdenken, was mit ihrer kleinen Katze weiter geschehen sollte. Sie konnte sie nicht auf alle Zeiten bei ihrer Schwester lassen und sie vermisste sie so. Aber hierher zurück? Sie würde es sich nie verzeihen, wenn auch ihr etwas zustoßen würde. Und das Haus? Sie könnte versuchen, es zu verkaufen und etwas Gleichwertiges zu finden. Noch einmal von vorne anfangen? All die Arbeit, all die Träume. Ein ähnliches Haus zu finden, mit so viel Weideland, würde sehr schwierig werden, und dieses Haus zu verkaufen, war wahrscheinlich nicht einfach, wenn nicht gar unmöglich. Der Ruf des Nachbarn hatte sich inzwischen herumgesprochen, und niemand aus den umliegenden Dörfern würde sich das freiwillig antun.

Es knackte über ihrem Kopf. Sie hatte anfänglich eine Weile gebraucht, um sich an die Geräusche des alten Hauses zu gewöhnen. In der Stadtwohnung hörte man nachts vielleicht die Toilette des Nachbarn oder späte Heimkehrer im Hausflur, hier war es still, bis auf das Gebälk. Es arbeitete. Manchmal klang es wie Tritte über ihrem Kopf, manchmal, als würde jemand die Holztreppe hinaufsteigen. Es knackte wieder. Da war nichts, das wusste sie. Sie hatte den Eindruck gehabt, dass es in den letzten Wochen mehr Laute gegeben hatte und war deswegen noch vor wenigen Tagen auf den Speicher geklettert, um nachzusehen, ob sich vielleicht ein Marder dort eingenistet hatte oder Mäuse sich tummelten. Das Dach war dicht, es gab nicht einmal Fledermäuse. Auch Holzwürmer hatte sie in den Dachbalken nicht entdecken können. Es musste daran liegen, dass sie so viel wach lag und in der Stille der Nacht das Arbeiten des Gebäudes intensiver wahrnahm.

Es knackte wieder und da war noch ein anderes Geräusch. Auch das hatte sie diese Woche schon gehört. Ein Kratzen oder Schaben und es kam von unten, eindeutig. Sie lag jetzt ganz still und lauschte, da war es wieder, ganz leise, ein Kratzen gefolgt von einem metallischen Laut. Eine Wolke hatte sich gerade vor den Halbmond geschoben und bis auf die rote Digitalanzeige des Radioweckers war es stockdunkel im Zimmer. Wieder ein Kratzen! Alle Muskeln ihres Körpers waren angespannt, in Fluchtbereitschaft versetzt. Sie fing an zu schwitzen und tastete auf dem Nachttisch nach einer großen Taschenlampe, die sich notfalls auch zur Verteidigung gegen Einbrecher eignete, als ein markerschütternder Schrei durch die Nacht hallte. Augenblicklich setzte sie sich aufrecht hin und suchte fieberhaft nach dem Schalter für die Nachttischlampe. Als sie das Licht einschaltete, hörte sie es ganz deutlich. Unter ihrem Fenster entfernten sich Schritte. Schnelle Schritte, die sich leise entfernten. Wieder ertönte der schreckliche Schrei, es mussten Tiere sein. Lieber Gott, lass es Tiere sein. Sie sprang aus dem Bett und knipste alle erreichbaren Lichtschalter an, die Deckenbeleuchtung im Zimmer, im Flur. Mit der großen Metalltaschenlampe in der Hand ging sie barfuß die Treppe hinunter, immer wieder Lichter einschaltend. Die Eingangstür zur Straße war verschlossen, aber die Hintertür stand einen winzigen Spalt offen, bis die zusätzlichen Vorhängeschlösser, die sie erst diese Woche angebracht hatte, ein weiteres Öffnen verhindert hatten. Sie hatte diese Tür definitiv abgeschlossen, sie war sich ganz sicher und griff zum Telefon, um die Polizei zu rufen.

Zwanzig Minuten später fuhr ein Streifenwagen auf ihren Hof. Zwanzig Minuten, in denen sie mit jeder Faser ihres Körpers angespannt darauf gelauscht hatte, ob die Schritte zurückkehren würden. Der Schrei war noch ein paar weitere Male erklungen, ansonsten war es still gewesen. Kristin hatte sich inzwischen einen warmen Pullover und eine Jogginghose angezogen. Sie öffnete einem bärtigen Polizisten die Haustür und erklärte ihm mit zitternder Stimme ihre Vermutung, dass jemand versucht habe, in ihr Haus einzubrechen. Sein Kollege war direkt in den Garten gegangen.

»Ich habe Geräusche gehört, ein metallisches Kratzen, ich konnte auch Schritte hören, die sich entfernten, als ich das Licht einschaltete, und die Hintertür stand offen.«

Der Polizist drückte sich an ihr vorbei und ging zur Nebeneingangstür.

»Sven, kannst du etwas sehen?«

»Ich glaube, hier ist niemand«, kam es undeutlich durch die Tür zurück.

»Einen Moment bitte, ich komme gleich wieder«, erklärte der Bärtige und verließ die Haustür in dem Moment, als drei der Hilgers-Männer das Haus betraten.

»Ja, was war denn bei dir wieder los, Mädel?«, brummte Jakob Hilgers und nahm die zitternde Kristin in den Arm.

»Jemand hat versucht hier reinzukommen, Jakob. Ich bin mir ganz sicher, die Tür war offen, da waren Schritte und diese grässlichen Schreie!«, stammelte Kristin. Es tat so gut gehalten zu werden. Jürgen und Daniel Hilgers tauschten Blicke mit ihrem Vater und verließen das Haus. Durch die offene Haustür konnte Kristin sehen, dass sich weitere Dorfbewohner im Vorgarten versammelt hatten und aufgeregt diskutierten.

»Nichts zu sehen«, verkündete der bärtige Polizist, als er mit seinem jungen Kollegen ins Haus zurückkehrte. »Das Schloss ist schon sehr alt und zerkratzt, und es ist schwer zu sagen, ob neue Kratzer hinzugekommen sind. Aber neben dem Schloss ist eine Stelle im Holz, die so aussieht, als wäre dort ein Stemmeisen angesetzt worden. Aber auch hier können wir nicht genau sagen, ob sie frisch ist. Wissen Sie, ob das hier vorher schon zu sehen war?« Er öffnete die Hintertür nun von innen und zeigte auf einen Abdruck im Holz.

»Nein, ich glaube der ist neu«, erwiderte Kristin. »Aber ganz sicher bin ich mir nicht.«

»Wir schicken morgen jemanden vorbei, der sich das ansieht und uns wahrscheinlich sagen kann, was für ein Werkzeug benutzt wurde.«

»Sie haben hier innen ja eine ganze Batterie von Zusatzschlössern«, sagte der junge Polizist lächelnd.

»Die habe ich erst vor ein paar Tagen eingebaut. Vorher war hier nur der kleine Riegel und diese Woche stand die Hintertür schon einmal morgens offen und wurde nur noch von dem Riegel gehalten.«

»Sonst sieht man leider nichts, keine Fußspuren. Sie haben ja den Betonpfad, aber auch das wird sich noch jemand ansehen, wenn es hell ist. Wir nehmen jetzt Ihre Aussage zu Protokoll und dann sollten Sie versuchen zu schlafen. Hier kommt heute niemand mehr rein, nicht bei dem Auflauf da draußen. Bei Ihrem Nachbarn ist alles dunkel und wir werden ihn heute Nacht nicht mehr wecken, aber morgen früh werden wir ihn fragen, ob er etwas bemerkt hat.«

»Jakob, hol doch bitte die Leute rein, es ist kalt«, wandte sich Kristin an Jakob und bat die Polizisten am Tisch Platz zu nehmen. Langsam ließ ihr Zittern nach.

Erst gegen halb fünf Uhr morgens verließen die letzten Dorfbewohner das Haus, und Kristin wusste wieder, warum sie hier und nirgendwo anders leben wollte. Die Hilgers hatten wie selbstverständlich die Versorgung übernommen, den Kachelofen neu angestochert und einen Kasten Bier herbeigezaubert, während Kristin noch mit den Polizisten am Tisch saß. Es wurden viele, viele Einbruchsgeschichten erzählt, und am Ende musste sogar Kristin über ein paar unglückliche Einbrecher lachen, die das Pech hatten, nicht der Polizei, sondern den Eiflern in die Hände zu fallen. Die Schreie hatten sich geklärt, auch Jakob hatte sie gehört. Es waren kämpfende Marder, versicherte er ihr. Seine Jungs hatten noch in der Nacht draußen alles abgesucht und ebenfalls nichts entdecken können. Wer auch immer versucht hatte, in ihr Haus einzudringen, war jedenfalls nicht mit dem Auto gekommen und es war unklar, wohin er verschwunden sein könnte. Verwunderung löste die Tatsache aus, dass der Nachbar von all dem Trubel nichts mitbekommen hatte, wo er doch sonst allgegenwärtig war. Jakob hatte mit ernsten Worten eine klare Ansage gemacht. Beim nächsten Mal, wenn es denn ein nächstes Mal gäbe, würde sie nach der Polizei sofort ihn informieren, egal zu welcher Tageszeit. Die Polizei musste aus Daun kommen, die Hilgers würden in zwei Minuten bei ihr sein.

48. Kapitel

Gegen elf Uhr am nächsten Vormittag fuhr bei strahlendem Sonnenschein ein Auto auf den Hof, das einer anderen Zeit zu entstammen schien. Die Eifel hatte beschlossen, einen erneuten Versuch zu unternehmen, sich vom Winter zu verabschieden, und der zierliche braune Lockenkopf in Jeans und Pullover, mit rosigem Teint, der kleinen Nickelbrille, die etwas schief auf der Nase saß, und dem dunklen, warmen Lachen passte irgendwie zu diesem Versprechen der Natur, alles unaufhaltsam zum Blühen zu bringen und die trübe Stimmung zu vertreiben. Nachdem Max sie einander vorgestellt hatte, ging Alex staunend um dieses, mit einem Holzchassis ausgestattete, hinten kastenförmige Gefährt herum. Die kugelrunden Scheinwerfer waren wie Augen, die staunend auf diese Welt blickten, in die gewölbten Kotflügel eingelassen.

Alex tastete vorsichtig über die glatten Oberflächen von Lisas Auto.

»Du fährst einen Moris Minor Traveller 1000. Wie cool ist das? Es muss dich ein Vermögen kosten, ihn auf der Straße zu halten.«

»Nein, eigentlich nicht. Ich mache fast alles selbst, nur das Holz musste einmal ersetzt werden. Als ich sie bekam, wuchsen um sämtliche Scheiben herum Baumpilze und Moos … auf der Innenseite.«

Eine Psychiaterin, die unter der Woche kranke Gehirne und am Wochenende kaputte Autoteile reparierte, man lernt nie aus. Zumindest das Letztere eine offensichtliche Gemeinsamkeit mit Max.

»Dank eurer Notizen habe ich mir ein wenig ein Bild machen können«, sagte Lisa später mit sanfter, melodischer Stimme. Sie strahlte eine gelassene Ruhe aus, während Kristin übernächtigt und leicht zusammengesunken auf einem Gartenstuhl in der Sonne saß.

Lisa lächelte in die Runde.

»Die Informationen und Eindrücke, die ihr gesammelt habt, könnten darauf hindeuten, dass dein Nachbar krank ist, psychisch krank, deshalb habt ihr mich ja auch hinzugezogen. Natürlich kann ich, ohne ihn zu kennen, keine Ferndiagnose stellen, ob er tatsächlich krank ist und welche Krankheit es sein könnte, aber ich halte das primär zu diesem Zeitpunkt auch nicht für relevant.« Sie blickte in erstaunte bis enttäuschte Gesichter.

»Dein Nachbar, Kristin, ist ein Stalker, wie er im Lehrbuch nicht besser beschrieben werden könnte, und es ist wichtig, das erst einmal festzuhalten und von einem normalen Nachbarschaftsstreit zu differenzieren. Das ist wichtig, weil man wahrscheinlich an der Tatsache, dass er ein Stalker ist, nichts ändern kann, denn die sind erfahrungsgemäß sehr hartnäckig. Es geht eher darum zu überlegen, wie du damit umgehen kannst.«

Kristin sah sie fragend an.

»Stalker möchten auf sich aufmerksam machen und mit den Betroffenen Kontakt aufnehmen. Das kann verschiedene Gründe haben, z.B. Kontroll- oder Machtbedürfnis oder auch sexuell motiviert sein. Dabei versucht ein Stalker, das Böse in sich, sein Selbstbild, auf andere zu projizieren und möchte sich selbst gerne in der Opferrolle sehen. Das heißt, der andere ist der eigentlich Böse, er ist der Verfolgte. Erinnern wir uns an den Satz, den du mir von deiner ersten Begegnung mit ihm beschrieben hast: »Sie haben sicher schon im Dorf gehört, dass wir Proleten sind.« Bald darauf wird ›Proleten‹ zu einem seiner Lieblingsschimpfwörter, mit denen er dich und deine Besucher beschimpft.«

Sie hatte sich wirklich sorgfältig vorbereitet.

»Seine Beschimpfungen sind im Prinzip ein Spiegel seines Selbstbildes, das er natürlich vor sich selbst verleugnet. Viele Stalker haben übrigens ein stark erhöhtes Sicherheitsbedürfnis, sie umgeben sich mit Zäunen, Mauern, Alarmanlagen, weil sie Angst haben, die sich bis zum Verfolgungswahn steigern kann.«

Alle hatten sofort Blattschkes Grundstück vor Augen: Bewegungsmelder in alle Richtungen, verschlossenes Hoftor, bissiger Schäferhund …

»Ein Stalker will, dass du ihn beachtest. Wenn du ihn ignorierst, muss er sich mehr anstrengen, um deine Aufmerksamkeit zu bekommen. Auch negative Aufmerksamkeit bedeutet für ihn eine Belohnung, wie bei kleinen Kindern.«

»Heißt das, ich hätte ihn nicht ignorieren sollen?«, fragte Kristin zurück. Man merkte ihr an, dass sie sofort in Abwehrhaltung ging. War es jetzt wieder so, dass sie sich das alles selbst eingebrockt hatte?

»Nein, ganz entschieden nein. Du hast dich intuitiv absolut richtig verhalten.« Lisa lächelte Kristin wieder beruhigend an. »Wenn ein Stalker mit seinen Mitteln zum Ziel kommt, lernt er etwas. Ich muss das und das tun, dann beachtet sie mich. Also, die oberste Verhaltensregel für Betroffene ist, einem Stalker überhaupt keine Beachtung zu schenken. In keiner Weise, sich auch nicht für etwas entschuldigen, auch nicht ankündigen, dass du jetzt zur Polizei gehst. Gar nichts.«

Kristin entspannte sich wieder etwas.

»Versteh mich nicht falsch, das heißt natürlich nicht, dass du ihn nicht anzeigen sollst, wenn er mit seinem Verhalten gegen das Gesetz verstößt und du solltest möglichst immer versuchen, Zeugen zu haben, und genau da wird es schwierig. Stalker sind meistens sehr geschickt und achten sorgfältig darauf, dass ihre Aktivitäten nicht von Zeugen beobachtet werden. Deshalb ist es so schwer, ihnen beizukommen.«

»Aber als ihr Freund Holger den Zaun gebaut hat, waren doch gleich mehrere Zeugen dabei«, warf Alex ein. »Wie passt das ins Bild?«

»Ich finde, das passt recht gut ins Bild«, sagte Lisa. »Was hat er denn gemacht? Er hat versucht, ihrem Freund etwas zu entwenden, hat ihn auch gestoßen, aber ansonsten hat er sich auf Beleidigungen beschränkt, und er hat provoziert, und zwar, wenn ich das richtig verstanden habe, sehr heftig und von seiner Zaunseite aus, oder?«

»Richtig.« Kristin nickte.

»Seine Provokationen zielten darauf ab und wurden deshalb immer heftiger, weil er angegriffen werden wollte, auf seinem Grundstück. Er hätte für sich den Beweis bekommen, den er so dringend brauchte, dass er das Opfer ist.«

»Wie passt seine Frau in dieses Schema?«, fragte Fred dazwischen. »Gehen Stalker auch zu zweit auf die Jagd?«

»Schwer zu sagen, zumal ich die beiden noch nicht kennengelernt habe. Mir ist aufgefallen, dass eines seiner Lieblingsschimpfwörter ›Schlampe‹ ist, und Max hat mir seine Frau als sehr ungepflegt beschrieben. Eine, vielleicht weit hergeholte, Theorie ist, dass er seine Frau im Grunde hasst oder von ihr angewidert ist, aber er ist auch von ihr abhängig. Sie ist möglicherweise der einzige Mensch, der es je mit ihm ausgehalten hat. Der Preis dafür ist, dass er Nacht für Nacht neben einer Frau schlafen muss, die er im Grunde für schlampig hält. Sie wiederum unterstützt ihn in seinem Terror, hat vielleicht auch eine ähnliche Veranlagung, schwer zu sagen. Ich vermute, dass sie im Grunde seine Abneigung ihr gegenüber ahnt und deshalb versucht, sich ihm anzubiedern. Eine Beziehung braucht eine Basis, ihre könnte das Stalking sein. Aber jetzt kommen wir wirklich in den Bereich der Spekulation.«

Sie hielt inne und blickte in die Runde. »Jetzt warte ich im Prinzip auf die Frage, die am häufigsten gestellt wird.«

»Wie gefährlich ist er?«, fragte Fred ohne zu zögern.

»Mmm, genau. Genau das interessiert die Betroffenen natürlich am meisten. Und da muss ich euch enttäuschen. Das kann ich nicht sagen. Das ist die zentrale Frage, die Rechtsmediziner und Polizei gleichermaßen beschäftigt und auf die es keine einfache Antwort gibt. Häufig liegen sie mit ihrer Einschätzung eben auch daneben. Das sind Fälle, die durch die Presse gehen, wenn zum Beispiel ein Arzt seinem Patienten in der forensischen Abteilung Freigang erlaubt hat, weil er ihn für ungefährlich hält und es passiert doch etwas. Das Gewaltpotenzial ist sehr, sehr schwer einzuschätzen. Wir müssen leider abwarten, wie sich die Situation entwickelt.«

»Wir müssen also in anderen Worten tatenlos abwarten, bis Kristin etwas passiert?«, fragte Max resigniert.

»Nein, ihr solltet auf keinen Fall tatenlos bleiben. Du«, sie wandte sich wieder an Kristin, »solltest weiter Tagebuch führen. Ich glaube, du hast eine, das klingt jetzt fast sarkastisch, gute Ausgangslage. Du hast

Vorinformationen, die seine ehemaligen Nachbarn nicht hatten. Dort ist es klassisch gelaufen. Die Opfer gerieten immer mehr in die Isolation. Stalker lügen auch sehr überzeugend und versuchen, die Opfer in ihrem Umfeld als die Bösen darzustellen. Das gelingt ihnen streckenweise. Die Angst, selbst Opfer zu werden, tut ihr Übriges. Der Betroffene bekommt keinen Rückhalt aus der Gemeinschaft und wie im Fall der ehemaligen Nachbarn zerbricht die Gemeinschaft schließlich an dieser Belastung. Das darf hier nicht passieren.«

Sie machte eine Pause und eine Weile hing jeder seinen Gedanken nach und versuchte, die Menge an Informationen zu verarbeiten.

»Was geht dir durch den Kopf?«, fragte Lisa, die eine kaum merkliche Veränderung bei Kristin wahrgenommen hatte.

»Ich weiß nicht, das gehört eigentlich nicht zum Thema.«

»Sag einfach, was du gerade gedacht hast.«

»Ich musste an die vielen, sicher gut gemeinten Vorschläge denken, die ich bekommen habe, wie ›setzt euch doch endlich mal an einen Tisch, trinkt ein Bier und klärt die Missverständnisse‹ oder ›am besten, ihr reicht euch die Hand über den Zaun und vertragt euch, dann klappt das schon‹. Ich meine, es ist nicht böse gemeint, aber es schwingt immer mit, dass ich mir meine Probleme selbst zuzuschreiben habe. Anrufe vom Ordnungsamt, wenn er sich wieder über etwas beschwert hat, ›Frau Apis, machen Sie doch den ersten Schritt, einer von Ihnen beiden muss doch vernünftig werden‹. Das impliziert ja, dass ich auch nicht vernünftig bin. Selbst einer der offiziellen Vertreter, ich möchte nicht sagen, wer es war, sagte, als ich um Hilfe bat, ›ich weiß ja auch nicht was bei Ihnen beiden los ist, Sie erzählen dies, er erzählt etwas anderes‹. Er hat gesagt, dass meine Anzeigen alle eingestellt worden wären, bedeute nicht, dass ich nichts getan hätte, sondern nur, dass mir nie etwas nachgewiesen werden konnte«, fügte sie leise hinzu. »Ich habe nie wieder um Hilfe gebeten. Versteht ihr was ich meine, ich muss mich ständig rechtfertigen, aber die Zweifel an meiner Unschuld bleiben.«

Die anderen schwiegen betroffen, diesen Aspekt kannten sie noch nicht.

»Ja, das kann ich gut nachvollziehen und das ist auch ein Merkmal eines Stalkers, diese gezielte Desinformation über sein Opfer«, sagte Lisa mit Nachdruck. »Da ist der Betroffene quasi doppelt geschlagen. Er ist durch die Angriffe des Stalkers einer zunehmenden Isolation ausgesetzt. Das ist die Realität und so ist das auch bei den ehemaligen Nachbarn gelaufen. Man glaubt nur zu gerne einem Menschen wie diesem Blattschke. Ihm nicht zu glauben bedeutet, man müsste sich mit der Situation auseinandersetzen, müsste aktiv werden, könnte involviert werden.«

»Ich versteh noch nicht ganz, warum es keine Rolle spielt, ob er psychisch krank ist oder nicht?«, fragte Fred nach einer Weile.

»Weil das eine Frage ist, die eher Gerichte und Ärzte beschäftigt, wenn kriminelle Handlungen nachgewiesen sind. Ich erkläre es mal so: Bei Stalkern, die bei uns in der Psychiatrie gelandet sind, wurde vor Gericht festgestellt, dass die Taten in direktem Zusammenhang mit einer psychischen Erkrankung stehen. Wenn das nicht der Fall ist, kommen sie ins Gefängnis. Wenn wir uns mit diesen Patienten befassen, stellen wir in der Regel eine verkorkste Vergangenheit fest. Häufig haben sie starke Minderwertigkeitskomplexe, fühlten sich schon als Kind zurückgesetzt oder haben sogar eine wirklich traumatische Kindheit hinter sich, zum Beispiel durch Misshandlung oder Missbrauch. Spätere Täter waren in ihrer Kindheit häufig selbst Opfer. Es ist also nicht anders als bei vielen anderen Kriminellen.« Sie stieß einen Seufzer aus.

»Trotzdem, ob als krank diagnostiziert oder nicht, ich könnte manchmal einfach nur reinschlagen.«

Erstaunt blickten alle auf die zierliche Frau mit der sanften Stimme.

»Sie tischen uns solche Lügen auf, selbst über kriminelle Aktivitäten, die ihnen zweifelsfrei nachgewiesen wurden. Darüber hinaus sind sie häufig absolut überzeugt davon, schuldlos zu sein. Ich will euch ein Beispiel geben. Wir hatten eine Frau«, sie lachte, als sie die Blicke sah, »ja, es gibt natürlich auch Stalkerinnen, aber die Mehrheit sind Männer, das stimmt. Diese Frau hatte vergiftete Süßigkeiten an Kinder verschenkt. Sie wies die Schuld den Eltern zu, denn die hätten ihre Kinder dazu erziehen müssen, nichts von Fremden anzunehmen. Sie war auch nicht von ihrer selbst empfundenen Schuldlosigkeit abzubringen. Die Einsicht fehlt in vielen Fällen völlig und die Therapiemöglichkeiten leider oft auch.«

Wieder seufzte sie.

»Manche sind einfach nicht therapierbar. Was machen wir mit diesen Menschen? Aber das ist jetzt eher die Klinikwarte, zurück zu deinem Problem, Kristin. Es gibt auch schlicht böse Menschen. Nicht jeder Kriminelle ist krank, und ich kann das aus der Ferne wirklich nicht beurteilen. Auf jeden Fall muss niemand so ein Verhalten tatenlos hinnehmen.«

Lisas Blick schweifte kurz zum Vulkan auf der anderen Talseite. »Wahrscheinlich wird er weitermachen, die hören selten auf. Es tut mir leid, dass ich dir das sagen muss. Wichtig ist, wir haben hier so oft von Opfern gesprochen, dass du lernst, dich nicht als Opfer zu sehen. Das geht natürlich nur, wenn du Unterstützung bekommst und dich sicher fühlst. Du könntest zum Beispiel eine Videoüberwachung installieren.«

»Hm«, sagte Max, »darüber hatten wir uns auch schon Gedanken gemacht.«

»Die kann dir, neben dem Sicherheitsaspekt, vielleicht auch helfen, ihm etwas nachzuweisen. Du hast auch die Möglichkeit, einen Amtsarzt hinzuzuziehen. Der müsste sich mit dem Problem auseinandersetzen, aber auch hierfür ist es sicher besser, erst noch weitere Nachweise für sein Verhalten zu haben. Und für dich selbst, wenn du merkst, dass du zunehmend schlechter mit der Belastung umgehen kannst, gibt es eine ganze Reihe von Organisationen, die sich speziell mit diesem Thema beschäftigen und Hilfe anbieten. Ich kann dir die Adressen geben.«

Kristin lächelte nun zum ersten Mal und schaute die anderen an. »Ich habe hier sozusagen eine Hilfsorganisation vor Ort. Ich bin euch allen sehr dankbar«, fügte sie leise hinzu, »und es ist sehr nett, dass du extra hergekommen bist, Lisa.«

»Habe ich gern gemacht, und ich würde mich auch freuen, wenn ihr mich auf dem Laufenden haltet. Und jetzt hätte ich Lust mir eure grandiose Landschaft näher anzusehen. Kommst du mit Max?«, sie schmunzelte spitzbübisch. »Ich bin ein schrecklich neugieriger Mensch und es wäre natürlich nicht schlecht, wenn wir bei einem Spaziergang rein zufällig deinen Nachbarn in Augenschein nehmen könnten, Kristin.«

»Mal nachschlagen, wann die Fütterungszeiten sind«. Fred grinste.

49. Kapitel

Sie nahmen den Weg durchs Dorf, an Kristins Haus vorbei und bekamen leider keine Gelegenheit, Lisas Neugier zu befriedigen. Blattschke ließ sich nicht blicken. Kristin verabschiedete sich herzlich an ihrem Haus und wirkte wesentlich gelöster.

Max und Lisa gingen zunächst schweigsam über den Schotterweg nach Niederehe.

»Mir ist aufgefallen, dass du die tote Katze gar nicht erwähnt hast«, sagte Max schließlich.

»Ja, das ist richtig«, stimmte Lisa zu. »Das war auch ganz bewusst so, ich hatte gehofft, dass sie nicht zur Sprache kommt.«

Max sah sie fragend an.

»Bei ängstlichen Betroffenen ist die Wahrscheinlichkeit größer, dass sie tatsächlich zum Opfer werden«, sagte Lisa langsam. »Es gibt eine Sache, die mich beunruhigt, die Kristin aber im Moment nicht beunruhigen sollte, weil meine Ängste vielleicht völlig unbegründet sind.«

Sie schwenkte nachdenklich einen langen Grashalm.

»Dieser Nachbar von ihr benutzt ein Vokabular, das oft aus dem sexuellen Bereich stammt, Wichse, Hure und so weiter. Möglicherweise ist das einfach allgemeiner Sprachgebrauch bei ihm, er hat sich ja auch schon bei seinen früheren Nachbarn so ausgedrückt, zumindest bei der Frau.«

Sie sah Max fragend an: »Es gibt keine eindeutigen Hinweise, die auf ihn als Täter bei der Katze hindeuten?«

Max schüttelte verneinend den Kopf.

»Weißt du, ob es noch jemanden gibt, der es auf sie abgesehen haben könnte, einen Ex-Partner zum Beispiel?«

Max schüttelte wieder den Kopf. »Sie hat nie so etwas erwähnt, aber so gut kenne ich sie ja auch noch nicht.«

»Die Art und Weise, wie die Katze getötet oder aufgespießt wurde… Wer immer das getan hat, es deutet auf ein hohes Maß an Sadismus und eben auch sexueller Motivation hin. Es gibt Untersuchungen, die zeigen, dass viele Gewalttäter, die zum Beispiel Frauen vergewaltigt oder ermordet haben, eine Vorgeschichte von

Tiermisshandlungen aufweisen. Sie fangen sozusagen bei den Tieren an. Das muss hier nicht der Fall sein, aber man sollte es nicht aus den Augen verlieren.«

»Du hältst sie für gefährdet, nicht wahr?«

»Alles deutet darauf hin. Die Katze …, jemand versucht, in ihr Haus einzubrechen. Die Frage ist nur, ob das wirklich mit dem Nachbarn zusammenhängt. Der kann auch zur fixen Idee werden. Verstehst du, was ich meine? Ich halte den Nachbarn für einen Stalker, aber es könnte auch sein, dass sie zwei Probleme hat. Wenn es wirklich der Nachbar war, dann hat sich bei ihm etwas verändert. Das ist eine deutliche Eskalationsstufe im Vergleich zu dem, was seine früheren Nachbarn erlebt haben.«

»Eskaliert ist die Situation aber vorher auch schon, nicht wahr?«, bemerkte Max. »Der tätliche Angriff auf ihren Freund, so etwas haben die früheren Nachbarn auch nicht berichtet.«

»Ja das ist richtig«, stimmte Lisa zu. »Das würde allerdings noch zu der These passen, dass er als Stalker versuchen muss, seine Bemühungen zu verstärken, weil sie von seinen anderen Aktivitäten nicht beeindruckt war. Ich möchte auch nur sagen, dass man die Möglichkeit, dass noch eine zweite Person involviert ist, nicht außer Acht lassen sollte. Halt mich auf dem Laufenden, wie es weitergeht.«

»Ich werde mich um eine Videoanlage kümmern«, sagte Max bestürzt, »und zwar noch diese Woche.«

»Das ist sicher eine gute Idee.« Sie lächelte ihn an. »Sie gefällt dir gut, nicht wahr?«

»Hm, ja, ich glaub schon.« Er errötete leicht.

»Da ist noch etwas, Lisa. Vor drei Wochen wurde hier in der Nähe ein Toter gefunden. Er wurde ermordet. Soweit wir wissen, hatte Frau Blattschke schon länger ein Verhältnis mit diesem Mann und sie haben wohl noch keinen Täter. Jedenfalls steht nichts in der Zeitung und hier im Dorf würde es sich sofort herumsprechen.

Nachdem ich jetzt die ganzen Berichte von Kristin gelesen habe und auch selbst einiges mitbekommen habe, scheint mir ihre Situation besonders in den letzten drei Wochen eskaliert zu sein. Das sind schon merkwürdige Zufälle.«

Lisa schwieg einen Moment.

»Das könnte natürlich so etwas wie ein Trigger für die Eskalation sein. Die Frage wäre, ob ihr Mann von dem Verhältnis wusste. Wenn nicht, hat er es vielleicht jetzt erfahren, denn seine Frau wird vernommen worden sein. Aber Max, verrenn dich nicht. Wie gesagt, ihr habt hier keine Beweise, dass der Nachbar an allem, was ihr passiert ist, überhaupt beteiligt war.«

50. Kapitel

»Ich habe gerade mit der Mutter von Corinna Wohlgemuth gesprochen, sie ist zu Hause und wir können gleich vorbeikommen.«

»Jetzt Autofahren, bei dem schönen Wetter!« Alex stöhnte. Sie schippte gerade die ersten Schaufeln mit dem restlichen Bauschutt auf den Anhänger.

»Du warst doch bislang diejenige, die mit Volldampf am Ermitteln war, dann auch direkt weiter«, erwiderte Fred und machte einen so zufriedenen Eindruck, dass Alex den Verdacht hatte, dieses Treffen sei vor allem deshalb arrangiert worden, um nicht Bauschutt schaufeln zu müssen.

»Ich ziehe mich noch gerade um«, sagte sie missmutig.

Düster. Das ganze Haus wirkte düster und bedrückend, und Alex dachte wehmütig an den sonnigen Garten, den sie vor anderthalb Stunden hinter sich gelassen hatten, um nach Ratingen zu fahren. Flur und Wohnzimmer waren in dunklen Farben gehalten, auf dem Boden ein Perserteppich in Brauntönen, links eine schwere Eichenwand, Eichenpaneele an der Decke, eine massive Eichensitzgarnitur. Überall Bilder – an den Wänden, auf der Anrichte, auf der Mittelkonsole der Anbauwand. Fotos und gestickte Wandbilder. Alex fröstelte, obwohl das Haus warm war, eher überheizt. Die schweren Vorhänge schienen nicht nur die Sonne, sondern auch das Leben auszusperren. Sie fühlte sich versucht, die Tür aufzureißen und frischen Wind hineinzulassen. Hier wurde nicht gelebt, hier vegetierte jemand.

Die Mutter der verstorbenen Corinna Wohlgemuth hatte sie freundlich hereingebeten. Sie sei gerne bereit, über ihre Tochter zu sprechen, versicherte sie. Sie sei ein so fröhliches Kind gewesen, ein so lebensfroher Mensch. Sie habe Tiere geliebt, vor allem Pferde. Die Fotos an der Wand dokumentierten jeden bedeutenden Schritt ihrer Kindheit und Jugend. Corinna als Kleinkind, im Kindergarten, am ersten Schultag mit Schultüte. Corinna beim Auspacken der Weihnachtsgeschenke, Corinna als Siegerin beim Reitturnier, bis hin zum Abitur und den ersten eigenen Reisen mit einer Freundin.

»Wir haben damals geahnt, dass Corinna sich im Büro nicht wohl fühlt, aber sie hat zu Hause nie viel darüber gesprochen. Ich versteh das immer noch nicht. Wir waren doch immer für sie da. Wir hätten gemeinsam versuchen können, eine Lösung zu finden, wenn sie Probleme hatte.« Corinnas Mutter stockte, rang nach Worten.

»Sie hat ihr Jurastudium mit Auszeichnung abgeschlossen«, sagte sie nun mit einem gewissen Stolz in der Stimme. »Ein paar Wochen nach Beginn des Referendariats hat sie angefangen zu rauchen. Wir waren schockiert, sie war immer so dagegen gewesen, und wir haben ihr auch Vorwürfe gemacht, das Rauchen im Haus verboten, ihr Vorträge über ihre Gesundheit gehalten, sie gefragt, was mit ihr los sei. Ich meine …«, sie schaute Alex an, »uns war klar, dass etwas nicht stimmte, aber sie hat sich immer mehr zurückgezogen und wir haben auch gedacht, ihr Freund wäre ein schlechter Einfluss, der rauchte auch. Am Anfang hat sie erwähnt, dass sie mit ihrem Chef großes Pech gehabt hätte. Aber sie hat das heruntergespielt. Es wäre ja nur für eine kurze Zeit, nach dem Referendariat würde sie woanders hinkommen. Sie hat einmal gesagt, dass ihr Chef ein ganz großes Arschloch ist, und wir waren …, na ja, wir hatten eine ziemliche Auseinandersetzung. Solche Worte hat sie vorher nie benutzt. Sie hat von uns doch eine gute Erziehung bekommen. Danach hat sie ihren Chef nie wieder erwähnt und wir haben erst von ihrer Freundin erfahren, dass er sie in den Tod getrieben hat.«

Das war, wie sie es sagte, eine Feststellung, keine Aussage, die in irgendeiner Weise mit einem Fragzeichen behaftet war.

»Sehen Sie, wir haben ihr Vorträge übers Rauchen und ein bestimmtes Vokabular gehalten und ihre Probleme gar nicht erkannt.«

»Vielleicht haben Sie die Probleme gar nicht erkennen können, wenn Sie nicht darüber gesprochen hat«, sagte Alex. »Würden Sie sagen, dass Corinna introvertiert war?«

»Introvertiert?«, Frau Wohlgemuth dachte einen Moment lang nach. »Sie war auf jeden Fall ziemlich empfindlich, schnell beleidigt und hat vieles erst einmal mit sich selbst ausgemacht, bevor sie mit uns darüber gesprochen hat. Das stimmt wohl, das war schon in der Schule so.«

»Was macht Sie so sicher, dass ihr Chef etwas damit zu tun hatte?«, fragte Fred, nachdem Corinnas Mutter eine Weile geschwiegen und abwesend ein Bild an der Wand betrachtet hatte.

»Ihre Freundin«, antwortete sie. »Corinna hatte sich ihr anvertraut, die beiden hatten keine Geheimnisse voreinander. Martina hat uns danach …«, sie hielt wieder inne und knetete ihre Hände, »nach ihrem Tod Einzelheiten erzählt. Wir hatten ja keine Ahnung.«

Sie hob den Blick von ihren Händen und sah Alex direkt an.

»Als Martina uns erzählte, was Corinna durchgemacht hat, waren wir so fassungslos. Warum hat sie nicht mit uns gesprochen? Und wir haben ihr auch noch Vorwürfe gemacht. Ich meine …«, sie blickte wieder auf die Bilder von Corinna an der Wand, »es hat ihr nicht mehr geholfen, es war ja alles zu spät, aber wir haben versucht, beim Amt Druck zu machen, damit dieser Mensch zur Rechenschaft gezogen wird. Da ist gar nichts passiert. Die haben das heruntergespielt. Wir haben auch versucht, eine Zeitung einzuschalten, auch ohne Erfolg. Man hat uns als Eltern gesehen, die den Tod ihrer Tochter nicht verkraften und keine Beweise für ihre Behauptungen haben«, sagte sie bitter. »Bei der Polizei war es genauso. Niemand hat etwas unternommen.«

»Ich weiß, das hilft Ihnen vielleicht nicht wirklich«, sagte Fred, »aber es scheint doch etwas unternommen worden zu sein. Ihr damaliger Chef wurde nach unseren Informationen schon sehr bald aus dem Verkehr gezogen. Er ist nicht mehr im Amt, und das liegt wahrscheinlich daran, dass Sie Druck gemacht haben.«

Seine Bemerkung schien sie kaum zu interessieren. Er hätte Recht, es würde nichts mehr nützen, alles wäre kaputt. Eigentlich wolle sie auch nicht mehr darüber reden, fuhr sie fort. Auch ihren Mann erwähnte sie nicht. Sie könne ihnen Corinnas Zimmer zeigen, schlug sie vor und ging nach oben, ohne eine Antwort abzuwarten.

Ein typisches Mädchenzimmer, verspielt und in Pastelltönen gehalten. Neben dem Foto der Eltern stand viel Schnickschnack auf der Kommode und dem

Schreibtisch. An der Wand hing ein großes Pferdeposter. Alles war wohl genauso, wie Corinna es vor zehn Jahren verlassen hatte, vor ihrem letzten Gang. Das gab Alex den Rest. Sie ließen sich noch Name und Adresse der Freundin geben, bedankten sich und entschuldigten ihren schnellen Aufbruch mit der langen Fahrt, die sie noch vor sich hatten.

»Puh«, sagte Alex, als sie die Autotür hinter sich geschlossen hatte. »Das war schrecklich. Sie ist vor zehn Jahren im Leben stehen geblieben und sie tut mir sehr leid, aber wenn wir noch länger geblieben wären, hätten wir wahrscheinlich als Nächstes ihre Strampler, ihr Kommunionskleid, ihre Zeugnisse und was weiß ich noch gesehen.« Sie wandte sich an Fred.

»Du hast es auch bemerkt, oder?«

»Ja«, er blickte nachdenklich auf das Lenkrad. »Sie ist Kristin wie aus dem Gesicht geschnitten.«

»Es war geradezu unheimlich. Die Haare, die Sommersprossen, die Reithose … So stelle ich mir Kristin vor zehn, fünfzehn Jahren vor.«

»Ja«, sagte Fred nur.

»Ich will jetzt ganz schnell zurück auf meinen Berg, ich will viel frische Luft, Wald, Sonne …«, stöhnte Alex, während Fred noch immer nachdenklich vor sich hinstarrte.

Zurück in Loogh stürzte sich Alex mit Vehemenz in die Gartenarbeit und versuchte, die tristen Eindrücke zu verarbeiten. Der Verkehr war, wie an Samstagen üblich, nicht so schlimm gewesen und so blieb ihr noch genügend Tageslicht, um sich auszutoben. Im Auto und auch jetzt im Garten ließen die Eindrücke sie nicht los. Diese verblüffende Ähnlichkeit zwischen Corinna und Kristin, das konnte doch kein Zufall sein. Was war damals zwischen Blattschke und Corinna vorgefallen?

Lisa hatte nach dem gemeinsamen Spaziergang mit Max wieder fahren müssen und Fred und Max saßen am Ofen und tauschten sich bei einem Bier über die neuesten Erkenntnisse aus.

»Letztendlich hat es nicht viel Neues gebracht, wir konnten sie nicht dazu bringen, uns Details zu erzählen«, schloss Fred seinen etwas schleppenden Bericht über den Nachmittagsbesuch. »Hast du was von Kristin gehört?«

»Sie war heute Nachmittag am Telefon deutlich gelassener. Übrigens ist die Weidehütte heute Nachmittag schon angekommen und die Hilgers helfen ihr morgen, am heiligen Sonntag, beim Aufbau.«

»Ich werde versuchen, nächste Woche mit Corinnas Freundin zu sprechen«, sagte Fred und legte ein neues Holzscheit nach. Abends war es immer noch kalt. »Sie ist nach Köln gezogen und nach dem trüben Nachmittag hatten wir beide keine Lust, da auch noch hinzudüsen.«

»Und ich habe im Internet eine Videoüberwachungsanlage erstanden, aber die kommt leider erst nächste Woche. Außerdem habe mich in einem Päuschen bei der Polizei eingehackt, um nach Vorstrafen Ausschau zu halten.«

Fred zog interessiert die Augenbrauen hoch, doch Max schüttelte den Kopf. »Nichts. Blattschke hat keinen Eintrag im Vorstrafenregister.«

»Hm, schade. Ach ja, Arion kommt morgen und will bis Montagmorgen bleiben. Sagen wir Alex das jetzt oder später?«

»Warum, gibt es ein Problem mit den beiden?«

»Jo, ein kleines würde ich sagen. Sie hat letzte Woche bei Daya nur versucht, ihn umzubringen. Das hat beim ersten Anlauf nicht ganz geklappt und als es zum zweiten Mal so weit war und ich auch um die Einrichtung des Colombo Restaurants fürchten musste, hielt ich eine kleine Krisenintervention für nötig.«

Max grinste.

51. Kapitel

Ein großer, protziger Pseudo-Geländewagen von der Sorte, der immer etwas Zuhältermäßiges anhaftet, fuhr am nächsten Vormittag auf dem Hof vor. Den kannte Fred nicht. Er stand abwartend vor der Haustür. Arion stieg aus, öffnete die hintere Ladefläche und winkte Fred zu sich.

Die Ladefläche war vollgepackt mit Pflanzen. Sträucher, vermutete Fred, jedenfalls war alles schön bunt und blühte kräftig.

»Ein Freund von mir hat eine Baumschule«, erklärte Arion. »Seinen Wagen musste er mir auch gleich dazu leihen. Ich dachte, eure Wildkatze könnte die gebrauchen.«

»Fällt das nicht unter Bestechungsversuch?«, fragte Fred und dachte, darauf fällt sie nie rein, nie, nie, nie.

»Ich würde sagen, das fällt eher unter Präventionsmaßnahme.« Arion grinste.

»Na, dann fahr mal mit dem Wagen direkt durch in den Garten, da wühlt sie nämlich.«

Alex und Max schaufelten die letzten Reste des Bauschutts in große Bottiche, um den Anhänger zu beladen. Sie blickte kurz auf, hob die Hand zum Gruß und widmete sich wieder ihrer Aufgabe.

»Was macht der denn schon wieder hier?«, flüsterte sie Max zu.

Er antwortete nicht und schien ihrem Blick auszuweichen.

Aus den Augenwinkeln bemerkte sie amüsiert, dass der Rechtsanwalt so etwas wie Freizeitkleidung besaß. Er sah zwar auch darin noch aus, als käme er ohne Umweg vom Herrenausstatter, aber es war ein Fortschritt im Vergleich zum letzten Besuch, als er direkt dem Gerichtssaal entsprungen schien. Sie blickte an sich herunter, ihre Jeans hatte Löcher am Knie und an delikateren

Stellen, und das T-Shirt sah auch nicht viel besser aus. Bei der Arbeit auf der Baustelle und im Garten trug sie immer ihre ganz alten Klamotten auf.

»Alex, kannst du mal herkommen!« Fred wirkte leicht ungeduldig.

»Wir wollen das hier heute fertigkriegen.« Sie hasste es, mitten in der Arbeit unterbrochen zu werden.

»Nun komm schon, nur ganz kurz.«

Missmutig ließ sie die Schaufel sinken und kletterte bewusst langsam über die kleine Mauer, die den Küchengarten von der Wiese trennte.

»Sind uns vorne die Parkplätze ausgegangen?«

Ihr Blick erfasste den Inhalt der Ladefläche. Rhododendren und Azaleen in allen Größen und Farben.

»Wow, sind die schön!« Sie beugte den Kopf weiter vor, um die Sträucher genauer zu begutachten. »Machst du jetzt in der Freizeit den Auslieferservice für eine Gärtnerei?«

»Die sind für hier. Ich dachte, die geben einen schönen Farbtupfer ab.«

Sie schwieg und Fred beobachtete die Szene hoch interessiert.

»Die passen auch in einen Naturgarten … Ich meine, vorne sind doch auch ein paar Ziersträucher«, sagte Arion nach einer Pause und wirkte leicht verunsichert.

Bringen wir es hinter uns, dachte Alex, und immer schön nett sein. Sie richtete sich zu ihrer vollen Größe von 1,65 Meter auf und sah Arion zum ersten Mal an. »Das ist schrecklich nett von dir«, begann sie und lächelte sogar, »aber die … hm … wachsen hier nicht, wir haben Kalkboden.«

»Ja, ich weiß«, sagte er langsam und sah ihr tief in die Augen. »Aber ihr habt einen Anhänger und da hinten ist ein Nadelwald, den habe ich beim letzten Mal gesehen. Ich dachte, wir könnten zusammen so eine Art Moorbeet anlegen, mit Waldboden.«

Sie löste sich mit einem Ruck von den braunen Augen, die sie gefangen hielten. »Sag mal Arion, hast du die Akte von Kristin dabei?«, fragte sie, während sie geschäftig damit begann, die Sträucher auszuladen und ihn tunlichst nicht mehr anzusehen. »Ich würde auch gerne mal einen Blick darauf werfen.«

Sie schmilzt dahin, ich glaube es nicht, sie schmilzt dahin, dachte Fred, verdrehte die Augen und wandte sich ab.

»Ich weiß gar nicht, was du hast«, grinste Max, als er an ihm vorbei zurück zum Haus ging. »Die zwei scheinen doch ein Herz und eine Seele zu sein.«

»Billige Anmache«, knurrte Fred leise. »Blumen, wie originell! Ich muss bei dem Mal einen Grundkurs im Glitschen und Schleimen auf hohem Niveau belegen.« Er drehte sich um und rief laut in den Garten. »Fast Mittag, will außer mir noch jemand Suppe?«

»Ja, bitte«, kam von Alex zurück.

Eine Stunde später hatten sie eine Suppe gegessen und den restlichen Schutt verladen. Alex hatte es sich am Gartentisch gemütlich gemacht, Kristins Ordner auf dem Schoß.

»Hört euch das mal an!«, rief sie begeistert. Sie war so vertieft, dass sie gar nicht mitbekommen hatte, dass die Männer inzwischen ins Haus gegangen waren. »Die Behörden sollten Frau Apis und ihrer Entourage einmal deutlich machen, dass wir hier nicht in der Pampa oder irgendeiner Bananenrepublik leben. Auch sie muss sich an Recht und Gesetz halten, auch wenn es schwerfällt. Zum anderen müssen meine Frau und ich aufpassen, dass unsere Immobilie nicht durch so eine Frau mit ihren Einstellungen an Wert verliert. Wir schämen uns ja schon, wenn wir Besuch bekommen, bei einer solchen sogenannten Nachbarin.« Sie gluckste.

»Der Arme hat´s echt schwer. Jetzt wissen wir auch, warum der nie Besuch bekommt. Aber die Krönung ist das hier: »Im Carport von Frau Apis haben sich Mäuse und anderes Ungeziefer eingenistet. Die Mäuse kommen immer öfter auf unser Grundstück. Vor ihrem Einzug hatten wir dieses Problem nicht. Wenn die notwendigen Maßnahmen zur Beseitigung von der Eigentümerin nicht ergriffen werden, werde ich auch das Veterinäramt in Daun informieren.« Das finde ich hochinteressant.« Wieder kicherte sie. »Etwa 3.000 bis 4.000 Landwirte waren letzten Winter …«

»Machen Biologen das häufiger, mit den Bäumen sprechen?«, fragte Arion. Er stützte beide Hände auf ihre Armlehnen und beugte sich über ihre Schulter, um das Dokument zu betrachten. Zu ihrem Entsetzen beschleunigte sich ihr Herzschlag. Sie räusperte sich und wies auf den Aktenordner. »Ich finde nur diese Mäusegeschichte witzig.«

Arion fuhr mit dem Zeigefinger die Zeilen entlang, dabei wurde ihr Arm leicht an ihren Oberkörper gedrückt. Röte stieg ihr ins Gesicht. Er war ihr sehr nah und es fühlte sich bedauerlich gut an. Er riecht auch noch gut, dachte sie. Irgendein unfaires Aftershave, wahrscheinlich mit Hormonen versetzt, die Weibchen vorübergehend völlig willenlos machen.

Sie zog den Stuhl mit einem Ruck nach vorn, er verlor das Gleichgewicht und schlug mit dem Kinn hart gegen ihre Schulter.

»Tschuldigung. Etwa 3.000 bis 4.000 Landwirte waren im vergangenen Winter von der Mäuseplage in der Eifel betroffen. Ich würde auf diese Anzeige zurückfragen, ob all diese Landwirte auch einen Zusammenhang mit Kristins Carport sehen. Das wäre ein wissenschaftliches Novum und wir könnten gleich ein neues Forschungsprojekt daraus machen, so etwas wie Carport-bedingte erhöhte Fertilität der Feldmaus?«

Sie klappte die Mappe zu und stand auf.

»Das mit dem Waldboden können wir erst morgen machen, für heute Nachmittag habe ich mich mit Kristin zu einem Spaziergang verabredet. Aber wenn du willst …«, ihr kam gerade eine Idee, »könntest du den Boden schon mal ausheben. Ich denke, so einen Meter tief und sagen wir mal sechs Quadratmeter sollten reichen.«

Sie ging mit schnellen Schritten voran und deutete auf ein noch unbearbeitetes Beet. »Der Spaten ist in der Scheune, die Schubkarre auch. Ach ja, eine Spitzhacke findest du dort auch, bei Bedarf.«

»Aja …, Spitzhacke«, wiederholte Arion.

Ob der zu Hause wohl auch so schöne große Steine im Boden hat, dachte sie, während sie mit dem zufriedenen Grinsen einer vollgefressenen Katze auf die andere Seite des Hauses zurückschlenderte. Überschüssige männliche Energie musste nur geschickt in die richtigen Bahnen gelenkt werden.

52. Kapitel

Die Woche sei ruhig gewesen, erfuhr Alex von einer sichtlich entspannteren Kristin. Sie sei tagsüber lange bei den Pferden gewesen und habe neben dem abendlichen Begrüßungsritual keinen Feindkontakt gehabt, keine Geräusche gehört. Vielleicht hatte das Gespräch mit Lisa ihr neues Selbstvertrauen gegeben, dachte Alex, vielleicht würde doch noch alles gut.

»Bei dir hat man nicht das Gefühl, dass es dir jemals schlecht geht«, sagte Kristin, als sie jetzt eine Pause auf einer Bank einlegten.

»Oh, das siehst du völlig falsch. Das wäre ja auch nicht normal. Also, spätestens einmal im Monat, wenn meine

Hormönchen neben der Spur laufen, kann ich extrem schlecht drauf sein.«

Sie schwiegen und hielten ihre Gesichter in die Sonne.

»Du und Fred, ihr steht euch sehr nahe, oder?«, sagte Kristin nach einer Weile. »Wenn man euch erlebt, sorry, besonders wenn ihr euch zofft, könnte man meinen, ihr seid ein altes Ehepaar.«

»Na, das spricht nicht gerade für deine Vorstellung von Ehe.« Alex lachte.

»Ganz genau genommen, entspricht das exakt meinen Erfahrungen mit vorgenannter Institution.«

»Oh, Entschuldigung«, sagte Alex betroffen. »Aber zu Fred, ich glaube, ich weiß, was du meinst.« Sie machte eine kleine Pause. »Wir gehen füreinander durch dick und dünn«, sagte sie nachdenklich, »haben wir auch schon oft genug gemusst. Aber wir streiten auch viel, das stimmt. Ich glaube, es ist mehr geworden, seit wir jedes Wochenende zusammenwohnen. Ich schätze«, überlegte sie, »ich schätze, durch das Zusammenleben lernen wir gerade neue Seiten aneinander kennen. Und die passen nicht immer.«

»Und … kein Mann in deinem Leben? Sorry, war das jetzt zu persönlich?«, fragte Kristin.

»Ich …«, Alex grinste, »ich werde, glaube ich, zur Zeit von deinem Anwalt angebaggert und ich finde den erschreckend attraktiv.« Jetzt lachte sie. »Und dein Anwalt passt nicht in mein Beuteschema und das verwirrt mich.«

»Weißt du«, sagte Kristin seufzend, »es ist einfach schön, mal über etwas anderes zu reden als über meinen Psychopathen.«

»Mit dem Idioten beschäftigen wir uns ja auch schon häufig genug. Hast du Lust Füchse zu beobachten? Eine meiner Fähen hat gerade fünf Junge. Es ist nicht weit von hier, wir müssten nur ein Stück zurückgehen und könnten allerdings nicht die Rundtour machen, die ich dir eigentlich zeigen wollte.«

»Ja, gerne, wenn das in Ordnung ist. Du hast doch gesagt, sie sollen nicht gestört werden.«

»Wir können sie vom Hochsitz aus sehen, mit dem Fernglas.«

Sie gingen mit zügigen Schritten zurück in den Buchenwald und erreichten nach kurzer Zeit einen Trampelpfad, der zu einem versteckten Hochsitz führte. Alex legte die Finger an die Lippen und deutete auf die steile Holzleiter vor ihnen. Es gelang ihnen fast geräuschlos auf die Holzbank im Inneren des Hochsitzes zu klettern. Sie reichte Kristin ihr Fernglas und deutete auf die Lichtung in der Nähe. Sie mussten sich nicht lange gedulden. Die Fähe mit der weißen Rute betrat als erste die Lichtung und schaute sich vorsichtig um. Kurz darauf wurde sie von ihrem Nachwuchs fast umgerannt. Die jungen Füchse waren sich noch keiner Gefahren bewusst und tobten unbekümmert im Gras. Sie balgten sich, legten sich auf den Rücken, vollführten tollkühne Sprünge. Kristin lächelte, setzte das Fernglas ab und reichte es Alex. Alex schüttelte den Kopf, sie konnte auch ohne Fernglas gut sehen und hatte sowieso viel öfter die Gelegenheit dazu.

So schnell wie die Vorstellung begonnen hatte, war sie auch schon wieder vorbei. Rechts vor ihnen knackte es in rascher Folge im Unterholz und in der Ferne war ein Hund zu hören. Ein hohes Fiepen, offensichtlich ein Hund auf der Jagd. Die Füchse verschwanden blitzschnell im Wald und im nächsten Moment hechtete ein Reh mit großen Sprüngen über die Lichtung und tauchte in die Fichtenschonung auf der linken Seite ein. Das fiepende Kläffen des Hundes kam näher und Alex runzelte irritiert die Stirn. Ein großer Schäferhund sprang mit einem Satz aus dem Unterholz und verharrte verwirrt auf der Lichtung. Er schnüffelte aufgeregt, fand die Stelle, an der eben noch die Füchse gespielt hatten, lief auf die Fichtenschonung zu, kehrte aber wieder um und begann erneut, die Lichtung abzusuchen. Sein Schwanz wedelte heftig hin und her. In der Nähe ertönte ein Ruf. »Arno!« Der Hund blickte kurz auf, beschloss aber, den Ruf zu ignorieren und schnüffelte weiter. Es war offensichtlich ein Rüde. Er markierte die Lichtung ausgiebig und folgte der Spur der Füchse in den Wald hinein. Alex und Kristin hatten bisher ruhig zugesehen, aber Alex wusste, dass der Fuchsbau nicht weit von der Lichtung entfernt war und wurde langsam richtig sauer. Sie bedeutete Kristin, oben auf dem Hochsitz zu bleiben und kletterte in dem Moment die Holzleiter hinunter, als Blattschke die Lichtung betrat und erneut seinen Hund zu sich rief.

»Ihr Hund wildert, nehmen Sie ihn sofort an die Leine!«, rief sie, kaum dass sie den Boden erreicht hatte. Sie steckte die Hände in die Westentasche und ging schnellen Schrittes auf ihn zu. Von hinten kam der Schäferhund, rannte an Blattschke vorbei und sprang wütend bellend in ihre Richtung. Sie blieb stehen, und auch der Hund stoppte seinen Lauf etwa einen Meter vor ihr und knurrte sie wütend an. Er ging mit den Vorderläufen leicht herunter, als wolle er springen, fletschte die Zähne und hatte die Haare an Hals und Rücken furchterregend aufgerichtet.

»Was willst du, Schlampe? Plötzlich nicht mehr so frech, wenn kein Zaun mehr dazwischen ist?« Blattschke kam mit bösartig verzerrtem Gesicht näher.

»Nehmen Sie sofort Ihren Hund an die Leine! Ohne Leine darf er hier nicht herumlaufen, und er wildert. Ich werde das melden.«

»Und was willst du Wichse machen, wenn ich ihn nicht anleine?«

Sein Vokabular wird langsam langweilig, dachte Alex. Sie zog die rechte Hand aus der Tasche und sagte ruhiger, als sie sich fühlte: »Das wollen Sie nicht erleben, denn dann müssen Sie heute noch zum Tierarzt, Sie Arschloch.«

»Willst du mir drohen, du Wichse?«, stieß er zwischen zusammengebissenen Zähnen hervor und blickte an ihr vorbei in Richtung Hochsitz. Alex hörte Äste hinter sich knacken, aber sie drehte sich nicht um, sondern hielt den Blick und die Hand starr auf den Hund gerichtet.

»Ich drohe nie!«, sagte sie langsam, jedes Wort betonend, aber bebend vor Zorn. »Ich mache nur Versprechungen.«

»Arno, hier!«, pfiff er seinen Hund zurück. Der Schäferhund kniff sofort den Schwanz ein und gehorchte.

Er leinte ihn an. »Das werdet ihr mir büßen, ihr Schlampen!«, zischte er, während er dicht an Alex vorbei auf den Hochsitz zulief. Der Hund berührte fast ihre Beine. Sie drehte sich langsam um, beobachtete jede seiner Bewegungen und sah erst jetzt Kristin, die mit einem dicken Knüppel bewaffnet nur wenige Meter hinter ihr stand. Die beiden Frauen sahen Blattschke schweigend nach, bis er über den Trampelpfad verschwunden war. Alex hatte einen hochroten Kopf und einen Gesichtsausdruck, der nichts Gutes verhieß.

»Dieses Arschloch!«, stieß sie schließlich hervor. »Das war eine trächtige Ricke, die der Köter da gehetzt hat. Ich muss mit dem Jagdpächter sprechen. Wir haben vorher lange darüber geredet, aber die Stelle war so tief im Wald, dass wir uns gegen ein Schild zu laufenden Forschungsarbeiten entschieden haben, um keine Aufmerksamkeit zu erregen.«

»Er hätte fast den Hund auf dich gehetzt«, sagte Kristin irritiert. »Das finde ich viel schlimmer.«

Alex sah erst jetzt, dass der Knüppel in ihrer Hand stark zitterte.

»Ich glaube, den brauchen wir nicht mehr.« Sie lächelte trotz ihrer Wut. »Mein Gott, du zitterst ja am ganzen Körper.«

»Ich habe da keine Kontrolle drüber«, sagte Kristin leise und ließ den Knüppel einfach fallen. »Das ist dieses Kranke, glaube ich, dieser irre Gesichtsausdruck, wenn er droht.«

Alex strich ihr leicht über den Arm. »Auf der anderen Seite der Lichtung ist ein Wildwechsel. Wenn wir dem folgen, steuern wir ziemlich direkt auf den Weg oberhalb von deinem Haus zu. Ich habe keine Lust, diesem Arschloch nachzulaufen.«

»Sag mal«, sagte Kristin kurz darauf auf dem Rückweg, »läufst du immer mit einer Dose Pfefferspray durch den Wald?«

»Nein«, jetzt musste Alex grinsen und ihre Wut verrauchte langsam. »Die habe ich dir letzte Woche in Köln gekauft. Ich wollte sie dir heute geben, habe es aber vergessen.«

Sie reichte die Dose an Kristin weiter. »Nachdem er dich neulich verfolgt hat, dachte ich, es wäre eine gute Idee, wenn du so etwas in der Tasche hättest. Wer hätte gedacht, dass ich sie vorher brauche.«

»Das ist ja nett«, seufzte Kristin. »Da wohne ich nun in der friedlichsten Gegend, die ich mir vorstellen kann, und habe vorsichtshalber Pfefferspray in der Tasche. Habe ich nicht einmal in Köln gehabt.«

»Schau mal, Madam Blattschke schaut nach ihrem Herrn und Meister.«

Sie hatten Kristins Haus erreicht und Alex deutete auf Frau Blattschke, die am Zaun stand und in Richtung Dorf blickte. »Sie hat Glück, dass sie ihn in einem Stück zurückbekommt. Hätte er den Hund auf mich gehetzt, hätte nicht nur der Hund eine Ladung abbekommen.« Sie lächelte Kristin an.

»Ich muss jetzt zu den Pferden.« Kristin öffnete die Tür zu ihrem Wagen, ohne in Frau Blattschkes Richtung zu sehen. »Soll ich dich noch mitnehmen?«

»Ne, ne, nach Uedelhoven geht's in die andere Richtung. Ich laufe das kurze Stück. Ich muss mich noch ein bisschen abreagieren.«

Nachdem sie Kristins Auto noch kurz nachgesehen hatte, ging sie in großen Schritten am Nachbargrundstück vorbei.

»Guten Abend Frau Blattschke, Gruß an den Gemahl.«

Die verdutzte Frau Blattschke erwiderte den Gruß und Alex sah ihren Mann vor sich um die Ecke biegen. Er war, wie sie vermutet hatte, die Bitz heruntergekommen. Sie begegnete ihm am ersten der Holzhäuser. »Guten Abend, Herr Blattschke, Gruß an die Gemahlin«, rief sie fröhlich.

Wenn Blicke töten könnten …

53. Kapitel

Zurück im Haus stürmte sie in die Küche und fand Arion am Herd vor.

»Wo sind denn Fred und Max?«

»Danke der Nachfrage. Ja, ich habe das Beet vollständig ausgegraben und werde wahrscheinlich drei Wochen Muskelkater haben.«

»Oh …, ah ja. Verrätst du mir trotzdem, wo die beiden sind?«

»Die müssten noch oben sein. Wenn du hoch gehst, könntest du Bescheid sagen, dass das Essen in fünf Minuten fertig ist?«

Sie stürmte die Treppe hinauf und fand die beiden in Max' neuem Schlafzimmer. Fred lag ausgestreckt auf der Matratze und Max bastelte an seiner Elektrik. »Rutsch mal.« Sie setzte sich neben Fred auf die Matratze und erzählte mit schnellen Worten von ihrer Begegnung im Wald.

»Dieses Arschloch! Der benutzt seinen Hund als Waffe!«, rief sie am Schluss erregt.

»Heutzutage rüsten sogar Pazifisten auf«, seufzte Fred. »Du warst ja auch nicht ganz unbewaffnet. Aber Spaß beiseite, das hätte ins Auge gehen können.«

»Das kann doch kein Zufall sein. Ich arbeite dort seit Jahren und bin noch nie jemandem begegnet. Die Jäger lassen den Hochsitz in Ruhe, so ist es abgemacht. Ich glaube, der hat seinen Hund auf Kristin abgerichtet und benutzt ihn, um sie zu verfolgen.«

»Lisa war auch sehr besorgt«, mischte sich Max ein, ließ sich ebenfalls auf der Matratze nieder und berichtete von Lisas Vermutungen.

»Das hört sich alles gar nicht gut an.« Fred betrachtete nachdenklich das Kabelgewirr an der Wand. »Wann soll denn diese Videoanlage kommen?«

»Hoffentlich Mitte nächster Woche.«

»Ach du Schande«, fiel Alex nun ein. »Ich sollte euch sagen, dass das Essen gleich fertig ist und das ist schon eine ganze Weile her. Wieso kocht denn Arion, zieht der jetzt hier ein?«

»Bobbelsche, weil wir hier fleißig am Schaffen waren.«

»Ah ja …«

»Sag Arion, dass wir gleich kommen«, sagte Max. »Ich zumindest muss mich vorher noch ein bisschen waschen.«

»So, so, du kochst heute«, sagte Alex in der Küche zu Arion, der mit gebeugtem Rücken gerade etwas Fleischartiges aufschnitt.

»Angesichts der jüngsten Anschläge hielt ich es für klüger, das Würzen selbst in die Hand zu nehmen!«

Sehr zu ihrem Verdruss merkte sie, wie ihr erneut die Röte ins Gesicht stieg.

»Feinkostladen überfallen oder so?«

Er richtete sich jetzt voll auf und schaute sie an. »Sag mal, Alex, du hast mich in eine Schublade gesteckt, und jetzt hocke ich da und du suchst nach Beweisen für deine Vorurteile! Kann das sein?«

Seine Direktheit und die Tatsache, dass er Recht hatte, verschlug ihr die Sprache. Sie wandte sich dem Herd zu und hob scheinbar interessiert die Deckel der Töpfe, die auf kleiner Flamme vor sich hin köchelten.

»Es gibt Roastbeef im Blätterteig mit Sardellenpaste. Dazu Sauce Bearnaise.«

Jetzt drehte er sie sanft zu sich, eine Hand auf ihrer Schulter, und schob ihr eine Gabel in den Mund. »Und man kann es ohne Joghurt genießen!«

Er lächelte und sah sie erwartungsvoll an. »Und?«

»Köstlich.«

Ein paar grüne und ein paar braune Augen hielten ein langes Zwiegespräch, bis seine Hand zögernd von ihrer Schulter über ihren Arm glitt. Ein wohliger Schauer lief ihr über den Rücken und schien bis in die Kopfhaut zu dringen. Hätte er in diesem Moment versucht, sie zu küssen, hätte sie es wahrscheinlich genauso widerspruchslos hingenommen, wie sie sich wie ein Lamm hatte füttern lassen, ging Alex durch den Kopf. Langsam wandte sie sich ab und begann, den Tisch zu decken.

»Eigentlich wollte ich heute Abend zum Maibaumaufstellen ins Dorf«, sagte sie kurz darauf beim Essen. »Mir ist nur so gar nicht nach Feiern im Moment.«

Sie blickte in die Runde. Fred und Max schüttelten die Köpfe und Arion schaute eher verständnislos.

»Ist eine schöne Tradition in den Dörfern«, erläuterte Alex. »Mit mindestens zwei Traktoren, mehreren Kisten Stubbies und dreitausend Tipps, wie man das am besten macht, wird der Maibaum für das Dorf geschmückt und aufgestellt. Das ist immer sehr schön, aber irgendwie …«

»Irgendwie … genau«, wiederholte Fred. »Ich plädiere für einen gemütlichen Abend auf dem Sofa, Stubbi und Tatort.«

»Mach du das«, stimmte Alex zu und begann, den Tisch abzuräumen. »Und ich gehe noch ein bisschen die Treppe renovieren.«

Für sie gab es neben der Gartenarbeit fast nichts Besseres zum Abschalten, als Farbschicht um Farbschicht von der alten Treppe zu entfernen, bis das schöne Eichenholz zum Vorschein kam.

54. Kapitel

Kristin warf ihre Jacke achtlos aufs Sofa, ließ sich erschöpft in einen Sessel sinken und den Tag Revue passieren. Was für ein Tag. Sie hatten sehr früh angefangen und bis zum Nachmittag gebraucht, um die Weidehütte aufzubauen. Sie war wunderschön geworden. Lärchenholz, nur eine gescheite Anleitung hatte es nicht gegeben. Blattschke hatte die ganze Zeit schweigend von seiner Seite des Zaunes aus zugesehen und sich sichtlich bemüht, einen möglichst furchterregenden Gesichtsausdruck aufzusetzen. Die Hilgers hatten sich davon in keiner Weise irritieren lassen. Im Gegenteil, es wurde viel gescherzt und mit Bedauern festgestellt, dass er nicht provozierte, das hätte Spaß gemacht. Sie hatte sich in ihrer Gegenwart sehr wohl gefühlt. Offensichtlich schreckten vier Kleiderschränke Blattschke genug ab, um ihn nicht zu Beleidigungen zu verleiten. Auch der Spaziergang mit Alex gestern war trotz der erneuten Begegnung mit Blattschke sehr schön gewesen. Da bahnte sich vielleicht eine Freundschaft an. Die Szene, die sich im Wald abgespielt hatte, hatte sich in Alex' Gegenwart nur noch halb so bedrohlich angefühlt. Wenn sie Blattschke nur aus ihrem Kopf verbannen könnte. Das gelang ihr nur selten, meistens drängte er sich wieder hinein.

Sie schaute auf den Kachelofen und stöhnte. Er war ausgegangen, deshalb war es hier so kalt. Kein Anmachholz, sie würde noch welches schlagen müssen, oder vielleicht doch lieber eine Decke? Sie seufzte, raffte sich auf und machte sich auf den Weg zum Hauklotz im Garten.

»Apis-Sau, hör sofort auf!«, schallte es durch den dämmerigen Garten.

Sie legte das nächste Stück Holz auf den Hauklotz und schlug zu.

»Alte Drecksau, hör sofort auf damit!«

Ignorieren, einfach ignorieren, dachte sie, während er weiter obszöne Beschimpfungen herüberschrie. Sie fühlte sich durch Lisas Worte in ihrer Strategie bestärkt und schlug erneut zu. Ohren auf Durchzug und weitermachen.

»Warte, bis es dunkel wird, dann schlag ich dich tot, du alte Wichse!«

Er brüllte und brüllte.

Sie hatte sich so darauf konzentriert, ihn nicht zu hören, dass sie überrascht war, als er plötzlich vor ihr stand. Er musste über den Zaun geklettert sein und das konnte sie nicht mehr ignorieren.

»Ich schlag dir die Fresse ein, du alte Schlampe. Meinst du kannst mich anzeigen, die andere Schlampe auf mich hetzen? Wer hilft dir diesmal?«

»Verlassen Sie sofort mein Grundstück!«, sagte sie und wies mit dem linken Arm auf sein Haus.

Er stand jetzt etwa einen halben Meter seitlich neben ihr und grölte ihr direkt ins Gesicht. »Du hast mir gar nichts zu sagen, alte Wichse! Ich schlag dich windelweich!«

»Verlassen Sie sofort mein Grundstück!«, stieß sie hervor und wies erneut mit dem Arm.

»Ich schlag dir die Brille so ein, dass sie hinten aus dem Kopf rauskommt, alte Wichse!«

»Verlassen Sie sofort mein Grundstück!«

»Ich schlag dir den Kopf so zu Brei, dass du kein Grundstück mehr brauchst!«

Er hob nicht einmal die Arme, um seinen Worten Nachdruck zu verleihen. Sein Gesicht hatte sich wieder zu dieser grotesken Fratze verzogen, seine Augen rollten, schienen fixieren zu wollen, starrten und glitten wieder von ihr ab. Er kam ihrem Gesicht immer näher.

»Verlassen Sie sofort mein Grundstück!«

»Ich schlag dich tot, ich schlag dich tot!«

Er verlor offensichtlich zusehends die Kontrolle. Sie drehte ihr Gesicht weg und schlug auf das nächste Stück Holz ein.

»Ich würde an Ihrer Stelle ein Stückchen zur Seite gehen, das hier ist gefährlich.«

»Willst du mir etwa drohen, du alte Schlampe?«

Sie sah ihn nicht mehr an, bückte sich, legte das Holzstück wieder mit der Schnittfläche nach unten und schlug erneut zu. »Nein. Ich kann nur nicht vorhersehen, wohin das Holz springt.«

»Ich schlag dir die Fresse ein!«, tobte er weiter, trat aber einen Schritt zurück.

Kristin antwortete nicht mehr, sondern schlug mit voller Wucht auf das nächste Holzstück ein. Einen ganz kurzen Moment lang ging ihr durch den Kopf, dass sie ihr Problem jetzt, in diesem Augenblick, mit der stumpfen Seite der Axt erledigen könnte.

Er trat noch einen Schritt zurück. Kristin beachtete ihn nun überhaupt nicht mehr und schlug sich in Rage. Immer schneller und immer heftiger flogen die Holzstücke durch die Luft. Aus den Augenwinkeln sah sie, wie er sich umdrehte und zu seinem Zaun zurückging. Sie nahm ein Holzscheit und warf es ihm nach, verfehlte ihn aber. Wieder ertönte, »Willst du mir drohen?«

Sie schlug weiter.

»Ich schlag dich tot, ich schlag dich tot«, hallte es durch den Garten. Ich schlag dich tot, hallte es in ihrem Kopf.

Sie schlug weiter, schneller und schneller, bis sie völlig verschwitzt war, keine Luft mehr bekam und die Axt sinken ließ. Um den Hauklotz herum türmte sich das geschlagene Anzündholz. Sie konnte Blattschke nicht mehr sehen und zu hören war er auch nicht mehr. Sie drehte sich um, ging zurück zur Hintertür, schloss sie sorgfältig von innen ab und griff zum Telefon.

»Alex, Blattschke hat mich gerade hier im Garten bedroht. Arion ist doch noch bei euch, was soll ich tun?«

Sie hörte noch »wir kommen«, warf das Telefon auf den Tisch und rannte ins Bad, um sich zu übergeben.

55. Kapitel

Max schreckte aus dem Tiefschlaf hoch und brauchte einige Sekunden, um sich in dem dunklen Zimmer zu orientieren. Er lag auf Kristins Sofa und hatte im Schlaf die Bettdecke weggetreten, denn der Kachelofen strahlte immer noch eine enorme Wärme aus. Nach dem Vorfall in ihrem Garten hatte Kristin zugestimmt, über Nacht nicht alleine zu bleiben.

Leise Geräusche kamen von der Haustür. Einen kurzen Moment lag er still und lauschte. Dann ließ er sich lautlos auf den Boden rollen, richtete sich langsam auf und suchte in der Dunkelheit nach etwas, das als Waffe dienen konnte. Er fischte einen Knüppel aus dem Kaminholz und schlich zur Haustür. Es gab keinen Zweifel mehr, jemand machte sich offensichtlich an dem Schloss zu schaffen, und es würde ihm wohl gelingen, denn nach einem Hochsicherheitsschloss sah es nicht aus. Kurz darauf war es soweit. Max hielt den Knüppel mit beiden Händen hoch über seinen Kopf, als die Tür leise einen Spalt weit geöffnet wurde. Langsam glitt sie weiter auf und Max trat einen Schritt vor. Eine Hand erschien auf der Innenseite, gefolgt von einem Kopf, auf den eine Sekunde später der Knüppel niedersauste. Der Eindringling hatte nicht einmal mehr Zeit zu schreien. Er fiel krachend mit dem Gesicht nach unten auf den Dielenboden und lag nun halb im Wohnzimmer, halb draußen. Max hielt seine Waffe sofort wieder bereit, doch sein Opfer schien sich nicht mehr zu rühren. Während er noch nach dem Schalter tastete, gingen im ganzen Haus die Lichter an, und Kristin kam die Treppe herunter, mehr gestürzt als gelaufen.

»Was …? Oh nein!«

Max blickte auf den leblosen Körper. Er hatte Blattschke noch nie aus der Nähe gesehen, aber das hier konnte er jedenfalls nicht sein. Der Mann war wesentlich jünger. Ein Mann, bei dem Max sofort an ein klassisches griechisches Profil dachte, soweit er das von der ihm zugewandten Gesichtshälfte aus beurteilen konnte. Er trug eine komplette Motorradkluft, hatte schulterlanges, gewelltes blondes Haar und blutete stark aus einer Platzwunde am Hinterkopf. Aber er schien zu atmen und stöhnte leise.

»Das«, sagte Kristin, die neben ihm Aufstellung genommen hatte, »ist mein Mann.«

»Es tut mir so leid«, stammelte Max, der hilflos zwischen ihr und dem Schönling am Boden hin und her blickte. »Der Schlag war für Blattschke bestimmt, ich dachte, diesmal hätten wir ihn.«

»Es muss dir nicht leidtun«, erwiderte Kristin und lächelte ihn an. »Er hat keinerlei Recht, sich nachts hier einzuschleichen. Den kriegen wir schon wieder hin, der ist sozusagen unkaputtbar. Hilfst du mir, ihn ins Wohnzimmer zu ziehen?«

Sie nahmen den schlaffen Körper jeweils unter eine Armbeuge und zogen ihn vollständig ins Haus. Kristin lief ins Bad und kam mit einem nassen Handtuch zurück, das sie ihm auf den Hinterkopf presste. Er stöhnte erneut und öffnete flackernd die Augen. Max deutete auf den Knüppel, den er noch immer in der Hand hielt.

Kristin schüttelte den Kopf. »Den brauchst du nicht mehr, er ist harmlos.«

Sie beugte sich hinunter und schüttelte ihn leicht am Oberarm. »Halloooo Thorsten, Zeit aufzustehen.«

»Kristin, Schatz.« Er wollte ihre Hand ergreifen, aber sie wich einen Schritt zurück und verschwand wieder im Badezimmer, aus dem sie mit einer großen Mullbinde und einer Gazekompresse zurückkehrte. Er hatte sich aufgestützt und hockte nun auf den Knien. Die rechte Hand hielt er vor sein Gesicht. Seine Nase war durch den Sturz ziemlich in Mitleidenschaft gezogen worden, und das Blut tropfte in seine Handfläche.

»Kristin, Mäuschen, ist das eine Art den Mann zu empfangen, den du liebst?«, nuschelte er durch die Hand.

»Wir haben jemand anderen erwartet und jetzt halt still, ich muss den Verband ganz um den Kopf wickeln, da hinten auf den Haaren hält kein Pflaster.«

»Wir?«, er drehte den Kopf leicht und sah erst jetzt Max, der inzwischen auf dem Sofa Platz genommen hatte und die Szene skeptisch beobachtete.

»Du hast einen neuen Macker!«

»Wenn dem so wäre, würde dich das nichts mehr angehen. Halt still!«

»Also«, sagte sie ein paar Minuten später, »was willst du? Warum brichst du hier ein?«

»Ich …«, begann er. Er sah zu Max. »Der stört.«

»Mich nicht!«

Max begann sich sehr unwohl in seiner Haut zu fühlen. Diese Szene war nicht für ihn bestimmt.

»Ich wollte dich sehen, aber du hast dich offensichtlich schon getröstet.« Der beleidigte Tonfall, mit dem dieser Vorwurf geäußert wurde, passte eher zu einem Teenager, als zu diesem Mann in den Enddreißigern.

»Du wolltest mich sehen? Wie liebenswert. Mitten in der Nacht und dazu brichst du in mein Haus ein. Muss ich mich jetzt auch noch freuen?«

»Kristin, du weißt, dass ich dich liebe, dass ich immer nur dich geliebt habe. Ich will, dass du zu mir zurückkommst.«

»Thorsten, ich sage es dir jetzt zum allerletzten Mal. Ich komme nicht mehr zurück, wie all die Male, als du reumütig angekrochen kamst, weil deine letzte Schnalle, so nennst du sie doch, nicht ganz das Gelbe vom Ei war. Ich komme nicht wieder!«

Er ließ den Kopf hängen und betupfte sich erneut die Nase mit dem Papiertaschentuch, das sie ihm gereicht hatte.

»Kann ich wenigstens heute Nacht hierbleiben?«

»Kannst du nicht. Du bist mitten in der Nacht gekommen, also kannst du auch mitten in der Nacht wieder fahren.«

»Du bist hart geworden.«

»Ja, vielleicht«, sagte sie zögernd. »Zumindest habe ich endlich gelernt, konsequent zu sein.«

Sie stand einen Moment unschlüssig im Raum und deutete dann auf den Sessel.

»Du musst nicht auf dem Boden sitzen. Möchtest du ein Glas Wasser?«

Er nickte und versuchte aufzustehen, wobei die Motorradkleidung unangenehm auf dem Boden quietschte.

»Max, möchtest du auch etwas zu trinken?«

»Ja, bitte.«

Nachdem sie drei Gläser und eine Flasche Mineralwasser auf den Tisch gestellt hatte, setzte sie sich auf die Sofalehne und sah Thorsten eindringlich an.

»Thorsten, es ist nicht das erste Mal, dass du versuchst, hier reinzukommen, und ich habe dich vor kurzem auch auf einem Feldweg bei Leudersdorf gesehen!«

Er nickte wieder und begann, sich Wasser einzuschenken.

»Ich muss das jetzt ganz genau wissen. Wie oft warst du hier am Haus?«

»Zweimal.«

»Und du hast versucht, die Hintertür zu öffnen?«

Er nickte nur.

»Hast du eine Ahnung, wie viel Angst du mir eingejagt hast, verdammt!«

Er saß mit hängenden Schultern da und blickte sie mit treuherzigen Augen an.

»Ich will doch nur, dass du zu mir zurückkommst.«

»Thorsten, dieser Blick zieht nicht mehr, spar ihn dir für deine anderen Frauen auf. Hast du …«, sie zögerte, »hast du Mazzoni gesehen?«

»Mazzoni? Nein, Cara auch nicht. Wo sind die beiden überhaupt?«

»Mazzoni ist … tot«, sagte sie, und man merkte ihr an, dass es ihr immer noch schwerfiel, es auszusprechen.

»Oh, das tut mir leid, wirklich.« Er klang ehrlich erschüttert.

»Sie wurde umgebracht und zwar sehr grausam. Ich will nur sicher sein, dass du nichts damit zu tun hast.«

Er entrüstete sich lebhaft. »Ich würde doch deine Katze nicht umbringen. Ich meine, sie waren ja auch einmal so etwas wie meine Katzen und ich hänge an ihnen.«

»Das konnte ich mir auch nicht vorstellen. Ich wollte nur sichergehen, und schließlich hast du dich ja heimlich hier herumgetrieben.«

Er schwieg einen Moment. »Wenn du es so nennen möchtest – herumtreiben. Ich sehe das anders, aber ich scheine nicht der Einzige zu sein, der das macht. Du hast hier regen Zulauf, neben dem da«, er deutete auf Max.

»Als ich das erste Mal hier war, stand schon jemand im Garten und verschwand schnell nach hinten, als ich um die Ecke kam.«

»Thorsten! Wie sah der aus und wo war er?« Kristin beugte sich angespannt vor.

»Es war dunkel. Kann ich nicht genau sagen. Er stand an der Seite unter den Fenstern. Etwa meine Größe, würde ich sagen. Dünn. Mehr konnte ich nicht sehen. Er war wirklich schnell weg.«

»Wohin genau?«

»Am Carport vorbei. In den Garten eben. Ich bin ihm nachgelaufen, aber er war weg. Musste dich ja verteidigen, Schatz.«

»Sülz, sülz, soll ich dir jetzt noch dankbar sein, weil du versucht hast hier einzubrechen?«

Wieder sah er sie treuherzig an. »Du könntest mich zumindest hier übernachten lassen. Immerhin hat der da mich fast umgebracht. Nehme ich doch jedenfalls an, dass er es war?« Er sah Max an.

»Du gehst jetzt.« Sie stand auf. »Wo steht Rudi?«

Er seufzte und ging widerwillig zur Tür.

»Oben am Wald. In diesem Kaff hier schaun einem die Leute immer nach, als hätten sie noch nie ein Motorrad gesehen.«

»In diesem Dorf hier passen die Leute noch aufeinander auf. Das würdest du nicht verstehen. Tschüss.«

Sie begleitete den widerwilligen Thorsten zur Tür, schob ihn sanft hinaus, schloss die Tür hinter ihm und trat zu Max ans Sofa.

»Es tut mir wirklich leid, dass du das alles mitbekommen musstest. Auch das mit dem Macker.«

»Schon gut«, grinste Max. »Er scheint kein übler Kerl zu sein.«

»Er ist kein übler Kerl. Deshalb habe ich ihn ja auch geheiratet. Aber er ist ein klitzekleines bisschen labil, was andere Frauen angeht, und deshalb habe ich mich von ihm getrennt«, sagte sie ironisch, während sie die Gläser wegräumte.

»Wir sind noch im Trennungsjahr und lassen uns im Winter scheiden, aber er gibt nicht auf. Na vielleicht jetzt doch, nachdem er stark lädiert wurde und dich für meinen neuen Lebensgefährten hält.«

»Es tut mir leid. Ich war fest davon überzeugt, dass es Blattschke war, und bin nicht gerade sanft mit ihm umgegangen.«

»Es muss dir nicht leidtun. Es ist, ehrlich gesagt, ein schönes Gefühl, verteidigt zu werden und …« Sie überlegte kurz. »Du hast mir sehr geholfen. In dem Moment, als ich ihn bewusstlos vor mir liegen sah, und mit keinerlei Sorgen machte, wusste ich, dass ich mich endlich von ihm befreit hatte.«

Sie gähnte. »Ich muss jetzt ins Bett und ich glaube, ich kann zur Abwechslung auch mal schlafen.«

»Starten wir den nächsten Versuch«, sagte Max und schlüpfte unter seine Decke.

56. Kapitel

Am nächsten Morgen kamen Max und Kristin erst spät zum Frühstück. Alle hatten an diesem Montag, dem 1. Mai, frei und Kristin hatte zum ersten Mal seit Wochen wieder durchgeschlafen. Neben ihrem Erschöpfungszustand nach den Ereignissen des Wochenendes, hatte sicher auch die Anwesenheit von Max im Haus dazu beigetragen.

Alex hatte seit etwa sechs Uhr morgens eines der Schlafzimmer im Obergeschoss gründlich geputzt und den Holzboden abgeklebt, um den Raum für das Verputzen der Wände vorzubereiten. Sie hatte sich bemüht, so leise wie möglich zu sein, um Arion, der gegenüber in Max' Zimmer nächtigte, nicht zu wecken, aber als sie mit dem Dampfreiniger die Heizung bearbeitete, steckte er entgeistert den Kopf durch die Tür und war offensichtlich ziemlich fassungslos über ihre Tätigkeit zu so früher Stunde. Da er schon einmal wach war, hatte er unten am Küchentisch die Anzeige gegen Blattschke formuliert und dadurch seinerseits Fred geweckt. Das erste Frühstück hatte also schon um acht Uhr stattgefunden. Alex war danach wieder nach oben verschwunden, um ihre Putzarbeiten auch im nächsten Zimmer fortzusetzen, und hatte zwei verschlafene, etwas mürrische Männer zurückgelassen.

»Ich nehme mir diese Woche Urlaub«, verkündete Max, nachdem auch er und Kristin am späten Vormittag zum zweiten Frühstück auf die Bitz gekommen waren. »Bis die Videoüberwachung installiert ist, sollte Kristin nicht alleine im Haus sein.«

Das war offensichtlich schon zwischen den beiden abgesprochen, denn Kristin erhob keine Einwände.

»Ich werde tagsüber hier weiterarbeiten und abends bei Kristin schlafen«, fuhr er fort. »So kommen wir im Turbotempo voran.«

»Das finde ich super«, stimmte Alex zu. »War mir auch durch den Kopf gegangen, aber ich kann beim besten Willen nicht mitten im Semester blau machen, auch wenn es bei dem Wetter echt schwer wird, zurückzufahren.« Sie seufzte.

Der erste Mai schien wirklich bemüht, das wechselhafte Wetter des Aprils vergessen zu lassen. Die Sonne stand bereits hoch und tauchte den Küchentisch und alle, die sich darum versammelt hatten, in ein warmes Licht. Dank des früh von Fred wiederbelebten Kaminofens, fühlte es sich sogar tatsächlich warm oder mittlerweile wieder warm an, denn eine unglückliche Sequenz von Ereignissen hatte gründliches Durchlüften erforderlich gemacht. Fred war frühmorgens ohnehin unbrauchbar und in Kombination mit Arion schienen sich ungeahnte Synergien aufzutun. Ein von Arion auf der Sandsteinplatte des Kaminofens abgelegter Papierstapel hatte Feuer gefangen, und während sich die beiden Herren den Löscharbeiten widmeten, waren Freds Aufbackbrötchen im Ofen verkokelt. Der Brandgeruch hatte sich inzwischen weitgehend verflüchtigt, klebte aber vermutlich noch an Arions Anzug und würde als nachhaltiges Andenken in seine Kanzlei transportiert werden.

»Alex, kannst du mit mir die Autos tauschen? Ich brauche die Anhängerkupplung, um Sand und Kalk zu holen.«

»Ja klar. Aber du weißt ja, lass nie den Schlüssel stecken, er verriegelt sich von selbst.«

»Sicher.« Max grinste. »Und ich weiß auch, dass man ihn von innen nicht mehr öffnen kann, weil die Knöpfchen fehlen und dass man das Sonnendach tunlichst nicht öffnen sollte, weil es nicht wieder schließt. Und war da noch was? Ach ja, man muss beim Anlassen das Relais 405 drücken. War's das?«

»Ja fast«, druckste sie herum. »Die elektrische Seitenscheibe auf der Fahrerseite funktioniert nicht mehr. Wenn du also aussteigen willst, musst du die Scheibe auf der Beifahrerseite runterkurbeln und den Wagen von außen durch das Fenster aufschließen, weil er sich beim Fahren automatisch verriegelt.«

»Ich schau mir den Bus mal an, wenn wir hier ein bisschen weiter sind.« Max blieb recht ungerührt, ob dieser langen Bedienungsanleitung.

»Irgendwann kommst du da gar nicht mehr raus«, brummte Fred. »Schon mal was von Autowerkstätten gehört? Übrigens, du brauchst keine Autos zu tauschen, lass die Schrottkiste von Max hier, ich nehme dich mit.«

»Aber Max, wegen der Renovierung …«, Alex lachte ihn an. »Lass die Zwischendecken drin, ok?«

»Ihr werdet mir noch alle seeeehr dankbar sein, wenn ich mit dem Raum da hinten fertig bin.«

»Im Moment wäre ich dankbar, wenn wir uns kurz über die Anzeige unterhalten könnten«, mischte sich Arion ein. »Ich habe heute einen ganz normalen Arbeitstag, obwohl Feiertag ist, und muss gleich los. Aber ich könnte …«, er blätterte in einem großen schwarzen Terminkalender, der vollgestopft schien, »am nächsten Wochenende wiederkommen. Wir wollten ja noch Rhododendren pflanzen.«

Er sah Alex an. »Bis dahin bin ich vielleicht wieder bewegungsfähig und habe ausgiebig ausgeschlafen.«

Alex lachte. »Wellness nennt man das, Herr Anwalt. Was du hier geboten bekommst, musst du woanders teuer bezahlen. Viel Bewegung an der frischen Luft, ein Action-Programm, das zugegebenermaßen nicht immer ganz freiwillig ist, und bei mittlerweile zwei Gourmetköchen sollten wir uns überlegen, ob wir die Gästezimmer nicht lieber zum Restaurant umfunktionieren. Und dann ziehen wir alle ganz in die Eifel und sie renovierten friedlich bis an ihr Lebensende!«

»Ich hör immer friedlich«, brummte Fred. »Lass mal gut sein.«

Kristin verfolgte die lebhafte Besprechung leicht ungläubig. Es stand im krassen Gegensatz zu der Stille, die sie sonst in ihrem Haus umgab, aber irgendwie fühlte es sich gut an.

57. Kapitel

Leopold Werner war an diesem Montag trotz des Feiertags mit einer gewissen Anspannung ins Büro gekommen. In dieser Woche müssten sie weiterkommen, er wartete auf etliche Ergebnisse. Zu dieser frühen Stunde lag natürlich noch nichts vor, aber er wollte nicht warten und griff gleich zum Telefon, um seinen kriminaltechnischen Ansprechpartner in Wittlich anzurufen.

Dort hatte es am Wochenende noch eine Besprechung zum Mordfall Krämer gegeben, erfuhr er. Die Ermittler hatten Konrad Altenkemper, den Arbeitskollegen des ermordeten Rudolf Krämer, bei seiner Ankunft am Freitagabend erwartet und mit nach Wittlich genommen. Er hatte zugegeben, seit geraumer Zeit in seiner Firma Diesel gestohlen zu haben, bestritt aber, etwas mit dem Tod Krämers zu tun gehabt zu haben. Am mutmaßlichen Todestag habe er das letzte Mal mit Krämer gesprochen. Das Gespräch sei von seinem Handy aus geführt worden, in Anwesenheit seiner Freundin in Gerolstein, mit der er auch die Nacht verbracht habe. Ein wasserdichtes Alibi, wie die Freundin bestätigte. Nun lag es am Arbeitgeber, ob er ihn wegen des Diebstahls anzeigen wollte. Doch zunächst mussten ihn die Wittlicher, die sich kurz vor dem Durchbruch wähnten, mit Bedauern gehen lassen.

Sein nächstes Telefonat führte ihn zu der freundlichen Sekretärin der Spedition, die ihm mitteilte, dass Herr Altenkemper gegen 11.00 Uhr im Büro erwartet würde, um die Papiere für den nächsten Transport abzuholen. Werner sah auf die Uhr. 8.30 Uhr. Das gab ihm noch etwa zwei Stunden Zeit, um die Berichte vom Wochenende zu bearbeiten, bevor er sich auf den Weg machte.

Kurz vor halb elf steckte der junge Kollege aus dem Nachbarbüro den Kopf zur Tür herein.

»Chef, da ist gerade ein Fax und eine Mail gekommen. Es geht schon wieder um die Frau in Loogh. Sie wurde ohne Zeugen von ihrem Nachbarn im Garten bedroht und soll ihrerseits den Nachbarn im Wald bedroht haben. Ich dachte, das willst du vielleicht gleich sehen.«

»Das hast du richtig gedacht«, antwortete Werner, überflog die beiden Blätter und steckte sie in seine Aktentasche.

»Außerdem gab es einen Einbruchsversuch bei dieser Frau, die Kollegen waren vor Ort. Der Bericht müsste auf dem Stapel sein.« Er nickte bedeutungsvoll in Richtung des Aktenstapels auf Werners Tisch, der langsam umzukippen drohte.

»Danke. Falls mich jemand sucht, ich fahre jetzt nach Waldkönigen und von dort weiter nach Loogh.«

Kurz vor 11 Uhr betrat er das Büro der Spedition und musste nur wenige Minuten auf die Ankunft von Konrad Altenkemper warten. Durchaus informative Minuten, in denen ihn die gesprächige Sekretärin über die Dauer der Arbeitsverhältnisse von Krämer und Altenkemper informierte und auch mit ihrer persönlichen, nicht unbedingt wohlwollenden Meinung über die beiden nicht hinter dem Berg hielt.

»So richtig habe ich das Verhältnis der beiden nicht durchschaut«, gab sie schließlich zu. »Herr Krämer war ja nicht fest bei uns angestellt und hat nur ein paar längere Touren nach Spanien übernommen, aber die hat er meistens mit Herrn Altenkemper gemacht, obwohl ich immer den Eindruck hatte, dass die beiden sich nicht wirklich grün waren. Sehr merkwürdig.«

Bevor Werner weiter fragen konnte, deutete sie zum Fenster. »Da kommt er.«

Werner beobachtete, wie Altenkemper mit langsamen Schritten über den Parkplatz auf das Büro zukam. Etwa so groß wie der ermordete Krämer, bei annähernd doppelter Körpermasse. Der könnte Krämer am langen Arm verhungern lassen, dachte Werner und stellte für sich weiter fest – insgesamt eine ungepflegte Erscheinung mit fettigen blonden Haaren, die seitlich aus einer Mütze strähnig bis fast auf die Schultern herabhingen. Ein kurzärmeliges, dunkelblaues T-Shirt mit einem Werner unbekannten, großflächigen Aufdruck spannte sich über tätowierte Oberarme und Bauch, und die Jeansbeine stauten sich über schweren Arbeitsschuhen.

Eine Jacke oder Tasche schien Altenkemper nicht mit sich zu führen, aber vielleicht brauchte er für die heutige Tour auch nicht mehr als sein Handy und sein Portemonnaie. Entsprechende Ausbeulungen an den Jeanstaschen deuteten auf diese unverzichtbaren Ausrüstungsgegenstände hin, die durch ihr Gewicht die ohnehin schon in den Kniekehlen hängende Hose noch weiter nach unten zogen.

Gleich nach dem Öffnen der Tür kam Werner auf ihn zu, stellte sich vor und bat um ein kurzes Gespräch. Altenkemper ging sofort in die Defensive.

»Ich habe schon den ganzen Freitagabend auf der Polizeiwache verbracht. Ihr Bullen wollt mir unbedingt was anhängen.«

»Wir Bullen haben Ihnen bereits etwas nachgewiesen, nämlich Dieseldiebstahl in nicht unerheblichem Umfang. Im Moment möchte ich mich aber mit Ihnen über Rudolf Krämer unterhalten.«

»Da habe ich auch schon alles zu gesagt. Was habe ich mit dem zu tun?«

»Genau, was haben Sie mit ihm zu tun? Das wüsste ich gerne. Sie haben viele Telefonate mit ihm geführt, selbst am Abend seines Todes haben sie noch miteinander gesprochen, und Sie haben außergewöhnlich viel Zeit mit ihm verbracht, zum Beispiel in dem Haus in Südfrankreich.«

Altenkemper schluckte.

»Was haben Sie normalerweise geladen? Wenn Sie aus Spanien oder Südfrankreich kommen, meine ich«, wechselte Werner das Thema.

»Frisches Zeug. Obst und Gemüse.« Altenkemper entspannte sich merklich, während Werner wie elektrisiert hochschaute. Er bemühte sich um einen neutralen Gesichtsausdruck.

»Erdbeeren, nehme ich an?«

»Ja, um diese Jahreszeit sind es oft Erdbeeren.«

»Wie haben Sie es geschafft, noch ein paar Tage da unten zu verbringen? Mit den frischen Sachen mussten Sie doch vermutlich immer sofort zurück?«

»Es war ja nicht immer frisches Zeug.« Altenkemper wurde langsam ungeduldig. »Außerdem sind wir meistens freitags hin, haben das Wochenende in dem Haus verbracht und sonntags ging es weiter und sofort zurück. Aber ich muss jetzt gleich los. War's das?«

»Und Ihr Arbeitgeber hat das mitgemacht?« Werner warf einen Seitenblick auf die Sekretärin, die das Gespräch mit einem Stapel Papiere in der Hand aufmerksam verfolgte. »Wenn mich meine Geographiekenntnisse nicht täuschen, ist es ein nicht unerheblicher Umweg, auf dem Weg nach Spanien das Wochenende in der Provence zu verbringen.«

»Wusste nicht, dass Polizisten geographische Kenntnisse ham«, erwiderte Altenkemper spöttisch. »Wir haben den LKW bei einer Spedition in Lyon gelassen, das liegt auf dem Weg. Von dort ging es mit Rudolfs Auto weiter. War's das jetzt?« Altenkempers Tonfall wurde zunehmend ungeduldig bis frech.

»Ja vorerst. Wo geht es denn heute hin?«

»Bochum.«

»Also nur für den Tag?«

Altenkemper nickte und wandte sich der Sekretärin zu.

Werner trat einen Schritt zurück, blieb aber seitlich hinter ihm stehen und taxierte Altenkemper weiter, was ihn sichtlich nervös machte. Nach einer Weile drehte er sich um. »Was gibt's denn noch?«

»Nichts«, antwortete Werner gedehnt. »Ich möchte noch ein paar Worte mit Ihrer Kollegin wechseln.«

Altenkemper wirkte fahrig bei der Bearbeitung der Papiere und Werner hatte das Gefühl, dass ihm deutlich unwohl dabei war, ihn mit der Sekretärin allein zu lassen, als er schließlich das Büro verließ. Er sah ihm durch das Fenster nach, bis er hinter einigen parkenden Lastwagen aus dem Blickfeld verschwand.

Die Sekretärin räusperte sich. »Was kann ich sonst noch für Sie tun?«

»Ja. Können Sie das mit der Spedition in Lyon bestätigen?«

»Ja, das ist richtig«, die Sekretärin nickte. »Wir arbeiten häufig mit der dortigen Spedition zusammen. Dort wird oft umgeladen oder es werden Container aufgesetzt, so dass unsere Jungs meistens noch Sonntagnacht mit bereits geladener Fracht zurückkehren können. Die Ware ist dann rechtzeitig am Montagmorgen in den Auslagen der Supermärkte.«

»Waren es meistens Krämer und Altenkemper, die diese Tour gemacht haben?«

»Genau. Unsere anderen Fahrer sind meistens froh, wenn sie das Wochenende zu Hause verbringen können, und keiner reißt sich um die langen Touren.«

»Wie war das in der letzten Woche mit der Fahrt nach Spanien? Altenkemper ist ja vermutlich nicht alleine gefahren? Und wie war die genaue Route?«

»Herr Müller hat Herrn Altenkemper bis Lyon begleitet. Herr Altenkemper hatte sich ein paar Tage Urlaub genommen. Im Logistikzentrum in Lyon wurde umgeladen und ein französischer Kollege ist mit Herrn Müller nach Spanien weitergefahren. In Spanien gab es mehrere Zielorte und es wurde noch mehrmals umgeladen. Wollen Sie die genauen Details?«

Werner schüttelte den Kopf.

»Am Freitagmorgen war die Ladung in Lyon wieder fertig und Herr Altenkemper ist mit Herrn Müller hierher zurückgekommen.«

»Herr Altenkemper hatte also von Dienstag bis Donnerstag frei?«

»Ja, genau. Die Urlaubstage sind hier eingetragen, sehen Sie«, sie zeigte auf ihren Computerbildschirm, den sie leicht gedreht hatte.

»Wären Sie so freundlich, mir noch die Adresse und die Telefonnummer der Spedition in Lyon zu geben?«

»Gerne.« Sie machte sich an ihrem PC zu schaffen und reichte ihm kurz darauf einen Ausdruck.

»Danke für die Auskünfte. Ach ja, da wäre noch etwas. Wann wird Herr Altenkemper heute Abend zurückerwartet?«

»Zwischen sechs und sieben sollte er zurück sein, wenn keine Staus dazwischenkommen.«

»Was fährt er denn, heute ist doch Feiertag?«

»Frische Milchprodukte aus der Eifel. Die sind vom Fahrverbot ausgenommen.«

»Danke, Sie haben mir wirklich sehr geholfen.«

58. Kapitel

»Sven, du trommelst alle zusammen, die mit den Tankstellenüberfällen zu tun hatten. Wir treffen uns in fünfzehn Minuten im Besprechungsraum«, instruierte Werner seinen Kollegen Sven Paulsen. Er war ohne Umweg über Loogh direkt nach Daun zurückgekehrt. »Bring die Videoaufzeichnung vom Gerolsteiner Überfall mit. Und ja, die Praktikantin bitte auch. Möglicherweise brauchen wir sie. Ist sie heute im Haus?«

Sven Paulsen nickte zur Bestätigung, aber das hatte Werner vermutlich schon gar nicht mehr gesehen.

»Hier geht's gleich richtig rund«, sagte er zu Katja Simmons, die sich das Büro mit ihm teilte, als Werner die Tür hinter sich geschlossen hatte. »Der Chef hat eine Fährte aufgenommen.«

»Dann wird er zum Terrier.« Katja rieb sich vergnügt die Hände.

Zurück in seinem Büro stellte Werner fest, dass auch das Finanzamt einen vorläufigen Bericht nach Wittlich übermittelt hatte. Er legte den Ausdruck beiseite und griff zum Telefon. Am Apparat des Spurenermittlungsmanns aus Wittlich meldete sich eine unbekannte Stimme, die ihm mitteilte, dass der Kollege nicht im Haus sei. Nachdem Werner sein Anliegen erklärt hatte, konnte ihm die fremde Stimme jedoch die Kontaktdaten von Altenkempers Freundin nennen. Werner notierte sie auf einer To-Do-Liste, die sich im Laufe der nächsten Viertelstunde nach einigen weiteren Telefonaten und einer kurzen Intranet-Recherche um einige Punkte erweitern sollte.

»Wir schauen uns zunächst das Video noch einmal an«, kündigte Werner an, als alle Kollegen im Besprechungsraum eingetroffen waren. Einige noch müde, weil sie schon in der gestrigen, anstrengenden Hexennacht Dienst geschoben hatten, und noch immer mit dem Schreiben der Berichte beschäftig waren. Die meisten mit einer Tasse Kaffee in der Hand, die wie immer viele Ringe auf dem Besprechungstisch hinterlassen würde.

»Konzentriert euch auf den Mann rechts im Video und achtet auf seinen Gang.«

Während das Video abgespielt wurde, schielte Sven von seinem Platz neben Leo Werner auf den vollgekritzelten Zettel mit Werners Notizen, der am unteren Rand zusätzlich mit einigen gelben Post-its verziert war. Unfassbar, wie der Chef mit dieser Form von »Buchführung« klarkam, aber irgendwie schien es zu funktionieren.

»Wir haben schon ein paar Mal darüber gesprochen. Wie man sieht, scheint er eine kleine, kaum merkliche Gehbehinderung zu haben. Das rechte Bein setzt leicht verzögert auf und das Knie scheint etwas nach rechts außen verdreht zu sein.«

Die Beamten nickten zustimmend.

»Jetzt schauen wir uns die Stelle noch einmal im Standbild an, wo die Jacke etwas nach oben gerutscht ist und am rechten Arm etwas Dunkles zu erkennen ist, das wir bisher nicht eindeutig zuordnen konnten.« Er nickte Thomas Baumgärtner zu, der am PC die entsprechende Stelle suchte und die stark verpixelte Nahaufnahme präsentierte.

»Ich denke, es handelt sich um eine Tätowierung. Darüber hatten wir ebenfalls bereits früher spekuliert. Eine Armbanduhr ist es jedenfalls nicht. Aber genau dort, wo wir das Zifferblatt einer Armbanduhr vermuten würden, befindet sich meiner Meinung nach ein Schlangenkopf. Der Rest der Schlange windet sich bis zum Oberarm. Hier natürlich nicht sichtbar.«

Sven grinste Katja an. Der Chef war dem Täter begegnet und machte es spannend.

»Genau diesen Mann werden wir heute Abend hoffentlich vernehmen.« Werner informierte die nun sehr aufmerksamen Kolleginnen und Kollegen über den bisherigen Kenntnisstand zu Konrad Altenkemper und Krämer und schloss mit den Worten: »Wir haben nur auf einer Videoaufnahme zwei Täter gesehen. Alle anderen zeigen einen maskierten Einzeltäter. Dennoch stellt sich die Frage, ob die beiden die Überfälle gemeinsam begangen haben könnten. Und mit Rücksicht auf unsere junge Kollegin«, er nickte in Richtung der Praktikantin, »zur Erklärung: Die Tankstelle in Walsdorf wurde mittlerweile fünf Mal überfallen. Seit dem zweiten Überfall macht sich der Inhaber abends die Mühe, alle in der Kasse befindlichen Geldscheine zu markieren. Die Markierungen sind unter Fluoreszenzlicht sichtbar und die Banken im Umfeld gehalten, auf solche Scheine zu achten. Keiner dieser Scheine ist je wieder aufgetaucht. In Krämers Schließfach wurden 100.000 Euro gefunden, die sich derzeit in der Asservatenkammer in Wittlich befinden. Wir werden also die Wittlicher bitten, nach

Markierungen auf den Scheinen zu suchen. Das übernimmst du bitte, Sven.«

Sven nickte.

»Sehen wir uns den Zeitplan der letzten Woche an. Altenkemper dürfte Montagnacht in Lyon eingetroffen sein. Der letzte Tankstellenüberfall war am frühen Morgen des 27. April, also letzten Donnerstag. Ich vermute, dass Altenkemper am Mittwoch mit Krämers Auto, das in Lyon steht, wieder hier war und spätestens Donnerstagabend nach Lyon zurückgekehrt ist.«

»Hm, Chef. Macht das Sinn? Die Beute bei dem Überfall letzte Woche betrug gerade mal 300 Euro. Die Walsdorfer hatten ja praktisch nur noch Wechselgeld für den nächsten Tag in der Kasse. Die Fahrtkosten, hin und zurück inklusive Autobahnmaut in Frankreich, dürften in etwa den gleichen Betrag ausmachen oder sogar übersteigen«. Kollege Dennis Abendroth hatte sich zur Abwechslung mal Gedanken gemacht, merkte Werner an.

»Guter Einwand. Genau genommen, sehr guter Einwand.« Werner nickte anerkennend. »Was uns allen allerdings entgangen ist, sind drei weitere Tankstellen, die in der Nacht von Mittwoch auf Donnerstag zwischen Luxemburg und Bitburg überfallen wurden, denn die liegen nicht in unserem Zuständigkeitsbereich. Auch das waren alles Tankstellen, die in der Nacht geschlossen waren. Die Methode war die gleiche, schnell rein und in wenigen Minuten wieder raus. Zwei der drei Tankstellen haben dummerweise ihr Geld am Abend nicht zur Bank gebracht. Insgesamt wurden sage und schreibe 58.000 Euro erbeutet. Da hätte sich die Reise schon gelohnt.«

Ein Raunen ging durch die Reihen.

»So viel?«, murmelte ein Kollege, »die meisten Leute zahlen doch mit Karte.«

»So viel«, bestätigte Werner. »Trotz Kartenzahlung hat so eine Tankstelle an manchen Tagen abends um die 30.000 Euro in der Kasse. In einer bestimmten Kette müssen die Mitarbeiter jedes Mal, wenn sie 500 Euro eingenommen haben, diese in ein spezielles Fach einwerfen, über das das Geld automatisch in einen im Keller einbetonierten Tresor transportiert wird. Die betroffenen Tankstellen verfügten natürlich noch nicht über einen solchen Mechanismus. Ich vermute, dass der Coup von Altenkemper und Krämer gemeinsam schon länger geplant war und nun von Altenkemper allein durchgezogen wurde. Es gibt übrigens in allen drei Fällen auch hier Videos von einem maskierten Einzeltäter. Ich habe sie auf deinen PC schicken lassen«, sagte er in Richtung Thomas, der PC und Beamer betreute.

»Ich wechsle den Beruf«, murmelte Dennis Abendroth.

Leo Werner stöhnte innerlich auf. Hatte er ihn nicht eben noch gelobt? Dazu gab es wirklich selten genug Gelegenheit.

»Hervorragende Idee«, stimmte er ihm in neutralem Ton zu. »Wärst du aber vorher noch so gut, mit Katja zusammen die Freundin von Altenkemper hierher zur Vernehmung zu bringen?«

Dem jungen Kollegen schoss die Röte ins Gesicht.

»Sorgt dafür, dass sie keine Telefonate mehr führt, um Altenkemper zu warnen!« Werner schob die Adresse über den Tisch zu Katja Simmons.

»Was, wenn wir sie dort nicht antreffen?«, rutschte es dem unbelehrbaren rotgesichtigen Jungbeamten heraus.

Werner holte tief Luft. »Dann werdet ihr herausfinden, wo sie sich möglicherweise sonst aufhalten mag und werdet sie freundlicherweise von dort aus hierher eskortieren.«

Er wandte sich nun der jungen Praktikantin zu, die sich in der angespannten Atmosphäre unter seinem Blick sehr unwohl zu fühlen schien.

»Könnten wir dich bitten, noch einmal deine Französischkenntnisse einzusetzen?«

Sie nickte nur.

»Ruf bitte bei der Spedition in Lyon an. Vielleicht kann dir jemand sagen, ob der Wagen von Krämer letzte Woche bewegt wurde. Und wir wollen diesen Wagen sicherstellen. Kannst du dich bitte an die französischen Kollegen in der Provence wenden, mit denen du bereits bestens auskommst? Die werden das Weitere schon mit der Gendarmerie in Lyon klären. Ach ... und lass dir bitte schon mal den Wagentyp und das Kennzeichen geben.«

Die Praktikantin nickte erneut und nahm ihren Ausdruck mit den Lyoner Kontaktdaten entgegen, während Werner sich Sven zuwandte.

»Sven, kannst du bitte mit Thomas bis heute Abend alles zusammenstellen, was es über Altenkemper herauszufinden gibt?« Sven blickte kurz von seinen Notizen auf, während Werner bereits weitersprach. »Vorstrafen, Schule, Ausbildung, Verwandte und Freunde«, ratterte er herunter. »Ja, und die Markierungen auf den beschlagnahmten Scheinchen? Hatten wir ja schon besprochen? Wobei ...« Werner runzelte die Stirn und blickte unbestimmt durch den Raum. »Ne, lass mal, die Wittlicher übernehme ich, da habe ich den direkten Kontakt.«

Sven Paulsen schmunzelte und strich den ersten Eintrag auf seiner Liste durch.

»Was haben wir vergessen? Was für Kommentare gibt es?«, wandte sich Werner nun an die Runde.

»Wie ist Altenkemper an die Autoschlüssel gekommen?«, fragte Thomas.

»Vielleicht hatte Krämer den Schlüssel bei der Spedition hinterlegt«, traute sich die Praktikantin zu sagen.

»Gute Idee, klär das bitte!«

»Der Banküberfall damals. Glaubst du, dass die beiden da auch unter einer Decke steckten?«, fragte Katja.

»Ich glaube eher nicht«, sagte Werner zögerlich. »Altenkemper ist vermutlich eine kleine Leuchte. Ein typischer Kleinkrimineller, der seinem Arbeitgeber Sprit klaut. Er hat auch erst vor zwei Jahren in der Firma angefangen, während Krämer schon seit etwa 15 Jahren dort arbeitet.«

»Hm …«, überlegte Katja weiter. »Also, wenn wir mal als Arbeitshypothese annehmen, dass die beiden zusammen die Tankstellen überfallen haben und jetzt wird einer von ihnen ermordet …«, sie ließ den Satz unvollendet im Raum schweben.

»Ich bin mir sicher, dass Altenkemper in der Mordnacht noch bei Krämer war«, erwiderte Werner.

»Warum?«

»Lass dich überraschen.« Werner grinste.

»Vom Spritklau über Tankstellenüberfälle zu Mord ist ein weiter Weg«, warf der besonnene Kollege Thomas ein.

»Ja«, stimmte Werner zu, »das ist es. Unser Hauptermittlungsansatz bezieht sich auch zunächst ausschließlich auf die Tankstellenraube. Alles Weitere wird sich weisen.«

Werner raffte seine Papiere zusammen.

»So, ihr haltet mich bitte auf dem Laufenden und gebt mir Bescheid, sobald die Freundin von Altenkemper hier eingetroffen ist. Den Termin für die nächste Besprechung legen wir später fest. Stellt euch mal nicht auf frühen Feierabend ein.«

59. Kapitel

Nach dem Ende der Besprechung steckte Werner noch kurz den Kopf ins Zimmer des Behördenleiters und informierte Manfred Burggraf in kurzen Worten über mögliche Fortschritte bei den Tankstellenrauben. Er versprach für später eine ausführlichere Darstellung. Zurück in seinem Büro sprach er zunächst wieder mit dem ihm unbekannten Spurensicherungsbeamten aus Wittlich und bat um eine Untersuchung des sichergestellten Geldes aus dem Bankschließfach. Danach nahm er den Bericht des Finanzamtes zur Hand. Nach Abzug von Steuern und Unterhaltszahlungen für die Kinder hatte Krämer mit seiner Teilzeitstelle rund 1.200 Euro im Monat zur Verfügung. Ausreichend, wenn man keine Miete zahlen musste und keine hohen Ansprüche hatte, aber definitiv nicht genug, um sich eine Immobilie an der Côte d'Azur leisten zu können. In den letzten Jahren waren die Unterhaltszahlungen für den Sohn weggefallen, aber für die Tochter zahlte er immer noch, weil sie sich wohl noch in der Ausbildung befand. Sollte er irgendwoher eine große Erbschaft gemacht haben, war zumindest keine Erbschaftssteuer gezahlt worden – also eher unwahrscheinlich. Er lehnte sich kurz zurück, jetzt hieß es abwarten.

Nach einem kurzen Gang ins Nachbarbüro, um sich mit Kaffee zu versorgen, nahm er sich die gesammelten Vorgänge aus Loogh vor. Einbruchsversuch bei Frau Apis am Freitag. Bedrohung von Herrn Blattschke durch Frau Apis und Frau Cameron am Samstag. Bedrohung von Frau Apis durch Herrn Blattschke im eigenen Garten am Sonntag. Dazu die tote Katze in der Vorwoche. Was trieben die da in Loogh – Bürgerkrieg? Er schob den Stapel entnervt zur Seite und nahm sich vor, bei nächster Gelegenheit ein Wort mit Alex zu wechseln. Zumindest sie hätte er für vernünftiger gehalten.

Er griff zum Telefon und bat die Praktikantin, sich noch einmal mit der Verwalterin des Hauses in der Provence in Verbindung zu setzen und nachzufragen, seit wie vielen Jahren Krämer mit dem gleichen Kollegen gekommen sei und ob das Haus in der letzten Woche belegt gewesen sei. Würde erledigt, versicherte ihm Anja Schüttler und konnte erste Erfolgsmeldungen zu ihren anderen Aufgaben durchgeben. Bei Krämers Auto handelte es sich um einen in Frankreich zugelassenen Range Rover. Sie gab ihm das Kennzeichen durch. Der Wagen war in der letzten Woche am Montagabend von Krämers Kollegen abgeholt und am frühen Freitagmorgen zurückgebracht worden. Sie hatten ihm die hinterlegten Schlüssel und Papiere ohne Zögern ausgehändigt, weil er gut bekannt war und Krämers Wagen schon öfter gefahren hatte. Um die Sicherstellung des Fahrzeugs kümmerten sich die provenzalischen Kollegen. Knapp und auf den Punkt gebracht. Werner bedankte sich erfreut. These Nummer 1 hielt, er war mit Krämers Wagen unterwegs gewesen.

Er setzte sich direkt mit den Kollegen der Nachbarinspektionen in Verbindung, übermittelte Fahrzeugtyp und Kennzeichen des mutmaßlichen Täters und erkundigte sich, ob in der fraglichen Nacht auf der Strecke zwischen Luxemburg und Bitburg geblitzt worden sei. Zumindest die Kollegen an der Mosel waren hocherfreut über diese unerwartete Hilfe und versprachen sofortige Rückmeldung nach der Überprüfung. Er holte sich gerade die Daten von Altenkempers Freundin aus dem Melderegister auf den Bildschirm, als es an der Tür klopfte und Katja eben jene Dame ankündigte.

»Immer hinein mit ihr«, gab er zur Antwort und bat Katja darum, bei der Zeugenaussage dabei zu bleiben. Sein Telefon stellte er noch schnell auf ein Nachbarbüro um.

Indem er seinen Blick starr auf den Computerbildschirm gerichtet hielt, gelang es ihm sein Erstaunen zu verbergen, als eine etwa 170 cm große, sehr junge Frau mit Model-Figur auf mindestens zehn Zentimeter hohen Pumps sein Büro betrat. Sie konnte höchstens Mitte zwanzig sein und sah ihn mit verunsichertem Gesicht an. Ein Blick auf den PC bestätigte: zweiundzwanzig Jahre jung und noch bei ihren Eltern gemeldet. Dieses stark geschminkte und ansonsten braungebrannte Püppchen mit den hellblond gefärbten langen Haaren war also die Freundin des 45-jährigen Altenkemper. Trotz der noch recht kühlen Außentemperaturen trug sie ein braunes, langärmeliges Häkeltop zu einem kurzen, beigefarbenen Miniröckchen. Unter dem fast durchsichtigen Top schimmerte deutlich ein ebenfalls brauner Spitzen-BH über einem üppigen Busen, der bei jeder Bewegung aufgeregt auf und ab wippte. Hätte Werner nicht inzwischen gelernt, dass die meisten jungen Frauen in diesem Alter heutzutage so herausgeputzt herumliefen, hätte er spontan auf horizontales Gewerbe getippt, auch wenn das Outfit nicht gerade billig aussah. Die gefärbten Haare und der ausgeleerte Farbkasten im Gesicht machten es schwer, sich vorzustellen, wie sie in Natura aussehen mochte.

»Wir waren in der letzten Woche seit zwei Jahren zusammen«, verkündete sie mit sichtlichem Stolz in einer quieksigen Jungmädchenstimme, nachdem er ihre Personalien aufgenommen und sie gefragt hatte, wie lange sie Herrn Altenkemper schon kenne. Sie bestätigte, auch Rudolf Krämer gut zu kennen, da sie häufig auf den Frankreichtouren dabei gewesen sei. Sie habe mit »ihrem Konrad« meistens etwas unternommen, während Krämer sich zu Hause mit seinen Blümchen beschäftigt habe. »Wir waren viel shoppen«, führte sie weiter aus und wies auf eine protzige Uhr mit schwarzem Zifferblatt an ihrem linken Handgelenk. »Die hat mir Konrad neulich auf dem Markt in Saint Tropez gekauft. Das ist eine Patek Philippe Nautilus Titanium.« Werner verkniff sich die Bemerkung, dass die Uhr sicher ein Plagiat sei, aber sie hatte den langen Namen der Uhr brav auswendig gelernt.

Die Frage nach einer Berufstätigkeit bejahte sie, sie sei halbtags in einem Drogeriemarkt beschäftigt, dort habe sie auch ihren Konrad kennengelernt.

»Und davon können Sie sich diese schicke Wohnung leisten?«, mischte sich Katja in das Gespräch ein.

»Die Miete für die Wohnung zahlt Konrad, und das Cabrio hat er mir geschenkt«, verkündete sie wieder stolz, und Werner ging durch den Kopf, dass die junge Frau in nächster Zeit mit erheblichen Einbußen in ihrem Lebensstil rechnen musste.

»Kommen wir zum Grund Ihres Besuches«, begann er. »Ihnen ist bekannt, dass auf Falschaussage eine Gefängnisstrafe steht?«

Die junge Frau schwieg und die anfängliche Unsicherheit kehrte zurück.

»Wann haben Sie Herrn Altenkemper zuletzt gesehen?«

»Heute Morgen, bevor er zur Arbeit fuhr.« Die Antwort kam spontan und ohne Zögern.

»Was war am Wochenende?«

»Waren wir die ganze Zeit zusammen, er kam Freitagnacht.«

»Und in der letzten Woche? Hatten Sie da zu irgendeinem Zeitpunkt Besuch von Herrn Altenkemper?«

Sie nickte.

»Wann genau war das?«

»Es war nur kurz. Er kam am Donnerstagmorgen und musste am Donnerstagabend schon wieder weg.«

»Was für ein Fahrzeug fährt Herr Altenkemper?«

»Er hat das gleiche Peugeot Cabrio wie ich. Er in schwarz und ich in weiß. Partnerautos.«

»Mit diesem Auto, dem schwarzen Peugeot, war er auch am Donnerstag bei Ihnen?«

»Nein, da fuhr er Rudolfs Geländewagen.«

»Hat er Ihnen einen Grund genannt, warum er mit dem Geländewagen gekommen ist?«

»Logisch. Er hatte in Frankreich einen Tag frei und wollte mich besuchen. Dafür ist er die ganze Nacht gefahren.« Wahrscheinlich glaubt sie das Märchen wirklich, dachte Werner.

»Wann genau ist er am Donnerstag zu Ihnen gekommen?«

»Kurz nach sechs. Ich war gerade aufgewacht, weil ich vergessen hatte, den blöden Wecker an meinem freien Tag auszuschalten.«

»Was haben Sie am Donnerstag unternommen?«

»Nichts. Erst ist er die ganze Nacht gefahren und dann hat er den ganzen Tag verschlafen.« Ihr leicht nöliger Ton verriet, dass ihr ach so toller Konrad nicht ganz den Erwartungen entsprochen hatte.

»Was ist mit dem Abend, an dem Rudolf Krämer ermordet wurde? Sie wissen doch, welcher Abend das war?«

»Klaro. Ich bin ja dazu befragt worden und es ist alles so schrecklich mit dem armen Rudolf.« Sie seufzte theatralisch.

»An jenem Donnerstagabend hat Herr Altenkemper mit Herrn Krämer telefoniert. Können Sie sich daran erinnern?«

»Ja. Er war bei mir in der Wohnung.«

»Hat er die Wohnung danach noch einmal verlassen?«

Sie zögerte und schwieg.

»Na und … kommt noch was?«, Werner beugte sich über den Schreibtisch zu ihr. »Sie sind noch jung und haben sich noch nichts zu Schulden kommen lassen. Mit einer Falschaussage machen Sie sich strafbar, darauf weise ich Sie noch einmal hin. Im Übrigen weiß ich bereits, dass Herr Altenkemper nicht den ganzen Abend bei Ihnen war.«

Ihre Schultern sackten merklich nach vorne.

»Er hat sich noch einmal kurz Zigaretten geholt.«

»Wann war das und wie lange war er weg?«

»So gegen elf. Ich weiß nicht, vielleicht eine Stunde?«

»Eine Stunde, um Zigaretten zu holen?«

»Was weiß ich. Vielleicht hat er irgendwo noch einen Stubbi getrunken. Ich kontrolliere ihn ja nicht«, protestierte sie.

»Er könnte also durchaus noch nach Niederehe zu Krämer gefahren sein?«

»Konrad hat doch den Krämer nicht umgebracht!«, empörte sie sich. »Das ist ein ganz Lieber, der tut keiner Fliege was zuleide.«

»Wie war denn das Verhältnis zwischen dem Krämer und ihrem Konrad. Mochten sie sich?«

Sie schwieg.

»Haben Sie schon mal mitbekommen, dass die beiden sich gestritten haben?«

»Logisch, alle streiten sich mal.«

»Worum ging es?«

»Sie haben sich nicht gestritten, wenn ich dabei war.«

»Sie haben gerade gesagt, dass Sie schon mal einen Streit mitbekommen haben.«

»Ja, ich hab mal was vom Garten aus gehört, in Frankreich, als die beiden sich drinnen gestritten haben.«

»Was genau haben Sie gehört?«

»Irgendwas mit Geld. Konrad wollte Geld von Krämer und der wollte ihm das nicht geben.«

»Hat Konrad mit Ihnen darüber gesprochen?«

»Nein, er hat nie mit mir über Krämer gesprochen. Ich hab auch nie gefragt, war ja nicht meine Sache.«

»Ja. Das wäre es fürs Erste. Ich muss Sie leider bitten, hier zu bleiben, falls sich noch weitere Fragen ergeben.«

»Komme ich jetzt in eine Zelle?«, fragte sie mit großen Augen.

»Nein.« Er lächelte. »Sie können im Büro meiner Kollegin warten. Sie wird versuchen, es Ihnen so bequem wie möglich zu machen. Vielleicht lässt sich ja so etwas wie eine Zeitschrift auftreiben.« Er zwinkerte Katja zu. »Bravo oder Vogue?«

»Ich muss Sie leider bitten, mir Ihr Handy zu überlassen.«

»Aber das ist privat! Sie können es auch gar nicht benutzen, ohne den Pin.«

»Ich habe auch nicht vor, es zu benutzen«, beschwichtigte er. »Wir müssen uns leider an die Vorschriften halten und hier im Gebäude ist das Benutzen von Handys untersagt.«

»Ich will es auch gar nicht benutzen.«

»Vorschrift ist Vorschrift«, beharrte er. »Sie müssen es leider hierlassen und bekommen es später unversehrt von mir zurück.«

Zögerlich kramte sie in einer paillettenbesetzten Handtasche und reichte ihm ein iPhone der neuesten Generation in einer Hülle aus Schlangenhaut-Imitat.

»Doch, eine Frage noch«, fiel ihm ein, als sie bereits aufgestanden war. »Ihr Cabrio, wo wurde das gekauft?«

»Die haben wir beide in Frankreich gekauft und sind im Konvoi oder wie das heißt, nach hier hingefahren.«

»Wie wurden die beiden Autos bezahlt? In bar?«

Sie nickte nur.

»Haben Sie sich nie gefragt, woher das ganze Geld für die teuren Geschenke und die Wohnung kommt?«

Sie blickte auf ihre Schuhe und zuckte nur noch mit den Schultern. Langsam schien ihr zu schwanen, dass auf ihren Konrad das eine oder andere Problemchen zukommen könnte. Jedenfalls kristallisierte sich gerade heraus, wohin die markierten Geldscheine verschwunden sein könnten.

»Besten Dank. Wir sehen uns später noch.«

Kurz nachdem Katja mit der jungen Dame den Raum verlassen hatte, wählte er Katjas Telefon an.

»Katja, lass sie nicht aus den Augen, auch wenn sie nur auf die Toilette will. Sie wird versuchen, sich mit Altenkemper in Verbindung zu setzen. Beschäftige sie irgendwie, sag einer Streife, sie sollen eine Zeitschrift besorgen oder so was.«

60. Kapitel

Werners Magen beschwerte sich vehement über das entfallene Mittagessen und er überlegte, ob er sich auf die Schnelle in der Kantine etwas besorgen sollte, als Thomas, der Kollege, auf den er das Telefon umgestellt hatte, nach kurzem Klopfen eintrat.

»Da waren einige Anrufe für dich und die Praktikantin versucht dich zu erreichen.«

»Mist, habe vergessen, es wieder umzustellen.« Werner tippte auf der Tastatur seines Telefons herum, während er Thomas aufmerksam zuhörte. Der französische Range Rover war leider weder in eine Radarfalle geraten, noch bei den nächtlichen Alkoholkontrollen aufgefallen. Schade, aber einen Versuch war es wert gewesen. Die im Banksafe von Krämer sichergestellten Geldscheine wiesen keine Markierungen auf. Der nächste Versuchsballon war gescheitert und der Chef versuche ihn zu erreichen. Werner bedankte sich und griff wieder zum Hörer. Anja Schüttler war erfolgreich gewesen und hatte mit einer sehr erregten Verwalterin gesprochen. In das Haus in der Provence war eingebrochen worden. Sie war sicher, dass sie die Alarmanlage eingeschaltet hatte und die war ausgestellt, die Terrassentür war aufgehebelt worden und eine Schublade im Schreibtisch von Krämer war ebenfalls aufgebrochen worden. Eine wertvolle Stereoanlage und einige Bilder fehlten definitiv. Was sich in dem Schreibtisch befunden haben könnte, wusste sie nicht. Auch die Frage nach Krämers Kollegen konnte sie beantworten, da sie das Haus seit dem Kauf durch Krämer betreut hatte. Krämer sei früher mit wechselnden Kollegen in der Provence gewesen, in den letzten ein bis zwei Jahren immer mit dem gleichen. Werner bedankte sich noch einmal bei Anja und lobte ihre gute Arbeit. Gleich darauf ging er schnellen Schrittes in das Büro von Manfred Burggraf und informierte ihn im

Telegrammstil. Die Zeit lief davon. Möglichst noch am Nachmittag sollten Hausdurchsuchungen bei Altenkemper und seiner Freundin stattfinden. Burggraf versprach, sich um die gewünschten Durchsuchungsbeschlüsse zu kümmern, und Werner eilte weiter, um mit Sven Paulsen die geplanten Durchsuchungen vorzubereiten. Sven hatte bislang nicht viel zu berichten. »Einige kleinere Drogendelikte«, informierte er Werner, »alles Weitere bei der nächsten Besprechung.«

»Gut«, stimmte Werner zu, »und die Praktikantin nehmen wir auch mit«, schloss er die Vorbereitungen ab. »Gute Erfahrung, so eine Hausdurchsuchung und sie hat es verdient, einmal rauszukommen.«

Wie sich herausstellen sollte, wurden sie bereits in Altenkempers Wohnung fündig, während die Durchsuchung der Wohnung seiner Freundin keine weiteren Erkenntnisse lieferte. Altenkemper musste sich nach seinem Täuschungsmanöver, als jeder ihn in Frankreich wähnte, seiner Sache sehr sicher gewesen sein. Er hatte sich überhaupt nicht großartig bemüht, seine Beute zu verstecken, vielleicht höchstens vor seiner Freundin. Die Stereoanlage stand an der Garderobe im Flur seiner Wohnung, gleich hinter der Eingangstür. Knapp 58.000 Euro in kleinen Scheinen lagen in einer Schublade, weitere rund 400.000 Euro im untersten Teil eines Stapels gleich aussehender Umzugskartons mit diversen Haushaltsgegenständen, die beim Einzug wohl nicht ausgeräumt worden waren. Die Kartons füllten eine Lücke zwischen Kleiderschrank und Schlafzimmerwand. Eine Maske, wie sie Motorradfahrer unter dem Helm tragen, Lederjacke, Schal, Handschuhe und Jeans, alles in Schwarz, fanden sich in einem Abstellraum am Kleiderharken. Werner überließ die weitere Untersuchung der Wohnung den Technikern und eilte mit Sven und der Praktikantin zurück zur Dienststelle.

Kurz vor 17.00 Uhr fuhren drei Zivilfahrzeuge nach Waldkönigen und brachten sich in verschiedenen gedeckten Positionen in Aufstellung. Werner betrat das Büro der Spedition, klärte die einzig anwesende Sekretärin auf und bat sie, das Büro zu verlassen. Die recht aufgeregte Praktikantin, die noch nie einer Festnahme beigewohnt hatte, musste leider in einem der Fahrzeuge warten, da nicht auszuschließen war, dass Altenkemper bewaffnet sein könnte. Glücklicherweise erwies sich diese Vorsichtsmaßnahme als unnötig. Ein verdutzter Konrad Altenkemper ließ sich um 18.43 Uhr widerstandslos abführen.

Auf dem Rückweg nach Daun gelang es Werner noch, seiner Frau mitzuteilen, dass es spät werden würde, bei der Tomate in Niederehe mehrere Bleche Pizza zu bestellen und seinen Chef zu bitten, eine Teambesprechung einzuberufen. Altenkemper wurde nicht zum Pizzaessen eingeladen, sondern zunächst in einer Zelle untergebracht. Werner bedankte sich bei seiner Freundin für ihre Geduld, übergab ihr das Handy und entließ sie in eine gewiss anders gestaltete Zukunft.

Im Besprechungsraum ließ Werner Sven Paulsen zunächst über seine Recherchen zu Altenkemper berichten. Altenkempers Vorstrafenregister war unspektakulär. Einige kleinere Drogendelikte in der Jugend und im jungen Erwachsenenalter. Wobei es eher um den Besitz von, als um das Dealen mit Marihuana gegangen war. Er hatte mit Müh und Not den Hauptschulabschluss geschafft und nach mehreren abgebrochenen Lehren letztlich eine Dachdeckerausbildung abgeschlossen. In diesem Beruf war er jedoch nicht geblieben, sondern fuhr seit nunmehr zehn Jahren Lastwagen und hatte des Öfteren den Arbeitgeber gewechselt. Frühere Arbeitgeber bezeichneten ihn als im Großen und Ganzen in Ordnung, wenn er gearbeitet hatte, denn alle Befragten gaben übereinstimmend an, dass er während seiner Beschäftigung in ihrem Unternehmen viele krankheitsbedingte Fehltage hatte. Mit Freunden und Verwandten hatte Sven sich noch nicht in Verbindung gesetzt, um zu vermeiden, dass irgendjemand Altenkemper vorwarnen konnte.

Anja Schüttler referierte über ihre Ermittlungen in Frankreich und Katja über die Vernehmung der Freundin von Altenkemper.

Abschließend fasste Leo Werner die Ergebnisse des Tages zusammen und beglückwünschte das Team für die gelungene Zusammenarbeit.

Das weitere Vorgehen wurde bei der kurz darauf eingetroffenen Pizza erörtert und zu den Kaffeeringen auf den Tischen des Besprechungsraums gesellten sich Fettspritzer und Stückchen der diversen Beläge.

61. Kapitel

Altenkemper wurde noch blasser, als er ohnehin schon bei der Festnahme gewesen war, als er gegen 21.30 Uhr den völlig überheizten Vernehmungsraum betrat und auf einem Tisch unter dem Fenster einen seiner Umzugskartons und seine Kleidung samt Maske erkannte. Auch wenn mittlerweile ein Wochenende zwischen seinen Beutezügen der letzten Woche lagen, machte er insgesamt einen übernächtigten und resignierten Eindruck. Die seit Wochen defekte und nicht regulierbare Heizung in diesem Raum tat ihr Übriges, um sein Wohlbefinden nachhaltig zu verschlechtern. Schon während der Aufnahme der Personalien bildeten sich dicke Schweißperlen auf Oberlippe und Stirn, die er sich immer wieder mit einem Jackenärmel abwischte, bevor er sich die Jacke regelrecht vom Leib riss.

Leo Werner deutete mit einem kurzen Nicken auf den nun unter dem kurzärmeligen T-Shirt freiliegenden Schlangenkörper, dessen Tätowierung sich über den gesamten rechten Oberarm zog und unter dem T-Shirt-Ärmel verschwand. Der schwarze Schlangenkopf befand sich genau in der Mitte knapp oberhalb des rechten Handgelenks, also dort, wo sich vermutlich das Zifferblatt einer Uhr befinden würde, wenn er eine getragen hätte. Katja und Sven sahen Werner an. Die Uhr, die keine Uhr war und über deren Symbolik sie bei den schlechten Videoaufnahmen häufig gerätselt hatten. Auch seine Statur stimmte und sein Gang war ihnen schon beim Betreten des Vernehmungszimmers aufgefallen. Diese ganz leichte Verzögerung. Kein wirkliches Hinken. Vermutlich hatte Altenkemper irgendwann einmal eine Knieverletzung gehabt, die nicht richtig verheilt war. Jedenfalls schien es chronisch zu sein, denn bei genauer Analyse ließ sich dieses leichte Hinken auf allen verfügbaren Videos der Tankstellenüberfälle nachweisen.

Altenkemper gab sich insgesamt sehr kleinlaut, schmiss nicht mehr mit Bullensprüchen um sich und gestand nach kurzer Zeit sowohl die Tankstellenraube, als auch den Einbruch in die französische Villa.

Angefangen habe alles damit, dass er in seiner Firma Diesel gestohlen habe, wenn er spät abends allein von einer Fahrt zurückgekommen sei. Irgendwie müsse Krämer das herausgefunden haben. Altenkemper vermutete, dass er abends noch einmal zurückgekommen war und zufällig etwas beobachtet hatte. Er, also Krämer, habe ihm eine Falle gestellt und in einem der Lastwagen eine Kamera installiert. Den Film auf der Kamera habe er ihm gezeigt, nachdem er ihn auf ein Bier zu sich nach

Hause eingeladen habe, und gesagt, man könne ja mal überlegen, das dem Chef vorzuspielen.

»Tja, dumm gelaufen, hab ich zu ihm gesagt«, führte Altenkemper weiter aus. »Dann verlierst du jetzt wohl eine Kamera. Ich bin aufgestanden und wollte gehen. Würde sehr dumm laufen, wenn du sie nicht brav auf den Tisch legst. Krämer grinste und da hatte der Typ plötzlich eine Wumme in der Hand. Ich hab ihn gefragt, was er von mir will und er hat gesagt, deine unterentwickelten Talente fördern. Er kam mit der Idee von den Tankstellen. Sagte da ist abends echt viel Kohle in der Kasse und es ist ganz leicht. Wir ham das gemacht und er hatte null Risiko, der ist immer im Auto geblieben, hat mich die Drecksarbeit machen lassen und am meisten abkassiert. Und ich bin gezwungen worden da mitzumachen.«

»Sie sind also eigentlich ein Opfer?«, fragte Katja mit neutralem Ton. Sie saß neben Leo Werner gegenüber von Altenkemper, während Sven an der Wand neben der Tür lehnte. Es war ungewöhnlich, eine solche Befragung zu dritt durchzuführen, aber Werner hatte darauf bestanden.

Altenkemper nickte eifrig.

»Wie ist das genau abgelaufen?«, fragte Leo Werner weiter. »Wer hat die Zeiten, die Tankstellen und den genauen Ablauf festgelegt?«

»Das kam alles von Krämer. Er hat die Tanken vorher ausspioniert und mir erst kurz vorher Bescheid gesagt. Hatte immer eine Skizze, wo die Kassen sind, wo´s ins Büro geht und so weiter. Das hat er mir meistens erst kurz vorher gezeigt, bei sich zu Hause. Und mein Auto wollte er immer dazu nehmen.«

»Sie sind also zusammen hingefahren und Sie sind reingegangen, während er draußen gewartet hat?«

Altenkemper nickte. »Er wartete immer ein ganzes Stück weiter weg.«

»Das kann nicht so ganz stimmen. Wir haben eine Videoaufnahme, auf der Sie beide zu sehen sind«, übernahm Katja.

»Das war nur das erste Mal. Er wollte sichergehen, dass ich keinen Mist baue. Kassen und Schlösser knacken hatte er mir vorher beigebracht, aber ich hatte es ja noch nie in echt gemacht.«

»Ab diesem ersten Mal ist er im Auto geblieben?«

»Manchmal hat er noch geholfen, die Videokameras kaputt zu machen und ist danach wieder zum Auto gegangen. Und hat nur noch kassiert«, kam es wieder ziemlich bitter.

»Sie haben ihm also das Geld gegeben?«

Altenkemper nickte wieder. »Er hat mir in Frankreich zwanzig Prozent zurückgegeben. Die musste ich aber in Frankreich lassen, wenn ich´s nich da unten ausgegeben hab.«

»Hat er Ihnen gesagt, warum er das wollte?«

»Er wollte sichergehen, dass kein Cent von dem Geld in Deutschland ausgegeben wird.«

»Wie war das mit den Tankstellen letzte Woche? War das Ihre Idee?«

»Das hat Krämer lange vorbereitet. Wir haben auf der Rückfahrt von Frankreich immer an mehreren Tankstellen angehalten, irgendwas gekauft, Kaffee, Brötchen, Zeitung, was weiß ich. Bis er sich entschieden hat, welche wir nehmen, und die sollten in einer Nacht durchgezogen werden.«

»Was haben Sie mit dem Geld aus den vorherigen Überfällen gemacht?«, fragte jetzt wieder Katja.

»Ausgegeben.«

»Können wir das genauer haben?«, griff Werner in schärferem Ton ein.

»Na in Frankreich shoppen. Hab ne teure Freundin. War auch mal `n Auto.«

»Hm«, Werner sah ihn lange an. »Ich denke es kam immer wieder zum Streit, weil Sie einen größeren Anteil wollten. Der letzte Streit war an dem Abend, als Krämer ermordet wurde.«

»Quatsch«, rief Altenkemper aufgebracht. »Ich hab nur mit dem telefoniert. Kann meine Freundin bezeugen.«

»Wir machen hier eine kleine Pause.« Werner stand auf, nahm die Kassette aus dem Aufnahmegerät und verließ unter den verdutzten Blicken seiner Kollegen den Raum.

Zunächst versuchte er sich einen Kaffee aus der Maschine zu ziehen. Sie funktionierte einmal wieder nicht. Im Büro der Kollegen mit dem einzigen gescheiten Vollautomaten im Haus war kein Licht mehr, die Kaffeemaschine war ausgeschaltet und er hatte keinen blassen Schimmer, wie sie reaktiviert werden konnte. Kein Kaffee also. Er verließ das Gebäude und stopfte sich draußen eine Pfeife. Dabei schaute er immer wieder auf die Uhr, zehn Minuten sollten reichen. Nach zwei Zügen an der Pfeife machte er sich auf den Rückweg und spielte versonnen lächelnd mit der Kassette, als er den Raum betrat.

»Sie wurden an dem Abend, an dem Krämer ermordet wurde, beim Betreten des Gartens gesehen und Ihr Streit mit Krämer wurde gehört«, sagte er noch bevor er sich setzte.

Altenkemper sprang erregt auf.

»Das könnt Ihr Bullen mir nicht anhängen.«

»Setzen Sie sich«, sagte Werner scharf. »Ihre Freundin hat uns schon heute Nachmittag bestätigt, dass Sie nicht den ganzen Abend bei ihr waren! Sie waren gegen 23 Uhr in Krämers Garten. Der Zeuge ist im Nebenzimmer und hat soeben Ihre Stimme einwandfrei identifiziert. Wir werden morgen eine Gegenüberstellung machen. Was haben Sie also bei Krämer gemacht?«

Altenkemper sackte in sich zusammen. »Das könnt ihr mir nicht anhängen«, sagte er deutlich kleinlauter. »Ich hab dem nix getan.«

»Aber Sie wollten für den großen Coup mit den drei Tankstellen einen höheren Anteil.«

Altenkemper nickte.

»Darüber haben Sie sich an dem Abend gegen 23 Uhr in seinem Garten gestritten?«

Altenkemper nickte wieder.

»In Worten«, bellte Werner.

»Ja, ich war bei ihm, aber ich hab den nich umgebracht.«

»Krämer hat sich nicht auf einen höheren Anteil eingelassen und da haben Sie sich gedacht, dass Sie das auch alleine durchziehen können.«

»Ich hab den nicht umgebracht«, schrie Altenkemper mit hochrotem Kopf.

Werner nickte seinen Kollegen zu. »Ich denke, das reicht für heute.« Er stand auf, öffnete die Tür und nickte zwei weiteren Kollegen im Gang zu. »Einmal Bed and Breakfast.«

»Ich hab den nicht umgebracht«, hallte es durch den Flur, während Altenkemper abgeführt wurde. »Ihr Scheißbullen könnt mir das nicht anhängen!«

»Gehen wir kurz in mein Büro.« Werner nickte Sven und Katja zu.

»Wo ist der Zeuge?«, fragte Katja erstaunt, als sie sein Büro betraten.

Werner sah auf die Uhr.

»Hoffentlich friedlich in seinem Bettchen, ohne Dummheiten zu machen, und wir sollten auch bald ins Bett.«

»Du hast geblufft«, stellte Sven fest. »Aber wie bist du ihm auf die Schliche gekommen?«

»Diese sprachliche Eigenart. Friches Obst«, imitierte Werner Altenkemper. »Er spricht ein sch wie ein ch aus.

Ein junger Mann aus Niederehe ist ein guter Beobachter und hat in der Nacht einen Streit mitbekommen. Gesehen hat er die Beteiligten nicht, und die Beweislage nur aufgrund der Stimme wäre vor Gericht äußerst wackelig gewesen. Aber jetzt hat er zugegeben, dass er dort war. Krämer wäre normalerweise bei der Spanientour letzte Woche dabei gewesen und auch er hatte drei Tage Urlaub eingereicht, wie mir die Sekretärin der Spedition bestätigte. Krämer hatte also alles genau geplant und Altenkemper hat es allein durchgezogen.«

»Du meinst also, der hat ihn tatsächlich umgebracht?«, fragte Sven zweifelnd.

»Vieles spricht dafür. Er ist der Letzte, der mit Krämer gesehen wurde. Er hatte ein Motiv, er hatte die Gelegenheit …« Werner sprach langsam und runzelte die Stirn. »Ich kann das trotzdem nicht glauben. Im Affekt vielleicht, könnte bei so einem Typen eine Sicherung durchbrennen. Aber vorher fesseln, eiskalte Exekution und hinterher aufwendige Zurschaustellung der Leiche. Warum sollte er das gemacht haben?«

Er schob einige Papiere auf seinem Schreibtisch zusammen. »Wie dem auch sei. Wir werden uns Morgen weiter mit ihm unterhalten. Feinabstimmung morgen früh um acht Uhr hier, danach schreiben wir unsere Berichte und das ganze Päckchen, mitsamt Altenkemper, geht nach Wittlich.«

Er blickte auf seine Armbanduhr. »Jetzt jedenfalls geht es fast auf Mitternacht zu und wir sollten versuchen, noch ein paar Stündchen Schlaf zu bekommen, bevor wir uns weiter mit ihm beschäftigen.«

62. Kapitel

Früh am Dienstagmorgen lud Alex die Katze in ihre große Kühlbox, in der sie sonst Proben von Füchsen transportierte; Kotproben oder auch ganze Füchse, die einem Unfall oder einem Jäger zum Opfer gefallen waren. Sie stieg in Max' Auto und würde es noch rechtzeitig zum ersten Seminar zurück nach Köln schaffen. Am Vortag hatte sie sich unter dem Vorwand, den neuen Pferdestall bewundern zu wollen, einen Überblick in Kristins Garten verschafft, und gerade jetzt, um vier Uhr morgens, nach dem ihr inzwischen vertrauten Spaziergang von der Waldseite auf Kristins Grundstück, war die Stelle leicht zu finden gewesen. Die frisch ausgehobene und zu einem kleinen Hügel aufgeschüttete Erde zwischen den Obstbäumen im hinteren Teil des Gartens hob sich auch im Mondlicht gut von dem umgebenden, noch winterlichen Boden ab. Die Oberfläche war über Nacht wieder leicht gefroren, widersetzte sich aber kaum ihren Spatenstichen, und bald stieß sie auf die Kiste, in der die Katze begraben worden war. Dort hatte sie gelegen, liebevoll mit Seidenpapier zugedeckt. Leere, blutverkrustete Augenhöhlen hatten sie angestarrt. Die ganze Zeit über hatte sie instinktiv gespürt, dass sie nicht allein war, aber wenn sie ab und zu aufblickte oder sich umschaute, hatte sie niemanden entdecken können. Im Haus des Nachbarn waren alle Jalousien bis zum Anschlag geschlossen, der Schäferhund hatte sich nicht im Garten blicken lassen und auch in Kristins Haus war alles dunkel. Sie hatte die Kiste wieder vergraben, das Loch wieder zugeschaufelt und alles so hinterlassen, wie sie es vorgefunden hatte. Sie hoffte, dass Kristin ihr verzeihen würde, wenn sie es jemals herausfinden sollte.

63. Kapitel

Auch Leopold Werner hatte eine kurze Nacht hinter sich. Nachdem er nach Mitternacht vom Dienst nach Hause gekommen war, hatte er die untere Etage verwaist, aber mit einem lieben Gruß vorgefunden. Mia war schon zu Bett gegangen. Er hatte sich noch nicht dazu aufraffen können, ihr zu folgen und noch lange mit einem Glas Wein in seinem Arbeitszimmer gesessen, um die Festnahme Revue passieren zu lassen.

Trotzdem fühlte er sich hellwach, als er jetzt den Besprechungsraum betrat. Gestern war ihnen ein Durchbruch gelungen. Die Tankstellenraube waren aufgeklärt und mussten nur noch im Detail abgearbeitet werden. Und der Mord an Krämer? War letztlich nicht sein Fall.

Er hob schnüffelnd den Kopf. Der Pizzageruch von gestern Abend klebte regelrecht in der Luft. »Erst mal lüften«, sagte er unbestimmt in die Runde an niemanden Bestimmten, bevor er sich ans Kopfende des Besprechungstisches setzte.

Müde Gesichter blickten ihm entgegen.

»Dir auch einen guten Morgen«, sagte Sven lächelnd, während Anja Schüttler bereits aufgestanden war und die Fenster öffnete.

Werner ging nicht auf den Kommentar ein und setzte zum Reden an, als die Tür sich erneut öffnete und Manfred Burggraf sich den letzten freien Stuhl neben der Tür zurechtrückte.

»Morgen, allerseits. Schon noch ein bisschen frisch hier, oder was meint ihr?«

Werner hob resigniert den Kopf und sein Blick traf Anja Schüttler, die erneut aufsprang, um die Fenster wieder zu schließen.

»Morgen Manfred. Wir legen direkt los.«

Er blickte auf seinen wie immer chaotischen Spickzettel.

»Sven und Katja, ihr befragt Altenkemper direkt nach der Besprechung zu jedem der Tankstellenüberfälle. Gleicht danach die Fahrtenliste der Spedition mit den Überfällen ab und setzt euch mit den Kollegen von der Mosel in Verbindung, um das gemeinsam auszuwerten. Die Berichte sollten bis heute Abend vorliegen.«

Sven und Katja blickten kurz von ihren Notizen auf und nickten.

»Kollege Abendroth wird euch unterstützen.« Er wandte sich an den Kollegen, der erst vor kurzem den Beruf wechseln wollte. »Du schreibst heute Morgen bitte auch noch die Berichte für den gestrigen Tag.«

»Sven, rechnet bitte auch den Gesamtschaden der uns bekannten Überfälle aus. Altenkemper hatte 400.000 Euro im Haus, die er in der französischen Villa erbeutet hat. Sind diese 400.000 Euro plus 100.000 Euro, die wir im Bankschließfach gefunden haben, nur mit den Tankstellen zu erklären?«

Sven nickte wieder und machte sich diesmal keine Notizen. Ein Blick in den Notizblock von Katja, die neben ihm saß, hatte ihm gezeigt, dass sie genau die gleichen Dinge notierte, nur deutlich ordentlicher.

»Heute Morgen konzentrieren wir uns nur auf die Tankstellenüberfälle. Der Kreissparkassenraub und der Mord bleiben erst einmal außen vor.«

Bei dem Wort Mord zog Manfred Burggraf leicht die Augenbrauen hoch, verkniff sich aber einen Kommentar, als Werner sich nun an ihn wandte.

»Manfred, kannst du bitte Untersuchungshaft wegen der Tankstellenüberfälle beantragen und die Wittlicher über die gestrigen Entwicklungen informieren, mit dem Hinweis, dass die Berichte folgen, wir Altenkemper aber noch einen Tag hier behalten wollen, um die Tankstellenüberfälle abzuschließen. Wir werden ihn morgen oder gegebenenfalls übermorgen überstellen, je nachdem wie weit wir kommen.«

Burggraf nickte.

Werner wandte sich nun an den Kollegen, der ihm gegenübersaß. »Thomas, du wirst bitte mit Hilfe unserer sprachkundigen Praktikantin die französische Seite aufarbeiten. Tragt die noch fehlenden Informationen zusammen und versucht sie in einen zeitlichen Zusammenhang mit dem Überfall auf die Kreissparkasse vor dreizehn Jahren zu bringen. Wir wollen wissen, wie Krämer das Haus damals bezahlt hat und mit wem er sich dort aufgehalten hat. Vielleicht kann die Verwalterin sich noch an Namen erinnern. Preis des Hauses, Lebensstil, Bekanntschaften vor Ort und so weiter. Bittet die französischen Kollegen, uns sämtliche im Haus befindlichen Dokumente zu überstellen.«

Er blickte Manfred Burggraf an.

»Ich weiß wirklich nicht, ob wir das alles auf telefonischem Weg klären können. Effektiver wären direkte Ermittlungen vor Ort.«

»Kein Budget«, erwiderte Burggraf knapp.

»Dann vermutlich keine Aufklärung und glückliche Erben. Mir solls recht sein.« Werner zuckte mit den Schultern.

»Okay, haltet mich bitte über jeden Schritt auf dem Laufenden und macht um Himmels Willen keine Formfehler. Wenn Altenkemper einen Anwalt will, besorgt ihm einen. Wir treffen uns heute Mittag wieder zur Lagebesprechung und am Nachmittag nehmen wir uns die Kreisparkasse vor.« Er sah auf die Uhr. »Seht zu, dass ihr vorher in die Kantine kommt. Nächste Besprechung um 13 Uhr.«

Die nun einsetzende Geräuschkulisse aus raschelndem Papier, quietschenden Stühlen auf dem Linoleumboden und Gemurmel wurde von einem Fluch Abendroths übertönt, als sich eine noch halb volle Kaffeetasse über den Besprechungstisch ergoss. Die Praktikantin begann mit hochrotem Kopf und einem Stapel Servietten vom gestrigen Pizzaessen den Tisch zu wischen. Werner warf ihr einen aufmunternden Blick zu und verließ den Raum.

Noch während er in seinem Dienstzimmer stehend in einigen Akten blätterte, öffnete sich nach kurzem Klopfen die Tür.

»Chef, wegen des Dienstschlusses heute Abend …«, druckste Abendroth herum.

»Ja, was ist deswegen?«

»Ich habe um halb sechs einen Zahnarzttermin.«

»Hast du Zahnschmerzen?«

»Nein, es ist …«

»Muss ich noch etwas dazu sagen?«, wurde er von Werner unterbrochen.

»Nein, ich schätze, ich sag den mal ab.«

»Brillante Idee«, stimmte Werner zu und ließ sich, nachdem die Tür hinter Abendroth ins Schloss gefallen war, stöhnend in seinen Schreibtischstuhl fallen. Er zog einen Stapel weißes Papier aus der Schreibtischschublade und begann, einen Zeitplan zu entwerfen.

Um 22.00 Uhr hatte Altenkemper mit Krämer telefoniert. Gegen 23.00 Uhr hatten sie hinten am Gartenhaus einen Streit gehabt. Fragen: Warum hatten sie sich am Gartenhaus getroffen, wenn Altenkemper auch in der Vergangenheit öfter im Haus gewesen war? Mit welchem Auto war Altenkemper zu Krämer gefahren? Wo hatte er den Wagen geparkt? Könnte er Krämer überredet haben, zu ihm ins Auto zu steigen und ihn an einem anderen Ort erschossen haben? Wohin hatte er Krämer gefahren, er konnte ihn unmöglich im Garten gefesselt haben? An einen Ort mit Heu. Besaß Altenkemper eine Scheune oder hatte er Zugang zu einer Scheune? Das Auto musste in die Spurensicherung: DNA-Spuren von Krämer und Heu, notierte er. Auch die Wohnung musste noch einmal auf Spuren von Heu untersucht werden. Wenn er ihn weggefahren hatte, warum hatte er ihn nicht noch in der Nacht entsorgt?

Er griff zum Telefon und nach nur zweimaligem Klingeln beantwortete Max Mastiaux sein Handy.

»Hallo Max, Hauptkommissar Werner hier, nur eine kurze Frage.«

»Jaaaa.«

»Habt ihr beim Junggesellenabschied Böller benutzt?«

»Ja, wir haben um Mitternacht ein kleines Feuerwerk veranstaltet«, antwortete Max noch immer zögerlich. »Ich weiß, das ist nicht ganz erlaubt …«, setzte er erneut an.

»Es hat sich keiner beschwert«, unterbrach ihn Werner, »also kein Problem. Wie lange habt ihr denn so geböllert?«

»Ouch, so eine viertel Stunde ging das schon. War ein tolles Feuerwerk.«

»Hast du zufällig ein fremdes Auto in der Nähe von Krämers Garten gesehen?«

Max zögerte. »Also …, da waren natürlich wegen der Feier viele Autos im Dorf an dem Abend. Die haben aber fast alle in der Nähe des Maibaums geparkt, also auf der Straße nach Kerpen. Hinten in unserer Straße stand ein Peugeot Cabrio, nicht weit von der Laterne, unter der dieser komische Typ abhing, so zwei oder drei Häuser weiter. Ziemlich schickes Teil. Ich glaube nicht, dass einer aus dem Freundeskreis so etwas fährt«, überlegte er laut. »Kann ich aber nicht mit Sicherheit sagen.«

»Danke Max, du hast mir wie immer sehr geholfen.«

Er notierte:

22.00 Uhr, Frau Blattschke verlässt Krämers Garten. Herr Blattschke vermutlich auch gegangen

23.00 Uhr Streit mit Altenkemper, Altenkemper parkte vermutlich in der Nähe des Gartenendes

24.00 Uhr Feuerwerk bis ca. 00.15 Uhr

In diesem viertelstündigen Zeitrahmen wäre ein Schuss auch im Dorf nicht aufgefallen. Aber wo hatte er ihn gefesselt? Es machte alles keinen Sinn.

Spusi zum Garten und Gartenhaus, notierte er ohne große Hoffnung.

Laut Fahrtenplan der Spedition war Altenkemper am Freitag nach Krämers Tod ins Ruhrgebiet gefahren und erst gegen 20 Uhr zurückgekehrt. Er hätte Krämer also am Donnerstagabend im Gartenhaus fesseln und gegen Mitternacht töten können. Wegen des Trubels draußen hatte er sich nicht getraut die Leiche aus dem Gartenhaus zu nehmen und hatte sie erst Freitagnacht geholt. Hatte Krämer Heu in seinem Gartenhaus? Hatten die Wittlicher sich das Gartenhaus nicht angesehen?

Fieberhaft begann er in den Akten zu blättern. Doch, das hatten sie. Sie hatten das Gartenhaus verschlossen vorgefunden, mit einem Schlüssel aus der Küche geöffnet und nichts gefunden. Nicht einmal Gartengeräte. Es war völlig leer gewesen. Trotzdem verschlossen? Werner runzelte die Stirn. Definitiv, Spurensicherung noch einmal zum Gartenhaus.

Mit der Hand auf dem Telefon haderte er noch einen Moment. Der Spurensicherungsmann in Wittlich oder Burggraf? Offizieller Dienstweg. Bei allem anderen war Ärger vorprogrammiert. Doch lieber zu Fuß zu Burggraf.

Im Büro von Burggraf gab er seinem Chef einen kurzen Abriss seiner Gedankengänge und schloss mit, »Dringender Tatverdacht, Motiv. Wollte mehr Geld, hat es nicht bekommen, hat Krämer gefesselt, um herauszufinden, wo das Geld ist. Er hatte die Gelegenheit, war der Letzte, der Krämer laut Zeugenaussagen lebend gesehen hat, blah, blah, blah. Sollte für einen Durchsuchungsbeschluss des Autos reichen. Wir regen höflichst an, auch das Auto der Freundin zu untersuchen.«

»Leo, für die Tankstellenüberfälle können wir Durchsuchungsbeschlüsse beantragen, für den Mord nicht, der ist nicht unsere Sache. Und überhaupt, selbst wenn du Haare oder andere DNA-Spuren von Krämer oder auch

Heu in den Autos findest, was beweist das? Altenkemper gibt ja zu, dass sie gemeinsam Zeit in Südfrankreich verbracht haben, also ist es auch wahrscheinlich, dass Krämer in diesen Autos mitgefahren ist.«

Leo Werner lehnte sich mit verschränkten Armen in seinem Stuhl zurück und dachte über diesen Einwand nach. »Ja, du hast wahrscheinlich recht«, gab er schließlich zu. »Das bringt uns sicherlich nicht weiter.«

»Spurensicherung noch einmal in die Wohnungen und in das Gartenhaus ist kein Problem. Das können wir mit der lückenlosen Klärung der Tankstellenraube begründen«, kam ihm Burggraf entgegen.

»Was mir noch nicht aus dem Kopf will, ist die Tatwaffe. Die fehlt uns auch noch. Also«, überlegte Werner weiter, »Altenkemper geht nachts zu Krämer, um mit ihm über eine Anteilserhöhung zu streiten. Er weiß, dass Krämer im Besitz einer P30 ist, mit der er ihn ja schon einmal bedroht hat. Das macht es wahrscheinlich, dass auch Altenkemper nicht unbewaffnet dorthin geht, wenn ein Konflikt wahrscheinlich ist. Das Mitführen einer Waffe macht aber nur Sinn, wenn er Krämer überraschen kann. Warum haben die sich hinten am Gartenhaus getroffen? Bei früheren Gelegenheiten war Altenkemper doch auch im Haus oder auf der Terrasse. Gerade weil sie sich hinten am Gartenhaus getroffen haben, macht es doch Sinn, dass Krämer nicht unbewaffnet in den dunklen Garten hinausgeht. Und haben die dieses Treffen vorher telefonisch abgesprochen oder war es überhaupt ganz anders? Hat Altenkemper Krämer tatsächlich im Haus überrascht und mit vorgehaltener Pistole zum Gartenhaus dirigiert, wo Max Mastiaux sie dann streiten hörte?«

Er lehnte sich vor und stützte die Arme am Schreibtisch. »Ja, so wird eventuell ein Schuh draus.«

Burggraf runzelte zweifelnd die Stirn. »Die zeitliche Abfolge erscheint mir fragwürdig. Wenn Altenkemper deutlich vor 23 Uhr bei Krämer war, dürfte er Frau Blattschke nur knapp verpasst haben. Und was sagt die Freundin?« Er blätterte im Bericht über die Zeugenaussage von Altenkempers Freundin. »So gegen 23.00 Uhr soll er ihre Wohnung erst verlassen haben. Eine eher vage Aussage. Auch der junge Mann hat den Streit gegen 23 Uhr gehört. Was also haben Krämer und Altenkemper zwischen 23.00 Uhr und 24.00 Uhr gemacht, wenn der Schuss möglicherweise erst mit Beginn des Feuerwerks gefallen ist? Außerdem kann nicht davon ausgegangen werden, dass Altenkemper von einem geplanten Feuerwerk wusste. Leo, das passt nicht. Hinten und vorne nicht.«

Leo Werner nickte zustimmend. »Ja, du hast recht, das passt hinten und vorne nicht«, sagte er langsam.

»Wir schicken die Spusi trotzdem noch mal zum Gartenhaus und zu den Wohnungen«, schloss Burggraf die Besprechung.

64. Kapitel

»Sven und Katja, fangen wir mit euch an«, eröffnete Werner ohne weitere Einleitung die Mittagsrunde.

Katja schaute auf ihre Notizen und erhob sich, um an das Whiteboard zu gehen. Es war offensichtlich vorher besprochen worden, wer referieren sollte.

»Altenkemper war vollumfänglich geständig«, sagte sie, während sie nach einem Stift griff.

»Die Gesamtbeute aus den gemeinsam begangenen Tankstellenüberfällen betrug etwa 250.000 Euro. »Also ohne die 58.000 Euro, die er alleine erbeutet hat.«

Sie notierte.

250.000 Euro

»Altenkempers Anteil an der Beute betrug 20%, die er jeweils in Frankreich erhielt.

50.000 Euro

»Die beiden Peugeot 207 Cabriolet erhielt er nach seinen Angaben wegen Mengenrabatten zusammen zu einem Preis von 40.000 Euro.«

40.000 plus 10.000 Euro

»Die restlichen 10.000 Euro haben er und seine Freundin wohl bei ausgiebigen Shoppingtouren in Frankreich verjubelt. Die Zahlen können also in etwa stimmen und decken sich mit den Angaben, die wir über die Beute aus den Tankstellenüberfällen haben, also auch mit denen, die nicht hier in der unmittelbaren Umgebung stattgefunden haben.«

Sie begann eine neue Überschrift:

Krämer

»Damit bleiben Krämer ca. 200.000 Euro aus den Tankstellenüberfällen.«

200.000 Euro – Tankstellenüberfälle

»Gefunden wurden insgesamt 500.000 Euro, also haben wir eine Differenz von 300.000 Euro, die nicht von den Tankstellenüberfällen stammen können.«

300.000 Euro???

»Die Gesamtbeute aus dem Überfall auf die Kreissparkasse betrug ziemlich genau 800.000 Euro.«

800.000 Euro

»Hier gebe ich jetzt erst einmal an Anja weiter.«

Der jungen Anja Schüttler stieg wieder die Röte ins Gesicht, als sie aufstand und neben Katja an das Whiteboard trat. Sie räusperte sich.

»Also, ich habe heute Morgen mit dem Makler gesprochen, der damals den Kauf der Villa in der Provence vermittelt hat. Ich habe auch mit dem Notar telefoniert, aber der wollte mir keine Auskünfte geben. Wie dem auch sei …«, sie räusperte sich erneut.

»Von dem Makler habe ich erfahren, dass die Villa damals knapp 500.000 Euro gekostet hat und er hat mir auch den Kontakt zum damaligen Verkäufer vermittelt. Der Verkäufer konnte mir den Preis der Villa bestätigen und sagte, dass das Geld damals von einem Luxemburger Konto aus überwiesen wurde. Es lief nach seinen Angaben alles sehr glatt und ohne jegliche Komplikationen.«

Sie griff ebenfalls zu einem Stift und notierte:

500.000 Euro – Villa

»Da kommen etwa 10% an Kaufnebenkosten hinzu, also etwa 50.000 Euro. Wenn wir alle Kosten zusammenrechnen, die Krämer bislang für den Unterhalt der Villa gehabt haben sollte«, sie wandte sich an ihre Kollegen und führte weiter aus, »also Verwalterin, Grundsteuer, Nebenkosten und so weiter, kommen wir auf weitere ca. 50.000 Euro.«

50.000 Euro – Unterhalt Villa

»Dann müsste er noch ca. 200.000 aus dem Überfall auf die Kreissparkasse übrig haben, wenn das Geld von dort stammt.«

Sie zeigte mit dem Stift auf die ›300.000 ???‹, die Katja notiert hatte. Katja nickte der Praktikantin aufmunternd zu und übernahm wieder.

»Also pi mal Daumen hatte Krämer immer noch 100.000 Euro mehr, als sich durch den Kreissparkassenraub und die Tankstellenüberfälle erklären lassen. Aber insgesamt sind die Zahlen relativ schlüssig und lassen den Kreissparkassenraub plausibel erscheinen.«

Katja klappte ihre Kladde zu und wandte sich wieder an ihre Zuhörer.

»Insgesamt scheint Krämer nach allem was wir bislang wissen und was uns von Altenkemper bestätigt wurde, einen sehr bescheidenen Lebensstil gehabt zu haben. Er beteiligte sich nicht an den Einkaufstouren von Altenkemper und seiner Freundin, hatte keine teuren Ernährungsgewohnheiten und scheint auch in Bezug auf seine Kleidung keine extravaganten Vorlieben gehabt zu haben. Beide Häuser, das in Niederehe und das in der

Provence, sind unbelastet, es sind also nur die normalen Unterhaltskosten angefallen.«

Katja nickte in Richtung Sven. »Mit Altenkemper waren wir heute Vormittag recht schnell durch, deshalb hat Sven noch Krämers Exfrau kontaktiert und gefragt, ob ihr Mann geerbt haben könnte.«

»Ihr war nichts bekannt«, übernahm Sven. »Über das Haus der Eltern in Niederehe hinaus, natürlich. Aber sie hielt es durchaus für möglich, dass ihre Schwiegereltern Bargeld im Haus horteten, konnte sich aber nicht vorstellen, dass es sich um einen größeren Betrag handelte. Ihre Schwiegermutter war nie berufstätig gewesen und ihr Schwiegervater hatte ein normales Anstellungsverhältnis. Beide kamen aus relativ einfachen Verhältnissen und hatten, wie wir schon wussten, nur den einen Sohn.«

Nachdem Katja und Anja sich wieder gesetzt hatten, blickte Werner von seinen Unterlagen auf.

»Gute Arbeit.«

Thomas nickte in Richtung der Praktikantin, die prompt wieder rot wurde. Als älterer und eher gemütlicher Kollege hatte er es nicht nötig, sich zu profilieren. »Na ja, ich habe mit ihr nur die Fragen besprochen und ansonsten kein Wort von dem verstanden, was sie mit den Franzosen bequatscht hat«, gab er schmunzelnd zu.

»Sach ich doch, geht alles auch ohne eine Reise nach Frankreich«, murmelte Manfred Burggraf.

»Katja und Sven«, übernahm Leopold Werner wieder das Wort, »lasst euch heute Nachmittag von Altenkemper einen lückenlosen Verlauf der letzten Woche geben und fühlt ihm in Bezug auf den Kreissparkassenraub auf den Zahn. Die beiden kennen sich, soweit wir wissen, erst seit zwei Jahren. Altenkemper wird also an dem Raub nicht beteiligt gewesen sein, aber er muss sich doch über den Besitz der Villa gewundert haben. Vielleicht hat er nachgefragt. Die beiden haben viel Zeit miteinander verbracht, vielleicht hat Krämer ja im Suff mal etwas fallen lassen.«

Sven und Katja nickten.

»Dann beschäftigt ihr euch mit dem Donnerstag, an dem Krämer gestorben ist. Dazu gleich mehr.«

Jetzt stand Werner auf und stellte sich an das Whiteboard. Mit zügiger Schrift notierte er die Zeitschiene am Tag des Mordes.

22.00 Uhr – Telefongespräch Altenkemper – Krämer
23.00 Uhr – Streit Altenkemper – Krämer, Garten
24.00 Uhr – Feuerwerk, etwa 15 Minuten

Er wies auf seinen letzten Eintrag.

»Die Jungs in Niederehe haben es um Mitternacht ordentlich krachen lassen. Ein Schuss wäre in dieser Zeitspanne von circa 15 Minuten vermutlich von niemandem gehört worden, selbst wenn es mitten im Ort war. Wir haben einen Zeugen für die Begegnung von Krämer und Altenkemper um 23.00 Uhr. Was danach passiert ist, wissen wir nicht. Frau Blattschke, die ja an dem Abend ebenfalls zu Besuch war, dürfte wieder zuhause gewesen sein. Ebenso Herr Blattschke, von dem wir auch wissen, dass er in Niederehe war. Vielleicht sind Altenkemper und Krämer noch ins Haus gegangen und dort ist der Streit eskaliert. Fühlt Altenkemper dazu auf den Zahn. Wie lange war er bei Krämer? Die Aussage seiner Freundin, er sei etwa eine Stunde weg gewesen, ist sehr vage. Zeitlich würde das also noch passen.«

»Anja und Thomas. Bitte erstellt mit Hilfe der Spedition in Frankreich und der Aussage der Freundin einen genauen Zeitplan für Altenkempers letzte Woche. Nach seiner Aussage ist er am Montagabend in Lyon angekommen und mit Krämers Auto weitergefahren. Wohin? Wo war er von Montagabend bis Donnerstagmorgen, als er wieder bei seiner Freundin eintraf? Wann hat er den Einbruch in die Villa begangen?«

»Dennis, du stehst bitte heute Nachmittag beiden Teams für Recherchen und Berichte zur Verfügung.«

Dennis Abendroth nickte ergeben, verbiss sich aber diesmal jeglichen Kommentar.

»Kümmere dich bitte außerdem um das Umfeld von Altenkemper. Mach mal die Eltern ausfindig. Haben die zufällig einen Bauernhof, gibt es Geschwister? Hatte Altenkemper vielleicht eine Scheune gepachtet. Irgendwie muss das Heu an die Leiche gekommen sein.«

Dennis nickte wieder resigniert.

»Anja und Thomas, wenn ihr mit den Franzosen fertig seid, helft ihr bitte Dennis.«

Der wahrscheinlich bis dahin noch keine Ahnung hat, wie er die Recherche angehen soll, dachte Werner bei sich.

»Wir sehen uns das nächste Mal um, sagen wir, 18 Uhr?«

65. Kapitel

Nichts. Nichts. Nichts. Leopold Werner blickte am Ende der abendlichen Besprechung frustriert auf die vorliegenden Ermittlungsergebnisse. Altenkemper hatte ein umfassendes Geständnis zu den Tankstellenüberfällen und dem Einbruch in die provenzalische Villa abgelegt, behauptete aber, Altenkemper habe mit ihm nie über die Herkunft des Geldes für die französische Villa gesprochen und von dem Überfall auf die Kreissparkasse habe er zum ersten Mal gehört. Der von Altenkemper geschilderte Ablauf der letzten Woche war schlüssig und wurde sowohl von der Spedition in Lyon als auch von der Vermieterin einer Pension in Cassis bestätigt. Er war am Montag nach einem frühen Start gegen 16.00 Uhr mit seinem Kollegen Müller in Lyon angekommen. Dort hatte er sich die Schlüssel für Krämers Wagen aushändigen lassen und war gegen 20.00 Uhr in einer Pension in Cassis eingetroffen, wo er zwei Nächte verbrachte. Am Dienstag war er frech am helllichten Tag in die Villa eingebrochen, hatte sich in einem Weingut, das ihm seine Vermieterin empfohlen hatte, einige Kisten Wein besorgt, in einem Landgasthof ausgiebig gespeist und war in seine Pension zurückgekehrt. Am Mittwoch hatte er noch einige Einkäufe getätigt, war bei Tageslicht bis zu einer Raststätte kurz vor der luxemburgischen Grenze gefahren und hatte im Auto geschlafen, bis er in den frühen Morgenstunden zu seinen nächtlichen Überfällen auf die Tankstellen aufbrach. Zuerst hatte er in seiner Wohnung ausgeladen, den Wein und ein Olivenbäumchen für den Balkon zu seiner Freundin mitgenommen, wo er gegen sechs Uhr morgens aufschlug. Alles schlüssig und einigermaßen überprüfbar.

Auf die Frage, warum sie die Tankstelle in Walsdorf immer wieder überfallen hätten, da nach dem ersten Überfall kaum noch etwas in der Kasse gewesen sei, hatte Altenkemper eine überraschende Antwort gegeben. Werner überflog noch einmal das Protokoll der Vernehmung: »Das war wohl ein Sport von Krämer, der hatte wohl irgendeine persönliche Sache mit dem Besitzer der Walsdorfer Tankstelle. Ich weiß nicht, was das war. Aber es hat ihm einen Riesenspaß gemacht, da immer wieder tanken zu gehen, jedes Mal zu sehen, dass die Videokameras wieder ausgetauscht worden sind und mit der Dame an der Kasse ein harmloses Gespräch zu führen. Der hat sogar mit ihr geflirtet, es ist nämlich die Frau von dem Besitzer.« Er selbst habe »um der alten Zeiten willen« die Tankstelle in Walsdorf mitgenommen.

Altenkemper war eindeutig ein etwas simpel gestricktes Kerlchen, er bestritt jedoch nach wie vor, etwas mit Krämers Tod zu tun zu haben. Er hatte mit ihm gestritten, ja, er hatte sich aufgeregt, weil Krämer ihm keinen größeren Anteil zugestehen wollte. Er hatte gedroht, den großen Coup zwischen Mosel und Bitburg nicht mitzumachen, aber das hatte Krämer nicht beeindruckt. Der hatte ihm gesteckt, er könne diese Überfälle durchaus auch alleine durchführen. Nach dem Streitgespräch, das nach seinen Angaben nicht länger als eine Viertelstunde im Garten gedauert habe, sei er zu seiner Freundin zurückgekehrt. Der Treffpunkt am Gartenhaus sei von Krämer gewünscht und vorher telefonisch vereinbart worden. Er bestritt, das Haus an jenem Abend betreten zu haben. Danach habe er Krämer nicht mehr gesehen und auch nicht mehr mit ihm gesprochen. Dieser Teil seiner Aussage war glaubhaft, da Krämer kurze Zeit später tot gewesen sein musste.

Auch die Recherchen im Umfeld Altenkempers ergaben nichts. Eltern, Geschwister und der überschaubare Freundeskreis hatten nichts, aber auch gar nichts mit Landwirtschaft zu tun. Nicht einmal Nebenerwerbslandwirte hatten sich hier aufgetan, obwohl das sonst sicher jeder zweite in der Eifel machte. Keine Scheunen, keine Viehhaltung, nichts. In Altenkempers Akte fanden sich neben den jugendlichen Cannabisdelikten ein paar Strafzettel wegen überhöhter Geschwindigkeit und ein einmaliger Führerscheinentzug wegen Trunkenheit am Steuer, der aber auch schon viele Jahre zurücklag. Keinerlei Schlägereien und sonstige Gewaltexzesse. Er wurde im Familien- und Freundeskreis übereinstimmend als friedliebend oder, wie seine Freundin es ausdrückte, als »ein ganz Lieber« beschrieben. Es sah ganz so aus, als wenn er sich von Altenkemper als potentiellem Mörder von Krämer verabschieden müsste.

Blattschke, überlegte er weiter und griff erneut zu dem Stapel von Anzeigen im Apis-Blattschke Konflikt. Der hatte eindeutig ein Motiv, denn seine Frau wollte ihn wegen Krämer verlassen. Vielleicht war er doch an dem Abend noch einmal zurückgekehrt. Auch die Tatwaffe fehlte noch immer. Ein kurzer Blick ins Register zeigte ihm, dass auch Herr Blattschke nicht in Besitz eines Waffenscheins war. Aber den hatten ja alle anderen in Krämers Umfeld, einschließlich Krämer selbst, auch nicht, und das hatte Krämer nicht davon abgehalten, eine P30 in seinem Backofen zu lagern. Vielleicht sollte er Blattschke noch einmal wegen der ganzen Anzeigen aus Loogh aufsuchen und in Erfahrung bringen, woher er von Krämers Testament wusste. Das wäre zumindest eine Überlegung wert und im Erfolgsfall ein »Kollateralfund«.

Dann war da noch Krämers Familie. Die Kinder würden ebenfalls erben, zumindest das Haus in Niederehe. Und der Sohn hatte bereits einmal auf den Vater geschossen.

66. Kapitel

Sowohl Fred als auch Alex hatten an diesem Mittwoch für ein paar Stunden eine Lücke in ihrem Terminkalender. Fred auf dem Weg von Düsseldorf nach Mainz, wo er am Nachmittag einen Termin hatte, und Alex zwischen zwei Veranstaltungen an der Kölner Uni. Er hatte sie an der Straßenbahnhaltestelle in Köln-Bocklemünd abgeholt und von dort waren es nur noch wenige Kilometer bis zu ihrem Ziel, der Freundin von Corinna Wohlgemuth, die sich für heute zu einem Gespräch bereit erklärt hatte.

Das Haus lag in einer Neubausiedlung am Rande von Köln-Widdersdorf. Ein typisches Reihenhaus mit einem handtuchgroßen, sehr gepflegten Vorgarten und einem vermutlich nur wenig größeren Garten nach hinten.

Offensichtlich gab es in dieser Gegend viele Kinder. Vor fast jedem Haus standen Dreiräder, Gummistiefel oder andere Gebrauchsgegenstände, die der Nachwuchs für das tägliche Leben benötigte. In dem Wohnviertel wurde augenscheinlich nicht mehr gebaut, trotzdem hatte die Stadt zunächst auf die Ausgestaltung der Fahrbahn und Gehwege verzichtet. Die Anfahrt war mit mehr Schlaglöchern versehen, als jeder halbwegs gängige Waldweg in der Eifel.

»Da hab ich immer gelästert, dass so viele Städter mit Allradfahrzeugen herumkurven«, stöhnte Alex, nachdem Freds kleiner Twingo auch die letzten planschbeckengroßen Löcher umfahren hatte. »Da wäre dein Kleiner fast komplett drin verschwunden.«

Die Haustür wurde von einer mittelgroßen, schlanken Frau in einem grauen Polohemd und grüner Cargohose geöffnet. Sie hatte ein freundliches, offenes Gesicht und blickte nun verlegen an sich herunter. Einige Flecken auf dem Hemd zeugten von der noch nicht lange zurückliegenden Raubtierfütterung.

»Ich hatte nicht so schnell mit Ihnen gerechnet. Sie müssen die Leute aus der Eifel sein, die bei Corinnas Mutter waren.« Hastig räumte sie ein paar umgekippte Inliner aus dem Weg, während sie sprach.

»Wir wollen Sie nicht lange stören«, begann Fred.

»Sie stören überhaupt nicht, kommen Sie doch herein«, erwiderte sie, noch immer damit beschäftigt diverse Hürden für das Betreten des Hauses zu beseitigen.

»Die Kinder sind jetzt im Kindergarten und ich muss erst im Mittag mit dem Kochen anfangen. Möchten Sie einen Kaffee?«

»Ja gerne«, stimmte Fred zu. Alex nickte.

Sie folgten ihr in die kleine Küche, die auf den Garten hinausging. Ein ungewöhnlicher Grundriss, dachte Alex, normalerweise sind die Küchen gleich vorne rechts oder links von der Haustür. Aber natürlich klein wie immer.

Warum planten Architekten keine großen Küchen für Familien? Dort spielte sich doch das Leben ab.

»Wir wissen ja, dass es lange her ist«, begann Fred wieder, »aber wir haben gehofft, Sie könnten uns vielleicht ein wenig mehr von Corinna erzählen. Von der Zeit kurz vor ihrem Tod, von Ihrer Einschätzung, warum sie Selbstmord begangen hat.«

»Ich kann mich an alles sehr genau erinnern.« Sie hielt beim Einlöffeln des Kaffeepulvers mitten in der Bewegung inne. »Ich kann bis heute nicht fassen, dass dieses Schwein nicht zur Rechenschaft gezogen wurde.«

Da war sie wieder, die gleiche Schuldzuweisung. Hoffentlich würden sie diesmal mehr Hintergrundinformationen bekommen.

»Sie war meine beste Freundin, neun Jahre Gymnasium zusammen, die ersten gemeinsamen Reitstunden, die ersten Jungs.« Sie versank in ihren Erinnerungen und löffelte nachdenklich weiter Kaffee in den Filter. Das würde eine starke Brühe werden.

»Entschuldigung, setzen Sie sich doch, ich bin eine schlechte Gastgeberin.« Mit einer Hand stellte sie die Kaffeemaschine an, mit der anderen deutete sie auf die Küchenbank am Fenster.

Während Fred und Alex sich hinter den kleinen Küchentisch quetschten, fegte sie mit der Hand einige Brotkrümel zusammen und fuhr in ihren Erinnerungen fort.

»Aber das interessiert Sie ja nicht wirklich. Sie wollen etwas über die Zeit vor ihrem Selbstmord wissen. Ich habe nach ihrem Tod ohnehin alles aufgeschrieben und bin zur Polizei gegangen, aber das hat ja auch nichts genützt.« Trauer und Verbitterung standen in ihren Augen.

»Ihre Probleme begannen nach dem Studium mit dem Referendariat, und zwar ziemlich schnell zu Beginn. Sie hatte Blattschke als Chef in der Ausländerbehörde zugeteilt bekommen.« Martina Freundlieb lächelte traurig.

»Sie war mit der Bearbeitung von Asylfällen beschäftigt, ist das richtig?«, fragte Alex.

»Ja, aber sie hatte sich die Arbeit so ganz anders vorgestellt. Schon bald nach Beginn in diesem Büro folgte die Ernüchterung. Blattschke war knallhart. Der Mensch vor ihm zählte überhaupt nicht, nur die Aktenlage, wie er ihr immer wieder erklärte, oder wie er sie anbrüllte, wenn sonst niemand da war. Ich glaube, im Grunde war er ein Sadist. Die Geschichten, die sie mir erzählt hat …«

»Können Sie sich an irgendwelche Beispiele erinnern?«, fragte Fred. »Nur damit wir es uns vorstellen können.«

»Es waren so viele Geschichten. Zunächst einmal, wie er die Menschen behandelt hat. Die Asylbewerber müssen sich ja regelmäßig da melden, ihre Aufenthaltserlaubnis verlängern und so weiter. Da waren Frauen, die hat er im Beisein ihrer Kinder als Wichse oder Schlampe bezeichnet, die sich ihre Probleme selbst zuzuschreiben hätten, weil sie ständig rumhurten. Das hat er Corinna ganz stolz vorgeführt, und erklärt, so muss man mit den Kanaken umgehen, wir haben hier in Deutschland schon genug Proleten, da brauchen wir nicht noch mehr Schmarotzer durchzufüttern. Das ist nicht mein Vokabular, das sind die Erzählungen von Corinna«, fügte sie entschuldigend hinzu.

»Schon gut, erzählen Sie bitte so genau wie möglich«, beruhigte Alex sie mit einem Seitenblick auf den grimmig dreinblickenden Fred.

»Es schien ihm eine regelrechte Befriedigung zu geben, wenn eine Frau weinend das Büro verließ, und es kam auch zu heftigen Szenen im Büro, wenn sich Frauen vor Verzweiflung vor ihm auf den Boden warfen, sich die Kleider vom Leib rissen und darum baten, dass wenigstens ihre Kinder im Land bleiben durften. An solchen Tagen war Corinna hinterher gar nicht mehr zu gebrauchen. Sie machte meistens lange Ausritte, wollte alleine sein und erzählte erst Tage später was los gewesen war. Meistens waren es Frauen, die er so behandelte oder kleine, ängstliche Männer. Corinna vermutete, dass er im Grunde genommen Angst hatte. Wenn so ein Zweimeterhühne vor ihm stand, ging er anders vor. Die Termine waren immer sehr kurz, er verlängerte z.B. eine Duldung erst einmal für kurze Zeit und setzte sich, wenn die Klienten weg waren, sofort mit der Polizei in Verbindung, gab die Adresse durch und die Leute wurden oft in den nächsten Tagen verhaftet und in Abschiebehaft gesteckt. Bei Frauen neigte er eher dazu sie so häufig wie möglich antreten zu lassen. Er muss dann immer richtig gutgelaunt gewesen sein. Wenn es im Büro wieder einmal zu einer heftigen Szene gekommen war, lehnte er sich zufrieden in seinem Stuhl zurück und war der Meinung, dass Corinna bei ihm eine hervorragende Ausbildung bekäme, etwas Besseres hätte ihr nicht passieren können. Der überhaupt schlimmste Vorfall dieser Art war, als ein schmächtiger junger Mann direkt vor Corinnas Nase aus dem Fenster gesprungen ist.«

»Ich habe irgendwann von dem Vorfall gelesen«, sagte Fred nachdenklich. »Sieh mal an, das war unser Blattschke. Danach gab es doch eine Untersuchung, oder?«

»Ja, es wurde eine Untersuchung eingeleitet und Blattschke konnte nachweisen, dass er nur seine Pflicht getan hatte. Der junge Mann war ausreisepflichtig, so sagen die das im Beamtendeutsch, wenn jemand das Land verlassen muss, also wenn Asyl abgelehnt wurde. Ich kann mich nicht mehr genau an alle Details erinnern, aber er war wohl verzweifelt, weil in seinem Heimatland schon mehrere seiner Familienmitglieder gefoltert und ermordet worden waren und er für sich das Gleiche befürchten musste. Das war so ein Fall, der Blattschke anscheinend richtig Spaß gemacht hat. Er weidete sich an der Angst anderer und schürte sie noch. Jedenfalls konnte er darlegen, dass er als Beamter seine Pflicht erfüllt hatte, wenn er für den Vollzug der Ausreise sorgte, die ja vom Gericht beschlossen worden war. Es war das schlimmste Erlebnis, das Corinna je hatte. Der junge Mann sollte noch im Büro verhaftet werden, aber irgendwie muss er das mitbekommen haben. Corinna sagte, er habe sich die ganze Zeit nervös umgeschaut, sich auch nicht hingesetzt, sondern vor Blattschkes Schreibtisch im Stehen herumgezappelt. Als die Polizei den Raum betrat, rannte er zu Corinnas Schreibtisch und sprang mit einem Satz darauf. Er hat sich dabei mit einer Hand auf Corinnas Schulter abgestützt, einige Blumen zur Seite gefegt und ist direkt durch das offene Fenster gesprungen. Alles geschah in Sekundenschnelle. Corinna ist mit ihrem Stuhl umgekippt und dann sofort zum Fenster gerannt, zusammen mit den Polizisten. Er lag auf dem Vordach über der Eingangshalle. Es war gar nicht so tief, aber es hat eine Weile gedauert, bis sie ihn runtergeholt hatten, und er muss sich sehr unglücklich verletzt haben. Jedenfalls ist er auf dem Weg ins Krankenhaus gestorben.«

Sie schwieg einen Moment nachdenklich. »Blattschke, dieses Schwein, muss sofort geahnt haben, dass er Ärger bekommen könnte. Er hat im Büro rumgetobt, die Polizisten hätten sich ungeschickt verhalten, aber Corinna hätte den Vogel abgeschossen, sie hätte ihn aufhalten können.«

»Wie war denn Corinnas Verhältnis zu Blattschke?«, fragte Alex nach einer Weile in die Stille, die sich nach diesen Schilderungen im Raum ausbreitete. »Sie haben eben erwähnt, dass er sie manchmal anbrüllte.«

Die Kaffeemaschine verkündete mit lautem Gurgeln und Prusten, dass der Kaffee durchgelaufen war, und Corinnas Freundin erhob sich fast mechanisch.

»Das Anschreien war fast noch das Harmloseste, es waren die Schimpfwörter, die Beleidigungen und später die Drohungen. Als Corinna ihr Referendariat begann, war er anfangs relativ freundlich bis sehr freundlich«, sagte sie zynisch, während sie Kaffee in drei bereitstehende Keramikbecher goss.

»Milch, Zucker?«

»Nur Milch, bitte«, antwortete Alex. »Für uns beide.«

»Zurückhaltend war er übrigens auch später noch immer, wenn jemand anderes anwesend war. Er hat sie ganz zu Beginn einmal zum Essen eingeladen, aber sie hat abgelehnt. Sie ist von Anfang an auf Distanz gegangen, denn sie bekam ja sofort mit, was da im Büro so abging. Dann wurde er zudringlicher. Er kam häufiger zu ihrem Schreibtisch herüber, machte ihr Komplimente, legte ihr vertrauensvoll die Hand auf die Schulter, streichelte ihr übers Haar, machte Andeutungen«, sie zögerte. »Ich kann mich nicht mehr an den genauen Wortlaut erinnern, aber er hat versucht, sie anzumachen.«

Sie hielt erneut inne, noch immer an der Kaffeemaschine stehend.

»Nach ein paar Wochen folgte er ihr in die Tiefgarage. Normalerweise fuhr sie mit der Bahn zur Arbeit, aber an dem Tag wollte sie hinterher schwere Sachen einkaufen und hatte sich das Auto ihrer Eltern geliehen. Sie ging nach Dienstschluss zunächst einkaufen und danach zurück zur Tiefgarage. Er muss ihr die ganze Zeit gefolgt sein, woher hätte er sonst wissen können, wo sie das Auto geparkt hatte. Sie hatte gerade ihre Einkäufe ins Auto gelegt und aufgeschlossen, als er sie von hinten packte und gegen die Wand drückte. Er fasste ihr direkt auf den Busen, versuchte sie zu küssen und zischte ihr ins Ohr es würde sich doch besser zusammenarbeiten lassen, wenn man sich auch privat verstehen würde. Corinna versuchte ihn von sich zu stoßen, aber er quetschte sie beim Küssen gegen die Wand und griff blitzschnell mit einer Hand unter ihren Rock. Es muss alles sehr schnell gegangen sein und sie war so überrascht. Er hat sie richtig berührt«, sie schaute verlegen zur Seite.

Alex und Fred warteten geduldig, bis sie mit ihren Schilderungen fortfuhr.

»Er hatte sich mit einer Hand hinten in ihre Haare gekrallt, ihren Kopf nach hinten gerissen und ihr dabei fast das Genick gebrochen. Gleichzeitig ist er unter ihren Rock und hat seine Finger in sie hineingestoßen. Sie hat sich danach so geekelt, hat lange geduscht. Ihr Slip war ganz blutig, weil er sie mit seinen Fingernägeln aufgerissen hatte. Sie ist hinterher sofort zu mir gekommen, war völlig aufgelöst, hat geweint und wollte zunächst nicht reden, sie wollte duschen. Sie hat sich stundenlang alles wund gescheuert, aber es war schon vorher blutig, ich habe ihre Wäsche gesehen, weil sie sich von mir neue geliehen hat.«

»Wie ist sie denn aus der Tiefgarage rausgekommen?« Fred sah sie auffordernd an.

»Sie hatte Glück, andere Leute kamen. Blattschke hat kurz aufgeblickt und sie hat den Moment genutzt, um ihn wegzustoßen und ins Auto zu flüchten. Sie war in Panik. Als wir später in Ruhe darüber sprachen, war klar, dass es besser gewesen wäre, wenn sie um Hilfe geschrien und sich an die Leute gewandt hätte, dann hätte sie Zeugen gehabt. Ich habe ihr geraten, ihn anzuzeigen oder zumindest mit der Personalabteilung zu sprechen, denn sie musste ja weiterhin mit ihm in einem Büro sitzen. Hätte ich ihr den Rat nicht gegeben, wäre sie vielleicht noch am Leben.« Tränen stiegen ihr in die Augen.

»Es war doch nur gut gemeint, sie musste sich doch wehren und wie kann man mit so jemandem weiter in einem Raum sitzen!«

Alex legte ihr eine Hand auf den Arm, war aber selbst sichtlich erschüttert. »Das war absolut richtig, so etwas sollte zur Anzeige gebracht werden! Sie ist also zur Polizei gegangen?«

»Das erschien ihr zu drastisch, sie ist zur Personalabteilung gegangen und hat darum gebeten, in ein anderes

Büro versetzt zu werden. Die Personalleiterin wollte natürlich die Gründe wissen und sie sah auch ganz nett aus, also hat Corinna ihr erzählt, was vorgefallen ist. Außerdem war sie eine Frau und Corinna hat gedacht, sie würde das verstehen.« Sie stockte.

»Dem war aber nicht so?«, fragte Fred.

»Nein!«, stieß sie bitter hervor und als sie sich wieder hinsetzte, schüttelte sie so heftig den Kopf, dass ihr brauner Pferdeschwanz Freds Gesicht streifte.

»Sie hat ihr einen Vortrag darüber gehalten, dass das sehr schwerwiegende Vorwürfe gegen einen unbescholtenen Mitarbeiter wären und ihr dringend geraten, nicht auf einem Aktenvermerk zu bestehen. Corinna hat sich einschüchtern lassen, aber irgendwie muss doch etwas von diesem Gespräch zu Blattschke durchgesickert sein. Dann wurde es richtig böse. Nein.« Sie überlegte kurz. »Die Reihenfolge war anders. Nach dem Gespräch hat sie sich erst einmal krankschreiben lassen. Aber sie konnte ja nicht ewig ausfallen, sie war ja noch in der Ausbildung. Sie hat viel gelesen und versucht ihre Gelassenheit wiederzugewinnen, um ihm wieder gegenübertreten zu können. Als sie wieder zur Arbeit kam, fing er an, sie zu beschimpfen. Wenn sie alleine im Büro waren, hat er sie immer Schlampe, Wichse, Sau usw. genannt. Er war richtig höhnisch am ersten Tag und meinte, sie würde es noch bitterlich bereuen, Lügen über ihn zu erzählen. Er würde sie fertig machen, er würde sie sich krallen. Er fing an, sie zu schikanieren, ihre Berichte zu fälschen und ihr ständig Fehler nachzuweisen. Sie war hinterher so nervös, es kann gut sein, dass sie tatsächlich Fehler gemacht hat. Am laufenden Band hat er sich über sie beschwert und sie hat einen Verweis nach dem anderen kassiert. Er fing an, sie zu verfolgen, tauchte an allen möglichen Orten auf, kam plötzlich um die Ecke im Supermarkt, stand plötzlich neben ihr am Bahnhof. Sie wurde immer ängstlicher, mied Parkhäuser, alle dunklen Straßen, schaute sich auch in der Straßenbahn oder beim Einkaufen ständig um. Sie erwartete ihn immer und überall. Corinna war früher Gelegenheitsraucherin. Als Jugendliche haben wir auf Feten zusammen eine gepafft, aber jetzt entwickelte sie sich praktisch zur Kettenraucherin. Er musste etwas über ihre Eltern in Erfahrung gebracht haben, denn einmal sagte er im Büro, es wäre doch traurig, wenn ihrer Mutter beim Joggen unten am Bach im Ratinger Wald etwas passieren würde. Es wäre doch recht einsam dort. Wir haben nie herausbekommen, wie er erfahren hat, dass ihre Mutter dort joggen geht. Er muss viel herumspioniert haben. Jedenfalls wollte sich Corinna ihren Eltern nicht anvertrauen, weil sie eher überbehütend waren und sich schreckliche Sorgen gemacht hätten.

Dann hat er es ein zweites Mal geschafft, sie allein in einer dunklen Straße zu erwischen. Direkt bei ihr zuhause, um die Ecke. Er packte sie genauso wie beim ersten Mal und fragte, ob sie nicht langsam kapiere, dass es besser sei, mit ihm zu ›kooperieren‹. Corinna hat blitzschnell reagiert und ihn dahin getreten, wo es weh tut. Sie ist nach Hause gerannt, um die Polizei anzurufen, aber die sagten ihr, sie solle vorbeikommen und Anzeige erstatten oder ein Fax schicken. Sie ging hin und erstattete Anzeige, aber sie hatte keine Zeugen. Sie hat sich wieder krankschreiben lassen und wäre es um ein Haar auch wirklich geworden, denn als sie ein paar Tage später reiten gehen wollte, hatte jemand geschickt an einer Stelle, an der man es nicht sofort merkt, den Sattelgurt fast vollständig durchgeschnitten. Der Sattel fing zum Glück schon im Schritt an zu rutschen, deshalb ist nichts passiert. Aber einige Wochen später hat er sie an ihrer empfindlichsten Stelle getroffen.«

Sie fing leise an zu weinen. »Es ist so lange her, ich bin immer noch fassungslos, dass so jemand frei herumläuft.« Sie schaute in den Garten, und ihre und Alex'

Augen trafen sich in der blassen Spiegelung des Fensters. Sie blickten einander hindurch und sahen beide eine sehr ähnliche junge blonde Frau auf einem Pferd. Alex' Kehle fühlte sich plötzlich wie zugeschnürt an, sie hatte das Gefühl, nach Luft schnappen zu müssen, rennen zu müssen, begann zu schwitzen, konnte dem Blick nicht länger standhalten und senkte ihn auf den Tisch. Was war mit ihr los? Eine dunkle Vorahnung, pechschwarz, voller Panik. So etwas hatte sie noch nie erlebt. Ihre Hände zitterten leicht, als sie nach der Kaffeetasse griff.

»Irgendwie … Es passierten so viele Sachen gleichzeitig, ich weiß nicht, ob ich die Reihenfolge noch richtig hinkriege. Also …« Frau Freundlieb holte tief Luft und fasste sich wieder ein wenig. »Ihr Freund hat mit ihr Schluss gemacht. Sie waren nicht lange zusammen und sie hat sich geweigert, mit ihm zu schlafen. Das war nach dem Vorfall mit Blattschke unmöglich. Letztlich hat er ihr gesagt, sie wäre eine hysterische Zicke und litte unter Verfolgungswahn, er würde das nicht länger aushalten. Dann wurde sie zu Hause aus dem Stall angerufen, sie müsse dringend vorbeikommen, ihrem Pferd ginge es nicht gut. Viele Leute standen um die Boxentür von Atti, auch der Tierarzt war schon alarmiert. Atti schlug in ihrer Box gegen die Trennwände, das Blut lief ihr über den Kopf. Sie hatte nur noch ein halbes Ohr. Jemand hatte die Hälfte ihres rechten Ohres abgeschnitten. Können Sie sich einen Menschen vorstellen, der so etwas tut?«

Ja, kann ich, dachte Alex. Ich sehe es vor mir. Ich will es nicht mehr sehen. Die leeren, blutverkrusteten Augen der Katze starrten sie an, aus einem halben Ohr des Pferdes lief Blut. Fassungslos schüttelte sie den Kopf.

»Atti beruhigte sich erst, als Corinna kam, und ließ sich nach einer Weile auch wieder von ihr anfassen. Der Stallbesitzer hatte schon die Polizei verständigt, und alle waren in heller Aufregung, weil sie auch um ihre Pferde fürchteten. Die Polizei nahm Anzeige gegen Unbekannt auf, weil niemand etwas bemerkt hatte. Es muss in den frühen Morgenstunden gewesen sein. Corinna war nur noch ein Nervenbündel. Sie war sich sicher, dass er es gewesen sein musste und ließ sich nicht mehr beruhigen. An einem Abend in der Woche hörte sie zufällig ein Gespräch ihrer Eltern. Ihre Mutter fühlte sich bedroht. Seit Wochen tauchte immer wieder derselbe Mann auf ihren Joggingstrecken auf. Manchmal lief er einfach neben ihr her. Er sprach sie nie an, aber er sah sie immer eindringlich an. Stierte, dachte Alex. Stierte, ohne zu fixieren, mit grässlich verzerrtem Gesicht.

Die Eltern wollten Corinna nicht beunruhigen, da sie ohnehin so nervös wirkte und die Strecke am Ratinger Bach normalerweise stark frequentiert ist. Aber die Mutter begann sich sehr unwohl zu fühlen und Gedanken über ihre Laufzeiten zu machen. Sie lief nicht mehr in der Dämmerung. An einem der nächsten Tage nach dem Vorfall mit Atti hatte Corinna zwei Briefe in der Post, beziehungsweise einen Brief und ein kleines Päckchen. Der Brief war von der Staatsanwaltschaft, die ihr mitteilte, dass ihre Anzeige wegen sexueller Belästigung »aus Mangel an Beweisen« vorerst eingestellt werde und sie sich melden solle, wenn sie weitere sachdienliche Hinweise habe. Das kleine Päckchen enthielt Attis Ohr, zusammen mit einem Zettel: ›Was glaubst Du Schlampe, was ihr als Nächstes fehlt und was glaubst Du was Deiner Mutter alles fehlen wird? Lass Dich überraschen!‹ Am nächsten Tag sprang sie von der Brücke. Wir haben die Post nach ihrem Tod gefunden, als ihre Eltern aus dem Kurzurlaub zurückgerufen worden waren.« Jetzt weinte sie hemmungslos.

Fred erhob sich von der Bank und ging um den Tisch herum. Er drückte die junge Frau fest an sich. Über ihre Schulter hinweg sah er Alex an und runzelte besorgt die Stirn. Bist du ok? schien sein Blick zu sagen. Nein, bin ich nicht, antwortete sie, die Geschichte wiederholt sich. Sie wiederholt sich in diesem Moment, schrie sie stumm!

Fred löste seinen Blick von Alex, strich der jungen Frau übers Haar und sah sie an. »Sie haben Anzeige erstattet und es ist nichts passiert, stimmt´s?«

»Ich war bei der Polizei, ich war in dieser Personalabteilung und ich habe auch versucht, Blattschke selbst zur Rede zu stellen. Ich hatte keine Beweise, Corinna wurde als psychisch labile Frau dargestellt, für die die Arbeitsbelastung zu groß gewesen sei. Die Frau im Personalbüro tat verständnisvoll, sagte, dass nicht jeder den Belastungen in der Ausländerbehörde gewachsen sei und sie bedauere, es nicht früher gewusst zu haben. Man hätte Corinna rechtzeitig in eine andere Abteilung versetzen oder ihr mit Supervision helfen können. Ich habe geschrien: ›Sie haben es gewusst, ich weiß es genau.‹ Sie ist ganz cool geblieben, hat mir etwas von unhaltbaren und unbewiesenen Vorwürfen gegen einen hervorragenden und langjährigen Mitarbeiter erzählt und mich schließlich aufgefordert das Büro zu verlassen. Bei der Polizei war es nicht ganz so schlimm, die waren sogar ganz nett, aber die Beweise fehlten. Sie hatten ja die Anzeige wegen Atti schon aufgenommen, aber bei einem Suizid konnten sie nichts machen. Er hatte sie ja nicht persönlich von der Brücke gestoßen. Ich glaube, sie haben Blattschke auch bezüglich ihrer Mutter vernommen. Aber es ist auch nicht verboten, sich beim Joggen zu treffen, und der Absender der Briefe konnte nie ermittelt werden. Ich wollte zu Blattschke, aber er war nicht da. Ich habe es immer wieder versucht, aber er ist nie wieder im Büro aufgetaucht. Mir wurde gesagt, er sei krank. Das Ganze hätte ihn sehr mitgenommen, die haltlosen Anschuldigungen, aber auch der Selbstmord von Corinna. Ja, das war so ziemlich die ganze Geschichte.« Erschöpft setzte sie sich wieder hin und weinte leise.

»Verstehen Sie, es ist 10 Jahre her und es trifft mich immer noch so. Vielleicht wäre es anders gewesen, wenn er bestraft worden wäre, vielleicht habe ich ihr schlechte Ratschläge gegeben. Ich habe es auch nicht geahnt. Ich war ihre beste Freundin und ich habe nicht geahnt, dass sie sich umbringen würde.«

Auf dem kurzen Weg von Köln Widdersdorf zur Straßenbahnhaltestelle in Weiden-West versuchte Alex sich zu beruhigen. Es wollte ihr nicht gelingen und sie konnte sich nicht erklären, was mit ihr los war. Auf dem großen Parkplatz saßen sie noch eine Weile zusammen im Auto und teilten Max am Telefon in kurzen Zügen ihre Befürchtungen mit. In der Eifel war bislang alles ruhig geblieben, keinerlei Vorkommnisse mit dem Nachbarn, versicherte Max. Sie beschlossen, Kristin vorerst nichts zu sagen und am Freitag weiter zu reden.

67. Kapitel

Leopold Werner lehnte sich in seinem Bürostuhl zurück und schloss für einen Moment die Augen. Er könnte zufrieden sein. Sie hatten die Tankstellenüberfälle, die sie seit geraumer Zeit beschäftigen, geklärt. Nebenbei hatten sie noch einen Einbruch aufgeklärt, für den die französische Polizei zuständig war. Alles gut also, oder?

Altenkemper war inzwischen an die Kollegen in Wittlich überstellt worden, aber Werner hatte immer noch Zweifel, ob er als Mörder von Krämer in Frage kam. Sollte es zu einer Anklage kommen, würde diese ohne ein Geständnis auf sehr wackeligen Beinen stehen. Altenkemper hatte zwar vermutlich als Letzter Krämer lebend gesehen, aber die Tatwaffe und jegliche anderen

Beweise fehlten noch immer. Das Motiv Habgier, um die Tankstellenraube alleine durchzuziehen war nicht sonderlich stark, und er traute es ihm nicht wirklich zu. Und warum diese groteske Zurschaustellung der Leiche?

Er richtete sich wieder auf und griff zum Telefon, der Spurensicherungsbeamte in Wittlich war noch immer ein guter Verbündeter.

»Sag mal«, begann er nach der üblichen Begrüßung, »die Familie von Krämer, die ist doch sicher vernommen worden, oder?«

»Ja sicher«, bestätigte der Beamte. »Es ist nichts weiter dabei herausgekommen. Sowohl die Frau, als auch die beiden Kinder haben über den gesamten Zeitraum ein Alibi. Das sie sich allerdings alle gegenseitig gegeben haben«, fügte er einschränkend hinzu.

»Hm«, sagte Werner. »Das war's auch schon, danke für die Auskunft.«

Die Familie hatte auf jeden Fall ein Motiv. In letzter Zeit schien allerdings nichts mehr vorgefallen zu sein. Er machte sich eine Notiz, hier gegebenenfalls noch einmal nachzuhaken und loggte sich ins Intranet ein.

Motiv, Gelegenheit … und keinen Führerschein. Das war ja ein Ding. Herr Dietmar Blattschke hatte vor vielen Jahren seinen Führerschein abgegeben, nachdem er ein Kind überfahren hatte, das an den Folgen des Unfalls starb. Ein schuldhaftes Verhalten konnte ihm damals nicht nachgewiesen werden. Außerdem hatte gegen ihn vor etwa zehn Jahren eine Anzeige wegen sexueller Belästigung vorgelegen, das Verfahren war aber ebenfalls mangels Zeugen eingestellt worden. Es stand Aussage gegen Aussage.

Werner strich sich nachdenklich über den Bart. Schied Blattschke wegen des fehlenden Führerscheins wirklich als Täter aus? Zum einen konnte er ja offensichtlich fahren, zum anderen war auch ein ganz anderes Szenario denkbar – die beiden Blattschkes als Komplizen in einer Art Heiratsschwindel? Außerdem hätte der Transport der Leiche für einen Einzeltäter ein nicht unerhebliches logistisches Problem dargestellt, das zu zweit viel leichter zu bewältigen gewesen wäre. Er rief sich Frau Blattschke mit ihrem unterwürfigen Verhalten und ungepflegtem Erscheinungsbild wieder ins Gedächtnis und es fiel ihm schwer, sie in dieser Rolle zu sehen. Allerdings hatte er sie auch erst nach Krämers Tod kennengelernt. Vielleicht hatte sie sich ja vorher durchaus mehr Mühe mit ihrem Äußeren gegeben und bei einem sehr dominanten Mann … ausgeschlossen war es nicht.

68. Kapitel

Drei Autos standen bereits auf dem Hof, als Fred und Alex am frühen Freitagnachmittag ankamen; Alex' weinroter VW-Bus, Max' rostiger Citroën und Arions schicker BMW, der irgendwie so gar nicht in das Ensemble passte.

»Hallo Max, hallo Arion. Wie war die Woche?«, fragte Fred etwas lahm, als sie die Küche betraten.

»Hallo ihr beiden. Ruhig und beschaulich«, antwortete Max und drückte Alex an sich. »Ich habe diesen Psycho von Nachbarn noch kein einziges Mal gesehen. Aber ihr beiden seht irgendwie, ich möchte mal sagen, wie ausgekotzt aus.«

»Wie geht es Kristin?«, fragte Alex, »wirklich alles ok?«

»Alles in Ordnung«, bestätigte Max.

»Dieser Besuch bei der Freundin von Corinna, dem Mädchen, das sich umgebracht hat, geht mir echt unter die Haut. Ich bin einfach schockiert.« Sie sah Fred an.

»Erzählst du es Arion? Soll ich uns was zu essen machen?«

Fred schüttelte den Kopf. »Lass uns erst einmal ankommen.«

»Ich denke, dass sich die Belästigungen von Kristin nun in einem völlig anderen Licht darstellen«, begann er nachdenklich und ließ sich schwerfällig in einen Stuhl sinken. »Und ich denke auch, dass du noch einmal mit Lisa telefonieren solltest, Max.«

Er erzählte noch einmal ausführlich den Verlauf des Gesprächs, über das sie bisher nur Max informiert hatten, und fügte hinzu: »Wir sind nicht nur schockiert, wie Alex sagt, sondern auch ziemlich besorgt. Uns ist schon bei Corinnas Mutter auf den Fotos die Ähnlichkeit der beiden Frauen aufgefallen und ich würde gerne Lisas Meinung dazu hören.« Er nickte Alex zu und sie fuhr fort.

»Wir haben uns Folgendes gedacht: Die Nachbarn sagen, es war relativ ruhig mit Blattschke, solange er noch gearbeitet hat. Da war er wohl nur, in Anführungsstrichen, ein normaler Nachbarschaftsquerulant. Richtig böse wurde es bei ihnen, nachdem er zu Hause geblieben ist, also nach dem Vorfall mit Corinna. Wir vermuten, da wurde im Amt gedeckelt. Die haben den kaltgestellt, um einen Skandal zu vermeiden. Er war wahrscheinlich ziemlich verbittert und machte Corinna dafür verantwortlich, dass seine berufliche Laufbahn beendet war. Das hat er an den Nachbarn ausgelassen, aber soweit wir gehört haben, gab es keine körperlichen Übergriffe und soweit wir wissen, ist er auch immer auf seiner Seite des Zaunes geblieben und nicht in deren Gärten eingedrungen. Das kann ich aber noch in Erfahrung bringen. Kristin und Corinna sind sich nicht nur frappierend ähnlich, sondern sie hatten/haben die gleiche Leidenschaft – Pferde. Die Frage, die sich uns stellt, ist, ob das bei Blattschke so etwas wie ein Déjà-vu auslösen kann? Er sieht Corinna wieder vor sich und kann jetzt, um es mal ganz nüchtern zu sagen, diejenige bestrafen, die er für seine ganze Misere verantwortlich macht.«

»Für mich hat sich die Frage nach seiner Gefährlichkeit, die wir Lisa gestellt haben, mit diesem Gespräch geklärt. Es ist zwar im Fall Corinna nichts bewiesen, aber es deutet doch alles auf Blattschke hin und wir müssen davon ausgehen, dass er gefährlich ist und zumindest sexuelle Übergriffe kein Neuland für ihn sind«, führte Fred ihre Gedanken fort. »Das ist zumindest die Theorie«, sagte er und seufzte.

Alex begann sich langsam über Arion zu wundern. Bis auf ein »Hallo« bei ihrer Ankunft hatte er bislang noch kein Wort gesagt, und für ihn mussten ihre Theorien doch, gelinde gesagt, wieder wilde Spekulationen sein. Sie blickte ihn über den Tisch hinweg an und er erwiderte den Blick ruhig, ohne Spott und ohne sich zu äußern. Max dagegen rührte schon seit geraumer Zeit stürmisch in seiner Kaffeetasse.

»Ich habe ein Problem«, sagte er jetzt und klopfte seinen Löffel umständlich am Tassenrand ab. »Wie sollen wir mit dieser Information umgehen? Ich habe Kristin bislang nichts davon erzählt, aber ich habe jetzt eine Woche bei ihr gewohnt, wir haben abends viel geredet, es hat sich ein Vertrauensverhältnis aufgebaut. Lisa sagte aber, dass ängstliche Opfer besonders gefährdet sind. Wenn wir ihr von dem Gespräch erzählen, macht sie sich sicher noch mehr Sorgen und hat noch mehr Angst und ich habe das Gefühl, sie erholt sich gerade, gewinnt neues Selbstvertrauen. Wenn wir es ihr nicht sagen, fühle ich mich wie ein Verräter.«

»Das ist schwierig«, musste Fred zugeben. »Aber ich finde, wir sollten es ihr sagen. Sie sollte gewarnt sein, in welche Richtung das mit ihm gehen kann.«

Alex nickte zustimmend. »Was macht denn die Videoanlage?« Behutsam nahm sie Max den Löffel aus der Hand und ging zur Spüle.

»Sie ist heute Morgen endlich angekommen und ich habe schon alles sortiert«, antwortete Max. »Der Verkäufer hat herumgeeiert und ich musste ihm mit einer schlechten eBay-Bewertung drohen, bis er sie endlich abgeschickt hat. Kristin ruft heute Abend an, wenn sie vom Reiten heimkommt. Ich werde sie installieren, sobald die Blattschkes das Haus verlassen haben.«

»Woher wisst ihr denn, dass sie das Haus verlassen?«, fragte Alex erstaunt.

»Sie gehen jeden Freitagabend essen. Das scheint eine feste Gewohnheit zu sein. Einen Bewegungsmelder werde ich auch anbringen, damit sich jeder ungebetene nächtliche Besucher im Flutlicht wiederfindet. Ich möchte nicht, dass er die Installation mitbekommt. Vielleicht können wir ihn ja über die Videoanlage in flagranti erwischen, wenn er um Kristins Haus schleicht und nichts von der Anlage weiß.«

»Das ist kein schlechter Gedanke«, stimmte Arion zu. »Dann hätten wir möglicherweise etwas Verwertbares in der Hand.«

»Aber wir haben hier auch eine richtig gute Nachricht. Schau mal«, sagte Max und schob Alex die Zeitung zu.

Mordfall in Niederehe vor der Aufklärung, stand dort fett gedruckt auf der Titelseite. Und untertitelt: Dringend Tatverdächtiger in U-Haft genommen.

Alex und Fred beugten sich gemeinsam über die Zeitung und überflogen den Artikel.

»Blattschke ist aus der Geschichte raus«, verkündete Fred schließlich, während Alex bereits zum Telefon griff. Das Anzapfen des lokalen Netzwerks war wie immer ergiebig.

»Der hier als dringend tatverdächtig beschriebene Herr A. aus Gerolstein ist der Arbeitskollege von Christian, dem Bekannten der Hilgers, der im Holz hilft. Und somit ist er auch der Arbeitskollege vom toten Krämer«, klärte sie die anderen kurz darauf auf. »Hm, ein

Arbeitskollege. Seltsam. Was ist denn da schiefgelaufen?«, sinnierte sie.

»Schon klar, dass die Hilgers den Mörder persönlich kennen«, lästerte Fred.

»Nun, sie kennen zumindest jemanden, der ihn kennt, was hier in der Eifel ja eher der Normalfall ist«, bestätigte Alex.

»Auf jeden Fall ist es eine gute Nachricht, dass der Mörder nicht mehr frei herumläuft und es nicht Blattschke war«, sagte Arion.

Er hatte zwischenzeitlich eine Kladde aus seinem Aktenköfferchen gezogen, machte sich Notizen und übernahm nun wie selbstverständlich die Gesprächsführung.

»Ich nehme an, Kristin wird die Einbruchsanzeige zurückziehen wollen. Es hat sich ja herausgestellt, dass es ihr Mann war. Das muss ich mit ihr besprechen«, murmelte er.

»Max, du sprichst noch einmal mit Lisa und fragst sie nach ihrer Meinung zu eurer Theorie, okay?«

Max nickte.

»Alex, du sprichst noch einmal mit den ehemaligen Nachbarn und findest heraus, ob er jemals über den Zaun gestiegen ist. Mit dieser Information können wir zwar juristisch nichts anfangen, aber sie hilft uns bei der Einschätzung, ob bei Kristin etwas anders läuft als in der früheren Nachbarschaft.«

»Hm, ja«, antwortete Alex, ein wenig irritiert über sein plötzliches Engagement.

»Und du hast diese Woche eine Anzeige und einen Anhörungsbogen erhalten, nicht wahr?«

»Woher weißt du …?«, begann Alex verblüfft. Sie hatte außer Fred niemandem davon erzählt. Drei Augenpaare blickten erstaunt auf Arion, der nun schmunzelnd eine Akte hervorzog.

»Na, das weiß ich natürlich, weil ich Kristins Anwalt bin und sie auch eine Anzeige bekommen hat, die direkt an mich weitergeleitet wurde. Die beiden Damen«, erklärte er nun einem völlig verwirrt dreinblickenden Max, »haben, laut Anzeige, Blattschke bewaffnet im Wald aufgelauert und ihn bedroht, als er mit seinem Hund spazieren ging. Alex dürfte er zudem auch noch wegen Beleidigung angezeigt haben. Ihm gefiel wohl die Bezeichnung Arschloch nicht und als Zeugin gibt er Kristin an.«

»Der Typ ist ja so was von dreist!«, empörte sich Alex, während sich Max und Fred ein Grinsen nicht verkneifen konnten.

»Irgendwie hatte ich ja immer die Vermutung, dass du gemeingefährlich bist«, murmelte Fred und Max klopfte ihr auf die Schulter. »Jetzt haben wir es schriftlich!«

»Freut mich, dass ich zu eurer Erheiterung beitragen konnte. Und was mache ich damit? Muss ich dich etwa bitten mich anwaltlich zu vertreten?«, wandte sie sich stur an Arion.

»Musst du nicht, da kann ich dich beruhigen. Ich würde an deiner Stelle gar nichts machen. Sollte noch etwas kommen, vertrete ich dich natürlich gerne. In Kristins Fall habe ich Akteneinsicht beantragt. Aber da Max anscheinend noch nicht informiert ist, erlaubst du mir, zu zitieren.« Er wartete ihre Zustimmung nicht ab und fuhr mit einem Blick in seine Akte fort.

»Blattschke hat angegeben, die beiden seien wie Furien mit Knüppeln und Reizgas auf ihn losgegangen und nur sein Hund habe sie davon abgehalten, ihm ernsthaften Schaden zuzufügen. Er stehe aber unter Schock, weil er nicht mehr ohne Angst um seine körperliche Unversehrtheit in seinem eigenen Heimatort spazieren gehen könne.«

Fred prustete los.

»Da du meine Anzeige nicht gelesen hast, kann ich dem noch etwas hinzufügen«, wandte sich Alex ungerührt an Arion. »Auf dem Heimweg hätte ich Blattschke noch einmal gedroht. In meinem Gruß an seine Gattin hätte sich die ernsthafte Drohung versteckt, dass seiner Frau als Nächstes etwas zustoßen würde. Der hat einen Knall!«

»Ja, da sind wir uns ja mittlerweile einig«, stimmte Arion zu.

»Nein«, sagte Max, »der nimmt das aus seiner Perspektive wahr. Genauso tickt er doch, mit subtilen Drohungen. Jedenfalls habt ihr das von den Nachbarn so erzählt. Bei Kristin kann allerdings von subtil keine Rede mehr sein.«

Fred erhob sich. »Mehr können wir im Augenblick nicht machen, so wie ich das sehe. Ich denke, Max könnte mir jetzt mal zeigen, was er in dieser Woche verbrochen hat.«

»Immer diese Unterstellungen!«, schimpfte Max. »Siehst du hier irgendwo Bauschutt?«

»Nö«, musste Fred zugeben. »Der Bauschutt, den ich bislang gesehen habe, reicht auch für den Rest des Jahres.«

»Gut, dann zeig ich dir mal, was ich gerade mache und danach müssen wir noch zum Baumarkt, bevor ich zu Kristin gehe.«

»Da könnten wir doch Waldboden für die Rhododendren holen«, sagte Arion schnell.

Alex sah die beiden zögernd an. »Braucht ihr mich für den Baumarkt? Ich meine, sind da irgendwelche Entscheidungen zu treffen?«

Max schüttelte den Kopf und Fred erwiderte: »Auch wenn es sich in gewissen Kreisen noch nicht herumgesprochen hat, Männer sind unter bestimmten Rahmenbedingungen durchaus in der Lage, alleine Entscheidungen zu treffen. Ich glaube auch kaum, dass ich Lust habe, mir den Rest des Nachmittags sehnsüchtige Blicke aus dem Fenster und Gestöhne anzutun, weil du dich bei dem schönen Wetter lieber im Wald rumtreiben würdest. Geht ihr mal.«

Sprachs und verließ mit Max im Schlepptau die Küche. Die Pampelmuse, die Alex ihm nachwarf, donnerte gegen die Tür.

»Ja dann«, sagte Arion, als sie allein waren.

»Ja dann«, wiederholte Alex gedehnt.

69. Kapitel

In der Online-Ausgabe des Trierischen Volksfreundes hatte Leo Werner an seinem freien Wochenende die Nachricht zuerst entdeckt. Die Wittlicher hatten eine Pressekonferenz abgehalten und Kriminaloberkommissar Seckler hatte den Mord an Rudolf Krämer als so gut wie aufgeklärt dargestellt.

Details wurden mit Verweis auf die laufenden Ermittlungen nicht genannt, aber ein dringend Tatverdächtiger sei in Haft, hatte Seckler verkündet. Auf hartnäckiges Nachfragen der Presse hatte er eingeräumt, dass der Verdächtige noch nicht geständig und die Tatwaffe noch nicht gefunden sei.

Na dann, dachte Werner, wenn du dich da mal nicht zu weit aus dem Fenster lehnst.

70. Kapitel

»Was sagt der Rechtsanwalt dazu? Meinst du, es ist verboten, was wir hier machen?«, fragte Alex später und deutlich erholter, während sie mit einer Harke den Waldboden wieder in seinen ursprünglichen Zustand versetzte. Bis dahin hatten sie kaum ein Wort miteinander gewechselt.

»Unbedingt, so etwas wie unberechtigte Entnahme von Waldboden aus dem Gemeindewald. Du kommst vielleicht mit einer Ordnungswidrigkeit davon.«

»Wir«, korrigierte sie ihn. »Da ist für dich ja zumindest Beihilfe drin.«

»Ich gewöhne mich langsam daran. Das Knöllchen vor dem Colombo waren fünfzehn Euro für unerlaubtes Parken auf dem Gehweg. Aber kannst du mir sagen, warum wir nach der Schufterei des Abgrabens auch noch den Waldboden durchharken müssen?«

»Biologenangewohnheit. In der Natur immer alles so hinterlassen, wie man es vorgefunden hat.«

»Ich finde, das sieht jetzt hier besser aus als zuvor. Mir reicht es jedenfalls«, sagte Arion und legte seine Harke zu den Spaten auf die Ladefläche des voll beladenen Anhängers.

»Ja«, Alex lehnte sich mit dem Rücken an einen Baum und betrachtete ihr Werk. »Das dürfte so gehen.«

»So, so, du bist also auch zufrieden zu stellen.« Arion kam zu ihr herüber, stützte sich mit beiden Händen rechts und links von ihr am Baum ab und schaute auf sie hinunter.

Sie saß oder stand in der Falle.

»Sicher. Aber die Frage von eben beschäftigt mich immer noch. Was ist die Alternative zur illegalen Entnahme von Waldboden?«, sie begann zu stottern. »Ich meine, ich könnte ja einen Antrag stellen, der müsste bestimmt von zehn Ämtern geprüft werden, Untere Landschaftsbehörde, Untere Wasserbehörde, Forstamt …?« Wenn sie nervös wurde, plapperte sie immer zu viel und das ärgerte sie.

Er beugte sich zu ihr hinunter und blickte sie fest an.

»Du weichst mir aus.«

Er nahm ihr Gesicht in beide Hände. Sein Bart kitzelte, als er begann sie ganz sanft zu liebkosen. Er küsste ihre Nasenspitze, küsste sie ganz zart auf die Lippen, wie ein Hauch, in Zeitlupe. Sie schloss die Augen.

»Ist es deswegen?«, fragte er und rieb seine Nase an ihrer.

»Ich weiß nicht, ob ich das will«, sagte sie nach einer Pause zögernd und sah ihn unverwandt an.

»Hm … Welche Entscheidungshilfen können wir da geben …?«, murmelte er, während sich seine Lippen wieder den ihren näherten. Sein Körper drückte sie leicht gegen den Baum. Es war ein vorsichtig fragender, sehr zärtlicher Kuss.

Er hielt inne, wich ein paar Zentimeter zurück und sah ihr wieder in die Augen.

»Vielleicht entscheide ich mich gerade, Herr Rechtsanwalt«, sagte sie lächelnd. Sie hob die Arme, schlang sie langsam um seinen Nacken und begann mit seinen Haaren zu spielen. Er wartete, schaute ihr aber unentwegt in die Augen. Diesmal kam sie auf ihn zu, bot ihm ihre Lippen an, drückte sich fest an ihn.

Er nahm sie bei der Hand, zog sie mit sich auf ein sonniges Fleckchen frisch geharkten Waldbodens, bettete ihren Kopf auf seinen linken Arm, während seine rechte Hand über ihr Haar strich und langsam über ihren Arm und ihre Seite zu wandern begann, ohne dass sich ihre Lippen voneinander lösten. Schauer über Schauer schienen über ihre Haut zu ziehen, als seine Hand unter ihr T-Shirt glitt und sanft über ihren Rücken und dann über ihre Brust streichelte. Er zog sie wieder ganz fest an sich, sein Kuss wurde fordernder, seine Hand wanderte ihren Rücken hinunter, streifte kurz ihren Po und ihre Oberschenkel, streichelte sie erst sanft, dann fester. Als er begann, an ihrem Jeansknopf zu nesteln, löste sie sich aus dem Kuss und stieß sich ein Stück von ihm ab.

»Das hast du nicht im Ernst vor?«

Das war völlig absurd. Sie hatten gerade erfahren, dass Blattschke eine junge Frau in den Suizid getrieben hatte und wälzten sich hier auf dem Waldboden. Die ganze

Anspannung der letzten Zeit schien sich in einer Explosion in ihr zu entladen.

»Warum nicht?«, er lächelte sie an. »Romantischer geht's nicht, wir sind ganz allein.«

Sie rollte sich auf den Rücken und begann haltlos, fast hysterisch zu lachen, es schüttelte sie, die Tränen begannen zu fließen.

Er blickte sie verständnislos und verletzt an. »Was ist denn an dieser Situation komisch?«

»Wie kommst du denn ...«, sie kicherte, »wie kommst du denn auf die Idee, dass wir allein sind? Harald hätte wahrscheinlich Spaß ohne Ende.« Wieder lachte sie.

»Wer ist denn Harald?«

»Unser Jagdpächter«, gluckste sie. »Er und wahrscheinlich noch zwei, drei andere Jäger sitzen wahrscheinlich gerade mit ihren Ferngläsern hochinteressiert auf ihren Hochsitzen und werden nachher erzählen, dass sie Alex bei der Brunft ohne Höschen im Wald beobachtet haben.«

Sie schüttelte sich erneut im Lachkrampf.

»Die Erzählungen werden vermutlich durch den einen oder anderen Wanderer bestätigt und die Bauern, die vorbeikommen, würden es wahrscheinlich etwas anderes ausdrücken ...!« Sie lachte und lachte und konnte bei der Vorstellung eine Zeit lang nicht sprechen, »so etwa, Alex scheint einen Beschäler zu haben.«

Sie keuchte und rang nach Luft, aber es dauerte eine Weile, bis sie den Lachkrampf im Griff hatte.

»Und es geht auch nicht, weil wir hier schon eine sogenannte Pornokanzel haben. Sollen wir die in Zukunft durchnummerieren? Oh Gott.« Der Lachkrampf ging schon wieder los.

»Dann gönnen wir ihnen doch zumindest ein bisschen Knutscherei«, sagte Arion ungerührt und rollte sich auf sie, als sie sich halbwegs ausgetobt hatte.

Da konnte man gegen Rechtsanwälte sagen, was man wollte, dieser hier küsste wie ein Weltmeister, dachte Alex.

71. Kapitel

»Was für ein Prachtexemplar von einem Kälbchen«, strahlte Philip und ließ sich auf den Küchenstuhl plumpsen.

Seine Mutter lächelte und stellte einen großen Topf auf den Tisch. Der Eintopf duftete verführerisch. Auch Katie betrat nun die Küche und hob schnuppernd die Nase.

»Wochenende. Endlich!«

Gabriele legte ein frisch gebackenes Brot dazu, drehte sich noch einmal zur Anrichte um und schob eine aufgeschlagene Tageszeitung in Katies und Philips Richtung.

»Der Mord an eurem Vater scheint aufgeklärt zu sein.« Sie deutete auf den Artikel.

Katie und Philip beugten sich gespannt vor und vertieften sich in die Zeitung. Schließlich blickte Philip auf.

»Der Alte soll an Tankstellenüberfällen beteiligt gewesen sein. Das hätte ich ihm gar nicht zugetraut.«

Katie sagte zunächst gar nichts und sah ihre Mutter lange an, deren Gesicht inzwischen wieder normale Konturen angenommen hatte. Auch das blaue Auge war nicht mehr zu erkennen, aber vielleicht hatte sie es auch leicht überschminkt. »Ich denke, ich habe ihm so ziemlich alles zugetraut«, sagte sie schließlich. »Jedenfalls bin ich froh, dass sie dir nie draufgekommen sind, dass du an dem Abend in Niederehe warst, Philip.«

»Ihr habt doch nicht wirklich geglaubt, dass ich etwas mit seinem Tod zu tun hatte«, protestierte Philip.

»Nein, nicht wirklich«, lächelte Gabriele. »Aber du warst schon ziemlich aufgebracht …«

Philip schwieg eine Weile und blickte auf seinen dampfenden Teller. »Ja du hast recht«, gab er schließlich zu. »Nachdem er dir das angetan hat, habe ich darüber nachgedacht, ihm eine ordentliche Abreibung zu geben. Ich war nur schlicht noch nicht dazu gekommen.«

Gabriele schwieg und lächelte ihn wieder zärtlich an. Sie deutete auf die Teller. »Es wird kalt.«

Erst als sie den Tisch abgeräumt hatten und beim Dessert angelangt waren, ließ Gabriele die nächste Nachricht fallen.

»Da ist noch etwas Merkwürdiges, und diese Tankstellengeschichten sind vielleicht die Erklärung dafür.«

Philip runzelte die Stirn.

»Wofür?«

»Paul Stein hat mich heute angerufen. Ich bin ja mit ihm zur Schule gegangen. Er ist der Notar eures Vaters und es wird demnächst eine Testamentseröffnung geben.«

»Er hat ein Testament gemacht?«, fragte Katie erstaunt.

Gabriele nickte und runzelte die Stirn. »Ja … ein recht seltsames. Ihr beide erbt das Haus in Niederehe. Das ist ja nicht weiter verwunderlich. Aber er hatte wohl auch noch ein Haus irgendwo in Frankreich und einiges an Bargeld und das vermacht er einer Frau Blattschke?«

»Wie kommt der an ein Haus in Frankreich?«

»Wer soll das sein?«, sprachen Katie und Philip erstaunt durcheinander.

Gabriele zuckte mit den Schultern. »Ich weiß nicht, wer das ist, und der Notar kennt sie auch nicht. Aber wie kommt er zu einem Haus in Frankreich? Darüber zerbreche ich mir seit heute Mittag den Kopf. Vielleicht haben ihm eure Großeltern etwas hinterlassen, aber ich habe sie nicht für besonders wohlhabend gehalten.«

»Und jetzt denkst du, er hat das Geld geklaut?«

Gabriele zuckte wieder mit den Schultern. »Das wäre auf jeden Fall eine Erklärung.«

Philip hatte mittlerweile sein Handy genommen und tippte eine Weile darauf herum.

»Hier gibt's nur einmal Blattschke«, sagte er schließlich. »Wohnen in Loogh, scheint ein Ehepaar zu sein.

Aber da kriegen wir sicher noch mehr raus, ich werde mich mal umhören.«

»Vielleicht war er schon seit Jahren mit ihnen befreundet«, überlegte Katie und sah ihre Mutter zweifelnd an. »Vater und Freunde … Das wäre allerdings neu oder nicht?«

Gabriele schüttelte den Kopf. »Er hatte nie enge Freunde. Aber wer weiß?«

»Aber mal was anderes.« Katie war jetzt ganz aufgeregt. »Wenn wir das Haus in Niederehe verkaufen, reicht es vielleicht für Ferienwohnungen. Was meint ihr?«

»Das wäre natürlich toll«, stimmte Philip zu, während Gabriele schwieg und ihn traurig ansah.

»Du trauerst doch nicht wirklich um ihn?«, wandte sich Katie an ihre Mutter.

Wieder schüttelte Gabriele den Kopf. »Was ist das für ein Leben?«, sagte sie schließlich. »Ein Mensch stirbt und hinterlässt keine Spuren. Nicht einmal die eigenen Kinder trauern, und das finde ich sehr traurig. Na ja, vielleicht hat er bei dem Ehepaar Blattschke Spuren hinterlassen und war ihnen ein guter Freund.« Sie seufzte und streichelte Katie über den Arm. »Das mit dem Hausverkauf ist eine gute Idee, Katie und die Einnahmen aus den Ferienwohnungen würden wirklich helfen.«

72. Kapitel

Kristin zog den Sattelgurt auf der Fuchsstute fest und gab ihr einen kleinen Klaps. »Steh!«

Die Stute war wie immer unruhig am Herumtänzeln, auch daran würden sie noch arbeiten müssen. Aber insgesamt war sie zufrieden. Das Pferd stieg nicht mehr und fiel dabei nach hinten herüber, trotzdem war sie im

Moment noch immer ihre anstrengendste Kandidatin. Heute war sie die letzte, die von Kristin geärgert wurde, wie sie es nannte. Danach wollte sie nur noch füttern und nach Hause fahren, um mit Max die Videoüberwachung zu installieren. In der nächsten Woche würde sie die ersten drei Isländer nach Loogh reiten, ihre eigene zuverlässige Stute und zwei weitere als Handpferde. Sie legte das Zaumzeug an, blinzelte in die Sonne und seufzte.

»Bringen wir es hinter uns.«

Die Stute kannte die Route, sie nahmen immer den Weg um den Reitplatz herum und ritten eine kleine Gasse hinauf, um die Straße zu vermeiden, in Richtung Wald. Als sie nach dem kleinen Pfad links auf die Wiesenwege abgebogen waren, zog Kristin den Sattelgurt noch einmal nach und nahm die Zügel auf. Die Arbeit begann. Sie variierte das Tempo im Schritt und brachte sie durch leichte Gewichtsverlagerung und Schenkeldruck dazu, mal auf der einen, mal auf der anderen Seite des Weges zu laufen. Das Pferd unter ihr wurde immer geschmeidiger und folgte mit gespitzten Ohren ihren Aufforderungen. Kurz vor einer Weggabelung mit einer Buschgruppe auf der rechten Seite wurde sie unruhig. Sie wieherte leise, warf den Kopf hoch und versuchte, nach links auszubrechen. Vielleicht ein Fuchs, dachte Kristin? Wildscheine waren unwahrscheinlich, die Wiesen sahen nicht aus, als wenn sie umgebrochen wären. Da musste sie durch, auch ihrem Besitzer würden früher oder später Füchse oder Wildschweine begegnen. Energisch trieb sie die Stute auf geradem Kurs vorwärts und parierte kurz vor der Stelle, an der einer der Pfade rechts abbog, zum Stand durch. Das erforderte Entschlossenheit und volle Konzentration. Die Stute wollte rennen und wehrte sich vehement gegen die Aufforderung.

Sie sah ihn erst, als es zu spät war. Er musste direkt an der Weggabelung, dicht am Gebüsch, gelauert haben, sprang mit wenigen Schritten auf sie zu und hatte in Sekundenschnelle mit der rechten Hand beide Zügel vorne gepackt, während sich die linke Hand in ihrem Hosenbund festkrallte. Die Stute stieg in Panik, irgendwo in der Nähe knurrte und bellte wütend ein Hund. Blattschke schrie sie an und Kristin versuchte gleichzeitig oben zu bleiben, die Zügel wieder an sich zu nehmen und mit dem rechten Bein nach ihm zu treten. Sie verfehlte nur knapp sein Gesicht und ihr Stiefel bohrte sich in seine Schulter. Er taumelte zurück, aber der schraubstockartige Griff an ihrer Hose ließ nicht locker. Die Stute wich mit einem Sprung nach links aus und befreite sich. Kristin wurde unaufhaltsam in die Tiefe gerissen und landete mit einem heftigen Aufprall auf dem Kies am Wegesrand, direkt neben Blattschke. Das Pferd machte kehrt, keilte noch ein paar Mal aus und galoppierte den Weg zurück, den sie gekommen waren.

Er stürzte sich auf sie, packte den Kinnriemen ihres Reiterhelms und drückte ihren Kopf mit der Faust nach hinten. Sie war noch benommen vom Sturz, als er bereits auf ihr saß und ihre Arme mit den Knien auf den Boden presste. Sie versuchte zu strampeln, konnte ihn aber nicht sofort erreichen.

»Lieg still oder ich bring dich sofort um!«

Er holte aus und schlug ihr mit der flachen Hand ins Gesicht, um seinen Worten Nachdruck zu verleihen. »Du alte Schlampe meinst immer noch, du kannst mich anzeigen. Ich werde dir zeigen, was ich mit so einer Drecksau mache.«

Sein rotes, verzerrtes Gesicht mit wild rollenden Augen war direkt über ihrem, ihr Genick drohte zu brechen, sie bekam keine Luft mehr. Nur nicht in Ohnmacht fallen, nur nicht in Ohnmacht fallen, dachte sie panisch. Mit der rechten Hand drückte er ihren Kinnriemen noch ein wenig fester nach hinten.

»Halt still, sonst gibt es gleich einen kurzen, hässlichen Knacks!«

Sie lag nun regungslos da, während er mit der linken Hand an ihrem Hemd zu reißen begann. Die Knöpfe hielten und für einen Moment nahm er die zweite Hand von ihrem Kinnriemen zu Hilfe. Seine krallenartigen Hände rissen mit langen Fingernägeln das Hemd auf, die Knöpfe flogen davon. Sie schnappte nach Luft und ergriff ihre einzige Chance. Sie riss den Kopf hoch und versuchte kräftig in seine Hand zu beißen, aber sie erwischte nur den Pullover. Mit einem Ruck zog er seinen Arm nach oben, der Stoff zwischen ihren Zähnen gab nach, es tat höllisch weh. Sofort drückte er ihr Kinn wieder mit der rechten Faust nach hinten, während sich die linke Hand grob unter ihren BH schob und eine ihrer Brüste schmerzhaft quetschte. Ein bestialisches Grinsen breitete sich auf seinem Gesicht aus.

Als hinter der Hecke plötzlich ein Motorengeräusch zu hören war, zog Blattschke die Hand zurück, richtete sich auf und blickte irritiert zur Seite. In seinen Augen blitzte kurz Fassungslosigkeit auf, als ihr Knie mit voller Wucht gegen seine Wirbelsäule prallte und er nach vorne stürzte. Doch er fing sich sofort wieder. Während sie wild strampelte und ihren Oberkörper hin und her wälzte, um sich aus der Umklammerung zu befreien, holte er mit der linken Faust aus und traf ihre Wangenknochen. Um sie herum wurde es dunkel.

Sie sah nicht mehr, wie Blattschke mit ungläubigen Augen von zwei kräftigen Händen in Motorradhandschuhen nach hinten gerissen wurde. Ihr Kopf schlug noch einmal hart auf den Boden, als er sie im Fallen nach hinten mit sich riss, bis sich der Griff an ihrem Reiterhelm löste. Sie sah auch nicht mehr, wie Motorradstiefel in Blattschkes Genitalien getreten wurden und er einen weiteren Tritt unter das Kinn erhielt, während er sich vor Schmerzen gekrümmt auf dem Boden wälzte. Das Nächste, was sie sah, waren blaue Augen unter einem hochgeklappten Motorradvisier, die sie freundlich anlächelten, und eine Stimme unter dem Helm, die schwer verständlich fragte, ob es ihr gut gehe.

»Es ging mir schon mal besser«, flüsterte sie und versuchte sich zu erinnern, was passiert war.

Er entfernte sich von ihr und kam mit einem kissenförmigen Verbandskasten zurück, den er ihr vorsichtig unter den Kopf legte, nachdem er ihr den Reiterhelm abgenommen hatte. Seinen Helm und die Handschuhe hatte er inzwischen auch abgelegt.

»Geht's?«, fragte er erneut und sie versuchte sich aufzurichten, wurde aber sanft zurückgedrückt.

»Einen Moment noch!«

Er zog seine Motorradjacke und das darunter liegende Sweatshirt aus und reichte es ihr. Ihr Hemd klaffte bis zum Bauchnabel offen. Als er seine Jacke wieder angezogen hatte, zog er ein Handy aus der Innentasche, wählte eine Nummer und sie hörte ihn erklären, was passiert war, dass ein Krankenwagen gebraucht würde und dass sich jemand um den Hund kümmern müsse. Richtig, irgendwo in der Nähe kläffte ein Hund wütend. Sie drehte vorsichtig den Kopf und zuckte schmerzhaft zusammen. Etwa zehn Meter von ihr entfernt lag Blattschke regungslos auf der Seite des Feldweges. Seine Nase blutete stark, und er war bewusstlos.

»Ich brauche keinen Krankenwagen«, protestierte sie schwach, richtete sich auf und zog sich das Sweatshirt über den Kopf.

»Das ist gut zu hören«, grinste er. »Der ist auch für den da. Wenn du jetzt aufstehen könntest, wäre das nicht schlecht, denn ich habe keine Lust, wegen so einem Arsch eine Anzeige wegen Körperverletzung zu bekommen.«

Vorsichtig half er ihr auf, legte seinen Helm und die Handschuhe wieder an und deutete auf ihren Helm.

»Es wäre besser, wenn du ihn wieder aufsetzen könntest.«

Sie versuchte es, es tat weh und ihr wurde schwindelig.

»Schon gut, ich fahr vorsichtig.«

Er nahm ihr den Helm aus der Hand und führte sie zu seinem Motorrad, auf der anderen Seite der Buschgruppe. Jetzt sah sie auch Blattschkes bellenden Schäferhund. Er war an einem Baum festgebunden und erwürgte sich fast bei dem Versuch, sich loszureißen.

»Den habe ich zuerst gesehen«, sagte er und zeigte auf den Hund, während er auf das Motorrad stieg und danach ihr aufhalf. »Ich denke, wir vermeiden mal besser die Straße zwischen Leudersdorf und dem Ahrtal und nehmen einen kleinen Umweg durch den Wald. Wo musst du überhaupt hin?«

Sie nannte ihm den Reitstall, den kannte er und er kannte auch einen Schleichweg. Ihr war alles egal, nur weg hier, nur sich irgendwo hinlegen können. Sie nahm auch die Fahrt kaum wahr, lehnte ihren Kopf an die dick gepolsterte Jacke vor sich und schloss die Augen.

Zurück am Stall, verabschiedete er sich schnell. Für Smalltalk habe er heute leider keine Zeit, sagte er lächelnd und wehrte ab, als sie sagte, sie wisse gar nicht, wie sie sich bedanken solle.

»So etwas ist eine Selbstverständlichkeit«, sagte er, und sie sah noch einen Moment dem schwarzen Motorrad mit dem Dauner Kennzeichen nach. Die Stute stand bereits wieder auf dem Paddock, irgendjemand hatte ihr Zaumzeug und Sattel abgenommen.

Während sie mit langsamen Schritten auf das Reiterstübchen zuging, zog sie ihr Handy aus der Tasche und telefonierte erst, als sie auf einer Bank lag, mit der Polizei. Dann sackte sie wieder zusammen.

73. Kapitel

»Hier steckst du also.« Kristin wurde leicht angeschubst und schlug die Augen auf. Vor ihr stand Ernst, der Besitzer des Reitstalls, und blickte besorgt auf sie hinunter.

»Wir waren zu zweit draußen und haben dich gesucht, nachdem die Fuchsstute hier mit zerfetzten Zügeln auf den Hof galoppiert kam.«

»Geht es ihr gut?«, fragte Kristin und versuchte, sich aufzurappeln. Es klappte noch nicht so richtig und sie beschloss, liegen zu bleiben.

»Ja, der fehlt nichts. Sie frisst ihr Heu auf dem Paddock. Aber da draußen sind ein paar Herren, die möchten dich sprechen. Polizei. Soll ich sie hier hereinholen?«

Sie nickte müde.

Kurz darauf gab sie zwei Polizisten zu Protokoll, was passiert war, bzw. an was sie sich erinnern konnte. Sie durfte liegen bleiben und Ernst versorgte sie mit einem Glas Wasser. Von den Polizisten erfuhr sie, dass die Kollegen Blattschke bewusstlos auf dem Feldweg aufgefunden hatten, er aber noch vor dem Eintreffen des Krankenwagens, wieder zu sich gekommen sei und angegeben habe, auf dem Feldweg überfallen worden zu sein, unter ihrer Mithilfe.

So ein Schwein, dachte sie. »Er lügt!«

»Können Sie irgendwelche Angaben zu dem Motorradfahrer machen? Wie sah er aus? Haben Sie das Kennzeichen gesehen?«

Nein, es war ein schwarzes Motorrad, welche Marke wusste sie nicht, weil sie sich mit Motorrädern nicht auskannte, das Kennzeichen hatte sie nicht gesehen und sein Gesicht auch nicht, weil er einen Helm getragen hatte.

Die Polizisten nickten. »Das deckt sich mit dem, was Herr Blattschke angegeben hat und auch mit dem anonymen Anruf, den wir erhalten haben, mit unterdrückter Rufnummer.«

»Nun, das hilft uns nicht weiter«, sagten sie freundlich und bohrten nicht weiter nach. Sie erzählten noch, dass Blattschke jetzt im Krankenhaus in Mechernich liege. Seine Frau sei gekommen, um den Hund abzuholen. Er hatte Anzeige wegen schwerer Körperverletzung erstattet, aber es schien nicht viel passiert zu sein.

Schade, dachte Kristin, dann schoss ihr ein Gedanke durch den Kopf.

»Der Hund! War der noch angebunden, als Ihre Kollegen kamen? Ich meine, wie erklärt er das mit dem Überfall? Soll der Motorradfahrer ihn angebunden haben?«

»Das haben wir ihn auch gefragt«, gab einer der Polizisten zu. »Er gab an, er hätte austreten müssen und hätte deshalb den Hund angebunden.«

»Nun zu Ihnen. Sind Sie sicher, dass wir nicht doch einen Krankenwagen rufen sollen?«, fragte der ältere der beiden Polizisten.

»Nein!« Sie schüttelte vehement den Kopf, was sie sofort bereute. Zu Blattschke nach Mechernich, das wäre das Letzte.

»Ich fahr sie gleich nach Hause«, mischte sich Ernst ein. »Aufs Pferd kommst du heute nicht mehr, Mädel!«

74. Kapitel

»Wie siehst du denn aus?«, fragte Max erschrocken, als sie, nur mit einem T-Shirt und einem Höschen bekleidet, auf sein Sturmschellen hin die Tür öffnete. Unwillkürlich fuhr seine Hand nach vorne und berührte vorsichtig ihre linke Gesichtshälfte, die sich hochrot geschwollen über die Wangenknochen spannte, so dass keine Gesichtskonturen mehr zu erkennen waren.

»Au!« Tränen stiegen ihr in die Augen und er zog schnell die Hand zurück. »Tut mir leid, ich wollte dir nicht wehtun.«

»Nein, hast du nicht wirklich«, sie nahm seine Hand und zog ihn ins Haus. »Ich habe nur bis jetzt geschlafen und mir ist gerade eingefallen, was heute Nachmittag passiert ist.«

»Ich habe ein paar Mal versucht dich anzurufen. Auf dem Handy warst du nicht zu erreichen. Da dachte ich, ich fahre mal vorbei und wäre fast wieder gegangen, weil dein Auto nicht vor der Tür stand.«

»Ich zieh mir rasch was an, dann erzähl ich dir alles«, sagte Kristin matt und griff nach einer Jeans, die über einem der Sessel hing.

»Wie wäre es, wenn ich dir einen Kaffee mache? Du siehst aus, als könntest du einen gebrauchen.«

»Das wäre sehr, sehr nett«, antwortete Kristin leise, während ihr Tränen über das Gesicht liefen und sie in die Jeans stieg.

Max machte sich in der Küche zu schaffen und beobachtete sie besorgt. Sie knöpfte ihre Hose zu, bürstete sich fahrig die Haare und ließ sich vorsichtig in einem Sessel nieder. Die Schulter, der Rücken, der Kopf. Alles tat ihr weh. Natürlich, das war der Sturz. Sie zog die Knie auf dem Sessel an den Oberkörper und starrte wie geistesabwesend vor sich hin.

Er stellte schweigend eine Tasse Kaffee auf den Tisch und wartete. Und sie erzählte. Als sie erklärte, wie er auf ihr gesessen hatte, begann sie zu schluchzen. Solche Gefühle kann man nicht beschreiben.

Max setzte sich auf ihre Sesselkante und legte einen Arm um sie. Sie ließ den Kopf und die Arme nach vorne sinken und weinte sich auf seiner Hose aus, während er ihr betroffen über die Haare strich.

»Komm mal mit hier rüber«, sagte er schließlich, als sie sich ein wenig gefasst hatte. Er zog sie mit sich aufs Sofa, griff im Vorbeigehen nach einer Decke und breitete sie über ihr aus. Sie kuschelte sich dicht an ihn und erzählte ihm den Rest, bis hin zum Polizeiprotokoll.

»So ein Schwein!«, rief er wütend am Ende ihres Berichts. »Da schlafe ich die ganze Woche hier, und der überfällt dich am Stall!«

75. Kapitel

»Notwehr in Exzess nennt man das«, klärte Arion am nächsten Tag eine erregte Alex auf, die nicht verstehen konnte, warum der Motorradfahrer etwas zu befürchten haben sollte, es war doch offensichtlich Notwehr oder so ähnlich. »Das ist erst einmal Körperverletzung, je nachdem, wie schwer Blattschke verletzt ist, sogar schwere Körperverletzung«, fuhr Arion fort.

Am Abend zuvor hatte Max in sichtlich aufgewühltem Zustand kurz erzählt, was passiert war. Es war ihm zwar noch gelungen, eine widerstrebende Kristin zu überzeugen, mit ihm zu einem Arzt zu fahren und sich ihre diversen Prellungen attestieren zu lassen, aber er hatte sie nicht mehr überreden können, mit zu ihnen zu kommen. Er wollte sie auch nicht lange allein lassen und war nach wenigen Minuten zu Kristins Haus zurückgekehrt. Am Samstagmorgen hatten sie gewartet, bis sie Frau Blattschke fortfahren sahen. Sie würde sicher ihren Alten im Krankenhaus besuchen, hatte Max zu Recht vermutet. Sobald sie weg war, hatten sie mit der Installation der Videoanlage begonnen, die gestern natürlich nicht mehr erfolgt war.

Kristin ließ sich nicht im Garten blicken, als er mit Fred und Arion die Leitungen verlegte. Sie war zwar, als die drei fertig waren, mit ihnen hoch zur Bitz gegangen, wohnte aber der erregten Diskussion teilnahmslos bei, als ginge es nicht um sie. Sie saß auf der Küchenbank und hatte die Knie wieder an sich gezogen. Ihre feuerrote, stark geschwollene Gesichtshälfte, hob sich stark von ihrer übrigen, kreidebleichen Erscheinung ab. Sie könne ihre Brille nicht tragen, das täte auf der Nase zu weh, hatte sie erklärt, als Alex sie darauf ansprach. Das war auch die einzige Erklärung, die sie zu ihrem gesundheitlichen oder sonstigen Zustand abgegeben hatte. Von Max wusste Alex, dass laut Arzt eine Gehirnerschütterung nicht auszuschließen sei und er, der Arzt, Kristin lieber zur Beobachtung im Krankenhaus gesehen hätte, was Kristin aber abgelehnt hatte. Ab und zu warf Alex ihr einen verstohlenen Blick zu. In ihr war nach den letzten Entwicklungen längst ein Entschluss gereift. Sie hatte die Katze seziert und zusätzlich einen befreundeten Forensiker um Rat gefragt und wusste, was zu tun war.

»Bei Notwehr in Exzess, also sprich einer übermäßigen Verteidigungshandlung, kann der Motorradfahrer durchaus mit einer Verurteilung wegen Körperverletzung rechnen«, referierte Arion weiter.

»Moment, noch mal für ganz langsame Leute. Wenn ich angegriffen werde und mich zur Wehr setze, oder verteidigt werde und meinem Angreifer etwas passiert, komme ich vor Gericht? Das kann doch nicht sein!«, Alex sah ihn ungläubig an.

»Ist aber so«, erwiderte Arion. »Vereinfacht gesagt, wenn der Angreifer mehr Verletzungen vorweisen kann als du, hast du ein Problem.«

»Auf hoher See und vor deutschen Gerichten sind wir alle in Gottes Hand«, murmelte Fred einen seiner immer parat liegenden und im Moment wenig hilfreichen Sprüche. In Alex begann es zu brodeln.

»Also noch mal. Wenn der Motoradfahrer nicht eingegriffen hätte, hätte er wahrscheinlich eine Anzeige wegen unterlassener Hilfeleistung bekommen, so bekommt er eine wegen Körperverletzung?«

Arion zuckte die Schulter. »Er hätte zunächst die Polizei rufen und dann, bei Gefahr in Verzug, versuchen können, Blattschke von Kristin zu trennen.«

»Aber das ist doch völlig realitätsfern.« Alex schraubte sich immer weiter hoch. »In anderen Worten, ein Mann, der einen Obdachlosen gegen vier Angreifer verteidigt und dabei selbst zu Tode geprügelt wird, ist ein Held. Hätte er einen der Angreifer schwer verletzt und selbst überlebt, wäre eine Anzeige wegen Körperverletzung gegen ihn ergangen?«

Arion nickte und wollte etwas einwenden, aber Alex stürmte schon weiter.

»In so einer, wie nennst du das, Gefahr im Verzug-Situation, habe ich erstens überhaupt keine Zeit genau nachzudenken, da handle ich und dann soll ich auch noch aufpassen, dass dem anderen, der vor meiner Nase einen anderen Menschen zusammenschlägt, vergewaltigt, was weiß ich, möglichst nichts passiert?«

»Nun reg dich mal ab. In der Regel wird es in den meisten Fällen dieser Art wohl nicht zu einer Verurteilung kommen, und eine solche Gesetzgebung schützt unsere Gesellschaft vor Selbstjustiz. Ich nehme an, der junge Mann hat da schon seine Erfahrungen gemacht oder ist kein unbeschriebenes Blatt«, mutmaßte Arion.

Er hatte am Morgen mit der Polizei telefoniert. Kristin würde eine Anzeige wegen Anstiftung zu einer Straftat bekommen, aber es war kaum davon auszugehen, dass die zu irgendwas führen würde. Blattschke hatte behauptet, sie habe den Motorradfahrer auf ihn gehetzt, als er harmlos mit seinem Hund spazieren gegangen sei. Das entbehrte jeder Grundlage. Woher hätte Kristin wissen sollen, dass er ausgerechnet an diesem Morgen dort entlanggehen würde?

Er musste allerdings im Umkehrschluss schon häufiger dort gewesen sein und genau gewusst haben, wo er ihr auflauern konnte. Dass sie auch am Stall, noch dazu in einem anderen Dorf, nicht sicher war, war eine beunruhigende neue Entwicklung. Auch Kristins Anzeige wegen Körperverletzung und versuchter Vergewaltigung würde mangels Zeugen wohl ins Leere laufen.

»Wenn wir den Motorradfahrer als Zeugen hätten, stünden unsere Chancen nicht schlecht, dass die Staatsanwaltschaft den Überfall und die versuchte Vergewaltigung anerkennt und Anklage erhebt«, fuhr Arion fort und wandte sich an Kristin.

»Du hast wirklich nichts gesehen?«

Alex hätte am liebsten geschrien, lass sie in Ruhe, du siehst doch, dass das jetzt nicht geht. Es brodelte weiter. Unsere Chancen stehen nicht schlecht …? Der Fall war doch sonnenklar, sie war Blattschke knapp und verletzt entkommen, und da sollte man nichts machen können?

Kristin senkte den Kopf. »Du bist Anwalt, woher weiß ich, dass du das nicht gegen den Motorradfahrer verwenden wirst, nur um einen Fall zu gewinnen. Er hat mich gerettet, vielleicht sogar mein Leben«, sagte sie leise.

Arion lächelte. »Du hast recht, wenn ich von einem Verbrechen wüsste, müsste ich es melden, aber ich muss nicht alles hören, was man mir erzählt.«

Kristin schwieg und starrte vor sich auf den Tisch, einen Ellbogen aufgestützt, während sie sich mit der Hand über die Stirn fuhr, als wolle sie Falten wegwischen. Schließlich hob sie den Kopf und sah Max hilfesuchend an. Ein stummer Blickwechsel, in dem Alex Zärtlichkeit und Bedauern bei Max zu erkennen glaubte. Tut mir leid, Kristin, bei dieser Entscheidung kann ich dir nicht helfen, vermittelte sein Blick. Schließlich strich Max ihr sanft über den Arm und ließ seine Hand darauf ruhen. Alex beobachtete die Szene fasziniert und ihr Zorn verrauchte. Jetzt war die Entscheidung letztlich doch von

Max getroffen worden. Er forderte sie auf und sicherte ihr gleichzeitig seine Unterstützung zu. Und das alles ohne Worte. Offensichtlich hatte sich zwischen den beiden etwas entwickelt. Kristin wandte den Blick ab und sah Arion an.

»Ich habe ihn nicht erkannt, ich meine, ich kenne ihn nicht, aber ich weiß, wie er aussieht und habe das Kennzeichen. Der einzige Grund, warum ich dir das erzähle, ist, um mich bei ihm zu bedanken und ihm sein Sweatshirt zurückzugeben.«

Konnte das stimmen, überlegte Alex. Da müsste doch sicherlich Hoffnung mitschwingen, dass der Motorradfahrer letztlich zu einer Aussage bereit sein würde. Respekt jedenfalls dafür, dass Kristin in ihrer verzweifelten Lage die Interessen eines anderen, noch dazu Unbekannten, über ihre eigenen stellte.

»Dann schieß mal los«, forderte Arion Kristin auf und notierte sich das Nummernschild, das sie ihm nannte.

»Moment, ich schätze, das haben wir gleich.«

Er nahm sein Handy, ging hinaus in den Flur und sie hörten ihn eine Reihe von Telefonaten führen. Er kehrte mit einem Lächeln zurück.

»Ich weiß jetzt, wohin du deine Blumen schicken kannst.«

Kristin reagierte kaum, sie schaute aus dem Fenster in die Ferne.

»Na und, mach's nicht so spannend«, knurrte Alex.

»Der Fahrzeughalter ist ein gewisser Sebastian Heinen aus Üxheim und er hat bereits eine Vorstrafe wegen Körperverletzung. Warum, habe ich allerdings noch nicht herausgefunden.«

Kristin stand auf. »Ich fahre zu den Pferden, war ja seit gestern Mittag nicht mehr da. Der Ernst hat alle Arbeiten übernommen.«

»Du willst doch nicht schon wieder reiten?«, fragte Max besorgt.

»Nein«, sie warf ihm einen liebevollen Blick zu, »nur nach dem Rechten sehen.«

»Ich komme mit, ist das in Ordnung?«

»Ja gerne. Wobei«, sie lächelte gequält, »ich hätte dich ohnehin bitten müssen. Mein Auto steht ja noch dort, das hatte ich ganz vergessen.«

Auch Fred beobachtete das Ganze jetzt mit Interesse und einem kaum merklichen Lächeln.

»Ich glaube, unseren Max hat´s erwischt und es ist schön, dass er sich so kümmert. Er ist vielleicht der Einzige, den sie im Moment an sich ranlässt«, sagte Alex, als die Tür sich hinter den beiden geschlossen hatte. Die eine mehr oder weniger apathisch, der andere ebenfalls blass, verstört und zunehmend hilflos.

Fred nickte nur.

»So, Sebastian Heinen heißt er also«, sagte Alex nach einer Pause. »Könnte sein, dass wir da gleich mehr wissen.« Sie schnappte sich das mobile Telefon und ging in den hinteren Teil der Küche.

Kurz darauf hörten sie sie sagen, »Hallo Marie, ich bin's schon wieder, wie geht's dir? « ... Ja uns geht es auch gut. Sag mal, kennst du Heinens Sebastian?«

Arion und Fred hörten sie kichern.

»Jakob, du kommst mit deinen Frauen durcheinander, hier ist Alex.« Sie lachte wieder. »Sag mal Jakob, den Heinen Sebastian, kennst du den?«

Eine lange Pause folgte, während sie zuhörte.

»Ist der schon einmal irgendwie mit dem Gesetz in Konflikt geraten?«

Diesmal folgte eine noch längere Pause. Sie hob erstaunt die Augenbrauen. »Das weißt du schon?«

Sie murmelte ein paar Mal »Aha« und bedankte sich schließlich für die Auskunft.

Fred und Arion blickten sie erwartungsvoll an, als sie an den Tisch zurückkehrte.

»Das ist Eifel«, sagte sie lachend und ein wenig boshaft zu Arion, »Frauen recherchieren anders, zumindest hier.«

»Nun erzähl schon«, drängelte Fred ungeduldig.

»Ich hatte zuerst Marie dran.« An Arion gewandt fügte sie hinzu, »Das ist die Frau von Jakob und die gute Seele im Hilgerschen Haushalt und das sind Freunde von mir. Der Sebastian ist mit Jürgen zur Schule gegangen. Dann hat sie gesagt, ›aber warte, hier hast du Jakob‹ und hat mich weiterreicht. Der fing an mit ›Hallo Liebchen, wie geht's dir, Monika‹.« Sie schmunzelte.

»Alex!«, stöhnte Fred. »Brauchen wir die ganzen Details?«

Alex warf ihm einen giftigen Blick zu.

»Die ganzen Details drumherum lasse ich mal weg. Dieser Sebastian ist ein netter Kerl. Hat vor zwei Jahren vor einem Club in Trier beobachtet, wie ein Typ ein Mädchen gegen ihren Willen ins Gebüsch zerren wollte. Er ist eingeschritten, hat ihn zusammengeschlagen und ist dafür wegen Körperverletzung verurteilt worden. Jakob hat sich tierisch darüber aufgeregt. Und zum Schluss hat er gesagt, ›und ein schwarzes Motorrad fährt er auch‹. Ich war total baff und er hat gelacht. Sie waren heute Nachmittag Holz fahren, und da haben sie in Stroheich von der Geschichte mit Kristin gehört. Die wiederum hatten gehört, dass der Ernst vom Pferdehof in Uedelhoven es erzählt haben soll. Nun, wie dem auch sei, er sagte, nachdem ich nun nach Sebastian fragte, konnte er sich eins und eins zusammenreimen. Außerdem läuft die Alte vom Blattschke seit gestern Abend, wenn sie mit dem Hund Gassi geht, durchs Dorf und erzählt jedem, der es hören will oder auch nicht, dass ihr armer Mann schwer verletzt im Krankenhaus liegt, weil Kristin einen Killer auf ihn angesetzt hat.«

»Wird er es nicht weitererzählen, wer Kristins Retter war?«, fragte Arion.

»Nein, niemals«, sagte Alex mit Nachdruck. »Er wird höchstens eine kostenlose Fuhre Holz zu den Eltern bringen und ihnen zu ihrem Sprössling gratulieren.«

Sie setzte sich wieder an den Tisch, stützte die Ellbogen auf und bedeckte ihr Gesicht mit beiden Händen.

»Hier läuft was komplett aus dem Ruder!«, sagte sie schließlich.

76. Kapitel

Bei der Energie, die sie unterzubringen hatte, waren die letzten Sträucher schnell gepflanzt. Immer noch zu viel Energie. Alex begann mit Vehemenz den Garten erneut umzugraben, auf dem Rasen gesät werden sollte. Irgendwann einmal rollte Freds Auto vom Hof. Irgendwann einmal kam Arion in den Garten und versuchte es mit einem Gespräch. Und irgendwann einmal rollte auch sein Auto vom Hof.

Erst am Abend war sie erschöpft genug und hatte ihr Gleichgewicht halbwegs wiedergefunden.

»Fred«, sagte sie gedehnt, als sie die Küche betrat. Fred hatte nach dem Einkaufen mit dem Kochen begonnen. Natürlich mit Sportschau, es war Samstag. Ein geschniegelter Fred. Haare geföhnt, gut duftend. Bereit, heute Abend wieder nach Düsseldorf zu einem Date zu fahren.

»Was soll ich für dich tun?«, fragte er, ohne beim Tomatenschneiden aufzusehen.

»Ich brauche deine Hilfe.«

»Schon klar. Muss ich jetzt auch noch erraten, wobei?«

»Ich muss nächste Woche Freitag etwas alleine machen. Könnten wir den anderen vorschlagen, dass wir alle zusammen essen gehen? Ein lustiger Abend außer Haus, nach der ganzen Aufregung?«

»Hm.«

»Ich würde mich in letzter Minute entschuldigen, Kopfschmerzen oder so und du müsstest dafür sorgen, dass alle anderen trotzdem gehen.«

Er sah sie prüfend an.

»Und du willst mir nicht sagen, was du vorhast, oder?«

»Genau.«

Er legte sein Messer zur Seite und schaute sie lange ernst an.

»Sei vorsichtig!«

»Bin ich, keine Sorge.«

»Was hast du eigentlich mit unser aller Rechtsanwalt gemacht?«, fragte Fred beim Abendessen. Max hatte sich auch dazugesellt, allerdings ohne Kristin. Sie wollte gerne allein sein. Alex musterte interessiert das Essen. Rumpsteak, Fett abgeschnitten, dazu Salat ohne Zwiebeln, das gab Mundgeruch. Fred hatte sich nicht einmal Dressing gegönnt.

»Er hatte für heute Abend Konzertkarten für die Kölner Philharmonie.«

»Aha«, erwiderte Fred und blickte sie abwartend an.

»Er hat mich eingeladen mitzukommen. Die Karten hatte er wohl erstanden, als er noch mit seiner Freundin zusammen war.«

»Aha!«

»Na, wie ihr seht, bin ich nicht mitgefahren. Mir war nicht nach Konzert«, erwiderte Alex ein wenig trotzig.

»Du musst dich nicht entschuldigen.«

»Ja, ich weiß. Aber er sah schon ziemlich enttäuscht aus und allein ins Konzert zu gehen macht auch nicht viel Spaß.«

»Da hätte er sich rechtzeitig um Ersatz auch in dieser Hinsicht kümmern müssen«, grinste Fred. »Nicht dein Problem.«

Max schaufelte schweigend sein Essen in sich hinein und schien von dem Gespräch nichts mitbekommen zu haben.

»Max«, Alex legte eine Hand auf seinen Arm und sah ihn an. »Du hast alles getan, was du im Moment tun kannst. Blattschke ist im Krankenhaus, die Videoanlage ist installiert und wir sind alle bald wieder hier.«

Max seufzte. »Diese Woche wird es kein Problem sein, weil er weg ist. Ich muss auch langsam wieder zur Arbeit, sonst kriege ich da die rote Karte. Aber was ist danach?«

»Die Hilgers haben versprochen, ein Auge auf Kristin zu haben, das hätten sie sowieso gemacht, hat Jakob gesagt. Sie werden auch den Jagdpächter informieren. Einer von den Jägern ist doch fast immer im Wald. Ich habe mir auch überlegt, dass es gut wäre, wenn Kristin einen möglichst unregelmäßigen Tagesablauf hätte. Sie wird ja einen Teil der Pferde hierherbringen und hier scheint sie im Moment sicherer zu sein. Ich meine, es sollte kein Rhythmus erkennbar sein, wenn sie zwischen Uedelhoven und Loogh pendelt. Das macht es für ihn schwieriger, ihr aufzulauern.«

»Gute Idee«, stimmte Max zu.

»Hast du ihr von Corinnas Freundin erzählt?«

»In ihrem Zustand! Nein, das geht gar nicht. Sie hat am eigenen Leib erfahren, wozu er fähig ist, und wenn ich ihr jetzt auch noch die Geschichte mit dem verletzten Pferd und dem Suizid erzähle, würde ihr das den Rest geben.«

»Du hast recht«, stimmte Fred zu, »ich sehe es auch nicht als Vertrauensbruch an, wenn du es ihr erst später erzählst.«

»Was ist eigentlich mit dem Pferd passiert? Hat die Freundin was dazu gesagt?«

»Ja, sie hat es übernommen. Corinna hatte sie in einem Abschiedsbrief darum gebeten. Inzwischen reiten ihre Kinder darauf«, antwortete Fred.

»Der Kontakt zur Mutter von Corinna ist wohl auch sehr herzlich«, führte Alex fort. »Die Eltern sind über den Tod ihrer einzigen Tochter nie weggekommen. Der Vater fing an zu trinken und beide wurden zunehmend depressiv. Sie haben sich später getrennt und Corinnas Mutter ist so etwas wie Adoptivoma für die Kinder der Freundin geworden.«

»Ich bekomme Hassgefühle, wenn ich sehe, was ein einzelner Mensch anrichten kann«, sagte Max. »Ich habe in meinem Leben noch nie jemanden verprügelt, nicht einmal als Kind, aber bei dem Blattschke würde ich am liebsten persönlich vorbeigehen. Ich balle die Faust in der Tasche, wenn ich sehe, wie schlecht es Kristin geht.«

»Auf dem Trip waren wir auch schon«, erwiderte Fred. »Aber ob das wirklich das Problem lösen würde? Wenn das Ganze nicht so schrecklich wäre, könnte man ja eine Anzeige aufgeben: »Trio auf der Suche nach Methoden zur gewaltfreien Stalker-Entsorgung«, oder etwas in der Richtung. Vielleicht kämen da ja kreative Vorschläge.« Er zog eine komische Grimasse und hob beschwichtigend die Hände. »Nein, schon klar, das hier ist nicht komisch. Mir fehlt zurzeit nur jegliche Idee.«

Alex sah ihn nachdenklich an. War das seine Art, mit Hilflosigkeit umzugehen, oder konnte es sein, dass er tief in seinem Inneren gar nichts fühlte? Und Max? Der lief vollständig neben der Spur und hatte Freds Witz wahrscheinlich gar nicht mitbekommen. Ihr Max, den nie irgendetwas aus der Ruhe bringen konnte, war nicht nur offensichtlich verliebt, sondern auch ausgesprochen überfordert. Und sie selbst … reagierte mit Wut, Aggression und Aktionismus. Die heile Welt der Wohngemeinschaft, in der alle drei einer Arbeit nachgingen, die sie erfüllte, und in der sie am Wochenende fröhlich renovierten und herumalberten, war aus den Fugen geraten. Max, dachte sie wieder. Ihr Fels in der Brandung war gerade von einer Springflut überrollt worden.

Sie erhob sich vom Tisch und drückte Max fest an sich. »Mal was ganz anderes, ist völlig untergegangen. Vielen Dank für das tolle Zimmer, der Putz ist super geworden.«

»Hatte ja die ganze Woche Zeit«, wehrte Max ab. »Es ist auch noch nicht ganz trocken. Nächste Woche können wir streichen. Fußleisten habe ich auch schon besorgt, liegen hinten im Schweinestall.«

»Ja Leute, ich muss los.« Fred stand auf und verschwand im Obergeschoss. Kurze Zeit später kam er mit einer neuen Jeans ohne Flicken und einem neuen karierten Flanellhemd zurück, das er über der Hose trug. Die schwarze Jacke schien auch neu zu sein und ersetzte seine übliche abgewetzte Lederjacke. Selbst den speckigen Schal hatte er weggelassen. Sein rundes, gemütliches Gesicht strahlte erwartungsvoll und verhalten siegesgewiss.

»Na dann, Waidmanns Heil«, sagte Alex.

77. Kapitel

Als Alex am nächsten Morgen aufwachte, stand die Sonne bereits hoch über dem Hönsel. Auch Max war gestern Abend kurz nach dem Essen gegangen. Zurück zu Kristin, auch wenn sie im Moment nicht in Gefahr schwebte. Sie hatte alle ihre Dire Straits CDs herausgesucht, Jona Martin gestreamt, die Musik aufgedreht und im Obergeschoss gewirbelt. Für Fred hatte sie ein Lager in dem noch unverputzten, aber nun grundgereinigten Zimmer aufgeschlagen. Mit einer 1,40-Meter-Matratze und richtigem Bettzeug. Die Küche unten würde sie in Zukunft nachts für sich allein haben. Das von Max verputzte Zimmer hatte ebenfalls eine Reinigung erfahren und war fertig abgeklebt für den Anstrich. Das alles hatte wesentlich weniger Zeit in Anspruch genommen, als sie gedacht hatte, somit hatte sie ihren ungebremsten Tatendrang um Mitternacht zum Anrühren der Sumpfkalk-Farbe genutzt und war um drei Uhr morgens mit dem ersten Anstrich fertig gewesen. Wut in Produktivität umzusetzen war schon immer ihr Patentrezept gewesen, und auch diesmal hatte es funktioniert, zumindest für den Abend.

Jetzt, mit dem Aufwachen, kam auch die Wut zurück. Wut über ein System, das Zivilcourage bestraft. Wut auf ein System das Täter so lange schützt, bis sie eine Gelegenheit haben ihre Tat auszuführen. Alles in allem eine unbestimmte und wohl auch ungerechte Wut, die ihrer eigenen Hilflosigkeit entsprang. Sie war sich dessen bewusst, gerade deshalb war es gut, allein zu sein.

Da außer ihr niemand im Haus war, hatte es auch keinen Grund gegeben, in der Küche auf einer Isomatte zu schlafen und jetzt rollte sie sich aus Freds frisch bezogenem Bett, warf einen Blick aus dem Dachfenster, hatte in Sekundenschnelle einen Entschluss gefasst und ihn in wenigen Minuten in die Tat umgesetzt. Sie war auf dem Weg in den Wald.

Als sie den Buchenwald verließ, erkannte sie schon von weitem eine inzwischen vertraute Gestalt an der Schautafel.

»Immer noch am Tatort?«, begrüßte sie Leopold Werner. »Ich dachte, der Fall wäre abgeschlossen.«

»Nun, es ist allenfalls ein Fundort«, antwortete Werner kurz und sah sie nachdenklich an.

»Gut, dass ich Sie treffe. Können Sie mir sagen, was da in Loogh los ist? Ich habe schon gar keine Lust mehr, mir diese ganzen Anzeigen anzusehen und mittlerweile sind wir auch dabei das Strafgesetzbuch abzuarbeiten. Von gegenseitigen Vorwürfen zu Körperverletzung, versuchte Vergewaltigung, Einbruch, was war es noch, ach ja, Tierquälerei, scheint da ja nichts ausgelassen worden zu sein.«

»Sie haben den Auftragskiller vergessen«, antwortete Alex spitz. »Und bei der toten Katze handelt es sich nur um Sachbeschädigung. Ich nehme an, mit dem Fall müssen Sie sich nicht weiter beschäftigen.«

Er sah überrascht auf. »Warum sind Sie so zornig?«

Alex blickte ins Tal und konnte einige von Lenis Lämmern im hinteren Teil der Wiese herumtollen sehen. Sie jagten sich in den Wald, hüpften zurück auf die Wiese, vollführten übermütige Sprünge. Die Mutterschafe konnte sie nicht entdecken. Wahrscheinlich standen sie im vorderen Teil der Wiese an der Futterraufe, vermutete sie. Leni musste schon da gewesen sein.

»Weil nichts, aber auch gar nichts gemacht wird! Weil eine Bekannte von mir in großer Gefahr schwebt und sich, statt geschützt zu werden, auch noch verteidigen muss. Wollen Sie noch mehr?«

»Ihre Bekannte hat eine Reihe von zum Teil sehr schweren Anschuldigungen erhoben. Es gibt keine Beweise für ihre Behauptungen.«

»Aber es gibt so etwas wie Logik und gesunden Menschenverstand. Glauben Sie, sie hat sich das Hemd zerrissen und sich am Kopf verletzt, nur um Blattschke einen Vergewaltigungsversuch anzuhängen?«

»Sie ist vom Pferd gefallen. Das sagt Blattschke und Kristin Apis bestätigt das ja.«

»Sie ist vom Pferd gerissen worden! Und er geht rein zufällig dort spazieren, wo sie reitet? Das ist ja nicht gerade um die Ecke. Und rein zufällig hat er gerade seinen Hund angebunden, als sie vorbeikommt!«

»Und rein zufällig kommt ein Motorradfahrer vorbei und rettet sie«, setzte Werner die Aufreihung fort. »Blattschke hat angegeben, dass er häufig dort spazieren geht, weil es sehr ruhig ist und er seinen Hund von der Leine lassen kann.«

»Das glaube ich ihm sogar, weil er ihr ständig nachspioniert«, antwortete Alex.

»In Loogh wurde auch häufiger ein Motorrad beobachtet. Auch in der Nacht des Einbruchs war ein Motorrad am Waldrand geparkt. Ebenfalls seltsame Zufälle, nicht wahr? Vieles spricht dafür, dass Ihre Freundin den Motorradfahrer kannte.«

»Das ist ein anderer Motorradfahrer«, erwiderte Alex.

Werner schwieg und wartete, während Alex mit sich haderte. Schließlich entschloss sie sich, die Karten auf den Tisch zu legen und erklärte die Situation mit Kristins Exmann und der Rücknahme der Einbruchsanzeige.

»Somit könnte dieser Ex-Ehemann durchaus für einiges Anderes verantwortlich sein«, schloss Werner.

»Ich wusste, dass Sie so reagieren würden«, erwiderte Alex abweisend.

»Dann geben Sie mir verdammt noch mal einen Grund, etwas anderes zu denken«, sagte Werner mit Nachdruck.

»Um alles als unglaubwürdig, banal und frei erfunden dargestellt zu bekommen!«, auch Alex hatte ihre Stimme gehoben.

»Überlassen Sie es mir, was ich für unglaubwürdig, banal und frei erfunden halte.«

Alex holte tief Luft und schaute wieder zu den Lämmern hinüber.

»Ok, setzen wir uns, das dauert.«

»Ich kann nichts machen, solange wir den Motorradfahrer nicht befragt haben«, sagte Werner am Ende ihres langen Berichts, der von den früheren Nachbarn über den Selbstmord von Blattschkes Kollegin bis zu den jüngsten Vorfällen reichte.

»Wir können Ihnen nicht sagen, wer der Motorradfahrer ist«, erwiderte Alex.

»Sie wissen es also«, schloss Werner.

Alex nickte.

»Und warum können Sie es nicht sagen?«, fragte er.

»Weil unser Anwalt uns darüber aufgeklärt hat, dass Zivilcourage in Deutschland strafbar ist.«

»Blödsinn.«

»Blödsinn, ja? Und was ist mit Notwehr im Exzess?«

»Kein normaler Richter würde den jungen Mann in dieser Situation verurteilen.«

»Na, dann müssten wir ja nur noch auf einen normalen Richter hoffen«, erwiderte Alex zynisch.

Werner sah sie lange an. »Alex, ich brauche diesen Zeugen, sonst kann ich nichts machen!«, sagte er schließlich mit Nachdruck. »Es juckt mich in den Fingern, ich will etwas tun.«

Sie schwieg.

»Schließlich haben wir mit unseren Berichten einen gewissen Einfluss darauf, ob die Staatsanwaltschaft Anklage erhebt oder nicht. Wahrscheinlich muss er gar nicht mit einem Prozess rechnen.«

»Ihr Wort in Gottes Ohr«, erwiderte Alex. »Nach allem, was ich gehört und gesehen habe, fällt es mir schwer, auf staatliche Hilfe zu hoffen. Aber …, vielleicht spreche ich selbst mit dem Motorradfahrer und lasse ihn entscheiden, schließlich geht es um ihn.«

»Tun Sie das«, stimmte Werner zu, »und halten Sie sich ansonsten zurück.«

Irgendetwas in seiner Stimme ließ bei Alex eine Alarmglocke schrillen.

»Was machen Sie überhaupt hier?«, fragte sie. »Ich dachte, Sie hätten den Mörder?«

Diesmal wich Werner ihrem Blick aus.

»Möglicherweise«, sagte er schließlich. »Möglicherweise wurde sich bei der Pressekonferenz und in der Zeitung aber auch ein bisschen weit aus dem Fenster gelehnt.«

»Sie glauben, dass der Mörder noch frei herumläuft«, schloss sie.

»Ich glaube gar nichts«, erwiderte er. »Ich versuche zu verstehen, was hier passiert ist.«

»Kommt Blattschke als Täter in Frage?«, fragte sie direkt. »Schließlich hat er ein starkes Motiv, wenn seine Frau wirklich ein Verhältnis mit diesem Krämer hatte.«

»Im Moment kommt jeder in Frage«, wich er ihrer Frage aus. »Der verhaftete Kollege des Toten bestreitet immer noch vehement, etwas mit dem Mord zu tun zu haben.«

Er stand auf. »Aber Blattschke halte ich für unwahrscheinlich. Das Heu. Das Heu geht mir nicht aus dem Kopf. Wo auch immer die Leiche, sagen wir, zwischengelagert wurde, da war viel Heu. Blattschke hat keinen Bauernhof.«

»Aber das ist doch Quatsch«, erwiderte Alex. »Dafür braucht man doch keinen Bauernhof. Hier liegt doch überall auf den Wiesen Heu unter Planen.«

»Ja.« Er grinste jetzt. »Wir müssen nur noch die berühmte Nadel im Heuhaufen finden.«

»Es kann nicht weit von hier entfernt sein«, sagte Alex. »Niemand fährt stundenlang mit einer Leiche spazieren.«

Sie überlegte einen Moment.

»Haben Sie das Heu untersucht? Woher stammt es? Ich meine, war es eine mit Gülle bearbeitete Wiese? Kunstdünger? Gar nicht gedüngt?«

»Naturbelassen, also keine Düngung«, antwortet er prompt.

»Ja, das haben wir auch herausgefunden.« Alex lächelte. »Es ist Bioheu und das engt doch die Heuhaufen enorm ein. Hier düngt fast jeder oder fährt zumindest Gülle aus.«

Werner schüttelte seufzend den Kopf.

»Es sollte mich ja eigentlich nicht mehr überraschen, dass Sie Ihre Finger nicht davonlassen konnten.« Er seufzte wieder und stand auf. »Jedenfalls würden Sie sich wundern, wie viele Bauern wegen der staatlichen Förderprogramme nicht mehr düngen. Das haben wir natürlich auch recherchiert, aber wir können ja nicht jeden Biobauern befragen.«

»Ich hör mich mal ein bisschen um«, versprach sie, nun auch im Gehen begriffen.

Er nahm sie am Arm.

»Nein, das tun Sie nicht! Habe ich mich nicht deutlich genug ausgedrückt? Das hier ist kein Spiel. Es ist gefährlich!« Er schaute ihr regelrecht grimmig in die Augen.

»Ich sehe im Moment Kristin Apis in Gefahr«, erwiderte sie und machte sich los. »Sie tun, was Sie tun müssen, ich tue, was ich tun muss.«

78. Kapitel

»Geht es Ihnen nicht gut?«, fragte Alex besorgt.

Sie hatte Leni eine Weile beobachtet. Leni stand am Herd und schenkte Kaffee ein, aber ihre Bewegungen wirkten fahrig. Schon als sie die Tür geöffnet hatte, waren ihr die Veränderungen aufgefallen. Die alte Dame wirkte blass, ihre Augen waren glanzlos und hatte sie nicht sogar ein bisschen Gewicht verloren? Ihre drahtigen Haare standen zerzaust ab, das Kopftuch saß etwas schief und die Kittelschürze wies einige Flecken auf.

Leni stellte die Kaffeebecher auf den Tisch und ließ sich mit einem Seufzer nieder.

»Es ist nichts. Ich habe nur ein bisschen Kreislaufprobleme«, bekannte sie.

»Waren Sie beim Arzt?«, erkundigte sich Alex.

Leni lächelte.

»Das ist nicht nötig. Ich weiß, was mir fehlt«, sagt sie. »Ich hatte schon immer ein bisschen mit niedrigem Blutdruck zu kämpfen. Da kann man nicht viel machen.«

»Haben Sie Sekt im Haus?«

»Das soll helfen?«, fragte Leni zurück.

»Ja, morgens ein kleines Gläschen Sekt soll helfen.«

»Und danach fahr ich leicht angetüdelt zu den Schafen, ja?«

Alex dachte an die Schilderungen der Hilgers über Lenis ohnehin etwas waghalsigen Fahrstil und musste zugeben, dass das vielleicht keine so gute Idee war.

»Starker Kaffee hilft jedenfalls auch. Soll ich mal in meinen Kräuterbüchern stöbern? Da gibt es bestimmt etwas auf pflanzlicher Basis.«

»Machen Sie das.« Leni lächelte.

»Niedriger Blutdruck ist an sich nicht gefährlich …«, begann Alex wieder und sah Leni an.

»Aber in meinem Alter kann er zu Stürzen führen, und so ein Sturz kann schnell das Ende bedeuten. Das wollten Sie doch sagen, oder irre ich mich?«

»Ja«, gab Alex zu.

»Machen Sie sich keine Sorgen um mich! Sie sind wirklich lieb, Alex. Aber noch bin ich nicht so weit, dass man sich um mich kümmern muss.«

Sie nahm einen Schluck von ihrem Kaffee und zeigte auf das Brot. »Es gibt trotzdem selbstgebackenes Brot.«

»Die Familie von Rudolf Krämer …«, sagte Alex nach einer Weile, in der sich beide dem Brot und der leckeren, natürlich selbstgemachten Marmelade gewidmet hatten, »Das ist doch ein Biohof …«

»Warum fragen Sie, Sie waren doch selbst dort?«

»Rudolf Krämer war mit Heu bedeckt, als sie ihn gefunden haben und das Heu stammt aus biologischem Anbau. Und der Sohn führt einen Biohof.«

»Ich habe Ihnen doch schon gesagt, dass er als Täter nicht in Frage kommt.«

»Ja, das habe ich auch nicht gemeint. Aber soweit ich weiß, fahren alle Bauern in Loogh Gülle aus. Und das Heu kommt von einer ungedüngten Wiese. Und da dachte ich«, sie stammelte ein wenig. » Die kennen sich doch untereinander, die Biobauern. Vielleicht kann er mir sagen, wer hier in der Gegend noch einen Biohof hat.«

»Alex, Sie lügen ausgesprochen schlecht. Was ja durchaus für Sie spricht, Sie sind es wohl nicht so gewohnt. Tatsächlich dachten Sie, dass Sie an dieser Stelle noch einmal nachbohren könnten.«

Alex wurde rot und nickte.

»Ich habe doch schon gesagt, dass es niemand aus Rudolfs Familie sein kann.« Leni lächelte und Alex nahm erleichtert zur Kenntnis, dass sie ihr offensichtlich nicht böse war.

»Warum erkundigen Sie sich überhaupt? Es stand doch in der Zeitung, dass es eine Festnahme gab.«

»Es gibt da wohl Zweifel«, antwortete Alex vage.

79. Kapitel

»Alex, du hast das Mittagessen verpasst.« Jakob Hilgers drehte sich im Auto nach hinten und sagte dies mit der Selbstverständlichkeit und dem leicht tadelnden Tonfall, der normalerweise Familienmitgliedern zukam, die nicht ganz spurten.

»Macht nichts«, fuhr er fort. »Mariechen wird dir was warm machen.«

Alex war die »große Runde« gelaufen. Von Lenis Haus in Niederehe zum Wasserfall, von dort zur Kerpener Burg. Auf dem Rückweg nach Loogh war sie auf dem kurzen Straßenstück, hinter der Brücke in Kerpen bis zum Trampelpfad in den Wald, von den Hilgers aufgegabelt worden. Daniel und Jakob waren Tanken gewesen und hatten sich in Berndorf einen Kirschbaum angesehen, den es beim Sturm erwischt hatte und der nun drohte, auf die Hauptstraße zu fallen. Der Besitzer hatte sie gebeten den Baum zu fällen und sie hatten sich schon einmal einen Überblick verschafft.

All das erfuhr sie auf der kurzen Fahrt nach Loogh und während sie sich erfolglos dagegen wehrte, dass Marie ihr das Mittagessen aufwärmte.

»Ich mach mir ein bisschen Sorgen um Leni«, sagte sie, nachdem sie ihren Teller brav geleert und zur Seite geschoben hatte. »Ich glaube, sie ist gesundheitlich nicht so ganz auf der Höhe. Gibt es eigentlich keine Angehörigen in der Nähe?«

»Da gibt es nur noch den Klaus«, sagte Jakob. »Aber der kann sich nicht um sie kümmern, wenn es etwas Ernstes ist.« Er schwieg.

Nach einer Weile bohrte Alex nach. »Was ist mit diesem Klaus, wohnt er zu weit weg?«

»Nein, er wohnt in Köln. Das ist nicht das Problem.«

Okay, es gab also ein anderes Problem und heute musste man Jakob anscheinend die Würmer aus der Nase ziehen. Sie wartete.

»Der Klaus ist nicht ganz richtig im Kopf«, sagte Marie nach einer Weile. »Nicht wirklich behindert, aber sehr, sehr langsam.«

Und weil Jakob sich seine Rolle als Erzähler doch nicht nehmen lassen wollte, wurde Alex an diesem Sonntagnachmittag in eine Eifel entführt, wie Jakob sie als kleiner Junge erlebt hatte. Und mit ihm ein anderer kleiner und vom Schicksal weniger begünstigter Junge, etwa im gleichen Alter. Eine Eifel, in der die gefällten Baumstämme noch mit Rückepferden aus dem Wald gezogen und mit Holzkarren und Pferden nach Kerpen transportiert wurden, um von dort mit der Eisenbahn ins Ruhrgebiet zu gelangen. Eine Bahnstrecke, die inzwischen stillgelegt und in weiten Teilen zum Radweg umfunktioniert worden war. Die imposanten Kaltblüter wurden aus respektvoller Entfernung von zwei kleinen Jungen bewundert, die gelegentlich auf dem Kutschbock eines solchen Holzwagens neben Jakobs Onkel mitfahren durften, während die Pferde sich ihren Weg durch den hohen Schnee erkämpften.

Klaus, der andere kleine Junge, hatte im Alter von zwei Jahren beide Eltern bei einem Autounfall verloren. Das war damals vermutlich gar keine so häufige Todesursache und umso tragischer, als die Betroffenen erst Mitte zwanzig und relativ frisch verheiratet waren und wahrscheinlich eine glänzende Zukunft gehabt hätten, wenn dieser eine Lastwagen den kleinen VW-Käfer nicht übersehen hätte. Jakob konnte sich natürlich nicht mehr an das Auto erinnern, aber Leni hatte es später beschrieben. Es war ein orangefarbener VW-Käfer mit Lammfell auf den Vordersitzen, mit dem ihre ältere Schwester und ihr Schwager regelmäßig von Köln in die Eifel gefahren waren. Der kleine Klaus hatte den Unfall auf der Rückbank wie durch ein Wunder fast unverletzt überstanden.

Jakob war ein begnadeter Erzähler, aber er verlangte seinen Zuhörern einiges an Mitdenken und Kombinieren ab, um den nicht immer chronologischen Geschichten zu folgen. Inzwischen waren alle auf den Hof umgezogen, saßen in der Sonne und genossen den einzigen freien Tag der Woche. Sonntags wurde nie gearbeitet, das war ein Prinzip. Die einzige Ausnahme machte Marie, für die diese Regelung nicht wirklich galt. Aber nachdem sie mit Alex' Hilfe ihre »Män« mit Kaffee und Kuchen versorgt hatte, konnte auch sie sich entspannt zurücklehnen und den Erzählungen ihres Mannes lauschen.

Lenis etwa acht Jahre ältere Schwester hatte nach Köln geheiratet. Einen netten jungen Mann, mit abgeschlossenem Studium, der vermutlich ein kleines bisschen aufmüpfig war. Denn trotz glänzender Karriereaussichten bei den Kölner Ford-Werken wollte er sich nicht von seinem orangefarbenen Käfer trennen, einem Auto der Konkurrenz. Das Glück des jungen Paares blieb nicht lange ungetrübt. Nach einer ohnehin recht kompliziert verlaufenden Schwangerschaft kam der kleine Klaus krank zur Welt. Schon früh wurde Epilepsie diagnostiziert. Zum Glück hatten die Eltern, da der Vater des Mannes aus betuchtem Hause stammte, dem kleinen Kerlchen einen ansehnlichen Geldbetrag hinterlassen, so dass zumindest keine finanziellen Probleme bei der aufwendigen medizinischen Versorgung und Pflege entstanden, als er nach dem Tod der Eltern im Alter von zwei Jahren zu den Großeltern und der damals 15-jährigen Leni kam. Leni war für ihn gleichzeitig Tante und so etwas wie eine große Schwester. Sie war seine Beschützerin und ist es bis heute geblieben. Klaus entwickelte sich zu einem großen, sehr lieben Gemütsmenschen, der zwar nie eine Ausbildung machen konnte, aber zuverlässig alle Aufgaben erledigte, die man ihm zuvor langsam und genau erklärt hatte. Für seine Tante ging er durchs Feuer. Irgendwann in seinen Zwanzigern hatte er eine Arbeitsstelle als Küchenhilfe in einem Altenheim in Köln gefunden, beziehungsweise, vermutlich hatte Leni sie ihm besorgt, ergänzte Jakob. Er, also Jakob, habe das nie ganz verstehen können, aber Leni meinte, dass die Fördermöglichkeiten und die medizinische Versorgung damals in Köln besser gewesen wären als das, was sie ihm hier in der Eifel hätte bieten können. Und für ihn sei es wichtig gewesen, eine Arbeit zu haben, bei der er Anerkennung erfuhr und nicht wie ein zurückgebliebener Idiot behandelt wurde. Jakob äußerte zwar seine Zweifel an dieser Entscheidung, musste aber zugeben, dass der Erfolg ihr Recht zu geben schien. Klaus hatte einen guten Draht zu den alten Menschen und er liebte die Arbeit in der Küche. Seine freien Tage und sämtliche Urlaubszeiten verbrachte er weiterhin in Niederehe bei Leni und die beiden waren unzertrennlich. Klaus nutzte diese Zeiten, um Leni alle anstrengenden Arbeiten abzunehmen. Die beiden unternahmen auch viel zusammen, bis zu ihrer Pensionierung hatte Leni noch ein Auto. Sie fuhren gerne in Tierparks. Klaus liebt Tiere. Und ihm hatte sie auch immer eine ziemliche Anzahl von Vierbeinern zu verdanken, die irgendwo gerettet werden mussten. Mittlerweile war auch Klaus in den Ruhestand getreten und verbrachte seine Zeit zu etwa gleichen Teilen bei Leni und in einer Einrichtung für betreutes Wohnen in Köln.

»Wo steckt Klaus eigentlich?«, fragte Jakob am Ende seiner Erzählungen in die Runde und runzelte die Stirn. »Er war doch aus Köln gekommen, um Leni beim Holzmachen zu helfen, und dann rief Leni trotzdem an, weil sie Holz brauchte.«

Niemand antwortete und die Jungs zuckten mit den Schultern.

»Ich hab die beiden kurz vor der Holzlieferung noch gesehen«, sagte Marie und lächelte. »Leni ist mit ihrem Trecker mit quietschenden Reifen hier durchs Dorf gefahren und der große Klaus hat schon ein bisschen komisch ausgesehen, wie er sich da auf den kleinen Notsitz gequetscht hat.«

Alle lachten, und obwohl Alex Lenis Neffen noch nicht kennengelernt hatte, konnte sie sich diese Fahrt bildlich vorstellen. Der winzige Seitensitz, der große Mann. Sie räkelte sich wohlig in der Sonne, hatte sich ausgetobt, die Wut war verraucht und es wurde gelacht.

80. Kapitel

»Chef, du hast Besuch. Ein Sebastian Heinen«, tönte Sven Paulsen von der Bürotür, die er nach kurzem Klopfen einen Spalt geöffnet hatte.

Leo Werner ließ die Hand sinken, die gerade nach dem Telefonhörer greifen wollte. Seit über einer Woche hatten die Wittlicher Altenkemper nun schon in Gewahrsam und man hörte nichts. Er hatte sich gerade überlegt seine Quelle in Wittlich anzuzapfen, aber jetzt wurde seine Aufmerksamkeit offensichtlich für etwas anderes gefordert.

»Immer hinein«, gab er zurück und Sven Paulsen trat zur Seite, um einen großen Blonden in Motorradkluft vorbeizulassen.

Leo stand auf und ging mit ausgestreckter Hand auf den jungen Mann zu.

»Hauptkommissar Werner. Ich freu mich, dass Sie gekommen sind.«

Nach den Erzählungen von Alex Cameron am gestrigen Sonntag war es für ihn ein Leichtes gewesen, den Namen des Helden herauszufinden, der Kristin Apis gerettet hatte. So viele Verurteilungen wegen Notwehr in Exzess gab es in der Region nicht. Aber er hatte abgewartet und nicht seinerseits die Initiative ergriffen.

»Sebastian Heinen«, sagte sein Besucher. »Ich bin hier, um eine Zeugenaussage zu machen.«

»Ja?«, fragte Werner zunächst abwartend. Er lächelte und deutete mit der rechten Hand auf die kleine Besprechungsecke. »Da ist es gemütlicher«, sagte er. »Möchten Sie einen Kaffee oder etwas anderes trinken?«

Der Besucher winkte ab. »Danke. Darf ich?«

Er deutete auf seinen Motorradhelm und legte ihn, gefolgt von einer schweren Lederjacke, auf einen der leeren Stühle, nachdem Werner mit einem Nicken sein Einverständnis signalisiert hatte.

»Ich bin wegen Kristin Apis hier«, begann er ohne Umschweife, nachdem er nun auf einem anderen der Stühle Werner gegenübersaß. »So heißt sie jedenfalls, glaube ich.«

»Der Vorfall mit dem Pferd«, nickte Werner. »Ich bin hocherfreut, dass Sie gekommen sind.«

»Ich eher weniger«, erwiderte er. »So viel Vertrauen habe ich nicht in unser Rechtsystem.«

»Das ist mir schon zugetragen worden«, lächelte Werner. »Haben Sie mit Alex Cameron gesprochen?«

»Nein … Sollte ich sie kennen?«, kam es verwirrt zurück.

»Nein, nein, alles in Ordnung.« Der junge Mann war also aus freien Stücken gekommen. Respekt.

»Ich kam zufällig mit meinem Motorrad vorbei und habe gesehen, wie ein Mann versucht hat, eine Frau zu vergewaltigen. Ich habe den Täter bewusstlos geschlagen und nun …, weil ich deswegen schon einmal verurteilt wurde, wollte ich eigentlich nicht aussagen. Aber die Sache lässt mir keine Ruhe. Ich vermute, dass ich als Zeuge gebraucht werde, weil es sonst keine Zeugen gibt. Ist das richtig?«

»Das ist absolut richtig«, bestätigte Werner. »Erzählen Sie einfach. Stört es Sie, wenn ich ein Aufnahmegerät mitlaufen lasse, dann spare ich mir die Notizen?«

Der Motorradfahrer nickte und kurz darauf hatte Werner das Gerät gestartet und die üblichen Personalien aufgenommen.

»Erzählen Sie, was Sie beobachtet haben.«

»Einen Überfall auf eine Frau am letzten Freitag und es sah verdammt aus, als ob der Typ sie vergewaltigen wollte.«

Werner nickte und Sebastian Heinen erzählte, in welcher Situation er Kristin Apis gefunden hatte, nachdem ihm bei einer Feierabendmotorradtour durch die Felder zunächst ein reiterloses Pferd entgegengekommen war.

Er habe sich Sorgen gemacht und den Reiter gesucht. Die Konstellation, die er vorfand, war eindeutig – hier versuchte ein Mann eine Frau zu vergewaltigen. Er habe den Täter von der am Boden liegenden Frau weggerissen und ihm eine getunkt, wie er es ausdrückte. Das hatte allerdings zur sofortigen Bewusstlosigkeit des Mannes geführt.

Werner musste sich ein Grinsen verkneifen. Sebastian Heinen sah äußerst durchtrainiert aus und nach einer gezielten Rechten mit diesen Pranken musste der Hänfling Blattschke regelrecht abgehoben haben.

Sebastian Heinen schloss seine Ausführungen leicht resigniert. »Ich nehme an, ich bekomme jetzt eine Anzeige wegen Körperverletzung?«

Werner nickte. »Der Mann hat schon Anzeige gegen Unbekannt erstattet. Aber da wird sicher nichts draus, da brauchen Sie sich keine Sorgen zu machen. Zum einen ist ihm kaum etwas passiert, was man so hört, und zum anderen haben Sie sich ja gerade freiwillig selbst angezeigt. Aber Sie haben dem Opfer sehr geholfen, denn jetzt steht nicht mehr Aussage gegen Aussage und wir können uns berechtigte Hoffnungen machen, dass es zu einer Verurteilung wegen Körperverletzung und versuchter Vergewaltigung kommt.«

»Ihr Wort in Gottes Ohr«, stöhnte der junge Mann. »Bei meiner Vorgeschichte …«

»Ja, sozusagen ein Wiederholungs-Retter.« Werner lächelte.

»Sie wissen?«

»Ich weiß.«

Jetzt lächelte auch Sebastian.

»Ich hoffe Sie finden das jetzt nicht überheblich«, sagte Leo Werner, als er Sebastian Heinen zur Tür begleitete und ihm eine Hand auf die Schulter legte, »aber … ich bin stolz auf Sie. Vielleicht ist Ihnen nicht ganz bewusst, wie viel Kraft in Ihnen steckt und Sie könnten bei der nächsten Rettungsaktion versuchen, nicht ganz so hart zuzuschlagen, aber Ihre Zivilcourage beeindruckt mich.«

Sebastian grinste und wirkte sichtlich erleichtert, als er nach einem kurzen Nicken das Büro verließ.

Leo Werner hingegen verzog das Gesicht grimmig, als die Tür ins Schloss fiel. »Jetzt haben wir dich«, rief er laut in den leeren Raum, griff zum Telefon und beorderte Sven und Katja direkt in sein Büro.

81. Kapitel

Blattschke war am Montag aus dem Krankenhaus entlassen worden und spielte seitdem wenig überzeugend das Opfer. Seit Dienstag schleppte er sich mit schweren Schritten und gebeugter Haltung durch das Dorf und ließ alle, die es nicht kümmerte, durch Gestik und Mimik wissen, wie übel man ihm mitgespielt hatte. Und Leute, die es kümmerte, gab es nicht. Das Dorf hatte sich nach anfänglicher Skepsis eine Meinung gebildet. Man ließ ihn reden und dachte sich seinen Teil. Zudem rief es Erstaunen hervor, dass er in seinem »Zustand« jetzt meistens den Hund ausführte, während sich vorher vornehmlich Frau Blattschke um den Hund gekümmert hatte. Man kam übereinstimmend zu der Auffassung, dass er sein »Leiden« zur Schau stellen wollte, aus erster Hand sozusagen, statt das Dorf nur durch die Erzählungen seiner Frau zu informieren.

Max telefonierte jeden Tag mit Kristin und überredete sie, an ihrem ursprünglichen Plan festzuhalten, drei der Pferde nach Loogh zu bringen. Kristin bekam in dieser Woche häufig Besuch, Sympathiebekundungen nach Eifler Art. Einer der ortsansässigen Jäger hielt in seinem Geländewagen und erklärte ihr mit breitem Grinsen, dass es für ihr kleines Problem doch saubere Lösungen gäbe. »Da gibt es Jungs in Köln, die kümmern sich um so etwas. Kostet um die 500 Euro, das ist ja nicht die Welt. Die gehen sauber rein, liefern eine saubere Arbeit ab, bis hin zur sauberen Entsorgung.

Die »saubere« Lösung machte die Runde und sorgte für Erheiterung.

Blattschke beobachtete das lebhafte Treiben vor ihrem Haus meist grimmig vom Zaun oder vom Balkon aus, bemühte sich, weiter schmerzerfüllt und kränklich auszusehen und enthielt sich jeder Beleidigung. Auch wenn er sie weiterhin beobachtete, war die Ruhe vor obszönen Beschimpfungen seinerseits sehr wohltuend. Seine Frau bekam Kristin in diesen Tagen überhaupt nicht zu Gesicht, vermutlich war sie mit der Pflege ihres leidenden Mannes beschäftigt. Zwischendurch hielten die Hilgers immer wieder an, gaben ihr Tipps, wo sie ihr Heu für den nächsten Winter herbekommen könnte, besorgten ihr zwei Wasserfässer samt Wasserwagen und waren einfach für sie da. Die Besuche gaben ihr ein sehr warmes Gefühl, das sich wie ein schützender Mantel um sie legte. Das schöne Wetter trug dazu bei, dass Kristin langsam wieder Vertrauen fasste und das Leben nicht mehr so bedrohlich und freudlos erschien. Als sie nach dem langen Ritt mit drei Pferden am Freitagnachmittag zu Hause ankam, wurde sie von Alex, Fred und Max mit Sekt empfangen. Sie sahen sie das erste Mal wieder lachen, als sie beobachteten, wie die Pferde in übermütigen Galoppsprüngen ihr neues Territorium eroberten.

Fred beobachtete mit etwas Sorge, dass Alex sich oft zurückzog. Sie hatte am Freitagvormittag eine lange Wanderung unternommen und war entgegen ihrer Art auch am Nachmittag bei der Ankunft der Pferde kaum gesprächig. Die Tatsache, dass sie am Freitagabend trotz ihrer Bräune blass aussah, machte ihre Geschichte von Kopfschmerzen umso glaubwürdiger. Sie musste einen sichtlich enttäuschten Arion fast zwingen, mit den anderen Essen zu gehen.

82. Kapitel

Dunkel war es und es roch muffig. Warum riecht es in einem neuen Haus muffig, ging ihr durch den Kopf. Sie war durch die Kelleraußentür eingestiegen und hatte darauf verzichtet das Licht einzuschalten, weil sie befürchtete, dass es von außen gesehen werden könnte. Irgendjemand in diesem Dorf würde es bestimmt bemerken, sie bemerkten immer alles. Alex hatte sich bei der Ankunft der Pferde einen möglichst genauen Überblick über den nachbarlichen Garten verschafft, und zu ihrem eigenen Erstaunen war es ihr tatsächlich gelungen, die Kellertreppe zu erreichen, ohne einen der Bewegungsmelder auszulösen.

Weiße Kacheln. Sie würde Fußspuren hinterlassen. Sie zog ihre Sportschuhe aus, stopfte sie mit einer Plastiktüte in ihren Rucksack, wischte zwei Fußabdrücke vor der Kellertür mit einem Papiertuch weg und schlich auf Strümpfen weiter. Der Lichtkegel ihrer Taschenlampe erfasste zwei Fahrräder, die ordentlich auf Ständern nebeneinander an der Wand standen. Daneben ein Rasenmäher, der Auffangkorb war gereinigt worden. Auf einem Regal standen diverse Gartenutensilien und in einem grünen Geräteständer, den sie von einem ihrer letzten Einkäufe im Hillesheimer Supermarkt wiedererkannte, waren Spaten, Rechen, Harke und Besen ordentlich nebeneinander aufgereiht. Alle gesäubert. Die Kisten mit den alten Flaschen passten nicht so recht ins Bild. Schnapsflaschen, alles billiges Zeug, Weinbrand und diverse andere Schnäpse aus dem Discounter. Sie türmten sich hoch, vermischt mit einigen Plastikwasserflaschen, in mehreren Klappboxen. Sie öffnete die einzige Tür vor sich, die diesen Vorraum mit dem Rest des Kellers verband. Geradeaus führte eine Treppe nach oben in das Wohnhaus, rechts und links gingen weitere Türen ab. Sie öffnete die linke.

Die Waschküche. Waschmaschine, Trockner, gestapelte Wäschekörbe, sortiert, so wie es aussah, nach Bügelwäsche und in den anderen Körben nach Farben. »Menschen, die im Kopf ein großes Durcheinander haben, versuchen das durch äußere Ordnung zu kompensieren«, hatte ein Freund einmal gesagt. Hier würde sie nicht finden, was sie suchte. Sorgfältig schloss sie die Tür und verfluchte die Einweghandschuhe, die sie trug, um keine Fingerabdrücke zu hinterlassen. Ihre Hände schwitzten darunter. Die langen Haare hatte sie zu einem engen Knoten zusammengebunden und unter eine Motorradmütze gestopft, die auch ihr Gesicht bis auf die Augen bedeckte. Sicher ist sicher, hatte sie sich gedacht. Weder wollte sie riskieren, Haare zu verlieren, noch ihr Konterfei auf einer Überwachungsaufnahme zu präsentieren, und so hatte sie in dieser Woche noch einen Motorradladen in Köln aufgesucht. Jetzt fühlte sie sich allerdings sehr beengt und war versucht, sie herunterzureißen.

Das Herz klopfte ihr bis zum Hals und die Taschenlampe zitterte leicht. Ich habe ganz viel Zeit, versuchte sie sich zu beruhigen. Vom Wald bis zum Garten hatte sie fünf Minuten gebraucht, bis zum Keller etwa zwanzig. Das bedeutete, dass sie noch mindestens zwei Stunden Zeit hatte. Sie brach nicht gerade jeden Tag in fremde Häuser ein, aber es war leichter gewesen, als sie befürchtet hatte. Der Trick mit der Kreditkarte hatte tatsächlich funktioniert, zumindest bei der Kellertür, die nach hinten hinausführte. Vom Wald aus hatte sie durchs Fernglas beobachtet, wie Blattschke mit seiner Frau und dem Hund weggefahren war, um essen zu gehen, wie jeden Freitagabend, ob krank oder nicht. Oder vielleicht gerade deshalb. Wahrscheinlich hatte er dort ein größeres Publikum für seine Leidensgeschichte und die Nachbarin mit den Auftragskillern. Das Dorf lag wochenendlich still da. In einigen der Holzhäuser auf der linken Seite hatte sie den bläulichen Schimmer eines Fernsehers erkennen können. Es war zwar noch nicht ganz dunkel gewesen, als sie blitzschnell vom Feldweg abbog und mit einem Satz über Blattschkes Gartenzaun sprang, aber es dämmerte schon.

An der Rückwand des nächsten Kellerraums stand eine Werkbank, über der ein Gitter befestigt war, an dem Werkzeug und ein Kasten mit durchsichtigen Schubladen für Schrauben, Nägel und andere Kleinteile hingen. Dieser Raum schien kein Fenster zu haben, nur einen Lüftungsschacht. Sie schloss die Tür, schaltete das Licht ein und wurde kurz darauf fündig. Auf der Werkbank lag ein V-Fräser mit mehreren Schneiden. Der Fräser schien gründlich gereinigt worden zu sein, aber vielleicht hatte sie ja Glück. Genau so ein Werkzeug hatte sie sich vorgestellt. Mit so etwas könnte er die Augen der Katze ausgebohrt haben. Was auch immer er benutzt hatte, es musste rundum scharf sein, denn die Knochenränder um die Augen herum waren gleichmäßig abgeschabt, aber nicht ausgefranst. Der Fräser verschwand in einem mitgebrachten Gefrierbeutel in ihrem Rucksack, und sie beschloss, nachdem sie sich alle anderen Werkzeuge genau angesehen hatte, dass nichts anderes in Frage kam. Wenn er es wirklich so gemacht hatte, musste es eine Riesensauerei gewesen sein. Sie kratzte noch ein paar dunkle Flecken von der Werkbank und ließ die Proben ebenfalls in einer Tüte verschwinden.

Neben dem Arbeitstisch lehnte ein zerlegter Käfig. In so einem Käfig könnte er die Katze gehalten haben, aber auch eine gründliche Untersuchung ergab nicht das geringste Katzenhaar oder andere Hinweise. Der

Käfig hatte mindestens einen Meter Grundfläche, und sie konnte ihn unmöglich aus dem Keller schaffen. Schweren Herzens ließ sie ihn stehen. Auf einem Metallregal an der rechten Wand standen fein säuberlich aufgereihte Kisten mit Aufschriften wie Weihnachtsdekoration, Osterdekoration, Sommerschuhe und so weiter. Daneben Rasendünger, Rosendünger, Grassamen, Schneckenkorn, Round-up, Insektenspray und Rattengift.

Rattengift, da haben wir es ja, dachte sie. Sie hatte die Katze seziert, Proben an einen befreundeten Forensiker geschickt und sah sich in ihrer Annahme bestätigt. Die Katze war nicht verhungert, so schnell ging das nicht. Sie war mit Rattengift vergiftet worden. Warum er ihr dann noch die Augen ausgefräst hatte, war ihr nicht klar. Vielleicht, weil es so viel schrecklicher und schockierender aussah, oder vielleicht hatte es seinem kranken Hirn einfach Spaß gemacht?

Sie fotografierte den Keller noch schnell von allen Seiten und fühlte sich wieder durch die Handschuhe und die Mütze gestört. Nachdem sie die Kellertür wieder hinter sich geschlossen hatte, stand sie enttäuscht und unentschlossen vor der Kellertreppe. Das ganze Risiko für einen sauberen Fräser, an dem wahrscheinlich keine Spuren zu finden sein würden, und eine angebrochene Packung Rattengift, die es wahrscheinlich in jedem zweiten Keller gab. Wobei … Mäuse waren in der Eifel eine echte Plage, Ratten hatte sie noch nie gesehen. War es wirklich üblich, Rattengift im Haus zu haben?

Ihre Neugier siegte. Sie hatte es nicht geplant, aber wenn sie schon einmal drinnen war, konnte sie sich ja auch den Rest des Hauses ansehen. Während sie die Treppe hinaufschlich, ging ihr durch den Kopf, wie oft sie in Filmen geschimpft hatte, wenn die Heldin ein völlig unnötiges Risiko einging, und für wie unglaubwürdig sie das hielt. Sie zuckte mit den Schultern. Hier bestand kein Risiko, sie hatte noch reichlich Zeit.

Das Haus besaß eine offene Architektur. Wie der Keller war auch die gesamte obere Etage weiß gekachelt, und hatte das Flair einer Klinik aus den sechziger Jahren. Dem Haus ging jegliche, auch nur ansatzweise, Gemütlichkeit ab.

Die Kellertreppe führte ohne Tür in einen großen Flur, der ebenfalls offen in ein Wohnzimmer überging, das sich über die ganze hintere Hausseite erstreckte. Rechts führte eine weitere Treppe ins Obergeschoss, direkt über der Kellertreppe. Gegenüber lag eine verschlossene Tür. Ein kurzer Blick verriet ihr, dass sich hier die Küche befand. Schnell huschte sie auf die andere Seite, zurück zur rettenden Kellertreppe. Daneben stand eine Tür weit offen und gab den Blick auf einen Schreibtisch und ein Notebook frei. Sein Schreibtisch stand am Fenster auf Kristins Seite. So saß er also immer, mit Blick auf Kristin, wenn er seine Anzeigen schrieb. Fein säuberlich stapelten sich auf dem Schreibtisch verschiedene Gesetzbücher und juristische Broschüren. Oben auf las sie ›Nachbarschaftsrecht‹.

Die Versuchung, das Gerät einzuschalten, war groß, aber diesmal siegte die Vernunft. Sie würde viel zu lange brauchen, um sich darin zurechtzufinden, und gleich rechts vom Arbeitszimmer führte ein kleiner Windfang zur Haustür. Sie würde also wie auf dem Präsentierteller sitzen, wenn sie die Rückkehr der Blattschkes nicht rechtzeitig bemerkte. Einen Stick hatte sie auch nicht dabei, um sich interessante Dokumente zu kopieren. Es wäre also sinnlos, selbst wenn sie etwas finden würde. Sie seufzte und beschloss, wenigstens einen Blick in die oberen Zimmer zu werfen.

Die Blattschkes schienen getrennt zu schlafen. Dass es sich bei dem ersten der Räume, den sie betrat, um Frau Blattschkes Zimmer handeln musste, war eindeutig. Sie hatte tatsächlich einen rosa Baldachin über dem Bett. Überall rosa bis violette Rüschen und Kissen und im Schrank stapelweise weiße T-Shirts und große Schlabberhosen. Überraschenderweise hing hier auch ein fast bodenlanger Pelzmantel, den Alex nicht zuordnen konnte. Sorgfältig schloss sie den Schrank wieder und sah sich noch einmal um. Keine Bücher. Auch im Arbeitszimmer hatte sie nur Gesetzbücher gesehen. Was machten die nur den ganzen Tag?

In dem Moment als sie die Tür zum nächsten Schlafzimmer öffnete, gingen im ganzen Haus die Lichter an. Sie hatte kein Auto vorfahren hören, und hätte noch reichlich Zeit haben sollen, aber von unten waren eindeutig Stimmen zu hören. Der Hund bellte aufgeregt, winselte und schien die Treppe hinauflaufen zu wollen. Er wurde scharf zurechtgewiesen.

»Ich zeige die an! Alle! Das ist Freiheitsberaubung, versuchte Körperverletzung! Beleidigung! Tierquälerei!«

Eine Jalousie wurde hinuntergelassen, während sie sich zitternd an die Wand drückte. Die Zimmertür hatte sie einen Spalt offengelassen.

»Halt endlich die Schnauze! Verdammte Töle!«, schrie Blattschke jetzt den Hund an.

»Er ist nur aufgeregt«, verteidigte Frau Blattschke ihn. »Wenn du in der Kneipe dein Maul gehalten hättest, hätte er sich nicht so aufregen müssen. Nicht wahr, Arnochen? Wir gehen gleich mal Gassi, dann geht's dir wieder besser.«

»Ich werde den Proleten hier zeigen, wo es lang geht! Die werden mich noch kennenlernen, aber so richtig, bevor wir in den Süden ziehen und dieses Kaff hinter uns lassen!«

Der Fernseher wurde eingeschaltet, aber das Gebrüll von unten war so laut, dass Alex die Worte trotz der zusätzlichen Geräuschkulisse gut verstehen konnte.

»Nimm endlich den Köter raus! Danach kannst du was zu Essen kochen. Oder glaubst du, ich will heute ohne auskommen? Wo ist denn … wo zum Teufel hast du den Schnaps wieder hingetan?«

»Mach dir dein Essen doch selbst!«, schrie sie zurück. »Mir ist der Appetit vergangen. Was glaubst du, wer ich bin? Deine Haushälterin? Und deinen Fusel, den hast du gestern ausgesoffen, wie immer!«

»Was glaube ich, was du bist?«, schrie er zurück. »Das kann ich dir sagen …, eine fette Wachtel, mit der ich mich in der Öffentlichkeit sehen lassen muss! Eine Hure, die mich lächerlich macht! Eine Schlampe, die glaubt, mich mit Geld kontrollieren zu können. Eine alte …«

Der Rest der Worte ging unter, als eine weitere Jalousie heruntergelassen wurde, kurz darauf noch eine. Der Hund bellte und knurrte aufgeregt weiter.

»Und was ist das hier? Remy Martin, die Edelmarke der Dame!«, sagte er höhnisch.

»Wage es bloß nicht, da dran zu gehen«, erwiderte sie nun etwas leiser, drohend.

»Ach, soll ich nicht?« Ein hässliches Lachen ertönte, gefolgt von einem Klirren, als eine Flasche an die Wand geworfen wurde.

Alex überlegte fieberhaft. Sie beschloss die Taschenlampe kurz einzuschalten und sich im Zimmer umzusehen. Dann zog sie sich leise von der Tür zurück.

»Das wirst du bereuen!«

»Ach ja? Das hier auch?« Ein weiterer Glasgegenstand klirrte gegen die Wand.

»Nimm endlich den Scheißköter raus!«, brüllte er jetzt außer sich.

Frau Blattschke kreischte in höchsten Tönen zurück. »Zuerst ziehe ich die Jalousien zu! Und wenn ich eine fette Wachtel bin, was bist du? Ein armseliges Würmchen, das ich aus einer armseligen Zweizimmerhinterhofwohnung gerettet habe. Ein Schlappschwanz, der hinter jungen Huren her giert, die sich totlachen würden, wenn sie wüssten, dass mit dem schlappen Schwänzchen seit

Jahren nichts mehr los ist. Glaubst du, ich weiß nicht, warum du dich für die Schlampe von nebenan interessierst? Hast du immer noch die Hoffnung, da rührt sich was in der Hose, wenn sie dich ansieht?«

Alex hielt die Luft an. Die war mutig. Sie hörte schwerfällige Schritte auf klackernden Schuhen die Treppe heraufkommen, während unten schon wieder ein Glas gegen die Wand knallte. Jetzt geriet sie fast in Panik. Ihren Rucksack hatte sie auf der Rückseite unters Bett gestopft, nun versuchte sie selbst darunter zu kriechen, aber es gab einen Widerstand. Irgendetwas befand sich bereits unter dem Bett. Kisten. Sie schaffte es, sie fast geräuschlos zur Seite zu schieben und drückte sich eng daran. Trotz der kalten Fliesen unter ihr, lief der Schweiß nur so an ihr herab.

Frau Blattschke ging zunächst ins Zimmer gegenüber.

»Halt endlich die Schnauze!« Unten jaulte der Hund auf, winselte, etwas fiel mit großem Getöse um.

»Lass den Hund in Ruhe!«, rief Frau Blattschke aus dem Flur, und die Schuhe entfernten sich wieder die Treppe hinunter, diesmal mit sehr schnellen Schritten.

»Wenn du dich noch einmal an dem Hund vergreifst, dann …«

»Ja, was denn dann?«, kam es spöttisch zurück.

»Arnochen, was hat er wieder gemacht, komm her zu mir. Herrchen meint das nicht so.«

»Und ob er das so meint, du Hure! Sieh zu, dass du dich verziehst, sonst vergess ich mich.« Ein weiteres Klirren ertönte, jedoch viel lauter und fast zeitgleich mit der Haustür, die mit einem lauten Knall zugeschlagen wurde.

Alex kroch unter dem Bett hervor und wartete noch einen Moment an der Tür. Das war ihre einzige Chance, hier heil rauszukommen, und sie würde nicht viel Zeit haben. Frau Blattschke würde sicher nur kurz um die Ecke gehen, um den Hund sein Geschäft verrichten zu lassen. Sie schlich die Treppe hinunter bis zum ersten Absatz und musste sich auf ihre Ohren verlassen. Er war im Wohnzimmer, rechts neben der Treppe. Sie musste über den offenen Flur zur Kellertreppe. Sie lugte um die Ecke. Er schien mit gebeugtem Rücken zu ihr in der hinteren Wohnzimmerecke in einem Schrank zu kramen. Flaschen fielen um.

Sie konnte sich später nie erklären, was sie geritten hatte, aber anstatt direkt die Kellertreppe hinunterzugehen, verschwand sie blitzschnell im Arbeitszimmer, stöpselte das Notebook aus und blickte an der Tür noch einmal kurz in seine Richtung. Er stand mit dem Rücken zu ihr, starrte auf den Fernseher, ein Schnapsglas in der Hand, eine halbvolle Flasche vor sich auf dem Tisch. Eine kleine Ecke musste sie überwinden, die Kellertreppe lag direkt neben dem Büro. Sie konnte nur beten, dass er sich nicht genau in diesem Moment umdrehen würde.

Auf der Kellertreppe hörte sie schon den Schlüssel im Schloss, der Hund stürmte die Kellertreppe hinunter und sie konnte gerade noch die Außentür vor seiner Nase schließen. Dank der Bewegungsmelder fand sie sich einige Sekunden später im Flutlicht. Sie rannte los, auf Socken, das Notebook unter den Arm geklemmt, kletterte mit einer Hand über den Zaun, wobei sich ihr Rucksack kurz verfing, und sprintete weiter den Wiesenweg hinauf. Erst oben im Wald traute sie sich anzuhalten, um hinter Büschen versteckt das Notebook zu verstauen und ihre Schuhe aus dem Rucksack zu holen.

Zuerst hockte sie eine Weile hinter den Büschen und beobachtete, ob noch jemand in den Garten kam. Das Nachtglas zitterte in ihren Händen und sie musste es immer wieder absetzen. Sie schlotterte vor Aufregung und Kälte am ganzen Körper, ihre Socken in den Schuhen waren nass von Tau und fühlten sich unangenehm an. Ein Fuß schmerzte, wahrscheinlich hatte sich ein Dorn durch die Socke gebohrt. Ihre Kleidung war verschmutzt und es gelang ihr nur mit Mühe die Handschuhe auszuziehen. Sie sah, wie Max Kristin nach Hause brachte und mit ihr ins Haus ging. Am Haus der Nachbarn rührte sich nichts. Es tauchte auch keine Polizei auf.

Als sie eine lange Zeit später humpelnd am Haus eintraf, war dort alles dunkel. Die Männer hatten wohl beschlossen, nicht länger auf sie zu warten. Sie zog sich im Flur aus, hinterließ mit ihren nassen und blutigen Füssen Abdrücke auf der Holztreppe, unterzog sich noch einer kurzen Katzenwäsche, zog einen langen Glassplitter, der ziemlich feststeckte, aus dem Fuß und verband den stark blutenden Fuß provisorisch. Danach tapste sie durch das dunkle Schafzimmer und kroch schnell unter die Bettdecke.

»Kann ich mich zu dir kuscheln?«, flüsterte sie.

Das Schnaufen verstummte für einen Moment, Fred murmelte etwas Unverständliches und zog die Bettdecke höher. Wenn er einmal schlief, schlief er, wahrscheinlich würde er nicht einmal merken, wenn das Haus über ihm einstürzte. Kurz darauf atmete er wieder in ruhigen Zügen und leises Schnaufen setzte erneut ein. Alex schmiegte sich an seinen breiten, warmen Rücken. Wenn nur das Zittern aufhören würde. Jetzt nur noch schlafen. Aber sie zitterte weiter am ganzen Körper und lag hellwach. Was würde sie mit ihren Funden machen? Würde Robert in der Forensik Spuren an dem Fräser oder den Werkbankproben finden und sie mit der toten Katze abgleichen können? Sie hoffte es.

Immer wieder gingen ihr die Szenen im Haus durch den Kopf. Ihre Gefühle, ihre Angst, der Streit der Blattschkes und dieses abgrundtiefe Unbehagen, das sie empfunden hatte. In der Höhle des Bösen … Erst in den frühen Morgenstunden gelang es ihr einzuschlafen.

83. Kapitel

Als Alex am Samstagmorgen spät zum Frühstück erschien, waren die Diskussionen bereits in vollem Gange. Fred hatte Max und Arion in kurzen Worten über ihre Aktion in der vergangenen Nacht informiert.

Einen Moment lang schwiegen alle, als sie den Raum betrat, dann fauchte Arion sofort los, während sie sich noch Kaffee holte.

»Selbst wenn du nachweisen kannst, dass die Spuren auf dem Werkzeug mit denen der toten Katze identisch sind, können wir es nicht verwenden. Ist dir eigentlich klar, was du da gemacht hast? Lass uns mal überlegen, was da zusammenkommt: Hausfriedensbruch, Einbruch, Sachbeschädigung, Diebstahl … sonst noch etwas?«

»Gibt's da keinen Rabatt?«, wehrte Alex müde lächelnd ab. »Ich meine, bei Einbruch ist es doch klar, dass man gleichzeitig Hausfriedensbruch begeht, oder nicht?«

»Alex«, er sah sie ernst an, als sie sich an den Tisch setzte. »Das ist hier kein Spaß. Wenn das rauskommt, steht darauf durchaus Knast und es kommt spätestens raus, wenn du erklären musst, wie du an die Fräse, oder wie das Ding heißt, gekommen bist. Außerdem bist du im öffentlichen Dienst, mit einer Vorstrafe wärst du auch deinen Job los.«

»Schon klar, dass du so reagieren würdest«, sagte sie unterkühlt. »Aber sag mal, wenn wir schon einen Rechtsverdreher an Bord haben, kommt es bei dem Strafmaß für Diebstahl eigentlich darauf an, was einer alles hat mitgehen lassen?«

Das einsetzende Schweigen hatte unterschiedliche Nuancen, von Entsetzen bei Arion, über Verwunderung bei Max, bis hin zu einem belustigten Fred. Das war typisch, sie hatte noch nicht alles erzählt. Einen Clou hatte sie sich noch verwahrt.

»Spuck's aus, was fehlt noch im Hause Blattschke?«, fragte er schmunzelnd.

»Sein PC, oder besser gesagt, sein Notebook. Es war einfach Intuition. Ich hatte das Gefühl, da könnten interessante Informationen drauf sein.«

Fred grinste, Max nickte wissend und Arion rang fassungslos nach Luft. Bevor er zu einer weiteren Belehrung ansetzen konnte, mischte sich Max ein.

»Ich könnte mir das mal ansehen, wenn du willst.«

»Danke Max, ich hatte gehofft, dass du das sagen würdest.«

»Alex, ich weiß echt nicht, was ich noch sagen soll!«, stöhnte Arion.

»Mensch, dann sag doch einfach gar nichts«, antwortete sie genervt.

»Findet ihr das etwa in Ordnung?«, wandte sich Arion hilfesuchend an Max und Fred. »Nach dem, was du Fred erzählt hast, hatte ich noch gehofft, dass sie den Einbruch gar nicht bemerken, aber jetzt wird vermutlich in diesem Moment die Polizei dort sein. Was ist, wenn du Spuren hinterlassen hast?«

»Anwälte!«, rief Alex. »Manchmal muss man eben etwas riskieren.«

Fred sprang zu ihrer Verteidigung und raunzte Arion an.

»Nun lass sie mal in Ruhe. Es war immerhin sehr mutig von ihr, da einzusteigen. Ich weiß nicht, ob ich das gemacht hätte oder ehrlich gesagt, ich bin sicher, dass ich mich das nicht getraut hätte. Und so weit zu überlegen, was wir verwerten können, sind wir doch noch gar nicht. Warten wir zunächst einmal ab, ob wir überhaupt etwas finden und wenn ja, können wir uns immer noch Gedanken darüber machen, wie wir mit den Erkenntnissen umgehen.«

»Wie sollte es denn weitergehen?«, wehrte sich nun auch Alex und sah Arion aggressiv an. »Alle Anzeigen verlaufen im Sand. Da ist einfach keine Hilfe zu erwarten. Ja, Ja«, würgte sie Arion ab, der zu einer Erwiderung ansetzte. »Ist mir alles klar, es gibt keine Zeugen, also müssen wir abwarten, bis ihr mit oder ohne Zeugen etwas Ernsthaftes passiert. Schon klar. Die Unterlassungserklärung, sicher. Der wird sich auf jeden Fall dran halten«, fügte sie ironisch hinzu. »Das mit dem Notebook hatte ich nicht vor, es hat sich einfach so ergeben.«

Arion sah Alex an und schlug einen sanften Ton an. »Du hast Recht, alles deutet auf den Nachbarn hin. Aber ich finde, du hättest das Risiko nicht eingehen sollen. Das Notebook zu klauen, war einfach nur dumm. Die hätten doch vielleicht gar nichts bemerkt. Hast du mal an Kristin gedacht? Wenn der sich aufregt, wird er doch seine Wut an ihr auslassen.«

»Um es ganz genau zu sagen, habe ich nur an Kristin gedacht, oder meinst du, ich steige aus Spaß an der Freud bei einem Psychopathen ins Haus ein? Aus Angst nichts machen, das haben schon genug Leute! Weißt du was, du kannst mich mal!«

Sie stand mit einem Ruck auf und für einen Moment wackelte der Küchenstuhl bedrohlich. Sie packte ihn und schob ihn entschlossen und mit einem deutlichen Kratzen über die Holzdielen zurück an seinen Platz.

»Eine grausam ermordete Katze direkt auf ihrer Fußmatte, er schleicht um ihr Haus, verfolgt sie, versucht sie zu vergewaltigen. Dieser Nachbar ist für mich ganz offensichtlich ein Psychopath. Vielleicht mache ich ja Sachen, die nicht deinem Rechtsempfinden entsprechen, aber ich mach zumindest was!«

Aufgebracht verließ sie den Raum und die Küchentür fiel mit einem lauten Knall hinter ihr ins Schloss.

Arion wollte ihr nacheilen, wurde aber von Fred zurückgehalten.

»Lass sie sich austoben«, sagte er grinsend. »Glaub mir, das ist besser für dich. Sie rennt jetzt auf den Hönsel oder hackt Holz und in sagen wir mal …«, er blickte auf seine Armbanduhr, »etwa drei Stunden kannst du noch mal versuchen, sie anzusprechen.«

Schweigen breitete sich aus, bevor Fred erneut ansetzte. »Sie verlässt sich auf ihre Intuition, du verlässt dich auf normale Polizeiarbeit und Fakten. Musst du ja auch, in deinem Beruf«, fügte er hinzu, »aber das hat uns bisher nicht wirklich weitergeholfen.«

»Wir haben praktisch nichts Verwertbares gegen ihn in der Hand. Daran ändert auch ein gestohlener PC nichts«, verteidigt sich Arion. »Alles, was wir haben, beruht auf Kristins Erzählungen und …«, er machte eine kurze Pause, »auf Alex' Intuition.«

»Mit Alex' Intuition bin ich bisher ganz gut gefahren«, erwiderte Fred ruhig.

»Sie ist ja auch in der letzten Nacht in dein Bett geklettert«, kam es ziemlich bitter von Arions Seite.

Fred lehnte sich auf seinem Stuhl zurück und verschränkte die Arme hinter dem Kopf. »Aha, daher weht der Wind. Ich wusste doch, dass da noch etwas anderes ist.«

»Findest du das normal?«, Arion funkelte Fred jetzt böse an.

Fred hätte jetzt lange ausholen können, hätte sagen können, dass es für ihn das Normalste der Welt war, dass sie in allen Lebenskrisen immer zu ihm kam und dass es umgekehrt auch nicht anders war. Aber stattdessen sagte er nur: »Ja.«

»Wie ja, wir haben doch … Ich meine, ich dachte, zwischen uns würde sich etwas entwickeln.«

»Ja, ich weiß«, sagte Fred ruhig.

»Wie du weißt? Hat sie dir etwa erzählt …?«, regte sich Arion nun auf.

Wieder hätte Fred versuchen können zu erklären, was das für eine Beziehung zwischen ihnen war. Dass sie sich auch ohne Worte verständigen konnten, dass er meistens spüren konnte, was in ihr vorging.

»Ich weiß meistens, was mit ihr los ist«, sagte er stattdessen nur. »Sie findet dich sehr sympathisch«, fügte er beschwichtigend hinzu.

»Sympathisch!«, Arion spuckte das Wort förmlich aus.

Jetzt meldete sich Max zu Wort, der die kleine Szene bisher schweigend beobachtet hatte. »Die beiden sind so eng«, er presste Daumen und Zeigefinger der linken Hand zusammen. »Da passt kein Käseblättchen dazwischen. Daran wirst du dich gewöhnen müssen.«

»Kommst du dir dabei nicht manchmal überflüssig vor?«, fragte Arion ungläubig.

»Ich verstehe nicht alle ihre Witze, es gibt so viel Insiderwissen nach, wie viel ist es bei euch?«, er sah Fred kurz an, »25 Jahren Freundschaft oder so. Sie zoffen sich die meiste Zeit wie die Kesselflicker und scheinen sich irgendwie durch Gedankenlesen zu verständigen und ich kriege nicht alles mit. Trotzdem …« Er überlegte einen Moment. »Nein, ich komme mir nicht überflüssig vor, es ist ja nicht so, dass sie andere ausschließen. Und, na ja, genau genommen ist Alex auch meine beste Freundin, vielleicht der wichtigste Mensch.«

»Aber sie war letzte Nacht nicht in deinem Bett«, stieß Arion hervor.

»Hm, nein … diesmal nicht«, sagte Max zögerlich und beobachtete mit einem verschmitzten Lächeln die Reaktion von Fred und Arion. Zwei Kinnladen fielen simultan herunter, wie beim Synchronschwimmen. Er lachte. »Also, Arion, ich fürchte, da kommt ein ganzes Paket auf dich zu.«

Fred sah Max aufmerksam an. So etwas hatte er noch nie von ihm gehört und er hatte auch noch nie darüber nachgedacht, welche Auswirkungen seine Freundschaft mit Alex auf andere haben könnte und wie wichtig Alex auch für Max war. Und umgekehrt, genauso. Aber es war schon so viel besprochen worden, er hatte wirklich keine Lust jetzt auch noch seine Beziehung zu Alex zu diskutieren, nur weil sein Freund Arion mit ihr geschlafen hatte und daraus gewisse Rechte ableitete. Er stand vom Tisch auf.

»Ich geh jetzt mal nach oben und schau, was als Nächstes anliegt.«

Was ist nur los mit mir, dachte er, als er kurz darauf nicht nach oben ging, sondern durch den Schweinestall ins Sonnenlicht trat.

Er hatte sie betrachtet, als er sie am Morgen schlafend neben sich gefunden hatte. Er hatte sich nicht einmal sehr gewundert. Ihre langen Haare lagen zerzaust auf dem Kopfkissen, ihr Gesicht war wie immer braun gebrannt, und er konnte den Schweiß riechen. Er kannte den Geruch von Angstschweiß. Bei ihr fand er ihn nicht abstoßend, sie roch trotz allem eben nach Alex, gut. Und es hatte sich auch gut angefühlt sie später, als sie aufwachte und erregt zu erzählen anfing, im Arm zu halten und zu beruhigen. Es war so typisch für sie, sie war morgens sofort hellwach und erzählte wie ein Wasserfall. Er hatte einen Arm unter ihren Nacken geschoben und sie hatte sich an seinen Hals gekuschelt und ein bisschen geweint. Eher ein erlösendes Weinen, weil es vorbei war. Am Ende hatte sie sogar noch gescherzt, dass sie das Einbrechen wohl nicht zu ihrem Hobby machen würde, dazu fehlte ihr anscheinend die nötige Nervenstärke. Es verletzte ihn zwar, dass sie ihn nicht vorher eingeweiht hatte, aber auch ihre Alleingänge war er gewohnt.

Er schaute sich im Garten um. An wie vielen Stellen arbeitete sie eigentlich gleichzeitig? Rechts schien sie Unkraut gejätet zu haben, aber es war noch nicht fertig. Links entstand eine Trockensteinmauer, auch die befand sich noch im Bau. Drei oder vier andere Stellen im Garten wiesen darauf hin, dass sie sich mit ihnen beschäftigt hatte. Es war so typisch für sie, sie hatte immer viele Parallelbaustellen und der dem zugrundeliegende Plan erschloss sich dem außenstehenden Betrachter nicht ohne weiteres. Wenn es denn einen Plan gab, jetzt musste er grinsen. Nach einem letzten Blick in die Runde seufzte er und ging hinein, er sollte sich endlich um die Schlafzimmer kümmern, draußen in der Sonne zu sitzen und zu gammeln wäre auch nicht schlecht gewesen. Nein, zuerst musste er etwas anderes tun.

Er ging zurück in die Küche, wo Max und Arion immer noch am Frühstückstisch saßen, begann in einer Schublade zu kramen und legte Arion eine Packung Schokoriegel hin. »Die wirst du in Zukunft brauchen, glaub es mir.«

Arion sah ihn verständnislos an und Max grinste von einem Ohr zum anderen.

»Erklärst du mir auch, wofür?«

»Wenn du weiterhin wild entschlossen sein solltest, dich der Zähmung von Alex zu widmen, musst du so etwas immer griffbereit haben.« Jetzt konnte sich auch Fred ein Grinsen nicht mehr verkneifen.

»Sie neigt dazu, das Essen zu vergessen. Das führt zu niedrigem Blutzucker und zu extrem schlechter Laune. Sie zerreißt dich in der Luft. Ehrlich! Und dieses kleine Problem ist mit einem Schokoriegel im Handumdrehen gelöst. Die Haltungsbedingungen, wie sie es nennen würde, sind also relativ einfach. Und übrigens, wenn du ihr wehtust, zerreiße ich dich in der Luft.« Er lachte Arion an. »Viel Glück, da hast du dir was vorgenommen.«

»Du hast eine erfrischende Art, einem anderen Mann Mut zu machen«, erwiderte Arion.

»Und du hast eine erfrischende Art, sie immer wieder zur Weißglut zu bringen«, konterte Fred.

Max brannte jetzt vor Ungeduld.

»Wo mag sie das Notebook haben?«

»Ich vermute in ihrem Rucksack, der ist in meinem Zimmer«, antwortete Fred schon auf dem Weg zur Tür. »Ich sehe mal nach.«

Kurz darauf präsentierte er stolz ein recht neu aussehendes Notebook.

»Ihr wollt jetzt hier nicht wirklich …?«, stöhnte Arion.

»Wir wollen, und zwar wirklich«, versicherte Fred und legte eine Hand auf Arions Schulter. »Weißt du was, ich denke, du gehst jetzt mal ein bisschen Teita, Mandantenbesuch oder so was, oder machen das nur Ärzte, Hausbesuche?«

»Ihr macht euch strafbar!« Arion war noch nicht bereit aufzugeben.

»Hm, macht Spaß. Aber nicht petzen!« Fred nickte heftig, während Max das Notebook bereits hochzufuhr.

84. Kapitel

»Schade, dass sie nicht auch noch das Netzkabel mitgeklaut hat«, murmelte Max, aber ich schätze, ich finde noch ein funktionierendes in meinem Fundus. Im Moment scheint es noch Saft zu haben.«

Fred lehnte sich interessiert über seine Schulter.

»Er hat ein Passwort vergeben, das dauert ein bisschen länger.« Max lehnte sich in seinem Stuhl zurück.

»Seltsam, ein Passwort in einem Privathaushalt«, warf Fred ein. »Da kann doch außer ihm nur seine Frau dran. Und was nun?«

»Es gibt eine Reihe von Möglichkeiten. Es gibt Programme dafür, oder man klemmt die Batterie ab. Aber am einfachsten ist zunächst einmal Versuch und Irrtum.«

Nach und nach gab Max verschiedene Vorschläge von Fred und seine eigenen Ideen ein. Etwa eine halbe

Stunde später war es soweit und Max klickte mit einem zufriedenen Lächeln mit der Maus auf den Explorer. »Der Hund also, Arno2015. So, so, der ist also zehn Jahre alt, da wird er es wohl auch nicht mehr so lange machen, bei seiner Größe. Okay, viele, viele Ordner, was wollen wir uns zuerst ansehen? Amt, Apis, Briefe, Loogh, Finanzen, Millendorf, Mutter, Niederehe, Recht, Steuern, Versicherungen …?«

»Geh mal auf Loogh.«

Max öffnete den Ordner und beide starrten auf den Bildschirm. Es gab Dateien unter den Namen fast aller Einwohner von Loogh.

»Was soll denn das?«, fragte Max und öffnete die erste Datei. »Er sammelt Informationen, schau dir das an. Hier, die nächste sieht genauso aus und die nächste.«

Er begann eine Datei nach der anderen zu öffnen. Die Dokumente waren mal länger, mal kürzer, aber immer nach dem gleichen Schema aufgebaut. Unter dem Namen des jeweiligen Einwohners stand alles, was er über ihn herausgefunden hatte. Darunter standen Ideen für zukünftige Anzeigen. ›Fahrsilo genehmigt?‹, ›Gartenmauer zu hoch?‹, ›Grenzbebauung zulässig?‹, ›Hält Hund – Lärmbelästigung‹, ›Hält Hund – Straßenverschmutzung‹, ›Schwarzarbeit?‹, ›Lärmbelästigung zur Mittagszeit‹, ›Straßenverschmutzung durch Traktor‹, ›Spritzen im Vorgarten‹, ›Trunkenheit am Steuer?‹ usw. In Klammern fanden sich häufig Paragraphenzitate oder Verweise auf Briefe, und es gab viele, viele Fotos. Fast jeder Bewohner des kleinen Looghs dürfte hier abgelichtet worden sein.

»Der versucht über jeden im Dorf etwas in der Hand zu haben«, stöhnte Fred fassungslos. »Geh mal …, oh nein, wir bekommen Besuch.« Durch das Küchenfenster sah er draußen ein Polizeiauto vorfahren. »Überlass die mir.«

Max klappte das Notebook zu und sah sich suchend um. Er schob es in einen Küchenschrank, während Fred die Haustür öffnete und einem Polizisten entgegensah, der gerade aus seinem Wagen stieg. Der Beamte stellte sich vor und fragte, ob er kurz reinkommen dürfe.

»Aber sicher.« Fred lächelte und wies ihm den Weg in die Küche, wo Max gerade schwer beschäftigt die Kaffeemaschine anstellte. Fred warf einen Blick auf Max und bot dem Polizisten ebenfalls Kaffee an.

»Nein danke, ich habe nur eine kurze Frage. Können Sie mir sagen, was Sie gestern Abend gemacht haben?«

»Können Sie mir sagen, warum Sie das wissen möchten?«

»Mach ich gleich, ich wäre Ihnen aber dankbar, wenn Sie zunächst meine Frage beantworten könnten.«

»Okay … Ich war bis etwa halb acht hier zu Hause. Dann sind wir essen gegangen. Hausgemachte Spätzle mit Wildragout. Köstlich. Kann ich nur empfehlen.«

Der Blick des Polizisten verriet, dass er sich leicht verschaukelt fühlte, aber Fred war gerade in Fahrt gekommen.

»Dazu habe ich nur Wasser getrunken und die Mannschaft hinterher nach Hause gefahren.«

»Es geht nicht um Trunkenheit am Steuer«, erwiderte der Polizist scharf. Er machte sich einige Notizen in einem schwarzen Notizbuch.

»Und Sie sind Herr …?«

»Reinhardt. Wilfried Reinhardt. Und wenn Sie mir verraten, um *was* es geht, kann ich Ihnen vielleicht weiterhelfen.«

Der Polizist notierte seinen Namen, ohne auf Freds Kommentar einzugehen. »Sie sagen die Mannschaft. Wer hat Sie zum Essen begleitet?«

Fred nickte in Max Richtung. »Herr Morgenstern, dann Kristin Apis, Arion Lehmann …«

Das Handy des Polizisten klingelte. Er meldete sich und hörte einen Moment zu. Während des Telefonats entspannte er sich merklich, beendete das Gespräch und wandte sich wieder den beiden zu, diesmal mit einem Lächeln.

»Ich nehme jetzt gerne einen Kaffee, wenn er noch im Angebot ist«, sagte er.

»Ja die Spätzle im ›Teller‹ sind gut«, bemerkte er, während er sich drei Löffel Zucker in seine Tasse schaufelte.

»Bei den Nachbarn von Frau Apis ist letzte Nacht eingebrochen worden. Sie haben den Einbruch zwar erst heute Morgen bemerkt, aber Frau Blattschke, die Geschädigte, hat ausgesagt, dass sie Frau Apis gestern Abend, als sie vom Hundespaziergang zurückkam, in ihrem Garten gesehen hat und hat sie wegen des Einbruchs angezeigt. Ein Kollege von mir ist noch bei Frau Apis und ihrem Anwalt, der ebenfalls bestätigen konnte, dass er mit ihr im Restaurant war. Wir brauchten also Ihre Aussagen als Entlastungszeugen.«

»Ich kann dem noch hinzufügen, dass ich Frau Apis nach dem Essen nach Hause begleitet und auch dort geschlafen habe. Sie war also nicht allein«, ergänzte Max. »Es ist im Übrigen nichts Neues, dass Frau Apis von den Blattschkes angezeigt wird.«

»Das ist richtig. Wir haben mittlerweile eine dicke Akte«, seufzte der Polizist, »und es wird immer unübersichtlicher.«

Nachdem Max sich eine halbe Stunde später vergewissert hatte, dass der Streifenwagen weggefahren war, holte er das Notebook aus dem Schrank.

»Lass uns nach oben in mein Zimmer gehen und dort weitermachen«, schlug er vor.

Die weitere Durchsuchung des Computers war ergiebig. Unter den Ordnern ›Millendorf‹ und ›Apis‹ befanden sich neben zahlreichen Anzeigen auch Bilder; unter anderem Nacktfotos von einer ehemaligen Nachbarin und auch von Kristin in ihrem Badezimmer. Max wurde rot und schloss die Ordner schnell wieder. Unter

›Mutter‹ wurde es richtig interessant. Frau Blattschkes Mutter war offensichtlich eine sehr wohlhabende Frau gewesen. Wenige Monate vor ihrem Tod hatte sie ihre Immobilien verkauft und war in eine Seniorenresidenz der gehobenen Klasse gezogen, für stolze 4.500 Euro im Monat. Als einziges Kind war Frau Blattschke Alleinerbin dieses Vermögens. Im PC fanden sich viele, wie die beiden fanden, schleimige Briefe von Blattschke an die Schwiegermutter, die von ihrer Tochter nicht viel zu halten schien. Die Frau Mama überlegte, ob sie ihr Vermögen nicht einem wohltätigen Zweck zukommen lassen sollte. Aus den Briefen ging hervor, dass sie offenbar jahrelang wiederholten Bitten um einen Besuch und ein Gespräch nicht nachgekommen war. Der letzte dieser Briefe war auf März 2013 datiert.

»Da hat sie sich wohl doch breitschlagen lassen«, sagte Max, als sie die letzte Einladung gelesen hatten. »Ein tragischer Fehler, wenn du mich fragst.«

»Ja, seh ich auch so. Sie überlebte diesen Besuch nur eine einzige Woche. Da steht nichts von zukünftiger Pflege der Mutter. Die war bestens versorgt und im Begriff, das Erbe durchzubringen.«

»Genau, und Blattschke hat neben gemeinschaftlichem Stalking einen weiteren, sehr triftigen Grund mit seiner Frau zusammen zu sein. Sie ist reich!«

»Genau. Und sie hat auch einen Grund, mit so einem Ekelpaket zusammen zu bleiben. Wahrscheinlich weiß er, was sie ihrer Mutter angetan hat.«

»Prima«, stöhnte Fred. »Fall geklärt, müssten wir nur noch alles beweisen können.«

Sie scrollten weiter durch die unzähligen Dateien und kamen aus dem Staunen nicht mehr heraus, bis sie unten die Haustür hörten und Max das Notebook zuklappte.

»Sag Kristin nichts«, raunte Max Fred noch auf der Treppe zu.

85. Kapitel

Alle waren zurückgekommen. Arion und Kristin hatten, nachdem die Polizei gefahren war, beschlossen zur Bitz hoch zu gehen und im Dorf Alex getroffen, die nach einer Wanderung bei den Hilgers gewesen war und nun mit ziemlich schlechtem Gewissen am Küchentisch saß.

»Kristin, es tut mir schrecklich leid, dass die Polizei dich verdächtigt hat. Diese Möglichkeit hatte ich, ehrlich gesagt, nicht in Betracht gezogen.«

»Es muss dir nicht leidtun«, entgegnete Kristin. »Zum einen ist der Schuss nach hinten losgegangen, denn ich konnte es nicht gewesen sein und das hat die Blattschkes ziemlich unglaubwürdig gemacht, zum anderen bin ich einfach sehr gerührt, dass du dieses Risiko für mich eingegangen bist.«

Alex fiel sichtlich ein Stein vom Herzen.

»Übrigens weiß ich jetzt, warum die Blattschkes gestern so früh nach Hause gekommen sind, die Hilgers haben es mir gerade erzählt.«

»Aha«, Fred sah sie auffordernd an.

»Ohne zu sehr ins Detail zu gehen …«

»Sehr löblich, sehr löblich«, unterbrach Fred sie.

Alex verzog das Gesicht, fuhr aber ungerührt fort.

»Die Hilgers waren gestern mit ein paar Leuten aus dem Dorf in der Mühle in Niederehe. Sie hatten schon ein paar Bierchen getrunken, als die Blattschkes kamen und etwas zu essen bestellten. Während sie auf das Essen warteten, machte Blattschke seiner Frau gegenüber immer wieder abfällige Bemerkungen über die blöde Landbevölkerung, bis einigen der Kragen platzte. Es kam zu einer lautstarken Auseinandersetzung, und irgendwie muss einer auch den Hund mit Eierlikör abgefüllt haben, die genauen Details haben sie für sich behalten. Schließlich griff der Wirt ein und forderte die Blattschkes auf, das Lokal zu verlassen. Tja, das wäre mir fast zum Verhängnis geworden.«

»Ich wünschte, die würden einfach wegziehen«, sagte Kristin leise.

»Seltsamerweise haben sie gestern Abend genau darüber gesprochen.« Alex runzelte die Stirn. »Was man so sprechen nennt, die Blattschkes haben ziemlich gezofft, als sie zurückkamen, und er hat irgendwas von wegziehen gesagt. Bevor wir in den Süden ziehen und dieses blöde Kaff verlassen oder so.«

Kristin sah sie skeptisch an. »Das wäre zu schön, um wahr zu sein. Das hast du dir doch nicht ausgedacht, oder?«

»Natürlich nicht, aber so richtig glauben kann ich es auch nicht. Die sind doch praktisch gerade erst hergezogen. Und dann war da noch etwas, worüber ich gestolpert bin?«, sie runzelte erneut konzentriert die Stirn. »Ich komme im Moment nicht drauf.«

Fred hatte die ganze Zeit nachdenklich vor sich hingeschaut und wurde nun von Alex angestoßen. »Dir geht doch etwas durch den Kopf, oder?«

»Na ja, wir sind in dem Notebook ziemlich fündig geworden.« Er blickte fragend in Max' Richtung, der wiederum skeptisch zu Kristin schaute und zögerlich nickte.

»Ich hol mal Blattschkes Notebook runter.«

Wenige Minuten später hatte Max das Notebook wieder hochgefahren, während sich die anderen interessiert über einen Stapel Fotoausdrucke beugten.

»Erkennt ihr jemanden darauf?«, fragte Fred.

»Das ist Frau Blattschke«, riefen Alex und Kristin wie aus einem Mund. »Aber der Typ …?«, Kristin zuckte mit den Schultern, während Alex ein Licht aufging.

»Das muss der Krämer sein. Der ermordete Rudolf Krämer aus Niederehe. Sie und er sollen doch ein Verhältnis gehabt haben. Genau. Als die beiden Blattschkes sich gestern gestritten haben, hat er sie eine Hure genannt. Und ich hatte mich gefragt, ob er von ihrem Verhältnis mit Krämer wusste?«

»Ja, das hatten sie wohl auch«, erwiderte Fred. »Das hier sind die harmlosen Fotos.«

»Das heißt Blattschke hat seine Frau und den Krämer gestalkt«, sinnierte Alex. »Von wann sind denn die ersten Fotos? Daran könnten wir doch ganz leicht erkennen, wann er denen auf die Schliche gekommen ist.«

Fred zuckte mit den Schultern. »Müssen wir im Notebook nachsehen, da hab ich nicht drauf geachtet und wir haben auch noch nicht alle Fotos durchgesehen. Ich mach jetzt erst einmal Kaffee.«

»Das haben wir gleich«, murmelte Max. »373 Bilddateien. Die ersten datieren vom Oktober letzten Jahres. Blattschke muss also seit mehr als einem halben Jahr von der Affäre seiner Frau gewusst haben.«

Auf den Fotos war gut zu erkennen, wie sich eine heimliche Beziehung den Jahreszeiten anpasste. Am Anfang hatten sie sich auf dem Hönsel getroffen, später waren sie auf Krämers Haus in Niederehe ausgewichen. Alex erkannte den Garten und Blattschke muss mutiger geworden sein und tatsächlich durch das Fenster fotografiert haben. Er muss also im Garten gewesen sein und sich dort gut ausgekannt haben. Im Prinzip wiederholten sich die Bilder, bis mit den ersten Sonnenstrahlen des Frühlings auch wieder Hönsel-Bilder auftauchten. Bei einer der letzten Dateien wurde Alex stutzig. »Was ist das?«

Sie vergrößerte das Bild und sie und Max beugten sich interessiert näher über das Notebook.

»Seid ihr jetzt bei den richtigen Pornos angekommen?« Fred grinste von der Kaffeemaschine herüber. »Also so attraktiv ist sie nicht.«

»Mensch Fred, halt mal kurz die Klappe.«

Alle im Raum verstummten, während Max und Alex angespannt auf den Bildschirm starrten und eine weitere Datei anklickten.«

»Das ist der Hammer!«, sagte Alex schließlich. Sie sah kurz zu Max, lehnte sich auf der Küchenbank zurück und blickte in die erwartungsvollen Gesichter von Arion und Kristin, die inzwischen auf der anderen Seite des Küchentisches Platz genommen hatten.

»Erklär du es ihnen«, sagte Max und sprang auf. »Ich brauche mal gerade mein eigenes Notebook und muss ein passendes Ladekabel finden. Der hier macht´s nicht mehr lange.«

»So wie es aussieht, haben wir hier ein Testament gefunden«, begann Alex. »Beziehungsweise zwei Fotos von zwei Seiten eines Testaments. Handykamera oder so, es scheint auf einem Tisch zu liegen. Und in diesem Testament vermacht Rudolf Krämer Frau Blattschke fast sein ganzes Vermögen. So, und jetzt kommt's. Der scheint nämlich Vermögen gehabt zu haben und ist Besitzer eines Hauses in der Provence und da muss wohl auch Barvermögen sein, denn er vermacht eben dieses Haus und seine Ersparnisse der Blattschke. Seine Kinder sollen das Haus in Niederehe bekommen, wenn sie das Testament nicht anfechten, sonst gehen sie ganz leer aus.«

Mittlerweile war Max zurückgekehrt, baute seinen PC am Kopfende des Küchentisches auf und stöpselte noch schnell ein Ladekabel in das geklaute Notebook.

»Gib mir mal die Adresse Alex«, forderte er nun und Alex diktierte.

»Nicht übel«, verkündete er kurz darauf. »Schaut euch das mal an.«

Die anderen gruppierten sich um ihn, während Max das Grundstück in der Provence erst in der Satellitenansicht und dann in Streetview präsentierte.

»Das dürfte einiges wert sein«, nickte Arion. »Schönes Haus, großes Grundstück, Pool, Blick aufs Mittelmeer …«

»Was ist denn da abgegangen?«, murmelte Alex. »Haben die beiden Blattschkes den Krämer gemeinsam abgezogen?«

Sie blickte vom Bildschirm auf.

»Hab ich euch noch gar nicht erzählt. Der ›dringend Tatverdächtige‹ im Mordfall Krämer ist wieder auf freiem Fuß. Der arbeitet sogar schon wieder, sagen die Hilgers. Also scheinen die den Mord noch nicht aufgeklärt zu haben.«

»Und da siehst du hier gleich ein Motiv?«, fragte Arion.

Alex ließ sich nicht provozieren. »Also das Häuschen da«, sie deutete auf Max' PC, »dürfte ein veritables Motiv darstellen. Das weckt schon Begehrlichkeiten. Und warum hat Blattschke den Kram überhaupt auf seinem Rechner? Er muss das Testament ja mehr oder weniger freiwillig von seiner Frau bekommen haben. Von Krämer sicher nicht.«

»Jedenfalls nicht freiwillig von Krämer«, sagte Max und er und Alex sahen sich lange an.

Kristin stand auf. Sie sah schon wieder ziemlich blass um die Nase aus. »Ich muss los, ich habe heute noch viel mit den Pferden zu tun.«

»Soll ich dich begleiten?«, kam es wie aus der Pistole geschossen von Max.

»Nein. Schon gut, danke Max. Ich glaube, ich bin jetzt lieber ein bisschen allein.«

»Nicht gerade ermutigend, was wir über Blattschke herausgefunden haben«, meldete sich Max mit besorgter Stimme als Erster zu Wort, nachdem die Tür hinter ihr ins Schloss gefallen war.

»Ich frage mich, ob die Polizei von dem Testament weiß«, sagte Alex leise in den Raum, ohne auf Max' Kommentar einzugehen.

»Da kann ich dich beruhigen. Da ein Testament immer ein mögliches Tatmotiv sein kann, haben sie sich sicher damit beschäftigt«, beschwichtigte Arion.

Alex schaute ihn einen Moment lang zweifelnd an und griff nach ihrem Handy.

Während sie die Nummer von Leopold Werner heraussuchte, mischte sich auch Fred ein.

»Was willst du denn sagen, woher du diese Information hast?«

»Lass mal meine Sorge sein«, murmelte sie.

»Hallo Herr Werner … Ich hatte ja zugesagt, dass ich mich melde, wenn mir irgendwas zu Ohren kommt.«

Sie blickte Fred an, als Hauptkommissar Werner antwortete.

»Nein, es geht nicht um Kristin Apis. Es geht um den Mord in Niederehe.«

Wieder eine kurze Pause.

»Uns ist da etwas zu Ohren gekommen. Herr Krämer soll ein Testament gemacht haben und Frau Blattschke ein ansehnliches Erbe hinterlassen haben.«

Pause.

»Nein, ich kann Ihnen nicht sagen, woher ich das erfahren habe.«

Pause.

»Nein, ich kann Sie beruhigen. Hier handelt es sich um Dorfgerüchteküche und derjenige, von dem ich es erfahren habe, hat mit absoluter Sicherheit nichts mit dem Mord zu tun.«

Werner schien zu drängeln, aber Alex betonte noch einmal.

»Sorry, ich kann es Ihnen wirklich nicht sagen.« Sie beendete das Gespräch.

»Und?«, fragte Fred. »Wussten sie es schon?«

»Er hat es mir nicht gesagt, er war mehr daran interessiert, woher ich es wusste. Er hat betont, dass dies Täterwissen sein könnte.«

»Täterwissen«, wiederholte Fred und selbst aus seinem Gesicht war das Grinsen verschwunden.

»Sorry, diese Information konnten wir nicht für uns behalten. Ich geh jetzt auch mal raus. Mir reicht es für heute mit den PCs und Blattschke und überhaupt. Ich muss mal in Ruhe nachdenken.« Alex warf noch einen Blick in die Runde und verließ den Raum.

86. Kapitel

Am Abend war die Stimmung gedämpft. Zwar saßen alle noch beim gemeinsamen Essen zusammen, aber geredet wurde wenig. Nach dem Essen reiste Arion ab und auch Max und Kristin verabschiedeten sich. Max würde bis Montagmorgen wieder bei Kristin schlafen und in der Woche, bis zur Rückkehr der WG, würde sie ihr Haus weitestgehend meiden und in Uedelhoven übernachten. Fred hatte es sich vor dem Fernseher gemütlich gemacht und Alex bearbeitete ihre Treppe. Sie fühlte sich abgrundtief schlecht und die düsteren Vorahnungen ließen sie auch beim Abziehen der Stufen nicht los. Sonst funktionierte das immer. Hier eskalierte etwas. Sie fühlte sich sehr, sehr hilflos. Sie sehnte sich nach dem nächsten Wochenende und gleichzeitig fürchtete sie sich vor der Woche, in der Kristin allein sein würde. Sie versuchte, ihre Gedanken zu ordnen. Der PC hatte viele neue Erkenntnisse gebracht, aber wirklich weitergekommen waren sie nicht. Ihnen fehlte der Ansatz. Sie könnte in diesem Altenheim zu der Mutter von Frau Blattschke nachhorchen, versprach sich allerdings wenig davon, es war lange her. Sie spürte, dass die Lösung hier in der Eifel zu finden war. Aber wo sollten sie weitersuchen? Kristins Zeuge, der Sebastian. Den hatte sie völlig vergessen. In Gedanken setzte sie ihn auf ihre Liste für das nächste Wochenende. Leni. Sie musste doch noch mehr von dem Verhältnis von Frau Blattschke und ihrem Nachbarn mitbekommen haben. Auch sie wanderte auf die Liste für das kommende Wochenende. Blattschkes Notebook musste zur Polizei, da konnte man sicher noch viel mehr rausholen. Aber wie sollte sie das Leopold Werner erklären? Ihr fehlte gerade jegliche Idee. Sie würde ein Notebook mitsamt Passwort abliefern und darauf hinweisen, dass sich den dringend mal jemand ansehen sollte. Klar. Egal, was sie sich ausdachte, woher sie es hatte, Hauptkommissar Werner würde ihr das niemals abkaufen. Sie stöhnte.

87. Kapitel

Das nächste Wochenende war wieder einmal schnell gekommen. Leopold Werner ließ sich in seinem Bürostuhl zurücksinken und gönnte sich einen Rückblick auf die Woche. Vor ihm auf dem Schreibtisch lagen nun alle Unterlagen zum Konflikt in Loogh und es zeichnete sich eine Wende ab. Dank der Aussage von Sebastian Heinen hatte Kristin Apis nun einen Zeugen für die versuchte Vergewaltigung und die Körperverletzung. Auch für die Bedrohung im Wald gab es mit Alex Cameron eine Zeugin. Blattschke hatte bei der Vernehmung am gestrigen Donnerstag noch alle Vorwürfe vehement bestritten und war ziemlich ausfällig geworden. Ein absolut unangenehmer Zeitgenosse, der gleich mit einem Anwalt zur Vernehmung erschienen war. Aber auch sein Anwalt konnte ihn kaum bändigen und musste selbst einige cholerische Attacken über sich ergehen lassen. Ein solches Verhalten würde ihm vor Gericht kaum helfen, und da würde es hingehen. Die Sachlage war ziemlich klar und das ganze Päckchen bereit, der Staatsanwaltschaft übergeben zu werden. Blattschke würde zumindest einen ziemlichen Dämpfer erhalten und in Loogh Ruhe einkehren, vermutete Werner.

Die Mordsache in Niederehe ließ ihn nach wie vor nicht los. Wenig überraschend hatten die Wittlicher Krämers Kollegen aus Mangel an Beweisen laufen lassen müssen. Was nichts anderes bedeutete, als dass in seinem Revier immer noch ein Mörder frei herumlief.

Er sah auf die Uhr, fast Mittag, griff zum Telefon und informierte Mia, dass er früh Feierabend machen und es noch zum Mittagessen schaffen würde. Dann stellte er das Telefon auf Sven Paulsen um, steckte noch kurz den Kopf ins Nachbarbüro, um Sven und Katja zu informieren, und machte sich auf den Weg zurück nach Hillesheim. Frei herumlaufender Mörder hin oder her, an diesem Wochenende wollte er ausgiebig Opa spielen und seine Freizeit seinem Enkel Toby widmen.

88. Kapitel

Kristin gönnte sich eine kurze Verschnaufpause und stützte sich in der Stalltür auf der Mistgabel ab. Es war so schön hier. Ihr Blick schweifte wehmütig über den Garten und das Weideland und blieb schließlich an Mazzonis Grab hängen. Hinter ihr mampften die drei Isländer zufrieden ihre abendliche Heuration. Sie würde nur noch ausmisten, dann wäre die Arbeit des Tages getan. Aus den Augenwinkeln hatte sie den Wagen der Blattschkes wegfahren sehen und war wie immer erleichtert gewesen. Max hatte versprochen, gleich nach seiner Ankunft vorbeizukommen, und er würde auch an diesem Wochenende wieder hier übernachten und sie tagsüber nicht aus den Augen lassen. Max. Sie mochte den großen, schlaksigen Mann, der immer etwas unbeholfen wirkte, aber wie selbstverständlich Verantwortung für sie übernommen hatte, als sie nicht mehr weiterwusste. Wer weiß, vielleicht würde einmal mehr daraus werden. Er hatte ihr die Videoanlage erklärt, ihr strengstens aufgetragen nie ohne Pfefferspray unterwegs zu sein, und er hatte ihr Handy so eingestellt, dass sie auf Knopfdruck mit seiner Nummer verbunden war. Auch jetzt trug sie beides in der Westentasche und musste lächeln. Hinter ihr knabberte Pandra an ihrer Haarspange und sie hob eine Hand über ihren Kopf, um ihre zuverlässige Stute zu kraulen.

Sie hatte nette Freunde gefunden. Die eigensinnige Alex, mit ihren unvorhersehbaren Temperamentsausbrüchen. Den gemütlichen Fred, der sie mit seinen Sprüchen zum Lachen brachte. Er würde ihr mit Max einen Sichtschutzzaun bauen, hatte man ihr mitgeteilt. Sie musste wieder lächeln, wohlgemerkt, hatte man ihr mitgeteilt, sie war nicht gefragt worden. Ihre Einwände, dass Blattschke sicher dafür sorgen würde, dass er wieder entfernt werden müsse, hatten die beiden beiseite gewischt. Der würde in einer Nacht- und Nebelaktion errichtet und erst einmal für Sicherheit und Ruhe sorgen. Sollte der zukünftig den Zaun anbrüllen, hatten sie gesagt und sie hatte sich nicht weiter gewehrt, dachte sie nun traurig, aber sie würde hier nicht wohnen bleiben. Das war ihr klar. Nicht nach allem, was passiert war. Nicht bei diesem ständigen Gefühl der Bedrohung. Aber es gab ihr Zeit, in Ruhe zu überlegen, wie und wo es weitergehen sollte.

Sie war froh, heute wieder in ihrem eigenen Bett schlafen zu können, nachdem sie die ganze Woche in

Uedelhoven verbracht hatte. Bei der Versorgung der Pferde in Loogh war es zu keinem Zusammenstoß mit Blattschke gekommen. Nebenan war es nahezu unheimlich ruhig gewesen. Doch in ihr tobten widersprüchliche Gefühle. Es war keine Angst, eher eine dumpfe Vorahnung in der Magengegend, dass etwas passieren würde. Sie war nervös, traurig und freute sich gleichzeitig auf die WG.

Pandra gab ihr wieder einen Stups von hinten und wieherte leise. Sie seufzte, nahm die Mistgabel mit beiden Händen und drehte sich um.

»Beweg mal deinen hübschen Hintern aus dem Stall, du ungeduldiges Monster, damit ich hier fertig werde.«

Pandra hob mit gespitzten Ohren den Kopf und wieherte nun lauter.

»Pandra, was soll das, komm zisch ab!«

Im selben Moment wurden ihr die Haare brutal nach hinten gerissen. Sie schrie auf und ein Messer drückte gegen ihre rechte Halsseite. Pandra stieg und verfehlte nur knapp ihren Kopf und den ihres Angreifers. Entsetzt sprang er zur Seite und riss sie mit sich. Sie spürte den Schnitt, als die scharfe Klinge abglitt, und stieß erneut einen gellenden Schrei aus. Aber er hatte sich sofort wieder gefangen, krallte sich noch immer in ihrem Haar fest, bog ihren Kopf nach hinten und setzte die Klinge erneut an. Das Blut rann ihr warm den Hals hinunter, und es brannte höllisch. Er hatte das Messer direkt in die Wunde gepresst. Im Stall tobten die Pferde. Sie drängten sich in die hintere Ecke, drückten sich gegen die Holzwände, wieherten wild. Kristin versperrte den einzigen Ausgang.

»Der nächste Schrei wird dein letzter sein, du alte Drecksau«, zischte er hinter ihr, den Mund direkt an ihrem Ohr. »Ganz ruhig jetzt, wir wollen das doch genießen, du Schlampe. Bring die Pferde zur Ruhe!«

»Ich kann nicht«, keuchte sie. »Sie müssen raus.«

Sie spürte, wie der Druck des Messers nachließ, und fiel rücklings hin, als sie an den Haaren aus dem Stallausgang gezerrt wurde. Mit einem Schuh auf ihren Haaren nagelte er sie am Boden fest, stand leicht vorgebeugt direkt über ihrem Kopf, das Messer bedrohlich wenige Zentimeter vor ihrem Gesicht, während sie hilflos dalag und die Pferde über ihre Beine ins Freie sprangen. Als er sie hochriss, in den Stall stieß und gegen eine Stallwand schmetterte, wurde sie benommen und spürte plötzlich keine Angst mehr. Sie fühlte gar nichts mehr, nur Leere. Er würde sie töten, und er würde es tun müssen, bevor er ihr etwas anderes antun konnte.

89. Kapitel

»Da war ein Schrei! Da war doch ein Schrei!«, brüllte Max den beiden anderen zu, die gerade aus dem Haus zu den Autos zurückkamen. Die beiden Männer hatten Alex in Köln abgeholt und waren gemeinsam im Konvoi in die Eifel gefahren. Sie waren erst vor wenigen Minuten auf dem Hof angekommen und hatten begonnen, die Autos auszuräumen. Max warf den Kofferraum zu und sprang auf den Fahrersitz.

»Das war Kristin, ich bin sicher«, rief er in heller Aufregung. Alex war schon hinten eingestiegen, nur Fred sah sich noch kurz um. »Die Haustür?«

»Verdammt, lass sie auf«, brüllte Max und der Wagen rollte schon rückwärts, bevor Fred die Tür geschlossen hatte.

»Max, pass auf, da ist eine Katze!«, rief Alex und klammerte sich krampfhaft an den Vordersitz, als Max mit Vollgas an der Scheune um die Ecke schleuderte. Jakob Hilgers und einer seiner Söhne stiegen ebenfalls gerade in den Geländewagen und warfen ihnen einen besorgten Blick zu.

Max lenkte den Wagen mit quietschenden Reifen auf Kristins Hof und, soweit es die Pflastersteine zuließen, in den Garten, sprang aus dem Auto und rannte mit großen Schritten nach hinten, dicht gefolgt von Alex und Fred.

»Nein!«, schrie er, als er den Pferdestall erreicht hatte und auf das Bild blickte, das sich ihm bot. »Nein!«, schrie er wieder, »Kristin, komm, mach keinen Scheiß!«

Er lief zu ihrem Kopf, streichelte ihr Haar, beugte sich über ihre Lippen.

»Alex!«, er sah sie hilflos an. Alex liefen die Tränen herunter. Durch ihre verschleierten Augen sah sie, dass auch Max weinte.

»Max! Max! Bitte lass mich mal ran!« Sie schob ihn leicht zur Seite und beugte sich ebenfalls über Kristin.

»Max, ich glaube, sie atmet noch!« Sie sah, dass Fred bereits zum Handy gegriffen hatte, nahm Max' Kopf und zog ihn an sich. Ihre Augen suchten Kristin von oben bis unten ab. An der Halsseite sickerte Blut ins Stroh und an der linken Brustseite breitete sich ein Blutfleck in der Weste immer weiter aus, um ein Messer herum, das dort steckte.

In der Stalltür versuchte Fred, dem Rettungsdienst die Situation zu erklären. »Wir brauchen einen Notarzt, Polizei und ich vermute Hubschrauber. ... Ja, zwei Schwerverletzte, aber ich kann es nicht genau sagen, sie könnten auch tot sein. ... Okay«, sagte er zum Schluss und beendete das Telefonat in dem Moment, als auch Jakob und Daniel Hilgers hinter ihn traten.

Fred blickte zu Alex und lenkte seinen Blick vielsagend auf das Messer.

»Wir müssen es stecken lassen«, sagte Alex. »Mensch, ich weiß doch auch nicht, ich bin ja keine Ärztin, aber ich glaube, sie verblutet, wenn wir es rausziehen«, rief sie verzweifelt.

»Dat Arschloch lebt auch noch.« Jakob hatte sich über Blattschke gebeugt. »Halt den mal in Schach«, wies er seinen Sohn an.

Blattschke lag röchelnd mit geschlossenen Augen auf dem Rücken und hielt mit beiden Händen den Stiel einer vierzackigen Mistgabel umklammert, die in seinem Hals steckte. Auch er schien viel Blut zu verlieren. Es rann pulsierend an beiden Seiten in den Nacken. Jakob stützte sich schwer auf seinen Stock, als er aus dem Stall ins Sonnenlicht trat und auf die aufgeregten Pferde zuging. Er öffnete das Tor zur Weide und schloss es wieder, nachdem die Pferde in wilden Galoppsprüngen den Paddock verlassen hatten.

Fred war inzwischen an den Zaun zu Blattschkes Seite getreten und rief nach Frau Blattschke. Sie war nirgends zu sehen. Auch der Hund kam nicht in den Garten, obwohl die Terrassentür offenstand. In der Ferne glaubte er ein dumpfes Bellen zu hören. Er überlegte kurz und ging schnellen Schrittes zum Auto zurück. Das Notebook lag noch in Max' Koffer. Sorgfältig wischte er es innen und außen mit einem T-Shirt von Max ab, wickelte es in dieses T-Shirt und kletterte über den Zaun, immer wieder nach Frau Blattschke rufend. Er betrat das Haus vorsichtig um sich schauend durch die Terrassentür, schaute sich kurz im Wohnzimmer um, legte das Notebook auf ein Sideboard und verließ es nahezu fluchtartig. Der Hund schien irgendwo eingesperrt zu sein.

Am Stall war das Bild unverändert. Max und Alex hockten neben Kristin. Max hielt Kristins Hand und versuchte immer wieder, sie anzusprechen. Sie rührte sich nicht, genauso wenig wie Blattschke. Die Minuten schienen sich zu einer Ewigkeit auszudehnen, bis sie endlich den Hubschrauber über ihren Köpfen hörten. Fast zeitgleich trafen zwei Polizeiwagen und die Rettungswagen mit heulenden Sirenen auf dem Hof ein.

90. Kapitel

Max saß mit angespanntem Rücken neben Alex auf der Küchenbank der Hilgers und starrte auf sein Handy, als könne er es so dazu bringen, endlich zu klingeln. Sie hatten alles getan, was im Moment möglich war. Jetzt blieb nur noch Abwarten.

Alex und Fred hatten einen widerstrebenden Max aus dem Pferdestall ziehen müssen.

»Lass sie ihre Arbeit machen«, hatte Fred gesagt, als Sanitäter und Notarzt in den Stall stürmten. »Hier ist nicht genug Platz.«

Danach waren sie alle von den Polizisten gebeten worden, vorne zu warten und Haus und Garten waren schnell von einem Absperrband umgeben. Sie hatten nur noch hilflos aus der Ferne zuschauen können. Es hatte gedauert und mit jeder Minute, die verging, wuchs die Angst, dass der Hubschrauber ohne Kristin wieder abheben würde. Kurz nach den ersten Streifenwagen war auch Leo Werner eingetroffen. Er hatte ihnen einen mitfühlenden Blick zugeworfen, war fast im Laufschritt von seinem Geländewagen in den Garten geeilt und kurz darauf wieder nach vorne gekommen. Während Max und Alex eng umschlungen und schweigend auf den Stufen vor der Haustür saßen, war Fred mit Leo Werner und einigen anderen Polizisten ins Haus gegangen. Die Videoanlage war sichergestellt worden.

Inzwischen war Kristins Schwester in Koblenz eingetroffen und hatte ihnen Rückmeldung gegeben, dass Kristin noch im Operationssaal sei. Sie war ins Bundeswehrkrankenhaus geflogen worden. Arion war auf dem Weg hierher, ihn hatten sie erst nach Stunden erreichen können. Frau Blattschke blieb verschwunden, ebenso wie das Auto der Blattschkes. Der Hund war im Keller gefunden und ins Tierheim gebracht worden. Jakob hatte wie selbstverständlich das Kommando übernommen und angeordnet, dass alle mit zu ihnen kommen sollten, als die Polizei ihnen erlaubte zu gehen.

Alex blickte in die Runde und fühlte sich seltsam ruhig. Irgendwie wusste sie, dass alles gut werden würde und sie drückte Max noch einmal die Hand, die sie schon den ganzen Abend gehalten hatte. Der Abend war lebhaft gewesen. Immer wieder kamen Besucher aus dem Dorf, um sich zu erkundigen, was passiert war. Ein Kasten Stubbis war direkt neben den Tisch gestellt worden, als Marie das Essen auftrug. Inzwischen hatte sich auch eine Flasche Birnenschnaps dazu gesellt und es wurde lebhaft darüber diskutiert, wie sich das alles zugetragen haben könnte und wo Frau Blattschke wohl sei. Die Hilgers Jungs waren noch zu einer Streiftour unterwegs gewesen und hatten seltsamerweise das Auto der Blattschkes hinter den Holzhäusern gefunden.

Max hatte nichts getrunken, er wollte fahrtüchtig bleiben. Er und auch Alex beteiligten sich nicht an den Gesprächen.

Max' Handy meldete sich gleichzeitig mit der Türklingel. Schlagartig war es still, nur Marie eilte zur Tür. Max wirkte ein wenig erleichtert, als er das Gespräch beendet hatte.

»Sie ist aus dem OP. Es ist immer noch sehr kritisch und die nächsten achtundvierzig Stunden werden zeigen, ob sie es schafft. Sie hat viel Blut verloren«, fügte er hinzu, als Arion den Raum betrat.

91. Kapitel

Am Samstagmorgen saßen Arion, Alex und Fred in bedrückter Stimmung am Küchentisch. Der Schock saß noch tief. Arion hatte noch einmal mit der Polizei telefoniert, sie würden nach dem Frühstück gemeinsam dorthin fahren. Max war schon auf dem Weg nach Koblenz. Er hatte das Gefühl gehabt, dort sein zu müssen, auch wenn er sie vielleicht nicht sehen durfte.

Etwa zu der Zeit, als Kristin mit dem Hubschrauber abtransportiert wurde, war Blattschke gestorben. Ein Staatsanwalt und die Spurensicherung waren hinzugezogen worden und sie waren gestern Abend regelmäßig von Jakob, der sich ab und zu draußen die Füße vertreten hatte, unterrichtet worden, dass in Kristins und Blattschkes Haus noch immer Licht sei.

»Lasst uns losfahren«, sagte Arion schließlich, klappte seine Kladde mit Notizen, die er sich beim Frühstück gemacht hatte, zusammen und erhob sich vom Tisch.

Alex räumte schweigend die Tassen und Teller auf die Spüle, kramte ein wenig ziellos in der Küche herum und zog ihre Schuhe an. Sie wusste nicht, ob sie dort die Videoaufnahmen sehen würden, und hatte Angst davor. Fred sah sie aufmunternd an, aber sie wusste, dass es ihm ähnlich ging.

Etwa eine halbe Stunde später saßen sie Leopold Werner gegenüber. Er bat sie, nachdem ein Kollege etwas umständlich ihre Personalien aufgenommen hatte, noch einmal zu schildern, was sie gestern am Tatort vorgefunden hatten.

Fred und Alex beschrieben die Situation und konnten zu ihrer Erleichterung wenig später den Raum verlassen. Arion blieb zurück und versprach sie auf dem Handy anzurufen, wenn er fertig sei.

In einem Café in der Dauner Innenstadt erhielten sie den ersten Anruf von Max. Kristins Schwester hatte ihn im Krankenhaus kurzerhand zu Kristins Lebensgefährten erklärt, und somit hatte man ihm erlaubt sie zu sehen. Sie war bei Bewusstsein, schwach, aber sie hatte gelächelt, als er ins Zimmer gekommen war, und still seine Hand gehalten. Blattschkes Tod hatte sie ebenfalls schweigend zur

Kenntnis genommen und nur Verwunderung über das Verschwinden von Frau Blattschke geäußert. Wenn sie es sich recht überlege, habe sie sie die ganze Woche nicht gesehen, hatte sie gesagt und war wieder eingeschlafen.

Fred gab diese Aussage von Kristin per Handy an Arion weiter, der kurz erklärte, dass alles geklärt sei und er ihnen gleich alles erzählen würde.

92. Kapitel

Eine Stunde später betrat Arion das Café und nahm seufzend am Tisch Platz. Die sonst so ungeduldige Alex wartete, bis er sich einen Espresso bestellt hatte und mit seinem Bericht begann.

»Also zunächst einmal in Kürze. Ein Staatsanwalt wurde hinzugezogen, um zu entscheiden, ob Verdacht auf ein Tötungsdelikt vorliegt und Anklage gegen Kristin erhoben wird.«

Er sah, wie Alex zum Protest ansetzte und fuhr schnell fort. »Das ist in so einem Fall normal. Es hat einen Todesfall gegeben und der Staatsanwalt entscheidet. Das kann von Verdacht auf Körperverletzung mit Todesfolge bis hin zu Totschlag gehen.«

Lächelnd blickte er Alex an, die schon wieder zu einem Protest anhob.

»Nun lass mich doch mal in Ruhe erzählen. Die Videoaufnahmen sind eindeutig, es wird keine Anklage erhoben.«

»Hast du die Aufnahmen gesehen?«, fragte Fred.

»Ja, habe ich und sie waren nicht schön.«

Sein Bericht wurde von Alex' Handy unterbrochen. Sie lauschte kurz in den Hörer und bedankte sich bei Max für die Rückmeldung.

»Kristins Schwester hat in der Zwischenzeit einen der Ärzte zu packen bekommen. Sie hat eine Stichverletzung im Rücken und das Messer in der Brust hat nur knapp das Herz verfehlt. Es ist wohl zwischen ihrem Handy und der Spraydose hindurchgegangen, wurde aber davon abgelenkt und das war ihr Glück. Das Hauptproblem ist jetzt wohl der große Blutverlust, sie mussten ihr mehrere Konserven geben. Die Ärzte sind aber optimistisch«, berichtete sie knapp.

Arion nickte. »Das wollte ich gerade sagen. Er hat sie mit dem Messer bedroht und in den Stall gezerrt. Auf den Aufnahmen der zweiten Kamera war deutlich zu sehen, was dann passierte. Drinnen hat er sie von hinten gepackt und sie hat sich gewehrt. Er stach zu und sie fiel nach vorne. Sie hat sich auf allen Vieren wieder aufgerichtet und es geschafft, nach der Mistgabel zu greifen. Blattschke gab ihr einen Tritt von der Seite, so dass sie auf den Rücken fiel, sprang wieder auf sie und stach genau in dem Augenblick zu, als sie die Mistgabel schützend vor sich hielt. Das waren keine schönen Bilder, das kann ich euch sagen«, stöhnte Arion. »Blattschke bäumte sich förmlich auf … Oh Gott, das war furchtbar …, griff nach der Mistgabel und fiel nach hinten. Die Mistgabel hat die Luftröhre und eine Hauptschlagader getroffen.«

Alex schüttelte den Kopf. »Der muss die Mistgabel doch gesehen haben.«

Arion nickte. »Der raste, völlig wahnsinnig. Das sieht man auch an seinem Gesichtsausdruck. Er wollte töten und hat in dem Moment an nichts anderes gedacht.«

Die Kellnerin kam an den Tisch und musste wohl die letzten Worte gehört haben. Als das Gespräch verstummte, fragte sie etwas enttäuscht, ob sie noch etwas wünschten, und Fred und Alex bestellten noch einen Cappuccino.

»Was ist denn nun mit Frau Blattschke?«, fragte Fred, nachdem die Kellnerin wieder außer Hörweite war.

»Sie wurde gestern Mittag von ihrem Mann ins Krankenhaus nach Daun gebracht. Ein Polizist hat am Abend in Blattschkes Haus einen Anruf vom Krankenhaus entgegengenommen. Sie wollten Blattschke bitten, zu kommen, seine Frau sei in einem kritischen Zustand. Um es kurz zu machen, sie ist heute Nacht gestorben.«

»Die ist auch tot!« Alex holte tief Luft. »Was ist denn da abgegangen?«

»Das fragt sich die Polizei auch. Normalerweise wäre es möglicherweise als natürliche Todesursache durchgegangen, aber angesichts der Begleitumstände wurde ebenfalls eine Obduktion angeordnet. Sie haben aber einen Verdacht. Es wird Rattengift gewesen sein.«

»Dann hat Blattschke seine Frau aus dem Weg geräumt? Sie wird es ja wohl kaum selbst genommen haben, oder?«, fragte Alex.

»Im Moment deutet alles darauf hin.«

»Das Notebook?« Fred sah Arion an.

»Wurde sichergestellt. Sag mal, was hat dich denn da geritten, Fred?«

»Ich kann es dir nicht sagen. War so eine spontane Eingebung. Wir haben ja noch eine Kopie und ich dachte, man könnte der Polizei dezent stecken, dass sich eine genauere Untersuchung des Laptops lohnen würde. Aber ganz ehrlich, in dem Moment habe ich gar nicht nachgedacht, sondern nur gehandelt.«

»Jetzt sind wir das Ding jedenfalls wieder los«, sagte Alex.

»Es wird eine gründliche Aufarbeitung der ganzen Geschichte geben und ich denke, die kommen von selbst darauf, in den Computer zu schauen.« Arion lächelte. »Zurzeit versuchen sie, irgendwelche Verwandten der beiden ausfindig zu machen.«

»Ich befürchte, die vermisst keiner«, sagte Alex nachdenklich. »Was für ein Leben!«

93. Kapitel

Im Konvoi fuhren am späten Nachmittag ein altersschwacher VW-Bus mit etlichen Roststellen und ein neuer, einst glänzender und nun mit Schlamm bespritzter BMW-Sportwagen auf den Hof. Kurz darauf folgte ein roter Citroën, der auch schon bessere Zeiten gesehen hatte. Max war gerade den Berg hinaufgefahren, als Alex und Fred mit Arion im Schlepptau den Waldweg aus Richtung Stroheich verließen. Ein strahlender Max umarmte Alex und ließ sie lange nicht los.

»Du brauchst eine Freisprechanlage«, war das erste, was Arion sagte, als er aus dem Auto stieg. »Das kostet dich einen Punkt in Flensburg, wenn du beim Telefonieren im Auto erwischt wirst, wenn es zu einer Gefährdung führt, bekommst du sogar Fahrverbot.«

Alex grinste. Sie war zu Hause, alles war wie immer. Mit dem Handy am Ohr hatte sie, seit sie das Café verlassen hatten, mehrmals mit Max und den Hilgers gesprochen.

»Weißt du was?«, Alex schlang Arion die Arme um den Hals, sah in seine braunen Augen und küsste ihn lange und innig. »Du darfst mir eine Freisprechanlage schenken, ich erlaube es dir. Wenn du dann noch herausfindest, wie man den Zigarettenanzünder repariert, ist alles gut, oder?«

»Alles ist gut, wenn du mich nicht noch einmal nötigst, einen Waldweg zu fahren. Sieh dir mal mein Auto an, ich kann froh sein, wenn da unten nichts kaputt ist, bei all den Schlaglöchern.«

»Geländegängig ist er wohl nicht«, musste Alex zugeben. »Spart halt ne Menge Sprit, das sind sechs Kilometer Abkürzung. Aber okay, du hast recht, sorry.«

Fred wunderte sich nur, sie war aber wirklich friedfertig heute, das versprach fast ein ruhiger Abend zu werden.

»Von der Ordnungswidrigkeit ganz zu schweigen«, fuhr Arion fort. »Der Weg ist nur für Land- und Forstwirtschaft freigegeben.«

Fred drehte sich stöhnend um und ging ins Haus. Nein, Arion würde es nicht lernen, definitiv nicht.

»Max!«, Alex wandte sich von Arion ab und drückte Max. »Wir haben ganz, ganz viel zu erzählen.«

»Oh, da ist noch etwas, was ich vergessen habe«, sagte Alex, nachdem sich alle ausgiebig ausgetauscht haben. »Ich habe einen Anruf von der Uni bekommen. Ihr erinnert euch an diese Flecken, die ich von Blattschkes Arbeitstisch geschabt habe?«

»Schmerzlich, schmerzlich«, sagte Arion. Die anderen nickten.

»Es war tatsächlich Katzenblut«, ignorierte Alex ihn. »Und zwar von Kristins Katze.«

»Beweisführung gelungen«, konstatierte Fred.

»Mich hätte deine Erklärung für die Polizei interessiert, wie du an die Beweise gekommen bist.« Arion konnte es einfach nicht sein lassen.

»Muss ich ja jetzt nicht mehr.«

94. Kapitel

Sein Leben lang hatte er gegen den Nebel in seinem Kopf gekämpft. Immer wieder hatte es gedauert, diese Nebelwand ein wenig zu durchbrechen, um zu verstehen. Das war bis vor ein paar Wochen so gewesen, vielleicht sogar ein paar Monaten. So genau konnte er es nicht sagen. Seitdem schien es ihm nur noch selten zu gelingen, ein wenig klarer zu sehen. Aber es dröhnte die ganze Zeit in seinem Kopf. Er wurde dieses Lied nicht mehr los. Was war es? Ein Kinderlied? »Schau doch in den Garten, die andren Katzen warten.« Immer wieder schaute er in den Garten. Saß an diesem großen Fenster, das man nicht öffnen konnte. Ging nach der Mittagspause, wenn alle schlafen sollten, hinaus in die Sonne. Hier gab es keine Katzen.

Er hatte versucht, mit ihr zu reden. Mit Petra, seiner Lieblingsbetreuerin. Hatte gefragt, was dieses Lied bedeute. Sie hatte gelächelt und ihn in den Arm genommen, wie immer. Mach dir keine Sorgen, hatte sie gesagt, das sind bestimmt die neuen Medikamente. Es wird bald besser, wenn du dich daran gewöhnt hast. In einem dieser kurzen, lichten Momente sah er klar. Wenn er das Lied aus seinem Kopf bekommen wollte, musste er diese Medikamente loswerden. Er wusste, dass sie wollten, dass er die Medikamente nahm, aber da er nie irgendwelche Probleme gemacht hatte, kontrollierten sie ihn nicht. Solange das durchsichtige Töpfchen mit den Pillen morgens leer war, war alles in Ordnung. Das war vor einigen Tagen gewesen und es hatte funktioniert. Die Nebelwand riss immer öfter auf, und gestern war ihm auch eingefallen, in welchem Garten die Katzen warteten. Er hatte gestrahlt, angefangen zu summen und Petra hatte ihn wieder in die Arme genommen. »Ich bin so froh, dass es dir wieder besser geht«, hatte sie gesagt. War es ihm schlecht gegangen? Auch daran konnte er sich nicht erinnern. »Darf ich wieder rauchen?«, hatte er gefragt. Petra hatte nach kurzem Zögern mit den Schultern gezuckt. »Warum eigentlich nicht«, hatte sie gesagt und war in das Büro gegangen, das er und seine Mitbewohner nicht betreten durften. Sie war mit seinem Päckchen Zigaretten und seinem eigenen Feuerzeug zurückgekehrt. In der Schachtel waren noch elf Zigaretten. Er freute sich.

»Nur zwei am Tag und nur draußen, das weißt du noch, oder?«

Er nickte und freute sich weiter.

95. Kapitel

»Weißt du was«, sagte Alex am nächsten Freitagnachmittag, »wir haben Haus und Garten einmal ganz für uns allein. Ich mache uns einen Erdbeer-Milchshake mit unseren ersten eigenen Erdbeeren und wir lassen es uns in der Sonne gut gehen, okay?«

»Hört sich ziemlich gesund an«, erwiderte Fred skeptisch.

»Ist fantastisch, wart´s ab.«

»Rutsch mal«, sagte sie, als sie nach einer Weile mit den Getränken in den Garten zurückkehrte, wo Fred es sich inzwischen in der Hängematte bequem gemacht hatte.

»So könnte es jetzt eine Weile bleiben«, seufzte sie, ließ die Füße baumeln und schloss die Augen in der Sonne.

»Hmm«, murmelte Fred neben ihr, ebenfalls mit geschlossenen Augen. »Wird es aber erfahrungsgemäß nicht.«

Er stieß sich mit einem Fuß am Boden ab und die Hängematte schaukelte sanft hin und her. »Du bist verliebt, hm?«

Sie schwieg eine Weile und seufzte. »Ich glaube schon, ein bisschen zumindest.«

»Was ist daran so tragisch?«

Sie wandte ihm ihr Gesicht zu und sah ihn an.

»Ach, Fred, kannst du dir das vorstellen, ich als Anwaltsweibchen? Und dann flöte ich demnächst, Ari, Liebster, ich bin verzweifelt. Was soll ich nur machen, das Soufflé ist völlig zusammengefallen und der Landrat kommt doch gleich zum Dinner. Oder, Schatz, es tut mir so leid, ich habe aus Versehen deinen beigen 5.000-Dollar-Leinenanzug mit meinem blauen Batikhemd aus Malaysia zusammen gewaschen.« Sie geriet immer mehr in Fahrt. »Oder die juristischen Komplikationen. Hasimäuschen, heute beim Golfen habe ich der Frau von Bundestagskandidat Soundso meinen Schläger vor´s Implantat gehauen. Was, wenn es eines dieser Billigimplantate aus Frankreich war und geplatzt ist, muss dann ich zahlen oder die Firma?«

Fred lachte schallend.

»Ich kann dich weder Liebster noch Hasimäuschen sagen hören. Dir geht mal wieder vollständig die Fantasie durch. Spielt er überhaupt Golf? Habe ich ihn noch nie von reden hören.«

»Ich habe keine Ahnung. Eigentlich weiß ich überhaupt nichts über ihn, außer dass er mich regelmäßig so nervt, dass ich schreien möchte, und dass meine Hormönchen mir einen Streich spielen und ich ihn trotzdem attraktiv finde.« Alex stöhnte.

»Vielleicht ist das dein Problem. Du schaust zu weit nach vorne. Lass es doch einfach mal auf dich zukommen.«

Sie schloss die Augen erneut und dachte darüber nach. »Manchmal wünschte ich, ich wäre wie du, einmal hin, alles drin und danach weiter zum nächsten Bienchen.«

»Das ist unfair«, wehrte er halbherzig ab. »Ich verliebe mich schon, aber es hält nicht an und da kann ich ja nix dafür.«

Sie öffnete die Augen einen Spalt weit und blinzelte hinüber. Hatte sie doch richtig vermutet, er war nicht wirklich verletzt, sondern er lächelte mit unverhohlenem Stolz – ein fast vierzigjähriger Teenager.

»Jetzt kommt gleich erst mal etwas anders auf uns zu«, murmelte sie nach einer Weile. »Vorne ist ein Auto vorgefahren.«

Es kam keine Antwort mehr. Sie drehte den Kopf zu Fred. Er war mit leicht geöffnetem Mund eingeschlafen. Wer immer es ist, wird uns hier hinten finden, dachte sie und lehnte sich wieder zurück.

Sie erkannte ihn am Gang. Ein wenig kannte sie ihn also doch schon, sinnierte sie weiter und bedeutete ihm mit den Fingern auf den Lippen, leise zu sein.

»In der Küche gibt es Kaffee und Kuchen. Wenn ich jetzt aus der Hängematte klettere, wird Fred wach«, flüsterte sie.

»Fred ist schon wach«, grinste Fred Arion an. »Wenn du Kaffee holst, bring mir doch bitte auch einen mit. Sie versucht, mich mit diesem supergesunden Zeug zu vergiften.«

»Du könntest es wenigstens probieren«, protestierte sie und erhob sich nun doch aus der Hängematte.

»Ich komme immer noch nicht darüber weg, dass es ganz banales Rattengift gewesen sein soll«, sagte Alex grübelnd, als sie wenig später mit Arion am Gartentisch saßen.

»Alles deutet darauf hin«, erwiderte Arion. »Es ist wohl auch eine Frage der Verfügbarkeit. Rattengift konnte er überall bekommen, aber er konnte nicht einfach in eine Apotheke gehen und eine Tüte voll Arsen verlangen.«

»Und, dass sie es freiwillig genommen hat, ist ausgeschlossen?«, fragte Fred.

»So ziemlich. Einen so qualvollen Tod tut sich wohl kaum ein Mensch freiwillig an, und schon gar nicht jemand mit Fachkenntnissen. Sie war Krankenschwester, wie wir jetzt wissen. Die Spurensicherung hat gute Arbeit geleistet. Sie haben Spuren des Gifts in der Spüle und im Bett nachgewiesen, da muss sie sich übergeben haben, das war noch gut zu erkennen, obwohl er ein bisschen sauber gemacht hat. Sie wissen, wo er es gekauft hat und es war zweifelsfrei Blattschke, der es gekauft hat, nicht seine Frau.

»Aber gerade als Krankenschwester hätte sie doch die Symptome erkennen müssen.« Alex zweifelte immer noch.

»Vielleicht war es wirklich zu banal. Außerdem konnten sie in ihrem Blut Schlafmittel nachweisen. Vielleicht hat er sie vor der Verabreichung des Gifts sediert. Die Obduktion hat auch darüber Aufschluss gegeben, Schlafmittel in hohen Konzentrationen. Den ganz genauen Ablauf werden wir vermutlich nie erfahren. Jedenfalls hat er im Dauner Krankenhaus sehr überzeugend den verzweifelten Ehemann gespielt. Sie habe nicht früher ins Krankenhaus gehen wollen, obwohl er sie die ganze Woche gedrängt habe. Sie habe ihm versichert, es sei ein Magen-Darm-Virus, ganz harmlos. Als er sie einlieferte, war sie schon nicht mehr ansprechbar, und obwohl die im Krankenhaus sehr schnell dahintergekommen sind, was ihr fehlte, war es zu spät. Die inneren Blutungen waren schon zu weit fortgeschritten.«

»Mir ist ihre Rolle in der ganzen Geschichte nicht klar. Haben sie zusammen Krämer abgezogen und um die Ecke gebracht? Oder stand sie in einem Abhängigkeitsverhältnis zu ihrem Mann, war ihm hörig?« Alex kaute nachdenklich auf dem Strohhalm ihres Milchshakes herum. »Vielleicht war er es ja auch, der ihre Mutter umgebracht hat und nicht sie.«

»Das halte ich für unwahrscheinlich«, sagte Fred. »Warum sollte sie bei ihm bleiben? Sie war doch reich und konnte ihn abschießen.«

»Das werden wir wohl auch nicht erfahren«, antwortete Arion. »Abgesehen davon wissen wir weder, ob die Mutter ermordet wurde, noch ob die Blattschkes etwas mit Krämers Tod zu tun haben. Alles reine Spekulation.«

»Zumindest ein gutes Motiv in beiden Fällen.«

Arion fuhr unbeirrt fort. »Wir wissen nur, was mit Kristin passiert ist. Nachdem das Auto gefunden wurde, deutet alles auf Vorsatz hin. Er wollte wohl Kristin glauben machen, dass er weg sei und ist zu Fuß nach Hause gegangen. Kleines Detail am Rande, er hatte überhaupt keinen Führerschein, aber das hat ihn wohl nicht wirklich vom Fahren abgehalten. Nach dem Mord an seiner Frau ist davon auszugehen, dass er auch

Kristin töten wollte. Es gab keine Hemmschwelle mehr. Vielleicht hatte er auch nichts mehr zu verlieren, weil da ist etwas, was ihr noch nicht wisst.«

»Aha ...«, Alex blickte neugierig auf. »Spuck's schon aus.«

»Am Tag vor dem Überfall auf Kristin war Blattschke zur Vernehmung nach Daun geladen und hat erfahren, dass gegen ihn Anklage wegen Körperverletzung und versuchter Vergewaltigung erhoben wird. Der ominöse Zeuge, der Motorradfahrer, der Kristin gerettet hat, hat sich gemeldet und umfassend ausgesagt.«

»Seine Frau hatte er aber schon vorher vergiftet«, überlegte Alex. »Vermutlich, weil er sie beerbt hätte. Das spricht aber irgendwie dagegen, dass die beiden bei dem Mord von Krämer gemeinsame Sache gemacht haben. Hätte es also diese Anzeige von Kristin nicht gegeben und hätte der Motorradfahrer nicht ausgesagt, wäre wahrscheinlich alles gut für ihn gelaufen. Reich, ungebunden ... Geht die Polizei denn davon aus, dass er auch Krämer auf dem Gewissen hat?«

Arion zuckte mit den Schultern. »Keine Ahnung, das war nicht Thema.«

»Ich glaube nicht, dass Blattschke Krämer umgebracht hat«, sagte Alex überraschend.

Fred runzelte die Stirn, Arion verdrehte die Augen.

»Irgendwie hat sich bei mir ein Gedanke festgesetzt, aber ich bekomme ihn einfach nicht zu packen.«

Arion stöhnte und Alex' Handy klingelte. Sie strahlte und seufzte wohlig, als sie das Gespräch beendete.

»Wie würde meine Freundin Doris sagen, Friede, Freude, Eierkuchen ... Kristin geht es deutlich besser und sie kann bald nach Hause. Tja, und unser Maxe hat sie gerade geküsst.«

»Wurde ja auch Zeit«, brummte Fred. »Ich hatte schon befürchtet, ich müsste ihm Nachhilfeunterreicht geben.«

Alex' Handy klingelte erneut. »Ich hätte es im Haus lassen sollen«, stöhnte sie.

Auf ihrer Stirn bildete sich eine steile Falte und ihr Gesicht nahm einen zunehmend besorgten Ausdruck an, während sie zuhörte. »Ja, natürlich, das ist überhaupt kein Problem. Ich komme gleich und hole den Schlüssel.« Wieder entstand eine lange Pause. »Nein, ich habe nichts Wichtiges zu tun. Marie, das ist wirklich kein Problem. Ich bin in fünf Minuten bei dir.«

»Ist was mit den Hilgers?«

»Nein, bei den Hilgers ist alles ok«, murmelte sie, während sie sich an ihrem Handy zu schaffen machte. »Mist, zehn Anrufe in Abwesenheit, alle von Marie. Sie muss es schon eine ganze Weile versucht haben. Hm, die Leni ist heute Morgen böse gestürzt, Oberschenkelhalsbruch, sagt Marie. Sie hat es noch geschafft, selbst den Krankenwagen zu rufen, und sie hat auch den Krankenwagenfahrer überredet, über Loogh zu fahren und ihren Schlüssel bei Marie zu lassen, damit sich jemand um die Katzen kümmern kann.« Alex war jetzt aufgestanden.

»Ja, und Marie meinte, Leni konnte ja gar nicht mehr laufen und sich Sachen fürs Krankenhaus packen, und fragte, ob ich vielleicht etwas für sie zusammenpacken und es nach Daun fahren könnte. Sie wird sich in ihren eigenen Sachen wohler fühlen als in diesen Leichenhemden, in die sie vom Krankenhaus gepackt wird, sagte Marie. Und sie hat mich auch gebeten, die Katzen zu füttern. Sie ist sehr besorgt und hat versucht, im Krankenhaus etwas zu erfahren, aber die geben ihr keine Auskunft, weil sie nicht verwandt ist. Und die Män sind schon den ganzen Tag irgendwo in Walsdorf im Wald in einem Funkloch und Marie fährt ja nicht Auto.«

»Soll ich mitfahren?«, fragte Arion hoffnungsvoll nach dieser etwas langen und umständlichen Erklärung.

»Nein, das ist lieb, aber ich fahre alleine. Aber …«, sie zog ihr Handy wieder aus der Hosentasche und setzte sich auf die Lehne ihres Stuhls.

»Hm, da ist es ja, das haben wir gleich«, murmelte sie und tippte eine Nummer ein.

»Ja, Cameron hier«, sagte sie nach einer längeren Wartezeit. »Meine Oma wurde heute Morgen bei Ihnen eingeliefert, können Sie mich zu ihr durchstellen, der Name ist Conradi.« Pause. »Nein, nicht Elisabeth, Helena.«

»Sie verbinden mich mit der Station«, flüsterte sie den Männern zu. »Meine Oma wurde heute Morgen bei Ihnen eingeliefert, Frau Conradi. Ich habe es gerade von den Nachbarn erfahren, als ich sie besuchen wollte. Kann ich mit ihr sprechen oder können Sie mir sagen, was mit ihr ist? Geht es ihr gut?« Alex hatte sehr überzeugend einen gehetzten Ton aufgesetzt.

Wieder hörte sie eine Weile zu.

»Nein danke, das ist nicht nötig. Ich packe nur noch ein paar Sachen für sie und komme gleich.«

Sie beendete das Gespräch, lächelte wieder und rief Marie noch einmal an.

»Sie konnten mir natürlich nicht sagen, was ihr fehlt, aber sie hat die OP gut überstanden und ist sogar schon wieder auf dem Zimmer. Im Moment schläft sie. Ich bin gleich bei euch.«

Schon im Gehen drehte sie sich noch einmal zu den beiden Männern um. »Ich bin dann mal weg.«

Arion und Fred sahen sich an.

»Das macht sie mit Absicht, um mich zu provozieren«, sagte Arion schließlich.

»Quatsch, du nimmst dich zu wichtig«, antwortete Fred. »Sie ist so, natürlich hilft sie. Und sie hat im Krankenhaus angerufen, um Marie zu beruhigen.«

96. Kapitel

Der Bademantel und die Hausschuhe waren schnell gefunden. Der eine hing an einem Haken hinter der Schlafzimmertür und die violetten, gefütterten Pantoffeln standen brav nebeneinander in der Nähe der Eingangstür. Alex steckte die Pantoffeln ganz unten in den Baumwollbeutel, den Marie ihr noch in die Hand gedrückt hatte, weil sie selbst natürlich nicht daran gedacht hatte, etwas für den Transport mitzunehmen. Marie hatte ihr auch einen Zettel gegeben und aufgelistet, was ihrer Meinung nach ins Krankenhaus sollte. Der gefaltete Morgenmantel folgte, jetzt fehlten die Nachthemden. Leni besaß eine stattliche Anzahl langer Nachthemden in zarten Blau- und Rosatönen. Alex griff die drei obersten, sie folgten dem Morgenmantel in die Tasche. Sie überlegte es sich anders und nahm noch vier, somit hätte Leni eine Woche lang jeden Tag ein frisches Nachthemd. Auf der Suche nach Unterwäsche drehte sie sich um und öffnete die oberste Schublade des Frisiertisches. Nachdenklich betrachtete sie ein Sammelsurium von alten Portemonnaies, ein paar Armbanduhren, Damen- und Herrenuhren, ein paar kleine Schmuckkästchen, wie man sie vom Juwelier bekommt, eine Medaille, vergilbte Fotos und andere Erinnerungsstücke an ein langes Leben. Wahrscheinlich nicht mehr in Gebrauch, aber eine unendlich wertvolle Verbindung zu vergangenen Zeiten, vergangenen Menschen. Vorsichtig schloss Alex die Schublade wieder, mit dem Gefühl, Lenis Privatsphäre verletzt zu haben. In der zweiten Schublade wurde sie fündig und konnte sich diesmal ein Lächeln nicht verkneifen. Liebestöter nannte man diese Unterwäsche wohl. Na ja, sexy Dessous waren bei einer 78-Jährigen auch kaum zu erwarten. Unterhemden waren überflüssig, entschied sie. Leni würde sie kaum unter einem Nachthemd tragen. Sie ging in die Hocke, um den zusammengefallenen Baumwollbeutel wieder zu öffnen, hielt ihn an einem Griff offen und griff nach den ersten drei Schlüpfern, als Moorchen, der fuchsrote Kater, durch die offene Tür des Schafzimmers stolzierte.

»Na, du. Du vermisst die Leni bestimmt. Du bekommst gleich dein Futter.« Alex streichelte ihm über den Rücken und hinter den Ohren, während er den Inhalt der Tasche genau inspizierte. Er sah Alex mit geradezu giftgrünen Augen scharf an und machte einen überraschenden Satz in die geöffnete Schublade.

»Hey du, so geht das aber nicht.« Alex versuchte, ihn vorsichtig aus der Schublade zu heben, doch an den ausgefahrenen Krallen hingen insgesamt drei dieser genialen Liebestöter. Etwas wackelig in der Hocke, die Katze auf dem Schoß, versuchte sie ihn zu überreden, sich von seiner Beute zu trennen, ohne sie in Stücke zu reißen.

»Kollege, jetzt muss ich hier auch noch aufräumen«, sagte sie lachend, als sie ihn schließlich absetzte und sich dem Chaos in der Schublade zuwandte. Ungläubig ließ sie sich wieder in die Hocke sinken. Ganz unten lugte der Griff von etwas unter der Unterwäsche hervor, das eindeutig nach einer Schusswaffe aussah.

Sie runzelte die Stirn. Sie wehrte sich. Das konnte nicht sein. Sie dachte an ihre Begegnungen mit Leni, an ihre sanfte Art. Sie dachte an ihr erstes gemütliches Beisammensein in der Küche vor ein paar Wochen. Die gleiche Wellenlänge, die spontane Sympathie. Nein, definitiv, es konnte nicht sein.

Sie blickte auf die Pistole, die halb von Unterwäsche verdeckt in der Schublade vor ihr lag. Wie kam eine so tödliche Waffe in Lenis Besitz? Konnte eine andere Person sie hier hineingelegt haben. Aber wer hatte Zugang zu diesem Haus? Unten klingelte das Telefon. Sie ließ es klingeln. Langsam fügte sich alles in ihrem Kopf zusammen, wie Puzzleteile, die ohne ihr Zutun in die richtige Position schwebten. Sie stand auf, ging langsam und wie benommen die Treppe hinunter, verließ das Haus durch die Gartentür und betrat die Scheune durch eine kleine Tür, die in das zweiflügelige Scheunentor eingelassen war. Ganz hinten in der Ecke, unter einer Plane, fand sie, was sie suchte, ließ sich auf den staubigen Scheunenboden vor den ramponierten Stuhl sinken und weinte. Einer der blauen Küchenstühle mit Armlehnen. Die gepolsterte Sitzfläche wies noch Reste von Heu auf. Bioheu, wie Alex wusste. Verschwommen konnte sie Klebstoffreste an den Armlehnen und den vorderen Beinen erkennen. Selbst ein Rest von silbernem Panzerband hing noch an der Rückseite eines der Stuhlbeine.

97. Kapitel

Es war bereits Abend, als Alex im Krankenhaus eintraf. Leni blickte kurz auf, als sie nach einem leisen Klopfen das Zimmer betrat. »Meine Enkelin, wie schön«, murmelte sie, lächelte und schlief wieder ein.

Alex zog sich einen Stuhl neben das Bett und betrachtete sie. Sie sah so verletzlich aus, bleich auf der weißen Krankenhausbettwäsche und in diesem schrecklichen Krankenhausnachthemd. Den rechten Arm gestreckt mit einem Zugang, durch den eine klare Flüssigkeit tropfenweise in ihre Adern floss. Was für eine unglaubliche Bürde musste es für sie gewesen sein, dieses Geheimnis zu wahren. Sehr zärtliche Gefühle stiegen in Alex auf, für diese so starke alte Frau, die so schwach vor ihr lag. Vorsichtig stand sie auf und schloss leise die Tür hinter sich.

Auf dem Flur begegnete ihr eine Schwester, die sich erkundigte, ob alles in Ordnung sei. Nicht wirklich, dachte Alex, laut sagte sie: »Ich möchte heute Nacht hier bleiben, geht das?«

»Ja, sicher«, versicherte die Schwester. »Ich lege Ihnen nachher eine Decke hin. Melden Sie sich, wenn Sie in der Nacht irgendetwas benötigen. Getränke können Sie sich von dem Wagen dort drüben nehmen.« Sie deutete auf einen Rollwagen vor dem Schwesternzimmer, auf dem Gläser und Mineralwasserflaschen aufgereiht waren. Alex bedankte sich, erklärte, dass sie zu Hause Bescheid sagen müsse und setzte ihren Weg durch die nächtliche Stille der Klinik fort. Draußen informierte sie Fred über ihren Entschluss, im Krankenhaus zu bleiben, bat ihn, den Hilgers zu sagen, dass Leni ruhig schlafe und bat ihn auch, Arion zu bitten, nicht zu fahren. Sie würden sich morgen früh sehen.

Sie steckte ihr Handy zurück in die Jeanstasche und beschloss noch ein wenig durch Daun zu laufen, bevor sie in das stickige Krankenzimmer zurückkehrte. Es wäre äußerst unfair Leni in ihrem jetzigen Zustand mit ihrem Verdacht zu konfrontieren.

Die Nacht verlief ruhig. Ein paar Mal steckte die Nachtschwester den Kopf zur Tür herein, um nach dem Rechten zu sehen. Einmal, schon in den frühen Morgenstunden, wechselte sie den Tropf. Alex schaffte es, wenigstens stundenweise zu dösen, und sie war überrascht, wie schnell die Nacht verging und der Krankenhausbetrieb in den frühen Morgenstunden erwachte. Zweimal verließ sie das Zimmer, als Lenis Bett gemacht und sie gewaschen wurde, und nutzte die Zeit, um sich selbst einen Kaffee zu holen.

Leni sah deutlich besser aus, als sie zurückkehrte. Das Kopfteil des Bettes war aufgerichtet worden, und sie saß halb aufrecht, eine Teetasse in der Hand und ein Frühstückstablett auf dem ausgeklappten Seitenwagen. Allerdings beiseite geschoben und offensichtlich unangerührt. Alex setzte sich wieder auf ihren Besucherstuhl, griff in die Baumwolltasche mit den Kleidungsstücken und legte Leni wortlos eine kleine blaue Schachtel auf den Schoß. Sie hob den Deckel an und legte ihn zur Seite. Ehemals hatte dieses Schächtelchen Tortenheber beherbergt und Alex hatte sie nach einigem Suchen in einer von Lenis Küchenladen gefunden und geleert. Die ersten Sonnenstrahlen spiegelten sich auf dem kupferfarbenen Lauf der altertümlich anmutenden Pistole auf blauem Samt. Ganz schön schwer für so ein kleines Ding, hatte Alex gedacht, als sie die Pistole vorsichtig mit einem von Lenis Liebestötern ergriffen und dort platziert hatte.

Lange sahen sie sich an.

»Ich wusste, dass Sie es herausfinden würden«, sagte Leni schließlich leise. »Ich wusste es, seit Sie an jenem Sonntag zum Pflaumenkuchenessen bei mir waren.«

Alex schwieg.

»Ich glaube, ich wollte auch, dass Sie es herausfinden.« Leni nippte an ihrem Tee und blickte nachdenklich auf die Pistole.

»Anfangs nicht«, Leni stockte. »Es war in Ordnung, solange es keinen anderen Verdächtigen gab. Aber jetzt sitzt jemand in Untersuchungshaft und wird vielleicht für etwas bestraft, was er nicht getan hat.«

Es hatte sich wohl noch nicht bis zu Leni herumgesprochen, dass der verhaftete Kollege von Rudolf Krämer nicht mehr unter Verdacht stand.

»Wollen Sie mir sagen, warum Klaus Rudolf Krämer erschossen hat?«, fragte Alex leise.

Leni nickte. Traurig. Müde. Nachdenklich.

»Im Grunde hat er es wohl meinetwegen getan«, begann sie in sehr langsamen Worten. »Rudolf hat seit vielen Jahren immer wieder Katzen vergiftet. Bei seinem letzten Besuch hat Klaus mitbekommen, wie ein kleiner schwarzer Kater elendig verendet ist.«

Sie schaute aus dem großen Fenster in die Ferne.

»Aber das Ganze hat eine lange, ja, fast lebenslange Vorgeschichte. Klaus ist Epileptiker. Als er Kind war, war die Medizin noch nicht so weit, wie sie vielleicht heute ist. Er hatte fortlaufend Anfälle und früher dachte man, dass die Masse der Anfälle Schäden hinterlassen hat. Aus heutiger Sicht ist das unwahrscheinlich. Meine Schwester hatte eine sehr schwere Geburt und vermutlich kam es durch Sauerstoffmangel zu einer leichten Hirnschädigung und erst dadurch zu der Epilepsie. Spielt ja auch keine Rolle. Klaus war immer ein richtig lieber Junge, aber er war sehr langsam in seiner Auffassungsgabe und musste tagsüber immer einen Kopfschutz tragen. So eine Art Helm aus abfederndem Material, der seinen Kopf vollständig umschloss und ihn natürlich ziemlich idiotisch aussehen ließ. Dies, also der Helm und seine langsame Art machten ihn zur Zielscheibe für Rudolf. Für Klaus war Rudolf ein Held, obwohl Rudolf jünger war. Rudolf hat ihn so gehänselt, hat so eklige Sachen mit ihm gemacht.« Tränen stiegen in Lenis Augen. Sie wischte sie verstohlen mit der freien Hand weg.

»Als Kind hatte er viele Anfälle, und es war so schrecklich zu sehen, wie dieses kleine Kerlchen am Boden zuckte. Einige Male fiel er in einen sogenannten Status epilepticus, das heißt, der Anfall dauerte an oder er fiel direkt von einem Anfall in den nächsten. Am schlimmsten war es, wenn es im Garten passierte und Rudolf es mitbekam. Ich konnte ja auch nicht vierundzwanzig Stunden direkt neben Klaus sein. Einmal habe ich gesehen, wie Rudolf direkt über dem liegenden Klaus stand und ihm ins Gesicht urinierte. Und da waren andere Geschichten …«

Sie fasste sich, richtete sich ein wenig auf und erzählte weiter.

»Mitte der 80er Jahre hatten die Amerikaner eine Operationsmethode für seine spezielle Form der Epilepsie entwickelt. Hier war das damals noch nicht möglich. Ich habe ihn in die USA begleitet und die Operation war teilweise erfolgreich. Er musste keinen Helm mehr tragen und konnte andere, verträglichere Medikamente nehmen.

Aber seine leichten Intelligenzdefizite blieben leider. Rudolf hat ihm später nicht mehr weh getan, denn Klaus war ein gutes Stückchen größer und kräftiger geworden als er. Aber er hänselte ihn weiter, meistens aus der Sicherheit seines eigenen Gartens heraus.«

»Warum jetzt?«, fragte Alex. »Nach so vielen Jahren.«

Leni zuckte müde mit den Schultern. »Es war wohl der kleine Kater. Rudolf machte das mit meinen Katzen ja seit Jahren und Klaus ist nur noch ab und zu bei mir. Ich habe ihm nie davon erzählt. Diesmal hat er es selbst mitbekommen. Der kleine Kater hat sich so gequält und Klaus hat den Futternapf mit dem vergifteten Futter in der Scheune gefunden. Er ist zwar sehr langsam, aber er hat wohl eins und eins zusammengezählt. Das hat er mir jedenfalls noch erzählt.«

»Und die Waffe? Wie ist er darangekommen?«

Leni zuckte wieder mit den Schultern. »Ich weiß es nicht. Ich hatte sie immer so gut versteckt, aber irgendwie muss er sie gefunden haben. Zufall, denke ich.«

Alex schwieg und Leni ahnte ihre nächste Frage.

»Es ist eine alte Wehrmachtspistole. Mein Vater hat sie im Wald gefunden. Hier waren während des Krieges überall in den Dörfern Soldaten stationiert. Als der Krieg zu Ende war, haben sie sich Zivilkleidung angezogen und sind geflohen. Die Waffen haben sie oft einfach in den Wald geworfen.«

Alex betrachtete die Pistole noch einen Moment mit etwas anderen Augen. Diese kleine Waffe hatte mit hoher Wahrscheinlichkeit schon früher getötet. Der Abzug wies Gebrauchsspuren auf. Angewidert klappte sie die Schachtel wieder zu.

»Die stecke ich jetzt in die Tasche zurück. Gleich kommt noch jemand rein und interpretiert die Situation falsch.«

»Wollen Sie mir erzählen, was in jener Nacht passiert ist?« fragte sie, nachdem sie die Schachtel mit der Pistole sicher unten in der Baumwolltasche verstaut hatte.

»Ich weiß es auch nur von dem, was Klaus mir erzählt hat und er war völlig außer sich, als er mich geweckt hat.« Leni sprach leise, stellte die Teetasse auf den Beistellwagen und ihr Blick schweifte wieder zum Fenster.

»Wahrscheinlich hat er sich in der Scheune versteckt, um Rudolf dabei zu erwischen, wie er die Katzen vergiftet. Ich vermute, er hatte das schon einige Nächte gemacht, aber das kann ich nicht genau sagen. Jedenfalls schlich sich Rudolf in dieser Nacht wieder mit einem Futternapf in meine Scheune und Klaus schlug ihn mit einem Knüppel nieder. Den Knüppel hatte er mir vor Jahren geschenkt. Wochenlang hat er daran geschnitzt, geschliffen und sogar geölt. »Das ist für die Einbrecher, wenn ich nicht da bin«, hat er gesagt. »Du bist ja immer alleine, Tante Leni«.

Als er mich weckte, schrie er immer nur: »Ich wollte nur mit ihm reden, Tante Leni, ich wollte das nicht.« Später, als er ein bisschen ruhiger war, hat er noch mal gesagt: »Ich wollte doch nur, dass er mir verspricht, dass er nie wieder deine Katzen anrührt, er sollte mir das versprechen, Tante Leni.« Aber Rudolf wollte nichts versprechen und machte sich über die toten Katzen lustig. Wie spannend, wenn sie sich vor Schmerzen winden, … wenn sie vor Durst den Gartenteich aussaufen wollen, … wenn ich sie im Garten suche. Finde. Mich aufrege. Weine. Er hat ihn ausgelacht, den Idioten, der nie was auf die Reihe gekriegt hat und immer noch am Rockzipfel der Tante hängt. Und dann hat er angefangen zu singen.«

»Er hat gesungen?«, fragte Alex ungläubig.

Leni seufzte.

»Das hat er schon als Kind gemacht. Als meine Mutter noch lebte ging es so.«

Sie begann leise zu singen.

›Kläuschen, Popäuschen
Idiot in Omis Häuschen‹

Nach dem Tod meiner Mutter hat er es umgedichtet auf.

›Idiot in Lenis Häuschen‹

»In der Nacht, in der Scheune …«, sie stockte und setzte erneut an. »Er hat Klaus überhaupt nicht ernst genommen. Klaus war immer ein ganz lieber Kerl. Er hat noch nie in seinem Leben einer Fliege etwas zuleide getan und wollte nur dieses Versprechen. Aber Rudolf hat ihn verhöhnt und die ganze Zeit weiter gesungen.

›Kläuschen, Popäuschen
Idiot in Lenis Häuschen
Schau doch in den Garten
Die andren Katzen warten.‹

Klaus summte das die ganze Nacht, sogar noch auf dem Traktor, als ich am nächsten Morgen mit ihm nach Oberbettingen zur Bahn fuhr.«

Leni verstummte erschöpft und Alex reichte ihr ein Papiertaschentuch. Müde wischte sie sich die Tränen ab und schloss die Augen.

»Er zitterte am ganzen Körper und es dauerte eine Weile, bis ich ihn kurz allein lassen konnte, um in die Scheune zu gehen. Rudolf war eindeutig tot. Ich glaube nicht, dass er noch zu retten gewesen wäre, wenn ich ihn schneller gefunden hätte. Aber ich weiß es nicht.«

Alex strich ihr über den Arm, bis ihre Hand auf Lenis Hand zum Ruhen kam. Eine knochige, alte, zerbrechliche Hand, die so gut zupacken konnte.

»Was passiert jetzt mit ihm?«, fragte Leni, ohne die Augen zu öffnen.

Alex drückte ihre Hand etwas fester und schwieg.

»Ich kann mir nicht vorstellen, dass er ins Gefängnis kommt«, sagte sie nach einer Weile. »Eine geschlossene Einrichtung vielleicht?«

Wieder schwieg sie.

»Ich kenne hier in Daun einen sehr netten Kommissar. Haben Sie etwas dagegen, wenn ich ihn anrufe?«

Alex war sich nicht sicher ob sie noch ein Nicken wahrgenommen hatte. Lenis Kopf rollte kaum merklich ein wenig zur Seite. Sie war wieder eingeschlafen.

Alex lehnte sich im Besucherstuhl zurück und schloss die Augen. Die Tränen sammelten sich an ihrem Kinn und liefen ihr den Hals hinunter. Sie ließ sie fließen. Es hatte Zeit. Alles hatte Zeit. Und sie weinte leise weiter. Die Tränen sickerten langsam durch ihre Halskette. Malachit aus Zaire, dachte sie. Vielleicht würden sich die Steine auflösen, schmelzen.

Nach einer Weile wischte sie sich mit beiden Handflächen über das Gesicht. Leni schlief fest. Leise stand sie auf und verließ das Zimmer. Auf dem Flur kam ihr einer der Pfleger entgegen.

»Alles in Ordnung mit Frau Conradi?«

Sie nickte, »Alles bestens«, und setzte ihren Weg nach draußen fort. Müde, wie ein Zombie und unendlich traurig.

98. Kapitel

Leopold Werner hörte sich ihre Geschichte an, ohne sie zu unterbrechen, und versprach, so schnell wie möglich ins Krankenhaus zu kommen. Sie informierte Fred in kurzen, müden Worten und erfuhr, dass auch Max inzwischen in Loogh eingetroffen war. Nein, sie wollte nicht, dass einer von ihnen ins Krankenhaus kam. Kaum hatte sie das Gespräch beendet, klingelte ihr Handy und riss sie aus ihrer Lethargie. Klaus sei nach dem Frühstück verschwunden, erfuhr sie von einer besorgten Marie. Eine Schwester Petra hatte sie informiert. Leni hatte wohl die Nummer der Hilgers als Notfallnummer in der Einrichtung hinterlegt. Alex rief diese Schwester

Petra sofort zurück. Frühstück, was bedeutete das? Kurz nach acht Uhr sei er zuletzt gesehen worden, als er in den Garten gegangen wäre, erfuhr sie. Alex sah auf die Uhr, es war fast Mittag. Sie fühlte sich völlig überfordert, versprach aber, später noch einmal anzurufen und erhielt ihrerseits das Versprechen, sofort informiert zu werden, wenn er gefunden würde.

Es dauerte keine Stunde, bis Leopold Werner seinen Geländewagen auf den Parkplatz des Krankenhauses stellte. Alex ging zu ihm hinüber und setzte sich auf den Beifahrersitz.

»Der Klaus ist verschwunden«, sagte sie. Sie berichtete, was sie von der Einrichtung erfahren hatte und zeigte ihm die Telefonnummer auf dem Display ihres Handys. Dann lehnte sie sich auf dem Beifahrersitz zurück und starrte ins Leere, während er mehrere Telefonate führte und irgendwelchen Leuten irgendwo Anweisungen erteilte.

»Können wir gehen?«, fragte er. Vermutlich hatte er schon seit einiger Zeit aufgehört zu telefonieren. Er lächelte sie an und strich ihr über die Haare. »Kommen Sie, den letzten Schritt schaffen wir gemeinsam.«

Sich fallen lassen. Ja, so fühlte es sich an, sich fallen zu lassen.

Sie lächelte zurück und öffnete die Beifahrertür.

Im Krankenhausflur roch es nach Kantinenessen, und vor Lenis Tür stand ein hoher silberner Rollcontainer. Sie selbst hatte wohl auch seit gestern Mittag nichts mehr gegessen, ging es Alex durch den Kopf, aber sie fühlte sich nicht hungrig. Leni sah wieder etwas besser aus, nicht mehr ganz so grau im Gesicht. Während sie sich hin und wieder ein Gäbelchen in den Mund schob, offensichtlich ohne großen Appetit, erzählte sie, jetzt fast emotionslos, was sie mit Rudolfs Leiche gemacht hatte. Zunächst einmal gar nichts. Sie hatte Klaus nach Köln begleitet, das Personal gebeten, ihm etwas zur Beruhigung zu geben, weil er ein sehr traumatisches Erlebnis mit einer toten Katze gehabt hatte, und war wieder in die Eifel zurückgekehrt. Da Rudolf zwar ein schrecklicher Mensch war, aber ein sehr gläubiger schrecklicher Mensch, hatte sie ihm noch in der Nacht die Hände gefaltet, was nicht so einfach war. Auf der Zugfahrt von Köln hatte sie genug Zeit zum Nachdenken gehabt. Noch am selben Abend hatte sie den erstarrten Toten, der immer noch an den Stuhl gefesselt war, in einen Heuballen geschnürt und mit einer Plane umwickelt. Eigentlich wollte sie ihn im Wald neben ihrer Schafweide vergraben. Aber in der Nacht hatte sie es sich anders überlegt, denn auch der Rudolf hatte ein würdiges Begräbnis verdient.

Von Rudolf hatte sie außer seinen Gemeinheiten nicht viel mitbekommen, aber diese kleine Bank auf dem Hönsel schien wohl sein Lieblingsplatz zu sein. Also hatte sie das ganze Bündel mit der Heugabel ihres Traktors hochgehoben und auf den Hönsel gefahren. Nein, bestätigte sie auf Leopold Werners einzige Zwischenfrage, es war nicht so einfach gewesen, ihn vom Stuhl auf die Bank zu bekommen, dazu hatte sie wieder den Traktor zu Hilfe nehmen müssen. Und es war ihr keine Zeit geblieben, das ganze Heu, das an Rudolf haftete, zu entfernen. Den mittlerweile ziemlich ramponierten Stuhl hatte sie erneut mit Heu und Plane umwickelt, war in einem großen Bogen zu ihrer Schafwiese gefahren, weil zunächst noch immer Heu herunterrieselte und hatte ihn in ihrer Scheune wieder ausgepackt, wo Alex ihn gefunden hatte.

»Wo ist die Waffe jetzt?«, fragte Leopold Werner, als Leni wieder eingenickt war. Alex deutete mit dem Kopf auf einen Baumwollbeutel, der an ihrem Stuhl hing. Leopold Werner zog nur kurz die Augenbrauen hoch.

99. Kapitel

»Du bist also wirklich mit einer geladenen Waffe ins Krankenhaus gefahren?«, fragte selbst Max ungläubig, nachdem bislang niemand Alex Bericht unterbrochen hatte.

»Ja, sie war wohl geladen«, gab Alex zu. »Kommissar Werner hat noch fünf Schuss Munition entfernt.«

Arion starrte stur auf den Tisch vor sich.

»Und wie ging´s weiter?«, fragte Max. »Warum war die Leiche auf dem Hönsel?«

Alex lächelte traurig und setzte ihren schleppenden Bericht fort.

»Eins würde mich aber doch noch interessieren«, sagte Arion zum Schluss mit sehr ernstem Gesicht. »Warum warst du dir so sicher, dass es nicht die Leni selbst war? Schließlich hast du ihr eine geladene Waffe auf den Schoß gelegt.«

Alex schwieg einen Moment und die Tränen schossen ihr wieder in die Augen. »Das Wichtigste in ihrem Leben hat sie nie erwähnt«, sagte sie leise. »Sie hat mir nie von Klaus erzählt.«

Sie schaute durch ihn hindurch und sah mit verschleiertem Blick die Milane über dem Hönsel kreisen.

»Ich geh jetzt mal die Katzen füttern.«

»Die Hilgers waren schon da«, sagte Fred. »Die Schafe sind auch versorgt.«

»Aber ich habe ...«, begann sie, kramte in ihrer Tasche und legte Lenis Schlüssel auf den Tisch.

»Sie haben den Katzen im Garten etwas gegeben. Geht ja auch mal.«

»Dann geh ich eben auf den Hönsel«, sagte sie und verließ den Raum.

100. Kapitel

Klaus war nach dem Frühstück in den Garten gegangen, um eine Zigarette zu rauchen. Wie schon seit einigen Tagen wieder. Eine Zigarette morgens nach dem Frühstück und eine abends nach dem Abendessen. Er hatte seine Zigarette zu Ende geraucht, hatte den Garten verlassen und war mit der Straßenbahnlinie 1 von Köln Junkersdorf zum Neumarkt gefahren. Von dort hatte er die U-Bahn zum Hauptbahnhof genommen und der Zug in die Eifel verließ den Bahnhof vierzig Minuten später. Das alles hatte er schon oft gemacht, um Tante Leni zu besuchen. Als er in Oberbettingen aus dem Zug stieg, blickte er sich um.

Wo blieb sie nur? Er ging zur Straße und da fiel es ihm wieder ein. Sie wusste ja gar nicht, dass er kommen würde. Gestern hatte sie nicht angerufen. Sonst rief sie jeden Tag an. Er würde die Straße entlanglaufen, die sie immer mit dem Traktor genommen hatten.

Er war im Zug eingeschlafen, und da war wieder dieser Traum, den er in den letzten Wochen so oft gehabt hatte. Er stand im Dunkeln hinter den großen Reifen von Tante Lenis Traktor und wartete. Tagelang hatte er schon gewartet, aber jetzt hörte er Schritte auf dem Kies vor dem Tor und kurz darauf öffnete sich die kleine Scheunentür und der Lichtkegel einer Taschenlampe schien in die hintere Ecke. Dorthin, wo er sich als Kind immer an dem trogförmigen Emaille-Waschbecken gewaschen hatte, wenn er im Garten schmutzig geworden war. Er umklammerte den Knüppel fester und folgte dem Lichtkegel. Ganz leise.

Rudolf fiel wie ein Sack in sich zusammen, als der Knüppel seinen Schädel traf. Klaus knipste das Licht in der Scheune an und starrte ratlos auf die gekrümmte Gestalt vor ihm. Der Futternapf, den Rudolf in der Hand gehalten hatte, war unter die Spüle geschleudert worden, und das Futter ergoss sich über den Boden. Es war einer dieser Momente, in denen sich der Nebel lichtete. Er war ins Haus zurückgekehrt und hatte sich auf leisen Sohlen in Tante Lenis Zimmer geschlichen. Die Spielzeugpistole, von der er immer gedacht hatte, dass Tante Leni sie ihm eines Tages schenken würde, lag dort, wo er sie in Erinnerung hatte. Tante Leni schlief. Draußen wurden Motoren angelassen, und die Musik vom Junggesellenabschied dröhnte laut herüber. Tante Leni schlief trotzdem. Er holte sich einen Stuhl aus der Küche.

Als er Rudolf in der Scheune auf den Stuhl wuchtete und mit Panzerband fesselte, regte der sich schon wieder. Blut tropfte aus einer Wunde am Kopf und auch auf dem Rücken konnte er Blut sehen. Er musste sich mehr als nur das Hemd aufgerissen haben, als er kurz an Tante Lenis Traktoraufsatz hängengeblieben war. Klaus erinnerte sich, dass es ihm im Traum leidgetan hatte. Er wollte ihm ja nicht ernsthaft wehtun. Er stellte sich vor ihn. »Ich möchte, dass du versprichst, Tante Lenis Katzen nie wieder etwas zu tun«, hatte er gesagt.

Rudolf lachte.

»Du sollst die Katzen in Ruhe lassen, hast du gehört?«, er schüttelte seine Schultern.

»Du Idiot!« Rudolf schüttelte sich vor Lachen. Klaus begann zu betteln. Die Katzen würden ihm doch nichts tun. Er fing an zu weinen. Und Rudolf lachte und lachte. Klaus begann in der Scheune auf und ab zu laufen, immer schneller. Als Rudolf anfing zu singen, hatte er die Spielzeugpistole aus dem Hosenbund gezogen, so wie er es im Fernsehen immer gesehen hatte.

»Kläuschen, Popäuschen
Memme in Lenis Häuschen
Schau doch in den Garten
Die andren Katzen warten.«

Er hatte auf Rudolf gezielt und wieder um das Versprechen gebettelt. Rudolf hatte weiter gesungen und

Klaus war immer ratloser durch die Scheune gelaufen. Dann hatte er abgedrückt.

Zwischen Jünkerath und Oberbettingen wurde er vom Schaffner geweckt, der ihn nach seiner Fahrkarte fragte. Genau in diesem Moment fiel Rudolfs Kopf nach vorne, und der Stuhl kippte um. Ein Zugfahrschein. Daran hatte er nicht gedacht. Er kramte in seiner Hosentasche nach seiner Geldbörse, als ihn der Schaffner nach seinem Ausweis fragte. Den hatte er auch nicht dabei. Bestürzt dachte er daran, dass er nur noch zwei Zigaretten hatte. Tante Leni würde ihm bestimmt Geld geben. Der Schaffner hatte ihn irgendwie komisch angesehen und gesagt, er würde noch einmal ein Auge zudrücken. Ein wirklich netter Schaffner eigentlich. Er hatte in Oberbettingen auch neben der Tür gestanden und ihm nachgesehen, als er den Zug verließ. Hatte noch gesagt, er müsse sich die Schnürsenkel binden. Klaus nickte. Genau Tante Lenis Worte. Sie hatte ihn immer daran erinnert.

Er sah sich um. Links oder rechts? Tante Leni fuhr manchmal links, manchmal rechts. Nach einigem Zögern entschied er sich für rechts und ging die Straße entlang. Am Bahnübergang passierte es. Sein rechter Fuß trat auf den linken Schnürsenkel. In dem Moment, als sein Kopf auf den Schienen aufschlug, verstummte das Lied in seinem Kopf für immer. Ich muss zu den Katzen, dachte er, bevor der dichte Nebel einem hellen Licht wich. Das Licht schien ihn zu tragen. Ich kann fliegen, war sein letzter Gedanke. Ich fliege zu Tante Leni.

Epilog

Eifel-Ballooning stand auf dem bunten Ballon. Es war ein wolkenverhangener Tag, ein kräftiger Wind wehte, aber es schien trocken zu bleiben. Das ganze Dorf war zusammengekommen, um dem Start des Heißluftballons auf dem Hang gegenüber vom Hofladen beizuwohnen, begleitet von einigen Kisten Stubbies.

Ein würdiger Abschied, dachte Alex, als sie mit Kristin in den Korb kletterte.

Auf der Wiese nebenan beäugten die Bisons skeptisch das Spektakel. Als der Fahrer die Gaszufuhr aufdrehte, um den Ballon aufzuheizen, verwandelte sich ihre Skepsis in Angst und schließlich Panik. Der Bulle rannte in vollem Galopp an dem am weitesten entfernten Zaun entlang, und zeitgleich mit dem Abheben des Ballons, hob auch der Zaun ab. Langsam in Richtung Lay steigend, konnten die beiden Frauen beobachten, wie die Menge auseinanderstob. Dem Bullen schien es im Garten des Ferienhäuschens nicht wirklich zu gefallen. Er brach an einer anderen Stelle erneut durch den Zaun, zurück auf die Wiese und dann, gefolgt von den anderen Büffeln, wieder aus der Wiese heraus. Sie machten gründlich Kleinholz aus dem Zaun.

Unter ihnen wurde Loogh immer kleiner, Kerpen und Niederehe kamen ins Blickfeld. Der Wind hatte nun leicht gedreht und der Ballon schwebte auf Nohn zu. Ihre Mitfahrer waren vollends damit beschäftigt, Fotos von der grandiosen Landschaft unter ihnen zu machen. Alex nickte Kristin zu. Mazzoni, ehemals im entfernten Bosnien geboren, sollte heute ihre letzte Ruhestätte in der Vulkaneifel bekommen. Alex hatte die Tiger-Katze einäschern lassen und Kristin mit einer Entschuldigung die kleine Urne gebracht, die Kristin nun aus ihrem Rucksack zog.

»Warte, ich hätte da auch noch etwas«, wurde sie von Alex gestoppt, die aus ihrem Rucksack eine Dose zu Tage förderte. Kristin sah sie fragend an. Alex erwiderte den Blick ein paar Sekunden lang ernst.

»Wir haben aus den Anzeigen, Informationen und Bildern, die Blattschke gegen dich und andere im Dorf gesammelt hat, ein kleines Lagerfeuer gemacht, natürlich unangemeldet«, erklärte sie.

Sie beugten sich beide gleichzeitig über den Korbrand. Die Asche rieselte aus den Behältern, verteilte sich in einer Wolke schnell im Wind und würde sich wohl über einen guten Teil der Vulkaneifel verteilen.

Im Hintergrund brüllte der Ballonführer, dass es nicht erlaubt sei, etwas abzuwerfen.

»Zu spät«, murmelte Alex.

Danksagung

An der Realisierung dieses Projektes haben viele Menschen mitgewirkt. An erster Stelle möchte ich mich bei meiner Freundin und kritischsten Leserin Elke bedanken, die das Manuskript in mehreren Fassungen durchgesehen und wesentlich zur Verbesserung logischer Abläufe und inhaltlicher Ungereimtheiten beigetragen hat. Ich danke Dir, Elke, für das Korrekturlesen, die Kritik, die Inspiration und die ständige Ermutigung weiter zu schreiben. Ich danke auch meinem Freund Matthias, der mich inspiriert und motiviert hat und an langen Winterabenden ebenso lange Lesungen der Rohfassung über sich ergehen ließ und dabei Freude »heuchelte«. Meine Schwester Ursula hat mich durch ihr Vertrauen in mein Schreiben unendlich motiviert und durch ihre fachliche Kompetenz viel zur Verbesserung des Manuskripts beigetragen. Danken möchte ich auch meiner Freundin Lisa für ihre überaus hilfreiche und konstruktive Kritik, Peter, Katharina, Ingo, Dieter und Michael für ihre allgegenwärtige Unterstützung und meinem Bruder Ika für kreative Anregungen und technische Hilfe. Vielen Dank auch an Polizeihauptkommissar Kauth von der Polizeiinspektion Pulheim, der einige polizeiliche Aspekte auf Stimmigkeit überprüfte und Bernd Uthoff für Ratschläge aus dem Bankenmilieu; alle Fehler oder bewussten Abweichungen von diesen Ratschlägen und polizeilichen Vorgehensweisen, gehen selbstverständlich auf mein Konto. Dr. Harald Wolf hat mit viel Enthusiasmus mit mir über Kaliber und Schussverläufe philosophiert, vielen Dank Harald. Petra Sonntag und Moni Reinsch haben sich meiner Rechtschreibung angenommen. Alle Fehler, die dennoch im Manuskript zu finden sind, gehen auf mein Konto oder wurden überhaupt erst bei der nächsten Überarbeitung hineingebracht. Ich danke euch für euer Engagement, Petra und Moni.

Ganz besonders danken möchte ich auch meinem Verlag, dem Eifeler Literaturverlag, insbesondere Christoph Swiontek, der an mich und den Erfolg dieses Krimis geglaubt hat und Daniel Santosi, der durch das Lektorat wesentlich zur Verbesserung des Manuskripts beigetragen hat.

Last, not least möchte ich meinem Mann Martin und meinen Kindern Hannah, Esther und Jonathan für ihre Geduld mit einer geistig häufig abwesenden Frau/Mutter danken.

Zum Schluss noch eine Anmerkung. Geographisch habe ich mir einige Änderungen erlaubt und so wird der geneigte Leser die Häuser von Blattschke und Kristin nicht im Dorf Loogh finden und die Mühle in Niederehe beherbergt schon seit vielen Jahren keine Gaststätte mehr. Das Gleiche gilt für das Colombo Restaurant in Meerbusch, das es leider auch nicht mehr gibt.

Nicht zuletzt ist das Buch auch eine Liebeserklärung an Loogh – für mich das schönste Dorf der Welt.

Ute Mainz

Beim Barte des Weinhändlers

Krimi

178 Seiten, 15,00 EUR
ISBN: 978-3-96123-134-8

Als in Nideggen zwei Leichen gefunden werden, nimmt das Ermittlerteam um Kommissarin Karla Kost seine Arbeit auf. Während der umfangreichen Ermittlungen in der luxuriösen Villa des Mordopfers kommen immer mehr auch schlüpfrige Details zum Vorschein, die das erzkonservativ erscheinende Mordopfer in ein ganz anderes Licht rücken. Welche Rolle spielt die Ehefrau des Ermordeten und was hat ein umtriebiger Weinhändler aus Nideggen mit dem Fall zu tun?

Kommissarin Kost und ihr Team müssen im Zuge der Ermittlungen so manches Doppelleben durchschauen, um den Doppelmord schließlich aufklären zu können.

MARKUS THEISEN

Es stirbt sich gut am Laacher See

Eifelkrimi

380 Seiten, 17,00 EUR

ISBN: 978-3-96123-094-5

Alles beginnt im Oktober 1996. Die Leiche der Geschäftsführerin des anliegenden Campingplatzes wird von Anglern aus dem Laacher See gezogen. Ein erster Verdacht ist schnell bei der Hand. Ihr Unternehmen will den Platz um eine neue Wellness-Anlage erweitern, doch das Projekt ist umstritten. Naturschützer, Geologen und Angelverein protestieren, die Liste der Verdächtigen ist lang.

Und dann ist da noch dieser seltsame Einbruch ins Museum, bei dem ein bedeutendes historisches Dokument entwendet wurde. Hat es etwas mit dem Mord zu tun?

Kommissar Weller gerät bei seinen Ermittlungen in ein Verwirrspiel aus familiären und politischen Machenschaften, das die Aufklärung des Falles erschwert und weitere Opfer fordern wird. Dabei schwebt über allem diese uralte Legende vom Schatz im Laacher See, deren Spuren von 1942 über das Mittelalter bis in die Steinzeit zurückreichen.